서하객유기 **5**

徐霞客遊記

The Travel Diaries of Xu Xia Ke

지은이 서하객(徐霞客, 1587~1641)은 본명이 서홍조(徐弘祖)이며, 명나라 말의 걸출한 문인이자 지리학자, 여행가, 탐험가로서 세계의 문화명인으로 손꼽히고 있다. 그는 중국의 곳곳을 여행하면서 유람일기인 『서하객유기』를 남겼는데, 이 책은 유기문학의 최고의 성과이자, 명말의 사회상을 반영한 백과전서로 평가받고 있다.

옮긴이 김은희(金垠希, Kim, Eun Hee)는 이화여자대학교 중어중문과를 졸업하고 서울대학교에서 문학박사 학위를 취득했으며, 현재 전북대학교 인문대학 중어중문과 교수로 재직하고 있다. 주요 논문으로는 「1920년대와 1980년대의 여성소설 비교 연구」, 「1920년대 중국 여성소설의 섹슈얼리티」 등이 있으며, 저역서로는 『신여성을 말하다』, 『역사의 혼 사마천』 등이 있다.

옮긴이 이주노(李珠魯, Lee, Joo No)는 서울대학교 중어중문과를 졸업하고 같은 대학에서 문학박사 학위를 취득했으며, 현재 전남대학교 인문대학 중어중문과 교수로 재직하고 있다. 주요 논문으로는 「魯迅의 「狂人日記」의 문학적 시공간 연구」, 「王蒙 소설의 문학적 공간 연구」 등이 있으며, 저역서로는 『중국 현대문학과의 만남-중국현대문학의 인물들과 갈래』(공저), 『중화유신의 빛 양계초』 등이 있다.

서하객유기 徐霞客遊記 5

1판 1쇄 인쇄 2011년 10월 20일 **1판 1쇄 발행** 2011년 11월 1일

지은이 서하객 **옮긴이** 김은희 · 이주노 **펴낸이** 박성모 **펴낸곳** 소명출판
등록 제13-522호 **주소** 137-878 서울시 서초구 서초동 1621-18 (란빌딩 1층)
대표전화 (02) 585-7840 **팩시밀리** (02) 585-7848
이메일 somyong@korea.com **홈페이지** www.somyong.co.kr

ISBN 978-89-5626-627-5 94820 **값** 33,000원 ⓒ 2011, 한국연구재단
ISBN 978-89-5626-622-0(전7권)

이 번역도서는 2005년도 정부재원(교육인적자원부 학술연구조성사업비)으로 한국연구재단의 지원에 의하여 연구되었음.

▲ 황과수폭포(黃果樹瀑布) _사진 : 김태완

▲ 귀양(貴陽) 부근의 카르스트지형 _사진 : 박하선

▲ 곤명(昆明)의 석림(石林) _사진 : 박하선

서하객 지음 | 김은희 · 이주노 옮김

서하객유기

5

徐霞客遊記

소명출판

◆ 일러두기

1. 역문의 단락은 기본적으로 날짜를 기준으로 나누었으며, 하루의 기록이 긴 경우에는 여정을 기준으로 나누었다.
2. 주석에 기술된 판본은 각각 다음과 같이 간략히 일컬었다. 계회명초본(季會明抄本)은 계본(季本), 서건극초본(徐建極抄本)은 서본(徐本), 양명시초본(楊明時抄本)은 양본(楊本), 양명녕초본(楊明寧抄本)은 영본(寧本), 진홍초본(陳泓抄本)은 진본(陳本), 사고전서본(四庫全書本)은 사고본(四庫本), 서진(徐鎭)의 건륭본(乾隆本)은 건륭본(乾隆本), 섭정갑본(葉廷甲本)은 섭본(葉本), 주혜영교주본(朱惠榮校注本)은 주혜영본(朱惠榮本) 등으로 약칭했다.
3. 역문과 원문의 괄호는 다음과 같은 의미를 지닌다.
   (본문 크기의 글자) : 저본 및 참고문헌의 정리자가 개별적으로 보완한 부분
   (작은 크기의 글자) : 계본이나 건륭본 등의 원문에 주석의 형태로 원래 있던 글자
   [본문 크기의 글자] : 건륭본에는 있으나 계본에 빠져 있는 글자를 보충한 부분
   [작은 크기의 글자] : 계본과 건륭본의 내용이 서로 합치되지만 건륭본의 기술이 계본보다 상세한 부분
4. 매 편마다 해제를 두어 유람의 대강을 설명하고, 이어 날짜에 따라 역문과 역주를 두었으며, 각 편 뒷부분에 원문과 주석을 실었다. 아울러 각 편에 해당하는 여행노선도를 유람일정 혹은 유람노선에 따라 매 편의 앞에 실었다.
5. 권말에 주요 인물과 지명의 색인을 두어 참고하도록 했다.
6. 서하객의 여행노선도에 나타난 지도 기호의 의미는 다음과 같다.

◎	성성(省城)의 소재지	◠◠◠	호 수
◉	부(府) · 직예주(直隸州) · 위(衛)의 치소	⌐⌐⌐⌐	성 벽
⊙	주(州) · 현(縣) · 소(所) · 사(司)의 치소	天台山	산 맥
○	진(鎭)과 마을	▲	산봉우리 및 동굴
✕	요새 및 요충지	⟵	여행 노선
≕	교 량	◆-----	추측 노선
∽∽	하 천	⟵⟶	왕복 노선

7. 유람노선도 일람표

천태산 · 안탕산 유람노선도	제1권 32쪽	강서 유람노선도	제2권 8쪽
백악산 · 황산 · 무이산 유람노선도	제1권 67쪽	호남 유람노선도1	제2권 174쪽
여산 · 황산(후편) 유람노선도	제1권 120쪽	호남 유람노선도2	제2권 175쪽
구리호 유람노선도	제1권 150쪽	광서 유람노선도(1-2)	제3권 8쪽
숭산 · 화산 · 태화산 유람노선도	제1권 166쪽	광서 유람노선도(3-4)	제4권 8쪽
복건 유람노선도(전편)	제1권 216쪽	귀주 유람노선도	제5권 8쪽
복건 유람노선도(후편)	제1권 237쪽	운남 유람노선도(1-4)	제5권 156쪽
천태 · 안탕산 유람노선도(후편)	제1권 261쪽	운남 유람노선도(5-9)	제6권 8쪽
오대산 · 항산 유람노선도	제1권 305쪽	운남 유람노선도(10-13)	제7권 10쪽
절강 유람노선도	제1권 331쪽		

서하객유기(徐霞客遊記) 5 __ 차례

서하객유기 전체 차례

서하객 유람노선도

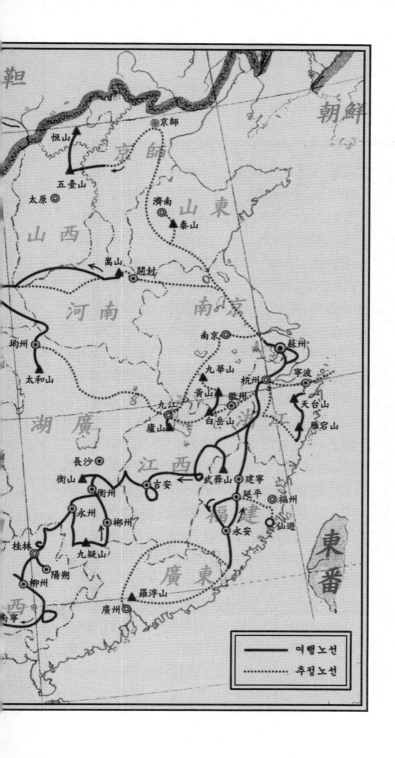

韃

朝鮮

恒山
京師
京師
五臺山
太原
山西
山西
濟南
山東
泰山
嵩山
開封
河南
南京
均州
太和山
南京
九華山
蘇州
寧波
湖廣
九江
廬山
黃山
徽州
白岳山
浙江
天台山
雁宕山
長沙
江西
吉安
武彝山
建寧
衡山
衡州
延平
福州
永州
郴州
福建
永安
仙遊
桂林
九疑山
陽朔
廣東
東番
柳州
西寧
羅浮山
廣州

여행노선
추정노선

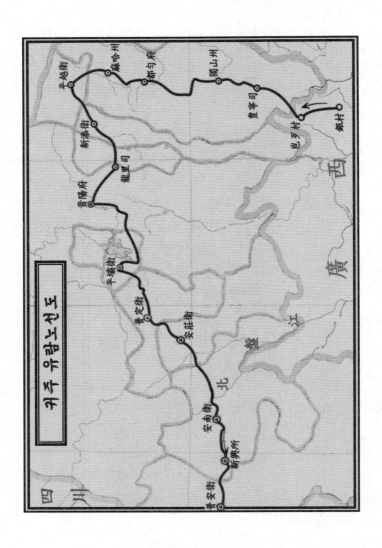

귀주 유람노선도

귀주 유람일기1(黔遊日記一)

해제

　「귀주 유람일기1」은 서하객이 광서성 북서부의 유람에 이어 귀주성 반강(盤江) 동부를 유람한 일기이다. 서하객은 숭정 11년(1638년) 3월 27일 귀주성의 하사(下司)로 들어가 독산주(獨山州), 도균부(都勻府), 마합주(麻哈州), 평월위(平越衛), 귀양부(貴陽府)를 거쳐 4월 24일 북반강(北盤江) 동쪽의 사성(査城)에 도착했다. 서하객은 이번 여정에서 포의족(布依族), 묘족(苗族), 흘로족(仡佬族) 등 소수민족의 집단거주지를 지나는 동안, 무장한 사람들에게 협박을 받기도 하고 짐꾼에게 폭행을 당하여 상처를 입기도 했으며, 여비를 도난당하기도 했다. 수많은 고초를 겪으면서도 서하객은 중국 최대의 폭포로 알려진 백수하(白水河) 폭포를 비롯한 여러 명승을 유람했으며, 장삼풍(張三豊)의 전설 및 옛 유적 등과 함께 명말 귀주성의 사회생활을 풍부하게 소개하고 있다.

귀주성은 전국시대와 진대(秦代)에 그 동북부에 검중군(黔中郡)이 설치되었으며, 당대(唐代)에 귀주성의 대부분의 지역이 검중도(黔中道)에 포함되었다. 이로 인해 귀주 지역은 검(黔) 혹은 검중(黔中)이라 일컫는다. 「귀주 유람일기1」과 「귀주 유람일기2」는 건륭본의 제4책 하(下), 그리고 서건극(徐建極) 초본의 제6책에 실려 있다.

이번 유람의 주요 여정은 다음과 같다. 산계령(山界嶺) → 풍녕하사(豊寧下司) → 풍녕상사(豊寧上司) → 독산주(獨山州) → 도균장관사(都勻長官司) → 도균부(都勻府) → 마합주(麻哈州) → 평월위(平越衛) → 신첨위(新添衛) → 귀주(貴州) → 용리사(龍里司) → 귀양부(貴陽府) → 팔루(八壘) → 동기(東基) → 평패위(平壩衛) → 보정위(普定衛) → 안장위(安莊衛) → 사성(查城)

역문

무인년 3월 27일

남단주(南丹州)의 북쪽 교외의 벽알촌(巴歹村)에서 말을 교체하여 첩첩산중으로 들어서서 차츰 사람이 살고 있지 않은 곳을 나아갔다. 5리를 나아가 산계령(山界嶺)을 넘었다. (남단주와 하사(下司)의 경계이다.) 다시 북쪽으로 1리를 가서 비좁은 바위어귀를 넘었다. 이곳은 간평령(艱坪嶺)이다. 이곳의 바위는 대단히 높고 험하며, 나무는 몹시 빽빽하게 뒤덮여 있다. 길은 가파르고 험하다. 귀주성(貴州省)과 광서성(廣西省)의 경계가 이로써 나뉘고, 남북의 물길 역시 여기에서 갈라진다. 그러나 이곳의 물길은 모두 도니강(都泥江)으로 흘러내린다. 비좁은 바위어귀의 등성이는 동쪽에서 서쪽으로 건너뛰었다가 파아(巴鵝)의 경내에서 끝이 나며, 다령산(多靈

山)의 산등성이는 그 동쪽에 있다.

북쪽으로 1리를 내려가 골짜기 서쪽으로 1리를 나아가자, 밭두둑이 나타나기 시작했다. 반리를 더 가서 골짜기에서 북쪽으로 돌아들자, 움푹한 평지가 드넓게 펼쳐져 있다. 북쪽으로 1리를 더 가니, 서쪽의 움푹한 평지에 유이(由彝)라는 마을이 나타났다. 이 일대의 여러 움푹한 평지들은 사방이 높은데, 물이 어디에서 흘러나오는지 알 수 없다. 유이촌(由彝村) 남쪽의 암벽 아래에 동쪽을 향해 있는 동굴이 있는데, 가느다란 물길이 밭두둑에서 졸졸 흘러들어 산의 서쪽을 뚫고서 흘러간다. 산등성이가 여전히 동쪽에 있음을 알게 되었다.

여기에 이르러 남단주에서 파견된 기병은 작별을 고하고서 떠났다. 유이촌의 마을사람이 처음에는 짐꾼과 말을 보내주겠노라 했다. 그러나 한참동안 기다려도 오지 않았다. 재촉한 지 한참이 지나서야, 겨우 두 명의 짐꾼을 보내주기에 짐을 지워 보냈다. 나는 그들의 집에 홀로 앉아 정오부터 저녁까지 기다려서야 비로소 말을 구했다. 북서쪽으로 2리를 가서 산채에 이르렀더니, 산채 사람들은 이미 짐을 보내 앞서 가고 있었다.

이에 산채의 동쪽에서 고개에 올라 등성이를 넘어 북쪽으로 1리를 내려가 골짜기 속을 나아갔다. 북쪽으로 1리를 더 간 뒤 고개 등성이를 넘어 골짜기 속을 내려갔다. 구렁은 둥글고 골짜기는 길쭉하며, 남북 양쪽 모두 등성이가 가운데로 뻗어 있는지라 물이 새나갈 틈이 없다. 북쪽으로 뻗어 있는 등성이는 바위가 톱니처럼 가로세로로 날카로운 칼날 같은지라, 발을 내딛을 만한 곳이 없다.

이때 벌써 날이 어두워졌기에 말을 달려 내려왔다. 이 말은 참으로 목숨을 내걸었으리라. 등성이를 넘어 골짜기 바닥까지 쭉 짓쳐내려오는 길은 오르막길보다 몇 배나 되었다. 방금 전의 둥그런 구렁과 길쭉한 골짜기가 여전히 산 중턱에 있음을 깨달았다. 골짜기 바닥에는 물길이 있는데, 남쪽 등성이에서 아래로 넘쳐흘러 출렁출렁 도도한 물길을 이루고 있다. 물길을 따라 서쪽으로 나아가 모두 1리 남짓을 가자, 남쪽의 산기슭에 마을이 나타났다. 짐꾼은 이미 교체되어 떠나 있었다.

다시 말을 달려 서쪽으로 반리를 가자, 짐꾼은 이미 떠나고 없었다. 아마 마을사람들은 내가 자신들의 집에 머물까봐 서둘러 짐꾼을 교체하여 떠나게 했을 것이다. 그런데 교체할 말이 없어, 마부가 나아가려 하지 않았다. 나는 억지로 마부에게 어둠속에 길을 나서도록 했다. 북서쪽으로 반리를 가자, 시내가 동쪽에서 서쪽으로 흐르고 있다. 그 가운데에는 둑이 가로지르고 있고, 좌우에는 깊은 못이 있다. 둑 위에서 북쪽으로 건너는데, 말발굽이 다닥다닥 소리를 냈다. 위험하기 짝이 없었다.

다시 서쪽으로 돌아들어 마을 한 곳을 지났다. 반리만에 마을 서쪽에서 북쪽으로 고개를 넘어서야, 비로소 두 명의 짐꾼과 동행하기 시작했다. 어둠 속에서 외쳐 부르면서 뒤따르니 바위인지 사람 그림자인지 도무지 분별할 수 없었다. 모두 두 차례씩 오르내린 끝에, 마침내 밭두둑 사이를 나아갔다. 5리만에 성채 한 곳을 지났다. 성채의 문을 밀고서 들어가보니, 주민들이 제법 많았다. 반리를 나아가 다시 문을 밀고 나와, 다시금 밭두둑 사이를 나아갔다. 1리 반을 나아가 문을 두드려 구사(舊司)로 들어갔으나, 안쪽의 띠집들은 모두 잠근 채 문을 열어주는 이가 없었다. 한참 동안 문을 열어주는 이를 지키고 기다렸지만, 끝내 띠풀도 깔지 못하고 밥도 굶은 채 누워 잤다.

상사(上司)와 하사 모두 풍녕사(豐寧司)이다. 남쪽 경계에 가까운 곳을 하사로 나누었는데, 남단주와의 접경지이다. 상사와 하사 모두 양(楊)씨 성의 형제이건만, 서로 화목하지 않았다. 지금 상사의 토사는 양유(楊柚)이다. 그는 강력한데다 제도를 갖추고, 도로가 잘 닦여 있는지라, 도적들도 숨을 죽이고 있다. 하사의 토사는 양국현(楊國賢)이다. 그는 곳곳이 혼란스러우나 제대로 관리하지 못하고, 백성들이 약탈을 일삼는지라, 3리 이내에 도적떼의 소굴이 아닌 곳이 없다. 그 동쪽에 칠방(七榜)이라는 곳이 있다. 이 지역은 넓고 비옥하나 사람들이 사납기 짝이 없다. 그의 숙부 양운도(楊雲道)가 그 일대에서 무리를 모아 두목 노릇을 하는데, 어느 누구도 들어가려는 이가 없다.

구사는 하사의 옛 관청소재지인데, 상사에게 점령당한 바람에 양국현은 성채 위로 옮겨와 있다. 남쪽 산기슭에 있는 성채는 구사와 남북으로 마주보고 있으며, 가운데에 움푹한 평지를 사이에 두고 있다. 성채에는 기이하고 험한 곳은 없다.

3월 28일

동이 틀 무렵에 일어나니, 가랑비가 부슬부슬 내리고 있었다. 나는 수행하는 짐꾼에게 소금을 쌀로 바꾸어 와서 밥을 지으라 명했다. 나는 명함을 가지고 남쪽 성채에서 짐꾼을 구하고자 했다. 그러나 양국현은 피하여 나오지도 않은 채, 상사와 불화한지라 짐꾼을 보낼 수 없다고 핑계를 댔다. 그는 다만 경내에서 나가도록 호송인 두세 명으로 하여금 전송해주겠노라고 했다. 나는 식사를 한 후 호송인이 오기를 기다렸으나, 그들 또한 오지 않았다. 그래서 짐꾼을 고용하여 짐을 나누어지고서, 구사에서 북쪽으로 고개를 넘어 나아갔다.

3리 남짓만에 아귀교(餓鬼橋)까지 내려갔다. 조그마한 물길이 북동쪽에서 남서쪽으로 흘러들고, 그 위에 조그마한 돌다리가 걸쳐져 있다. 도적떼들이 늘 이곳에 횡행한다고 한다. 다시 북쪽으로 2리를 가서 고개를 넘자, 어느덧 상사의 경내에 들어와 있다. 고개를 2리 내려가자, 서쪽의 움푹한 평지에 마을이 있고, 길 동쪽에는 단풍나무가 마을과 마주하고 있다.

다시 북동쪽의 고개를 넘어 2리를 가자, 동쪽의 움푹한 평지에 마을이 보였다. 마을 앞에는 빙 둘러싼 산이 구렁을 이루고, 가운데는 웅덩이진 채 밭을 이루고 있다. 마을은 동쪽 봉우리에 기대어 있고, 바위벼랑이 마을 뒤에 자리잡고 있다. 길은 서쪽 고개를 따라 나 있다. 밭두둑 너머로 마을과 마주하고서야 비로소 지친 어깨를 쉬었다. 다시 북서쪽으로 고개를 넘어 2리를 간 뒤 서쪽으로 돌아들어 나아갔다. 여기에는 골짜기가 훤히 펼쳐지고, 남북 양쪽의 산이 마주하고 있다. 남쪽의 산 아래에는 민가가 대단히 빽빽하고, 북쪽의 산에는 한길이 뻗어 있다.

서쪽으로 5리를 나아갔다. 길은 다시 북서쪽의 고개를 넘어갔다. 대체로 이곳의 큰 산은 북동쪽에 있고, 길은 죄다 산의 남서쪽을 따라 올라간다. 길은 비록 오르내리기는 하지만, 오르막이 많고 내리막은 적으며, 대부분 구불구불 오르는 길이다. 다시 북서쪽으로 2리를 가서 고개를 넘었다. 길 북쪽에 봉우리가 있다. 영락없이 하늘을 휘감아도는 용 모양의 상투처럼 감아돌면서 층층이 겹쳐 있다. 벼랑 중턱에 동굴이 있는데, 동굴 입구는 서쪽을 향해 있다. 벼랑에는 수십 가구가 의지해 있다.

길은 이에 북쪽으로 돌아들어 1리를 더 가서, 그 서쪽 산언덕을 넘어 북쪽으로 내려갔다. 서쪽 산언덕은, 커다란 산의 갈래가 서쪽으로 뻗다가 불쑥 솟아 반계봉(盤髻峰)을 이룬 뒤, 그 아래에 가로놓인 산언덕이 서쪽으로 건너 뻗은 것이다. 서쪽 산언덕의 북쪽에 산은 다시 동서로 늘어선 문을 이루고 있다. 북쪽을 향해 서쪽에 줄지은 산을 바라보니, 둥근 바위가 봉우리 꼭대기에 높이 꽂혀 있다. 바위는 마치 하늘을 떠받치고 있는 기둥처럼 곧추서 있고, 그 북쪽에 바위벼랑이 어지러이 휘감고 있다. 이곳이 바로 상사의 치소가 있는 곳이다. 동쪽에 줄지은 흙산은 바로 길이 나 있는 곳이다.

북쪽으로 모두 5리를 가자, 길은 서쪽의 곧추선 바위와 마주보고 있다. 북쪽으로 3리를 더 가자, 갑자기 비가 거세게 쏟아졌다. 짐꾼들은 가던 길을 멈추어 짐을 내려놓은 채 각자 삿갓을 끄집어내 비를 피했다. 나는 우산을 받쳐들어 짐을 가렸다. 그때 홀연 네 사람이 표창을 손에 들고 활을 등에 맨 채, 허리에 검을 차고 전통에 화살을 담고서 뒤쪽에서 쏜살같이 달려왔다. 두 사람은 내 우산 밑으로 달려들고, 한 사람은 하인 고씨의 우산 밑으로 달려들었으며, 또 한 사람은 짐꾼의 삿갓 밑으로 달려들었다. 모두 건장하고 날래며 흉악하게 생겼는데, 비를 피비하려는 것 같기도 하고, 위협하려는 것 같기도 했다. 나는 몹시 두려웠다. 나에게 어디로 가느냐고 묻기에, 도균(都勻)으로 가는 길이라고 대답했다. 나에게 담배를 피우겠느냐고 묻기에, 피우지 않는다고 대답했다.

한참이 지나자, 비는 그치지 않았지만 기세가 약간 약해졌다. 내가 "가도 되겠습니다"라고 말하자, 그들 역시 "떠나도 되겠소"라고 말했다. 나는 함께 앞으로 가려는 모양이라고 여겼다. 그렇지만 내가 길을 나서도, 그들은 멈추어 있었다. 나는 그들이 좋은 사람이 아님에 틀림없음을 알았지만, 목구멍에 들어왔어도 삼키지 않은 걸로 보아 그들의 마음은 그래도 괜찮은 셈이었다.

다시 북쪽으로 반리를 가서 서쪽으로 돌아들어 1리 남짓을 더 갔다. 양쪽에 줄지은 산 사이의 언덕위에 병영이 있는데, 보루의 담은 참신하고도 가지런했다. 그 아래에서 서쪽으로 1리를 더 가서 상사의 남문을 들어섰다. 흙담이 빙 둘러져 있는데, 그 안이 바로 숙소이다. (강서江西 사람들이었다. 하사에서 이곳에 이르도록 주민들의 집은 흙집과 간란이 반반이었다.) 이때 비는 지나갔으나 거리는 흥건히 젖어 있었다. 나는 축축한 신발을 신고서 거리를 따라 북쪽에서 서쪽으로 돌아들었다. 커다란 못물이 그 안에 고여 있다. 서쪽에 제방을 쌓아 둑을 만들었으며, 둑 위의 넓은 길은 대단히 가지런했다.

다시 북쪽으로 반리를 나아가 곧장 돈산(㟃山)의 동쪽 기슭에 이르렀다. 북쪽으로 나아가 문에 들어섰다. 한 줄기 바위틈새가 동쪽 기슭 아래에 있고, 그것이 끝나는 지점에 바리 모양의 구멍이 뚫려 있다. 구멍의 깊이는 한 자 남짓이며, 한 말 정도의 물을 저장할 수 있다. 보루 위아래의 사람들은 모두들 동이로 물을 떠서 마셨다. 물맛이 달콤하고 차가와 다른 물과는 사뭇 다르다고 말했다. 내가 떠서 맛을 보니, 과연 그 말이 사실이었다. 여기에서 곳집이 있는 기슭을 따라 북쪽의 골짜기로 돌아들었다. 골짜기 속에 거주하는 이들이 매우 많다. 모두 우두머리를 믿고 따르는 자들이다. 또한 골짜기 속에 대나무를 엮어 곳집을 만들었는데, 줄을 나누어 그곳에 곡식을 저장하고 있었다.

북쪽의 골짜기에서 서쪽으로 나아갔다. 얼마 후 곳집 뒤편에 들어서자, 등성이가 북서쪽에서 곳집까지 쭉 이어져 있다. 이곳은 곳집의 꼭지점이다. 등성이 동쪽의 골짜기 속에는 곳집이 있는 기슭에 기대어 동굴이 있다. 동굴 입구는 북쪽을 향해 있는데, 대단히 비좁고 깊었다. 두 사람이 곳집에 올라가기에, 내가 "이 동굴은 깊습니까?"라고 물었다. 그들은 "이 동굴은 깊지 않아요. 곳집 중턱에 올라가면, 상당히 깊고 물도 있는 커다란 동굴이 있지만, 반드시 횃불을 가지고 들어가야 해요"라고 대답했다. 아래에서 고개를 치켜들어 바라보니, 곳집 위의 민가들이 층층이 겹쳐 있다. 오직 토사가 거주하는 3~4층의 집만 기와를 이고 석회로 꾸며놓았을 뿐이었다. 곳집은 험준하고 민가는 가지런한지라, 오히려 남단주보다 더 나았다.

나는 이에 그 사람들을 따라 돌층계를 타고서 곳집에 올랐다. 돌층계는 대단히 가파르지만, 구멍을 뚫어 돌을 쌓았기에 널찍하고도 가지런했다. 온 힘을 다해 오르다가 반리만에 동쪽으로 꺾어졌다. 세 칸의 누각이 길 사이에 걸쳐져 있다. 이곳은 곳집 중턱의 관문이다. 동굴은 가운데 칸의 뒤쪽에 있는지라, 동굴의 앞은 누각에 가려져 보이지 않았다. 사내 한 명과 아낙 한 명이 가운데 칸 아래에서 밥을 짓고 있었다. 두 사람이 나에게 들어오라고 손짓한지라, 곳집으로 올라갔다. 나는 밥 짓는 이에게 횃불을 구했다. 곳집의 뒤는 바로 돼지우리와 마굿간이었다.

그곳을 지나 동굴로 내려갔다. 동굴 입구는 북쪽을 향해 있다. 푹 꺼진 웅덩이를 내려가자 아래는 온통 오물투성이인데다, 위에서는 물방울이 떨어지는지라 가만히 서 있을 수가 없었다. 이에 다시 동굴을 나와 내려갔다. 이에 앞서 짐꾼 한 사람에게 뒤따르라 했는데, 등성이 아래에 이르러 짐꾼은 오르지 못하고, 나만 홀로 올랐다. 곳집 위의 지형은 밖에서 바라볼 수는 있으나, 이 동굴만은 누각에 가려져 있기에, 직접 와 보지 않고서는 알 수 없다. 이어 왔던 길을 되짚어 1리 남짓을 나아가 숙소로 돌아왔다. 어느덧 해가 뉘엿뉘엿 지고 있었다. 밥도 잘 익었기에 식사를 하고서 잠자리에 누웠다.

상사의 토사 양유(楊柚)는 장관에서 부총병으로 승진했는데, 수서(水西)에서의 전투 덕분이었다. 그의 관할지는 규모가 작으나, 남단주와 원수가 되어 서로 쳐들어가고 죽였다. 이 때문에 두 토사는 각각 곳집으로 물러나 거처하고 있다. (남단주의 치소는 곳집 아래에 있으나, 거처는 곳집 위에 있다. 상사는 토사의 저택과 치소가 모두 위에 있으며, 곳집에 둘러싸여 사는 이는 모두 그 우두머리이다.) 남단주 토사의 셋째동생은 여파(荔波)로 도망했다가 막급에게 붙잡혔다. 넷째동생은 상사로 도망했는데, 지금도 외부의 환난으로 인해 늘 불안에 떨고 있다.

이 곳집은 둥그렇고 크며, 사방이 절벽이다. 오직 북서쪽에만 등성이가 있으며, 층계를 타고서 오를 수 있다. 길은 반드시 아래쪽 골짜기를 선회하게 되어 있는지라, 천연의 요새를 이루고 있다. 골짜기 속의 물길은 남서쪽으로 흘러내려, 못과 골짜기 너머 남북의 여러 물길과 합쳐진다. 모두 남서쪽 허리를 가로질러 흘러내린다.

3월 29일

상사에서 남문으로 나와 문 동쪽의 조그마한 물길을 건넌 뒤, 물길을 거슬러 북동쪽으로 나아갔다. 1리를 가서 흙산을 올랐다. 4리를 가서 서쪽으로 뻗어가는 흙산의 등성이를 넘자, 그 서쪽에 바위봉우리가 불쑥 솟아 있더니, 이곳에 이르러 봉우리의 북쪽은 끝이 난다. 등성이를 넘어 북서쪽으로 1리 반을 나아갔다. 고갯마루의 바위등성이 사이로 비좁은 어귀가 이루어져 있고, 양쪽의 바위부리는 겹겹이 가파르고 험하다. 비좁은 어귀에서 서쪽으로 나와 북동쪽으로 돌아들어 반리를 내려가 움푹한 평지에 이르렀다.

다시 북쪽으로 1리를 간 뒤, 흙산을 넘어 서쪽으로 등성이를 내려갔다. 이곳은 상사와 독산주(獨山州)의 경계이다. 이곳에서 고개를 내려와 동쪽 산을 따라 나아갔다. 2리를 더 가자 서쪽 산의 움푹한 평지 속에 저사촌(苴査村)이라는 마을이 있다. 이곳의 동서 양쪽의 줄지은 산은 모두 흙산이고, 가운데에는 움푹한 평지가 커다랗게 펼쳐져 있다. 북쪽에서 흘러오는 물길은 움푹한 평지 속을 흐르다가 저사촌의 동쪽을 감돌아 서쪽의 골짜기로 흘러간다.

동쪽의 줄지은 산을 따라 물길을 거슬러 북쪽으로 나아갔다가 다시 3리를 갔다. 물길은 두 갈래로 나뉘어 흐른다. 한 갈래는 북서쪽으로, 다른 한 갈래는 북동쪽으로 흐르다가 Y자 모양으로 중간의 산줄기가 끝나는 곳에서 만난다. 북서쪽의 물길은 제법 크다. 길은 물길을 거슬러 북동쪽으로 1리 반을 가서야 비로소 물길을 건넜다. 중간의 산줄기의 동쪽 기슭에 담자요촌(墰子窯村)이 나타났다. 이곳은 토사 몽(蒙)씨의 친족이 관할하는 곳이다. 마을 북쪽의 시내는 온통 자갈투성이인데, 어떤 때에는 말라붙었다가 어떤 때에는 물이 흘러넘치기도 한다.

다시 동쪽의 물길을 건너 북동쪽의 언덕마루에 올라 1리 남짓만에 흙으로 둘러싸인 옛 터에 이르렀다. 이곳은 관상(關上)이라고 일컫는데, 민가는 없었다. 다시 북동쪽으로 1리를 가자, 물길은 끝이 나고 움푹한 평지도 다했다. 여기에서 고개를 넘었는데, 고개가 몹시 가팔랐다. 3리를 가서 북쪽으로 고개등성이를 넘었다. 비좁은 어귀의 바닥에 있는 돌은 마치 일부러 깔아놓은 듯하고, 양쪽에는 봉우리가 우뚝 솟아 있다. 이곳은 계공관(雞公關)이다.

이곳의 산줄기는 독산주의 북서쪽에서 뻗어내려 치소의 남동쪽을 에돌아 이곳을 지난 뒤, 다시 남동쪽으로 육채(六寨)의 동쪽으로 건너 뻗었다가 만왕봉(蠻王峰)으로 뻗어내린다. 등성이 남서쪽의 물길은 저사촌으로 흘러내리다가 도니강(都泥江)으로 흘러들고, 등성이 북동쪽의 물길은 합강주(合江州)에서 여파현(荔波縣)으로 흘러내리다가 용강(龍江)으로 흘러든다. 등성이 북동쪽에서 바라보니, 구불구불 이어진 드높은 산은 앞에 병풍이 늘어선 듯하다. 이 산은 이곳의 산줄기와 아득히 마주한 채 양쪽으로 줄지어 있으며, 가운데에는 움푹한 평지가 널찍하게 북서쪽에서 남동쪽으로 뻗어 있다.

산을 내려오자마자 북쪽으로 돌아들어 1리만에 움푹한 평지에 이르렀다. 이어 동쪽으로 돌아들자, 남동쪽으로 흘러오는 조그마한 물길이 있다. 동쪽으로 1리를 더 가서 언덕을 넘자, 홀연 시내가 북서쪽에서 남동쪽으로 흘러든다. 여기에서 다시 흘러나오는 물은 용강의 상류이다. 시내를 건너 동쪽으로 올랐다. 여기에서 비탈을 올라 북동쪽으로 움푹한 평지 속을 나아갔다.

5리를 가자, 몇 가구가 모여 있는 마을이 나타났다. 마을은 북동쪽의 산 아래에 자리잡고 있다. 그 앞에서 다시 서쪽 골짜기로 돌아들어 북쪽으로 1리를 갔다. 등성이 하나를 지나서야 북쪽으로 고개를 내려가기 시작했다. 고개 아래는 대단히 깊숙하다. 반리를 가서 고개의 기슭에 이르러서야, 방금 전에 지나왔던 길이 모두 산 위이었음을 깨달았다. 다시 북쪽으로 움푹한 평지 속에서 1리 반을 나아갔다. 커다란 시내가 세차게 흐르고 있다. 서쪽 골짜기의 첩첩산중에서 흘러나온 물은 동쪽으로 쏟아져 흘러간다. 이 물길 역시 합강주에서 여파현과 사은부(思恩府)로 흘러내린다.

바위구렁을 거쳐 시내 북쪽으로 건넌 뒤, 서쪽의 줄지은 산에서 갈라진 둔덕을 따라 북쪽으로 5리를 나아갔다. 양각채(羊角寨)가 나타났다. (이곳은 토사 몽씨의 산채이며, 서쪽 산의 기슭에 있다.) 북쪽으로 3리를 더 가자, 조그마한 물길이 서쪽 비탈에서 동쪽으로 쏟아져 흐른다. 이 물길을 건넌 뒤, 북쪽으로 2리를 더 가서 독산주의 남쪽 관문을 들어섰다.

독산주에는 성이 없으며, 토사 지주 한 명과 명 조정에서 파견한 지주 한 명이 있다. 토사의 성은 몽씨이고, 하속들은 모두 토박이이다. (즉 묘중苗仲[1]이다.) 명 조정에서 파견된 관리는 대부분 공석으로 비어 있으며, 문서의 출납을 관장하는 관원이 대신 일을 처리하며, 하속들은 모두 외지에서 온 자들이다. 내가 묵었던 집의 주인은 강서성(江西省) 남창(南昌) 사람인 황남계(黃南溪)이다. 이 사람은 충실하고 후덕한데, 집에 머물만 한 누각이 있었다. 대체로 독산주에는 비록 성이 없기는 해도, 거리 양쪽에 쭉 늘어선 집들이 모두 기와로 지붕을 덮었으며, 띠풀로 덮은 간란이나 소 우리처럼 허름한 곳은 더 이상 없었다.

독산주의 토사는 예전에 몽조(蒙詔)였는데, 4년 전에 등불을 감상하다가 그의 아들에게 살해당했다. 그의 어머니가 달려와 구하려다가 역시 살해당했다. 그의 아들은 어느 두목을 죽이려다가 자기 아버지를 잘못 해치게 되었노라고 핑계를 댔지만, 끝내 추궁하는 자가 없었다. 지금 그러한 자가 토사 노릇을 하고 있으니, 얼마나 가증스러운 일인가!

---

1) 묘중(苗仲)은 지금의 포의족(布依族)을 가리킨다.

3월 30일

동이 틀 무렵에 식사를 했다. 독산주의 북쪽 관문을 나와, 북서쪽으로 서쪽의 줄지은 산을 따라 나아갔다. 6리를 가자, 조그마한 물길이 서쪽 비탈에서 동쪽으로 쏟아져 흐른다. 이 물길을 건넌 뒤, 북쪽으로 2리를 갔다. 북쪽의 움푹한 평지는 차츰 끝이 나고, 산등성이는 동쪽의 줄지은 산에서 서쪽으로 건너 남쪽으로 돌아든다. 이에 길은 북동쪽으로 돌아들고, 산골 속의 조그마한 물길은 북쪽으로 흐른다.
산골물을 건너 동쪽의 줄지은 산허리 사이를 따라 북동쪽으로 올라 2리를 더 갔다. 길가의 바위구멍에서 물이 흘러넘치는데, 몹시 차가웠다.

(그 곁에 몽씨가 길을 닦고서 세운 비석이 있다.) 여기에서 돌층계를 기어올라 북동쪽으로 고개를 오르는데, 비가 세차게 내렸다. 1리 반을 나아가 북쪽으로 고개의 비좁은 어귀에 올랐다.

이 고개는 남동쪽에서 북서쪽으로 뻗어 있다. 조상의 무덤을 모신 산이다. 이곳의 북동쪽에서 나뉘어져 여러 줄기로 갈라진다. 동쪽으로 쭉 뻗어가는 것은 여평(黎平)과 평애(平崖)의 등성이이고, 남동쪽으로 갈래져 뻗어내린 것은 여파와 나성(羅城)의 산줄기이다. 또한 북서쪽으로 갈래져 뻗어내린 것은 이곳을 넘어 약간 북쪽으로 뻗어가다가, 이내 서쪽에서 남쪽으로 돌아든 뒤, 독산주의 서쪽에서 에돌아 계공령(雞公嶺)을 건너 남쪽으로 뻗어간다. 이것이 만왕봉(蠻王峰)과 다령산(多靈山)의 산줄기이다. (독산주의 남쪽 20리에 뭇산 가운데에서 뾰족하게 솟구친 산이 있다. 이것이 독산(獨山)이고, 이곳 주의 이름도 여기에서 비롯되었다.)

다시 북동쪽으로 산골짜기 속을 나아가다가 아래로 내려갔다. 모두 2리를 가자, 산골물이 동쪽 골짜기에서 깊은 벼랑 속으로 흘러가고, 양쪽 벼랑의 바위가 바짝 붙어 있다. 산골물이 벼랑바위 사이로 매우 깊이 움패어 있으며, 그 위에 돌다리가 놓여 있다. 이 다리는 심하교(深河橋)이다. 다리를 지나 다시 벼랑을 올랐다. 고개를 넘어 북쪽으로 나아가자, 조그마한 물길이 북동쪽에서 바위벼랑을 타고 세차게 흘러내린다.

이 물길을 건너 다시 고개를 올라 1리만에 골짜기 속에서 북쪽으로 나아갔다. 2리를 더 가서 내려와 북동쪽으로 구렁 속을 나아갔다. 동쪽 산 아래에 마을이 나타났다. 그 마을 앞에서 북서쪽으로 약간 돌아들어 모두 2리를 갔다. 북동쪽에서 흘러오는 시내를 건넜다. 시내의 서쪽 언덕을 거슬러 북동쪽으로 고개를 넘어 2리를 갔다. 한 줄기 물이 북동쪽에서 흘러오고, 또 한 줄기 물은 북서쪽에 흘러오는데, 북동쪽에서 흘러오는 물길이 더 크다.

여기에서 북서쪽에서 흘러오는 물길을 건넌 뒤, 그 가운데의 산줄기를 따라 올라 북동쪽으로 3리만에 산언덕에 올랐다. 산언덕 위에서 식사를 했다. 이에 약간 내려와 다시 북쪽으로 고개를 넘어 골짜기 사이의 움푹한 평지로 내려왔다. 모두 3리를 가서 다시 오르자, 시내가 남쪽의 골짜기에서 북쪽으로 흘러내려 깊은 못에 떨어진다. 못은 작으나 지세가 높다. 이곳은 북서쪽의 조그마한 시내의 발원지이다.

다시 북쪽의 고개를 넘어 1리 반을 내려와 깊은 구렁 속을 건넜다. 남서쪽의 골짜기 속에서 흘러오던 산골물이 이곳에 이르러 동쪽으로 흐르다가 서쪽으로 돌아든다. 이곳은 북동쪽의 조그마한 시내의 발원지이다. 이 시내를 건너 남서쪽의 고개에 올랐다. 반리를 올라 고개 중턱을 따라 남서쪽으로 나아갔다.

2리를 가서 토장(兔場)을 지나 서쪽의 가갱관(嘉坑關)을 나왔다. 조그마한 물길을 따라 서쪽으로 내려와 골짜기 속에서 5리를 나가자, 양쪽의 산은 대부분 바위벼랑이 불쑥 솟아 있고, 길옆에는 샘물이 구멍에서 용솟음쳐 올라온다. 서쪽으로 2리를 더 가자, 물길은 남쪽 골짜기로 떨어져 흘러가고, 길은 북쪽의 움푹 꺼진 곳을 넘어 뻗어오른다. 동쪽 산언덕 꼭대기에 성채가 있다. 성채의 북서쪽에서 등성이를 넘자, 남북 양쪽에 모두 웅덩이가 푹 꺼져 있고, 에워싼 밭두둑이 밭을 이루고 있다. 곧장 웅덩이 바닥에 이르렀다. 물은 바닥에서 서쪽의 바위구멍을 뚫고 흐른다.

다시 서쪽으로 고개를 넘어 1리를 가서 비좁은 어귀를 나왔다. 그 위의 바위모서리는 겹겹이 가파른데, 온통 구름이 피어나고 꽃잎이 갈라진 모습이다. 다시 북서쪽의 골짜기 속을 내려가 1리를 간 뒤, 서쪽으로 돌아들어 반리만에 서쪽의 골짜기를 빠져나왔다. 이곳은 독산주와 호가사(胡家司)의 경계가 나뉘는 곳이다. (호가사는 바로 도균장관사(都勻長官司)이다. 성씨에 따라 부름으로써 부의 이름과 구별했다.) 여기에서 산세는 남북으로 훤히 트인다. 가운데에 커다란 시내가 북쪽에서 남쪽으로 흐른다. 이곳은 횡량(橫梁)이다.

시내 동쪽을 따라가다가 남쪽으로 돌아들어 반리만에 남쪽 벼랑에 이르렀다. 벼랑 아래에 밀가루를 파는 이가 있기에, 약간의 소금을 밀가루와 바꾸어 식사를 했다. 시내의 남쪽 언덕을 따라 서쪽으로 나아갔다. 길은 트이고 가지런한지라, 더 이상 험난한 길로 고생을 겪지 않았다. 시내 북쪽에는 높다란 나무 사이에 커다란 사당이 있고, 인가와 밭두둑이 끊어진 언덕 사이로 여러 차례 나타났다. 6리만에 오리촌(塢裏村)을 지났다.

서쪽으로 1리를 더 가자, 시냇물이 남쪽으로 굽어져 흐른다. 이에 서쪽의 시냇물을 건넜다. 시내의 서쪽 언덕에서 남쪽으로 반리를 나아가니, 공모촌(邛母村)이 나타났다. 공모촌 앞에서 서쪽으로 돌아들자, 움푹한 평지가 다시 동서로 펼쳐졌다. 이 마을은 언덕 위에 겹겹이 이어져 있고, 기와집이 높이 솟아 있다. 호가사의 친족 우두머리의 관할지이리라는 생각이 들었다.

서쪽으로 2리를 나아가자, 시냇물은 북쪽으로 굽어진다. 다시 서쪽으로 시내를 건넜다. 북서쪽으로 1리를 더 가자, 시냇물은 서쪽으로 굽어진다. 다시 북쪽으로 시내를 건넜다. 북쪽 언덕의 낭떠러지에서 서쪽으로 1리 반을 나아가자, 서쪽에서 흘러오는 물길이 합쳐진다. 이것은 맥충하(麥衝河)이다. 맥충하를 거슬러 서쪽으로 2리를 가서 맥충보(麥衝堡)의 남쪽 관문으로 들어가 묵었다. 이날 밤 우레를 동반한 비가 세차게 쏟아지더니, 밤새도록 그치지 않았다.

4월 초하루

동틀 무렵에 일어나니, 비가 차츰 그쳤다. 식사를 할 때 듣자하니, 이곳의 서쪽에 도원동(桃源洞)이 있다고 한다. 5리 정도 떨어져 있는데, 반드시 횃불을 들고 가야만 깊숙이 들어갈 수 있으며, 그 안에는 깃발이나 우산, 목걸이 모양의 물건이 많다고 한다. 집주인을 찾아 안내해달라고 부탁했으나, 그는 거절하면서 "그저 관문 위로 가서 서쪽으로 가시면 됩니다"라고 말했다.

이에 북쪽의 관문을 나서서 시내의 동쪽 언덕을 거슬러 나아갔다. 홀연 언덕 동쪽에 솟구친 암벽이 기세가 대단히 험하고 가파르다. 시내는 벼랑을 씻어내리면서 남쪽으로 흐르고, 길은 시내를 거슬러 북쪽으로 뻗어 있다. 지척간에 위로는 봉긋 솟은 벼랑에 기대고, 아래로는 급한 물살을 따르니, 온몸이 으스스 떨렸다. 3리만에 돌아들어 동쪽의 움푹한 평지로 들어섰다. 그 북쪽의 길모퉁이에 조그마한 봉우리가 서 있다. 이 봉우리는 맥충하 남쪽 아래의 요충지인데, 동굴이 북쪽을 향해 있다. 이 동굴은 관음동(觀音洞)이다. 다시 북쪽으로 반리를 나아가 맥충관(麥衝觀)에 이르렀다.

도원동이라는 곳을 물어보았다. 바로 여기에서 쭉 서쪽에 있는 커다란 봉우리의 중턱에 있었다. 4리가 채 되지 않는 곳이다. 맥충관의 동쪽에 진무각(眞武閣)이 있으며, 남쪽을 향하여 관음동의 입구와 정면으로 마주보고 있다. 이에 진무각에 짐을 풀어놓고서 스님에게 횃불을 얻어 찾아나섰다. 길을 가는 중에 한 노인을 만났는데, 그 노인이 이렇게 말했다. "이 동굴은 그다지 멀리 떨어져 있지 않지요. 그러나 시냇물이 마침 불어난 데다 물살이 급하여 건널 수 없소. 안내인이 있더라도 어찌할 수 없을 터인데, 하물며 무작정 그냥 가보시겠다구요?"

나는 실망한 채 되돌아와 짐을 꾸려 남서쪽으로 넘어 내려가 강의 동쪽 언덕에 이르렀다. 강을 거슬러 북쪽으로 모두 1리를 나아가자, 시내가 북서쪽의 산허리에서 흘러온다. 길은 북동쪽의 산허리에서 뻗어오르더니, 마침내 맥충하와 갈라졌다. 비탈길에 고인 물의 자취 사이로 샘물이 콸콸 솟구쳐 올랐다. 구멍은 손가락 크기만 한데, 손가락으로 쑤시자 온통 모래흙인지라 손가락을 따라 흐려진다. 손가락을 빼내자 다시 넘쳐흘러 구멍을 이루었다. 이 구멍들은 증기의 작용으로 말미암은 것이다. 물은 증기를 따라 솟아날 뿐, 일정한 구멍이 있는 것은 아니었다.

1리를 나아가 뒷골짜기로 돌아올라가 동쪽으로 들어갔다. 1리를 더 가자, 골짜기는 더욱 동쪽으로 뻗어가고, 길은 북쪽 골짜기에서 위로 올라간다. 그곳은 바위봉우리들이 겹겹이 우뚝 치솟아 있고, 뻗어가는 등성이는 매우 비좁았다. 비좁은 어귀를 넘어 북쪽의 움푹한 평지 속으로 내려갔다. 푸른 밀과 잘 익은 메밀이 밭두둑을 뒤덮고 움푹한 평지를 가득 채운 채 분홍빛 꽃과 비취빛 물결로 일렁거렸다. 여기에서부터는 광서성(廣西省)의 황량한 모습이 더 이상 보이지 않았다. (광서성에서는 유독 보리를 심지 않았다.) 등성이의 동서 양쪽에는 물길이 어지러이 엇섞여 흐르는데, 모두 맥충하로 흘러든다.

다시 동쪽으로 1리를 더 가서 북쪽으로 돌아들자, 움푹한 평지가 남북으로 드넓게 펼쳐져 있다. 대단히 평탄한 바닥은 쟁기질로 밭을 일구었다. (이곳은 이미 소로 쟁기질하며, 육채 이남에서와는 달리 덧신을 신지 않는다.) 물을 대어 쟁기질하고 김을 매는지라, 그 사이에 물이 가득하다. 물은 모두 벼랑의 비탈에서 쏟아져내리고, 인공으로 물길을 판 흔적은 보이지 않았다.

2리를 가자, 제법 번성한 마을이 서쪽 봉우리 아래에 의지해 있다. 이곳은 보림보(普林堡)이다. 다시 북쪽으로 1리를 가서 고개를 넘어 바위봉우리에 올랐다. 이어 골짜기를 넘어 내려가다가 동쪽으로 돌아들어 바위봉우리 사이를 완만하게 나아갔다. 동쪽으로 1리를 내려가자, 쟁반처럼 우묵한 곳에 언덕 모양의 조그마한 바위봉우리가 불거져 나와 있다. 길은 바위봉우리를 따라 우묵한 곳을 지나 동쪽의 골짜기로 뻗어든다.

1리를 간 뒤 북쪽으로 나아가 고개를 올라 1리만에 흙등성이 위에 올랐다. 이 등성이는 주봉(主峰)의 중심 줄기로서, 서쪽의 대평벌(大平伐)과 소평벌(小平伐)에서 뻗어나와 동쪽의 곡몽(谷蒙)과 포양(包陽) 사이를 지난다. 이어 동쪽의 이곳을 거쳐 남동쪽의 독산주 북쪽에 이르며, 동쪽으로 더 나아가 여평과 평애의 등성이를 이루었다가, 동쪽의 홍안현(興安縣)에 이르러 남쪽의 분수(分水)의 용왕묘(龍王廟)로 돌아든다.

등성이를 넘어 북쪽으로 내려갔다. 골짜기의 암벽은 몹시 비좁다. 1

리를 가서 골짜기 속을 내려가자, 남서쪽 골짜기를 뚫고 흘러든 물길이 북쪽의 골짜기를 따라 흘러간다. 물길을 건너 산골물의 서쪽 가를 따라 나아갔다. 갈림길이 나오자 물길을 거슬러 남서쪽 골짜기로 나아갔다. 이 길은 포양으로 가는 길로서, 평랑사(平浪司)와 평주육동사(平洲六洞司)로 통한다. 물길을 따라 북동쪽으로 골짜기 속을 나아간 뒤 다시 3리를 가서 동쪽으로 돌아들었다. 골짜기가 차츰 열리더니, 남쪽 산 사이에 하석보(下石堡)라는 마을이 나타났다.

다시 북쪽으로 2리를 가서 커다란 돌다리를 건넜다. 다리 아래의 산골물은 북서쪽의 깊은 골짜기 속으로 떨어져 흘러가고, 길은 산골물과 갈라져 북동쪽으로 고개를 넘는다. 두 차례씩 오르내리고서 다시 2리를 나아가 고개를 넘어 내려왔다. 남동쪽에 움푹한 평지가 훤히 펼쳐져 있고, 북서쪽의 골짜기를 뚫고서 흘러나온 커다란 시내가 세차게 동쪽으로 흘러간다. 이것은 대마미하(大馬尾河)이다. 갑자기 물이 불어난 바람에 건너기가 어려웠다. 그래서 시내 남쪽에서 산벼랑을 따라 동쪽으로 나아갔다. 시냇물이 곧장 벼랑발치로 쏟아지고 있었다.

1리를 가서 동쪽으로 보루 앞에 이르자, 여러 사람이 물을 건너고 있었다. 사나운 시냇물이 가슴까지 차오르는지라, 큰물에 대한 두려움을 이길 수 없었다. 오래도록 앉아 있다가, 옷을 벗은 채 물을 헤엄쳐 건너 북쪽 언덕에서 동쪽으로 나아갔다. 물길은 남동쪽 골짜기를 따라 흘러간다. 물길과 헤어져 북동쪽으로 고개를 넘어 내려와 3리만에 동쪽의 소마미하(小馬尾河)를 건넜다. 다시 북동쪽으로 고개를 올라 1리 반만에 고개등성이를 넘어 동쪽으로 내려왔다.

1리 반을 나아가 산골짜기를 빠져나오니, 산이 훤히 열리면서 남북으로 움푹한 평지가 이루어져 있다. 동서 양쪽으로 줄지어 늘어선 산들이 움푹한 평지를 에워싸고 있고, 커다란 강은 드넓게 그 사이를 가로지르면서 북쪽에서 남쪽으로 흘러간다. 시내 서쪽 언덕을 거슬러 서쪽으로 줄지은 산을 따라 북쪽으로 1리를 가자, 길옆으로 물길이 서쪽 골짜기에서 동쪽의 시내로 흘러든다. 이 물길을 건너 북쪽으로 2리를 갔다. 서쪽에서 흘러오는 시내 위에 돌다리가 걸쳐져 있다.

돌다리를 건너 다리 끄트머리에서 골짜기를 따라 서쪽으로 들어섰다. 이곳은 호가사(胡家司), 즉 도균장관사인데, 명칭이 이곳 부(府)와 같기에 성씨를 덧붙여 일컬어 구분했다. 북쪽으로 1리를 더 가자, 서쪽 산벼랑 위에 황가사(黃家司)라는 마을이 나타났다. 이 마을은 호가사의 부장관의 관할지이다. 다시 북쪽으로 나아가 밭두둑 사이로 5리만에 서교(西橋)를 건넜다. 북쪽으로 반리를 더 가서 소서문(小西門)에 들어섰다. 이곳이 도균군성(都勻郡城)이다. 여인숙에 묵었다. 주인은 성이 심(沈)씨이고, 강서성(江西省) 사람이다.

4월 초이틀

아침 일찍 일어나 도균부(都勻府)의 지부인 장(張)대인(이름은 면행勉行이며, 사천성四川省 사람이다)에게 드릴 편지를 썼다. 이어 이리저리 거닐다가 동쪽의 도균부 관아에 들어갔다. 관아는 서쪽의 망산(蟒山)을 향해 있다. 다시 동쪽의 동산(東山) 기슭에 올라 공묘(孔廟)를 배알했다.

동쪽 행랑채에서 글을 읽고 있는 이가 보였다. 그에게 남고(南皐) 사람인 총헌 추수(鄒成)가 도균에 있을 적의 유적을 물어보았다. 그는 "동쪽 문 안에 서원이 있습니다"라고 대답했다. 『도균부지(都勻府志)』에 대해 물었더니, 그의 벗이 집에 돌아가 가져와 내게 보여주었다. 그런데 대단히 간략하여 상세하지 않았다. 대마미하와 소마미하의 경우, 그 발원지조차 기록되어 있지 않은데다, 그 물길이 어디로 흘러가는지도 기록되어 있지 않았다. 그 나머지야 미루어 짐작할 수 있으리라.

『부지』에 도균부의 팔경(八景)이 실려 있다. 모두 그렇고 그런 곳으로서, 이곳만의 특출한 기이한 경관은 아니었다. 이곳 서문의 커다란 시내에 새로 걸쳐놓은 돌다리가 있다. 바위를 쌓아 만든 아홉 개의 봉긋한

문이 드넓은 물위에 아주 가지런히 걸쳐 있는데, 이것을 팔경의 하나로 언급하지 않음은 무슨 까닭일까?

도균부의 부성은 동쪽으로 동산에 기대어 있고, 서쪽으로 커다란 시내를 굽어보고 있다. 높은 언덕이 동산에서 서쪽으로 에돌고, 아래로 시냇가의 구덩이를 굽어보고 있다. 북쪽에서 흘러오는 시내는 서쪽으로 돌아든 뒤, 그 동쪽으로 감아돈다. 성은 둥글게 언덕 위로 뻗어 있고, 남북에 각각 하나씩 문이 있다. 서쪽에는 두 곳의 크고 작은 문이 있으며, 동쪽 문은 산의 남쪽에 치우쳐 있다. 성 뒤쪽은 동산의 꼭대기를 에워싸고 있는데, 산꼭대기 위에 멀리 바라볼 수 있는 누각이 있다.

부성의 서쪽은 망산(蟒山)을 마주하고 있다. 망산은 도균부에서 가장 높은 안산이며, 관아와 문묘가 모두 망산을 향해 있다. 망산의 남쪽에 봉우리가 솟구쳐 있고, 봉우리 위에 불사가 있다. 불사는 층계를 밟아 5리를 가야만 오를 수 있다. 식사를 마친 후에 비가 내리는 바람에 오를 겨를이 없었다. '망(蟒)'이라 일컬은 것은 봉우리 꼭대기에 있는 바위등성이의 구불거리는 모양이 마치 커다란 뱀처럼 보이기 때문이다. 지금의『부지』에는 용산(龍山)으로 고쳐져 있다.

구룡동(九龍洞)은 성의 동쪽 10리에 있다.『일통지』에 따르면, 도균동은 도균장관사의 동쪽 10리에 있는데, 동굴의 앞쪽 입구는 북쪽을 향해 있고, 뒤쪽 입구는 남쪽을 향해 있다고 한다. 그렇다면 틀림없이 이 동굴일 것이다. 지금의『부지』에서는 선인동(仙人洞)이 두 곳이라고 했다. 그 아래의 주에는 "하나는 성의 동쪽에, 다른 하나는 성의 서쪽에 있다"고 했는데, 혼란스러운 느낌이 들었다.

수부묘(水府廟)는 성의 북쪽 몽우산(夢遇山)에 있다. 커다란 시내는 남쪽으로 흘러내려 수부묘 앞을 가로지르고, 조그마한 시내는 서쪽으로 망산 북쪽에서 동쪽으로 쭉 흘러든다. 아래에는 백의각(白衣閣)이 있으며, 벼랑에 의지하여 깎아지른 듯한 절벽 위에 매달려 있다. 높은 곳에서 굽어보는지라, 깊이를 헤아릴 수가 없었다. 위에는 범음동(梵音洞)이 있는데, 서쪽을 향해 동굴 입구를 이루고 있다. 동굴에는 색다른 정취는 없으며, 다만 동굴 속에 땅속에서 솟아나온 돌부처가 있다는 점이 기이할 따름이다.

4월 초사흘

오후에 도균부에서 출발하여 20리를 간 뒤, 문덕(文德)에서 묵었다.

4월 초나흘

30리를 가서 마합주(麻哈州)에 이르렀다. 10리를 더 가서 간계(乾溪)에서 묵었다.

4월 초닷새

10리를 가서 마합대보(麻哈大堡)에 이르렀다. 10리를 더 가서 간패초(幹壩哨)에 이르렀다. 15리를 더 가서 평월위(平越衛)에 닿았다.

4월 초엿새

평월위에서 쉬었다.

4월 초이레

숙소에서 묵었다.

4월 초여드레

귀주(貴州)의 짐꾼을 고용하여 길을 떠나 애두(崖頭)에 이르러 묵었다.

4월 초아흐레

신첨위(新添衛)에서 식사를 하고, 양보산(楊寶山)에 이르러 묵었다.

4월 초열흘

용리(龍里)에서 쉬었다.

4월 11일

20리를 가서 고각(鼓角)에 이르렀다. 30리를 더 가서 귀주(貴州)에 닿았다.

4월 12일

귀주에 머물러, 고불동(古佛洞)을 유람했다.

4월 13일

귀주에 머물러 오신소(吳愼所)의 집에 머물렀다.

4월 14일

아침 일찍 오씨의 집에서 식사를 했다. 귀주 부성의 남쪽 문을 나와 서계교(西溪橋)를 건너 남서쪽으로 나아갔다. 5리를 가자, 서쪽 골짜기에 서 흘러오던 시내가 동쪽의, 남쪽에서 흘러오는 커다란 시내에 흘러든 다. 그 위에 돌다리가 걸쳐져 있는데, 이 다리는 태자교(太子橋)이다. (이 다리는 건문제(建文帝)[1]로 말미암아 이름이 붙여졌다고 한다. 그런데 왜 '태자'라고 했을 까?) 다리 아래의 시냇물은 양쪽 벼랑의 바위 사이로 용솟음쳐 흐른다. 세차게 부딪치는 물살이 대단히 급하다. 남쪽에서 흘러오는 커다란 시 내는 이 물살의 급하기를 따를 수 없다.

다리를 건너 남쪽에서 흘러오는 커다란 시내를 거슬러 다시 남서쪽 으로 3리를 갔다. 남쪽으로 가로누운 산이 마치 병풍처럼 앞쪽에 늘어 서 있다. 커다란 시내는 산의 동쪽 허리에서 흘러나오고, 길은 산의 서 쪽 허리에서 남쪽으로 뻗어 있다. 다시 남쪽의 골짜기 속을 2리 나아가 동쪽 산의 산부리를 지나자, 벽언당(벽堰塘)이 나타났다. 그 남서쪽에 두 개의 봉우리가 나란히 솟아 있고, 그 동쪽은 병풍처럼 늘어선 산의 옆 이다.

다시 3리를 나아가 나란히 솟은 한 쌍의 봉우리의 동쪽 기슭을 지나 그 남쪽으로 나왔다. 시냇물이 멀리서 튀어오르는 소리가 차츰 들려왔 다. 동쪽의 병풍처럼 늘어선 산을 바라보니, 남쪽으로 갈라져 골짜기를 이루고 있다. 시내는 다시 남쪽에서 골짜기로 쏟아져 흘러가니, 곧 그 북동쪽 허리에서 흘러나오는 상류이다. 다만 길은 서쪽의 줄지은 산꼭 대기를 따라가고, 시내는 동쪽의 줄지은 봉우리 기슭을 따라 흐른다. 시 내를 거슬러 나아가니, 제대로 보이지 않을 따름이다.

다시 남쪽으로 2리를 가서야, 비로소 동쪽의 시내가 드넓게 흐르는 것이 보였다. 동쪽 봉우리 아래에는 수변채(水邊寨)라는 마을이 있다. 남 쪽으로 3리를 더 나아가 대수구(大水溝)에 이르렀다. 길가에 한두 채의 민가가 있고, 앞에는 쉴 만한 나무가 있다. 다시 남쪽으로 차츰 흙언덕을 올라갔다. 흙언덕은 동쪽의 커다란 시내와 떨어져 있다. 잠시 후 고개 위에서 완만하게 5리를 나아가자, 북쪽으로 쌍쌍이 늘어선 봉우리가 보이는데, 세 갈래로 나뉘어 붓걸이 형태를 이루고 있다.

남쪽으로 흙산골짜기 속을 나아갔다가 다시 1리만에 골짜기를 빠져나왔다. 차츰 동쪽으로 꺾어지자, 남서쪽 골짜기에서 흘러나온 커다란 시내가 이곳에 이르러 동쪽으로 돌아들었다가 동쪽 봉우리 아래에 이르러 북쪽으로 꺾어져 흘러간다. 아홉 개의 구멍이 있는 반원형의 커다란 돌다리가 시내 위에 남북으로 걸쳐져 있다. 이 다리는 화흘로교(華仡佬橋)이다. 다리 남쪽의 가게에서 식사를 했다.

남쪽으로 동쪽 봉우리의 서쪽을 따라 나아갔다. 온통 오르막의 흙비탈인데, 길은 평탄하고도 넓었다. 9리를 나아가자, 가운데의 산언덕으로 뻗어나가는 길이 보였다. 길 동쪽의 물길은 북동쪽의 골짜기 아래로 떨어져 내리고, 길 서쪽의 물길은 북서쪽의 구덩이로 흘러든다. 마음속에 기이한 생각이 들었다.

산언덕마루를 조금 내려오자, 길 동쪽에 대나무숲이 빽빽하게 우거진 채 빙 둘러 있다. 그 속에 집이 한 채 있는데, 집문은 서쪽으로 한길을 굽어보고 있다. 서너 사람이 바윗가에서 쉬고 있는지라, 지팡이를 짚고서 함께 쉬었다. 이 산언덕은 남북으로 물길을 나누는 등성이이다. 대체로 동서 양쪽으로 줄지은 채 층층의 봉우리는 문처럼 늘어서 있다. 그 사이의 가운데에 가로놓인 이 산언덕은 건너뛴 산줄기로서, 험하지 않고 평탄하다. 그 남쪽의 물길은 남쪽으로 흘러내린다. 이곳은 독목령(獨木嶺)이라 한다. (혹은 두목령頭目嶺이라고도 한다. 예전에 금축사金筑司는 서쪽에 줄지은 뾰족한 봉우리 아래에 있었고, 이곳은 우두머리가 지키던 곳이었다.)

고개에서 남쪽으로 내려가 동쪽의 줄지은 산을 따라 나아갔다. 5리를 간 뒤 흙고개를 올라 차츰 남동쪽으로 돌아들자, 고개마루에는 가운데가 움푹 꺼진 웅덩이가 있다. 웅덩이 동쪽에서 다시 남쪽으로 올라 모두 2리를 간 뒤 아래로 내려갔다. 1리를 가자, 북서쪽의 골짜기에서 흘러나온 시내가 이곳에 이르러 동쪽으로 돌아든다. 시내 위에는 청애교(靑崖橋)라는 돌다리가 걸쳐져 있다. 시냇물은 다리 아래에서 동쪽에 줄지은 산에 이르렀다가, 남동쪽의 구렁에 흘러들어 정번주(定番州)를 거쳐 남쪽으로 사성(泗城)의 경내로 흘러내리다 도니강으로 흘러든다. 여기에서는 다시 고개 남쪽으로 흘러나온다.

다리를 건너 남쪽으로 반리만에 청애성(靑崖城)의 북문에 들어섰다. 이 성은 새로 지어진 것이다. 옛 성은 에돌아 동쪽으로 나아갔는데, 지금은 동쪽 모퉁이로 꺾어져 서쪽의 뾰족한 봉우리 위로 나아간다. 성 안에는 기와를 덮은 누각과 거리가 자못 많았다. 이날은 종일토록 날이 맑더니, 밤에는 달이 휘영청 밝았다.

청애둔(靑崖屯)은 귀주의 전위(前衛)에 속해 있으나, 지역은 광순주(廣順州)의 관할이다. 북쪽으로 부성과 50리 떨어져 있고, 남쪽으로는 정번주와 35리 떨어져 있으며, 북동쪽으로 용리와 60리 떨어져 있고, 남서쪽으로 광순주와 50리 떨어져 있다. 시내는 북서쪽의 주봉 등성이에서 발원하여, 성 북쪽을 감돌아 동쪽으로 흐르다가 남쪽으로 돌아든다. 이곳은 귀주성 남쪽 교외의 요충지로, 오늘날에는 총병[2]을 증설하여 그 안에 머물게 했다.

---

1) 건문(建文)은 명나라 태조인 주원장(朱元璋)의 황태손인 주윤문(朱允炆)을 가리킨다. 주윤문은 홍무(洪武) 31년(1398년) 주원장이 세상을 떠난 후 제위를 계승했으니, 이가 바로 혜제(惠帝)이며 4년간 재위했다. 그는 정난지변(靖難之變) 중에 연왕(燕王) 주체(朱棣)에게 쫓겨 행방불명되었다. 건문은 그의 연호이다.
2) 총병(總兵)은 명대에 변방지구를 지키는 장령을 가리킨다. 본래는 파견의 명칭으로서 품계나 정원도 없이 전쟁이 일어나면 장수의 인수를 가지고 출병했다가 업무가 끝나면 반환했다. 후에 차츰 상주하는 무관으로 바뀌었다.

4월 15일

동틀 무렵 청애성의 남문을 나와 갈림길에서 서쪽의 산골짜기로 들어갔다. (남쪽의 한길을 따라 나아가면, 정번주로 가는 길이다.) 5리를 나아가 남쪽으로 꺾어졌다. 다시 남서쪽의 비탈진 고개를 넘어 모두 5리를 가자, 길의 북쪽 산 아래에 옹루(翁樓)라는 마을이 있다. 커다란 나무가 빽빽이 우거지고, 조그마한 물길이 남쪽으로 흐르고 있다. 마을 서쪽에서 산골짜기로 들어갔다. 양쪽 산에는 나무숲이 우거지고 대나무숲이 깊숙하다. 귀양부(貴陽府)의 사방의 민둥산과는 사뭇 다르다.

북서쪽의 골짜기에 들어서서 3리만에 서쪽의 고개를 올랐다. 1리만에 고개를 넘어 서쪽으로 내려가 반리를 가자, 길가 흙속에서 샘물이 솟아나온다. 뼈가 시리도록 차가운 이 샘물은 남쪽의 구렁으로 쏟아져 내린다. 서쪽으로 반리를 더 내려가자, 산골물이 북쪽 골짜기에서 흘러오고, 산골물 위에는 나무다리가 걸쳐져 있다. 산골물은 남쪽으로 흘러내리고, 길은 서쪽으로 산골물을 건너 뻗어 있다. 다시 북쪽의 고개에 올라 1리만에 등성이 서쪽을 넘었다. 졸졸 흐르는 샘물이 나타났다 숨었다 했다.

북서쪽으로 두 산골짜기 사이를 나아갔다. 평탄하게 웅덩이져 있는 골짜기 바닥은 쟁기질하여 밭을 일구었으나, 안에 물은 보이지 않았다. 다시 북서쪽으로 반리를 가서 서쪽의 등성이에 이르렀다. 등성이 동쪽에 또 샘물이 졸졸 흐르는데, 역시 나타났다 숨었다 했다. 대체로 이 일대는 온통 봉굿 솟은 봉우리가 남북 양쪽으로 줄지어 있고, 동서 양쪽에는 가로누운 등성이가 뻗어 있다. 등성이 속의 물은 모두 가운데로 떨어지지만, 웅덩이 밑바닥은 보이지 않는다. 웅덩이는 말라붙은 채, 물이 고여 있지 않았다.

서쪽 등성이를 넘어 내려가 북서쪽으로 2리를 갔다. 길 북쪽에 한 줄기 샘물이 매달려 있다가 산등성이 경계의 바위에서 떨어져 내리더니,

길 남쪽에는 홀연 샘물소리가 졸졸거리다가 산골물을 이루고 있다. 생각건대 구멍을 뚫고 흘러나오는 것이리라. 반리를 가서 서쪽으로 돌아들어 나아갔다. 반리를 더 가자, 북쪽 산 아래에 마령채(馬鈴寨)라는 마을이 나타났다. 길은 마령채 앞에서 서쪽으로 나아갔다. 홀연 길 남쪽의 산골물이 어느덧 커다란 시내로 변해 있다. 시내를 따라 서쪽으로 반리를 가자, 커다란 시내가 서쪽 골짜기에서 흘러온다. 두 줄기의 시내가 서로 만나 합쳐져 남동쪽의 구렁으로 쏟아져 흘러간다. 이 물길은 정번주를 지나 청애성의 물길과 합쳐져 도니강으로 흘러내린다.

여기에서 서쪽에서 흘러오는 커다란 시내의 북쪽 언덕을 거슬러 서쪽으로 2리를 더 나아가니, 이곳은 수차패(水車壩)이다. 수차패의 북쪽에는 성이 노(盧)씨인 토사가 있는데, 그의 집은 북쪽 봉우리 아래에 기대어 있다. 수차패의 남쪽에는 언덕 사이에 장터가 있는데, 사천 사람들이 시장 옆에 띠집을 엮어 잠시 기거하고 있다. 수차패에는 천연의 바위 여울이 가로로 가로막고 있다. 산골물이 방죽 위로 날듯이 흐르고 있으며, 또한 상류에는 커다란 나무다리가 시내의 남북에 걸쳐져 있다. 이 시내는 서쪽의 광순주(廣順州)에서 흘러오는 물길이다. (광순주는 바로 금축안무사金筑安撫司로, 만력萬曆 25년에 주州로 바뀌었으며, 유관[1]을 증설했다.)

시내의 북쪽 언덕에서 물길을 거슬러 들어가는 길은 광순주로 가는 길이다. 시내의 남쪽 언덕에서 고개를 넘어 오르는 길은 백운산(白雲山)으로 가는 길이며, 시내를 따라 남동쪽으로 내려가는 길은 정번주로 가는 길이다. 이에 사천 사람의 여인숙에서 식사를 했다. 그에게 땔감 비용을 주었으나 그는 사양하면서 받지 않았다. 남서쪽으로 1리를 가서 고개를 넘었다.

다시 고개의 골짜기 사이를 1리 반 나아가서 산을 따라 남쪽으로 돌아들어 반리를 간 뒤, 다시 동쪽으로 돌아들어 골짜기에 들어섰다. 반리를 가자 골짜기는 끝이 났다. 남동쪽의 비좁은 어귀를 기어올랐다. 비좁은 어귀는 덩굴숲으로 우거져 있고, 바위부리가 빽빽이 모여 있다. 반리를 가서 그 위에 오른 뒤, 남동쪽으로 내려와 구렁을 가로질러 지났다. 반리를 가서 다시 남동쪽으로 오르니, 그 고개에 모여 있는 험준한 바위는 더욱 빽빽하다.

반리를 가서 다시 고개를 넘어 남쪽으로 내려가 움푹한 평지를 따라 남쪽으로 1리를 나아가 팔루(八壘)에 이르렀다. 그 사이로 동서 양쪽은 온통 산이고, 남북 양쪽은 구렁을 이루고 있다. 깊은 구덩이가 아래로 푹 꺼져 마른 우물을 이루고 있으나, 남북으로 지세가 높으니 물이 옆으로 새나가지 않았다. 곧장 구렁의 남쪽에 이르니, 봉우리가 구렁 어귀를 가로지른다. 서쪽으로 나란히 선 비좁은 어귀는 마치 문지방과 같고, 동쪽으로 이어진 등성이는 고개를 이루고 있다.

이에 동쪽으로 고개를 올라 1리를 가서 그 등성이를 넘었다. 이곳은 영풍장(永豊莊)의 북쪽 고개로, 곧 백운산 남서쪽으로 뻗어가는 등성이이다. 이에 남쪽으로 산을 내려가자, 또 동서로 움푹한 평지를 이루고 있다. 마을이 북쪽 고개와 마주한 채 산 아래에 있다. 이곳은 영풍장이다. 움푹한 평지 속에서 동쪽으로 2리를 나아가자, 북쪽 벼랑 위에 돌층계가 나타났다. 북쪽의 돌층계를 올랐다.

반리를 가서 서쪽으로 돌아들어 반리를 간 뒤 북쪽으로 꺾어졌다. 온통 나무가 우거져 빽빽하고, 돌층계가 구불구불 이어져 있다. 거대한 삼나무 두 그루가 돌층계 옆 양쪽에 서 있는데, 세 사람이 함께 안아야 할 정도이다. 서쪽의 삼나무는 나무 꼭대기가 불에 타버렸다. 건문제가 손수 심은 나무이다.

다시 서쪽으로 꺾어져 반리를 가자, 백운사(白雲寺)가 나왔다. 이곳은 건문제가 창건했으며, 앞뒤에 이중으로 불각(佛閣)이 세워져 있다. 뒤쪽 불각의 앞 기둥 아래에 궤작천(跪勺泉)이라는 샘이 있다. 샘물은 북쪽으로 흘러내려 불각 아래의 바위틈새로 통하는데, 넘치지도 않고 마르지도 않는다. 물을 긷는 사람은 반드시 엎드려야만 뜰 수 있기에, 꿇어앉는다는 의미로 '궤(跪)'라는 이름을 붙인 것이다. 이는 신룡이 건문제에게 바친 것으로, 가운데는 용담(龍潭)으로 통하고, 때로 한 쌍의 금잉어가 출몰한다고 했다.

불각의 서쪽에서 다시 북쪽으로 반리 올라가니, 이곳은 유미동(流米洞)이다. 이 동굴은 산꼭대기의 깎아지른 듯한 벼랑 사이에 매달려 있다. 동굴 입구는 남쪽을 향해 있고, 깊이는 겨우 한 길 남짓이다. 뒤쪽에 바위 감실이 있다. 걸상으로 삼아 기댈 만하다. 그 오른쪽에는 조그마한 구멍이 있는데, 쌀이 흘러나오는 곳이라 한다. 흘러나온 쌀은 제왕에게 바쳤다고 하지만, 지금은 쌀이 보이지 않는다.

왼쪽에는 골짜기가 높이 갈라져 있다. 위쪽에는 밝은 창이 뚫려 있고, 가운데에는 판자가 가로로 걸쳐져 있다. 건문제가 남겨 놓은 것이라고 하지만, 모두 그의 사적을 신화화하기 위해 의탁한 것이다. 동굴 앞은 뭇봉우리들을 굽어보는데, 수천 겹의 비취빛 물결이 둥글게 에워싼 채 높아졌다 낮아졌다 하면서, 먼 곳과 가까운 곳이 모두 발아래에 펼쳐져 있다. 동굴 왼쪽에는 전각을 꾸며 건문제의 상을 받들어 모시고 있다. (전각은 잠룡승적潛龍勝蹟이라 일컫는다. 상은 예전에 불각에 있다가, 지금은 이곳으로 옮겨 놓았다.) 순안어사 호평운(胡平運)이 지은 것이다. 앞으로는 먼 산을 굽어보고, 오른쪽으로는 유미동이 날개인 양 자리해 있지만, 동굴 입구를 가리지는 않는다. 전각의 뒤는 곧 산의 꼭대기이다.

전각을 넘어 북쪽으로 나아가자, 평지가 드넓게 훤히 트여 있다. 온통 층층의 대나무숲과 높이 치솟은 나무들이 해와 달을 가려 덮었으며, 늘어선 길들이 숲의 구역을 나누고 있다. 불사가 몇 군데 지어져 있으며, 그 한 가운데에 남경정(南京井)이 있다. 바위등성이는 고갯마루에 완만하게 엎드려 있고, 그 가운데에 틈새 한 줄기가 갈라져 있다. 남북으로 가로 길이는 세 자가 채 되지 않고, 동서로 너비는 약 다섯 자이다. 깊이는 한 자 남짓인데, 남북으로 통해 있는 구멍은 그 깊이를 헤아릴 수 없다.

그 사이에 고여 있는 물은 맑고 시원하기가 남다르다. 물은 줄어들지도 않고 넘치지도 않는다. 정실(靜室)의 스님이 물을 떠먹도록 표주박을 놓아두었다. 내가 처음에 왔을 때 커다란 물고기가 수면에서 놀고 있었다. 사람을 보더니 구멍 속으로 헤엄쳐 들어가는데, 물결이 일렁이더니 한참만에야 잠잠해졌다. 구멍은 작고 물고기는 크며, 물은 봉우리 꼭대기에 고여 있으니, 이 또한 기이한 일이다. 그 옆에 남경에서 온 스님이 집을 지어 수행했기에, 그 샘의 이름에 '남경'을 붙였던 것이다. 그런데 지금은 노스님으로 바뀌고 북경에서 오신 분임에도, 샘은 여전히 원래의 이름을 그대로 사용하고 있다.

이날 백운암에 이른 것은 오후였다. 주지인 자연(自然) 스님이 식사를 차려준 후, 곧바로 나를 안내하여 잠룡각(潛龍閣)에 올라 유미동에서 쉬었다. 그는 잠룡각 안의 스님에게 나를 안내하여 북쪽의 등성이를 넘어 남경정을 구경시켜주도록 부탁했다. 북경(北京)에서 오신 노스님은 나를 맞이하여 승방에 앉게 했다. 승방 앞에는 땅을 일구어 채소를 심었다. 쑥갓이 자라나 있고 국화가 채마밭에 가득하다. 진홍빛 꽃에 수많은 잎을 드리운 양귀비는 꽃떨기가 대단히 크고 빽빽하다. 그 풍성하고 아름다운 자태는 모란이나 작약에 뒤지지 않았다.

사방을 둘러보니 커다란 나무가 빙 둘러 뒤덮고 있다. 마치 깊은 구렁에 있는 듯하여, 뭇산의 꼭대기임을 깨닫지 못했다. 그윽하고 툭 트인 정취를 겸하고 있으니, 산속의 절묘한 명승이라 할 만하다. 마주앉아 한참동안 이야기하다가 해가 뉘엿뉘엿 질 무렵에 되돌아왔다. 이미 암자 서쪽에서 기다리고 있던 자연 스님은 식사를 차리고 차를 마시다가, 암자 뒤의 암벽 아래로 옮겨 앉았다.

이날은 아침 일찍부터 해질녘까지 날이 맑고 화창하여 하늘을 가리는 구름 한 점 없었다. 그런데 밤이 되자 먹구름이 사방에서 모여들었다. 옥 같은 뭇봉우리 꼭대기에서 신선의 아름다운 못과 같은 달을 만날 수 없어 낙담했다.

1) 유관(流官)은 명청대에 조정에서 사천, 귀주, 운남 등의 소수민족지구에 파견한 지방관을 가리킨다. 일정한 임기가 있으나 세습하거나 토박이가 아닌지라 유동적이기에 유관이라 일컬었다.

4월 16일

밤중에 비바람소리가 들리더니, 새벽녘이 되자 간밤의 비가 부슬부슬 내렸다. 나는 이 때문에 느지막이 일어났다. 식사를 한 후 조그만 창 아래 앉아 날이 개기를 기다려 용담을 찾아갈 작정이었다. 그러나 보슬비가 그치지 않자, 식사를 하고나서야 길을 나섰다. 잠룡각에서 북쪽으로 고개를 넘어 남경정에 이르러, 갈림길에서 북동쪽으로 대나무숲 깊숙이 들어갔다. 나무는 치솟고 벼랑은 겹겹이며 위아래가 온통 그윽하고 아득하다. 벼랑을 가로질러 푸른 숲을 뚫고 나아가니, 더 이상 인간 세상이 아니다.

모두 5리를 가자, 서쪽 벼랑은 봉우리 꼭대기에서 아래로 움팬 채 푹 떨어져 골짜기를 이루고 있다. 가운데의 웅덩이는 물이 고인 채 검푸른 못을 이루고 있다. 바위발치를 파고든 물은 줄어들지도 않고 넘치지도 않는다. 참으로 오랜 세월 감추어진 연못이요, 천 개의 봉우리에 감춰진 구렁이다. 이 골짜기는 남북으로 대략 다섯 길이고, 동서로도 대략 다섯 길이며, 동쪽 벼랑이 움푹 팬 곳 아래에 닿기까지가 대략 세 길이고, 서쪽 벼랑이 높이 치솟았다가 아래로 꺼져 내린 곳까지는 십여 길이다. 물속 깊이는 헤아릴 길이 없고, 남쪽으로 뚫려있는 구멍은 더욱 깊다. 아마도 이 물은 산을 뚫고 산허리에 스며들어 봉우리 속에서 수분을 머금었다가, 남서쪽으로 스며 나와 남경정(南京井)을 이루고, 남동쪽으로 스며 나와 궤작천(跪勺泉)을 이루리라. 벼랑 위에는 높다란 나무줄기와 빽빽한 나뭇가지가 온 하늘을 비취빛으로 뒤덮고 있다.

다시 북동쪽의 벼랑을 기어오르고 남동쪽의 구렁을 건넜다. 온통 그윽하고 아득함의 극치를 이루고 있다. 구렁 동쪽에는 버려진 띠집 한

칸이 있다. 나무다리를 건너 들어가 보니, 2년 전에 여산(廬山)에서 오신 스님이 머물러 수도하는 곳이다. 이제 띠집은 텅 비어 있고, 사람은 가고 없었다. 막 나무다리를 건너 문을 열려고 하는데, 산속의 비가 세차게 내렸다. 왔던 길을 따라 되돌아왔다. 짙게 깔린 운무 사이로 잎사귀가 어지러이 날리고 옷과 신발은 흠뻑 젖고 말았다.

다시 남경정을 지나 북경에서 오신 스님의 승방에 들어갔다. 스님은 문을 잠근 채 백운암에 가시고, 빗속의 양귀비꽃만이 은근한 정을 담은 채 사람을 맞아준다. 인적 없는 산속에 아름답고 어여쁘니, 마치 도화동(桃花洞) 어귀에 들어선 듯하다. 돌아오는 길에 잠룡각을 넘자, 자연 스님이 진즉 전각 옆에 나와 기다리고 계셨다. 암자로 내려가 차를 다리고 옷을 말렸다.

저녁을 먹은 후 비가 조금 개이자, 스님은 다시 제자에게 안내를 부탁했다. 암자의 동쪽에서 고개모퉁이에 올랐다. 고개모퉁이를 따라 북쪽으로 1리를 가서 동쪽 모퉁이로 나오니, 가까운 산들은 모두 그 아래에 엎드려 있고, 먼 산들은 청애성에서 뻗어오다가 용리(龍里)에서 남쪽으로 뻗어내린 줄기이다.

약간 북쪽으로 나아가 깊숙한 나무숲속을 내려와 바위틈새를 건너 오르자, 정실 한 채가 나타났다. 세 칸으로 꾸며진 이 암자는 동쪽을 향한 채 호젓하고 고즈넉하다. 암자 앞에는 바위로 평대를 만들고 들꽃으로 꾸며놓았으며, 암자 안에는 대나무를 엮어 문을 엮어놓았다. 정갈하고도 사랑스럽다. 이곳은 수많은 나무 위에 높이 매달려 있고, 아래로 굽어보니 대나무가 겹겹이 모여 있다. 채마밭에는 부추가 가득한 듯하다. 하지만 낭떠러지를 사이에 둔 채 구덩이로 막혀 있으니, 바라볼 수는 있어도 올라갈 수는 없었다.

따라서 길은 반드시 백운암을 따라 에돌아야만 한다. 대체로 잠룡각 뒤편의 북쪽 평지 위의 여러 정실로 가는 길은 모두 마찬가지인지라, 달리 오를 지름길은 더 이상 없다. 이 암자는 널찍하고도 어지럽지 않고, 그윽하면서도 막힌 느낌이 들지 않는데다, 험준하면서도 비좁지 않다. 숨을 내쉬고 들이쉬니 하늘까지 통하고, 자리에 누우니 인간세상과 격절되어 있는지라, 참으로 수련하기에 지극히 좋은 곳이다. 암자의 주인은 법호가 계본(啓本)이고 운남(雲南) 사람이며, 제자 한 명과 함께 거처하고 있다. 반면 북쪽 평지에는 노스님만 살고 계신다.

백운암 뒤편에는 모두 열 곳의 암자가 있다. 그러나 안(安)씨의 난으로 인해 모두 산을 떠나버렸으며, 오직 이 두 곳에만 사람이 거처하고 있었다. 열두 곳의 방 옆에는 각기 샘이 패여 있고 국자가 딸려 있다. 이로 인해 알게 된 사실이지만, 이 산의 꼭대기마다 텅 빈 가운데에 받아둔 물은 고인 채 흘러가지 않는다. 또 하나의 기이한 일이다. 밤이 되어 백운암으로 돌아오자, 밤비가 다시 내렸다. 자연 스님이 화로 곁에서 차를 대접했다. 등불 심지를 돋우어 밤새 이야기를 나누다가 한참만에야 자리에 누웠다.

4월 17일

아침 일찍 일어나니 벌써 날은 개었으나 상당히 쌀쌀했다. 이에 앞서 옷을 껴입었는데도 추웠다. 나는 흐린 날 바람이 불어서 이럴 터이니, 며칠 지나면 틀림없이 누그러지리라 여겼다. 그런데 오늘 날이 화창하고 맑은데도 찬 기운이 여전했다. 비로소 이 일대에서는 한여름에도 화로를 치워버리지 않는다더니, 참으로 그러하다는 걸 알게 되었다.

백운산의 원래 이름은 나옹산(螺擁山)이다. 건문제가 흰 구름을 바라보면서 올라가다가, 이곳을 사찰을 세울 명당으로 여겨 '백운'이라 일컬었다. 『일통지』에는 나옹(螺擁)이라는 명칭이 있으며, 산의 형태가 소라가 감싸고 있는 듯하다고 기술하고 있다. 그렇지만 건문제가 남긴 자취에 대해서는 아무 기록도 실려 있지 않다. 이는 당시에 건문제를 언급하는 것을 꺼렸기 때문일 것이다. 토박이들은 그 명칭을 나용(羅勇)으로 오해했기에, 지금 산 아래에 나용채(羅勇寨)가 있다. 토박이들은 나용(羅勇)에 거주하면서도 그곳이 나옹임을 모르고 있으며, 백운산에 대해서는 알면서도 나옹산에 대해서는 알지 못하고 있는 것이다. 외진 곳에 증명할 이가 없으니, 상전벽해의 변화가 이처럼 눈 깜짝할 사이에 일어나도다!

백운산 서쪽은 영풍장의 북쪽 고개이며, 곧 내가 올 적에 넘었던 고개이다. 동쪽은 운남에서 오신 스님의 정실에서 내려가면, 동쪽이 무너져 내린 채 아래로 청애성과 마주하고 있는데, 온통 깎아지른 듯한 구렁이다. 앞쪽은 남산과의 사이에 움푹한 평지를 이루고 있으며, 내가 올 적에 북쪽으로 돌층계를 올랐던 곳이다. 뒤쪽은 산꼭대기의 끄트머리의 그윽하고 아득한 곳에서 북쪽으로 용담(龍潭)에 이른다. 아래쪽은 뒤쪽의 움푹한 평지를 이루며, 곧 내가 올 적에 지났던 고개 남쪽의 팔루이다. 이것이 이곳 근처의 지리형세이다. 멀리로는 동의로 청애성에 이르기까지 45리이고, 서쪽의 광순주에 이르기까지 30리이며, 남동쪽의 옹귀에서 정번주에 이르기까지는 30리이고, 북쪽의 수차패에 이르기까지는 15리이다.

백운산 속에는 검은색, 흰색 등의 여러 원숭이들이 있다. 늘상 여섯 마리씩 줄지어 다니면서 차례대로 절 아래에서 인사를 한다. (스님의 말씀이 이러했다. 나는 아침저녁으로 그들의 울음소리를 들었을 따름이다.) 또한 매우 아름다운 버섯이 있다. 큰 것은 용담 뒤편의 깊숙한 대나무 숲속에 자라나 나무 사이에 누워 있다. 옥 같은 바탕에 꽃처럼 풍만하고, 쟁반 모양의 꽃떨기는 지름이 한 자인데, 이것이 바로 천화채[1]이다. (또한 자그마한 것은 팔담시라고 부르는데, 토박이들은 모조라고 부른다. 운남에 대단히 많다.)

청애성에서 서쪽으로 가면 사여하(司如河)라는 물길이 있고, 더 서쪽으로 가면 마령채 동쪽에 시내가 있으며, 다시 더 서쪽으로 가면 수차패 서쪽에 시내가 있다. 이 물길들은 모두 남쪽으로 흘러 정번주에서 합쳐지며, 이 모두는 바위동굴에서 용솟음쳐 흘러나온다. 백운산 남쪽에 이르면, 또 옹귀의 나고동(羅鼓洞)의 물길 및 살애(撒崖)의 물길이 있다. 이들은 모두 백운산 허리의 물길이며, 동쪽으로 흘러 정번주에서 합쳐진다. 그 남쪽에 부룡(埠龍)이라는 물길이 있고, (백운산 남쪽 30리에 선인동(仙人洞)이 있다. 그 북쪽 5리에 또 금은동(金銀洞)과 백우애(白牛崖)가 있다.) 그 상류 역시 동굴에서 용솟음쳐 흘러나와 남쪽의 도니강으로 흘러든다. 이 일대의 물길은 동굴에서 흘러나오지 않은 것이 없다.

동쪽을 바라보니 산등성이가 구불구불 이어져 있는데, 용리 남서쪽에서 갈라져 남쪽으로 뻗어내려 병풍처럼 감아돌았다가 쭉 사성주 경계에 이른다. 이것이 곧 도니강을 가로막아 남쪽으로 흘러가게 한다. 이 산은 둥글게 감아돌아 동쪽으로 뻗어가는데, 중간에 단평(丹平) 평주(平州)의 여러 장관사를 둘러싸고 있다. 곧 맥충하와 횡량하(橫梁河) 등의 여러 물길은 남쪽의 육동(六洞)을 뚫고서 도니강으로 흘러내리다가 이 줄기로 인해 감아돈다.

주봉(主峰)의 등성이는 광순주 북쪽에서 동쪽으로 상채령 동쪽으로 뻗어나가 두목령을 지난다. 이어 북동쪽으로 용리의 남쪽을 지난 뒤, 동쪽의 귀정현 남서쪽을 지나고 동쪽으로 더 가서 신첨위의 사목채(枛木寨)를 지난다. 뒤이어 남동쪽으로 돌아들어 망산의 남쪽을 감아돌아 동쪽의 보림보의 북쪽 고개를 지난 뒤, 동쪽으로 더 나아가 독산주의 북쪽에 이르렀다가, 이내 동쪽의 여평부 남쪽 경계로 치달렸다가 동쪽의 사니(沙泥)의 북쪽 고개를 건너 홍안현의 분계지에 이른다.

귀주성의 동쪽 3리는 유착관(油鑿關)이고, 그곳의 물길은 서쪽으로 흐른다. 서쪽 10리는 성천(聖泉)의 북쪽 고개이고, 그곳의 물길은 동쪽으로 흐른다. 북쪽 15리는 노아관(老鴉關)이고, 그곳의 물길은 남쪽으로 흘러 산택계(山宅溪)를 이룬다. 남쪽 30리는 화흘로교이고, 그곳의 물길은 북쪽으로 흐른다. 사방의 물길 가운데, 남쪽의 것이 가장 크고 서쪽의 것이 그 다음이며, 성 안을 가로지르는 북쪽의 것은 그 다음이고, 동쪽의 것이 가장 작다. 이들 모두 성의 남쪽에 있는 설가동(薛家洞)에서 합쳐진 뒤, 동쪽의 양양교(襄陽橋)를 거쳐 북동쪽의 망풍대(望風臺)에 이르며, 그 동쪽에서 다시 약간 북쪽으로 흘러 노황산(老黃山)의 동쪽 골짜기로 흘러 들었다가, 이내 동쪽의 겹겹의 골짜기를 내리치면서 흘러간다. 이 물길은 틀림없이 수교(水橋)의 여러 물길과 함께 오강(烏江)으로 흘러들 것이다.

---

1) 천화채(天花菜)는 산서성(山西省) 오대산(五臺山) 지역에서 생산되는 버섯을 가리키켜, 흔히 약칭하여 대마(臺蘑)라 한다. 이 버섯은 영양가가 대단히 높은 식용균류이다.

4월 18일

자연 스님과 작별하고서 산을 내려왔다. 1리 반을 가서 산기슭에 이르렀다. 서쪽으로 1리 반을 가자, 남쪽 기슭에 몇 채의 민가가 있다. 이곳은 영풍장이며, 모두 백운사의 소작농이다. 이 앞에서 서쪽으로 뾰족한 봉우리의 골짜기 속으로 나아가면, 이곳은 광순주로 가는 길이다. 이 앞에서 서쪽으로 가다가 남쪽으로 돌아들면, 이곳은 정번주로 가는 길이다. 이 앞에서 북쪽으로 고개를 넘으면, 이곳은 토지관(土地關)으로 가는 길이다.

이에 앞서 자연 스님은 나를 위해 거쳐야 할 길을 계획하면서 이렇게 말했다. "광순주와 안순주(安順州)를 거쳐 서쪽의 보정위(普定衛)로 가는 길이 가깝긴 하지만, 두 곳 사이에는 (광순부의 지주 백조복柏兆福은 임청臨淸으로 돌아가려는 참이고, 안순부의 토박이 지주는 최근 총병부에 구금되어 옥에 갇혀 있다.) 묘족(苗族) 오랑캐가 숨어 있다가 약탈을 해대는 것이 걱정스럽습니다. 차라리 북서쪽의 동기(東基)에서 평패위(平壩衛)로 나가 보안(普安)에 이르는 길이 40리를 더 가기는 하지만, 지형이 외지고 묘족도 선량한 편이니 의외의 일을 면할 수 있을 것입니다."

나는 광순주와 안순주를 거치면 사흘은 가야 하고, 평패위로 가는 길은 에돌아 더 많이 가야하지만, 역시 사흘이면 보안에 이를 수 있으리라 생각했다. 그리하여 마침내 서쪽으로 나아가지 않고 북쪽으로 고개를 넘었다. 이 고개는 바로 백운산의 서쪽 자락이다. 1리만에 고개의 북쪽을 넘자, 북동쪽을 향해 움푹한 평지가 펼쳐져 있다. 남동쪽 경계는 바로 백운산 뒤의 용담 뒤편이고, 북서쪽 경계는 바로 남쪽 고개가 에워싼 채 북쪽으로 돌아들어 동쪽으로 뻗어 가는데, 용담의 동쪽 봉우리 아래에 속해 있다. 그 가운데의 움푹한 평지에 있는 구렁은 남북의 길이가 2리이고, 물길 역시 가운데의 웅덩이로 떨어진다. 양쪽은 대부분 밭으로 일구어져 있다. 이곳은 팔루이다.

북쪽 경계의 움푹한 평지 속을 나아가 북쪽으로 바위고개를 넘었다. 반리만에 북쪽의 외나무다리를 건너자, 움푹한 평지가 북동쪽에서 남서쪽으로 뻗어 있다. 이곳은 건구(乾溝)이다. 건구를 가로질러 북쪽으로 반리를 오르자, 토지관이 나왔다. 토지관을 반리 내려오자, 바위에 뚫린 구덩이에 바리 모양의 가느다란 물이 고여 있다. 이 물은 '한 사발의 물(一碗水)'이라고 하는데, 길가는 이들이 입을 대고 물을 마셨다. 다시 서쪽으로 1리 반을 가서 골짜기를 빠져나왔다. 그 북쪽에서 산을 따라 북동쪽으로 돌아들면, 수차패로 가는 길이다.

골짜기의 서쪽에서 움푹한 평지를 가로질러 곧장 나아가 1리 반을 갔다. 북쪽 산 아래에 곡정(谷精)이라는 마을이 나타났다. 마을에서 서쪽으로 돌아들어 다시 움푹한 평지를 가로질러 1리를 내려가 산골짜기로 돌아들어섰다. 남서쪽에서 북쪽으로 흐르는 시내는 곧 북쪽 골짜기에서 동쪽으로 돌아들어 흘러간다. 이곳은 수차패의 상류이다. 이 물길은 광순주 북동쪽의 주봉 남쪽의 골짜기에서 흘러오는 것이다.

이 물길을 건너 서쪽의 산비탈을 넘었다. 잠시 후 내려가 서쪽에서 흘러오는 조그마한 물길을 거슬러 들어갔다. 이 물길은 동쪽의, 남쪽에서 흘러오는 커다란 시내로 쏟아져 내리는데, 이 시내와 함께 동쪽으로 흘러간다. 길은 시내 남쪽을 거슬러 나아간다. 산골짜기가 비좁은지라 때로 바위를 기어 오르내리면서 2리 남짓을 가서야, 이 물길을 서쪽으로 건넜다.

시냇물 북쪽에서 서쪽으로 다시 반리를 갔다. 그 북쪽에 깎아지른 듯한 벼랑이 높이 봉긋 솟구쳐 있고, 그 위에 동굴이 있다. 동굴 입구는 남쪽을 향해 있다. 벼랑 아래에서 서쪽의 움푹 꺼진 곳을 넘었다. 움푹 꺼진 곳 사이로 겹겹의 바위들이 날카로운 모서리를 드러낸 채 남쪽 산에 바짝 이어져 있다. 고개를 돌려 앞을 살펴보니, 그 아래에 시내가 있다. 어디에서 흘러나오는지 알 수가 없다. 틀림없이 구멍을 뚫고 나오는 물길이리라.

이에 앞서 자연 스님은 나에게 이 일대의 물길이 마령보의 여러 물길처럼 대부분 산의 구멍에서 흘러나온다고 말해주었다. 바로 수차패의 물길 역시 구멍 속에서 흘러나오는 것일 터인데, 이 물길을 가리키는지, 아니면 남쪽에서 흘러오는 커다란 시내를 가리키는지 알 수 없다. 움푹 꺼진 곳을 넘어 서쪽으로 약간 내려가 1리쯤 가자, 십(十)자로 교차하는 길이 나왔다. 그 남북쪽은 온통 오르락내리락하는 산고개로서, 돌층계가 구불구불 이어져 있다. 이 길은 광순주에서 귀주 성성(省城)으로 가는 길이다. 그 동서쪽은 움푹 꺼진 곳을 넘어 서쪽의 골짜기 속으로 내려가는 길이다.

골짜기 서쪽에서 반리를 내려오니 졸졸거리는 물소리가 들려왔다. 물은 깊은 구덩이바닥에서 동쪽으로 움푹 꺼진 곳 아래로 쏟아져 흘러든다. 이 물은 틀림없이 움푹 꺼진 곳의 동쪽에서 구멍을 뚫고 흐르는 물이리라. 이 물길을 거슬러 나아가자 산속의 움푹한 평지가 다시 펼쳐져 있다. 서쪽 산 아래에는 동기하채(東基下寨)라는 마을이 있다. 마을 앞에서 북동쪽으로 돌아들자, 하채(下寨)에 있는 산이 북쪽에 불쑥 솟아 있다.

이 산을 따라 1리를 가서 북서쪽으로 돌아들었다. 서쪽 경계의 산은 온통 도려낸 듯한 바위투성이인데 반해, 동쪽 경계의 산은 흙등성이가 구불구불 이어져 있다. 다시 북쪽으로 2리를 가자, 마을이 북쪽 산언덕 위에 자리잡고 있다. 이곳은 동기상채(東基上寨)이다. 산채는 조그마한 산줄기가 끝나는 곳에 높이 매달려 있는데, 기와집이 즐비하다. 다른 묘족의 산채가 따를 수 없을 정도였다.

산채에서 북서쪽으로 반리를 나아갔다. 샘물은 산허리 사이로 날듯이 흘러들었다가 산채의 동쪽에서 흘러나가고, 산채는 그 가운데에 자리잡고 있다. 조그마한 산줄기의 좌우에는 온통 높다란 산언덕과 가파른 골짜기이다. 산채 뒤에는 움푹한 평지가 둘러싸고 있으며, 비옥한 밭이 층층이 의지하고 있다. 이 샘물이 밭을 촉촉이 적시면서 동쪽의 움푹 꺼진 곳의 아래로 스며든다.

구불구불 1리를 올라가 고개 위에서 북쪽의 꼭대기를 넘어 반리만에 움푹한 평지 속으로 내려갔다. 멀리 바라보니 북쪽의 봉우리가 나란히 드높게 솟아 있다. 그 아래의 움푹한 평지의 북서쪽에서 뻗어오는 물길은 바로 상채 뒤편에서 산허리로 흘러들었다가 수차패에서 남쪽으로 흘러간다. 그 아래의 움푹한 평지의 북동쪽으로 떨어져내리는 물길은 바로 움푹한 평지 속에서 동쪽으로 나뉘어 화걸로교에서 북쪽으로 흘러나간다. 이 움푹한 평지는 대단히 평탄하며, 그 안은 쟁기질하여 밭으로 일구어 놓았다.

밭두둑에서 북쪽으로 오른 뒤 북동쪽으로 고개를 올라, 반리만에 봉우리 꼭대기를 넘어 식사를 했다. 여기에서 북쪽을 바라보니, 먼 산이 훤히 트인 채 몇 리 너머에 엎드려 있다. 바위봉우리가 병풍처럼 늘어서 있으나, 모두 이 산만큼 험준하지는 않다.

북쪽으로 내려오는 산길은 대단히 평탄하다. 반리만에 길은 두 갈래로 나뉘었다. 한 갈래는 북동쪽으로 뻗어 있는 길로, 황니보(黃泥堡), 천생교(天生橋)에서 성성(省城)에 이른다. 다른 한 갈래는 북서쪽으로 뻗어 있는 길로, 야압당(野鴨塘)에서 패도로 빠져나간다. 마침내 북서쪽으로 산을 내려와 1리만에 산 아래에 이르렀다. 비탈을 따라 서쪽으로 나아가자, 차츰 조그마한 물길이 나타나더니, 길과 함께 동북쪽으로 흘러간다.

2리를 간 뒤 물길을 거슬러 골짜기로 접어들었다. 1리만에 고개에 올랐다가, 2리를 더 가서 서쪽의 야압당을 지났다. 보루의 수십 가구가 남쪽 산 아래에 있고, 보루 앞에는 못에 물이 고여 있다. 못은 북쪽의 산까지 바짝 뻗어 있는데, 동서 양쪽 모두 지세가 높으니 어디로 흘러나가는지는 알 수 없다. 이곳이 바로 야압당이다. 보루 앞을 에돌아 남서쪽으로 반리를 나아가 북서쪽을 바라보았다. 산벼랑 사이에 동굴이 높이 봉긋 솟아 있고, 그 앞쪽의 둔덕에도 동굴이 아래쪽에 엎드려 있다. 짐꾼을 불러 길모퉁이에서 잠시 짐을 내려놓고 쉬라 하고서, 나 혼자서 서쪽 고개를 따라 동굴로 올랐다.

　　반리를 가서 아래 동굴의 위로 올라갔다. 둔덕은 그다지 높지 않지만, 사방이 깎아지른 듯하여 내려갈 수 없었다. 다시 약간 서쪽으로 산기슭을 내려가다가 동쪽으로 나아가자, 아래 동굴이 나타났다. 동굴 입구는 남쪽을 향해 있고, 입구 안은 약간 웅덩이져 있다. 입구의 왼쪽으로 벼랑을 뚫고서 동쪽으로 나오자, 또 다른 입구가 열려 있다. 동굴 입구는 북동쪽을 향해 있다. 그 뒤쪽으로 구렁을 빙글빙글 돌아 아래로 꺼져 내리자, 사방은 널찍하고 둥그러우며, 비록 웅덩이져 있으나 어둡지는 않았다.

　　구렁을 올라와 동쪽 입구로 뚫고 나왔다. 잠시 내려가 골짜기 속에서 서쪽으로 윗동굴에 올랐다. 동굴 입구는 동쪽을 향해 있다. 입구의 앞쪽에는 바위를 쌓아 담이 만들어져 있고, 뒤쪽에는 가운데의 꺼져내린 웅덩이가 그다지 깊지 않다. 동굴 위의 낭떠러지는 높기는 하지만, 중문(中門)의 영롱함과 종유석의 구불거리면서 쭉 뻗은 모습은 오히려 아래 동굴만 못했다.

　　동굴에서 나와 다시 골짜기 속에서 내려왔다. 앞쪽 둔덕의 산부리를 돌아들어 서쪽으로 가다가, 다시 아래 동굴 앞을 지났다. 앞쪽 기슭은 온통 물풀 투성이의 늪이다. 이곳은 동쪽의 야압당과 서로 연결되어 있으며, 곧 야압당의 상류이다. 문득 졸졸거리는 물소리가 들려왔다. 아래

동굴 앞의 바위발치에서 물이 스며 나오더니, 늪지대의 움푹한 평지를 지나 동쪽의 야압당에 고인다.

다시 서쪽의 고개에서 반리만에 길모퉁이에 이르렀다. 짐꾼과 하인 고씨를 불러 서쪽의 산속 움푹 꺼진 곳을 따라 나아갔다. 서쪽을 바라보니 세 개의 봉우리가 한데 모여 늘어서 있고, 바깥쪽에 다시 그것들을 에워싼 봉우리가 있다. 기이한 느낌이 들었다. 다시 서쪽으로 4리를 가자, 남쪽 산 아래에 산채가 나타났다. 산채 앞을 감아돌아 남쪽 산을 따라 왼쪽으로 돌아들었다.

남서쪽으로 반리만에 움푹 꺼진 곳을 넘어 서쪽의 골짜기 속을 나아갔다. 이 골짜기는 남북 양쪽으로 줄지어 문을 늘어놓은 듯 뻗어 있다. 북쪽은 바로 방금 전에 바라보았던 세 개의 봉우리가 한데 모여 늘어선 곳인데, 이 안에 몸을 둔 채 내려다보니 오히려 보이지 않았다. 남쪽에는 벼랑이 깎아지른 듯 높다. 벼랑 위에 바위 하나가 거꾸로 드리워져 있다. 바위의 색깔이 유난히 희고 모양은 양과 같다. 이곳은 양조애(羊弔崖)이다. 움푹 꺼진 곳을 넘어 이곳에 이르기까지는 1리이다.

그 북쪽의 벼랑은 가운데가 끊겨 있는데, 홀연 꼭대기 위의 봉우리가 모습을 드러냈다. 쟁반 모양으로 봉긋 솟은 이 봉우리는 당모산(唐帽山)이다. 아마 방금 전에 보았던 세 개의 봉우리일 터인데, 이곳에 이르자 다시 모습이 바뀌었다. 『지』에 따르면, 당모산은 성성(省城)의 남쪽 80리에 있으며, 천생교(天生橋)는 금축사의 북쪽 30리에 있다. 오늘날 천생교는 당모산의 북동쪽 30리에 있다. 천생교가 성성에서 오히려 가깝고 당모산에서는 도리어 먼데, 당시에는 무엇을 근거로 경계를 나누었는지 알 수 없다. 자연 스님은 건문제가 먼저 당모산에 살다가 나중에 백운산에 머물렀다고 말씀하셨으며, 『지』에서는 이곳에서 병란을 피할 수 있다고 했다. 그윽하면서도 막혀 있는 지역이라 할 수 있다.

서쪽으로 1리를 더 가자, 골짜기가 남쪽을 향한 채 뻗어내린다. 이곳은 저조보(豬槽堡)이다. 길은 쭉 서쪽으로 조그마한 등성이를 넘어 내려간다. 3리를 가자, 움푹한 평지가 남북으로 펼쳐져 있고, 길은 그 가운데에 십(十)자로 교차하고 있다. 움푹한 평지를 가로질러 조그마한 물길을 건넜다. 반리를 가자, 서쪽 산 위에 유가보(柳家堡)라는 보루가 있다. 다시 북쪽으로 반리를 가자, 북쪽의 둔덕 위에 보루가 또 있다.

여기에서 그 오른쪽을 따라 가다가 서쪽의 고개에 올랐다. 1리만에 고개의 움푹 꺼진 곳에 이를 즈음, 졸졸거리는 샘물이 흙구멍에서 흘러 나온다. 물의 색깔은 젖빛처럼 혼탁하여 맑지 않다. 고개를 넘어 내려가 모두 2리를 가자, 또다시 움푹한 평지가 남북으로 펼쳐져 있다. 이곳을 가로질렀다. 움푹한 평지 속에 산골물이 흐른다. 그 수량이 대단히 적어 고인 채 흐르지는 않았다. 산골물은 북쪽으로 흘러가는 듯하다.

서쪽으로 1리를 더 가서 고개에 올랐다. 이 고개의 남북 양쪽에 바위 봉우리가 나란히 솟아 있고, 가운데는 움푹 꺼진 곳으로 통하는데 매우 비좁다. 1리만에 움푹 꺼진 곳을 넘어 서쪽으로 나아갔다. 서쪽 구렁 속에 방죽이 보였다. 물이 가득 고여 있다. 처음에는 동쪽으로 흘러간다고 여겼으나, 실제로는 흐르지 않는 물이었다. 방죽을 따라 서쪽으로 1리를 더 가자, 움푹한 평지가 널따랗게 훤히 트인 채 서쪽으로 뻗어있는데, 제방이 가로막은 채 북쪽으로 뻗어 있다.

다시 북쪽으로 제방을 따라 나아가자, 북쪽 산의 부리에 구장보(狗場堡)라는 마을이 있다. 이부상서인 탕(湯)씨의 묘족 소작농들이 거주하고 있다. 마을 서쪽에는 평탄한 들판이 움푹한 평지 가득 펼쳐져 있으며, 땅이 비옥했다. 마을에 투숙하고자 했으나, 마을 사람들은 받아주지 않은 채, "서쪽으로 2리를 가면 마을이 있고, 탕씨의 소작농이 살고 있소이다. 거기에 묵을 수 있을 거요"라고 말했다.

이에 다시 서쪽의 평탄한 들판의 북쪽 둔덕을 따라 나아갔다. 1리 남짓을 가자 바위봉우리가 움푹한 평지 속에 있는데, 깎아지른 듯 가파르게 허공에 들려 있다. 독수봉(獨秀峰)처럼 가파르고 험한 봉우리이다. 북쪽 골짜기를 뚫고서 서쪽으로 나아가 반리를 더 가자, 마을이 또 나타났다. 마을로 들어가 문을 두드리자, 마을사람들은 문을 닫아걸고 도망쳤다.

서쪽으로 더 가자 보루 한 곳이 보였다. 기어이 그 안으로 들어가보았다. 띠집은 허름하기 짝이 없으며, 잠자는 곳이 돼지우리의 오물과 함께 있었다. 대체로 이곳은 온통 묘족의 집단거주지인데, 비록 소작농이긴 하나 습속이 너무나 천박했다. 토착 오랑캐들의 대나무로 지은 간란이 훨씬 고급이라는 생각이 들었다.

4월 19일

날이 밝기 전에 묘족 주민을 재촉하여 일어나 밥을 짓게 했다. 그런데 갑자기 짐꾼 역시 그를 외쳐 부르는 것이었다. 마음속에 이상한 느낌이 들었다. 평소 게으름을 피우면서 일어나기 싫어하던 자인데, 오늘은 무슨 일로 남이 외칠 때 함께 외치는 걸까?

이 사람은 이름이 왕귀(王貴)이고, 정주(靖州) 태양평(太陽坪) 사람이다. 전에 삼리(三里)에서 남간(藍澗)에 이르렀을 적에, 그가 몇 사람과 함께 뒤따라와 나에게 이렇게 말했다. "우리들은 경원부(慶遠府)로 가고 싶은데, 이 길은 통하지 않아 고달픈데다 에돌아가는 길 또한 너무 멉니다. 듣자하니 참장부(參將府)에서 병사를 보내 가는 길을 호송한다고 해서, 특별히 저희들을 데려가 주십사 부탁하러 왔습니다." 나는 그들을 불쌍히 여겨 받아들이고, 도중에 역참에서 제공하는 것도 그들에게 주었다. 경원부에 도착할 즈음, 그들은 이미 떠나갔다.

남쪽 산을 유람하다가 다시 그들을 만났는데, 날마다 찾아와 나를 시중들면서 운남으로 따라가고 싶어했다. 내가 가만 생각해보니, 경원부에서 남단주(南丹州)로 가는 데에는 짐을 운반할 일꾼이 있지만, 귀주 경내에 이르면 짐을 질 사람이 없을까 염려스러웠다. 그래서 그들 중의 한 명을 받아들이고 싶어 그들과 이렇게 약속했다. "나는 이곳에서는 당신들을 필요로 할 일이 없소. 다만, 기왕에 나를 따라 왔으니 매일 1 푼의 품삯을 드리겠소. 만약 짐을 져야 할 곳이 나오면, 매일 세 푼 반을 품삯으로 드리겠소"

그들 가운데 두 사람이 나를 따르고자 했다. 나중에 듣자하니, 그들은 남쪽 산의 동굴에서 솜으로 소치는 아이의 입을 틀어 막았던 일이 있었다. 그들에 대해 의구심이 들었는데, 왕귀가 와서, 아이를 꼬드긴 것은 자기가 아니라 함께 다니던 다른 사람이며, 그 자는 이미 달리 경원부에 기거하고 있다고 변명했다. 얼마 후에는 자기 혼자서 나를 따르겠다고 간청했다. 후에 마합주(麻哈州)에 이르렀을 때, 점차 오만방자해지더니 걸상으로 나의 발에 상처를 입혔다. 귀주 성성에 이를 즈음, 내가 달리 짐꾼을 구하려는 것을 보더니 다시 잘못을 뉘우치는 모습을 보이기에 불쌍해서 나는 또다시 그를 고용했다.

그런데 오늘 아침 일찍 일어나 더 이상 모습이 보이지 않았다. 내가 감추어두었던 여비를 살펴보니, 역시 훔쳐가 버렸다. 남방 오랑캐의 동굴을 돌아다닌 이래, 나는 돈을 소금 담는 대나무통에 숨겨두었다. 뜻밖에 시일이 오래 지나면서 그에게 들키고 말았다. 오랑캐의 풍토병과 뱀의 독이 있는 지역에서는 잃어버리지 않다가, 평탄한 길에 오르려는 참에 잃어버렸으니, 그저 실망하여 낙담할 따름이다.

날이 밝은 뒤 짐꾼이 돈을 훔쳐 이미 달아나버렸으니, 어찌 할 길이 없는 노릇이었다. 묘족 사람에게 평패위(平壩衛)까지만 배웅해달라고 부탁했다. 그런데 30리도 채 되지 않는 길임에도 요구하는 가격이 너무 비싼데다, 얼마 지나지 않아 끝내 모습을 감춘 채 떠나려 하지 않았다. 아마 묘족의 습성이 본래 손님을 배웅하지 않는 것일까?

내가 다른 묘족에게 부탁하자, 그는 이렇게 말했다. "그가 호의를 베풀어 당신을 재워주었는데, 어찌 짐을 지워달라고 그에게 누를 끼친단 말이오? 스스로 짊어지고 가시오. 2~3리를 가면 구가보(九家堡)에 닿을 터이니, 배웅해줄 이가 있을 게요." 이리저리 부탁해보았으나, 그들은 한결같이 이렇게 말했다.

나는 어찌 할 길이 없어 식사를 마치고서 짐을 꾸린 뒤, 하인 고씨와 함께 어깨에 메고서 앞으로 나아갔다. 구장보(狗場堡) 서쪽의 묘족 보루에서 움푹한 평지의 제방을 가로질러 남쪽을 지나 1리만에 고개를 넘어 서쪽으로 내려갔다. 또다시 묘족의 보루를 지나 더욱 남쪽으로 돌아들어 또 하나의 고개를 넘었다. 반리만에 고갯마루를 거쳐 갈림길에서 북쪽의 움푹한 평지에 들어서자, 길은 작아지고 산은 적막했다.

1리를 가서 서쪽으로 내려갔다. 반리를 가자 시내가 콸콸거리면서 남쪽에서 북쪽으로 흘러간다. 이 물길은 애초에 등성이 북쪽의 첫 번째 물길인데, 북쪽의 낙양교(洛陽橋) 아래의 물과 합쳐진 뒤, 동쪽의 위청위를 지나 오강(烏江)으로 흘러내린다. 시내 위에는 예전에 돌다리가 있었으나, 이미 무너져 있었다. 그래서 시내 동쪽의 중간에서 물을 건너 시내 서쪽의 중간으로 건너갔다. 이곳은 구가보로서, 묘족의 집단거주지이다.

이곳에 이르니, 어느덧 정오에 가까워져 있었다. 이제야 짐꾼 한 명을 구해 짐을 지워 길을 떠났다. 북서쪽으로 둔덕을 올라 6리를 가자, 서쪽 산 아래에 이가보(二家堡)라는 마을이 있다. 그 동쪽에서 산부리를 빙글 돌아 북쪽으로 나아갔다. 북쪽에 줄지은 산들이 멀리 드넓게 펼쳐져 있고, 동쪽 멀리 40리 너머에 높은 봉우리가 보였다. 이곳이 바로 『지』에서 언급한 마안산(馬鞍山)이며, 위청위 경내의 산이다.

길은 다시 남쪽 산의 북쪽을 따르다가 서쪽의 골짜기에 뻗어 있다. 2리를 가서 골짜기를 빠져나오자, 남쪽 산 아래에 강청(江淸)이라는 마을이 있다. 이곳에는 움푹한 평지가 널따랗게 펼쳐져 있고, 평탄한 들판이 가운데로 툭 트여 있다. 동쪽에는 바위봉우리가 나란히 서 있다. 바로 남쪽 산과 나란히 뻗은, 방금 전에 지나왔던 골짜기이다.

마을에서 북동쪽으로 나아가 두 개의 바위봉우리 아래에 이르렀다.

이 봉우리들은 우뚝 솟아 있다. 남쪽의 깎아지른 듯한 벼랑은 빙글빙글 갈라져 있으나, 깊은 동굴은 보이지 않았다. 서쪽의 봉우리 중턱에는 동굴이 있고, 입구가 서쪽을 향해 있다. 얼른 묘족 사람에게 봉우리 아래에 짐을 풀어두게 했다.

먼저 그 남쪽을 살펴보니, 들어갈 만한 동굴은 보이지 않은 채, 다만 남서쪽 봉우리 아래에 가느다란 물길이 졸졸 흐르고 있다. 물은 기슭 아래의 구멍 속에서 흘러나오고 있다. 그 위에서 동굴 안으로 기어들어 가니, 동굴 꼭대기는 대단히 평탄하고 간혹 종유석이 아래로 늘어져 있다. 마치 휘장을 매는 띠가 바람에 나부끼는 듯하다.

동굴 안은 세 층으로 나뉘어져 있다. 바깥층, 즉 동굴 입구의 앞은 널찍한 전당처럼 드넓다. 가운데에는 빙글빙글 쌓아 이루어놓은 듯한 둥그런 바위가 있는데, 네댓 길 이내를 움푹 팬 채 내려온다. 그 아래쪽 또한 평탄하고 가지런하며 매끄럽게 툭 트여 있다. 깊이는 약 다섯 길 반이고, 크기는 배나 된다. 이 위에서 아래를 굽어보니 자못 밝다. 아마 동굴 입구의 빛이 위에서 아래로 내리비치고, 그 밑바닥이 북쪽으로 갈라져 틈새를 이루었는지라 역시 바깥에서 빛이 새들어오기 때문이리라. 더듬더듬 들어갈 수는 있으나, 그럴 겨를이 없었다.

이곳은 아래층이다. 아래층의 동쪽은 그 위에 깊이 들어가는 동굴이 바깥층과 마주보고 있다. 다만 아래로 푹 꺼진 곳에 가로막혀 끝내 이를 수 없다. 바깥층의 남쪽 암벽에서 벼랑을 기어올라 동쪽으로 허리춤을 뚫고 들어가자, 기둥들이 문처럼 늘어서 있다. 자못 그윽하고 아늑한 느낌이 들었다. 영롱하게 허공에 박혀 있는 종유석들은 기이한 모습이 천태만상이다.

구멍을 헤치고서 북쪽으로 내려가 가운데층에 이르자, 바깥층의 빛이 비쳐 들어온다. 그 안에는 수많은 바위기둥이 어지러울 정도로 많으며, 수많은 구멍이 기묘하고 환상적이다. 왼쪽으로 들어가자, 매우 깊으나 아득하여 그 끝을 알 수 없다. 앞쪽으로 아래층을 굽어보니 마치 누각에 있는 느낌이 들었다. 귀주 경내에서는 여간해서 보기 드문 곳이다. 마침 기어올라 차마 떠나지 못하고 있을 때, 묘족의 짐꾼이 아래에서 쉬지 않고 외쳐부르면서 재촉했다. 이에 동굴을 빠져나와 내려왔다.

동굴 앞에서 북쪽으로 나아가다가 둔덕을 올라 2리를 갔다. 커다란 시내가 서쪽에서 동쪽으로 흐르고 있다. 시내를 거슬러 서쪽으로 나아갔다. 10여 개의 구멍이 뚫린 반원형 다리가 시내 위에 가로걸쳐 있다. 이곳은 낙양교로, 새로 지어 만든 것이다. 다리 아래의 물길은 대단히 크다. 안순주에서 북쪽의 이곳까지 흘러온 이 물길은, 굽이져 동쪽의 위청위로 흘러든 뒤, 북쪽으로 육광하(陸廣河)와 합쳐진다. 『지』에서 말한 바의 징하(澄河)가 바로 이것이다.

다리 북쪽을 건넌 뒤 시내를 거슬러 서쪽으로 나아갔다. 북쪽에서 흘러오는 물이 동쪽으로 꺾어지는 지점에 이르러, 갈림길에서 북쪽의 조그마한 시내를 거슬러 나아갔다. 처음에는 시내의 동쪽을 따라 나아가다가, 얼마 후 제방을 건너 시내 서쪽을 따라가고, 얼마 후에는 다시 북서쪽의 산언덕을 넘어 5리만에 동고산(銅鼓山)에 이르렀다. 이곳에는 움푹한 평지가 남쪽으로 펼쳐져 있고, 북쪽으로는 줄지은 바위봉우리가 우뚝 솟구쳐 있다. 봉우리마다 동굴이 혹은 높게, 혹은 낮게 봉우리를 따라 드러나 있다.

서쪽 경계에는 먼 산이 북쪽에서 남쪽으로 병풍처럼 구불구불 이어지고, 잇달아 세 개의 동굴이 갈라져 있다. 동굴 입구는 모두 동쪽을 향해 있는데, 남쪽에 치우친 동굴이 가장 높고 넓었다. 동굴 앞쪽에 수십 가구가 동굴 아래에 자리잡고 있다. 이곳이 바로 동고채(銅鼓寨)이며, 동굴은 동고동(銅鼓洞)이라 한다. 『지』에 따르면, 동고산은 위청위의 서쪽 45리에 있다고 했으니, 방위와 거리에 따라 계산해보면 바로 이 산인 듯하다. 그렇지만 이곳은 평패위에서 5리밖에 떨어져 있지 않은데, 평패위를 기준으로 삼지 않고, 왜 위청위를 기준으로 삼았을까?

이 동굴은 높이 매달려 있고 험준하게 갈라져 있다. 그러나 안으로 들어서자 그다지 깊지는 않다. 동굴 앞에 불쑥 솟은 바위가 많이 있는데, 창문을 둘러싸고 문을 나누고 있는 듯하여 오히려 아늑한 느낌이 들었다. 동굴 오른쪽의 겹겹의 암벽 위에 둥그런 구멍 하나가 북쪽으로 봉긋 솟아 있다. 벼랑을 기어올라보니, 동굴 속 위쪽은 텅 빈 꼭대기로 휘감아돌고 아래쪽은 푹 꺼져 깊은 함정을 이루고 있다. 이곳에 토박이들이 나무를 엮고 대나무를 덮어 깔개를 만들었으니, 영락없이 층층의 누각처럼 보인다. 꼭대기 동쪽에는 또 달리 밝은 창이 뚫려 있고, 함정 안에도 아래층에서 드나드는 구멍이 있다. 토박이들이 구멍 앞에 문을 달아, 밤이 되면 소와 말 수십 마리를 그 안에 가두었다.

본 동굴의 뒤쪽에 갈라진 틈이 있다. 틈새의 남서쪽으로 깊이 들어가자, 매달린 물방울들이 끊임없이 뚝뚝 떨어지며, 차츰 돌아들수록 좁아지고 어두워졌다. 이제껏 들어온 사람이 없는 듯하여, 이에 동굴을 나왔다. 이때 한 노인이 동굴 앞에서 나를 기다리고 있었다. 내가 북쪽에 치우쳐 있는 가운데 동굴을 살펴보려고 하자, 노인은 "북쪽 동굴은 얕아서 볼 만한 게 없소이다. 높은 벼랑 위에 남쪽 동굴이 있는데, 한길이 지나는 곳이니 한 번 올라가볼 만하다오"라고 말했다.

이에 동굴의 기슭을 따라 서쪽으로 돌아들었다. 수십 걸음을 채 가지 않아, 봉우리 남쪽에 과연 동굴이 벼랑 끄트머리에 보였다. 동굴 입구는 남쪽을 향해 있고, 동굴 아래쪽에는 벼랑에 의지하여 거처하는 이가 벼랑을 빙 둘러 집을 지어놓았다. 이에 집 뒤에서 층계를 기어올랐다. 동굴 입구는 높다랗게 움팬 채 더욱 높고, 앞에는 마치 나지막한 성벽처럼 바위를 쌓아 담이 둘러 있다. 동굴의 깊이는 다섯 길 남짓이나, 툭 불거진 채 매달린 바위가 없는지라 툭 트이고 밝았다. 그 뒤쪽은 웅덩이져서 패인 곳이 한두 길이지만, 모두 태양을 바라본 채 말라 있다. 토박이들은 이곳에 창고를 지어 양식을 가득 채워 두었다.

동굴의 왼쪽 허리에는 갈라진 틈새가 북쪽으로 뻗어내려간다. 차츰 내려갈수록 좁아지고 낮아지는데, 토박이들에 따르면 동쪽의 동굴과 통한다고 한다. 물방울이 끊임없이 떨어지는 곳이겠거니 생각했으나, 어두운지라 들어갈 겨를이 없었다. 이때 하인 고씨와 묘족 짐꾼이 앞서 간 지 이미 오래되었는지라, 나는 그들이 기다려주지 않을까봐 걱정스러워 산을 내려왔다.

기슭을 따라 서쪽으로 올라 반리만에 움푹 꺼진 곳을 넘자, 하인 고씨와 묘족 짐꾼이 그곳에서 나를 기다리고 있었다. 움푹 꺼진 곳은 서쪽의, 구불구불 병풍처럼 늘어선 뭇산들 가운데에 자리잡고 있다. 등성이는 그다지 높지 않으나 바위부리가 날카롭게 늘어선 채, 양쪽이 나란히 솟구쳐 바짝 붙어 있다.

비좁은 어귀를 지나 서쪽의 움푹한 평지 속의 웅덩이로 내려갔다. 그 서쪽에 움푹 꺼진 곳이 둥글게 이어져 있다. 대체로 남북 양쪽으로 험준한 봉우리가 불쑥 솟아 있고, 동서 양쪽으로 두 갈래 등성이가 마치 이어진 담과 같다. 웅덩이에는 약간의 물이 있는데, 소 치는 이들이 웅덩이 안에 소를 가득 풀어놓았다. 웅덩이를 지나 반리만에 등성이를 넘어 서쪽으로 약 1리를 내려가자, 서쪽의 움푹한 평지로 쭉 내려가는 갈림길이 있다. 평패위를 거쳐 남쪽으로 올라가는 길이다. 고개를 따라 북쪽으로 고개 모퉁이를 넘자, 평패위로 가는 길이 나왔다.

이에 북서쪽의 고개를 올라 1리만에 고개 모퉁이를 넘어 북쪽으로 나아갔다. 다시 북쪽으로 내려와 1리만에 다시 고개를 넘어 북서쪽으로 1리를 나아가 한길과 만났다. 한길을 따라 약간 북쪽으로 나아가 서쪽의 밭두둑을 지나 반리만에 조그마한 다리를 넘어 평패위의 동쪽 문에 들어섰다. 반리를 간 뒤 남쪽으로 돌아들어 여인숙에 짐을 부렸다. 이날 밤 안장(安莊)의 짐꾼을 구하고, 작은 붕어를 사서 술을 마셨다. 이때 막 정오를 지났기에, 여인숙의 누각에 앉아 여정을 기록했다.

평패위는 동서의 양쪽 산 사이에 있으며, 성은 서쪽 산의 기슭에 기대어 있다. 성은 그다지 웅장하거나 험준하지 않으나, 성안의 시가지에는 사람들이 제법 많이 모여 살고 있으며, 물고기와 고기가 부족하지 않았다. 서쪽을 나와 몇 리를 가자, 성천(聖泉)이 있다. 마를 적도 있고 넘쳐흐를 적도 있다는데, 길을 에돌아가야 하기에 가볼 겨를이 없었다.

4월 20일

아침 식사를 마치고서 짐꾼을 따라 평패위의 남문을 나와 서쪽 산의 기슭 따라 남쪽으로 나아갔다. 2리를 가자 돌로 만든 패방이 길을 가로 막고 있다. 패방 남쪽에는 수많은 산들이 가로로 늘어서 있다. 조그마한 시내는 동쪽 골짜기로 흘러가고, 길은 서쪽 골짜기로 돌아든다. 3리를 간 뒤, 골짜기를 따라 남쪽으로 돌아들었다. 2리를 더 가서 석자령(石子嶺)을 올랐다. 고개를 넘으니 석자초(石子哨)가 나왔다. 7리를 더 가서 수교둔(水橋屯)을 지났다. 또 5리를 가자 중화포(中火鋪)이다.

2리를 더 가서 서쪽의 움푹 꺼진 곳을 넘었다. 움푹 꺼진 곳의 골짜기에서 1리를 가니, 양가관(楊家關)이다. 서쪽으로 3리를 더 가자, 왕가보(王家堡)가 나오고, 남쪽으로 돌아들어 4리를 가자 석불동(石佛洞)이 나왔다. 동굴 입구는 서쪽을 향해 있고 깊지 않은데, 아홉 개의 매우 오래된 석불이 있다. (이곳에서 서쪽으로 대모하大茅河에 이르는데, 추장 안安씨의 관할 경계이며, 약 50리이다.) 다시 남쪽으로 5리를 가자, 움푹한 평지 사이로 물길이 남북으로 나뉘어 흐르고 있다. 이곳은 주봉(主峰)이 뻗어가는 등성이이다.

남쪽으로 5리를 더 가니, 두포(頭鋪)이다. 다시 남쪽으로 2리만에 서쪽의 움푹 꺼진 곳에 들어섰다. 이곳을 넘어 그 서쪽으로 나온 뒤, 다시 남쪽으로 3리를 더 가서 보루 한 곳을 지났다. 2리를 더 가서 둔덕에 올라 보정의 북문에 들어섰다. 한 줄기 갈림길이 북동쪽에서 뻗어온다. 이 것은 광순주로 가는 길이다. 또 한 줄기 갈림길이 북서쪽에서 뻗어온다. 이것은 대모하의 여러 관문으로 통하는 길이다. 보정성의 담은 가파르고도 가지런하며, 시가지 길은 크고도 넓다. 남쪽으로 반리를 가자 다리가 나왔다. 남쪽으로 반리를 더 가자 층층의 누각이 거리에 걸쳐 있고, 시장은 대단히 흥성했다.

4월 21일

남문을 나와 남서쪽으로 15리를 가자, 양가교(楊家橋)가 나왔다. 그 위의 보루는 양가보이다. 남쪽으로 10리를 더 가니 중화포이다. 남쪽으로 1리를 더 가서, 용담산(龍潭山) 아래에 이르러 서쪽 골짜기로 돌아들었다. 서쪽으로 8리를 가자, 초소가 있다. 남쪽으로 돌아들어 7리를 가니, 용정포(龍井鋪)이다.

다시 남쪽으로 7리를 가서 아천(啞泉)을 지났다. 한길이 남동쪽에서 산을 뻗어내리다가 산을 감돌아 남쪽의 안장(安莊) 동문으로 뻗어 있다. 오솔길은 고개 서쪽을 넘어 남쪽으로 뻗어내려와 조그마한 다리를 건너 안장 서문에 닿는다. 안장 뒤쪽은 북쪽 봉우리에 기대어 있고, 앞으로는 남쪽 둔덕을 굽어보고 있다. 남북 양쪽에는 성문이 없고, 동서 양쪽 성문으로만 드나들 수 있다. 서문 밖에는 객점들이 많다. 나는 이곳으로 들어가 쉬었다.

서문에 들어갔다가 오(伍)씨와 서(徐)씨 두 사람의 문객을 만났는데, 그들이 내게 이렇게 말했다. "이 일대는 안방언(安邦彦)에게 지독한 피해를 입어 그 해악이 유난히 참담한지라, 사람들마다 그의 소굴을 피로 씻지 못해 한스러워하지요. 만약 조정의 병사들을 이곳에 이르게 한다면, 아주 쉽게 평정할 텐데, 부원 주(朱)씨만이 달래야 한다고 주장하여 조정이 토벌에 나서지 못하고 있는지라, 반역이 그치지 않습니다. 올 정월 말에도 뭇사람을 이끌고서 삼차하(三汊河)를 엿보았으나, 방비를 하여 물리쳤지요."

삼차하라는 곳은 안장에서 서쪽으로 50리 떨어진 곳이다. 한 줄기 물길이 북서쪽의 오살부(烏撒府)에서 흘러오고, 또 한 줄기의 물길이 남서쪽의 노산(老山) 속에서 흘러와, 한데 합쳐져 북동쪽으로 흐르기에 '삼차(三汊)'라고 한다. 동쪽으로 대모하와 육광하, 오강을 거쳐 안방언과 경계를 이루어 천연의 참호를 형성한 곳은 오직 이 강뿐이다. 오늘날 총병관을 두어 이곳에 주둔시키고 있다.

이때 총독[1] 주(朱)씨가 이미 세상을 떠나자, 시신을 수레에 실어 절강성(浙江省) 지역으로 돌아갔다. 순안(巡按)인 풍사진(馮士晉)은 사천(四川) 사람으로, 내가 귀주 성성을 떠날 때 그 역시 친히 육광하(陸廣河)에 이르러 삼차하를 순시했으며, 머잖아 안장위에서 안남위(安南衛)로 갈 작정이었다. 오씨는 "순안대인의 이번 행차는 군사요충지를 순찰하고 병사를 배치하여 안방언을 소탕할 계획을 세우는 겁니다. 주씨와는 비교할 수 없는 사람입니다"라고 말했다. 하지만 그가 그렇게 할지의 여부는 알 수 없다.

보정위의 성내는 곧 안순부(安順府)의 주둔지이다. 나는 전에 안순에는 토박이 지주만 있고 환관 출신으로는 지부[2]의 절추[3]가 있다고 들었는데, 이곳에 와서야 보정위에 주둔하고 있음을 알게 되었다.

안장위의 성내는 곧 진녕주(鎭寧州)의 주둔지이다. 이곳의 관아는 남쪽 성내의 단공사(段公祠) 동쪽에 있다. (단段씨의 이름은 단시성段時盛으로, 천계天啓 4년[4]에 진녕도鎭寧道에 부임했다. 운남의 보명승普名勝이 반란을 일으키자, 단시성이 병사를 이끌고 정벌했다가 전란에 죽고 말았다. 그리하여 진녕주의 주민들이 사당을 지어 그를 제사지내고, 혼을 불러 망수정望水亭의 서쪽에 장례 지냈다. 지금도 보명승의 아들이 아미주阿迷州를 장악하고 있다.) 몹시 낮고 퇴락해 있다. 마당에는 오래된 삼나무 네 그루가 있는데, 크기는 두 사람이 팔을 벌려 안아야 할 정도이다. 명나라 개국 초기의 유물이 아닐까?

안남위 성내는 바로 영녕주(永寧州)의 주둔지이다. 『일통지』를 살펴보면, 세 곳의 위(衛)와 세 곳의 주(州)가 있으며, 예전에는 각기 관할지가 나뉘어 있었다. 위는 모두 북쪽에 있고, 주는 모두 남쪽에 있었다. 오늘날 주와 위가 모두 하나의 성에 있으니, 문관으로 무관을 관할하게 하고자 했다. 그러나 실상 무관의 힘을 빌어 문관을 보호하려는 것이다. 그런데 각 주의 영토는 반은 위소(衛所)의 둔전과 섞여 있고, 반은 묘족의 수중에 들어가 있으니, 당시에는 완전무결한 영토가 아닌 듯하다. 세 곳의 위의 서쪽은 수서(水西)에게 시달리고 있으며, 그 동쪽 또한 여러 묘족이 어지러이 점거하고 있으니, 오직 가운데 길로만 통행하고 있다.

1) 명초에는 병사를 동원할 때 부원(部院)을 파견하여 총독(總督)의 군무를 관장했다. 여기에서 주 총독은 위에서 언급한 부원 주씨이다.
2) 지부(知府)는 명대 이래 부(府)급의 행정장관에 대한 정식 호칭이다.
3) 절추(節推)는 '절도추관(節度推官)'의 줄임말로서 절도사의 속관이며, 형옥(刑獄)업무를 관장한다.
4) 천계(天啓) 4년은 1624년이다.

4월 22일

오경에 비가 세차게 오더니 새벽까지 내렸다. 나는 여인숙에서 잠시 쉬었다. 오후에 날이 개이기에 홀로 남쪽의 한길을 따라 1리만에 고개를 넘고, 갈림길에서 동쪽으로 반리를 내려가 쌍명동(雙明洞)에 들어갔다. 이곳은 산들이 온통 빙글빙글 돌면서 웅덩이를 이루고 있으며, 물은 죄다 아래의 땅구멍으로 스며들었다.

동굴에 이를 무렵, 홀연 움푹한 평지 가운데가 아래로 푹 꺼져 구덩이를 이루고 있다. 구덩이의 너비는 세 자이고 길이는 세 길이며 깊이는 한 길 남짓이다. 물은 구덩이의 동쪽 바닥에서 넘쳐나와 구덩이 아래쪽에서 북쪽으로 흘러간다. 물이 넘쳐나오는 구멍이 있는 곳의 위는 온통 밭두둑으로 에워싸인 채 밭을 이루고 있는데, 물이 가득한 채 새어나가지 않는다. 이 또한 기이한 경관이다.

여기에서 서쪽으로 돌아들자, 북쪽의 산은 남쪽이 도려진 채 벼랑을 이루고, 서쪽의 산 역시 깎아지른 듯한 벼랑이 북쪽으로 이어져 있다. 벼랑이 서쪽과 북쪽을 에워싸니 마치 반원형의 성처럼 보인다. 먼저 북쪽 벼랑 아래에 이르렀다. 벼랑발치는 아래로 움패어 동굴을 이루고 있으며, 그 안에 물이 고인 못은 깊고 푸르다. 이 못물은 바깥의 갈라진 구덩이에서 스며들었다가 고인 것이다. 벼랑 바깥에서 약간 서쪽으로 나아가자, 바위 하나가 벼랑 꼭대기에서 남쪽으로 걸쳐져 뻗어내려 있다. 바위 꼭대기는 벼랑과 나란히 솟구쳐 있는데, 아래가 훤히 열려 문을 이루고 있고, 높이와 너비는 모두 대략 한 길 반이다. 이곳은 동문(東門)이다.

동문을 뚫고 서쪽으로 나아갔다. 그 안에는 북쪽 벼랑이 더욱 높이 봉긋 솟구쳐 있고, 서쪽 벼랑은 빙글 에워싼 채 달리듯 이어져 있다. 서쪽 산의 남쪽에는 또 한 줄기의 흙산이 나누어져 있는데, 유유자적 활개 치듯 앞으로 나아가더니, 구덩이를 사이에 긴 채로 동문 밖의 벼랑과 마주하고 있다. 예전에 누군가 높은 담을 쌓고 바위를 포개어 터를 만든 뒤, 위에 누각을 세웠다. 누각은 북쪽으로 동문의 벼랑과 마주한 채 동쪽의 틈새를 메웠으나, 지금은 무너져 있다.

동문에서 다시 수십 걸음을 나아가 서쪽 벼랑 아래에 이르렀다. 이 벼랑은 남쪽 산에서부터 북쪽으로 북쪽 벼랑까지 이어져 있다. 벼랑의 위쪽은 온통 깎아지른 듯한 암벽이 모여 있고, 아래쪽은 가운데가 툭 트여 서쪽으로 통해 있다. 벼랑의 높이와 너비는 모두 동문에 비해 세 갑절이나 된다. 이곳은 서문(西門)이다. 이곳이 바로 동굴 밖의 '쌍명(雙明)'이다.

하나의 문이 가운데가 뚫려 있으니 벌써 기이하고, 두 개의 문이 서로 비추니 더욱 기이하다. 서문 밖의 바깥산은 사방이 빙글 에워싸여 웅덩이를 이루고 있으며, 높이는 늘어선 성만하다. 물은 동문 밖 벼랑 북쪽의 깊은 못 사이에서 바위발치로 스며들었다가 서문의 동쪽으로 넘쳐 나온 뒤, 졸졸 물소리를 내며 흐르다가 서문 북쪽의 벼랑에서 다시 구멍으로 스며들어 서쪽으로 흘러나온다.

문의 동서 양쪽에는 북쪽 동굴로 들어가는 조그마한 다리가 걸쳐져 있다. 물은 다리 아래에서 서쪽으로 빙글 에워싼 웅덩이 속을 나아간 뒤, 서쪽 산의 아래를 뚫고 흘러간다. 서문 아래로, 동쪽은 겹문을 비추고 있고, 북쪽은 깊이 꺼져내린 구렁을 에워싸고 있으며, 남쪽은 남쪽 산에 기대어 있다. 또한 구름이 자욱한 암벽에는 감실의 창문이 나 있으며, 그 안에 관음보살상이 안치되어 있다. 그 뒤에서 구멍을 뚫고서 남쪽으로 들어가니, 영롱한 바위구멍은 조그맣고 넓지 않으며, 깊은 곳은 십여 길만에 끝이 난다. 이것은 문 아래 남쪽 암벽의 기이한 경관이다.

북쪽은 북쪽의 벼랑에 이어지는데, 병풍처럼 가운데에 솟구친 바위는 남쪽의 암벽과 함께 문을 이루고 있다. 병풍 같은 바위 뒤쪽에는 북쪽 산이 허공을 휘감아돌면서 깊은 구렁으로 뻗어내리는데, 웅장하고 험준하기 그지없다. 병풍 같은 바위의 좌우마다 각기 그곳에 이르는 조그마한 돌다리가 있다. 병풍 같은 바위 아래에는 바위구렁을 에워싼 물길이 마치 띠처럼 빙글빙글 감돌아 흐른다. 이것은 문 아래 북쪽 암벽의 기이한 경관이다.

북쪽 암벽에 있는 병풍 같은 바위는 남쪽 경계에는 문을 이루고, 북쪽 경계에는 동굴을 이루고 있다. 동굴 입구는 남쪽을 굽어보고 있다. 이 병풍 같은 바위는 마치 영벽인 양 동서 양쪽에 문을 나누었으며, 문은 모두 남쪽을 향해 있다. 물은 동문 아래의 구멍에서 넘쳐나와 병풍 같은 바위발치에 부딪치면서 흘러든다. 병풍 같은 바위의 동쪽을 따라 동쪽 다리가 걸려 있고, 동문이 이 다리를 굽어보고 있다. 물은 다시 구멍에서 넘쳐나와 서문 아래로 흐르는데, 병풍 같은 바위의 서쪽을 따라 서쪽 다리가 걸려 있고, 서문이 이 다리를 굽어보고 있다. 이곳은 동굴 안의 '쌍명(雙明)'이다.

먼저 서문을 따라 다리를 건너 들어갔다. 동굴의 꼭대기는 높이가 십여 길이고, 사방은 휘장을 덮은 듯 매끄럽다. 문에 해당하는 곳은 나선형의 꼭대기를 이룬 채 빙글빙글 돌면서 올라간다. 영락없이 의장용 우산처럼 봉긋 솟아 있다. 그 아래에 바위 평대가 있다. 높다란 가운데가 그것과 맞닿아 있다. 바위 위에는 두 곳의 둥근 웅덩이가 있는데, 크기는 구리북만 하다. 돌로 쳐보니, 하나는 맑은 소리를 내고, 다른 하나는 탁한 소리를 낸다. 토박이들은 종과 북 하나씩이라고 허풍을 떨었다.

북서쪽으로 구불구불 뻗어가는 동굴에는 매달린 종유석과 갈라진 틈새가 수없이 많다. 틈새는 빙글빙글 감돌면서 그다지 깊지 않았다. 남동쪽에 갈라진 틈새 아래는 마치 서문처럼 높고 먼데, 서로 가린 채 돋보여 더욱 그윽하고 깊다. 그 앞을 흐르는 물길은 굽이져 돌아든 채 아름다운 자태를 드러낸다. 동굴은 드넓고 물은 맑으니, 각기 그 지극한 정취를 이루고 있다.

마침내 동쪽 다리를 넘어 서문 아래로 나왔다. 그 앞에서 남쪽으로 올라 곧바로 벼랑발치를 기어오르자, 또 동굴이 동쪽을 향해 있다. 동굴의 높이와 너비는 모두 세 길이고 깊이는 열 길이다. 동굴 뒤에서 북쪽으로 돌아드니, 위로 봉긋 솟아오르고 어두컴컴하지만, 그다지 깊지 않았다. 건조하고도 밝은 동굴 안에는 스님이 살고 있었는데, 가운데에 불상을 모셔두고 있다. 이에 스님을 만나 뵙고 붓을 구해 햇불을 들고서 함께 서문의 관음보살상 뒤쪽의 작은 구멍을 끝까지 내려가 암벽 사이에 씌어진 시를 베껴 적었다. 숙소에 돌아오니, 어느덧 날이 저물었다.

4월 23일

임시 짐꾼을 고용하여 한길을 따라 남쪽으로 나아갔다. 2리를 가서 둔덕머리에서 동쪽으로 쌍명동의 서쪽 동굴을 바라보니, 그 아래에는 밝은 빛이 동쪽으로 꿰뚫고 있었다. 서쪽으로 흘러나온 동굴 속의 물은 구렁 속을 흐르다가 한길을 따라 다시 산기슭으로 흘러드는데, 두 번씩 스며들고 흘러들었다가 세 차례 동굴 허리를 뚫고 흐른 다음에야 커다란 시내로 흘러들었다. 대체로 이 일대의 웅덩이와 구렁은 모두 사방의 산에 둘러싸여 있는지라, 물은 반드시 구멍을 통과하여야 한다.

다시 남쪽의 언덕을 넘어 네 번씩 오르내리면서 모두 4리를 가자, 남쪽 산의 고갯마루에 보루가 있다. 길은 북쪽 고개에서 서쪽으로 돌아들어 내려간다. 2리를 더 가자 풀로 엮은 패방이 길을 가로막고 있고, 길 왼편에 띠집 가게가 한 채 있다. 다시 서쪽으로 내려와 둔덕의 구렁을 올라가 7리를 가자, 움푹한 평지에 백수포(白水鋪)라는 마을이 나타났다. 어느덧 중화포에 와 있었다.

서쪽으로 2리를 더 가자, 멀리서 콸콸거리는 물소리가 들려왔다. 둔덕 틈새로 북쪽을 바라보니, 홀연 물길이 북동쪽 산허리에서 벼랑을 타고 쏟아져 내려 깊은 못으로 요란스럽게 흘러들고 있다. 다만 그 위에 가로놓인, 너비가 몇 길인 하얀 것이 허공에 눈처럼 휘날리는 것만 보일 뿐, 그 아래는 잘린 채 보이지 않는다. 아마 맞은편 벼랑에 가로막혀 있기 때문이리라.

다시 언덕을 넘어 반리를 내려가 그 하류에 닿았다. 호호탕탕한 하류를 따라 서쪽으로 가다가 북동쪽에 걸려 있는 물길을 되돌아보니, 그 아래까지 갈 수 없음이 못내 안타까웠다. 짐꾼이 "저기는 백수하(白水河)입니다. 앞쪽에 강물이 허공에 매달려 떨어지는 곳이 있는데, 여기보다 훨씬 깊답니다"라고 말했다. 나는 단숨에 그곳에 이를 수 없음이 안타까웠다.

물길을 따라 반리를 가자, 커다란 바위가 물 위에 걸쳐져 있다. 이곳은 백홍교(白虹橋)이다. 이 다리는 남북으로 가로 걸쳐져 있으며, 아래에는 세 개의 반원형 구멍이 열려 있다. 물길이 대단히 넓어 몇 길마다 시내 밑바닥에서 벼랑을 뒤집어 눈같이 흰 물보라를 뿜어내는데, 시내 가득 백로가 떼 지어 나는 듯하다. '백수(白水)'라는 명칭이 조금도 거짓이 아니었다. 다리 북쪽을 건너 시내를 따라 서쪽으로 반리를 나아가자, 문득 둔덕의 대나무에 가려진 채 우레와 같은 물소리가 들려왔다. 나는 또 하나의 기이한 경관에 이르렀음을 예감했다.

둔덕의 틈새를 헤쳐 나아가다가 남쪽으로 되돌아보았다. 길 왼편에 허공에 매달린 시내 한 줄기가 짓쳐내려온다. 만 갈래 흰 비단이 허공에 나는 듯하다. 시내 위의 바위는 연꽃 잎사귀처럼 내리덮여 있고, 가운데에는 도려낸 듯 세 개의 문이 있다. 물은 잎사귀 같은 바위 위의 꼭대기까지 적시고서 흘러내리니, 마치 얇고 가벼운 비단 만 폭이 동굴 밖을 가로 뒤덮고 있는 듯하다. 아래로 곧바로 흘러내린 물은 몇 길인지 헤아릴 수 없는데, 부딪치는 진주와 부서지는 옥처럼 날리는 물방울이 튕겨 솟아올라, 자욱한 안개처럼 허공에 날아오른다.

그 기세가 대단히 웅장하고 세차니, 이른바 '구슬발은 갈고리로 말아 올릴 수 없고, 한 필의 비단은 머나먼 봉우리에 걸려 있다'라는 시구로도 이 장관을 형용할 수 없다. 대체로 내가 보았던 폭포 가운데, 이보다 몇 배나 높고 가파른 폭포는 있으나, 이처럼 넓고도 커다란 폭포는 이제껏 본 적이 없었다. 그 위에서 몸을 기울여 굽어보니, 마음이 섬뜩해지지 않을 수 없었다.

짐꾼이 "앞쪽에 망수정(望水亭)이 있는데, 쉴 만합니다"라고 말했다. 맞은편 벼랑 위에 정자가 있었다. 폭포 옆에서 남서쪽으로 내려갔다가 다시 골짜기를 건너 남쪽으로 올라 1리 남짓만에 서쪽 벼랑의 꼭대기로 기어올랐다. 그 정자는 띠풀로 지붕을 이었다. 아마 예전에 망수정의 옛 터일 터인데, 지금은 순안대인이 길을 지나다 멈추어 살펴볼까봐 띠풀을 엮어 정자를 만들었을 따름이다. 이곳은 정면으로 나는 듯한 폭포를 읍(揖)하고 있다. 내달리면서 얇게 뿜어내는 모습은 바라볼 수는 있으나, 가까이 다가설 수 없게 만들었다. 걸음을 멈추고 쉰 지 한참 만에, 정자의 남쪽에서 서쪽으로 돌아들었다. 산골물은 산을 감돌아 골짜기를 돌아든 뒤 남동쪽으로 흘러가고, 길은 벼랑의 돌층계를 따라 남서쪽으로 뻗어내린다.

다시 둔덕의 구렁을 올라 4리만에 서쪽으로 올라 움푹한 평지에 들어섰다. 동쪽의 산 아래에 계공배(雞公背)라는 마을이 있다. 토박이들은 마을 남동쪽의 봉우리 위를 가리키는데, 동굴이 북서쪽을 향해 있다. 동굴의 바깥 입구는 세로로 난 틈새와 같으며, 많은 사람을 들일 수 있을 듯하다. 거기에 '수탉(雞公)' 모양의 바위가 있으며, 이 모습을 따서 이름을 붙인 것이다. 이 동굴은 동쪽의 앞쪽 산으로 뚫려 있는데, 이 움푹한 평지가 동굴의 뒤편에 있기에 '배(背)'라고 일컫는다. 나는 그 말을 듣고서 이내 기운을 내어 앞장서 올라 동굴 안에 들어가보기로 했다.

산에 오르는 길은 서남쪽의 오르막길 한 줄기밖에 없었다. 이 길을 따라 구불구불 기어오르는데, 옆으로 빠지는 갈림길은 없었다. 얼마 후 1리를 가서 고갯마루에 올라섰다. 이곳은 계공령(雞公嶺)이다. 움푹 꺼진 곳 속에 절이 있다. 동굴이 어디 있는지 물어보니, 스님은 산 아래의 마을 남쪽에 있다고 가리켰다. 어느덧 동굴을 넘어 올라와 있었다. 짐꾼도 이르렀기에, 고개를 넘어 서쪽으로 내려가 반리만에 구렁 속에 이르렀다.

반리를 더 가자, 남쪽 둔덕에 태화초(太華哨)라는 보루가 있다. 다시 서쪽의 고개를 올랐다. 고개를 넘어 서쪽으로 나아간 뒤, 1리를 더 가서 구불구불 남서쪽으로 매우 깊이 내려갔다. 서쪽으로 멀리 줄지은 봉우리를 바라보니, 북쪽에서 남쪽으로 뻗은 봉우리는 마치 병풍처럼 우뚝 치솟은 채, 이쪽의 동쪽으로 줄지은 산과 골짜기를 이루면서 서로 맞서 있다. 가운데에는 시냇물이 북쪽에서 남쪽으로 흐르면서, 구렁 바닥으로 움패어든다.

시내를 바라보면서 단숨에 3리를 내려와 다리에서 서쪽으로 건넜다. 이곳은 관령교(關嶺橋)이다. 다리를 넘자마자 서쪽의 층계를 기어올랐다. 층계가 몹시 가파르다. 2리를 가자 관음각이 길 왼편에 자리 잡고 있으며, 관음각(觀音閣) 아래에는 돌을 쌓아 만든 네모난 못이 있다. 못 서쪽에서 구멍을 뚫고 흘러나온 샘물은 완만하게 못 속을 흐르다가 못을 넘쳐흘러 동쪽으로 흘러내린다. 이곳은 마포천(馬跑泉)으로, 관색(關索)[1]의 유적이다.

관음각 남쪽 길의 오른편에서도 구멍 속에서 샘물이 솟아나온다. 이 곳은 아천(啞泉)으로, 사람이 마셔서는 안 된다. 내가 마포천에서 물을 떠마셔보니, 감미롭고 청량하기는 혜천(惠泉)에 약간 뒤떨어진다. 그렇지만 높은 산에서 이런 샘물을 마실 수 있다는 것 자체가 기이하지 않을 수 없다. 다만 아천과는 몇 걸음밖에 떨어져 있지 않은데, 어찌하여 좋고 나쁨이 이처럼 다르단 말인가!

관음각에서 남쪽으로 정자 하나를 넘어 다시 서쪽으로 2리를 올라 고개등성이에 올랐다. 이곳은 관색령(關索嶺)이다. 관색은 관우(關羽)의 아들로서, 촉나라 승상 제갈량(諸葛亮)을 좇아 남방 정벌에 나섰다가 오랑캐의 길을 개척하여 이곳까지 왔었다. 이곳의 사당은 명나라 초기에 짓기 시작하여 왕정원(王靖遠)에 의해 확장되었으며, 오늘에 이르러서도 제사의 예는 사라지지 않았다.

고개를 넘어 서쪽으로 1리를 내려오자, 움푹한 평지 속에 커다란 보루가 있다. 이곳은 관령포(關嶺鋪)로서, 관령수어소(關嶺守禦所)가 있는 곳이다. 헤아려보니 이곳은 여전히 산꼭대기에 있으며, 조금 내려왔건만 삼분의 일에도 미치지 못했다. 관령포에 이르니 겨우 정오가 지났는데, 짐꾼은 작별을 고하고 떠났다. 나는 여인숙에서 쉬었다.

---

1) 관색(關索)은 관우(關羽)의 셋째 아들이다. 그의 생평에 대해서는 역사서에 기록된 바가 없지만, 민간전설에서는 용사로서 자주 언급되고 있다. 『수호전』에 등장하는 호걸 양웅(楊雄)의 별명도 병관색(病關索)이다.

4월 24일

아침 일찍 일어나니 짐꾼이 없어 걱정스러웠다. 갑자기 마방(馬幇)이 오더니, 말 한 필이 남아 있다고 했다. 그들에게 교수(交水)까지 짐을 실어달라고 부탁했다. 광주리에 짐을 넣어 말 위에 싣고서 그들에게 먼저 가게 하고서, 나는 식사를 한 후에 길을 떠났다. 남서쪽으로 7리를 가서 북두령(北斗嶺)을 올랐다. 1리를 가서 서쪽의 고개등성이를 넘자, 그 위에 정자가 걸쳐져 있다. 서쪽을 바라보니 높다랗게 늘어선 짙푸른 산이 북쪽에서부터 병풍처럼 남쪽으로 뻗은 채, 동쪽에 줄지은 산들과 맞서서 골짜기를 이루고 있다. 골짜기 안에는 조그마한 물길이 남쪽으로 흘러간다.

고개에서 서쪽으로 2리를 내려가 움푹한 평지 속에 이르렀다. 움푹한 평지의 기슭에 북두포(北斗鋪)라는 마을이 기대어 있다. (관령關嶺은 중간에 줄지어 솟은 높은 산이며, 북두령은 그것의 서쪽 부근이다. 계공령은 동쪽으로 줄지어 솟은 높은 산이며, 태화초는 그 서쪽 부근이다. 이 양쪽에 줄지은 높은 고개는 서쪽으로 갈수록 더욱 높아진다.) 북두포에서 서쪽의 움푹한 평지를 가로질러 가로로 2리를 건넌 뒤, 서쪽의 층계를 기어올랐다.

구불구불 봉우리 꼭대기에 이르러 5리만에 움푹 꺼진 곳을 넘었다. 동쪽의 관령을 바라보니, 어느덧 발 아래에 있었다. 패방이 길에 세워져 있고, '안보봉강(安普封疆)'이라 씌어 있다. 이곳은 안장초(安莊哨)이다. (관령으로부터 진녕주 및 영녕주永寧州와의 분계선이고, 안장위의 둔병이 곧장 반강盤江에까지 이른다. 경계선은 온통 개 이빨처럼 들쑥날쑥한 채, 확연히 갈라져 있지 않다.)

다시 서쪽으로 봉우리에 올라 골짜기 속에서 3리를 가자, 벼랑의 나무가 차츰 모여든다. 이곳은 안롱포(安籠鋪)이다. 『지』에 따르면, 안롱정산(安籠箐山)과 안롱정관(安籠箐關)이 있다고 하는데, 바로 이곳이라는 생각이 들었다. 이른바 안롱수어소(安籠守禦所)가 어디인지 물어보자, 토박이는 "안남위(安南衛) 남동쪽으로 사흘 거리에 있습니다"라고 대답했다. 이곳은 진안주(普安州)에 속하니, 이곳은 아니리라.

생각건대, 이곳은 예전에 안(安)씨의 남서쪽 끄트머리 변경이었기에, 오늘날에도 여전히 안장, 안롱, 안순, 안남 등의 여러 이름이 남아 있는 것이리라. 대체로 안씨의 관할지는 예전에는 반강을 서쪽의 참호로 삼왔고, 오늘날에는 삼차를 경계로 삼고 있는데, 삼차 이남과 반강 이동은 중국에서 무력을 떨쳐 지키고 있는 유일한 곳이다.

북두포 서쪽에서 남쪽으로 1리를 더 올라갔다. 고개를 넘어 약간 내려가자, 움푹한 평지 속에 웅덩이가 패여 있다. 서쪽으로 반리를 더 가니, 겹을 이룬 봉우리는 구덩이를 사이에 낀 채 북쪽으로 뻗어내린다. 고개 옆을 휘감아돌아 서쪽 구덩이의 움푹 꺼진 곳을 건너 반리를 갔다. 다시 층계를 기어올라 2리를 가자, 암자가 길에 버티고 있다. 이곳은 상비령(象鼻嶺)이다. 여기에서 서쪽의 등성이를 넘었다. 비좁기 짝이 없는 등성이는 남북으로 온통 깎아지른 듯한 절벽이다. 등성이는 뻗어내려 구덩이를 이루고 있는데, 그 위는 너비가 겨우 대여섯 자에 지나지 않아 마치 담을 넘는 듯하다.

다시 구불구불 북쪽으로 넘어갔다가 또 하나의 등성이를 넘었다. 2리만에 고갯마루에 올라서니, 이곳은 이쪽에 줄지어선 산 가운데 가장 높은 곳이다. 동쪽으로 관령을 내려다보고, 서쪽으로 반강 서쪽을 굽어보니, 양쪽의 줄지은 산들은 모두 그 아래에 병풍처럼 늘어선 채, 마치 '천(川)'자처럼 줄을 나누어 이곳을 에워싸고 있다. 고개 서쪽에는 움푹한 평지를 감돌아 들판이 펼쳐져 있고, 그 사이에 성(城)이 맺혀져 있다. 이곳은 사성(查城)으로, 이른바 정참(鼎站)이다. (사성역査城驛이 있는데, 안남위에 속한다. 정참은 서쪽에 줄지은 높은 산이며, 백운사는 그 서쪽의 부근인데, 역시 서쪽으로 갈수록 더욱 높아진다.)

이에 사성을 바라보면서 북서쪽으로 내려와 2리 반만에 조(趙)씨 성의 여인숙에 짐을 풀었다. 이때 마방은 여전히 도중에 방목을 하고 있었다. 나는 여인숙에서 목을 약간 축이고서 성에 들어가 구경한 뒤, 여인숙으로 돌아와 쉬었다.

이곳은 반강 동쪽의 주봉(主峰)의 첫 번째 갈래가 남쪽으로 나뉘어진 등성이이다. 두 번째 갈래는 관령이며, 세 번째 갈래는 계공배이다. 이 세 갈래가 남쪽으로 뻗어내려 천(川)자 모양을 이루고 있다. 이 가운데 서쪽의 갈래가 가장 높으나, 뻗어나간 거리는 그다지 멀지 않으며, 각각 도니강 북쪽에 이르러 끝난다. 도니강 북쪽을 경계로 다령산으로 뻗어 가는 산줄기는 다시 신첨위 남동쪽에서부터 갈래가 나뉘어 도균부의 남쪽으로 뻗어내리다가, 독산주 북쪽을 감돌아 서쪽으로 나아간 뒤, 남동쪽의 계공관을 지나 뻗어내린다.

이곳의 남동쪽은 모역장관사(慕役長官司, 성은 이(李)씨이다)이고, 북동쪽은 정영장관사(頂營長官司, 성은 나(羅)씨이다)이며, 북서쪽은 사영장관사(沙營長官司, 성은 사(沙)씨이다. 이때 토사인 사씨가 갓 세상을 떠났는데, 그 아내는 토박이 추장 인 낭대(郎岱)의 누이동생이다. 낭대가 사람들을 이끌고 그녀를 쳐들어오니, 백성들 모두 가 정참으로 다투어 도망했다)이다. 사씨의 병영 북동쪽은 낭대 추장의 관할 지이다. 북동쪽은 수서(水西)와 접경하고 있는지라, 안씨와 안팎을 이루 어 난을 일으키고, 인근 지역에 쳐들어와 약탈했다. 상부의 관리들은 그 저 벼슬을 올려 무마할 뿐, 한 마디도 따지지 못한다.

고찰에 따르면, 이 고개에서 가장 높은 곳은 서쪽이 사성이고, 동쪽 은 안롱정(安籠箐)이다. 이들 모두 꼭대기는 빙 두른 채 움푹한 평지를 이루고 있는데, 뭇산의 위에 있다. 『일통지』에서 언급된 바, 영녕주의 안롱정관은 바로 이것을 가리킨다. 보안주(普安州)의 안롱천호소(安籠千戶 所)는 안남위의 남동쪽 사흘 거리에 있는데, 바로 광서성 안륭장관사와 의 접경지이자, 전주(田州)와 백애(白隘)가 지나는 길이다. 보안주에 있는 안롱천호소는 마땅히 안륭(安隆)이라고 하여 광서성의 안륭과 마찬가지로 일컬어야지, 안롱(安籠)이라 하여 영녕주와 안롱과 혼동해서는 안 된다.

정참의 골짜기는 북동쪽에서 남서쪽으로 뻗어 있으며, 그 남동쪽은 큰 산의 등성이이다. 그 북서쪽에는 사성이 의지하고 있으며, 또 한 줄 기의 골짜기가 펼쳐져 뻗어간다. 이곳은 사영(沙營)의 토사로 가는 길이 다. 이 샘의 근원 또한 북동쪽의 등성이에서 흘러내려 정참의 거리를 가로질러 서쪽으로 흐르다가 남쪽의 골짜기 바닥으로 떨어져 내린다.

남서쪽 골짜기의 등성이는 이지러진 데 없이 둥글게 이어지며, 그 바닥
으로부터 산허리를 뚫고 서쪽으로 흘러간다. 틀림없이 서쪽의 반강으로
흘러들 것이다.

원문

戊寅[1] 三月二十七日 自南丹北鄙岜牙村, 易騎入重山中, 漸履無人之境. 五
里, 逾山界嶺. (南丹下司界.) 又北一里, 逾石隘, 是爲艱坪嶺. 其石極嵯峨, 其
樹極蒙密, 其路極崎嶇, 黔, 粤之界, 以此而分, 南北之水, 亦由此而別. 然
其水亦俱下都泥, 則石隘之脊, 乃自東而西度, 盡於巴鵝之境, 而多靈大脊
猶在其東也. 北下一里, 就峽西行, 一里, 始有田塍, 又半里, 峽轉北, 塢始
大開. 又北一里, 有村在西塢中, 曰由彝. 此中諸塢, 四面皆高, 不知水從何
出. 然由彝村南石壁下, 有洞東向, 細流自畦中淙淙入, 透山西而去, 固知
大脊猶在東也. 至此南丹差騎辭去. 由彝人始許夫騎, 久乃不至, 促久之,
止以二夫負擔去. 余獨坐其欄, 從午至暮, 始得騎. 西北二里, 至山寨, 則寨
人已送擔亦前去. 乃由其東上嶺, 越脊北下一里, 行墾中. 又北一里, 再越
嶺脊, 下行峽中. 墾圓而峽長, 南北向皆有脊中亘, 無洩水之隙, 而北亘之
脊, 石齒如鋸, 橫鋒豎鍔, 莫可投足. 時已昏暮, 躍馬而下, 此騎眞堪託死生
也. 越脊, 直墜峽底, 逾所上數倍, 始知前之圓墾長峽, 猶在半山也. 峽底有
流, 從南脊下溢, 遂滔滔成流. 隨之西向行, 共里許, 有村在南山麓, 擔夫已
換去. 又騎而西半里, 擔夫又已去. 蓋村人恐余止其家, 故亟換之行, 而又
無騎換, 騎夫不肯前, 余强之暗行. 西北半里, 有溪自東而西, 橫堰其中, 左
右淵深. 由堰上北度, 馬蹄得得, 險甚. 又西轉過一村, 半里, 由村西而北向

逾嶺, 始與雙擔同行, 暗中呼聲相屬, 不辨其爲石爲影也. 共二上二下, 遂行田塍間. 共五里, 過一寨, 排門入, 居人頗盛. 半里, 復排一門出, 又行田塍中. 一里半, 叩門入舊司, 門以內茅舍俱閉, 莫爲啓. 久之, 守一啓戶者, 無茅無飯而臥.

上、下二司者, 卽豐寧司也. 瀕南界者, 分爲下司, 與南丹接壤. 二司皆楊姓兄弟也, 而不相睦. 今上司爲楊柚, 强而有制, 道路開治, 盜賊屛息. 下司爲楊國賢, 地亂不能轄, 民皆剽掠, 三里之內, 靡非賊窟. 其東有七榜之地, 地寬而渥, 桀驁[2]尤甚, 其叔楊雲道, 聚衆其中爲亂首, 人莫敢 舊司者, 下司昔日司治也, 爲上司所破, 國賢移居寨上. 寨在南山麓, 與舊司南北相對, 中隔一塢, 然亦無奇險也.

---

1) 무인년(戊寅年)은 숭정(崇禎) 11년 1638년이다.
2) 걸오(桀驁)는 성정이 사납고 난폭함을 의미한다.

二十八日 平明起, 雨霏霏下. 余令隨夫以鹽易米而炊. 余以刺索夫於南寨, 國賢避不出, 託言與上司不合, 不敢發夫, 止許護送者兩三人送出境. 余飯而待之, 送者亦不至, 乃雇夫分肩行李, 從舊司北向逾嶺行. 共三里餘, 下至餓鬼橋, 有小水自東北注西南, 小石樑跨其上, 御人[1]者每每橫行於此. 又北二里, 逾嶺, 已爲上司界. 下嶺二里, 有村在西塢, 而路東有楓木樹對之. 又東北逾嶺二里, 有村在東塢, 其前環山爲壑, 中窪爲田. 村倚東峰, 有石崖當村後; 路循西嶺, 與村隔壑相向, 始敢對之息肩. 又西北逾嶺二里, 轉而西向行, 於是峽大開, 南北相向, 南山下村居甚稠, 北山則大路倚之. 西行五里, 路復西北逾嶺. 蓋此地大山在東北, 路俱緣其西南上, 雖有升降, 然俱上多下少, 逶迤以升者也. 又西北二里, 逾嶺. 路北有峰, 迴亘層疊, 儼若天盤龍鬐. 崖半有洞, 門西向, 數十家倚之. 路乃北轉, 又一里, 越其西岡北向下. 西岡者, 大山分支, 西突爲盤鬐峰, 其下橫岡西度者也. 西岡之北, 山又東西排闥. 北望西界山, 一圓石高挿峰頭, 矗然倚天之柱, 其北石崖迴沓, 卽<u>上司</u>治所托也; 東界土山, 卽路所循而行者. 共北五里, 路與西界矗柱對. 又北二里, 忽山雨大至. 擔夫停擔, 各牽笠蔽雨, 余持傘亦蔽一挑. 忽有四人持鏢負弩, 懸劍槖矢, 自後奔突而至. 兩人趨余傘下, 一人趨顧僕傘下, 一人趨擔夫笠下, 皆勇壯凶獰, 似避雨, 又似夾持. 余甚恐. 問余何往, 余對以都匀. 問余求煙, 余對以不用. 久之, 雨不止而勢少殺, 余曰: "可行矣." 其人亦曰: "可去." 余以爲將同往而前者, 及余行而彼復止. 余益知其必非良人, 然入其吻而不下咽, 其心猶良也. 更北半里, 轉而西又一里餘, 有營當兩界夾中阜上, 壁壘新整. 由其下又西一里, 入<u>上司</u>南門, 有土垣環繞, 門內卽宿鋪. (<u>江西</u>人. 自<u>下司</u>至此, 居舍中各半土半欄) 時雨過街濕, 余乘濕履, 遂由街北轉而西, 有巨塘匯其內, 西築堤爲堰, 甃爲馳道甚整. 又北半里, 直抵囤山東麓, 北向入一門. 有石罅一縷在東麓下, 當其盡處, 鑿孔如盂, 深尺許, 可貯水一斗. 囤上下人俱以盎候而酌之, 謂其水甘冽, 迥異他水. 余酌而嘗之, 果不虛也. 由此循囤麓轉入北峽, 峽中居人甚多, 皆頭目之爲心膂[2]寄者; 又編竹架囤於峽中, 分行貯粟焉. 由北陜西向行, 已入囤後, 有脊自西北連屬於囤, 乃囤之結蒂處也. 脊東峽中, 有洞倚囤麓, 其門北向, 甚隘而深. 有二人將上囤, 余問: "此洞深否?" 云: "其洞不深. 上至囤半, 有大洞頗深而有水, 須以炬入." 由下仰眺, 囤上居舍累累, 惟司官所居三四層, 皆以瓦覆, 以堊飾. 囤險而居整, 反出<u>南丹</u>上也. 余乃隨其人拾級上囤, 其級甚峻, 而甃鑿開整. 竭蹶而上, 共半里, 折而東, 有樓三楹跨路間, 乃囤半之隘關也. 洞在中楹之後, 前爲樓所蔽不可見. 有男婦各一, 炊中楹下. 二人指余入, 遂登囤去. 余索炬於炊者, 則楹後卽豬欄馬棧. 踐之下洞, 洞門北向, 窪墜而下, 下皆汚土, 上多滴瀝, 不堪駐足, 乃復出而下. 先是令一夫隨行, 至脊下, 不敢登, 余乃獨上. 然囤上之形, 可以外瞭而見, 惟此洞爲樓掩, 非身至不知也. 仍由舊路里餘, 返宿舍, 則已薄暮矣. 炊飯亦熟, 遂餐而臥.

　<u>上司</u>土官<u>楊柚</u>, 由長官而加副總, 以<u>水西</u>之役也. 其地小而與<u>南丹</u>爲仇, 互相襲殺, 故兩土官各退居囤上. (<u>南丹</u>州治在囤下而居於上. <u>上司</u>則司治俱在上,

而環囤而居者, 皆其頭目也.) 南丹第三弟走荔波, 爲莫侅所執; 第四弟走上司,
至今爲外難, 日惴惴焉.

其囤圓而大, 四面絕壁, 惟西北有脊通級而上, 路必環旋於下峽, 故爲天
險. 峽中水西南下, 合塘中及外峽南北諸流, 俱透西南腋中墜去.

---

1) 어인(圉人)은 길을 가로막고서 남의 물건을 빼앗음을 의미한다.
2) 려(膂)는 원래 등골뼈를 의미하며, 심려(心膂)는 심(心)과 려(膂) 모두 인체의 중요한
   부분이라는 점에서 심복처럼 믿고 힘이 되어주는 사람을 비유한다.

二十九日 由上司出南門, 仍渡門東小水, 溯之東北行. 一里, 躡土山而上.
四里, 逾土山西度之脊, 其西石峰突兀, 至此北盡. 逾脊西北行一里半, 嶺
頭石脊, 復夾成隘門, 兩旁石骨嶙峋. 由隘西出, 轉而東北下, 半里, 下抵塢
中. 又北一里, 復越土山西下脊, 是爲上司、獨山州界, 於是下嶺循東山行.
又二里, 有村在西山塢中, 爲苴查村. 其處東西兩界皆土山, 中開大塢, 有
水自北來, 界於塢中, 繞苴查之東, 乃西向破峽去. 循東界山溯水北向行,
又三里, 水分二支來, 一自西北, 一自東北, 如 "丫" 字會於中支山盡處. 西
北者較大, 路溯東北行, 一里半始渡之. 於中支山東麓, 得罈子窯村, 乃土
官蒙氏之族也. 村北溪中皆碎石, 時涸時溢. 又東渡之, 東北上岡頭, 共里
許, 有土環遺址, 名曰關上, 而無居舍. 又東北一里, 水盡塢窮, 於是躡嶺,
其嶺甚峻. 三里, 北逾其脊, 隘中底石如鋪, 兩旁有屼立峰, 是名雞公關. 其
脈自獨山州西北, 繞州治東南過此, 又東南度六寨之東, 而下蠻王峰者也.
脊西南水, 下苴查而入都泥; 脊東北水, 由合江州下荔波而入龍江. 從脊東
北眺, 則崇山蜿蜒, 列屏於前, 與此山遙對成兩界, 中夾大塢, 自西北向東
南焉. 下山即轉北行, 一里抵塢, 轉東, 即有小水東南下. 又東一里, 逾陟岡
阜, 忽有溪自西北注東南, 水於此復出, 爲龍江上流矣. 渡溪東上, 於是升
陟坡壟, 東北行塢中. 五里, 有數家之村, 在東北山下. 從其前復轉入西峽,
北一里, 過一脊, 始北向下嶺. 其下甚深, 半里抵其麓, 始知前所行俱在山
上也. 又北行塢中一里半, 有大溪汪然, 自西峽層山中出, 東注而去, 亦由

合江州而下荔波、思恩者. 歷石礐而渡其北, 又緣西界支隴北行五里, 爲羊角寨. (乃蒙氏之砦也, 在西山麓.) 又北三里, 有小水自西坡東注, 涉之. 又北二里, 入獨山州之南隘門. 其州無城, 一土知州, 一明知州. 土官蒙姓, 所屬皆土人. (卽苗仲.) 明官多缺, 以經歷署篆,[1] 所屬皆客戶. 余所主者, 江西南昌人黃南溪也, 其人忠厚長者, 家有樓可棲. 蓋是州雖無城, 而夾街樓房連屬, 俱用瓦蓋, 無復茅欄牛圈之陋矣

獨山土官昔爲蒙詔, 四年前觀燈, 爲其子所弑. 母趨救, 亦弑之. 乃託言殺一頭目, 誤傷其父, 竟無問者. 今現爲土官, 可恨也!

三十日 平明飯, 出獨山州北隘門, 西北向循西界山行. 六里, 有小水亦自西坡東注, 涉之. 又北二里, 北塢漸窮, 山脊自東界西度南轉, 乃路轉東北, 澗中小水北流. 渡澗, 循東界山腋間東北上, 又二里, 有水溢路旁石穴間, 甚冽. (其側有蒙氏修路碑.) 從此攀石磴東北上嶺, 雨大至. 一里半, 北登嶺隘. 是嶺由東南度西北, 乃祖山, 從其東北分裂衆枝 : 其直東而去者, 爲黎平、平崖之脊; 東南分枝而下者, 爲荔波、羅城之派; 西北分枝而下者, 度此稍北, 卽西轉南走而環於獨山之西, 度雞公嶺而南, 爲蠻王、多靈之派. (獨山州南二十里, 有山尖起立於衆山之中, 是名獨山, 州之所以得名也.) 又東北行山峽間, 乃下. 共二里, 有澗自東谷走深崖中, 兩崖石壁甚逼, 澗嵌其間甚深, 架石梁其上, 爲深河橋. 過橋, 復躋崖而上. 登嶺而北, 有小水自東北瀉石崖而下, 涉之, 復升嶺, 共一里, 遂由峽中北行. 又二里, 乃下, 東北行塹中. 有村在東山下, 由其前少轉西北, 共二里, 有溪自東北來, 渡之. 溯其西岸, 東北逾嶺二里, 一水自東北來, 一水自西北來, 東北者較大. 於是涉西北水, 緣中支山而上, 東北三里而登其岡. 飯於岡上. 乃稍下, 又北逾嶺而下夾塢中. 共三里, 又上, 有溪自南峽北向下墜深潭, 潭小而高, 此西北小溪之源

也. 又北逾嶺下一里半, 下度深塹中, 有澗自西南峽中來, 至此東向西轉, 此東北小溪之源也. 涉之, 西南登嶺. 半里而上, 循嶺半西南行. 二里, 過兔場, 西出嘉坑關. 隨小水西下, 由夾中行五里, 兩夾山多石崖突兀, 路側有泉湧穴出. 又西二里, 水墜南峽去, 路逾北坳上, 有寨在東岡之巓. 由其西北度脊, 南北俱有窪中墜, 環塍爲田, 直抵其底, 水皆自底西向透石穴者也. 又西逾嶺一里, 出隘口, 其上石骨稜峭, 皆作嘘雲裂萼之勢. 又西北下峽中, 一里, 轉而西, 半里, 西出峽, 是爲<u>獨山州</u>與<u>胡家司</u>分界. (<u>胡家司</u>卽都匀長官司. 從姓呼之, 以別郡名也.) 於是山開南北洋, 中有大溪自北而南, 是爲<u>橫梁</u>. 循溪東轉南半里, 抵南崖. 崖下有賣粉爲餉者, 以鹽少許易而餐之. 隨溪南岸西行, 道路開整, 不復以蜀道[1]爲苦. 溪北有崇廟在高樹間, 人家田隴, 屢屢從斷岸而出. 共六里, 過塢裏村. 又西一里, 其水南曲, 乃西渡之. 從溪西岸南行, 半里, 爲<u>邛母村</u>. 從村前西轉, 塢復東西開. 而其村重綴岡阜, 瓦舍高聳, 想亦<u>胡家司</u>之族目也. 西二里, 其水北曲, 復西渡之. 又西北一里, 其水西曲, 又北渡之. 從北岸懸崖西行一里半, 有水自西來會, 乃<u>麥衝河</u>也. 卽溯河西行二里, 入<u>麥衝堡</u>南隘門而宿. 是晚雷雨大作, 徹夜不止.

---

1) 촉도(蜀道)는 사천성으로 통하는 험난한 길을 가리키며, 여기에서는 험난한 길을 의미한다.

四月初一日 平明起, 雨漸止. 飯間, 聞其西有<u>桃源洞</u>, 相去五里, 須秉炬深入, 中多幡蓋纓絡[1]之物. 覓主人導之不得, 曰: "第往關上, 可西往也." 遂北向出隘門, 溯溪東岸行. 忽石壁湧起岸東, 勢極危削, 溪漱之南, 路溯之北, 咫尺間, 上倚穹崖, 下循迅派, 神骨俱竦. 三里, 轉入東塢, 其北有小峰立路隅, 當<u>麥衝河</u>南下之衝, 有巖北向, 曰<u>觀音洞</u>. 又北半里, 曰<u>麥衝關</u>. 問所謂<u>桃源洞</u>者, 正在其直西大峰之半, 相望不出四里外. 關之東有<u>眞武閣</u>, 南向正與<u>觀音洞</u>門對. 乃停行李於閣中, 覓火炬於僧, 將往探之. 途遇一老者, 曰 : "此洞相去不遠. 但溪水方漲, 湍急不可渡, 雖有導者不能爲力, 而況漫試乎?" 余乃廢然[2]而返, 取行李西南越而下, 抵河東岸. 溯之北, 共一里, 有溪自西北山腋來, 路從東北山腋上, 遂與麥衝河別. 當坡路潦跡間, 有泉泛泛從下溢起, 孔大如指, 以指探之, 皆沙土隨指而涸, 指去而復溢成孔, 乃氣機所動, 而水隨之, 非有定穴也. 一里, 轉上後峽, 遂向東入. 又一里, 峽更東去, 路復從北峽上. 其處石峰嶙峋, 度脊甚隘. 越隘北下塢中, 被壟盈塢, 小麥青青蕎麥熟, 粉花翠浪, 從此遂不作粵西蕪態. (粵西獨不藝麥.) 脊東西亂水交流, 猶俱下麥衝者.

又東一里, 轉而北, 有塢南北開洋, 其底甚平, 犁而爲田, (此處已用牛耕, 不若六寨以南之用槊橇[3]矣.) 波耕水耨,[4] 盈盈其間, 水皆從崖坡瀉下, 而不見有澮濬之跡. 二里, 有村頗盛, 倚西峰下, 曰普林堡. 又北一里, 逾嶺而上石峰, 復度峽而下, 轉而東, 平行石嶺間. 一里東下, 盤窩中有小石峰如阜, 盤托而出, 路從之, 經窩東入峽. 一里, 復北向升嶺, 一里, 遂逾土脊之上. 此脊當爲老龍之乾, 西自大、小平伐來, 東過谷蒙、包陽之間, 又東過此, 東南抵獨山州北, 又東爲黎平、平崖之脊, 而東抵興安, 南轉分水龍王廟者也. 越脊北下, 峽壁甚隘. 一里, 下行峽中, 有水透西南峽來入, 北隨峽去, 渡之, 傍澗西涯行. 有岐路溯水西南峽, 則包陽道, 通平浪、平洲六洞者也. 隨水東北行峽中, 又三里, 轉而東, 其峽漸開, 有村在南山間, 曰下石堡. 又北二里, 過一巨石橋, 澗從橋下西北墜深峽中而去; 路別之, 東北逾嶺. 升降二重, 又二里, 越嶺下, 則東南山塢大開, 大溪自西北破峽出, 湯湯東去, 是曰大馬尾河. 以暴漲難渡, 由溪南循山崖東行, 溪流直搗崖足. 一里, 東抵堡前, 觀諸渡者, 水湧平胸, 不勝望洋[5]之恐. 坐久之, 乃解衣泅水而渡, 從北岸東向行. 水從東南峽去, 別之, 乃東北逾嶺而下, 共三里, 東渡小馬尾河. 復東北升嶺, 一里半, 越嶺脊東下. 一里半, 出山峽, 山乃大開, 成南北塢, 東西兩界, 列山環之, 大河湯湯流其間, 自北而南. 溯溪西岸, 循西界山北行一里, 路旁即有水自西峽東向入溪, 涉之. 又北二里, 有石梁跨一西來溪上, 度之. 從梁端循峽西入, 是爲胡家司, 即都勻長官司也, 以名同本郡, 故別以姓稱. 又北一里, 有村在西山崖上, 曰黃家司, 乃其副也. 又北行田塍間五里, 度西橋. 又北半里, 入小西門, 是爲都匀郡城. 宿逆旅, 主人家爲沈姓, 亦江西人.

1) 영락(纓絡)은 영락(瓔珞)이라고도 하며, 고대에 목에 두르는 구슬을 꿰어 만든 장식품이다.
2) 폐연(廢然)은 기가 꺾이고 실망한 모습을 가리킨다.
3) 교(鞽)는 예전에 진흙 위를 걸을 때 신 위에 신었던 덧신을 가리킨다.
4) 수누(水耨)는 물을 관개하여 잡초를 제거하는 경작법이다. 즉 곡식의 모는 높이 자라고 잡초는 낮게 자라니, 물을 대면 잡초는 죽더라도 모는 아무 손상을 입지 않는다.
5) 망양(望洋)은 흔히 망양흥탄(望洋興嘆)이라고 하며, 강의 신 하백(河伯)이 스스로 매우 크다고 뽐냈으나, 바다에 이르러 자신의 능력이 부족함을 알고 탄식했다는 고사에서 비롯되었다. 여기에서는 힘이 닿지 않을 만큼의 큰물을 의미한다.

初二日 晨起, 作書投都匀司尊張, (勉行, 四川人.) 乃散步東入郡堂, 堂乃西向蟒山者. 又東上東山麓, 謁聖廟. 見有讀書廡東者, 問南皇鄒總憲[1]戍都時遺蹟. 曰: "有書院在東門內." 問『郡志』. 其友歸取以示甚略而不詳, 卽大、小馬尾之水, 不書其發源, 并不書其所注, 其他可知. 載都八景, 俱八寸三分帽子,[2] 非此地確然特出之奇也. 此地西門大溪有新架石樑, 壘石爲九門甚整, 橫跨洪流, 乃不取此, 何耶?

都匀郡城東倚東山, 西瞰大溪. 有高岡自東山西盤, 而下臨溪壑; 溪自北來, 西轉而環其東. 城圓亘岡上, 南北各一門, 西有大小二門, 東門偏於山之南. 城後環東山之巓, 其上有樓, 可以舒眺.

郡西對蟒山, 爲一郡最高之案, 郡治、文廟俱向之. 其南峰旁聳, 有梵宇在其上, 須拾級五里而上, 以飯後雨作不及登. 謂之'蟒'者, 以峰頭有石脊, 蜿蜒如巨蛇. 今志改爲龍山.

九龍洞, 在城東十里. 按『一統志』有都匀洞, 在都匀長官司東十里, 前門北向, 後門南向, 當卽此洞. 今『志』稱爲仙人洞二, 下注云: "一在城東, 一在城西." 殊覺憒憒.[3]

水府廟, 在城北夢遇山, 大溪南下橫其前, 一小溪西自蟒山北直東來注. 下有白衣閣, 倚崖懸危壁上, 憑臨不測. 上有梵音洞, 西向爲門. 洞無他致,止云其中有石佛自土中出者爲異耳.

1) 총헌(總憲)은 도찰원 좌도어사의 존칭이다.
2) 팔촌삼분모자(八寸三分帽子)는 원래 누구나 쓸 수 있는 모자라는 의미이며, 흔히 어
   느 곳에나 적용할 수 있음을 비유한다.
3) 궤궤(憒憒)는 어지럽고 혼란스러운 모양을 가리킨다.

初三日 下午自都勻起身, 二十里, 文德宿.

初四日 三十里, 麻哈州. 又十里, 乾溪宿.

初五日 十里, 麻哈大堡. 又十里, 幹壩哨. 又十五里, 平越衛.

初六日 歇平越.

初七日 宿店.

初八日 雇貴州夫行, 至崖頭宿.

初九日 新添飯, 至楊寶宿.

初十日 龍里歇.

十一日 二十里, 至鼓角. 三十里, 至貴州.

十二日 止貴州, 遊古佛洞.

十三日 止貴州, 寓吳愼所家.

十四日 晨飯於吳, 遂出司南門, 度西溪橋, 西南向行. 五里, 有溪自西谷來, 東注入南大溪; 有石樑跨其上, 曰太子橋. (此橋謂因建文帝得名, 然何以'太子'云也.) 橋下水湧流兩崖石間, 衝突甚急, 南來大溪所不及也. 度橋, 溯南來大溪又西南三里, 有一山南橫, 如列屛於前, 大溪由其東腋北出, 路從其西腋南進. 又南行峽間二里, 歷東山之嘴, 曰岜堰塘, 其西南有雙峰駢起, 其東卽屛列山之側也. 又三里, 過雙駢東麓而出其南, 漸聞溪聲遙沸, 東望屛列之山, 南迸成峽, 溪形復自南來搗峽去, 卽出其東北腋之上流矣; 第路循西界山椒, 溪沿東界峰麓, 溯行而猶未覯面耳. 又南二里, 始見東溪汪然, 有村在東峰之下, 曰水邊寨. 又南三里, 曰大水溝, 有一二家在路側, 前有樹可憩焉. 又南漸升土阜, 遂與大溪隔. 已從嶺上平行, 五里, 北望雙駢, 又三分成筆架形矣. 南行土山峽中, 又一里, 出峽. 稍折而東, 則大溪自西南峽中來, 至此東轉, 抵東峰下, 乃折而北去. 有九鞏巨石樑, 南北架溪上, 是爲華仡佬橋. 乃飯於橋南鋪肆中. 遂南向循東峰之西而行, 皆從土坂升陟, 路坦而寬. 九里, 見路出中岡, 路東水旣東北隧峽下, 路西水復西北注坑去, 心異之. 稍下岡頭, 則路東密箐迴環, 有一家當其中, 其門西臨大路, 有三四人憩石畔, 因倚杖同憩, 則此岡已爲南北分水之脊矣. 蓋東西兩界, 俱層峰排闥, 而此岡中橫其間爲過脈, 不峻而坦, 其南卽水南下矣, 是云獨木嶺. (或曰頭目嶺. 昔金筑司在西界尖峰下, 而此爲頭目所守處.) 從嶺南下, 依東界石山行. 五里, 復升土嶺, 漸轉東南, 嶺頭有一窪中墜. 從其東又南向而上, 共二里, 乃下. 一里, 則有溪自西北峽中出, 至此東轉, 石樑跨之, 是爲青崖橋. 水從橋下東抵東界山, 乃東南注壑去, 經定番州而南下泗城界, 入都泥江者也, 於是又出嶺南矣. 度橋而南, 半里, 入青崖城之北門. 其城新建, 舊紆而東, 今折其東隅而西就尖峰之上, 城中頗有瓦樓闤闠焉. 是日晴霽竟日, 夜月復皎.

　青崖屯屬貴州前衛, 而地則廣順州所轄. 北去省五十里, 南去定番州三十五里, 東北去龍里六十里, 西南去廣順州五十里. 有溪自西北老龍脊發源, 環城北東流南轉. 是貴省南鄙要害, 今添設總兵[1]駐扎其內.

총병(總兵)은 명대에 변방지구를 지키는 장령을 가리킨다. 본래는 파견의 명칭으로
서 품계나 정원도 없이 전쟁이 일어나면 장수의 인수를 가지고 출병했다가 업무가
끝나면 반환했다. 후에 차츰 상주하는 무관으로 바뀌었다.

十五日 昧爽, 出青崖南門, 由岐西向入山峽. (南遵大路爲定番州道.) 五里, 折
而南. 又西南歷坡阜, 共五里, 有村在路北山下, 曰翁樓, 大樹蒙密, 小水南
流. 從其西入山峽, 兩山密樹深箐, 與貴陽四面童山[1]迥異. 西北入峽三里,
遂西上陟嶺. 一里, 逾嶺西下, 半里, 有泉出路旁土中, 其冷徹骨, 南下瀉壑
去. 又西下半里, 有澗自北峽來, 橫木橋於上, 其水南流去, 路西度之. 復北
上嶺一里, 逾脊西, 有泉淙淙, 隨現隨伏. 西北行兩山夾中, 夾底平窪, 犁而
爲田, 而中不見水. 又西北半里, 抵西脊, 脊東復有泉淙淙, 亦隨現隨隱. 蓋
此中南北兩界俱穹峰, 而東西各亘橫脊, 脊中水皆中墜, 不見窪底, 故窪底
反燥而不潴. 越西脊而下, 西北二里, 路北有懸泉一縷, 自山脊界石而下;
路南忽有泉聲淙淙成澗, 想透穴而出者. 半里, 轉而西行, 又半里, 得一村
在北山下, 曰馬鈴寨. 路由寨前西向行, 忽見路南澗已成大溪, 隨之西半里,
又有大溪自西峽來, 二溪相遇, 遂合而東南注壑去. 此水經定番州, 與青崖
之水合而下都泥者也. 於是溯西來大溪之北岸, 又西向行二里, 爲水車壩.
壩北有土司盧姓者, 倚盧北峰下; 壩南有場在阜間, 川人結茅場側, 爲居停
焉. 壩乃自然石灘橫截, 澗水飛突其上, 而上流又有巨木橋架溪南北, 其溪
乃西自廣順來. (廣順卽金筑安撫司, 乃萬曆二十五年改爲州, 添設流官.) 由溪北岸
溯流入, 爲廣順州道, 由溪南岸逾嶺上, 爲白雲山道; 隨溪東南下, 爲定番
州道. 乃飯於川人旅肆; 送火錢, 辭不受. 遂西南一里, 逾嶺. 又行嶺夾中一
里半, 乃循山南轉, 半里, 又東轉入峽. 半里, 峽窮, 乃東南攀隘上, 其隘蕪
木蒙密, 石骨逼仄. 半里, 逾其上, 又東南下, 截壑而過. 半里, 復東南上,
其嶺峻石密叢更甚焉. 半里, 又逾嶺南下, 隨塢南行, 一里, 是爲八壘. 其中
東西皆山, 南北成壑, 亦有深坎, 墜成眢井, 而南北皆高, 水不旁泄者也. 直
抵壑南, 則有峰橫截壑口, 西騈隘如閾, 東聯脊成嶺. 乃東向陟嶺上, 一里,
逾其脊, 是爲永豐莊北嶺, 卽白雲山西南度脊也. 乃南向下山, 又成東西塢,

有村在南山下, 與北嶺對, 是爲永豐莊. 從塢中東向行二里, 得石磴北崖上,
遂北向而登. 半里, 轉而西, 半里, 又折而北, 皆密樹深叢, 石級迤邐. 有巨
杉二株, 夾立磴旁, 大合三人抱, 西一株爲火傷其頂, 乃建文君所手植也.
再折而西半里, 爲白雲寺, 則建文君所開山也; 前後架閣兩重. 有泉一坎,
在後閣前楹下, 是爲跪勺泉, 下北通閣下石竅, 不盈不涸, 取者必伏而勺,
故名曰'跪'. 乃神龍所供建文君者, 中通龍潭, 時有雙金鯉出沒云. 由閣西
再北上半里, 爲流米洞. 洞懸山頂危崖間, 其門南向, 深僅丈餘, 後有石龕,
可傍爲榻; 其右有小穴, 爲米所從出, 流以供帝者, 而今無矣; 左有峽高迸,
而上透明窗, 中架橫板. 猶云建文帝所遺者, 皆神其跡者所托也. 洞前憑臨
諸峰, 翠浪千層, 環擁迴伏, 遠近皆出足下. 洞左構閣, 祀建文帝遺像, (閣名
潛龍勝蹟. 像昔在佛閣, 今移置此) 巡方使胡平運所建, 前瞰遙山, 右翼米洞而
不掩洞門, 其後卽山之絶頂. 逾而北, 開坪甚敞, 皆層篁聳木, 虧蔽日月, 列
徑分區, 結靜廬數處, 而南京井當其中. 石脊平伏嶺頭, 中裂一隙, 南北橫
不及三尺, 東西闊約五尺, 深尺許, 南北通竅不可測; 停水其間, 清洌異常,
而不減不溢; 靜室僧置瓢勺之. 余初至, 見有巨魚, 戲水面, 見人掉入竅去,
波湧紋激, 半晌乃定. 穴小魚大, 水停峰頂, 亦一異邊. 以其側有南京僧結
廬住靜, 故以南京名; 今易老僧, 乃北京者, 而泉名猶仍其舊也.

是日下午, 抵白雲庵. 主僧自然供餐後, 卽導余登潛龍閣, 憩流米洞; 命
閣中僧導余北逾脊, 觀南京井. 北京老僧迎客坐. 廬前藝地種蔬, 有蓬蒿荬,
黃花滿畦; 罌粟花殷紅千葉, 簇朵甚巨而密, 豐豔不減丹藥也. 四望喬木環
翳, 如在深壑, 不知爲衆山之頂. 幽曠交擅, 亦山中一勝絶處也. 對談久之,
薄暮乃返. 自然已候於庵西, 復具餐啜茗, 移坐庵後石壁下. 是日自晨至暮,
清朗映徹, 無片翳之滓; 至晚陰雲四合, 不能於群玉峰頭逢瑤池夜月, 爲之
悵然.

---

1) 동산(童山)은 풀과 나무가 자라지 않은 민둥산을 의미한다.

十六日 夜聞風雨聲, 抵曉則夙雨霏霏, 余爲之遲起. 飯後坐小窗待霽, 欲往探龍潭, 零雨不休, 再飯乃行. 仍從潛龍閣北逾嶺至南京井, 從岐東北入深箐中, 聳木重崖, 上下窈渺, 穿崿透碧, 非復人世. 共五里, 則西崖自峰頂下嵌, 深墜成峽, 中窪停水, 淵然深碧, 陷石脚而入, 不縮不盈, 眞萬古潛淵, 千峰閟壑也. 其峽南北約五丈, 東西約丈五, 東崖低陷空下者約三丈, 西崖聳陷空下者十數丈; 水中深不可測, 而南透穴彌深, 蓋穿山透腹, 一峰中涵, 直西南透爲南京井, 東南透爲跪勺泉者也. 崖上喬乾密枝, 漫空籠翠. 又東北攀崖, 東南度壑, 皆窈渺之極. 壑東有遺茅一龕, 度木橋而入, 爲兩年前匡廬僧住靜處, 今茅空人去. 將度木披之, 而山雨大作; 循舊徑返, 深靄間, 落翠紛紛, 衣履沾透. 再過南京井, 入北僧龕. 僧鑰扉往白雲, 惟雨中鸎粟脈脈[1]對人, 空山嬌豔, 宛然桃花洞口逢也. 還逾潛龍閣, 自然已來候閣旁. 遂下庵, 瀹茗炙衣. 晚餐後, 雨少霽, 復令徒導, 由庵東登嶺角. 循之而北, 一里, 出其東隅, 近山皆伏其下, 遙山則青崖以來, 自龍里南下之支也. 稍北, 下深木中, 度石隙而上, 得一靜室. 其室三楹, 東向寥廓[2], 室前就石爲臺, 綴以野花, 室中編竹繚戶, 明潔可愛. 其處高懸萬木之上, 下瞰箐篁叢疊, 如韭畦沓沓, 隔以懸崖, 間以坑塹, 可望而不可陟. 故取道必迂從白雲, 蓋與潛龍閣後北坪諸靜室取道皆然, 更無他登之捷徑也. 此室曠而不雜, 幽而不閟, 峻而不逼, 呼吸通帝座, 寤寐絕人寰, 洵棲眞[3]之勝處也. 靜主號啓本, 滇人, 與一徒同棲; 而北坪則獨一老僧也. 白雲之後, 共十靜廬, 因安氏亂, 各出山去, 惟此兩廬有棲者. 十二廬旁, 各有坎泉供勺, 因知此山之頂, 皆中空醞水, 停而不流, 又一奇也. 晚返白雲, 暮雨復至. 自然供茗爐旁, 篝燈夜話, 半響乃臥.

---

1) 맥맥(脈脈)은 말없이 눈빛이나 몸짓으로 정감을 나타내는 것을 가리킨다.
2) 요곽(寥廓)은 쓸쓸하고 횡뎅그렁한 모습, 적막하고 조용한 모습을 가리킨다.
3) 서진(棲眞)은 도가에서 마음을 편안히 하고서 수련하는 법술을 의미한다.

十七日 晨起已霽, 而寒峭頗甚. 先是重夾猶寒, 余以爲陰風所致, 有日當解, 至是則日色皎然, 而寒氣如故, 始知此中夏不廢鑪, 良有以耳.

白雲山初名螺擁山, 以建文君望白雲而登, 爲開山[1]之祖, 遂以'白雲'名之.『一統志』有螺擁之名, 謂山形如螺擁, 而不載建文遺蹟, 時猶諱言之也. 土人訛其名爲羅勇, 今山下有羅勇寨. 土人居羅勇, 而不知其爲螺擁; 土人知白雲, 而不知卽螺擁山. 僻地無徵, 滄桑轉盼如此!

白雲山西爲永豐莊北嶺, 卽余來所逾嶺也; 東則自滇僧靜室而下, 卽東隤頹然, 下對靑崖, 皆爲絶壑; 前則與南山夾而成塢, 卽余來北上登級處也; 後則從山頂窮極窈渺, 北抵龍潭, 下爲後塢, 卽余來時所經嶺南之八壘者也. 此其近址也. 其遠者 : 東抵靑崖四十五里, 西抵廣順三十里, 東南由翁貴抵定番州三十里, 北抵水車壩十五里.

白雲山中有玄色、白色諸猿, 每六六成行, 輪朝寺下. (據僧言如此. 余早晩止聞其聲.) 又有菌甚美, 大者出龍潭後深箐仆木間, 玉質花腴, 盤朵徑尺, 卽天花菜也. (又有小者名八擔柴, 土人呼爲茅棗, 雲南甚多.)

自靑崖而西, 有司如之流, 其西又有馬鈴寨東溪, 其西又有水車壩西溪, 皆南流合於定番, 而皆自石洞湧出. 至白雲南, 又有翁貴鑼鼓洞水及撒崖水, 皆爲白雲山腹下流, 皆東合於定番州. 其南又有水埠龍, (在白雲南三十里, 有仙人洞. 其北五里, 又有金銀洞、白牛崖.) 其上流亦自洞湧出, 而南注於都泥江. 則此間水無非洞出者矣.

東望山脊蜿蜒, 自龍里西南分支南下, 迴繞如屛, 直抵泗城界, 此卽障都泥而南趨者. 其山迴環而東, 中圍丹平、平州諸司, 卽麥衝、橫梁諸水南透六洞而下都泥, 以此支環之也.

老龍之脊, 自廣順北, 東度上寨嶺東, 過頭目嶺, 又東北過龍里之南, 又東過貴定縣西南, 又東過新添衛之杪木寨, 乃東南轉, 環蟒之南, 東過爲普林北嶺, 又東南抵獨山州北, 乃東趨黎平南境, 而東度沙泥北嶺, 以抵興安分界.

貴州東三里爲油鑿關, 其水西流; 西十里爲聖泉北嶺, 其水東流; 北十五里爲老鴉關, 其水南流爲山宅溪; 南三十里爲華仡佬橋, 其水北流. 四面之水, 南最大, 而西次之, 北穿城中又次之, 東爲最微; 俱合於城南薛家洞, 東經襄陽橋, 東北抵望風臺, 從其東又稍北, 入老黃山東峽, 乃東搗重峽而去; 當與水橋諸水, 同下烏江者也.

---

1) 개산(開山)은 명산에 사찰을 세움을 의미한다.

十八日 辭自然師下山. 一里半, 抵山麓. 西一里半, 有數家在南麓, 爲永豐莊, 皆白雲寺中佃戶也. 由其前西向尖峰峽中去, 是爲廣順州道; 由其前西去南轉, 是爲定番州道; 由其前北向逾嶺, 是爲土地關道. 先是自然爲余策所從, 曰: "由廣順、安順西出普定, 其道近, 而兩順之間, (廣順知州柏兆福, 欲歸臨清, 安順土知州, 近爲總府禁獄中.) 苗蠻伏莽可慮. 不若西北由東基出平壩抵普安, 多行四十里, 而地僻苗馴, 可免意外." 余思由兩順亦須三日行, 走平壩路迂而行多, 亦三日可達普安, 遂不西行而北逾嶺, 其嶺卽白雲山之西垂也. 共一里, 越其北, 有塢東北向; 東南界卽白雲後龍潭之後, 西北界卽南嶺所環, 轉北而東, 屬於龍潭東峰之下者; 其中平塢一壑, 南北長二里, 水亦中窪下墜, 兩旁多犁爲田, 是名八壘. 北竟塢中, 乃北逾石嶺. 共半里下, 北度獨木橋, 有塢自東北向西南, 是爲乾溝, 橫渡之. 北上半里, 是爲土地關. 下關半里, 鑿石坎停細流一盂, 曰'一碗水', 行者以口就而啜之. 又西向一里半, 出峽; 由其北循山東北轉, 爲水車壩道.

由其西截塢直行, 一里半, 有村在北山下, 是爲谷精. 從村西轉, 又截塢而下, 一里, 轉入山峽, 有溪自西南而北, 卽從北峽轉而東去, 是水車壩之上流也; 其流自廣順州東北老龍南谷來者. 渡之, 又西越山坡, 旋下, 溯西來小流入; 其流東注南來大溪, 卽同之直向東去. 路溯溪南, 山峽逼仄, 時攀石上下, 二里餘, 乃西渡此水. 從其北西向又半里, 其北削崖高穹, 有洞上綴, 其門南向, 遂從其下西逾坳. 坳間石骨稜厲, 逼屬南山. 迴視前溪在其下, 不知從何而出, 當亦透穴之流也. 先是自然謂余, 此間如馬鈴堡諸水, 多從山穴出, 卽水車壩水亦流自穴中者, 不知卽指此水, 抑謂南來大溪也.

逾坳西稍下, 約一里, 有路交爲'十'字: 其南北皆從山嶺上下, 有石蹬逶迤,
乃廣順達貴省道也; 其東西卽逾坳而西下峽中者. 從峽西下半里, 又聞水
聲潺潺, 有水深自坑底東注坳下, 信乎卽坳東透穴之水矣. 溯之, 山坳復開,
有村在西山下, 是爲東基下寨. 從其前轉而東北, 則下寨山之北突也. 循之
一里, 又西北轉, 則西界山純削爲石, 而東界則土脊逶邐. 又北二里, 有村
當北岡之上, 是爲東基上寨. 寨中懸小支盡處, 皆瓦房鱗次, 非他苗寨所及.
由寨西北向半里, 有泉飛流注腋間, 由寨東而出, 寨當其中. 小支左右, 皆
崇岡峻峽. 寨後復環一坳, 良疇層倚焉, 皆此泉之所潤, 而透於東坳之下者
也. 蜿蜒上躋者一里, 從嶺上復北逾頂者半里, 下至坳中. 望北峰夾立甚高,
其下有坳自西北來者, 卽上寨後注腋之水, 從水車壩而南去者也; 其下有
坳向東北墜者, 卽坳中東分之水, 從華仡佬橋而北出者也. 其坳甚平, 中犁
爲田. 從田塍北上, 又東北升嶺, 半里, 逾峰頭而飯. 於是北望遙山, 開伏數
里外, 石峰屛列, 俱不能與此山幷峻矣.

北下甚坦, 半里, 路分兩岐: 一從東北行者, 從黃泥堡、天生橋而達省;
一從西北行者, 爲野鴨塘出平壩道. 遂從西北下山, 一里, 抵山下. 沿坡陀
西行, 漸有小水, 俱從東北去. 二里, 復溯水入峽, 一里, 復陟嶺而上, 又二
里, 遂西過野鴨塘. 有堡數十家在南山下, 其前有塘瀦水, 直逼北山, 然東
西皆高, 不知從何而泄, 卽所謂野鴨塘是也. 繞堡前西南行半里, 望西北山
崖間有洞高穹, 其前隴復有洞伏於下, 乃呼擔夫少停行李路隅, 余獨從西
嶺橫陟之. 半里, 遂陟下洞之上. 隴不甚高, 然四面皆懸削不可下. 復稍西,
下山麓東向行, 遂得下洞. 洞門南向, 門中稍窪; 其左透崖東出, 另闢一門,
門東北向, 其後旋墜下陷, 四面寬圓, 雖窪而不暗. 旣上, 遂透東門而出. 稍
下, 從峽中西陟上洞. 洞門東向, 前有壘石爲垣, 後亦中窪而下, 然不甚深,
其上懸崖雖高, 中局之玲瓏, 乳柱之夭矯, 反不若下洞也.

旣出, 復從峽中下, 轉前隴之嘴而西, 又經下洞前, 則前麓皆水草沮洳,[1]
東與野鴨塘相連, 而此卽其上流也. 忽聞水聲潺潺, 自下洞前石根透出, 歷
沮洳之坞, 而東瀦於野鴨塘者也. 又從西嶺下半里, 仍抵路隅, 呼擔與顧奴,

遂西緣山坳行. 西望三峰攢列, 外又有峰繞之, 心以爲異. 又西四里, 有寨在南山下, 又繞其前, 循之左轉. 西南半里, 又逾一坳, 於是西行峽中. 其峽南北兩界, 排闥而前. 北卽所望三峰攢列者, 但在其內, 下望反不可見; 南則有崖高削, 上有一石倒垂, 石色獨白, 而狀如羊, 是爲羊弔崖. 逾坳至此, 又一里矣. 其北崖中斷, 忽露頂上之峰. 盤穹矗豎, 是爲唐帽山; 蓋卽前望三峰, 至是又轉形變象耳. 按志, 唐帽在省城南八十里, 天生橋在金築司北三十里. 今天生橋在唐帽東北三十里, 是天生橋去省反近, 而唐帽反遠, 不知當時何以分界也. 自然言建文君先駐唐帽, 後駐白雲; 志言其處可以避兵, 亦幽閴之區矣.

又西一里餘, 有峽南向下, 是爲豬槽堡. 路直西逾小脊而下, 三里, 則塢開南北, 路交"十"字於中, 乃橫截之, 渡一小水. 半里, 有堡在西山上, 曰柳家堡. 又北半里, 又有堡在北隴上. 於是循其右, 復西上嶺. 一里, 將及嶺坳, 有泉淙淙自土穴出, 其色乳白, 渾而不清. 逾嶺下, 共二里, 復塢開南北, 仍橫截之. 有澗在塢中, 其水甚小, 瀠而不流, 似亦北去者. 又西一里, 復上嶺. 其嶺南北石峰駢夾, 中通一坳, 甚逼. 一里, 越坳而西, 見西壑中堰水滿坡, 始以爲東出, 而實不流之波也. 循之又西一里, 則大塢擴然西去, 陂堰橫障而北. 又北循之, 有村在北山之嘴, 曰狗場堡, 乃湯吏部之佃苗也. 村西平疇一塢, 爲膏腴之壤. 欲投之宿, 村人弗納, 曰: "西去二里有村, 亦湯氏佃丁, 其中可宿." 乃復西循平疇北隴行. 一里餘, 有石峰界平疇中, 削骨擎空, 亦獨秀之峭而險者. 透北峽而西, 又半里, 復得一村, 入叩之, 其人閉戶遁去. 又西得一堡, 强入其中, 茅茨陋甚, 而臥處與豬畜同穢. 蓋此地皆苗熟[2]者, 雖爲佃丁, 而習甚鄙, 令人反憶土蠻竹欄爲上乘耳.

---

1) 저여(沮洳)는 낮고 물기 있는 땅을 의미한다.
2) 숙(熟)은 예전에 귀순하거나 발전수준이 비교적 높은 소수민족을 일컫는다.

十九日 昧爽, 促苗起作飯. 忽擔人亦呼之, 余心以爲異, 謂從來懶不肯起,今何以人呼亦呼也? 蓋此人名王貴, 爲靖州太陽坪人. 先自三里抵藍澗, 彼同數人自後尾至, 告曰: "余儕欲往慶遠, 苦此路不通, 迂路又太遠, 聞參府以兵送行, 故特來附帶." 余納而憐之, 途中卽以供應共給之. 及抵慶遠, 彼已去. 及遊南山, 復遇之, 遂日日來候余, 願隨往滇中. 余思自慶抵南丹, 有夫可送, 至貴州界, 恐無負擔, 欲納其一人, 因與之約曰: "余此地尙無所用汝, 然旣隨余, 亦每日予工價一分. 若遇負擔處, 每日與工價三分半." 彼欲以二人從. 後聞其儕在南山洞中, 以絮塞牧牛童子口, 余心疑之. 而王貴來言, 誘童子非伊, 乃同行者, 彼已另居於慶. 已請獨從. 後至麻哈, 逐漸傲慢, 以竟傷予足. 及抵貴州, 見余欲另覓夫, 復作悔過狀, 甚堪憐, 余復用之. 至是早起, 復不見, 觀余所藏路費, 亦竟竊之去矣. 自余行蠻洞中, 以數金藏鹽筒中, 不意日久爲彼所窺, 乃不失於蠻煙虺毒虺音之區, 而失之就坦邊途之日, 徒有悵悵而已.

旣明, 擔夫竊資已去, 無可奈何. 求苗子送出平壩, 不及三十里, 索價甚貴, 已而竟遁去不肯出, 蓋苗習素不送客. 予求之他苗, 其人曰: "彼好意宿汝, 奈何以擔累之? 須自負去. 二三里抵九家堡, 卽有送者." 遍求之, 其語皆然. 余無可奈何, 飯而束擔, 與顧僕共擡而前行. 由狗場西苗堡截塢堰南過, 一里, 逾嶺西下, 又過一苗堡, 益轉而南, 又逾一嶺. 半里, 乃由嶺頭從岐路北向入塢, 路小山寂. 一里, 乃西向下. 半里, 有溪汪然自南而北, 始爲脊北第一流, 乃北合洛陽橋下水, 東經威淸而下烏江者. 溪上舊有石橋, 已圮; 其東半涉水而渡其西半, 是爲九家堡, 乃苗之熟者也. 至是已近午矣, 始雇得一夫, 擔而行. 復西北上隴, 六里, 有村在西山下, 曰二家堡. 從其東盤山嘴而北, 北界山遠闊曠然, 直東遙見高峰在四十里外者, 卽志所云馬鞍山, 威淸之山也. 路復循南山之北, 西向入峽. 二里出峽, 有村在南山下, 曰江淸. 其處山塢大開, 平疇中拓, 東有石峰離立, 卽與南山夾而爲所從之峽者也.

由村東北向抵二石峰下. 其峰兀突, 南面削崖迴裂而無深洞; 西面有洞在峰半, 其門西向. 亟令苗子停擔峰下. 余先探其南面, 無巖可入, 惟西南峰下細流汩汩, 向麓下竅中出, 遂從其上躋入洞, 洞頂甚平, 間有乳柱下垂, 若帷帶飄搖. 其內分爲三層. 外層卽洞門之前, 曠若堂皇, 中有圓石, 如堆旋而成者, 四五丈之內, 卽陷空而下. 其下亦平整圓拓, 深約丈五, 而大倍之. 從其上下瞰, 亦頗光明, 蓋洞門之光, 旣從上倒下, 而其底北裂成隙, 亦透明於外, 似可挨入而未及也. 是爲下層. 下層之東, 其上復深入成洞, 與外層對, 第爲下陷所隔, 不能竟達. 由外層南壁攀崖而上, 東透入腋, 列柱如門, 頗覺幽暗, 而玲瓏嵌空, 詭態百出. 披竅北下, 遂達中層, 則外層之光, 仍中射而入. 其內千柱繽紛, 萬竅靈幻, 左入甚深, 而窈窱莫窮, 前臨下層, 如在樓閣, 亦貴竹中所僅見者. 方攀陟不能去, 而苗夫在下呼促不已, 乃出洞而下. 從洞前北行, 升陟塍隴二里, 有大溪自西而東, 溯之西行. 有橋十餘鞏橫跨其上, 是爲洛陽橋, 乃新構而成者. 橋下流甚大, 自安順州北流至此, 曲而東注威淸, 又北合陸廣, 志所謂的澄河是矣.

　度橋北, 又溯流而西, 抵水之北來東折處, 遂從岐北向溯小溪行. 始由溪東, 已涉堰由溪西, 已復西北逾岡, 五里, 抵銅鼓山. 其處山塢南闢, 北界石峰聳立, 皆有洞, 或高或下, 隨峰而出. 西界則遙山自北而南, 蜿蜒如屛, 連裂三洞, 其門皆東向, 而南偏者最高敞. 其前有數十家當其下, 卽銅鼓寨也, 是洞名銅鼓洞. 按志, 銅鼓山在威淸西四十五里, 以方隅[1]道里計之, 似卽此山; 然其地去平壩僅五里, 不平壩而威淸, 何也? 其洞高懸峻裂, 內入不甚深, 而前多突聳之石, 環鬲分門, 反覺窈窱. 其右重壁之上, 圓穴一規, 北向高穹. 攀崖登之, 其中上盤空頂, 下隆深窅, 土人架木鋪竹爲墊, 儼然層閣. 頂東另透明窗, 窅內復有穴自下層出入, 土人置扉穴前, 晚則驅牛馬數十頭藏其中. 正巖之後, 有裂竅西南入, 滴瀝垂其內不絶, 漸轉漸隘而暗, 似向無入者, 乃出. 時有一老者, 候余洞前. 余欲并探北偏中洞, 老者曰: "北洞淺, 不足觀. 有南洞在高崖上, 且大路所由, 可一登之." 乃循洞麓西轉, 不數十步, 則峰南果有洞出崖端, 其門南向, 其下依崖而居者, 猶環之爲廬. 乃從廬後躋級上. 洞門懸嵌彌高, 前壘石爲垣, 若稚堞形, 內深五丈餘, 而無懸突之石, 擴然高朗. 其後窪陷而下者一二丈, 然俱面陽而燥, 土人置廩盈其間. 其左腋裂竅北下, 漸下漸狹而卑, 土人曰與東洞通, 想卽垂滭不絕處也, 亦以黑暗不暇入. 時顧僕與苗子擔前行已久, 余恐其不之待, 遂下山. 循麓西上, 半里, 逾坳, 則顧僕與苗夫猶待於此. 其坳當西界蜿蜒屛列之中, 脊不甚高, 而石骨稜稜, 兩旁駢峙甚逼. 過隘, 西下塢中窪, 其西復有坳環屬, 蓋南北夾起危峰, 而東西又兩脊如屬垣. 窪中有小水, 牧者浸牛滿其中. 度窪半里, 又逾脊西下約一里, 有岐直下西塢者, 通平壩南上之道; 循嶺北越嶺角者, 爲往平壩道. 乃西北上嶺者一里, 逾嶺角而北. 又北下者一里, 又逾嶺西北一里, 與大道値. 循大道稍北, 遂西度田塍, 共半里, 逾小橋, 入平壩東門. 半里, 轉而南, 乃停擔肆中. 是晚覓得安莊夫, 市小鯽佐酒. 時方過午, 坐肆樓作記.

平壩在東西兩山夾間, 而城倚西山麓. 城不甚雄峻, 而中街市人頗集, 魚肉不乏. 出西門數里有聖泉, 亦時涸時溢, 以迂道不及往.

二十日 早餐, 隨擔夫出平壩南門, 循西山麓南行. 二里, 有石坊當道, 其南叢山橫列, 小溪向東峽去, 路轉西峽入. 三里, 又隨峽南轉. 又二里, 上石子嶺, 逾嶺爲石子哨. 又七里, 過水橋屯. 又五里, 爲中火鋪. 又二里, 西上坳, 從坳夾行一里, 爲楊家關. 又西三里, 爲王家堡, 乃南轉四里, 爲石佛洞. 洞門西向, 不深, 有九石佛, 甚古. (其處西抵大茅河爲安酋界, 約五十里.) 又南五里, 平塢間水分南北流, 是爲老龍過脊. 又南五里, 爲頭鋪. 又南二里, 西入山坳. 逾之, 出其西, 又南行三里, 過一堡, 又二里上隴, 入普定北門. 一岐自東北來者, 廣順道; 一岐自西北來者, 大茅河諸關隘道. 普定城垣峻整, 街衢宏闊; 南半里, 有橋; 又南半里, 有層樓跨街, 市集甚盛.

二十一日 出南門, 西南行十五里, 爲楊家橋, 有堡爲楊橋堡. 又南十里, 爲中火鋪. 又南一里, 抵龍潭山下, 轉入西峽. 西八里, 有哨. 轉南七里, 爲龍井鋪. 又南七里, 過啞泉, 大路從東南下山, 繞山南入安莊東門; 小路越嶺西而南下, 度小橋, 抵安莊西門. 安莊後倚北峰, 前瞰南隴, 而無南北門, 惟東西兩門出入. 西門外多客肆, 余乃入憩焉. 邃入西門, 遇伍·徐二衛舍, 爲言: "此間爲安邦彥所荼毒,[1] 殘害獨慘, 人人恨不洗其穴. 然以天兵臨之, 蕩平甚易, 而部院朱獨主撫, 以致天討不行, 而叛逆不戢. 今正月終, 猶以衆窺三汊河, 以有備而退." 三汊河者, 去安莊西五十里, 一水西北自烏撒, 一水西南自老山中, 合併東北行, 故曰'三汊'; 東經大茅·陸廣·烏江, 與安限爲天塹者, 惟此; 今設總兵官駐其地. 時朱總督已斃, 輿屍還越,[2] 而按君[3]馮士晉, 爲四川人, 余離貴省日, 亦親臨陸廣, 巡歷三汊, 將由安莊抵安南. 伍君曰: "按君此行, 亦將巡察要害, 分佈士卒, 爲剿除之計, 非與朱爲比者." 不識然否?

普定衛城內, 卽安順府所駐. 余先聞安順止土知州, 而宦籍有知府節推, 至是始知所駐在普定也.

安莊衛城內, 卽鎭寧州所駐. 其分署在南城內段公祠之東, (段公名時盛, 天啓四年, 任鎭寧道. 雲南普名勝叛, 踞阿迷州, 段統兵征之, 死於難. 故州人立祠祀之, 而招魂葬於望水亭之西. 今普名勝之子, 猶據阿迷州.) 湫敝殊甚. 庭有古杉四株, 大合兩人抱, 豈亦國初之遺耶?

安南衛城內, 卽永寧州所駐. 考『一統志』, 三衛三州, 舊各有分地, 衛俱在北, 州俱在南. 今州衛同城, 欲以文轄武, 實借武衛文也. 但各州之地, 俱半錯衛屯, 半淪苗孽, 似非當時金甌無缺矣. 三衛之西, 爲水西所苦, 其東又諸苗雜據, 惟中一道通行耳.

---

1) 도(荼)는 씀바귀의 일종으로, 이것을 먹으면 상해를 입는다. 독(毒)은 사람을 쏘는 벌레이다. 도독(荼毒)은 여기에서 상처나 피해를 입음을 의미한다.
2) 월(越)은 절동(浙東), 즉 전당강(錢塘江) 이남의, 지금의 절강성 동쪽 지방을 가리킨다.
3) 안군(按君)은 순안(巡按)에 대한 존칭이다. 명대에는 감찰어사를 각지에 파견하여 관리를 감독했는데, 3년에 한 차례씩 바뀌었기에 순안이라 일컫는다. 품계는 낮지만, 각 성의 행정장관과 대등한 권한을 행사했다.

二十二日 五鼓, 大雨達旦, 余少憩逆旅. 下午霽, 獨南遵大路, 一里逾嶺, 由岐東下半里, 入雙明洞. 此處山皆迴環成窪, 水皆下透穴地. 將抵洞, 忽塢中下裂成坑, 闊三尺, 長三丈, 深丈餘, 水從其東底溢出, 卽從其下北去. 溢穴之處, 其上皆環塍爲田, 水盈而不滲, 亦一奇也. 從此西轉, 則北山遂南削爲崖, 西山亦削崖北屬之, 崖環西北二面, 如城半規. 先抵北崖下, 崖根忽下嵌成洞, 其中貯水一塘, 淵碧深泓, 卽外自裂坑中潛透而匯之者. 從崖外稍西, 卽有一石自崖頂南跨而下, 其頂與崖幷起, 而下闢爲門, 高闊約俱丈五, 是爲東門. 透門而西, 其內北崖愈穹, 西崖之環駕而屬者, 亦愈合. 西山之南, 復分土山一支, 掉臂而前, 與東門外崖夾坑而峙. 昔有結高垣, 壘石址, 架閣於上, 北與東門崖對, 以補東向之隙, 而今廢矣. 由東門又數十步, 低西崖下. 其崖自南山北屬於北崖, 上皆削壁危合, 下則中闢而西通, 高闊俱三倍於東門, 是爲西門. 此洞外之'雙明'也.

　一門而中透已奇, 兩門而交映尤異. 其西門之外山, 復四環成窪, 高若列城. 水自東門外崖北淵泓間, 又透石根溢出西門之東, 其聲淙淙, 從西門北崖, 又透穴西出. 門之東西, 皆有小石樑跨之, 以入北洞. 水由橋下西行環窪中, 又透西山之下而去. 西門之下, 東映重門, 北環墜壑, 南倚南山, 石壁氤氳, 結爲龕牖, 置觀音大士像焉. 由其後透穴南入, 石竅玲瓏, 小而不擴, 深可十餘丈而止. 此門下南壁之奇也. 北接北崖, 石屏中峙, 與南壁夾而爲門. 屏後則北山中空盤壑, 極其宏峻, 屏之左右, 皆有小石樑以分達之. 屏下水環石壑, 盤旋如帶. 此門下北壁之奇也. 北壁一屏, 南界爲門, 北界爲洞, 洞門南臨. 此屏中若樹塞,[1] 遂東西亦分兩門, 南向. 水自東門下溢穴而出, 漱屏根而入, 則循屏東而架爲東橋, 而東門臨之; 又溢穴出西門下, 循屏西而架爲西橋, 而西門臨之. 此又洞內之'雙明'也.

　先從西門度橋入, 洞頂高十餘丈, 四旁平覆如幄; 而當門獨旋頂一規, 圓盤而起, 儼若寶蓋中穹; 其下有石臺, 中高而承之; 上有兩圓窪, 大如銅鼓, 以石擊之, 分淸濁聲, 土人詫爲一鐘一鼓云. 洞西北盤亘, 亦多垂柱裂隙, 俱迴環不深. 東南裂隙下, 高迥亦如西門, 而掩映彌深, 水流其前, 濚洄作態, 崆峒淸冷, 各極其趣. 逾逾東橋, 仍出西門下, 由其前南向而上, 直躋崖根, 復有洞東向, 高闊俱三丈, 而深十丈. 洞後北轉, 逾上穹而黑, 然不甚深矣. 洞中乾朗, 有僧棲之, 而中置金仙像. 乃叩僧索筆攜炬, 同下窮西門大士後小穴, 幷錄壁間詩. 返寓已暮.

---

1) 수새(樹塞)는 영벽(影壁)을 세움을 가리킨다. 『논어·팔일(八佾)』에는 "임금이 문에 영벽을 치면, 관씨도 문에 영벽을 쳤습니다. …… 이런 관씨가 예를 안다고 한다면, 어느 누가 예를 모르겠습니까(邦君樹塞門, 管氏亦樹塞門 …… 管氏而知禮, 孰不知禮?)"라고 했다.

二十三日 雇短夫遵大道南行. 二里, 從隴頭東望雙明西巖, 其下猶透明而東也. 洞中水西出流塹中, 從大道下復入山麓, 再透再入, 凡三穿巖腹, 而後注於大溪. 蓋是中窪塹, 皆四面山環, 水必透穴也. 又南逾阜, 四升降, 共四里, 有堡在南山嶺頭. 路從北嶺轉而西下, 又二里, 有草坊當路, 路左有茅鋪一家. 又西下, 升陟隴塹, 共七里, 得聚落一塢, 曰<u>白水鋪</u>, 已爲<u>中火鋪</u>矣. 又西二里, 遙聞水聲轟轟, 從隴隙北望, 忽有水自東北山腋瀉崖而下, 搗入重淵, 但見其上橫白闊數丈, 翻空湧雪, 而不見其下截, 蓋爲對崖所隔也. 復逾阜下半里, 逾臨其下流, 隨之湯湯西去, 還望東北懸流, 恨不能一抵其下. 擔夫曰 : "是爲<u>白水河</u>. 前有懸隧處, 比此更深." 余恨不一當其境, 心猶慊慊.[1] 隨流半里, 有巨石橋架水上, 是爲<u>白虹橋</u>. 其橋南北橫跨, 下闢三門, 而水流甚闊, 每數丈, 輒從溪底翻崖噴雪, 滿溪皆如白鷺群飛, '白水'之名不誣矣. 度橋北, 又隨溪西行半里, 忽隴箐虧蔽, 復聞聲如雷, 余意又奇景至矣. 透隴隙南顧, 則路左一溪懸搗, 萬練飛空, 溪上石如蓮葉下覆, 中剜三門, 水由葉上漫頂而下, 如鮫綃[2]萬幅, 橫罩門外, 直下者不可以丈數計, 搗珠崩玉, 飛沫反湧, 如煙霧騰空, 勢甚雄厲, 所謂'珠簾鉤不捲, 匹練掛遙峰', 俱不足以擬其壯也. 蓋余所見瀑布, 高峻數倍者有之, 而從無此闊而大者, 但從其上側身下瞰, 不免神悚. 而擔夫曰 : "前有<u>望水亭</u>, 可憩也." 瞻其亭, 猶在對崖之上, 遂從其側西南下, 復度峽南上, 共一里餘, 躋西崖之巔. 其亭乃覆茅所爲, 蓋昔望水亭舊址, 今以按君道經, 恐其停眺, 故編茅爲之耳. 其處正面挹飛流, 奔騰噴薄之狀, 令人可望而不可卽也. 停憩久之, 從亭南西轉, 澗乃環山轉峽東南去, 路乃循崖石級西南下.

又升陟隴塹四里, 西上入塢, 有聚落一區在東山下, 曰<u>雞公背</u>. 土人指其東南峰上, 有洞西北向, 外門如竇而內可容衆, 有'雞公'焉, 以形似名也. 其洞東透前山, 而此塢在其後, 故曰'背'. 余聞之, 乃賈勇先登, 冀一入其內. 比登, 祇有一道西南上, 隨之迤邐攀躋, 竟無旁岐. 已一里, 登嶺頭矣, 是爲<u>雞公嶺</u>. 坳中有佛宇, 問洞何在? 僧指在山下村南, 已越之而上矣. 擔夫亦至, 遂逾嶺西向下, 半里, 抵塹中. 又半里, 有堡在南隴, 曰<u>太華哨</u>. 又西上嶺, 逾而西, 又一里, 乃迤邐西南下, 甚深. 始望見西界遙峰, 自北而南, 屛立如障, 與此東界爲夾, 互相頡頏; 中有溪流, 亦自北而南, 下嵌塹底. 望之而下, 一下三里, 從橋西度, 是爲<u>關嶺橋</u>. 越橋, 卽西向拾級上, 其上甚峻. 二里, 有觀音閣當道左, 閣下甃石池一方, 泉自其西透穴而出, 平流池中, 溢而東下, 是爲<u>馬跑泉</u>, 乃<u>關索</u>之遺蹟也. 閣南道右, 亦有泉出穴中, 是爲<u>啞泉</u>, 人不得而嘗焉. 余勺<u>馬跑</u>, 甘洌次於惠, 而高山得此, 故自奇也. 但與<u>啞泉</u>相去不數步, 何良楛[3]之異如此! 由閣南越一亭, 又西上者二里, 逾陟嶺脊, 是爲<u>關索嶺</u>. <u>索</u>爲<u>關公</u>[4]子, 隨蜀丞相諸葛南征, 開闢蠻道至此. 有廟, 肇自國初, 而大於<u>王靖遠</u>, 至今祀典不廢. 越嶺西下一里, 有大堡在平塢中, 曰<u>關嶺鋪</u>, 乃<u>關嶺守禦所</u>所在也. 計其地猶在山頂, 雖下, 未及三之一也. 至才過午, 夫辭去, 余憩肆中.

---

1) 겸겸(慊慊)은 마음이 만족스럽지 못한 모양을 가리킨다.
2) 교초(鮫綃)는 전설 속의 인어가 짠 얇고 가벼운 비단을 가리킨다.
3) 약(楛)은 열악함을 의미한다.
4) 관공(關公)은 관우(關羽)를 가리킨다.

二十四日 晨起, 以乏夫爲慮. 忽有駝騎[1]至, 尚餘其一, 遂倩之, 議至<u>交水</u>. 以筐囊裝馬上, 令之先行, 余飯而後往. 西南七里, <u>上北斗嶺</u>. 一里, 西逾其脊, 有亭跨其上. 西望崇山列翠, 又自北屛列而南, 與東界復頡頏成夾, 夾中亦有小水南去. 從嶺西下二里, 低夾塢中, 有聚落倚其麓, 是爲北斗鋪. (關嶺爲中界高山, 而北斗乃其西陲. 雞公嶺爲東界高山, 而太華乃其西陲. 二界高嶺, 愈西愈高.) 由鋪西截塢橫度二里, 乃西向拾級上. 逶邐峰頭, 五里, 逾一坳, 東眺關嶺, 已在足底. 有坊跨道, 曰‘安普封疆’, 是爲安莊哨. (自關嶺爲鎭寧、永寧分界, 而安莊衛之屯, 直抵盤江, 皆犬牙相錯, 非截然各判者.) 又西上峰峽中三里, 崖木漸合, 曰安籠鋪, 按志有安籠箐山、安籠箐關, 想卽此. 問所謂安籠守禦所, 土人云: "在安南東南三日程." 此屬普州, 又非此矣. 按此地在昔爲安氏西南盡境, 故今猶有安莊、安籠、安順、安南諸名. 蓋安氏之地, 昔以盤江爲西壑, 而今以三汊爲界, 三汊以南, 盤江以東, 爲中國奮武衛者僅此耳.

由鋪西更南上一里, 逾嶺稍下, 有塢中窪. 又西半里, 則重峰夾坑, 下墜北去. 盤嶺側, 西度坑坳半里, 復拾級上二里, 有庵跨道, 是爲象鼻嶺. 由其西度脊, 甚狹, 南北俱削壁, 下而成坑, 其上僅闊五六尺, 如度堵. 又宛轉北躋, 再過一脊, 共二里, 陟嶺頭, 則此界最高處也. 東瞰關嶺, 西俯盤江以西, 兩界山俱屛列於下, 如‘川’字分行而擁之者. 嶺西又盤塢爲坪, 結城其間, 是爲查城, 卽所謂鼎站也. (有查城驛, 屬安南. 鼎站爲西界高山, 而白雲寺乃其西陲, 亦愈西愈高.) 乃望之西北下, 共二里半, 而稅駕逆旅趙店. 時駝騎猶放牧中途, 余小酌肆中, 入觀於城, 而返憩肆間.

其地爲盤江以東老龍第一枝南分之脊, 第二枝爲關嶺, 第三枝爲雞公背. 三枝南下, 形如‘川’字, 而西枝最高, 然其去俱不甚長, 不過各盡於都泥江以北. 其界都泥江北而走多靈者, 又從新添東南, 分支下都勻南, 環獨山州北而西, 又東南度雞公關而下者也.

其地東南爲慕役長官司, (李姓.) 東北爲頂營長官司, (羅姓.) 西北爲沙營長官司. (沙姓. 時沙土官初故, 其妻卽郎岱土酋之妹, 郎岱率衆攻之, 人民俱奔竄於鼎站.) 沙營東北爲狼代土酋, 東北與水西接界, 與安酋表裏爲亂, 攻掠郡境; 上官惟加銜餌, 不敢一問也.

按是嶺最高, 西爲査城, 東爲安籠箐, 皆絕頂迴環而成塢者, 在衆山之上也. 『一統志』永寧之安籠箐關, 正指此 普安之安籠千戶所, 在安南東南三日程者, 卽與廣西之安隆長官司接界, 乃田州、白隘所由之道. 在普安安籠千戶所, 當作安隆, 與廣西同稱, 不當作安籠, 與永寧相溷也.

鼎站之峽, 從東北向西南, 其東南卽大山之脊, 而査城倚其西北, 亦開一峽而去, 乃沙營土司道也. 其泉源亦自東北脊下, 穿站街而西, 南墜峽底. 西南峽脊亦環接無隙, 遂從其底穿山腹西去, 當西注盤江者矣.

---

1) 타기(駝騎)는 마방(馬帮)으로서, 수십 필 혹은 수백 필의 말에 물품을 싣고서 장거리의 상업행위를 수행하는 상단(商團)을 가리킨다.

귀주 유람일기2(黔遊日記二)

해제

　「귀주 유람일기2」는 「귀주 유람일기1」에 이어 서하객이 귀주성 서부를 유람한 기록이다. 서하객은 숭정(崇禎) 11년(1638년) 4월 25일, 반강(盤江)을 건너 안남위(安南衛), 신흥소(新興所), 진안위(鎭安衛)를 지나, 5월 초아흐레에 귀주의 마지막 역참인 역자공역(亦資孔驛)에 도착했다. 이 기간에 서하객은 북반강과 남반강 일대를 유람하면서 각지의 산과 동굴 및 명승지에 대해 생동감 넘치게 묘사했을 뿐만 아니라, 북반강과 남반강의 원류에 대해서도 상세히 고증했다. 두 강의 원류를 상세히 고찰한 기록이 「반강고(盤江考)」이다.

　이번 유람의 주요 여정은 다음과 같다. 사성(査城) → 안남위(安南衛) → 신흥소(新興所) → 보안위(普安衛) → 단하산(丹霞山) → 보안위(普安衛) → 역자공역(亦資孔驛)

역문

4월 25일

아침 일찍 일어나 정참(鼎站)에서 남서쪽으로 길을 나섰다. 1리 남짓을 가자, 길 오른편에 벼랑이 있다. 벼랑 위아래에는 각각 동굴이 있으며, 동굴 입구는 모두 남동쪽을 향해 있다. 위 동굴은 훨씬 훤히 트여 있으나 높아서 오를 겨를이 없었다. 길 왼편의 구렁은 이미 산골물을 이루고 있다. 산골물을 따라 남쪽으로 반리를 갔다. 산은 감돌아들고 구렁은 끝나는데, 등성이가 그 앞에 자리 잡고 있다. 이에 길은 위로 뻗어오르고, 물은 그 아래의 구멍으로 흘러든다.

구불구불 굽이돌아 2리를 가서 움푹 꺼진 곳의 등성이를 넘었다. 이곳은 매자관(梅子關)이다. 매자관을 넘어 서쪽으로 나아가니, 길 왼편에 나타난 골짜기는 푹 꺼져내려 구덩이를 이루고 있다. 구덩이는 동서의 길이가 1리이고, 서쪽으로 다시 감아돌아 등성이와 이어진다. 길은 그 위를 따라 완만하게 서쪽으로 나아가다가 등성이를 넘어서야 내려가기 시작했다. 2리를 가서 움푹한 평지 속의 산을 감아돌아 남서쪽으로 돌아들어 2리를 갔다. 다시 북서쪽으로 올라 1리를 가니, 이곳은 황토패(黃土壩)이다.

대체로 정참의 고개는 이곳에 이르러 가운데가 내려앉은 채, 서쪽의 고개와 마주하여 골짜기를 이루며, 가운데가 불쑥 튀어나온 흙산이 골짜기와 이어진다. 흙산의 남북 양쪽은 온통 골짜기 아래로 푹 꺼져내린다. 그 가운데는 마치 둑처럼 걸터앉아 있다. 이곳을 황토패라고 부르는 것은 바로 이 때문이다. 몇 채의 집이 서쪽 산에 기댄 채 그 움푹 꺼진 곳에 버티고 있다. 이곳에 순검사를 설치하여 검문하고 있다.

다시 고개등성이를 올라 모두 5리를 가자, 백운사(白雲寺)가 나타났다.

여기에서 남서쪽으로 내려가 구불구불 4리를 갔다. 도중에 손에 들거나 등에 짊어진 이들이 끝없이 이어지고 수레와 말을 타고 가는 이들이 한 없이 이어졌다. 임안도(臨安道)의 모충(母忠)이 황제의 부름을 입어 북경으로 올라가는 길이었다. 사(司)와 도(道)의 관리 가운데 황제의 부름을 받은 예가 없는데, 그의 행차 팻말에 이렇게 씌어 있으니, 틀림없이 그럴 만한 이유가 있을 것이다.

조사에 따르면, 모충은 사천(四川) 사람으로, 본래 향시에 합격한 자인데, 얼마나 탁월하고도 특이하기에 황제의 귀에까지 들어갔단 말인가? 그러나 듣기로 아미주의 불법적인 점거가 아직 수복되지 않았다는데, 가마를 메고 가는 떠들썩함이 참으로 화려하다. 그의 재주와 지조 모두 수군거릴 만하다. 다시 움푹한 평지 바닥에 이르러 북서쪽으로 1리를 올랐다. 이곳은 신포(新鋪)이다. 신포의 서쪽에서 조금 나아가 고갯마루를 넘어서 쭉 내려왔다.

5리를 나아가 백기관(白基觀)을 지났다. 백기관의 앞방에서는 진무대제(眞武大帝)를 모시고 있고, 뒷방에서는 부처를 모시고 있다. 안은 꽤 가지런하고 깨끗했다. 이때 아직 정오가 되지 않은데다 마방은 뒤쳐져 방목을 하고 있었다. 그래서 나는 뒷방에 들어가 깨끗한 책상에 앉아, 가지고 있던 종이와 먹으로 며칠간 유람했던 곳을 기록했다. 여인숙이 너무 복잡하고 어지러운지라, 이곳만큼 깨끗하고 조용하지 않기 때문이다. 단파(檀波) 스님은 사람의 마음을 아주 잘 헤아려, 때때로 차와 채소, 쌀죽을 가져다주었다.

오후에 코끼리가 지나갔다. 두 마리는 크고 두 마리는 작은데, 절 앞에 한참동안 멈추어 서 있었다. 코끼리를 부리는 하인이 내려와 물을 마시고 떠나려하자, 코끼리는 문득 두 뒷발을 굽힌 뒤 두 앞발을 굽힌 채 엎드려 올라타기를 기다렸다. 오래지 않아 마방의 무리 역시 지나갔으나, 나는 마침 유람 기록의 초안을 쓰느라 신이 난지라 함께 갈 겨를이 없었다.

다시 한참 뒤에 우레 소리가 우르릉거리더니 하늘에 먹구름이 덮여 어두워졌다. 단파 스님께 작별 인사를 드리면서 약간의 사례로 고마움을 표현하고자 했으나, 스님은 한사코 사양하면서 받지 않았다.

애초에 나는 반강(盤江)까지는 5리밖에 되지 않으리라고 생각했다. 그런데 이곳에 와서야 마방과 약속한 옛 성이 아직도 반강에서 위로 5리 길에 있음을 알고서, 서둘러 앞으로 나아갔다. 이에 서쪽으로 3리를 쭉 내려가자 말라붙은 산골이 동쪽에서 서쪽으로 뻗어 있고, 새로 만든 이제교(利濟橋)라는 조그마한 돌다리가 걸쳐져 있다.

다리를 건너 산골 너머 남쪽으로 나아가다가 서쪽으로 반리를 내려가니, 반강이 넘실거리면서 북쪽에서 남쪽으로 흘러든다. 골짜기는 넓지는 않으나 대단히 깊고, 그 물길은 황하(黃河)처럼 흐르나 대단히 세차게 흐른다. 수많은 산 가운데 허다한 물길이 모두 맑은데, 이 물길만이 흐린 것은 무슨 까닭일까? (나는 세 번 이 물길을 보았다. 한 번은 무선武宣에서 유강柳江으로 들어설 때인데, 역시 매우 흐렸다. 또 한 번은 삼진三鎭의 북쪽인 나목도 羅木渡에서인데 맑았다. 또 한 번은 이곳으로 또다시 흐리니, 생각건대 맑았을 때는 물이 말랐을 때이다.)

강의 동쪽 언덕을 따라 남쪽으로 나아가 반리만에 반강교(盤江橋)에 이르렀다. 반강교는 쇠사슬로 동서의 양쪽 벼랑 위를 이어 날줄로 삼고, 나무판자를 가로로 깔아 씨줄로 삼았다. 동서 양쪽의 벼랑은 떨어진 거리가 열다섯 길이 채 되지 않지만, 높이는 서른 길이다. 다리 아래에는 물이 세차게 넘실거리는지라, 그 깊이를 헤아릴 수가 없다.

애초에는 배로 건너다녔으나 물결에 휩쓸리고 물에 빠져 죽는 재난이 많았다. 그래서 바위를 쌓아 다리를 만들었으나, 역시 대부분 완성되지 않았다. 숭정(崇禎) 4년[1]에 포정사 주(朱)씨(이름은 가민家民이며, 운남雲南 사람이다)가 때마침 안찰사로 재임하고 있을 때, 보안(普安)의 유격장군 이방선(李芳先, 사천 사람이다)에게 명하여 커다란 쇠사슬로 양쪽 벼랑을 잇게 했다. 쇠사슬 수십 가닥에 판자를 두 겹으로 깔았는데, 그 두께는 겨우 여덟 치이고 너비는 여덟 자 남짓이었다.

다리는 멀리서 바라보면 바람에 나부낄 듯하지만, 직접 밟아보면 굳건히 조금도 흔들리지 않는다. 날마다 수많은 소와 말들이 무거운 짐을 지고 다닌다. 다리 양쪽에는 쇠사슬을 높이 매달아 난간을 매달고, 가느다란 사슬을 씨줄과 날줄로 엮어 무늬를 만들었다. 두 벼랑의 끄트머리에는 각각 두 개의 돌사자가 있다. 돌사자의 높이는 서너 자이다. 쇠사슬은 모두 사자의 입에서 나온다.

또한 동서 양쪽에는 거대한 패방이 걸쳐져 있다. 동쪽의 패방에는 '천참운항(天斬雲航)'이라 씌어 있다. 주 총독이 표기한 것이다. 서쪽의 패방에는 '□□□□'이라 씌어 있다. 당시 감군어사로 임직하던 부종룡(傅宗龍)²⁾이 표기한 것이다. 부종룡은 또한 봉긋 솟은 비를 세우고 '소갈교(小葛橋)'라는 이름을 붙였다. 제갈량(諸葛亮)이 쇠사슬로 난창교(瀾滄橋)를 만들었는데, 오랜 세월이 흐른 뒤 다시 그러한 다리가 있게 되었다는 의미로 소갈교라 했던 것이다.

고증해보니, '난창을 건너면 남이다(渡瀾滄爲他人)'³⁾란 말은 한나라 무제(武帝) 때의 옛일인데, 난창강 위에는 쇠사슬로 만든 다리가 없다. 쇠사슬로 만든 다리⁴⁾의 옛터는 여강(麗江)에 있긴 하지만, 제갈량이 만든 것이 아니다. 다리 양쪽 끄트머리에는 비각과 사당이 대단히 많았지만, 때마침 비가 세차게 내리는지라 자세히 살펴볼 겨를이 없었다.

다리를 건너 서쪽으로 나아가니, 어느덧 신성(新城)의 문 안에 들어서 있었다. 왼쪽으로 돌아들어 다리를 굽어보니, 대원사(大願寺)가 보였다. 북서쪽의 벼랑을 따라 오르자, 새로 지은 성이 둘러싸고 있다. 다리를 세운 뒤, 성을 확충하고 위소(衛所)를 설치하여 군사요충지로 삼았다고 한다. 듣자하니 옛 성은 여전히 고갯마루에서 5리 되는 곳에 있다고 하기에, 서둘러 비를 무릅쓴 채 온 힘을 다해 엎어지고 넘어지면서 층계를 기어 올라갔다.

1리 반만에 북문을 나왔다. 북쪽으로 반리를 더 나아가 서쪽으로 돌아들어 구불구불 2리를 올라가자, 비가 차츰 갰다. (새로 지은 성안의 오르는 길은 가파르나, 성밖의 오르는 길은 평탄했다.) 서쪽의 움푹 꺼진 곳을 넘어 오른쪽 봉우리를 따라 북쪽으로 돌아들어 반리를 더 가자, 옛 성이 고개 뒤편의 언덕마루에 높다랗게 매달려 있었다.

동문으로 들어서자, 안에 총병의 진(鎭)이 있다. 총병부의 관아는 객사와 다름이 없었다. 아침저녁으로 나팔로 군령을 내렸으나, 소리도 크지 않고 징소리도 없었다. (청애성靑崖城의 총병은 반班씨이고, 삼차하三汊河의 총병은 상商씨이며, 이곳의 총병은 호胡씨이다. 증설한 총병은 많지만, 권세는 높지 않았다.) 이날 밤 장재공(張齋公)의 집에 묵었는데, 그는 군인이다.

---

1) 숭정 4년은 1631년이다.
2) 부종룡(傅宗龍, ?~1641)은 곤명 출신으로, 자는 중륜(仲綸)이고 호는 팔창(括蒼) 혹은 운중(雲中)이다. 만력 연간에 벼슬에 나아가 숭정 연간에 귀주순무, 사천순무, 병부상서를 역임했다.
3) '渡瀾滄爲他人'이란 어구는 『화양국지(華陽國志)·남중지(南中志)』의 "漢德廣, 開不賓, 渡博南, 越蘭津, 渡蘭倉, 爲他人"에서 비롯되었다.
4) 당나라 때에 철교가 있었는데, 이 철교는 토번(吐藩)이 만든 것으로, 지금의 여강현(麗江縣) 북서쪽의 탑성관(塔城關) 부근의 금사강(金沙江) 위에 있다.

4월 26일

마방이 먼저 출발하고, 나는 식사를 하고서 옛 성의 서문을 나왔다. 처음에는 계속 남서쪽으로 나아가면서 고개와 움푹한 평지를 오르내렸다. 5리를 가자, 한두 채의 집이 남쪽 둔덕 아래에 있다. 이곳은 보정포(保定鋪)이다. 보정포 곁에서 서쪽의 고개에 올라, 차츰 높은 산을 오르기 시작했다. 3리를 가자, 홀연 물길이 고개의 골짜기에서 흘러내렸다.

골짜기를 따라 올라가자, 골짜기 속에 밭두둑이 많아지기 시작했다. 밭두둑은 대체로 물길을 따라 이루어져 있다. 2리를 더 올라가자, 양수영(涼水營)이 나타났다. 양수영의 서쪽에서 다시 움푹한 평지를 좇아 구불구불 올라가는데, 차츰 오를수록 험준해졌다. 5리를 더 가자, 마방이 방목을 하고 있는지라, 내가 앞서 길을 떠났다.

움푹 꺼진 곳을 막 넘으려다가, 움푹 꺼진 곳 아래의 바위 사이에 앉아 잠시 쉬면서 해마장(海馬嶂)이라는 곳을 멀리 바라보았다. 해마(海馬)라는 이름과 흡사한 모습을 찾아보려 했던 것이다. 홀연 누군가 움푹 꺼진 곳에서 나오는데, 물 긷는 항아리를 지고서 내 앞에서 남쪽 갈림길로 걸어갔다. 나는 방금 전에 빙글 돌면서 도려낸 듯 가파른 남쪽 벼랑의 모습을 바라보면서 기이하다고 생각했지만 갈림길은 보지 못했던 터라, 이때 얼른 그를 따라갔다.

벼랑 아래에 이르자, 거대한 동굴이 봉긋 솟아 있다. 동굴 입구는 북쪽을 향해 있다. 동굴 안은 움패어 내려가고 대단히 크다. 그 사람은 동굴로 들어가 바위틈새 사이에서 물을 긷는데, 곳곳마다 온통 물이다. 이물은 모두 동굴 꼭대기에서 똑똑 허공 속에 흩어져 떨어진 것이다. 토박이들은 구덩이를 조금 파서 물을 받았다. 물은 동굴 왼편의 꼭대기에서 떨어지는 것이 가장 많다. 그 아래에 물을 받는 바위 평대가 있으며, 평대 곁에 구덩이를 파서 물이 고이도록 하여 물을 뜨게 했다. 동굴은 오른쪽에서 내려가는 곳이 가장 깊어, 그 안에 수백 명을 받아들일 수 있을 만하다. 그 안은 환한 채 막혀 있지 않지만, 마치 담을 쌓아놓은 듯 옆의 틈새나 구멍이 전혀 없다.

동굴을 나와 왔던 길을 되짚어 한길로 나왔다. 움푹 꺼진 곳을 오르자, 곧바로 해마장이 나왔다. 해마장은 진무각(眞武閣)이 움푹 꺼진 곳 사이에 걸쳐져 있다. 나는 진무각에 들어가 쉬면서 종이와 붓을 꺼내 유람일기를 기록했다. 마방은 어느덧 앞서 가고 있었다. 한참만에야 길을 나섰다. 움푹 꺼진 곳 안은 바로 해마포(海馬鋪)이며, 성으로부터 10리 떨어져 있다. 이곳에서 북쪽으로 이틀 반을 가면 소미마장(小米馬場)이 나온다. 성 아래에 반강을 굽어보는 보루가 있다. 강 너머는 바로 수서(水西)의 관할지이다. 또한 남쪽으로 이틀을 가면 괴장하(乖場河)가 나온다.

이곳은 물이 불어나면 건너기 어려우며, 바로 납을 생산해내는 곳이다.

다시 서쪽으로 남쪽 고개를 따라 나아가자, 움푹한 평지가 보였다. 이곳은 온통 북쪽으로 푹 꺼져 내리지만, 대부분 가운데는 웅덩이지고 바깥은 가로로 뻗어 있다. 잇달아 서쪽으로 두 갈래의 완만한 등성이를 약간 올라가 3리만에 북쪽의 곧추선 곳으로 건너갔다. 대단히 높은 이 봉우리는 광산(廣山)이다. 그 위에 이방선(李芳先)이 불탑을 새로이 짓고 문곡성(文曲星)이라 일컬었는데, 아마 안남위(安南衛) 성의 동쪽에서 가장 높은 꼭대기이리라.

서쪽으로 2리를 가자, 찻집이 나왔다. 그 북쪽에 비스듬히 불쑥 솟은 산은 두려움을 안겨주는데, 산모롱이에 의지한 자세를 취하고 있다. 이 산의 옛 이름은 왜산(歪山)이었으나, 지금은 위산(威山)으로 바뀌었다. 나는 이 산의 기이한 모습을 바라보면서 서둘러 성으로 들어가, 한길을 따라 서쪽으로 나아갔다. 다시 3리를 가서 언덕 한 곳을 넘은 뒤, 2리를 더 가서 안남위(安南衛)의 성 동쪽 관문 밖의, 공사인 진(陳)씨의 여인숙에서 걸음을 멈추었다.

4월 27일

마방이 이미 출발하고서야, 나는 식사를 했다. 성 동쪽 5리에 찻집에서 북쪽으로 가면 위산이 있다. 이 산 속에 동쪽에서 서쪽으로 뚫린 동굴이 있다. 또한 물동굴도 있는데, 그 안에 고인 물이 매우 깊다. 그 앞은 안남위의 성을 정면으로 굽어보고 있다. 그곳을 손으로 가리켜주었다. 비록 산꼭대기에 있지만 매우 가까워 보였다.

이에 하인 고씨와 함께 어제 왔던 길을 되짚어 5리만에 동쪽의 찻집에 이르렀다. 이어 갈림길에서 북쪽으로 산에 들어섰다. 1리를 가서 산의 왼편 허리에 이르자, 북쪽에서 불쑥 솟은 위산의 줄기가 남쪽으로 뻗어 있다. 위산의 남쪽은 높이 솟구쳐 있으나 북쪽은 낮게 엎드려 있고, 남쪽은 깎아지른 듯 가파르나 북쪽은 아래로 드리워져 있다. 위산은 동서 양쪽 모두 산벼랑에 뻗친 채 비스듬히 치켜들어 남쪽으로 뻗어오른다. 남쪽 기슭에 또 하나의 조그마한 봉우리가 치솟아 있는데, 이 역시 마찬가지이다.

동쪽 골짜기로 들어서서 1리를 더 가서 곧장 산 뒤쪽에 이르렀다. 동쪽 봉우리의 등성이가 건너뻗은 곳이다. 등성이에서 북쪽으로 내려가는데, 대단히 깊고 길이 황량하다. 등성이에서 서쪽으로 돌아들어 산의 북쪽 봉우리 중턱을 따라 서쪽으로 나아가니, 길은 황량하나 층계가 있었다. 층계를 따라 나아갔다. 북쪽의 움푹한 평지의 자욱한 안개가 움푹한 평지 속에서 피어나 북쪽 봉우리까지 자욱하여 지척조차 보이지 않았다. 남쪽을 향해 있는 위산의 북쪽만은 가는 길이 그래도 밝았으나, 꼭대기는 차츰 안개에 휩싸였다.

서쪽으로 반리를 가니, 층계가 남쪽으로 뻗어 올라갔다. 층계를 기어올라 반리를 가자, 봉우리의 북쪽은 온통 안개에 뒤덮여 있다. 이에 북동쪽으로 돌아들어 올랐다. 동쪽 벼랑이 비스듬히 치켜 들린 곳의 위로 나왔다. 몹시 비좁은 바위등성이를 북동쪽에서 남서쪽으로 오르자, 마치 용의 꼬리를 붙들고 오르는 듯하다. 다시 남동쪽의 봉우리 너머를 바라보니, 맑은 하늘에 붉은 태양이 아름답고, 멀리 있는 산은 쪽빛과 같다. 내가 걸었던 북서쪽은 자욱한 안개로 바다처럼 깊고 먼데다, 봉우리 위아래가 온통 혼돈 속에 빠져 있으니, 마치 이 등성이를 경계로 나누어지는 듯하다.

대체로 등성이의 남동쪽은 바람이 불어오는지라 아침 안개가 깨끗이 말려 올라가지만, 등성이의 북서쪽은 바람이 등성이에 막힌 바람에 지독한 안개가 소굴로 삼아 의지할 수 있기 때문이다. 나의 오랜 바람은 한 번이라도 북쪽의 반강이 흘러오는 것을 바라보는 것이었다. 매번 봉우리에 가려지더니, 이곳에 이르러 마침 북쪽 고개에 올랐으나, 또다시 안개에 가려 있다. 대자연의 조화는 이처럼 헤아릴 수 없는 것이로다!

등성이를 기어 반리를 가자, 꼭대기의 벼랑 아래에 동굴이 있다. 동굴 입구는 동쪽을 향해 있고, 동굴 위는 두 손을 모은 듯하다. 약간 움푹 꺼져 내려가자, 바닥의 너비는 네댓 길이고, 가운데에 불감과 스님의 침상이 있다. (남긴 밥이 아직 남아 있는데, 스님은 어디로 갔는지 모르겠다.) 양쪽에는 자욱한 안개가 가득한 감실이 있다. 그 뒤쪽에서 쭉 뚫고서 서쪽으로 나아가자, 문은 차츰 좁아지고 낮아진다. 역시 두 손을 모은 듯 뾰족하다.

이 동굴 입구는 서쪽의 산허리를 가로질러 나온다. 약 일곱 길 남짓이다. 동굴의 앞뒤로는 서로 통하여 바라보이지만, 아래가 보이지 않는 것은 동굴이 높기 때문이다. 뒷문을 나오니, 위아래가 온통 가파른 벼랑과 첩첩이 쌓인 바위투성이이다. 벼랑을 따라 남서쪽으로 십여 길을 가자, 또 하나의 동굴이 서쪽을 향해 있다. 동굴 입구의 높이는 한 길이채 되지 않으나, 바닥은 매우 평탄하고, 깊이와 너비는 각각 두 길이다.

동굴 뒤편의 바위들은 가닥가닥 어지럽고, 깊지는 않으나 환상적이다. 동굴 가운데에 불상을 모셔놓고 앞쪽에 빈 전당을 지었으나, 이미보존할 수 없을 정도로 무너져 있다. 동굴 앞에서 안남위의 성을 쭉 굽어보니, 마치 발을 뻗으면 금방이라도 다다를 수 있을 것만 같다. 우연히 안개에 금세 삼켜지거나 홀연 자욱한 구름에 아무것도 보이지 않더니, 뜻밖에 바다의 신기루가 산굽이의 성곽에 다시 나타났다. 그러나 이것은 그저 동굴 밖의 경관일 따름이다.

동굴의 왼쪽 곁의 구멍에서 동쪽으로 들어가자, 구멍의 입구는 차츰좁아지고 어두워진다. 바위문지방을 기어오르니, 그 안은 울퉁불퉁하고 비스듬히 움패어 있다. 웅덩이진 구멍이 한둘이 아닌데, 모두 고인 물이가득하지만 밖으로 넘쳐흐르지는 않는다. 동굴 꼭대기에서 물방울이 떨어져 못으로 흘러들었다. 마치 어지러운 옥노리개와 수많은 거문고줄에서 나오는 소리처럼 멀고 가까이에서 맑은 소리가 울려 퍼진다.

동굴 안에서 차츰 북동쪽으로 돌아들자, 넓고 깊은 연못으로 꺼져 내릴 듯한 기세이다. 연못은 오르락내리락하여 발을 내딛지도 못하고, 멀리 비춰볼 횃불도 없는지라, 그저 어둠 속에서 멀리서 들려오는 소리만 들을 따름이다. 내가 보아온 물동굴이 꽤 많은데, 유독 이곳만은 뭇봉우리의 꼭대기에 높이 매달려 있고, 게다가 물은 고여 있으나 흐르지 않아 한 방울도 밖으로 새나가지 않는다. 지금까지는 바라보면서 허공에 뜬 외로운 바위로만 여겼지, 어느 누가 그 안에 물이 가득 담긴 용기라고 생각하겠는가?

동굴을 나와 계속해서 벼랑을 따라 북쪽으로 나아갔다. 밝은 동굴의 뒤쪽 입구로 들어갔다가 앞 동굴에 닿았다. 스님의 침상 왼쪽에서 기어오를 만한 감실이 옆에 있다. 틈새가 서쪽으로 뚫려 있다. 마치 둘로 갈라진 창문처럼 보인다. 그 뒤쪽에 또 동굴 입구가 서쪽을 향한 채 벼랑길 위에 있다. 동굴 입구는 제법 널찍하다. 그러나 뚫려 있는 틈새는 두 개의 창문에 바짝 붙어 있어, 밖으로 들여다볼 수 있을 뿐, 뚫고 나갈 수는 없었다.

이에 앞서 나는 앞쪽 동굴에 들어갔다가, 벼랑 사이에 '삼명동(三明洞)'이란 세 글자가 새겨져 있는 것을 보았다. 동굴 안에서 직접 바라볼 적에는 앞뒤만 보일 뿐이었는데, 옆에서 바라보아도 이렇게 기이하리라고는 생각지 못했다.

동굴에서 내려와 왔던 길을 되짚어 3리를 가서 찻집을 나왔다. 마침 순안대인 풍(사준, 馮士俊)이 특별 순찰차 와 있었다. 이제껏 지방순시를 직접 지시받은 자들 가운데 관령과 반강을 넘은 이가 없었는데, 풍씨는 특명을 받아 재임되었기에 관문을 지나 이곳까지 온 것이었다. 마침 깃발들이 관문을 지나 움푹 꺼진 곳을 넘어오고 있었다. 멀리서 바라보니 텅 빈 산에 생기가 도는 듯했다.

다만 그들의 뒤를 따라 안남위에 이르렀는데, 심부름꾼과 말들이 어지러이 뒤섞인지라 5리를 오는 데에 한참이 걸렸다. 진씨의 객사에서 물을 마셨다. 그리고서 동문에 들어서서 서쪽의 안남위 관아 앞에 이른 뒤, 남쪽으로 돌아들어 남문을 나왔다.

　남쪽으로 고개의 골짜기 속을 나아가 평탄하게 2리를 올랐다. 등성이는 북서쪽에서 남동쪽으로 건너 뻗어 있다. 건너 뻗는 곳의 동쪽은 평탄하여 밭을 만들었으나, 서쪽은 푹 꺼져내려 깊은 구덩이를 이루고 있다. 가느다란 물길이 구덩이 속에서 졸졸 흘러나온다. 길은 물길을 좇아 서쪽으로 북쪽 벼랑을 따라 푹 꺼져 내린다. 이곳은 바로 오명관(烏鳴關)이며, 토박이들은 노아관(老鴉關)이라 부른다.

　서쪽으로 1리를 쭉 내려가자, 길모퉁이에 찻집이 자리잡고 있다. 뿜어져 나오는 샘물이 길 사이에 뿌려진다. 곧 방금 전에 졸졸 흐르던 가느다란 물길이 이곳에 이르러 분출한 것이다. 찻집 아래의 벼랑은 빙 둘러싸고, 골짜기는 비좁은 채, 비스듬히 기울어 푹 빠져드는 형세이다.

　다시 구불구불 반리를 내려왔다. 넘쳐흐른 샘물이 길을 적셨다. 커다란 비석에 '감천승적(甘泉勝迹)'이라 씌어 있다. 그 옆에는 예전에 정자가 있었으나 지금은 이미 사라져버린 채, 옛터에 비석만 남아 있다. 가정 연간에 어떤 스님이 뭇사람들에게 차와 식사를 보시했는데, 고개 아래에서 샘물을 길어오는 일이 몹시 힘들었다. 어느 날 스님은 땅을 파서 샘을 얻었다. 이리하여 스님이 샘을 찾아냈다고 말한 것이다.

　내 기억에 따르면, 감천이라는 이름은 옛 『지』에 있기는 하다. 그러나 졸졸 흐르는 가느다란 물길은 실상 고개 위에서 넘쳐 흘렀거나 스님이 물길을 내서 이곳까지 끌어들인 것이니, 공덕이 없다고는 할 수 없다. 그러나 만약 스님이 지팡이로 땅바닥을 치자 용왕이 옮겨갔다고 신화화한다면, 전혀 그렇지 않을 것이다.

　다시 층계를 따라 남서쪽으로 1리를 내려와 골짜기 어귀에 이르렀다. 서쪽 벼랑의 발치를 따라 서쪽으로 돌아들어 나아갔다. 북쪽에는 우뚝 솟은 바위벼랑이 허공에 늘어선 채 내리누르고 있다. 남쪽에는 푹 꺼져 내린 구렁이 휘감아 내리고 흙언덕이 종횡으로 펼쳐져 있다. 모두 쟁기질하여 밭으로 일구었다. 비록 여러 차례 오르락내리락했으나, 그런대로 평탄하게 산중턱을 나아갔다.

다시 서쪽으로 반리를 가자, 북쪽 벼랑의 틈새에서 샘물이 구불거리면서 흘러나왔다. 그 앞을 지나는 길에는 샘물로 인해 가로지를 다리가 놓여 있다. 샘물은 다리 안에 떨어졌다가 다리 아래를 따라 골짜기를 세차게 흘러내린다. 다리 위에 앉아 쳐다보니, 벼랑의 틈새는 비스듬히 구불거리고, 샘물은 마치 구름 속에서 떨어져 내리는 듯 사라졌다 나타났다한다. 폭포의 또 다른 모습이다.

벼랑을 따라 서쪽으로 구불구불 완만하게 올랐다. 남쪽으로 건너뻗은 등성이를 두 차례 지난 뒤, 차츰 북서쪽으로 돌아들어 모두 5리를 가서 오명포(烏鳴鋪)에 이르렀다. 다시 북서쪽의 골짜기 사이를 내려가 1리 남짓을 가자, 조그마한 물길이 한 줄기는 동쪽 골짜기에서 흘러오고, 또 다른 줄기는 북쪽 골짜기에서 흘러온다. 각각의 물길마다 돌다리가 걸쳐져 있는데, 길 왼편에서 합쳐져 남동쪽으로 흘러간다. 두 개의 돌다리를 건너 다시 남서쪽의 고개를 올라 1리를 갔다. 고갯마루에서 초소를 지나자, 길 양쪽에 수십 채의 집이 있다.

다시 고개 위에서 북쪽에 줄지은 커다란 산을 따라 서쪽으로 나아가자, 그 남쪽은 완만하게 떨어져내려 구렁을 이루고 있다. 구렁 아래에는 빙 둘러 밭이 깊숙이 일구어져 있다. 그 남쪽의 먼 산은 북쪽에 줄지어 늘어선 고리 모양의 산들과 함께 병풍을 펼쳐놓은 듯이 솟구쳐 있다. 북쪽 모퉁이만 뽀족하게 솟구쳐 있다. 이 골짜기를 빙 둘러 동쪽으로 건너뻗은 흙등성이 한 갈래는, 멀리 북쪽으로 줄지은 커다란 산에 이어져 있다. 지나온 고갯마루 사이의 초소는 바로 그 북쪽으로 이어진 등성이이다.

나는 이에 앞서 해마장(海馬嶂)에서 서쪽으로 나아가면서, 멀리 고개 틈새로 서쪽 봉우리가 휘감겨 솟구쳐 있는 모습을 보았다. 그런데 유독 이 봉우리만은 꼭대기가 네모진 채 병풍처럼 보였다. 마부에게 "강서파(江西坡)가 바로 이 봉우리이오?"라고 묻자, "아직 남쪽에 있습니다"라고 대답했다. 나는 북쪽에 있는 움푹 꺼진 곳의 어귀를 바라보면서 마음속으로 의아하게 생각했다. 그런데 이곳에 와서야 비로소 강서파가 바로 동쪽으로 갈라진 등성이이며, 길은 비록 강서파와 마주하여 나아가지만, 강서파는 실제로 그 북쪽에 있음을 깨달았다.

북쪽 고개를 따라 구불구불 오르내리면서, 계속 봉우리 중턱을 나아갔다. 다시 북서쪽으로 2리를 갔다가 남서쪽으로 2리만에 비탈을 타고서 2리를 내려온 뒤, 고개 서쪽을 따라 1리를 돌아들었다. 납계포(納溪鋪)가 나왔다. 대체로 북쪽 벼랑에서 남쪽으로 내려오는데, 내려온 길이 이미 한참인데도 여전히 흙산 등성이였다. 납계포에서 서쪽을 바라보니, 동서 양쪽의 산은 다시 두 줄로 나뉘고, 강이 그 가운데를 지나고 있다. 다만 이 양쪽의 줄지은 산들은 갈래가 휘감기고 둔덕이 엇섞여 있는지라, 관령(關嶺)처럼 병풍 같은 산과 골짜기가 확연하지는 않다.

다시 남서쪽으로 1리 반을 내려오자, 동쪽 벼랑에서 구덩이로 떨어져 흘러내리는 물길이 서쪽에 마치 말꼬리처럼 가늘게 매달려 있다. 그 북쪽을 따라 길 역시 벼랑을 타고서 꺼져 내려온다. 2리 남짓을 더 가서 움푹한 평지에 이르니, 세 개의 반원형의 구멍이 있는 커다란 다리가 양쪽 언덕 사이에 걸쳐져 있다. 물은 동쪽의 반원형의 구멍에서 용솟음쳐 북쪽으로 흘러나가고, 그 서쪽의 두 개의 반원형의 구멍 아래쪽에는 밭이 평탄하게 일구어져 있으니, 설마 갈수기란 말인가? 이 물길은 남서쪽의 여러 골짜기 속에서 각각 다리의 남쪽으로 치달려 골짜기를 떨어져 흘러내린 후, 다리 아래를 거쳐 북쪽으로 흘러들었다가 반강의 상류로 흘러나간다. 시내를 받아들인다는 의미의 '납계(納溪)'라는 명칭이 여기에서 비롯되었을까?

다리를 지나 다시 북서쪽으로 고개에 올랐다. 이곳이 강서파(江西坡)이다. 고개가 시내의 서쪽에 있기 때문이다. 길은 두 언덕사이를 따라 가운데의 벽을 가로질러 빙글빙글 뻗어오른다. 1리만에 골짜기를 나와 층계를 타고 올랐다. 1리를 가자, 비탈 중턱에 띠로 지은 암자가 나타났다.

다시 북쪽으로 층계를 올라 반리만에 고갯마루에 이르렀다. 그 북쪽에 움푹한 평지를 끼고 있는 봉우리가 있는데, 꽤 높다. 동쪽으로 납계포가 동쪽 벼랑에 이어진 곳을 바라보니, 높낮이가 이 고개와 엇비슷하다.

여기에서 다시 서쪽으로 완만하게 고개 사이를 2리 올라갔다. 남쪽 봉우리를 끼고서 돌아들어 그 서쪽을 따라 나아가다가 서쪽으로 반리를 더 갔다. 고개 위의 물길은 대부분 좌우 양쪽으로 떨어져 내린다. 다시 북동쪽으로 돌아내려가자, 깊은 참호 하나가 대단히 비좁은 채로 남서쪽에서 북동쪽으로 꺼져 내린다. 마치 산을 두 쪽으로 잘라내는 듯하다. 조그마한 다리를 건너 서쪽으로 나아가다가, 다시 북서쪽의 고갯마루를 넘어 1리만에 서파성(西坡城)의 남동쪽 문에 들어섰다. 이곳은 유가성(有嘉城)이다.

4월 28일

서파성의 북서쪽 문을 나온 뒤, 서쪽의 고개를 올랐다. 구불구불 2리만에 고갯마루를 오르기 시작했는데, 그 북쪽의 고개가 오히려 높았다. 고갯마루의 남쪽을 따라 서쪽으로 나아가 2리를 갔다. 북서쪽을 바라보니, 봉우리 하나가 매우 가까이에 훨씬 높이 치솟아 있고, 그 꼭대기에는 안개가 자욱이 뒤덮여 있다. 나는 그 아래에 이르렀거니 여겼다.

서쪽으로 1리를 더 가서 조금 내려가자, 홀연 건너뻗은 등성이가 가운데에 있고, 좌우에는 푹 꺼져내린 골짜기가 나뉘어 뻗어 있다. 건너뻗은 등성이는 너비가 겨우 두 자이고 길이는 두세 길일 따름이며, 동서 양쪽을 이어주는 꼭지인 셈이다. 그제야 이 서파산(西坡山)은 마치 비스듬히 자란 영지처럼 동서의 지름은 겨우 10리이고, 남북 양쪽의 자락 역시 20~30리에 지나지 않으며, 이곳은 그 뿌리와 꼭지가 이어진 부분임을 알았다.

등성이를 넘어 구름에 뒤덮인 높은 봉우리를 오르기 시작했다. 2리를 더 가서 봉우리의 남쪽을 감아돌았다. 이곳은 예납포(倪納鋪)이다. 수십 채의 민가가 뒤쪽의 높은 봉우리에 의지해 있고 남쪽으로 멀리 골짜기를 굽어보고 있다. 전에 보았던, 꼭대기가 네모진 채 병풍처럼 늘어선 봉우리는 바로 그 남쪽에 뻗어 있다. 그곳을 가리키며 묻자, 토박이는 "그곳은 토장영(兎場營)입니다. 그 남쪽은 마장영(馬場營)이고, 맨 남쪽은 신(新)과 안(安)의 두 위소입니다." (신은 신성소新城所이고 안은 안롱소安籠所이며, 곧 광서성廣西省 안롱토사安隆土司와의 접경지이다.)

예납포의 서쪽에서 반리를 가자, 등성이는 산 앞의 움푹한 평지에서 남쪽으로 뻗어가다가 다시 한 갈래의 산으로 치솟아 예납포 앞에서 에돌아 뻗어 있다. 등성이의 동서 양쪽의 물길은 모두 남동쪽의 납계교(納溪橋)의 상류로 흘러든다. 다만 등성이 서쪽의 물길은 골짜기로 떨어져 남쪽으로 세차게 흘러가는데, 매우 비좁다.

다시 약간 북쪽으로 나아가 높은 산을 따라 서쪽으로 반리를 갔다. 등성이는 남쪽 고개에서 북쪽으로 가로로 뻗어 있다. 가운데는 완만하여 높지 않고 등성이 사이에 보루가 솟아 있다. 이곳은 보가루(保家樓)이다. (이미 라라족羅儸族[1]이 초소를 두어 지키고 있는 곳이다.) 남서쪽에서 병풍처럼 늘어선 채 뻗어오던 이 등성이는 이곳에 이르러 북쪽으로 건너뻗었다가, 동쪽으로 치솟아 높은 봉우리를 이룬다. 이것이 바로 예납포 뒤쪽의, 구름에 뒤덮인 곳이다. 또한 서쪽으로 뻗어 바위벼랑을 이룬다. 이것이 바로 뻗어온 등성이와 더불어 문처럼 늘어선 채 서쪽의 움푹한 평지를 이루고 있는 곳이다.

등성이 북쪽에서 바위벼랑을 따라 쭉 서쪽으로 나아가 등성이 사이에 낀 움푹한 평지 위를 나아갔다. 이곳은 삼조령(三條嶺)이다. 서쪽으로 4리를 가서 바위벼랑이 끝날 즈음, 벼랑 중턱에 동굴이 높이 봉긋 솟아 있다. 동굴 입구는 남쪽을 향해 있고 가로로 툭 트여 있으며, 꼭대기는 대단히 평평하다. 또 하나의 동굴이 서쪽에 비스듬히 갈라져 있다. 그 동굴 입구 역시 남쪽을 향해 있고, 동굴 안에는 기둥이 매달려 있다. 그 앞의 움푹한 평지 속을 흐르는 물은 남서쪽의 골짜기로 감돌아 흘러들고, 길은 약간 내려간다.

다시 서쪽으로 고개의 움푹 꺼진 곳을 올라 모두 3리를 가자, 파초관(芭蕉關)이 나왔다. 수십 채의 민가가 북쪽 산이 남쪽으로 불쑥 튀어나온, 움푹 꺼진 곳에 기대어 있고, 물길은 불쑥 튀어나온 봉우리의 남쪽을 에돌아 흐른 뒤 북쪽의 파초관의 서쪽을 빙글 돌아들어 흘러나간다. 파초관을 지나자 골짜기로 푹 꺼져 내려가자, 다시 물길과 만났다. 이곳은 보안위(普安衛)의 동쪽 경계의 요충지이지만, 역참의 객사만이 길 양쪽에 끼어 있을 뿐, 사실 관문은 없었다.

파초관 서쪽에서 골짜기로 내려와 물길을 따라갔다. 길 북쪽에는 겹겹의 벼랑이 층층이 불쑥 솟아 있는데, 대개가 검붉은 색깔이다. 듣자하니 '조애관음(弔崖觀音)'이라는 곳이 있다기에 벼랑을 좇아 찾아 나섰다. 2리를 가자 벼랑 사이에 있는 동굴이 보였다. 동굴은 매우 깊숙이 매달려 자리잡고 있다. 동굴 입구는 남쪽을 향해 있으나, 길이 나 있지 않았다. 이에 기어 올라가니, 동굴 입구는 둥글고 겨우 몇 자에 지나지 않다. 쭉 북쪽으로 완만하게 십여 길을 뚫고 나아가자, 차츰 어두워졌다. 한 번도 사람이 들어온 적이 없는 듯했다.

이에 동굴 입구로 되돌아 나오니, 땅에 하얀 뼈가 가득하다. 사람의 뼈인지 짐승의 뼈인지 알 수 없었다. 이어 벼랑을 기어 내려오자, 다시 서쪽으로 길이 보이기에 북쪽의 벼랑 사이를 올랐다. 벼랑 아래의 동굴 입구는 대부분 소와 말이 쉬어가는 곳인지라, 오물이 동굴 앞을 가득 덮고 있다. 동굴 위층에는 드리워진 기둥이 있고, 텅빈 그 끄트머리에 조그마한 바위로 만든 관음보살이 놓여 있다. 이것은 사람이 만든 것이지, 자연히 이루어진 것이 아니었다.

다시 내려와 한길을 따라 시내를 좇아 서쪽으로 1리를 갔다. 시내는 북쪽으로 돌아들어 골짜기로 떨어져 흘러간다. 여기에서 서쪽의 비탈진 언덕을 넘어 6리만에 신흥성(新興城)에 이르렀다. (파초관으로부터 내리막길은 많지 않고, 오르막길 또한 멀지 않다. 그 움푹한 평지 속의 시내가 여전히 산위에 나타났다.) 신흥성의 동문으로 들어갔다가 서문으로 나왔는데, 파손되고 남은 것뿐이었다. (비석이 있는데, 이것은 천계天啓 4년에 도어사 오정민烏程閔이 복구한 것이다.) 성 안에는 수비대가 있었다. (이날 밤 순안대인은 이곳에 묵었다.)

다시 서쪽으로 나아가 골짜기 사이로 2리를 가서 잇달아 두 개의 고개등성이를 넘었다. 등성이는 모두 남쪽에서 북쪽으로 뻗어간다. 홀연 서쪽에 깊은 구렁이 펼쳐져 있고, 가운데는 빙글 휘감아 돌면서 밭을 이루고 있다. 물길이 사방을 에워싸고 있으나, 어디로 흘러가는지 알 수 없다.

길은 동쪽 봉우리를 따라 남서쪽으로 1리를 내려갔다. 이어 남쪽으로 돌아들어 1리를 오른 뒤, 남동쪽으로 돌아들었다. 반리만에 고개 등성이를 넘어 남쪽으로 나아갔다가 남서쪽으로 1리만에 서쪽의 움푹한 평지에 이르렀다. 콸콸 세차게 흐르는 물소리가 들리더니, 문득 북쪽 벼랑 아래에 동굴 하나가 매달려 있는 것이 보였다. 동굴 입구는 매우 높이 남쪽을 향해 있다. 남쪽에서 흘러오는 시냇물은 북쪽을 향해 동굴로 흘러들어 동굴 속에서 평평하게 흐르는데, 깊이는 겨우 몇 치이나 너비는 약 두 길이다.

동굴은 높이 봉긋 솟은 꼭대기가 열 길에 가깝다. 동굴 속을 북쪽으로 평탄하게 십여 길을 들어갔다. 비로소 서쪽은 훤히 트이고 층층이 비탈져 있으며, 동쪽은 푹 꺼져내린 채 겹겹의 골짜기를 이루고 있다. 안으로 뻗어 들어가자 매달린 기둥이 있지만, 차츰 어두컴컴해지는지라 기어오를 수 없었다. 이 물길은 틀림없이 북쪽으로 뚫고나가 반강으로 흘러내리리라.

동굴을 나와 토박이에게 동굴의 이름을 물어보니, "관음동(觀音洞)입니다"라고 대답했다. 그 뜻을 새겨보니, 동굴 입구의 벼랑 끄트머리의 구멍 안에 관음보살의 상이 놓여 있었기 때문이다. 동굴 앞에는 시내가 남동쪽 골짜기 속에서 흘러오고, 골짜기 바닥은 꽤 평탄하다. 그 안에 커다란 창포 이파리가 무성하게 자라나 있는데, 마치 바람 앞에 시퍼런 칼날을 담금질하는 듯, 물위에 보검이 흔들리듯 빛이 번쩍거린다.

골짜기를 따라 남서쪽으로 반리를 간 뒤, 서쪽의 고개 틈새를 뚫고서 차츰 비탈을 따라 등성이를 올랐다. 2리를 가자 한두 채의 민가가 북쪽 봉우리 아래에 있고, 그 앞에 깊이 패인 시내가 종횡으로 흐르고 있다. 물은 남서쪽에서 구렁을 가로질러 흘러가고, 길은 북서쪽에서 고개를 따라 올라간다. 1리만에 고갯마루를 나왔다. 이곳은 인가파(藺家坡)이다. 멀리 남서쪽을 바라보니, 병풍처럼 늘어선 채 둘러싼 산은 아득히 멀고, 그 안에는 봉우리들이 한데 무리지어 깊은 구렁 사이에 엎드려 있다. 온통 마치 아이들이 줄지어 기어다니는 듯한데, 이곳과 맞설만 한 곳이 한 군데도 없다.

여기에서 이내 북서쪽으로 내려와 2리를 쭉 내려왔다. 이어 둔덕 등 성이를 오르내리면서 서쪽으로 2리를 가자, 봉우리 꼭대기에 나한송(羅漢松)이라는 암자가 있다. 이 이름은 나무에서 비롯된 이름이다. 신흥성 남서쪽의 고개를 넘고서부터, 뭇봉우리들은 비췌빛으로 울창하다. 산에는 소나무가 많아지기 시작했으나, 높은 가지의 커다란 나무는 없으며, 온통 가늘고 약한 줄기가 한데 엉킨 채 산바람에 늘어지고 안개에 스친다. 우리 고향의 고상하고도 꿋꿋한 정취는 보이지 않는다. 암자 앞에는 또다시 남서쪽으로 골짜기가 펼쳐져 있다.

골짜기 속에서 쭉 3리를 내려와 서쪽으로 돌아들어 완만하게 1리를 나아갔다. 움푹 꺼진 곳에 판교포성(板橋鋪城)이라는 성이 자리하고 있다. 성은 골짜기를 어귀와 마주하고 있다. 쳐다보니 양쪽의 줄지은 산이 허공을 타고 높이 치솟아 있는지라, 마치 깊은 구렁 속에 있는 듯한 생각이 들었다. 성의 서쪽은 푹 꺼져내린 채 구덩이를 이루고 있음을 깨닫지 못했다. 길이 성밖의 북서쪽 모퉁이에 나 있다. 성으로 들어와 서문에서 묵었다.

1) 라라(儸儸)는 원래 운남성 북동쪽과 귀주성 서부, 사천성 남서부에 거주하던 이족(彝族)의 조상이 스스로를 일컫던 명칭이다. 원·명·청대에 이르러 각지 이족의 공동 명칭으로 확대되었다.

4월 29일

판교포성의 서문을 나와 북쪽으로 꺾어져 한길로 들어섰다가 층계를 따라 내려갔다. 조그마한 물길이 오른쪽 골짜기에서 쏟아져 내린다. 물길의 왼쪽을 건너 물길을 따라 나아갔다. 1리를 가자 커다란 시내가 남서쪽에서 골짜기를 돌아들어 북쪽으로 쏟아진다. 그 위에 삼판교(三板橋)라는 커다란 돌다리가 걸쳐져 있다. 이 다리는 지금은 돌로 바꾸어 깔았으나, 여전히 예전의 명칭을 쓰고 있다.

다리 위아래의 물길은 모두 널찍한데, 유독 다리 아래의 바위골짜기만은 가운데가 죄여 있는지라 물살이 빠르고 사납다. 북서쪽의 팔납산(八納山)에서 발원한 이 물길은 연교(軟橋)를 거쳐 남서쪽의 겹겹의 골짜기 사이를 돌아든 뒤, 이곳에 이르러 북쪽으로 세차게 흘러간다. 이곳 또한 깊은 산속의 거대한 구렁이다.

다리의 서쪽을 넘어 시내를 거슬러 북쪽의 벼랑을 따라 나아갔다. 1리를 가자, 시내는 남서쪽 골짜기에서 흘러오고, 길은 북서쪽 골짜기 사이로 들어간다. 여기에서 둔덕의 움푹 꺼진 곳을 오르내리면서 여러 차례 언덕을 넘었다. 서쪽으로 4리를 쭉 나아가자, 산은 다시 휑히 트인 채 평평하게 엎드려 있는데, 유독 남서쪽의 바위봉우리 하나만이 우뚝 솟구쳐 있다. 길은 서쪽을 따라 완만하게 뻗어내리지 않고, 오히려 남쪽으로 돌아들어 올라간다.

반리를 가서 바위봉우리의 남동쪽을 감아돌았다. 길 왼편에 바위가 불쑥 솟아 있는데, 날카로운 머리 부분이 구불구불 튀어나오고, 어깨를 나란히 한 채 솟아 있다. 이곳은 앵가취(鸚哥嘴)이다. 다시 서쪽으로 돌아들어 1리 반을 내려가자, 길 양쪽에 가게가 있다. 이곳은 혁납포(革納鋪)

이다. (현지음으로 '납_衲'은 모두 '날_捺'로 읽는다. 이곳에 이르러서야 이른바 '날계_捺 溪'와 '예날_{倪捺}'의 '날'이 모두 '납'자임을 알았다. 오직 이곳에서만 가게 이름을 '납'이 라 했다.)

다시 골짜기를 따라 완만하게 나아갔다. 비탈을 따라 5리를 오르내리 자, 길 양쪽에 연교초(軟橋哨)라는 초소가 있다. 초소의 서쪽에서 다시 골짜 기 아래로 푹 꺼져 내렸다. 멀리 바라보니, 커다란 시내가 서쪽 골짜 기에 높게 매달린 채 쏜살같이 동쪽으로 흐르고 있다. 골짜기를 1리 내 려와 시내와 마주쳤다. 이 시내는 남쪽 골짜기로 돌아들어 흘러가고, 길 은 시내 북쪽에서 시내를 거슬러 북쪽 산의 기슭을 따라 서쪽으로 나아 간다.

2리를 가자 커다란 돌다리가 시내 위에 남북으로 걸쳐져 있다. 이것 은 연교(軟橋)이다. 나는 처음에 염(冉)씨 성의 사람이 만든 것이 아닐까 궁금했는데, 진무묘(眞武廟) 앞의 잘려진 비석을 읽고서야 '연(軟)'자임을 알게 되었다. 추측컨대, 예전에는 대나무를 엮어 다리를 만들었다가 오 늘날 이미 돌로 바꾸었지만, 여전히 그 이름을 쓰고 있는 것이리라.

다리를 건너 남쪽으로 나아가 시내 남쪽에서 서쪽으로 남쪽 벼랑을 따라 올라갔다. 오르막길이 몹시 가파르다. 반리를 가자 시내 북쪽이 완 만하게 보이기 시작했다. 산은 온통 한 가지 색깔의 바위이고, 초록빛 나무숲은 들쑥날쑥 무늬를 이루고 있다. 그 안에 홀연 폭포 한 줄기가 날듯이 떨어지는데, 봉우리 꼭대기에서 골짜기 바닥까지 쭉 걸려 있다. 남쪽 벼랑을 따라 서쪽으로 오르자, 오를수록 더욱 가파르다. 북쪽으로 비취빛 무늬와 백옥 같은 폭포를 바라보면서, 걸음마다 되돌아보면서 차마 떠나지 못했다.

2리를 올라가자, 골짜기 바닥의 시내는 북서쪽에서 흘러나오고, 고갯 마루의 길은 남서쪽으로 뻗어 오른다. 1리를 더 가서 진무묘를 지났다. (순안대인은 신흥성에서 오면서 이곳을 넘어 나아갔다.) 진무묘의 서쪽에서 남쪽 으로 나아가 움푹한 평지로 내려갔다. 다시 남서쪽으로 4리만에 조그마한 고개를 두 차례 넘어 내려갔다. 골짜기가 남동쪽에서 북서쪽으로 뻗어 있는데, 양쪽에 줄지은 산이 문처럼 늘어선 채 이루어진 곳이다. 골짜기 안은 자못 평탄하고 멀리 트여 있으며, 그 사이에 마을이 자리하고 있다. 이 마을은 구보안(舊普安)이다.

순안대인이 역참의 객사에서 식사를 하는지라, 나는 그보다 앞서 북서쪽으로 움푹한 평지를 따라 나아갔다. 동쪽에 줄지은 산은 구불구불 얽힌 채 이어지는데, 그다지 웅장하거나 험준하지 않다. 남서쪽에 줄지은 산은 나풀나풀 춤추듯 나란히 늘어서다가 빽빽하게 늘어선 모습을 드러낸다. 골짜기의 자취는 비록 멀지만, 양쪽 꼭대기 모두 등성이가 이어져 있고, 가운데는 평탄하나 물이 샐 틈새는 없는 듯하다.

다시 서쪽으로 3리를 가자, 움푹한 평지 사이에 바위봉우리가 불쑥 솟아 있다. 신묘(神廟)가 두 봉우리 아래의 경계를 짓고 있다. 이곳은 쌍산관(雙山觀)이다. (순안대인이 뒤쪽에서 다가오기에, 다시 앞서 갔다.) 다시 서쪽으로 1리를 가자, 서쪽의 등성이가 앞에 빙 둘러 있다. 움푹한 평지도 다하고 골짜기도 끝이 났다. 움푹한 평지 바닥에는 네모난 못이 있다. 못물이 고리 모양의 비탈 기슭에 고여 있다. 사방에는 온통 바위봉우리가 빽빽하게 늘어서 있고, 못을 둘러싼 채로 수많은 바위조각이 빽빽이 솟아 있다. 어떤 바위는 못 속에 불쑥 자리잡고 있다.

여기에서 못의 남서쪽을 따라 고리 모양의 비탈을 올라 1리만에 그 등성이에 올랐다. 다시 구불구불 서쪽의 고갯마루를 나아갔다. 고개 좌우로 물이 나뉘어 깊은 골짜기로 쏟아져 내린다. 북쪽으로 흘러가는 물은 틀림없이 연교 아래에서 반강의 상류로 흘러들고, 남쪽으로 흘러가는 물은 틀림없이 황초패(黃草壩)에서 반강의 하류로 흘러내릴 것이다.

다시 서쪽으로 고갯마루를 따라 올라갔다. 고갯마루 위에는 가운데가 우묵하게 웅덩이진 구덩이가 많다. 큰 것은 구렁을 휘감으면서 밭을 이루고, 작은 것은 떨어져 구멍이 파이면서 함정을 이루고 있다. 모두 5리를 나아가 수당포(水塘鋪)에 이르렀다. 사당 안에서 식사를 했다. 수당포를 지나 서쪽의 고개를 내려와 구불구불 산중턱을 나아갔다. 5리를 더 가서 고립포(高笠鋪)를 지나 남쪽의 밭두둑 사이를 나아갔다.

완만한 고개를 넘어 남서쪽으로 내려가 5리를 더 갔다. 북쪽 골짜기에서 조그마한 시내가 흘러온다. 그 위에 돌다리가 남쪽으로 걸쳐져 있다. 돌다리의 남쪽을 건너자, 북문의 거리가 치솟은 언덕 위에 끼어 있다. 언덕을 넘어 남쪽으로 내려가서야, 비로소 저자를 이루고 있다. 서쪽으로 뻗어가는 거리가 있으니, 이는 운남파(雲南坡)로 가는 한길이다.

쪽 남쪽으로 가자, 또 한 줄기의 조그마한 시내가 남서쪽의 골짜기에서 흘러왔다. 돌다리가 남쪽으로 걸쳐져 있다. 다리 남쪽은 곧 보안성(普安城)인데, 주(州)와 위(衛)는 모두 성안에 있다. (순안대인은 이미 관아 안에 머물고 있었다.) 보안성의 서쪽 절반은 산등성이에 기대 있고, 동쪽 절반은 아래로 동쪽 시내를 굽어보고 있다. 남북의 두 성문은 서쪽 등성이의 동쪽 기슭과 정면으로 마주하고 있고, 동문은 시내 가까이에 있다.

남문 밖에는 돌다리가 있다. 북쪽에서 합쳐진 세 개의 시내가 동문을 거쳐 서쪽으로 성 남쪽을 감아돈 뒤, 남쪽으로 흘러가 물동굴로 쏟아진다. 북문 밖에도 돌다리가 있는데, 첫 번째 다리는 운남파의 물길이다. 이 물길은 성의 북서쪽 모퉁이를 에돌아 참호를 이루고, 동쪽으로 흘러내려 북쪽의 시내와 성의 동쪽에서 합쳐진다. 두 번째 다리는 북서쪽에서 흘러오는 조그마한 시내로, 『일통지』에서 말한 '목전산(目前山)의 물길'이다. 세 번째 다리는 북쪽에서 흘러오는 조그마한 시내로, 『일통지』에서 말한 '사장(沙莊)의 물길'이다. 이 세 줄기의 시내는 성의 북동쪽에서 서로 만나 합쳐진 뒤, 남쪽으로 흘러간다. 이것은 삼일계(三一溪)로서, 성의 남쪽 다리를 거쳐 물동굴로 흘러든다.

보안성은 천계 초부터 수서(水西)가 반역하고 여러 오랑캐가 이에 호응한 바람에, 1년 동안 포위공격을 당한 끝에 점령되고 말았다. (후에 운남 임안부(臨安府)의 안남사(安南土)로서 성이 사(沙)씨인 토관이, 영을 받들어 병사를 동원하여 회복했다.) 지금에 이르도록 그 상처는 회복되지 못했다. 그러나 이 성의 문운(文運)은 귀주성(貴州省) 가운데 으뜸이다. 즉 전에는 도어사 장(蔣)대인이 있었고, 지금은 궁첨인 왕(王)씨(이름은 조원祚遠이다)가 있으니, 다른 위(衛)와는 비할 바가 아니다. 과거에는 주에 토사밖에 없었다. (성은 용龍씨이다. 그는 팔납산 아래에 거처하고 있으며, 열두 명의 작은 토사를 거느리고 있다. 지금의 토사는 용자열龍子烈이라는 사람이며, 나이는 아직 어리다) 후에 유관(지주의 성은 황黃씨이다)을 설치하여 함께 다스렸다.

주성(州城)의 북동쪽 70리에 팔납산이 있다. 이 산은 이곳 주 가운데 가장 높으며, 사방이 온통 높고 험준한 바위벼랑이다. 빙글빙금 감도는 한 줄기 길만이 뻗어오르는데, 대략 30리이다. (토사 용씨의 관아는 그 아래에 있다.) 산꼭대기는 대단히 넓고 평탄하며, 꼭대기 위에 물이 가득 고인 몇 곳의 못이 있다. 이 못은 연교의 물이 거쳐 흘러나가는 곳이다. 현지 어로는 '납(納)'을 '단(但)'이라 하는데, 『범경(梵經)』에 '팔달치(叭咀哆)'라는 음이 있다. 그래서 지금의 노승 백운(白雲) 스님(남경南京 사람이다)이 '팔달산(叭咀山)'이라 일컫고, 사원을 대규모로 개척했다. 그러나 멀고 외진 이 족지구인지라, 성과를 거두지는 못했다.

주성의 남쪽 30리에 단하산(丹霞山)이 있다. 이 산은 한데 모인 봉우리들의 위에 자리하고 있으며, 훨씬 높이 치솟은 뾰족한 봉우리가 그 안에 우뚝 솟아 있다. 서쪽 경계에 한 갈래의 산이 있다. 남서쪽의 평이위(平彝衛)에서 병풍처럼 늘어서서 북쪽으로 뻗어가다가, 구불구불 이어져 운남파(雲南坡)를 이루고, 동쪽으로 뻗어내려 주의 치소로 맺어진다.

서쪽의 병풍처럼 솟아 있는 산 가운데 가장 높은 곳은 수사산(睡寺山)이며, 단하산과 동서로 마주하고 있다. 그 동쪽 경계에 있는 산은 남쪽의 낙민소(樂民所)에서 갈래가 나뉘어 북쪽으로 뻗어나가는데, 단하산의 남쪽 10리에 자리하고 있다. 서쪽에 병풍처럼 늘어선 높은 산에서 뻗어나온 갈래는, 동쪽 경계의 산과 이어져 합쳐진 뒤 북쪽으로 구불구불 겹겹이 기세 좋게 뻗어나간다. 이 갈래가 서쪽으로 불쑥 솟구친 것은 단하산으로 맺어지고, 북동쪽으로 우뚝 솟아 뻗어가는 것은 차츰 동쪽으로 내달려 토장영의 네모진 꼭대기의 산이 되었다가, 다시 북동쪽으로 건너뻗어 안남위의 줄기를 이룬다.

그 가로로 이어진 갈래는 단하산의 남쪽 10리에 있다. 그 아래에 산람동(山嵐洞)이라는 동굴이 있고, 동굴 입구는 북쪽을 향해 있다. 동굴 안에서 흘러나온 물은 북쪽으로 흘러 커다란 시내가 된다. 이 시내는 단하산 서쪽의 대수당(大水塘)이 있는 움푹한 평지를 거친 뒤, 북쪽의 조관둔(趙官屯)을 지나서 동쪽으로 돌아들어 남판교(南板橋) 아래를 흐르는 물과 합쳐진다.

동굴 입구에서 그 물길을 거슬러 들어갔다. 남쪽으로 동굴 허리를 반리 나아가자, 동굴은 훤히 트인 채 위로 뚫려 있다. 그 가운데에는 물이 고여 커다란 못을 이루고 있다. 그 깊이를 헤아릴 수가 없다. 토박이들이 도적떼를 피해 배를 타고 물을 건너 들어왔을 것이다. 이 안에는 별천지가 펼쳐져 있고, 천 명을 받아들일 수 있다.

단하산은 뭇산들 위로 홀로 우뚝 솟아 있고, 바위봉우리가 가파르게 서 있다. 북동쪽의 팔납산만이 이 산과 나란히 맞서고 있다. 팔납산은 높이 치솟은 채 감싸 안은 모습으로써 웅장함을 드러내며, 이 봉우리는 가파르게 홀로 우뚝한 모습으로써 빼어남을 자랑한다. 예전에는 현제궁(玄帝宮)이 있었는데, 천계 2년[1]에 오랑캐 도적떼에 의해 훼손되었다가 천계 4년에 불매(不昧) 선사(휘주歙州 사람이다)가 다시 세웠다. 매년 정월과 2월 사이에 사방에서 오는 참배객이 날마다 몇 백 명은 된다.

스님들은 기부받은 돈으로 장원의 전답을 구입했다. 전답은 산기슭을 빙 둘러싸고 있는데, (한 해에 300석을 거둬들인다.) 고개 일대에 콩을 심고 채소를 가꾸어(한 해에 콩 30석을 거둬들인다) 사방의 참배객들에게 대접하고 있다. 다만 물을 긷기가 만만치 않다. 평소에는 고갯가에서 물을 긷는데, 오가는 3리 길이 온통 험준한 층계이다. 가뭄을 만나면 10리를 왕복해야 물을 구할 수 있다.

---

1) 천계(天啓) 2년은 1622년이다.

5월 초하루

나는 짐을 꾸려 여인숙 주인인 부심화(符心華, 난계蘭溪 사람이다)의 집에
맡겨놓았다. 남쪽으로 보안성 북문 밖에 이르렀다가 동쪽으로 성을 따
라 나아갔다. (이에 앞서 마방의 상인들과 의논하여 관령關嶺에서 교수交水로 가기
로 정했다. 그런데 이곳에 이르러 나는 단하산으로 가고 싶으나, 그들이 기다려줄 수
없는지라 여정을 헤려 남은 경비를 돌려받았다. 나는 황급히 짐을 정리했는데, 짐안
의 물건들은 짐꾼에게 도둑맞고 말았다. 앞길이 막막하던 터에 여러 차례 속임수와 절
도를 당하니 어찌 견딜 수 있으리오!)

다시 시내 남쪽을 따라 돌아들어 동문을 지났다. 시내를 따라 남문에
이르니, 돌다리가 시내 위에 걸쳐져 있다. 돌다리의 남쪽을 넘었다. 시
내는 서쪽 벼랑에서 남쪽 골짜기로 흘러가고, 길은 동쪽 비탈에서 남쪽
고개를 뻗어오른다. 서쪽을 바라보니, 물은 남쪽 골짜기에 이르렀다가,
벼랑이 빙 둘러 에워싸고 구렁이 끝이 나자, 동굴 남쪽으로 쏟아져 흘
러든다.

이때 단하산에 가는 길을 서두르느라 서쪽으로 내려갈 겨를이 없었
다. 2리를 가서, 마침내 남쪽의 고개에 올라 고개 위를 나아갔다. 2리를
더 가서 고개를 넘어 서쪽으로 돌아들자, 양쪽 옆의 산허리에 아래로
푹 꺼져내리는 구멍이 많다. 대체로 이곳은 물동굴의 남동쪽에 자리하
고 있는데, 그 아래는 가운데가 텅 빈 채 옆으로 뚫려 있다. 아래로 꺼
져내리는 곳마다 온통 뚫려 있는 구멍을 통해 밝은 빛이 새어들었다.

다시 남서쪽으로 1리를 갔다. 길 오른편의 갈라져 내린 골짜기에 동
굴이 남서쪽을 향해 있고, 동굴 위는 봉긋 솟아 있다. 이에 골짜기를 내

려가 동굴을 살펴보았다. 동쪽의 동굴 입구에는 감실과 같은 구멍이 옆으로 뚫려 있다. 동굴 속은 웅덩이진 채 내려가고, 가운데는 평탄하다. 그다지 기이하거나 환상적인 점은 없다.

다시 올라와 남쪽으로 나아가 1리를 더 가서 고개등성이를 넘은 뒤, 남서쪽으로 차츰 내려가 비탈과 골짜기 사이를 나아갔다. 1리를 가서 석정루(石亭壘)의 터를 지나자, 그 남쪽의 길은 두 갈래로 나뉘었다. 남동쪽에서 뻗어오는 길은 신성소(新城所)와 안롱소, 황초패로 가는 길이고, 남서쪽에서 뻗어오는 길은 단하산으로 향하다가 남쪽의 낙민소(樂民所)로 통하는 길이다. 나는 남서쪽에서 뻗어오는 길을 따라 내려갔다.

고개의 골짜기 속에서 완만하게 2리를 내려왔다. 동쪽을 바라보니, 골짜기 속의 구덩이가 움푹 꺼져내린 곳에 물이 벼랑 남쪽을 뚫고 흘러내리고 있다. 나는 물동굴에서 새어나오는 물이 아닐까 여겼는데, 물살이 매우 미약하여 상류는 웅장하지 않은 듯하다. 물길의 서쪽을 따라 남서쪽의 구덩이를 꺼져 내려왔다.

1리를 가서 구렁 속에 이르렀다. 시내가 콸콸 서쪽에서 동쪽으로 흘러들고, 그 위에 남판교(南板橋, 북쪽 한길의 삼판교三板橋와 구별하기 위해 이렇게 일컫는다)라는 조그마한 돌다리가 걸쳐져 있다. 서쪽의 바위동굴에서 흘러나오는 다리 아래의 물은, 물동굴의 하류에 이어졌다가 이곳에 이르러 산허리를 뚫고나온 것이다. 물은 다리 동쪽을 따라 흐른 뒤 남쪽 골짜기의 시내와 합쳐져 동쪽으로 흘러갔다가, 북동쪽의 연교 아래를 흐르는 물과 합쳐져 북판교(北板橋)를 흘러나와 동쪽의 반강과 합쳐진다. 그 남쪽 골짜기의 시내는 대수당(大水塘)의 남쪽 산람동(山嵐洞)에서 흘러온다. 두 줄기의 시내는 하나는 북쪽으로, 또 하나는 남쪽으로 흐르는데, 모두 바위동굴을 뚫고 흘러나온다. 기이하다고 할 만하다.

남판교를 넘어 남쪽으로 1리만에 남쪽에서 흘러오는 시내를 거슬러 남쪽 골짜기로 들어선 뒤, 서쪽으로 돌아들어 골짜기 속을 나아갔다. 2리를 더 가자, 둑이 남북으로 시내 위를 가로지르고 있다. 물길은 둑을 솟구쳐 올라 쏟아져 내린다. 너비는 일여덟 길에 깊이는 한 길 남짓이다. 이곳은 백수하(白水河) 상류의 폭포와 매우 흡사하다. 하지만 그곳은 자연히 이루어진 것이고, 이곳은 인공적으로 막은 것이다.

둑 북쪽의 벼랑에는 날듯한 바위가 길가에 걸쳐져 있다. 마치 허공에 솟구친 뱃머리처럼 보인다. 이 바위는 수많은 구멍들로 나뉜 채 나뭇가지처럼 이어져 있으며, 영롱하게 위로 뚫려 있거나 움푹 패여 한데 모여 있다. 이 또한 불쑥 튀어나온 벼랑의 기이한 경관이다.

다시 서쪽으로 3리를 더 갔다. 길은 북쪽 벼랑을 따라 뻗어오른다. 서쪽의 벼랑을 넘어 내려와 반리를 가자, 산은 굽이돌고 물길은 돌아든다. 이 물길은 다시 남쪽에서 북쪽으로 흘러온다. 이에 앞서 동서로 뻗은 골짜기는 몹시 죄어지다가, 이곳에 이르러 골짜기는 남북으로 차츰 넓어진다.

다시 시내의 서쪽 벼랑을 따라 남쪽으로 나아가 1리를 갔다. 남쪽으로 불쑥 튀어나온 산부리를 넘자, 그 남쪽의 골짜기가 열리더니 빙글 감아돌아 커다랗게 움푹한 평지를 이루고 있다. 남쪽을 바라보니, 시내 위에 돌다리가 가로로 걸쳐져 있다. 반리를 가서 돌다리를 넘어 동쪽으로 나아갔다. 이어 남동쪽의 비탈을 올라서야, 비로소 남쪽에서 흘러온 시내와 헤어졌다.

동쪽으로 반리를 올라 마을 한 곳을 지났다. 동쪽으로 반리를 더 가서 남쪽으로 돌아들어 약간 내려가 반리만에 조그마한 시내를 넘어 올랐다. 조관둔을 지난 뒤, 조관둔 마을의 북쪽 가에서 남동쪽의 움푹한 평지로 들어섰다. 2리를 나아가 다시 고개를 올라 1리를 가자, 골짜기를 돌아드는 곳에는 물이 날듯이 산허리에서 떨어져 내린다.

산부리를 따라 다시 서쪽으로 돌아들어 남쪽으로 반리를 갔다. 이어 골짜기를 따라 동쪽으로 들어서서 반리를 더 가자, 골짜기 속에는 물이 동쪽 골짜기에서 흘러나온다. 이곳은 폭포의 상류이다. 골짜기에 걸쳐져 있는 조그마한 돌다리를 건너 남쪽으로 나아가자, 벗겨진 채 떨어져

나간 비석이 있다. 단하산의 「건교기(建橋記)」의 비문이다.

돌다리 남쪽에서 서쪽으로 고개를 감아 올랐다. 이 길은 대수당으로 가는 길이다. 다리에서 동쪽으로 물길을 거슬러 들어섰다. 길 아래의 골짜기 속에는 대나무가 울창하게 우거져 있고, 물은 아래에서 숨어 흐르고 있다. 오직 보이는 건 구불구불 골짜기 바닥까지 이어지는 짙푸른 빛뿐이다. 동쪽으로 반리를 더 가자, 산속에 움푹한 평지가 다시 펼쳐져 있다. 그 가운데에 빙 두른 채 밭이 일구어져 있고, 물길은 밭 사이를 흐르고 있다.

길은 산을 따라 남쪽으로 돌아들었다. 반리만에 대나무숲속으로 들어서자, 집 한 채가 산굽이에 기대어 지어져 있다. 집은 구렁 속의 평탄한 들판을 굽어보고 있는지라, 나는 산을 오르는 길이 아니라고 여겼다. 그런데 갑자기 어떤 사람이 나오더니 나에게 자기 집 앞을 지나 약간 동쪽으로 돌아들라고 외쳤다. 그는 나를 안내하여 남동쪽의 고개를 오르라고 했다. 이에 나는 움푹한 평지 속의 경작지로 내려갔다.

내가 반리를 오른 뒤 서쪽으로 나무하러 가는 길로 들어서자, 그 사람은 움푹한 평지에서 더욱 큰 소리로 "조금 더 동쪽으로"라고 외쳤다. 그제야 바른 길로 들어섰다. 이곳은 사방의 산들로 에워싸여 있다. 북동쪽은 온통 바위산이 우뚝 솟아 있는 반면, 내가 오르는 남서쪽의 흙산은 그윽하고 호젓하다. 소나무는 시원스레 뻗어나가는 기세가 없이, 엎드린 채 구불구불하며, 작은 소나무라도 모두 마찬가지이다. 소나무 그늘에 의지하여 가져온 밥을 손으로 움켜쥐어 주먹밥으로 만들어 먹었다. 싱거운 밥맛이 더욱 맛있게 느껴졌다.

식사를 마친 뒤 비탈을 따라 남쪽으로 반리를 올랐다. 다시 골짜기에 들어서서 서쪽으로 1리를 오른 뒤, 남쪽의 움푹 꺼진 곳의 등성이 사이로 반리를 넘었다. 그 움푹 꺼진 곳은 양쪽에 바위봉우리가 동서로 솟구쳐 있고, 그 속은 아래로 움푹 꺼져 우물을 이루고 있다. 그 사이에 관목이 빽빽이 우거져 아득히 잘 보이지 않았다.

잠시 후 동쪽 봉우리의 남쪽을 따라 다시 남동쪽으로 돌아들어 고개를 빙글 돌아 반리를 갔다. 양쪽의 바위봉우리는 다시 남북으로 솟구쳐 있고, 골짜기 속은 움푹 꺼져 내려 웅덩이를 이루고 있다. 다시 약간 북동쪽으로 돌아들자, 길은 두 갈래로 나뉘었다. 한 갈래는 북쪽으로 골짜기를 넘고, 다른 한 갈래는 동쪽으로 봉우리로 올라간다.

나는 어느 길로 가야할지 망설이다가 동쪽으로 오르는 길을 따라 나아갔다. 양쪽의 바위봉우리는 남북으로 솟구쳐 있다. 그 사이로 반리를 올라 차츰 남쪽으로 돌아든 뒤, 반리만에 남쪽의 움푹 꺼진 곳을 넘어가자, 양쪽의 바위봉우리는 다시 동서로 솟구쳐 있다. 등성이 남쪽을 넘어서야, 비로소 남서쪽의 봉우리 하나가 유독 마치 하늘에 닿을 듯한 기둥처럼 높이 치솟아 있는 것이 보였다. 봉우리 꼭대기에는 전각이 있다.

이에 남서쪽으로 웅덩이 사이를 내려와 반리를 간 뒤, 다시 남쪽으로 언덕 등성이를 올랐다. 방금 넘어 왔던 등성이를 뒤돌아보니, 둥그런 조그마한 동굴이 있는데, 동굴 입구는 남쪽을 향해 있다. 등성이 서쪽에는 깃발을 펼친 듯한 바위봉우리가 있다. 바위봉우리의 동쪽 언덕 위에는 높이 치솟은 상투인 양 봉우리들이 어지러이 솟아 있으며, 남쪽 언덕은 등성이를 빙 둘러 서쪽으로 뻗어가다가 우뚝 솟구쳐 단하산의 기둥으로 솟아오른다. 그 가운데에는 고리 모양의 웅덩이가 움푹 꺼져 있다. 거울처럼 평평한 웅덩이의 바닥은 이미 흙을 갈아엎어 밭을 만들었으나, 다만 물 한 방울조차 없는지라 모를 심지 못했다.

등성이에서 서쪽으로 층계를 올라 봉우리를 올랐다. 봉우리의 서쪽 바위벼랑을 따라 나 있는 층계는 오르막이 대단히 가파르다. 얼마 후 벼랑 사이에 나무가 빽빽이 매달려 있는지라, 서녘 해의 뜨거운 햇살은 더 이상 비치지 않았다. 쭉 반리를 올라서야 비로소 산문(山門)에 당도했다. 산문은 북서쪽을 향해 있고, 사방은 산꼭대기로 둘러싸여 있다.

마침 스님은 비탈의 이랑 사이에 콩을 심고 있던 터라, 문이 닫혀 있어 들어갈 수 없었다. 한참만에야 제자 한 명(호는 조진照塵이다)이 내려와 문을 열어 나를 들여주고, 절의 음식을 공양했다. 얼마 후 그의 스승인 영수(影修) 스님이 오셨다. 그는 나에게 전각에서 쉬면서, 차와 과실을 꺼내 먹도록 해주었다. 영수 스님 또한 불매 선사의 제자인데, 때마침 불매 선사께서는 안남위로 시주를 받으러 가신 터였다. 영수 스님은 나를 붙들어 오래도록 머물라고 하면서, 만약 스승이 계셨더라면 틀림없이 나를 떠나보내지 않으리라고 말했다. 내가 그의 스승의 고향 사람이기 때문이었다. 나는 그의 호의에 감사드리고서, 하루를 잠시 머물기로 했다.

5월 초이틀

날이 대단히 맑았다. 나는 때때로 사방을 어슬렁거리다가 창에 기대어 멀리 바라보면서, 영수 스님과 경관을 가리키며 이야기를 나누었다. 산 북쪽의 가까운 산은 나지막이 엎드려 있는데, 그 아래가 조관둔이고, 차츰 멀어지면 보안성이며, 아주 저 멀리 불쑥 치솟아 있는 것이 팔납산이다.(서로 100리 떨어져 있다.) 산 남쪽으로 조금 내려가면 가로누운 등성이가 그 뒤쪽을 감싸고 있다. 이곳은 산람동(山嵐洞)이며, 저 멀리 보일락 말락 가물거리는 봉우리는 낙민소의 남쪽으로, 역좌현(亦佐縣)과 경계를 이루는 곳이다.

산 서쪽으로 골짜기를 푹 꺼져 내려오면, 대수당이 움푹한 평지 속에서 남쪽에서 북쪽으로 흐르고 있으며, 산람동의 물은 북쪽의 남판교로 흘러내린다. 시내 너머에는 커다란 봉우리가 늘어선 채 남쪽에서 북쪽으로 뻗어 있다. 이곳은 수사산(睡寺山)이다. 수사산 서쪽은 역자공(亦資孔)으로 가는 한길인데, 고개에 가려 보이지 않는다.

산 동쪽은 그저 뻗어가는 등성이일 뿐이며, 위에는 휘감은 상투 모양의 봉우리가 쌓여 있다. 조금 더 멀리에는 나란히 늘어선 봉우리들이 겹겹이 모인 채 구불구불 북동쪽으로 뻗어간다. 이것은 면장영(免場營)의

방정산(方頂山) 줄기이다. 산의 남동쪽은 귀순(歸順)의 토사 관할지이다. (보안성의 토사인 용씨의 속지이며, 광서의 토사와 이름이 같다.) 그 동남쪽을 넘으면 신성소와 안롱소, 황초패 등의 여러 곳이며, 사성주(泗城州)와의 접경 지역이다.

이날 나는 전각에서 일기의 초고를 기록했다. 영수 스님이 여러 차례 차를 마련하고, 계종채와 유장화(덩굴은 할머니들이 사용하는 바늘과 실 같은데, 그 잎사귀와 꽃받침을 자르면 흰 진액이 넘쳐 나온다. 꽃술은 10~20줄기마다 한 촉을 이룬다. 줄기는 머리카락처럼 가늘고 길이는 반 치이다. 꽃은 꽃받침 사이에 매달리고, 꽃 색깔은 연분홍빛이다. 딸기채로 캔다), 황련두를 공양했다. 이것들은 모두 산채 가운데의 진미였다.

5월 초사흘

식사 후 영수 스님과 작별했다. 영수 스님은 나에게 차와 장(醬)을 선물로 주었다. (광서성에는 장이 없었다. 귀주성 경내에는 있기는 하지만 매우 비싼데, 소금이 적기 때문이다. 이 산에 이르러서야 장을 먹게 되었다.) 마침내 산을 내려왔다. 10리만에 북쪽의 조관둔을 지나고, 10리만에 북동쪽의 남판교를 지났으며, 7리만에 보안성의 연무장에 당도했다. 연무장 서쪽에서 고개를 가로질러 서쪽으로 건너 1리를 가서 바라보니, 삼일계(三一溪)가 북쪽에서 흘러오고, 시내 남쪽에 벼랑이 자리하고 있다. 이곳에 동굴이 있음을 알았다.

동굴로 내려가자, 동굴 입구는 북쪽을 향한 채 시내를 맞이하고 있다. 동굴 앞에는 돌로 만든 커다란 패방이 있는데, '벽운동천(碧雲洞天)'이라 적혀 있다. 비로소 이 동굴의 이름이 벽운(碧雲)임을 알았다. (토박이들은 이 동굴을 물동굴로 여기고, 위에 불상이 있는 동굴을 마른 동굴로 여겼다.) 동굴 앞에는 커다란 바위가 입구 가운데에 서 있는지라, 문은 둘로 나뉘어 있다. 길은 동쪽으로 내려가고, 물길은 서쪽으로 흘러든다.

동굴 속으로 들어서자, 훤히 트여 막힘이 없었다. 물은 동굴의 서쪽을 따라 흘러가고, 길은 동굴의 동쪽을 따라 나아간다. 길은 달리하여도 가는 곳은 같다. 남쪽으로 십여 길을 나아가자 차츰 어두워졌다. 문득 동쪽으로 돌아들자, 물은 동굴 북쪽을 따라 흐르고, 길은 동굴 남쪽을 따라 나아간다. 그 동쪽은 봉긋 솟아 활짝 트여 있다. 그 안을 멀리 바라보니, 그림자가 어지러이 흩어지고 파도소리가 요란하지만, 다니는 길은 여전히 어두컴컴했다.

대체로 이 동굴은 들어가는 곳이 세 층으로 나뉘어 있다. 동굴 밖에서 들어가는 입구가 한 층을 이루고 있다. 밝기는 하지만 꽤 낮다. 동굴 안쪽에 뚫린 깊은 곳이 또 한 층을 이루고 있다. 밝기는 하지만 훨씬 가파르다. 안팎에서 돌아드는 곳이 또 다른 한 층을 이루고 있다. 어두운 데다 중간이 꺾여 있고, 문처럼 약간 죄어든 채, 반원형의 다리처럼 높이 봉긋 솟아 있다. 그래서 치솟아 훤히 트여 있는 점에서는 안쪽 층만 못하고, 낮게 드리워져 있는 점에서는 바깥층만 못하다. 다만 그 가운데의 경계를 이루면서 안팎이 빙 둘러 보이는지라, 양쪽 모두 밝고 환할 따름이다.

그런데 어둠 속에서 동굴 꼭대기를 올려다보니, 또 하나의 둥근 구멍이 위로 뚫려 있고, 그 위쪽 또한 환하게 트여 있다. 마치 누각이 그 안에 있는 듯하지만, 안타깝게도 허공을 타고 오를 수가 없었다. 동쪽으로 어둠 속에서 대여섯 길을 나아가자, 안마당은 마치 아방궁(阿房宮)이나 미앙궁(未央宮)[1]처럼 넓고 드높으며 사방이 툭 트여 있다. 그렇지만 가파르기는 더욱 심하다. 물길은 남동쪽 모퉁이 아래에서 깊은 구멍으로 쏟아져내려가고, 빛은 북서쪽 모퉁이 위에서 허공을 뚫고 스며든다. 그 안쪽에 물위로 불쑥 솟아나온 바위는 온통 웅크린 사자인 듯, 물에 떠 있는 오리인 듯하고, 동굴 벽에 붙어 있는 벼랑은 죄다 늘어뜨린 깃발, 우뚝 치솟은 기둥과 같은 모습을 띠고 있다.

대체로 안쪽 깊숙한 곳의 네 모퉁이를 살펴보면, 남서쪽은 돌아들어오는 반원형 다리의 구멍이고, 북서쪽은 위로 뚫려 밝은 빛이 새어드는 구멍이며, 남동쪽은 물이 흘러드는 깊은 구멍이다. 다만 북동쪽만은 빙 글 둘러싼 채 멀고 깊으며, 깊은 곳에 구멍이 높이 걸려 있다. 그 앞에 는 마른 우물이 깊이 떨어져 내려 어두운지라 바닥을 엿볼 수 없고, 그 위에는 곁에 선 바위들이 마치 우물의 난간처럼 둥글게 에워싸고 있다. 어찌 조물주가 사람이 어둠속에서 발을 헛딛을까 염려함이 아니랴?

동굴의 왼편에서 벼랑을 따라 남쪽으로 나아가자, 바위등성이가 동 굴 꼭대기에서 암벽에 붙은 채 쭉 드리워져 내려온다. 암벽 사이로 봉 긋 솟은 자국은 겨우 대여섯 치이지만, 영락없이 비늘이나 껍데기와 같 고, 어떤 것은 크고 어떤 것은 가늘다. 이것은 현룡척(懸龍脊)으로, 흡사 신룡(神龍)이 떠서 움직이는 듯하다. 그 아래의 서쪽으로 물길 옆을 굽어 보니, 밭 모양의 바위가 많이 있다. 이것은 십팔룡전(十八龍田)이다.

동굴 오른편에서 벼랑을 따라 동쪽으로 나아가자, 바위 자국이 나 있 다. 이 역시 동굴 꼭대기에서 암벽에 붙은 채 쭉 드리워져 내려오고, 무 늬가 가늘고 그림자가 엷다. 이것은 사퇴피(蛇退皮)로서, 과연 뱀의 허물 이 달라붙어 있는 듯한 모습이다. 그 서쪽으로 틈새를 기어오르자, 밝은 창이 높이 걸려 있다. 창은 스무 길 높이에 매달려 있다. 높은 암벽이 가파르게 솟아 있는데, 곁에는 칼날 모양의 흔적이 수없이 뒤섞여 있다.

바위 흔적을 좇아 올라가자 그 입구는 훤히 넓어진다. 북쪽을 향해 뻗어 있는 입구는 가로 세로가 각각 세 길 남짓이며, 밖으로는 높다란 비탈을 굽어보고 위로는 가파른 암벽에 의지하고 있다. 이 동굴은 물동 굴의 동쪽에 있는데, 다만 위아래가 너무 멀리 떨어져 있을 따름이다. 입구 안은 우뚝 치솟은 기둥과 정면으로 마주하고 있다. 기둥의 남서쪽 은 곧 반원형 다리의 구멍에서 가운데로 통하는 위층이다.

나는 밝은 창으로 기어오른 뒤, 곧바로 내려와 현룡척과 사퇴피를 구 경했다. 이어 반원형 다리에서 내려와 동굴 밖으로 나와, 동굴 입구의 바위 위에서 식사를 했다. 바위는 시를 새겨놓은 비석인데, 놀이객이 이

것을 가져다가 평대로 삼아 음식을 차렸던 것이다. 시는 장환(張渙)과 심사충(沈思充)이 지은 것이다. 시는 그다지 뛰어난 편은 아니지만, 장환이 쓴 필체는 대단히 씩씩하여 볼 만했다. 시를 새긴 비석은 오래도록 전해지기를 바랐을 터이지만, 음식을 차리는 도구로 쓰이는 바람에 닳아 흐릿해져 오래 보존할 수 없을 듯하다. 그래서 서둘러 종이와 붓을 꺼내 옮겨 적었다.

이어 안쪽 동굴로 들어가 반원형 다리의 위층에 오르고 싶었다. 그러나 벼랑의 암벽이 높고 험준한지라 세 번이나 오르려 했지만 끝내 물러서고 말았다. 나중에 밝은 창의 남동쪽에 올라 우뚝 치솟은 기둥의 허리를 붙들고서 기둥의 남쪽으로 빠져나왔다. 반원형 다리의 위층을 반듯이 바라보니, 대단히 평탄하고도 가깝다. 다만 까마득한 암벽에 바위 자국이 전혀 없고 위아래에 온통 붙들거나 내딛을 만한 곳이 없는지라, 코앞조차도 건너가기가 어려웠다.

여기에서 다시 내려와 동굴을 나왔다. 해는 어느덧 뉘엿뉘엿 기울고 있었다. 동굴 입구의 시내 바위 사이에서 옷을 벗고서 목욕을 했다. 반 년 사이에 긴 때를 깨끗한 시냇물로 씻어내니, 참으로 상쾌했다. 얼마 후 먼지를 깨끗이 털어내고서 길에 올랐다. 홀연 벼랑위에서 노랫소리와 함께 웃음소리가 들려왔다. 동굴 속에 어떻게 갑자기 사람이 있게 되었는지 의아스러워 고개를 돌려 바라보니, 밝은 창 바깥의, 동쪽 벼랑이 가파른 곳에 사람의 그림자가 어른거렸다. 나는 "이 산의 신령함이 나를 부르니, 이 기회를 놓쳐서는 안되지"라고 말했다.

이에 앞서 나는 물동굴 위에 불감이 있다는 말을 듣고 가보았는데, 아무리 찾아도 보이지 않았다. 밝은 창 밖에서 동쪽을 바라보니, 층층의 벼랑이 높이 솟구쳐 있는지라, 마음속에 기이한 느낌이 들었다. 그러나 붙잡고 기어오를 만한 자국이 보이지 않았다. 물동굴을 나와 길을 찾으니, 곁에 오솔길이 풀숲 속에 보일 듯 말 듯 숨어 있었다. 밝은 창으로 기어오르는 길인 듯 싶었다. 이 일대는 낭떠러지일 뿐이며 층계가 없다고 여기던 참이었는데, 뜻밖에 소리가 들려왔던 것이다. 그래서 급히 지팡이를 돌려 올라가기로 했다.

처음에는 밝은 창 아래를 향하다가 곧바로 동쪽으로 돌아들어 수십 층의 층계를 올랐다. 이어 험준한 벼랑의 발치에 오르자, 구멍이 갈라져 문을 이루고 있다. 이 문은 북쪽을 향해 있는데, 문 안쪽의 높이는 두 길 남짓이고 깊이 역시 엇비슷하다. 왼쪽에는 옆 동굴이 앞으로 뚫려 있고, 갈라진 틈새와 드리워진 격자창 모양의 바위조각이 많은데, 스님이 바위로 틈새를 막아 방으로 꾸며 놓았다. 오른쪽에는 뒤쪽으로 터져 있는 가파른 골짜기가 있고, 위에는 자욱한 안개가 휘감고 있으나, 가파른지라 오르지 못했다.

동굴 안에는 세 개의 불상이 놓여 있고, 스님 한 분이 그 사이에 거처하고 있다. 이곳에서 전에 만났던 유람객들이 술단지를 들고 와 마시고 있었다. 그 소리가 아니었더라면 나는 아득히 성으로 돌아온 채 물동굴의 바깥에 이 동굴이 더 있음을 알지 못했을 것이다. 술을 마시는 이들의 하인은 옷차림이 매우 훌륭했다. 생각건대 한림인 왕(王)씨의 자제들임에 틀림없을 것이다. 나는 멀리서 바라보면서 그들을 지나쳤다.

산을 내려와 시내를 따라 물길을 거슬러 2리를 가자 한길이 나왔다. 이곳은 남문교(南門橋)이다. 남문을 따라 들어가 산비탈을 올라 북쪽으로 나아갔다. 성안은 황량하기 그지없고 띠집은 어지러이 흩어진 채 더 이상 줄지어 있지 않았다. 동쪽 아래는 관아인데, 온전한 관공서가 한 군데도 없었다. 수괴 안방언(安邦彦)이 반란을 일으켰을 때 성이 파괴되어 황폐해진 뒤, 오늘날까지 회복되지 못했던 것이다. 북문을 나와 여인숙으로 돌아갔다. 이날 밤 짐꾼을 찾았으나 구하지 못한 채, 잠자리에 들었다. (순안대인은 이날 아침에 귀로에 올랐다.)

---

1) 아방궁(阿房宮)은 진(秦)나라의 궁전이며, 미앙궁(未央宮)은 한(漢)나라의 궁전이다. 이 두 궁전은 규모가 대단히 크고 웅장하며 화려하다.

5월 초나흘

짐꾼을 찾았으나 구하지 못하여 여인숙에서 기다렸다. 잠시 북쪽의 절을 이리저리 거닐었으나, 오직 텅 빈 누각만 있을 뿐 적막에 휩싸인 채 아무도 없었다. 이곳은 지어지다가 아직 완공되지 않은 상태였다. 여인숙으로 돌아와 답답한 마음으로 잠자리에 누웠다.

5월 초닷새

여전히 짐꾼을 구하지 못했다. 날이 밝을 무렵 부슬비가 내리다가 그쳤으나, 구름이 사방에 자욱이 깔려 있다. 이날은 단오절인지라, 시장에는 창포와 쑥을 파는 이가 많았다. 웅황은 이 일대에서 생산되는데, 역시 커다란 덩어리는 보이지 않았다. 저자에는 고기는 있으나 생선은 없었다. 나는 여인숙에 우두커니 앉아 있었다. 주머니의 돈이 다 떨어졌는지라 시름을 풀어줄 탁주조차 살 수 없었다. 작년에 치산(雉山)에 있을 적의 즐거움을 떠올려보니, 하늘과 땅의 차이이다.

5월 초엿새

밤비가 새벽까지 이어졌다. 짐꾼은 여전히 구하지 못했다. 정오가 지난 뒤 김중보(金重甫)라는 사람을 만났다. 마성(麻城) 사람인 그는 장사꾼이자 선비이다. 그는 내가 지니고 있던 여러 사람의 두루마리를 얻어보았다. 그는 나를 위해 두루 짐꾼을 찾아보았으나, 끝내 오는 이가 없었다.

5월 초이레

주머니 속의 돈은 나날이 바닥이 나는데, 짐꾼은 구하지 못한 채 하루하루가 흘렀다. 답답하기 짝이 없었다. 이날 아침 김중보가 형주(荊州)로 간다고 하기에, 나는 편지를 써서 식위(式圍) 숙부에게 부쳤다. 오후에 그가 술을 가져와 대접했다. 비록 매우 적긴 하지만, 마음은 절로 흥겨웠다.

5월 초여드레

짐꾼을 기다리노라니 온 사람도 있었다. 그렇지만 못된 여인숙 주인(즉 부심화이다. 나의 돈을 훔쳐간 자이다)이 삯을 높여 가로막는 바람에 그냥 떠나보낼 수밖에 없었다. 오후에 마부를 구했다. 비싼 삯을 주기로 했는데, 어찌할 도리가 없었다. (내가 못된 사람을 만난 경우는, 형양(衡陽)에서 약탈했던 강도, 구장보(狗場堡)의 사기꾼, 그리고 이곳 숙소에서 돈을 훔쳐간 것 등 모두 세 차례였다. 이곳 숙소에서 훔쳐간 자를 처음에는 마부라 의심했으나, 나중에야 여인숙의 주인인 부심화임을 알게 되었다. 사람이 이처럼 양심이 없다니! 약탈했던 강도, 속여 빼앗은 사기꾼은 잠시 차치하더라도, 남녕(南宁)의 양중우(梁冲宇), 보단(宝檀) 스님, 그리고 이 자는 모두 남을 해치려는 마음을 품고 있다. 내가 만리 밖의 혈혈단신으로서, 그의 호랑이 아가리에서 벗어난 것만도 다행이도다!)

5월 초아흐레

동틀 무렵, 짐을 마부에게 부치고 김중보와 작별하여 길을 나섰다. 이날 아침에는 구름기운이 자욱했다. 보안성 북문 바깥을 흐르는 첫 번째 시내의 다리 북쪽에서 서쪽 골짜기를 따라 들어섰다. 세무서 앞을 지나 차츰 남서쪽으로 돌아들어, 조그마한 시내의 서쪽 언덕을 거슬러 나아갔다. 서쪽의 산은 높다랗고, 자그마한 폭포는 거듭 산꼭대기에서 매달린 채 쏟아져 내렸다.

남쪽으로 5리를 가서야 남서쪽으로 비탈을 올랐다. 이 비탈은 운남파(雲南坡)이다. 처음의 2리길은 약간 완만하더니, 1리 반 길은 대단히 험준하다. 등성이 하나를 넘어 서쪽으로 가다가 움푹 꺼진 곳을 올라 1리를 가자, 마안령(馬鞍嶺)이 나타났다. 마안령을 넘어 서쪽으로 나아가다가 고개의 서쪽을 따라 남서쪽으로 나아갔다. 여기에서 고갯마루를 오르락내리락하면서 구불구불 남서쪽으로 나아가는데, 그다지 높거나 깊지는 않았다.

5리를 가서 움푹한 평지 속으로 약간 내려갔다. 이곳은 요자초(坳子哨)이다. (이에 앞서, 초소마다 검문을 받는 번거로움을 겪었다. 이곳은 첫 번째 초소이다. 오늘에야 금령을 받들어 한 군데로 합친지라 지날 적에 검문하는 이가 없었다.) 다시 남쪽으로 움푹 꺼진 곳을 넘어서자, 비가 세차게 쏟아졌다.

계속해서 앞으로 나아가 커다란 봉우리의 서쪽을 오르내리면서 비를 무릅쓴 채 15리만에 해자포(海子鋪)에 이르렀다. 산속에 움푹한 평지가 약간 열리더니 매우 커다랗게 펼쳐져 있다. 평지 속에 못이 있는지라 '해자'라 일컬었던 것이다. 그 남쪽에 조그마한 성이 있는데, 이곳은 중화포(中火鋪)이다. 보안위에는 스물두 곳의 초소가 있다. 모두 이곳에서 초소 통행세를 받는다. 이 때문에 지나는 이들이 버거워했다. (이전에는 각각의 초소마다 나누어 받았는데, 지금은 이곳에서 한꺼번에 받는다.) 초소의 우두머리는 마방에게 재물을 강요했지만, 우리 일행을 보고는 별로 까다롭게 굴지 않았다.

나는 성에 들어가, 저자에서 식사를 했다. 다시 남문을 나와 남쪽의 산에 올랐다. 5리를 가서 마방을 만났다. 그들은 마침 산비탈에서 풀을 뜯기고 있었다. 비가 다시 세차게 뿌리는지라, 나는 앞서 길을 떠났다. 오르락내리락하면서 계속해서 동쪽의 커다란 산에 의지하여 남쪽으로 나아갔다. 양쪽에는 말라붙은 우물이나 움푹 꺼진 구덩이가 많이 있으나, 물이 어디에서 흘러나가는지 알 수 없다.

5리를 더 가자, 대하포(大河鋪)가 나왔다. 물길은 대하포의 동쪽에서 완만하게 비탈 아래로 쏟아지다가 제멋대로 질펀하게 골짜기 속으로 흘러가고, 길은 물길을 따라 남쪽으로 나아간다. 날이 금방 말끔하게 개이더니, 홀연 구름 사이로 봉우리가 드러난다. 남서쪽에 대단히 높은 산이 보이는데, (토박이들은 흑산黑山이라 일컬었다.) 자욱한 구름에 휩싸여 있다가 마침 한 자락을 드러낸다. 쭉 위쪽으로 하늘과 맞닿아 있다.

산을 바라보면서 5리를 달려갔다. 대하(大河)의 강물이 어느덧 차츰 깊은 구덩이 속으로 떨어져 내렸다. 강물은 북서쪽의 갈라진 골짜기로 흘러가는 듯하다. 길은 남동쪽으로 고개를 따라 골짜기를 뚫고서 동쪽으로 뻗어내린다. 산이 움푹한 평지를 빙 두르고 있다. 그 속의 웅덩이가 못을 이룬 채 물이 가득 차 있다. 사방이 온통 높으니, 물이 어디로 흘러나가는지 알 수 없다.

다시 동쪽의 움푹 꺼진 곳을 가로질러 내려갔다. 움푹한 평지 속에는 웅덩이가 못을 이루고 있다. 이곳의 못은 비록 앞의 못과 높낮이의 차이는 있지만, 고인 물이 빠져 나갈 길이 없음은 마찬가지이다. 다시 동쪽으로 남쪽 봉우리를 따라 돌아들어 그 동쪽을 넘었다. 동쪽에는 움푹한 평지가 훤히 펼쳐진 채 깊이 휘감아 돌고 멀리 엇섞여 있고, 아래에는 수많은 밭두둑이 구렁을 빙 두르고 있다. 추측컨대, 이곳은 단하산 남쪽이자 산람동 남서쪽일 것이며, 구렁 바닥을 흐르는 물은 북쪽으로 산람동을 뚫고 흘러가리라. 토박이에게 확인해보니, "서쪽 봉우리 아래에 물이 흘러드는 동굴이 있는데, 동굴로 떨어진 물이 어디로 흘러나가는지 알 수 없소"라고 대답했다.

서쪽 봉우리에서 조금 내려와 모두 5리를 갔다. 이곳은 하랑포(何郞鋪)이다. 하랑포를 넘은 뒤 남쪽으로 나아가다가, 고개를 올라 계속해서 동쪽 고개에 의지하여 나아갔다. 멀리 바라보니, 구름에 뒤덮인 높은 봉우리가 어느덧 북서쪽에 자리한 채, 모습이 나타났다 사라졌다 한다. 구름이 일어나고 비가 내리는 것은 모두 이 봉우리로 말미암은 것이다. 비록 산속에 내리는 비의 기상조건이야 일정치 않지만, 뭇산은 그저 시키면 시키는 대로 순순히 따를 뿐인 듯하다.

동쪽의 고개를 따라 남쪽의 골짜기 속으로 내려오자, 시내가 남쪽에서 흘러온다. 시내를 거슬러 시내의 동쪽 언덕을 나아갔다. 모두 5리를 가자, 길은 문득 물길에서 서쪽 언덕으로 건너간다. 그러나 갑자기 쏟아진 비로 불어난 물이 깊고 사나운지라 넘을 수가 없었다. 막 옷을 벗고 건너려는데, 홀연 동쪽 산 위에서 누군가가 건너지 말라고 외치면서, 동쪽의 고개를 올라가라고 했다. 나는 그의 말을 좇아 가시덤불을 헤치면서 동쪽의 고개로 올라갔다.

잠시 후 오솔길이 나왔다. 오솔길을 따라 남쪽으로 2리를 나아가, 북쪽에서 뻗어오는 한길을 만났다. 이 길은 과연 동쪽 고개 위에서 내려오는 길이었다. 아마 시내를 건너는 길은 서쪽 길이고 고개를 따라가는 길은 동쪽 길인데, 물이 마르면 서쪽 길을 가고, 물이 불어나면 동쪽 길을 따르는 것이리라. 서쪽의 물길 가운데에 한 줄기 깊이 패인 구덩이가 있다. 물이 말랐을 때에는 판자를 가로걸쳐 건넜을 터인데, 지금은 불어난 물에 잠겨 흔적도 보이지 않았다. 그 사람이 멀리서 외쳐 부르지 않았더라면, 무모하게 위험을 무릅쓰지 않을 수 없었으리라.

동쪽 고개에서 1리를 내려오자, 한길이 서쪽으로 시내에 바짝 다가서 있다. 길 위는 몇 치나 되는 물에 질펀하게 잠겨 있는지라, 옷을 걷어붙인 채 거슬러 나아갔다. 1리를 가자 시내 위에 돌다리가 걸쳐져 있다. 남쪽에서 동쪽 산의 기슭으로 흐르는 이 시내는 여기에 이르러 서쪽으로 꺾여 흐르다가, 다리 아래를 따라 서쪽 산의 기슭에 이르러 북쪽으로 돌아들어 흘러간다. 아마 이 시내는 남서쪽의 화소포(火燒鋪) 서쪽의, 물길이 나뉘는 고개에서 발원하여 (『지』에 따르면, 물길이 나뉘는 고개는 보안성의 남서쪽 120리에 있다고 했으니, 곧 이곳이다.) 북쪽으로 흐르다가, 이곳을 거친 뒤 북쪽의 흑산과 하랑(何郎)의 남쪽에 이를 것이다. 그런데 어디로 새어나가는지 알지 못하고, 토박이들 가운데에도 자세히 아는 이가 없다.

돌다리의 서쪽 기슭에는 구멍들이 어지러이 '역(亦)'자처럼 종횡으로 늘어서 있는지라, 이곳을 역자공(亦字孔)이라 일컬었다. 그런데 오늘날에는 역자공(亦資孔)이라 잘못 부르고 있으니, 이는 현지의 방언이 섞여든 탓이다. 다리 남쪽에서 반리 되는 곳이 바로 역자공역(亦字孔驛)이다. 이곳에는 서쪽 산 아래에 기대어 성이 있고, 성 동쪽을 감돌아 물길이 흐르고 있다. 이곳에 이르자, 우레와 함께 비가 거세게 내렸다. 서문 안의 주(周)씨네 가게에서 묵었다.

원문

戊寅 四月二十五日 晨起, 自<u>鼎站</u>西南行. 一里餘, 有崖在路右, 上下各有洞, 洞門俱東南向, 而上洞尤空闊, 以高不及登. 路左壑已成澗, 隨之南半里, 山迴壑盡, 脊當其前, 路乃上躋, 水則自其下入穴. 盤折二里, 逾坳脊, 是爲<u>梅子關</u>. 越關而西, 路左有峽, 復墜坑而下, 東西徑一里, 而西復迴環連脊. 路循其上平行而西, 復逾脊, 始下陟. 二里, 又盤塢中山西南轉, 二里, 復西北上, 一里, 是爲<u>黃土壩</u>. 蓋鼎站之嶺, 至此中降, 又與西嶺對峙成峽, 有土山中突而連屬之, 其南北皆墜峽下, 中踞若壩然, 其云黃土壩者以此. 有數家倚西山而當其坳, 設巡司以稽察焉. 又上逾嶺脊, 共五里爲<u>白雲寺</u>. 於是遂西南下, 迤邐四里, 途中扛擔絡繹, 車騎相望, 則<u>臨安道母忠</u>, 以欽取入<u>京</u>也. 司道無欽取之例, 其牌如此, 當必有說. 按<u>母</u>, <u>川</u>人, 本鄉薦,[1] 豈果有卓異特達聖聰耶? 然聞<u>阿迷</u>之僭據未復, 而興扛之紛紜實繁, 其才與操, 似俱可議也. 又至塢底, 西北上一里, 爲<u>新鋪</u>. 由鋪西稍逾嶺頭, 遂直垂垂下.

五里, 過白基觀. 觀前奉眞武, 後奉西方聖人, 中頗整潔. 時尙未午, 駝騎
方放牧在後, 余乃入後殿, 就淨几, 以所攜紙墨, 記連日所遊; 蓋以店肆雜
沓, 不若此之淨而幽也. 僧檀波, 甚解人意, 時時以茶蔬米粥供. 下午, 有象
過, 二大二小, 停寺前久之. 象奴下飮, 瀕去, 象輒跪後二足, 又跪前二足,
伏而候升. 旣而駝騎亦過, 余方草記甚酣, 不暇同往. 又久之, 雷聲殷殷, 天
色以雲幕而暗, 辭檀波, 以少禮酬之, 固辭不受.

初, 余以爲去盤江止五里耳, 至是而知駝騎所期舊城, 尙在盤江上五里,
亟爲前趨. 乃西向直下三里, 有枯澗自東而西, 新構小石樑跨之, 曰利濟橋.
越橋, 度澗南, 又西下半里, 則盤江沸然, 自北南注. 其峽不闊而甚深, 其流
渾濁如黃河而甚急. 萬山之中, 衆流皆淸, 而此獨濁, 不知何故? (余三見此流
: 一在武宣入柳江, 亦甚濁; 一在三鎭北羅木渡, 則淸. 一在此夏濁, 想淸乃涸時也.)

循江東岸南行, 半里, 抵盤江橋. 橋以鐵索, 東西屬兩崖上爲經, 以木板
橫鋪之爲緯. 東西兩崖, 相距不十五丈, 而高且三十丈, 水奔騰於下, 其深
又不可測. 初以舟渡, 多漂溺之患; 壘石爲橋, 亦多不能成. 崇禎四年, 今布
政朱, (名家民, 雲南人.) 時爲廉憲,[2] 命普安遊擊[3]李芳先, (四川人.) 以大鐵鏈
維兩崖, 鏈數十條, 鋪板兩重, 其厚僅八寸, 闊八尺餘. 望之飄渺, 然踐之則
屹然不動, 日過牛馬千百群, 皆負重而趨者. 橋兩旁, 又高維鐵鏈爲欄, 復
以細鏈經緯爲紋. 兩崖之端, 各有石獅二座, 高三、四尺, 欄鏈俱自獅口出.
東西又各跨巨坊. 其東者題曰 ; ‘天塹雲航’, 督部朱公所標也; 其西者題曰;
‘□□□□’, 傅宗龍時爲監軍御史所標也. 傅又豎穹碑, 題曰‘小葛橋’, 謂諸
葛武侯以鐵爲瀾滄橋, 數千百載, 乃復有此, 故云. 余按, ‘渡瀾滄爲他人’,
乃漢武故事, 而瀾滄亦無鐵橋; 鐵橋故址在麗江, 亦非諸葛所成者. 橋兩端
碑刻祠宇甚盛, 時暮雨大至, 不及細觀. 度橋西. 已入新城門內矣. 左轉瞰
橋爲大願寺. 西北循崖上, 則新城所環也. 自建橋後, 增城置所, 爲鎖鑰之
要云. 聞舊城尙在嶺頭五里, 急冒雨竭撅躋級而登. 一里半, 出北門. 又北
行半里, 轉而西, 逶迤而上者二里, 雨乃漸霽. (新城內所上者峻, 城外所上者坦.)
西逾坳, 循右峰北轉, 又半里, 則舊城懸嶺後岡頭矣. 入東門, 內有總府鎭

焉. 其署與店舍無異. 早晚發號用喇叭, 聲亦不揚, 金鼓之聲無有也. (青崖總
兵姓班, 三汊總兵姓商, 此間總兵姓胡. 添設雖多, 而勢不尊矣.) 是夜, 宿張齋公家;
軍人也.

---

1) 명대에 3년에 한 차례 각 성에서 실시되는 과거를 향시라고 하며, 향시에 합격한
   거인을 영향천(領鄕薦)이라 일컫는다.
2) 염헌(廉憲)은 안찰사에 대한 경칭이다.
3) 명대에는 변구 수비대에 유격장군을 설치하여 주둔지의 방어를 응원케 했는데, 이
   를 유격(遊擊)이라 한다.

二十六日 馳馬前發, 余飯而出舊城西門. 始俱西南行, 從嶺塢升降. 五里,
有一、二家在南隴下, 爲保定鋪. 從其側西上嶺, 漸陟隆崇. 三里, 忽有水
自嶺峽下. 循峽而上, 峽中始多田塍, 蓋就水而成者. 又上二里, 是爲涼水
營. 由營西復從山塢透迤而上, 漸上漸峻. 又五里, 遇馳馬方牧, 余先發. 將
逾坳, 坐坳下石間少憩, 望所謂海馬嶂者, 欲以形似求之. 忽有人自坳出,
負罌汲水, 由余前走南岐去. 余先是望南崖迴削有異, 而未見其岐, 至是亟
隨之. 抵崖下, 則穹然巨洞, 其門北向, 其內陷空而下, 甚宏. 其人入汲於石
隙間, 隨處而是, 皆自洞頂淙淙散空下墜, 土人少鑿坯承之. 水從洞左懸頂
下者最盛, 下有石臺承之; 臺之側, 鑿以貯汲者. 洞從右下者最深, 內可容
數百人, 而光明不閟, 然俱無旁隙別竅, 若堵牆而成者也. 出洞, 仍由舊路
出大道. 登坳卽海馬嶂, 有眞武閣跨坳間. 余入憩閣間, 取筆楮記遊, 而馳
馬已前去. 久之乃行. 其內卽爲海馬鋪, 去城十里矣. 其處北兩日半程爲小
米馬場, 有堡城下臨盤江, 隔江卽水西地; 南兩日程爲乖場河, 水漲難渡,
卽出鉛之所也. 又西循南嶺而行, 見其塢皆北向墜, 然多中窪而外橫亘者.
連西又稍上二平脊, 共三里, 則北度而矗者, 其峰甚高, 是爲廣山. 其上李
芳先新結浮屠,[1] 爲文曲星, 蓋安南城東最高之巔也. 又西二里爲茶庵,[2] 其
北有山, 欹突可畏, 作負嵎[3]之勢者, 舊名歪山, 今改名威山. 余望之有異,
而亟於趨城, 遂遵大路而西. 又三里, 復逾一阜. 又二里, 稅駕於安南城之

東關外逆旅陳貢士家.

1) 부도(浮屠)는 불교 용어로서, 부처 혹은 불탑을 의미한다.
2) 다암(茶庵)은 교통의 요지에서 차를 팔면서 여행객에게 쉼터를 제공하는 초막을 가리킨다.
3) 부우(負嵎)는 산모롱이나 험준한 산세에 의지함을 의미한다.

二十七日 駝馬已發, 余乃飯. 問知城東五里, 由茶庵而北, 有威山, 山間有洞, 從東透西; 又有水洞, 其中積水甚深, 其前正瞰衛城. 遙指其處, 雖在山巓, 然甚近也. 乃同顧僕循昨來道, 五里, 東抵茶庵, 遂由岐北向入山. 一里, 抵山左腋, 則威山之脈, 自北突而南, 南聳而北伏, 南削而北垂, 東西皆亘崖斜騫而南上; 從南麓復起一小峰, 亦如之. 入東峽又一里, 直抵山後, 則與東峰過脊處也. 由脊北下, 甚深而路蕪; 由脊西轉, 循山北峰之半西行, 路蕪而磴在. 循之行, 則北塢霾霧從塢中起, 瀰漫北峰, 咫尺不可見; 而南面威山之北, 惟行處猶朗, 而巓亦漸爲所籠. 西行半里, 磴乃南上. 拾級而登者半里, 則峰之北面, 全爲霧籠矣. 乃轉東北上, 則東崖斜騫之上也. 石脊甚狹, 由東北上西南, 如攀龍尾而升. 復見東南峰外, 澄霄麗日, 遙山如靛; 余所行之西北, 則彌淪如海, 峰上峰下, 皆入混沌, 若以此脊爲界者. 蓋脊之東南, 風所從來, 故夙霾淨捲; 脊之西北, 風爲脊障, 毒霧遂得倚爲窟穴. 予夙願一北眺盤江從來處, 而每爲峰掩, 至是適登北嶺, 而又爲霧掩, 造化根株,[1] 其不容人窺測如此!

攀脊半里, 有洞在頂崖之下, 其門東向, 上如合掌. 稍窪而下, 底寬四五丈, 中有佛龕僧榻, (遺飯猶存, 而僧不知何往.) 兩旁頗有氤氳之龕. 其後直透而西, 門乃漸狹而低, 亦尖如合掌. 其門西逼山腹而出, 約七丈餘, 前後通望而下不見者, 以其高也. 出後門, 上下俱削崖疊石. 路緣崖西南去十餘丈, 復有洞西向, 門高不及丈, 而底甚平, 深與闊各二丈. 而洞後石縷繽紛, 不深而幻, 置佛座其中, 而前建虛堂, 已圮不能存. 其前直瞰衛城, 若垂趾可及, 偶霧氣一吞, 忽漫無所睹, 不意海市蜃樓, 又在山阿城郭也. 然此特洞外者也. 由洞左旁竅東向入, 其門漸隘而黑. 攀石闌上, 其中坎砢欹嵌, 窪窐不一, 皆貯水滿中而不外溢. 洞頂滴瀝, 下注水池, 如雜珮繁絃, 鏗鏘遠近. 洞內漸轉東北, 勢似宏深淵墜, 旣水池高下, 無可著足, 而無火炬遙燭, 惟從黑暗中聽其遙響而已. 余所見水洞頗多, 而獨此高懸衆峰之頂, 又瀦而不流, 無一滴外泄, 向所望以爲獨石凌空, 而孰意其中乃函水之具耶. 出洞, 仍循崖而北, 入明洞後門, 抵前洞. 從僧榻之左, 有旁竈可登, 攀而上之, 則有隙西透, 若窗而岐爲兩. 其後復有洞門西向, 在崖路之上, 其門頗敞, 第透隙處, 雙櫺逼仄, 只對外窺, 不能穿之以出耳. 先是余入前洞, 見崖間有鐫'三明洞'三字者, 從洞中直眺, 但見前後, 而不知旁觀更有此異也.

下洞, 由舊路三里, 出茶庵, 適按君馮(士俊), 以專巡至. 從來直指巡方, 不逾關嶺、盤江, 馮以特命再任, 故歷關隘至此耳. 時旌旗穿關逾坳, 瞻眺之, 空山生色. 第隨其後抵安南, 不免徒騎雜沓, 五里之程, 久乃得至. 乃飮於陳氏肆中. 遂入東門, 西抵衛前, 轉南而出南門. 南向行嶺峽間, 共平上二里, 有脊自西北度東南, 度處東平爲塍, 西忽墜坑深下, 有小水自坑中嘲嘲出. 路隨之, 西循北崖下墜, 卽所謂烏鳴關也, 土人呼爲老鴉關. 西向直下一里, 有茶庵跨路隅, 飛泉夾灑道間, 卽前嘲嘲細流, 至此而奔騰矣. 庵下崖環峽仄, 極傾陷之勢. 又曲折下半里, 泉溢浹道, 有穹碑, 題曰: '甘泉勝迹'. 其旁舊亦有享, 已廢, 而遺址豐碑尙在, 言嘉靖間有僧施茶膳衆, 由嶺下汲泉甚艱. 一日疏地得之, 是言泉從僧發者. 余憶甘泉之名, 舊『志』有之, 而嘲嘲細流, 實溢於嶺上, 或僧疏引至此, 不爲無功, 若神之如錫卓[2]龍移, 則不然也.

又拾級西南下一里, 下抵峽口, 循西崖之足, 轉而西行, 北則石崖排空, 突兀上壓; 南則墜壑下盤, 坵垤縱橫, 皆犁爲田. 雖升降已多, 猶平行山半也. 又西半里, 有泉自北崖裂隙間宛轉下注, 路經其前, 爲架橋橫度, 泉落於橋內, 復從橋下瀉峽去. 坐橋上仰觀之, 崖隙欹曲, 泉如從雲葉[3]間墮出, 或隱或現, 又瀑布一變格也. 循崖又西, 迤邐平上, 兩過南度之脊, 漸轉西北, 共五里, 爲烏鳴鋪. 復西北下峽間, 一里餘, 有小水, 一自東峽來, 一自北峽來, 各有石樑跨之, 合於路左而東南去. 度兩石橋, 又西南上嶺, 一里, 從嶺頭過一哨, 有數十家夾道. 又從嶺上循北界大山西向行, 其南復平墜成壑, 下盤錯爲田甚深. 其南遙山與北界環列者, 聳如展屏, 而北角獨尖豎而起. 環此壑而東度土脊一支, 遙屬於北界大山, 所過嶺頭夾哨處, 正其北屬之脊也. 余先是從海馬嶂西, 卽遙從嶺隙見西峰繚繞, 而此峰獨方頂, 逈出如屛. 問騎夫: "江西坡卽此峰否?" 對曰: "尙在南." 余望其坳入處反在北, 心惑之, 至是始知其卽東向分支之脊, 路雖對之行, 而西坡實在其北. 循北嶺升降曲折, 皆在峰半行. 又西北二里, 西南二里, 直墜坡而下者二里, 緣嶺西轉者一里, 是爲納溪鋪; 蓋在北崖南墜之下, 雖所下已多, 而猶然土山之脊也. 由鋪西望, 則東西山又分兩界, 有水經其中, 第此兩界俱支盤隴錯, 不若關嶺之截然屛夾也. 復西南下一里半, 有水從東崖墜坑而出, 西懸細若馬尾. 從其北, 路亦墜崖而下. 又二里餘, 抵塢中, 巨橋三門, 跨兩隴間, 水從東一門湧而北出, 其西二門, 皆下平爲田, 豈水涸時耶? 其水自西南諸峽中, 各趨於橋之南, 墜峽而下, 經橋下, 北注而出於盤江上流, 其'納溪'之名以此耶? 度橋, 復西北上嶺, 是爲江西坡, 以嶺在溪之西也. 路從夾岡中透壁盤旋而上, 一里, 出夾, 復拾級上. 一里, 得茅庵, 在坡之半. 又北上拾級, 半里, 抵嶺頭, 其北有峰夾塢, 尙高; 東望納溪鋪之綴東崖者, 高下正與此等. 於是又西向平陟嶺間二里, 挾南峰轉循其西, 又西向行半里, 則嶺上水多左右墜. 又東北下轉, 則一深塹甚逼, 自西南墜東北, 若劃山爲二者. 度小石樑而西, 又西北逾嶺頭, 共一里而入西坡城之東南門, 是爲有嘉城.

---

1) 근주(根株)는 식물의 뿌리와 줄기를 의미하며, 흔히 사물의 토대나 기초를 비유한다.
2) 석탁(錫卓)은 스님이 들고 다니는 지팡이로서, 지팡이 머리에 주석으로 만든 고리를 달아놓았다. 전설에 따르면, 고대의 법력이 높은 스님이 지팡이로 땅바닥을 치면 샘물이 솟아나왔다고 한다.
3) 운엽(雲葉)은 구름조각 혹은 빽빽한 잎사귀를 의미한다.

二十八日 出西坡城之西北門, 復西向陟嶺. 盤折而上二里, 始升嶺頭, 其北嶺尙崇. 循其南而西, 又二里, 望西北一峰, 甚近而更聳, 有霧籠其首, 以爲抵其下矣. 又西一里, 稍降而下, 忽有脊中度, 左右復中墜成峽, 分向而去, 其度脊闊僅二尺, 長亙二三丈而已, 爲東西聯屬之蔕. 始知西坡一山, 正如一芝側出, 東西徑僅十里, 南北兩垂, 亦不過二三十里, 而此則其根蔕所接也. 度脊, 始上雲籠高峰. 又二里, 盤峰之南, 是爲<u>倪納鋪</u>. 數十家後倚高峰, 南臨遙谷, 前所望方頂屛列之峰, 正亙其南. 指而詢之, 土人曰: "是爲<u>冤場營</u>. 其南爲馬場營, 最南爲<u>新</u>、<u>安</u>二所." [新爲<u>新城所</u>, 安爲<u>安籠所</u>, 卽與<u>廣西安隆</u>土司爲界者.] 由鋪之西半里, 有脊自山前塢中南度, 復起山一支, 繞於鋪前. 脊東西流水, 俱東南入<u>納溪橋</u>之上流者, 第脊西之流, 墜峽南搗甚逼. 又稍北, 循崇山而西半里, 有脊自南嶺橫亙而北, 中平而不高, 有堡樓峙脊間, 是爲<u>保家樓</u>. (已爲儸儸哨守之處.) 其脊自西南屛列而來, 至此北度, 東起而爲高峰, 卽倪納後之霧籠者; 西亙而成石崖, 卽與來脊排闥爲西夾塢者. 由脊北循石崖直西, 行夾塢之上, 是爲<u>三條嶺</u>. 西四里, 石崖垂盡, 有洞高穹崖半, 其門南向, 橫拓而頂甚平; 又有一斜裂於西者, 其門亦南向, 而門之中有懸柱焉. 其前塢中水繞入西南峽, 路乃稍降. 復西上嶺坳, 共三里, 爲<u>芭蕉關</u>. 數十家倚北山南突之坳間; 水繞突峰之南, 復北環關西而出; 過關, 則墜峽而下, 復與水遇. 是爲<u>普安</u>東境之要害, 然止鋪舍夾路, 實無關也.

由其西降峽循水, 路北重崖層突, 多赭黑之色. 聞有所謂'弔崖觀音'者, 隨崖物色之. 二里, 見崖間一洞, 懸踞甚深, 其門南向而無路. 乃攀陟而登, 則洞門圓僅數尺, 平透直北十余丈而漸黑, 似曾無行跡所入者. 乃返出洞口, 則滿地白骨, 不知是人是畜也. 仍攀崖下, 又西有路, 復北上崖間, 其下門多牛馬憩息之所, 汚穢盈前; 其上層有垂柱, 空其端, 而置以小石大士, 乃出人工, 非天然者. 復下, 循大路隨溪西一里, 溪轉北向墜峽去, 於是復西涉坡阜, 共六里而至<u>新興城</u>. (自<u>芭蕉關</u>而來, 所降不多, 而上亦不遠, 其塢間溪猶出山上也.) 入東門, 出西門, 亦殘破之餘也. (有碑爲<u>天啓</u>四年都御史烏程閔公所復.) 中有坐鎭[1]守備. (是晚按君宿此.) 又西行嶺峽間二里, 連逾二嶺脊, 皆自南北度者. 忽西開一深壑, 中盤旋爲田, 其水四面環亘, 不知出處. 路循東峰西南降一里, 復轉南向上一里, 又轉東南上半里, 逾嶺脊而南, 乃西南下一里, 西抵塢中. 聞水聲淙淙甚急, 忽見一洞懸北崖之下, 其門南向而甚高, 溪水自南來, 北向入洞, 平鋪洞間, 深僅數寸, 而闊約二丈. 洞頂高穹者將十丈, 直北平入者十餘丈, 始西闢而有層坡, 東墜而有重峽, 內亘而有懸柱, 然漸昏黑, 不可攀陟矣. 此水當亦北透而下<u>盤江</u>者. 出洞, 徵洞名於土人, 對曰: "<u>觀音洞</u>." 徵其義, 以門上崖端有置大士像於其穴者也. 洞前溪由東南峽中來, 其峽底頗平, 大葉蒲叢生其間, 滓綠鍔於風前, 搖青萍[2]於水上, 芃芃[3]有光. 循之西南半里, 又西穿嶺隙間, 漸循坡躡脊. 二里, 有一二家在北峰下, 其前陷溪縱橫, 水由西南破壑去, 路由西北循嶺上. 一里, 出嶺頭, 是爲<u>藺家坡</u>. 西南騁望, 環山屛列甚遙, 其中則峰巒簇簇, 盤伏深壑間, 皆若兒童匍匐成行, 無與爲抗. 從此乃西北下, 直降者二里, 又升降隴脊西行者二里, 有庵綴峰頭, 曰羅漢松, 以樹名也. 自逾新興西南嶺, 群峰翠色茸茸, 山始多松, 然無喬枝巨本, 皆弱幹糾纏, 垂嵐拂霧, 無復吾土凌霄傲風之致也. 其前又西南開峽. 從峽中直下者三里, 轉而西平行者一里, 有城當坳間, 是曰<u>板橋鋪城</u>, 城當峽口. 仰眺兩界山凌空而起, 以爲在深壑中矣, 不知其西猶墜坑下也. 路在城外西北隅, 而入宿城中之西門.

---

1) 좌진(坐鎭)은 장관이 몸소 어느 지역에서 수비하는 것을 의미한다.
2) 청평(靑萍)은 오(吳)나라의 간장(干將)이 만든 보검의 이름이며, 흔히 보검이나 검을 의미한다.
3) 봉봉(芃芃)은 초목이 울창한 모양을 가리킨다.

二十九日 出<u>板橋城</u>之西門, 北折入大路, 遂拾級下. 有小水自右峽下注, 逾其左隨之行. 一里, 則大溪汪然, 自西南轉峽北注, 有巨石樑跨其上, 卽所謂<u>三板橋</u>也; 今已易之石而鋪, 猶仍其名耳. 橋上下水皆闊, 獨橋下石峽中束, 流急傾湧. 其水西北自<u>八納山</u>發源, 流經<u>軟橋</u>, 又西南轉重谷間, 至是北塢而去, 亦深山中一巨壑也. 越橋西, 溯溪北崖行. 一里, 溪由西南谷來, 路入西北峽去, 於是升降隴坳, 屢越岡阿. 四里直西, 山復曠然平伏, 獨西南一石峰聳立, 路乃不從西平下, 反轉南仰躋. 半里, 盤石峰東南, 有石奮起路右, 首銳而灣突, 肩齊而並聳, 是曰鸚哥嘴. 又西轉而下者一里半, 有鋪肆夾路, 曰革納鋪. (土音'納'俱作'捺'. 至是而始知所云'捺溪'、'倪捺', 皆'納'字也. 惟此題鋪名.) 又從峽平行, 緣坡升降, 五里, 有哨舍夾路, 曰軟橋哨. 由哨西復墜峽下, 遙見有巨溪從西峽中懸迅東注; 下峽一里, 即與溪遇; 其溪轉向南峽去, 路從溪北, 溯溪循北山之麓西行. 二里, 有巨石樑南北跨溪上, 即所謂軟橋也. 余初疑冉姓者所成, 及讀眞武廟前斷碑, 始知爲'軟', 想昔以篾索爲之, 今已易之石, 而猶仍其名耳.

度橋而南, 遂從溪南西向緣南崖而上, 其躋甚峻. 半里, 平眺溪北, 山俱純石, 而綠樹緣錯成文, 其中忽有一瀑飛墜, 自峰頂直掛峽底. 緣南崖西上, 愈上愈峻, 而北眺翠紋玉瀑, 步步迴首不能去. 上二里, 峽底溪從西北而出, 嶺頭路向西南而上. 又一里, 過眞武廟. (按君自新興而來, 越此前去.) 由其西, 南向行, 遂下塢中. 又西南共四里, 兩越小嶺而下, 有峽自東南達西北, 又兩界山排闥而成者. 其中頗平遠, 有聚落當其間, 曰舊普安. 按君飯於鋪館, 余復先之而西北由塢中行. 東北界山逶迤繚繞, 不甚雄峻; 西南界山蹁躚[1] 離立, 復露森羅; 峽踪雖遠, 然兩頭似俱連春, 中平而無泄水之隙者. 又西三里, 有石峰中起, 分突塢間, 神宇界其下, 曰雙山觀. (按君自後來, 復越而前去.) 又西一里, 則西春迴環於前, 遂塢窮谷盡. 塢底有塘一方, 匯環坡之麓, 四旁皆石峰森森, 繞塘亦多石片林立, 亦有突踞塘中者. 於是從塘西南上迴坡, 一里, 登其春. 又宛轉西行嶺頭, 嶺左右水俱分瀉深谷, 北出者當從軟橋水而入盤江上流, 南流者當從黃草壩而下盤江下流. 又西向從嶺頭升陟, 其上多中窪之宕, 大者盤壑爲田, 小者墜穴爲阱. 共五里, 爲水塘鋪, 乃飯於廟間. 過鋪西下嶺, 逶迤山半, 又五里, 過高笠鋪, 南向行隴間.

逾一平嶺西南下, 又五里, 有小溪自北峽來, 石橋南跨之. 度其南, 北門街夾峙岡上; 逾岡南下, 始成市, 有街西去, 爲雲南坡大道; 直南, 又一小溪自西南峽來, 石橋又南跨之. 橋南即爲普安城, 州、衛俱在其中. (按君已駐署中矣.) 其城西半倚山脊, 東半下臨東溪, 南北二門正當西脊之東麓, 而東門則瀕溪焉. 南門外石橋, 則三溪合於北, 經東門而西環城南, 又南去而注於水洞者. 北門外石橋: 第一橋, 卽雲南坡之水, 繞城西北隅而爲塹, 東下而與北溪合於城東; 第二橋, 卽小溪自西北來者, 『一統志』所云'目前山之水'也; 第三橋, 卽小溪自北來者, 『一統志』所云'沙莊之水'也. 三溪交會於城之東北, 合而南去, 是爲三一溪, 經城南橋而入於水洞. 其城自天啓初, 爲水西叛逆, 諸蠻應之, 攻圍一年而破, (後雲南臨安安南土官沙姓者, 奉調統兵來復.) 至今瘡痍未復. 然是城文運, 爲貴竹之首, 前有蔣都憲, 今有王宮詹,[2] 名祚遠, 非他衛可比. 州昔惟土官, (姓龍, 其居在八納山下, 統十二小土司. 今土官名子烈, 年尙少.) 後設流官, (知州姓黃.) 並治焉.

州東北七十里有八納. 其山高冠一州, 四面皆石崖嶄絶, 惟一徑盤旋而上, 約三十里. (龍土官司在其下.) 其頂甚寬平, 有數水塘盈貯其上, 軟橋之水所由出也. 土音以'納'爲'但', 而『梵經』有'叭呾哆'之音, 今老僧白雲(南京人.)因稱叭呾山, 遂大開叢林, 而彝地遠隔, 尙未證果.

州南三十里有丹霞山. 其山當叢峰之上, 更起尖峰卓立於中. 西界有山一支, 西南自平彝衛屏列而北, 迤邐爲雲南坡, 而東下結爲州治. 西屏之中, 其最高處曰睡寺山, 正與丹霞東西相對. 其東界有山, 南自樂民所分支而北, 當丹霞山南十里. 西界屏列高山橫出一支, 東與東界連屬, 合倂而北, 夭矯叢沓, 西突而起者, 結爲丹霞山; 東北聳突而去者, 漸東走而爲冤場營方頂之山, 而又東北度爲安南衛脈. 其橫屬之支, 在丹霞山南十里者, 其下有洞, 曰山嵐洞, 其門北向. 水從洞中出, 北流爲大溪, 經丹霞山之西大水塘塢中, 又北過趙官屯, 又東轉而與南板橋之水合. 由洞門溯其水入, 南行洞腹者半里, 其洞劃然上透, 中匯巨塘, 深不可測. 土人避寇, 以舟渡水而進, 其中另闢天地, 可容千人. 而丹霞則特拔衆山之上, 石峰峭立, 東北惟八納山與之齊抗. 八納以危擁[3]爲雄, 此峰以峭拔擅秀. 昔有玄帝宮, 天啓二年毀於蠻寇, 四年, 不昧師(徽州人.) 復鼎建, 每正二月間, 四方朝者駢集, 日以數百計. 僧又捐資置莊田, 環山之麓, (歲入穀三百石.) 而嶺間則種豆爲蔬, (歲可得豆三十石.) 以供四方. 但艱於汲水：尋常汲之嶺畔, 往返三里, 皆峻級; 遇旱, 則往返十里而後得焉.

---

1) 편선(蹁躚)은 빙글빙글 춤추는 모양 혹은 절뚝거리면서 걷는 모양을 가리킨다.
2) 궁첨(宮詹)은 태자첨사(太子詹事)로서, 동궁(東宮)의 첨사부(詹事府)에 소속되어 있다.
3) 위옹(危擁)은 높이 치솟은 채 감싸 안은 모습을 가리킨다.

五月初一日 余束裝寄逆旅主人符心華寓, (蘭溪人.) 乃南抵普安北門外, 東向循城行. (先是駝騎議定自關嶺至交水, 至是余欲往丹霞, 彼不能待, 計程退價. 余倉卒收行李, 其物仍爲夫盜去. 窮途之中, 屢遭拐竊, 其何堪乎!) 復隨溪南轉過東門, 又循而抵南門, 有石樑跨溪上. 越其南, 水從西崖向南谷, 路從東坡上南嶺, 西眺水抵南谷, 崖環壑絶, 遂注洞南入. 時急於丹霞, 不及西下, 二里, 竟南上嶺, 從嶺上行. 又二里, 逾嶺轉而西, 其兩旁山腋, 多下墜之穴, 蓋其地當水洞東南, 其下中空旁透, 下墜處, 皆透穴之通明者也. 又西南一里, 路右一峽下迸, 有巖西南向, 其上甚穹, 乃下探之. 東門有側竇如結龕, 門內窪下而中平, 無甚奇幻. 遂復上南行, 又一里, 逾嶺脊, 遂西南漸下, 行坡峽間. 一里, 過石亭壘址, 其南路分兩岐：由東南者, 爲新、安二所、黃草壩之徑; 由西南者, 則向丹霞而南通樂民所道也. 遂從西南下.

從嶺峽中平下者二里, 東顧峽坑墜處, 有水透崖南出, 余疑爲水洞所泄之水, 而其勢頗小, 上流似不雄壯. 從其西, 遂西南墜坑而下. 一里, 抵壑中, 則有溪汪然自西而東注, 小石樑跨其上, 曰南板橋. (以別於北大道之三板橋也.) 其下水西自石洞出, 即承水洞之下流, 至是而復透山腹也. 水從橋東, 又合南峽一溪, 東向而去, 東北合軟橋下流, 出北板橋而東與盤江合. 其南峽之溪, 則自大水塘南山嵐洞來. 二溪一北一南, 皆透石洞而出, 亦奇矣. 越南板橋南一里, 溯南來溪入南峽, 轉而西行峽中. 又二里, 則有壩南北橫截溪上, 其流湧壩下注, 闊七、八丈, 深丈餘, 絶似白水河上流之瀑, 但彼出天然, 而此則人堰者也. 壩北崖有石飛架路旁, 若鷁首掉虛, 而其石分簇連枝, 玲瓏上透, 嵌空湊合, 亦突崖之一奇也. 又西三里, 路緣北崖而上, 西越之而下, 共半里, 山迴水轉, 其水又自南向北而來者, 其先東西之峽甚束, 至是峽之成南北者漸寬. 又循溪西崖南向行, 一里, 南逾一突嘴, 則其南峽開而盤成大塢, 南望有石樑橫跨溪上. 半里, 度石樑而東, 遂東南上坡, 始與南來之溪別. 東上半里, 過一村, 又東半里, 轉而南稍下, 共半里, 逾小溪而上, 過趙官屯, 遂由屯村北畔東南入塢. 二里, 復上嶺, 一里, 轉峽處有水飛墜山腰. 循山嘴又西轉而南半里, 隨峽東入又半里, 峽中有水自東峽出, 卽飛瀑之上流也. 小石樑跨峽而南, 石碑剝落, 卽丹霞山「建橋記」文也.

由橋南西向盤嶺, 爲大水塘之道, 遂由橋東向溯水而入. 其下峽中箐樹蒙密, 水伏流於下, 惟見深綠一道, 迤邐谷底. 又東半里, 內塢復開, 中環爲田, 而水流其間. 路循山南轉, 半里, 入竹樹間, 有一家倚山隈結廬, 下瞰墾中平疇而棲, 余以爲非登山道矣. 忽一人出, 呼余由其前, 稍轉而東, 且導余東南登嶺, 乃下耕塢中去. 及余躋半里, 復西入樵徑, 其人自塢中更高呼"稍東", 遂得正道. 其處四山迴合, 東北皆石山突兀, 而余所登西南土山, 則松陰寂歷, 松無挺拔之勢, 而偃仆盤曲, 雖小亦然. 遂藉松陰, 以手搊所攜飯, 搏而食, 覺食淡之味更長也. 旣而循坡南上者半里, 又入峽西上者一里, 又南逾坳脊間半里. 其坳兩旁石峰, 東西湧起, 而坳中則下陷成井, 灌木叢翳其間, 杳不可窺. 已循東峰之南, 又轉而東南, 盤嶺半里, 其兩旁石峰, 又南北湧起, 而峽中又下陷成窪. 又稍轉東北, 路成兩岐, 一由北逾峽, 一由東上峰. 余不知所從, 乃從東向而上者, 其兩旁石峰, 復南北湧起. 半里陟其間, 漸南轉, 又半里, 南向躋其坳, 則兩旁石峰, 又東西湧起. 越脊南, 始見西南一峰特聳, 形如天柱, 而有殿宇冠其上. 乃西南下窪間, 半里, 復南上岡脊. 迴望所越之脊, 有小洞一規, 其門南向; 其西有石峰如展旗, 其東岡之上, 復起亂峰如湧髻, 而南岡則環脊而西, 遂矗然起丹霞之柱焉; 其中迴窪下陷, 底平如鏡, 已展土爲田, 第無滴水, 不堪插蒔. 由岡西向躋級登峰, 級緣峰西石崖, 其上甚峻; 已而崖間懸樹密蔭, 無復西日之爍. 直躋半里, 始及山門. 其門西北向, 而四週籠罩山頂. 時僧方種豆壟坂間, 門閉莫入. 久之, 一徒自下至, (號照塵) 啓門入余, 遂以香積[1]供. 旣而其師影修至,遂憩余閣中, 而飮以茶蔬. 影修又不昧之徒也, 時不昧募緣安南, 影修留余久駐, 且言其師在, 必不容余去, 以余乃其師之同鄉也. 余謝其意, 許爲暫留一日.

---

1) 향적(香積)은 불사(佛寺) 혹은 스님이 드시는 식사를 의미한다.

初二日 甚晴霽. 余時徙倚[1]四面, 憑窻遠眺, 與影修相指點. 其北近山稍伏, 其下爲趙官屯, 漸遠爲普安城, 極遠而一峰危突者, 八納也. (相去已百里.) 其南稍下, 而橫脊擁其後, 爲山嵐洞; 極遠而遙峰隱隔者, 樂民所之南, 與亦佐縣爲界者也. 其西隆峽而下, 爲大水塘, 塢中自南而北, 山嵐洞之水, 北出南板橋者也; 隔溪則巨峰排列, 亦自南而北, 所謂睡寺山矣; 山西卽亦資孔大道, 而嶺障不可見. 其東僅爲度脊, 上堆盤礜之峰; 稍遠則駢岫叢沓, 迤邐東北去, 爲免場營方頂山之脈者也. 山東南爲歸順土司. (普安龍土司之屬, 與粤西土司同名.) 越其東南, 爲新、安二所、黃草壩諸處, 與泗城接界矣. 是日余草記閣中. 影修屢設茶, 供以雞葼菜、薑漿花、(藤如婆婆針線, 斷其葉蒂, 輒有白漿溢出. 花蕊每一、二十莖成一叢. 莖細如髮, 長半寸. 綴花懸蒂間, 花色如淡桃花. 連叢采之.) 黃連頭, 皆山蔬之有風味者也.

---

1) 사의(徙倚)는 여기저기 배회하거나 어슬렁거리는 것을 의미한다.

初三日 飯後辭影修. 影修送余以茶醬, (粤西無醬. 貴州間有之而甚貴, 以鹽少故. 而是山始有醬食.) 遂下山. 十里, 北過趙官屯, 十里, 東北過南板橋, 七里, 抵普安演武場. 由其西橫嶺西度, 一里, 望三一溪北來, 有崖當其南, 知洞在是矣. 遂下, 則洞門北向迎溪, 前有巨石坊, 題'碧雲洞天', 始知是洞之名碧雲也. (土人以此爲水洞, 以其上有佛者爲干洞.) 洞前一巨石界立門中, 門分爲二, 路由東下, 水由西入. 入洞之中, 則擴然無間, 水循洞西, 路循洞東, 分道同趨, 南向十餘丈, 漸昏黑矣. 忽轉而東, 水循洞北, 路循洞南, 其東遂穹然大闢, 遙望其內, 光影陸離, 波響騰沸, 而行處猶暗暗也. 蓋其洞可入處已分三層, 其外入之門爲一層, 則明而較低; 其內闢之奧爲一層, 則明而彌峻; 當內外轉接處爲一層, 則暗而中坼, 稍束如門, 高穹如橋, 聳豁不如內層, 低垂不如外層, 而獨界其中, 內外迴眺, 雙明炯然. 然從暗中仰矚其頂, 又有一圓穴上透, 其上亦光明開闢, 若樓閣中凾, 恨無由騰空而上也. 東行暗中者五六丈而出, 則堂戶宏崇, 若阿房·未央, 四圍旣拓, 而峻發彌甚; 水從東南隅下搗奧穴而去, 光從西北隅上透空明而入; 其內突水之石, 皆如踞獅泛鳧, 附壁之崖, 俱作垂旂蠱柱. 蓋內奧之四隅, 西南爲轉入之橋門, 西北爲上透之明穴, 東南爲入水之深竅; 而獨東北迴環迴邃, 深處亦有穴高懸, 其前有窨窟下墜, 黑暗莫窺其底, 其上有側石環之, 若井欄然, 豈造物者恐人暗中失足耶? 由窟左循崖而南, 有一石脊, 自洞頂附壁直垂而下, 痕隆起壁間者僅五六寸, 而鱗甲宛然, 或巨或細, 是爲懸龍脊, 儼有神物浮動之勢. 其下西臨流側, 石畦每每, 是爲十八龍田. 由窟右循崖而東, 有一石痕, 亦自洞頂附壁直垂而下, 細紋薄影, 是爲蛇退皮,[1] 果若遺蛻黏附之形. 其西攀隙而上, 則明窗所懸也. 其窗高懸二十丈, 峻壁峭立, 而多側痕錯鍔. 緣之上躋, 則其門擴然, 亦北向而出, 縱橫各三丈餘, 外臨危坡, 上倚峭壁, 卽在水洞之東, 但上下懸絶耳. 門內正對蠱立之柱, 柱之西南, 卽橋門中透之上層也. 余旣躋明窗, 旋下觀懸龍·蛇蛻, 仍由碧橋下出, 飯於洞門石上. 石乃所鐫詩碑, 遊人取以爲臺, 以供飲饌. 其詩乃張渙·沈思充者, 詩不甚佳, 而渙字極遒活可愛. 鐫碑欲垂久遠, 而爲供飲之具, 將磨漶不保矣, 亟出紙筆錄之. 仍入內洞, 欲一登碧橋上層, 而崖壁懸峭, 三上三卻. 再後, 仍登明窗東南, 援蠱柱之腋, 透出柱南, 平視碧橋之背, 甚坦而近, 但懸壁無痕, 上下俱絶攀踐, 咫尺難度. 於是復下而出洞. 日已下春, 因解衣浴洞口溪石間. 半載夙垢, 以勝流浣濯之, 甚快也! 旣而拂拭登途, 忽聞崖上歌笑聲, 疑洞中何忽有人, 迴矚之, 乃明窗外東崖峭絶處, 似有人影冉冉. 余曰: "此山靈招我, 不可失也." 先是, 余聞水洞之上有梵龕, 及至, 索之無有. 從明窗外東眺, 層崖危聳, 心異之, 亦不見有攀緣之跡. 及出水洞覓路,旁有小徑, 隱現伏草間, 又似上躋明窗者, 以爲此間乃斷崖絶磴耳, 不意聞聲發閟, 亟迴杖上躋. 始向明窗之下, 旋轉而東, 拾級數十層, 復躋危崖之根, 則裂竅成門. 其門亦北向, 內高二丈餘, 深亦如之; 左有旁穴前透, 多裂隙垂櫺, 僧以石窒之爲室; 右有峭峽後坼, 上頗氤氳盤結, 而峻不可登. 洞中有金仙[2]三像, 一僧棲其間, 故遊者攜樽酌就酌於此. 非其聲, 余將芒芒[3]返城, 不復知水洞之外, 復有此洞矣. 酌者僕從甚都[4] 想必王翰林子弟, 余遠眺而過之. 下山, 循溪溯流二里, 有大道, 卽南門橋. 遂從南門入, 躑山坡北行. 城中荒敝甚, 茅舍離離,[5] 不復成行; 東下爲州署, 門廡無一完者. 皆安酋叛時, 城破鞠爲丘莽, 至今未復也. 出北門, 還抵逆旅. 是晚覓夫不得, 遂臥. (按君是早返轅矣.)

---

1) 사퇴피(蛇退皮)는 문단의 내용은 물론 문단 아래에서도 알 수 있듯이 사태피(蛇蛻皮)로 바로잡아야 한다.
2) 금선(金仙)은 부처를 가리킨다.
3) 망망(芒芒)은 망망(茫茫)과 같으며, 아득히 멀고 아득한 모양을 가리킨다.
4) 도(都)는 '아름답다'를 의미하며, 여기에서는 훌륭한 옷차림을 가리킨다.
5) 리리(離離)는 무성하거나 빽빽한 모양, 혹은 어지러이 흩어진 모양을 가리킨다.

初四日 覓夫不得, 候於逆旅. 稍散步北寺, 惟有空樓層閣, 而寂無人焉, 乃構而未就者. 還, 悶悶而臥.

初五日 仍不得夫. 平明微雨, 旣止, 而雲油然[1]四布. 是日爲端午, 市多鬻蒲艾者. 雄黃爲此中所出, 然亦不見巨塊. 市有肉而無魚. 余兀坐逆旅, 囊中錢盡, 不能沽濁醪解愁, 迴想昔年雉山之樂, 已分霄壤.

---

1) 유연(油然)은 구름이 힘차게 피어나는 모양을 가리킨다.

初六日 夜雨達旦. 夫仍不得. 旣午, 遇金重甫者, 麻城人也, 賈而儒, 索觀余諸公手卷. 爲余遍覓夫, 竟無至者.

初七日 囊錢日罄, 而夫不可得, 日復一日, 不免悶悶. 是早, <u>金重甫</u>言將往<u>荊州</u>, 余作書寄<u>式圃</u>叔. 下午, 彼以酒資奉, 雖甚鮮而意自可歆.

初八日 候夫雖有至者, 而惡主代爲捎價, (卽<u>符</u>也, 錢爲所竊去.)[1] 力阻以去. 下午得騎, 亦重價定之, 無可奈何也. (余所遇惡人, 如<u>衡陽</u>劫盜、<u>狗場</u>拐徒, 併此寓竊錢去者, 共三番矣. 此寓所竊, 初疑爲騎夫, 後乃知爲<u>符</u>主也. 人之無良如此! 夫劫盜、拐徒無論, 如<u>南宁梁冲宇</u>、<u>宝檀</u>僧, 併此人, 俱有害人之心. 余以萬里一身, 脫其虎口, 亦幸矣!)

---

1) '卽<u>符</u>也, 錢爲所竊去'의 부분은 원본에는 기록되어 있지 않으나, 사고본에 의거하여 보충했다.

初九日 平明, 以行李付騎, 別<u>金重甫</u>乃行. 是早, 雲氣穠鬱. 從<u>普安</u>北門外第一溪橋北, 循西峽入, 過稅司前, 漸轉西南, 皆溯小溪西岸行. 西山崇隆, 小瀑屢屢從山巔懸注. 南五里, 始西南登坡, 是爲<u>雲南坡</u>. 初二里稍夷, 又一里半甚峻, 過一脊而西, 復上坳, 共一里, 爲<u>馬鞍嶺</u>. 越而西, 遂循嶺西向西南行, 於是升降在嶺頭, 盤折皆西南, 俱不甚高深. 五里, 稍降塢中, 爲<u>坳子哨</u>. (先是, 每處有打哨之苦. 此爲第一哨. 今纔奉憲禁, 幷於一處, 過無問者.) 又南越一坳, 大雨淋漓. 仍前, 升降大峰之西, 冒雨又十五里而至<u>海子鋪</u>. 山塢稍開, 頗大, 中有水塘, 卽所謂'海子'也. 有小城在其南, 是爲<u>中火鋪</u>. <u>普安</u>二十二哨, 俱於此幷取哨錢, 過者苦焉. (先各哨分取, 今幷取於此) 哨目止勒索馱馬擡夫, 見余輩亦不甚阻撓. 余乃入城, 飯於肆. 復出南門, 南向登山. 五里, 遇馱馬方牧於山坡, 雨復大至, 余乃先行. 升降高下, 俱依東大山而南, 兩旁多眢井隉坑, 不辨水從何出. 又五里爲<u>大河鋪</u>, 有水自鋪東平瀉坡陀下, 漫流[1]峽中, 路隨之而南. 天乃大霽, 忽雲破峰露, 見西南有山甚高, (土人稱爲<u>黑山</u>.) 雲氣籠罩, 時露一班, 直上與天齊. 望而趨五里, <u>大河</u>之水, 已漸隆深塹, 似從西北坼峽去. 路東南緣嶺透峽東下, 則山環塢合間, 中窪爲塘,水滿其中, 而四面皆高, 不知出處. 又東透坳下, 塢間又復窪而成塘, 與前雖有高下, 而瀦水莫泄同之. 又東緣南峰而轉, 越其東, 則東塢大開, 深盤遠錯, 千塍環塹於下. 度其地在丹霞山南、山嵐洞西南, 余謂塹底水卽北透山嵐者. 徵之土人, 云: "西峰下有入水洞, 水墜穴去, 不知所出." 從西峰稍下, 共五里, 是爲何郎鋪. 越鋪南, 又上嶺, 仍依東嶺行, 迴望雲籠高峰, 已在西北, 時出時沒, 興雲醸雨, 皆其所爲. 雖山中雨候不齊, 而衆山若惟瞻其馬首者.[2] 循東嶺南下峽中, 有溪自南而來, 溯之行其東岸. 共五里, 路忽由水渡西岸, 而暴雨漲流, 深湧莫能越. 方欲解衣赴之, 忽東山之上有呼者, 戒莫渡, 招余東上嶺行. 余從之, 遂從莽棘中上東嶺. 已得微道, 隨之南二里, 得北來大道, 果從東嶺上降者. 蓋涉溪者乃西道, 從嶺者乃東道, 水涸則從西, 水漲則從東也. 西流之中, 有一線深坑, 涸時橫板以渡, 茲漲沒無影, 非其人遙呼, 幾不免憑河[3]之險矣. 從東嶺下一里, 則大道西瀕溪, 道中水漫數寸, 仍揭而溯之. 一里, 有石樑跨溪上. 其溪自南抵東山之麓, 至是橫折而西, 從梁下抵西山之麓, 乃轉北去. 蓋其源發於西南火燒鋪西分水嶺, (按志: 分水嶺在普安西南百二十里, 卽此) 北流經此, 又北抵黑山、何郎之南, 不知所泄, 卽土人亦莫能悉也. 石樑西麓, 有穴紛駢縱橫如'亦'字, 故名其地曰亦字孔, 今訛爲亦資孔, 乃土音之溷也. 梁南半里, 卽爲亦字孔驛, 有城倚西山下, 而水繞其東焉. 比至, 雷雨大作. 宿於西門內周鋪.

---

1) 만류(漫流)는 물살이 거센 물길이나 제멋대로 질펀하게 흐르는 물길을 의미한다.
2) 첨기마수(瞻其馬首)는 '말 머리의 방향을 보다', 즉 '지휘에 따라 행하다'를 의미한다. 『좌전(左傳)·양공(襄公)』 14년의 기록에 따르면, "순언은 명을 내려 '내일 아침 닭이 울면 말을 수레에 매고 우물을 메우며 가마솥을 부순 뒤, 나의 말머리가 어느 방향을 향해 있는지를 보라'고 했다(荀偃令曰; '鷄鳴而駕, 塞井夷竈, 唯余馬首是瞻')"
3) 빙하(憑河)는 '걸어서 물을 건넌다'는 의미이며, 여기에서는 '용감하나 무모한 행위'를 가리킨다.

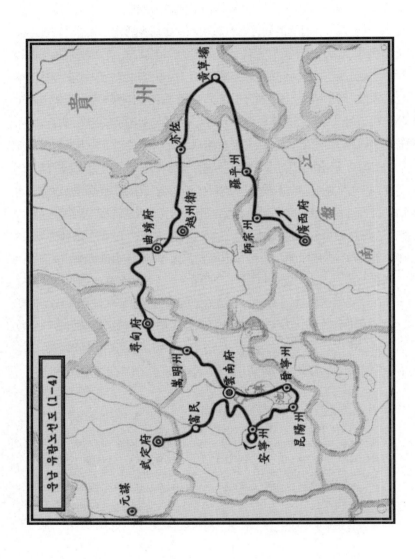

운남 유람노선도 (1–4)

貴　州

亦佐　　黃草壩

越州衛　羅平州

曲靖府　師宗州　廣西府

尋甸府　　盤江

嵩明州　　南南

富民　澂南府　楊林州

武定府　安寧州　昆陽州

元謀

운남 유람일기1(滇遊日記一)

해제

전(滇)은 운남성을 가리키는데, 운남성 안에 있는 전지(滇池)라는 호수에서 비롯되었다. 「운남 유람일기(滇遊日記)」는 『서하객유기』 가운데에서 가장 편폭이 길며, 편목도 모두 13개의 장으로 이루어져 가장 많다. 「운남 유람일기」는 운남성 경내의 풍광과 인물, 민속을 광범하게 다루고 있으며, 따라서 운남성의 관광자원 및 민속문화의 연구에 중요한 자료로 쓰이고 있다. 「운남 유람일기1」은 서하객이 운남성에 들어선 이후 최초 87일간 유람했던 기록이지만, 애석하게도 1645년 강음(江陰)에서 일어난 변란 중에 소실되고 말았다.

이 기간의 서하객의 발자취는 『서하객유기』에 흩어져 있는 여러 부분을 통해 대략 파악할 수 있다. 즉 서하객은 숭정(崇禎) 11년(1638년) 5월 10일 운남성 남부의 승경(勝景)에 들어선 후, 평이위(平彝衛), 교수(交水), 월

주위(越州衛)와 육량주(陸涼州)를 거쳐 운남성 성성(省城)에 이르렀으며, 이곳에서 태화산(太華山)을 유람한 후 「태화산 유람기(遊太華山記)」와 「운남화목기(滇中花木記)」를 지었다. 이후 남쪽으로 정공(呈貢), 보녕(普寧), 강천(江川) 등의 여러 주현을 거쳐 임안부(臨安府)에 이르러 여강(濾江)의 발원지를 궁구했으며, 8월 1일 안동(顔洞)을 유람한 후 「안동 유람기(遊顔洞記)」를 썼다. 이어 그는 아미주(阿迷州), 미륵주(彌勒州)를 거쳐 광서부(廣西府)에 이르렀으며, 이 여정 중에 「수필 두 편(隨筆二則)」을 썼다.

여기에서는 『서하객유기』의 원문을 살펴보기에 앞서, 「운남 유람일기1」이 소실된 과정을 몇 사람의 글을 통해 살펴보기로 한다. 이 가운데 계회명(季會明)과 진홍(陳泓)의 글은 진본(陳本)에 근거하여 싣는다.

역문

계회명(季會明)[1]은 다음과 같이 말했다. "을유년(乙酉)[2] 7월에 나의 종씨 계양지(季楊之)가 외숙인 서우경(徐虞卿)의 집으로 피난했는데, 객사로 나를 찾아왔다가 서하객(徐霞客)의 『유기』를 보더니 「운남유람」의 한 권의 책을 가지고 갔다. 이틀이 채 안되어 서우경이 도적에게 죽임을 당하고 그의 집이 불타는 바람에 『기』는 영영 사라지고 말았다. 이 책이 손상되고 이그러지는 것 또한 액운이로다! 원고는 후에 또다시 빼앗겨 흩어졌는데, 이 집(集) 역시 잃어버렸다가 되찾았으니, 위태롭도다! 다행이로다! 그러나 전집은 오직 의흥(義興)의 동창인 조준보(曹駿甫)의 거처에 있을 뿐이다. 조준보 또한 유람하기를 좋아하여 서하객의 고상함을 흠모했는데, 변고를 듣고 조문을 갔으나 이미 장사지낸지라 묘소에 참배하고 갔다. 후에 다시 와서 유고를 교록(校錄)하여 판각할 작정이었다.

아들인 서기(徐屺)가 원고를 주매, 일 년이 넘어 되돌려주었는데, 이미 베껴 썼다고 했다. 지금 그 집(集)은 틀림없이 온전할 것이다. 하물며 이 책은 막 운남(雲南)에 들어가기 시작한 무렵으로, 기이한 만남과 기분 좋은 유람이 이 안에 많이 있으니 절대로 없어져서는 안되며, 찾아가 그 것을 구하는 것 또한 매우 쉬운 일이다. 아울러 시를 적은 원고 한 권은 서중소(徐仲昭)[3]가 판각공인 진중린(陳仲鄰)에게 맡겼는데, 진중린이 재난을 당하는 바람에 이 원고 역시 흩어져 사라지고 말았다. 그러나 이 시는 따로이 한 권을 만든 것으로, 유기와는 서로 이어지지 않으니 없어져도 괜찮겠지만, 유기 가운데 「운남 유람일기1」이 빠져버리면 전집을 이루지 못할 터이니 마땅히 서둘러 구해야만 한다."

진홍(陳泓)은 다음과 같이 말했다. "이개립(李介立) 어른이 의홍의 사(史) 씨에게 조준보의 저본을 사들였는데, 이 책안에도 태화산(太華山), 안동(顔洞)을 유람한 짤막한 여러 기록이 실려 있을 뿐, 그 기간인 5월 초아흐레부터 8월 초엿새까지 87일간의 일기를 구할 수가 없었다. 생각건대 조준보는 그가 다닌 여정의 대략이 이미 「반강고(盤江考)」 안에 드러나 있다고 여겨 개략적으로 그것을 잘라내 버렸으니, 조준보가 기록한 것이 이미 전문이 아님을 알 수 있다. 문장이 모자라고 빠져버렸으니, 참으로 운수 있었으면 보존될 수 있을 터인데, 이로 인해 길게 탄식하노라!"

나 서진(徐鎭)[4]은 이렇게 생각한다. "「운남 유람일기1」은 타고 남은 재가 되고 말았는데, 이개립 어른이 남아 있는 것을 묶고 보완했다고 하니, 모아 엮고 한데 합친 것이 아님을 분명히 알 수 있다. 혹 한꺼번에 없애버리거나 「태화」 몇 구절을 따로 쓸데없이 기록하기도 했으나, 「운남 유람일기1」은 여전히 빠져 있으니, 어찌 편차를 회복했으랴? 이에 진홍의 판본을 좇아 바로 엮는다."

1) 계회명(李會明)은 강음(江陰) 사람으로, 자는 몽량(夢良)이다. 그는 서하객의 외조카
   로서, 서하객 집안의 가정교사를 지냈다.
2) 을유년(乙酉年)은 1645년이다.
3) 서중소(徐仲昭)는 서하객의 족형(族兄)으로, 이름은 준탕(遵湯)이다.
4) 서진(徐鎭)은 서하객의 족손(族孫)이다.

태화산 유람기(遊太華山記)

성성(省城)을 나와 남서쪽으로 2리를 가서 배에 올라탔다. 강 양쪽의 언덕에는 평탄한 들판이 물길을 낀 채 펼쳐지더니, 10리를 가자 밭은 끝이 나고, 물속에는 갈대가 가득하다. 배로 짙푸른 갈대숲 사이를 지나 노라니, 전지(滇池)가 거대한 호수임을 더 이상 느낄 수 없다. 이곳은 초해(草海)이다. 갈대 사이로 배가 지나는 길은 대단히 비좁다. 멀리 바라보니, 서쪽 산은 팔을 감아 동쪽으로 뻗은 듯하고, 깎아지른 듯한 벼랑이 허공에 늘어서 있다. 이곳은 곧 나한사(羅漢寺)이다.

다시 서쪽으로 15리만에 고요(高嶢)에 이르자, 배에서 내려 뭍에 올랐다. 고요는 서쪽 산 가운데의 움푹 들어간 곳이다. 남북 양쪽의 산은 모두 빙 둘러 동쪽으로 뻗어가고, 가운데만이 서쪽으로 낮아진다. 물길 역시 서쪽으로 바짝 붙어 있으며, 수백 가구의 민가가 산에 기대고 물을 굽어보고 있다. 이곳은 운남 서부로 가는 한길이다.

북쪽으로 올라가면, 부원(傅園)이 나온다. 부원에서 서쪽으로 5리를 오르면 벽계관(碧雞關)이 나오는데, 이곳은 안녕주(安寧州)에 이르는 한길이다. 고요에서 남쪽으로 올라가면 양태사(楊太史)[1]의 사당이 나오고, 양태사의 사당에서 남쪽으로 나아가면 화정사(華亭寺)와 태화사(太華寺)에 이르렀다가, 나한사에서 끝이 난다. 이곳에는 벽계산(碧雞山)이 남쪽으로 불쑥 솟은 채 겹겹의 벼랑을 이루고 있다.

대체로 벽계산은 북서쪽에서 남동쪽으로 뻗어 있고, 진이(進耳) 등의 여러 봉우리는 남서쪽에서 북동쪽으로 뻗어 있다. 두 산이 서로 만나는 곳은 바로 서쪽 산 가운데의 움푹 들어간 곳이다. 이곳을 한길이 지나고, 위에는 관문을 설치했다. 고요는 사실 부두에 해당된다.

나는 남쪽으로 1리를 가서 양태사의 사당에서 식사를 했다. 다시 남쪽으로 마을 한 군데를 지나 남서쪽으로 산을 올라 모두 3리를 가자, 산 중턱에 화정사(華亭寺)가 나타났다. 화정사는 동쪽을 향해 있고, 뒤로는 가파른 봉우리에 기대어 있으며, 앞으로는 초해를 굽어보고 있다.

화정사의 남쪽 측문에서 나와 절 남쪽을 따라 서쪽으로 올랐다. 이어 남쪽의 갈래진 둔덕을 넘어 산골로 들어서서 2리만에 남동쪽의 고개에 올랐다. 이 고개는 화정사와 태화사의 두 절 사이의 경계로서, 동쪽에 불쑥 솟은 곳이다.

남쪽으로 고개를 넘은 뒤 서쪽으로 꺾여져서 산골이 모인 곳에 들어섰다. 산골 위는 가파른 봉우리이고, 아래는 깊이 휘감아도는 골짜기이다. 태화사는 골짜기 동쪽에 높이 치솟은 채 다니는 길과 반듯이 마주 보고 있지만, 길은 반드시 서쪽 골짜기의 끝까지 나아간 후에야 동쪽으로 돌어들어 골짜기를 빠져나온다. 골짜기 속에는 두 줄기의 물길이 매달린 채 바위동굴로 떨어지는데, 그윽하고 험준한데다 비좁은지라 이 길로 가지 않으면 보이지 않는다.

골짜기를 돌아나와 다시 동쪽의 산부리를 감아돌아 1리를 갔다. 허리를 굽혀 굽어보니, 아래의 구렁에 절이 하나 있다. 이곳은 태평사(太平寺)이다. 남쪽으로 1리를 더 가서 태화사에 이르렀다. 태화사 역시 동쪽을 향해 있고, 전당 앞 섬돌 사이에는 온통 산차나무²⁾투성이다. 그런데 남쪽의 한 그루는 기이할 정도로 거대하다.

앞쪽 복도를 통해 남쪽의 곁채를 지나 전각으로 들어서자, 동쪽으로 전지가 내려다보였다. 그러나 이곳에서는 초해만 바라다보일 뿐이니, 만약 호호탕탕한 경관을 보려 한다면, 마땅히 나한사 남쪽으로 가야할 것이다.

마침내 남쪽 측문을 나와 조금 남쪽으로 내려와 움푹한 평지를 따라 서쪽으로 들어섰다. 다시 동쪽으로 돌아들어 1리 반을 가서 남쪽의 고개를 넘었다. 고개는 서쪽 봉우리의 가장 높은 곳에서 동쪽으로 드리워져 내려오고, 쭉 올라가는 한길은 꼭대기로 오르는 길이다.

한길을 가로질러 남동쪽으로 내려온 뒤 남쪽으로 돌아들자, 겹겹이 우뚝 치솟은 바위봉우리가 남쪽으로 싸안고 있다. 문득 바위봉우리의 북쪽에서 동쪽의 흙구렁을 떨어져 내려와 모두 1리를 가다가, 다시 서쪽의 바위무더기 사이를 나아갔다.

1리를 간 뒤 벼랑의 가장자리를 올라 벼랑을 감돌아 남쪽으로 나아가 남쪽 벼랑의 위아래를 바라보았다. 벌집이나 제비집과도 같은 건물들이 층층이 금방이라도 떨어질 것만 같다. 이곳은 모두 나한사의 남북 양쪽의 암자들이다.

바위틈을 헤치고서 조금 내려가 1리만에 북쪽 암자에 이르렀다가, 잠시 후 문수암(文殊巖) 위로 나와서야 비로소 바른 길을 찾아냈다. 여기에서 남쪽으로 내려가면 나한사의 정전이 나오고, 여기에서 남쪽으로 올라가면 조천교(朝天橋)가 나온다. 조천교는 깎아지른 듯한 벼랑 사이에 걸쳐져 있다. 조천교의 위아래는 모두 움팬 벼랑인데, 이곳 또한 벼랑을 도려낸 듯 가운데가 푹 꺼져 있다.

다리를 건너 남쪽으로 나아가자, 영관전(靈官殿)이 나왔다. 영관전의 문은 북쪽을 향한 채 다리를 굽어보고 있다. 영관전의 동쪽 측문에서 내려와 벼랑을 더위잡아 험준한 곳을 기어오르는데, 오를수록 더욱 기이하다. 누(순양純陽 조사를 모시고 있다)와 전(현제女帝를 모시고 있다), 각(옥황대제를 모시고 있다), 궁(포일궁抱一宮이라고 한다) 모두 동쪽을 향한 채 전지를 굽어보고 있으며, 낭떠러지 사이에 움패어 있다.

수십 길을 올라갈 때마다, 한 말들이 크기의 평평한 벼랑이 있다. 이 벼랑은 공중에 말뚝을 박고 틈새에 걸쳐 만든 것이다. 그래서 여러 전당은 모두 크지는 않아도 구름과 바위와 어우러져 서로 비춘다. 이곳에 이르러서야 훤히 트여 바다의 멋진 경관을 두루 볼 수 있다. 남쪽 벼랑에 정자가 앞으로 튀어나와 있고, 북쪽 벼랑에 누각이 가로로 기대어 있다. 누각 앞에는 커다란 잣나무 한 그루가 비취빛 이파리를 허공에 휘날리고 있다.

누각 옆에 앉아 있노라니, 마치 까마득한 돛대 위에 기대어 있는 듯, 벼랑의 바위가 아래에서 받치고 있음을 더 이상 느끼지 못했다. 포일궁 남쪽의 가파른 벼랑 위에 말뚝을 박아 잔도를 만들고 바위구멍을 뚫어 놓았다. 잔도는 벼랑의 나무에 매달려 있고, 구멍은 벼랑의 틈새로 뚫려 있는데, 죄다 험준하기 짝이 없다.

틈새를 건너자 바위 끄트머리에 조그마한 누각이 붙어 있다. 누각에는 침구와 불감, 취사도구가 모두 갖추어져 있다. 북쪽 암자의 경관은 여기에 이르러 끝이 난다. 되돌아 조천교로 내려와 나한사의 정전을 참배했다. 정전 뒤의 벼랑은 높이가 백 길이나 된다. 벼랑 남쪽으로 돌아들어 꺾이는 곳의 벼랑기슭에는 네모진 샘에 물이 흥건하다. 조천교에서 틈새를 솟구쳐 흘러내리는 이 샘은 작랭천(勻冷泉)이다.

남쪽으로 샘을 넘자마자 남동쪽으로 꺾어졌다. 그 위에는 벼랑이 더욱 드높이 늘어서 있고, 가운데에는 오직 한 줄기 평지가 허리띠처럼 감돌고 있을 뿐이다. 또한 아래에는 온통 무너진 비탈과 허물어진 벼랑이 전지 바닥에 반듯이 꽂혀 있다. 평지에는 불사와 도관(뇌신묘雷神廟, 삼불전三佛殿, 수불전壽佛殿, 관제전關帝殿, 장선사張仙祠, 진무궁眞武宮 등)이 차례차례 늘어서 있다.

진무궁 위에는 벼랑이 더욱 높이 치솟아 있다. 이곳은 예전에 양왕(梁王)[3]이 더위를 피했기에 피서대(避暑臺)라고 하며, 남쪽 암자가 끝나는 곳이다. 위에는 바위에 구멍을 뚫어 만든 조그마한 누각이 있다. 다시 남쪽으로 나아가자, 암자는 끝이 났으나, 벼랑은 다하지 않았다. 봉긋이 솟은 암벽은 구름에 뒤덮여 있고, 겹겹의 벼랑은 훤히 트였다가 다시 합쳐진다. 남쪽의 절벽 아래에는 의란각(猗蘭閣)의 옛터가 있다.

정전으로 돌아와서 동쪽의 산문을 나와 여덟 차례를 꺾어 2리만에 아래의 산기슭에 이르렀다. 수십 가구의 백성이 살고 있는 마을이 있다. 주민들은 물고기 잡는 일을 생업으로 삼고 있다. 마을의 남쪽은 용왕당(龍王堂)으로, 앞으로 전지를 굽어보고 있다.

용왕당 뒤편에서 남쪽으로 남쪽 벼랑의 기슭을 따라갔다. 마을은 끝이 났으나, 물결은 이어지며, 벼랑은 더욱 기세 좋게 뻗어 있다. 위로는 어느덧 의란각의 옛터를 지나쳐 있었다. 남쪽의 암벽은 더욱 널찍하고 가파른 채 곧장 5리를 뻗어가고, 노란색의 바위흔적은 암벽 아래쪽에 걸쳐져 있다. 토박이들은 이 암벽을 괘방산(掛榜山)이라 일컫는다.

다시 남쪽으로 나아가자 벼랑은 감아돌고 산부리는 불쑥 튀어나와 있으며, 하늘 높이 쌓인 커다란 바위는 물속에 쳐박힌 채 갈라져 틈새를 이루고 있다. 남쪽으로 더 나아가자, 병풍 같은 암벽이 나누어졌다가 다시 합쳐져 있다. 웅장하고 가파르기는 방금 전의 벼랑만 못하지만, 우뚝 치솟은 채 기이한 모습이 색다른 경관을 펼쳐보이고 있다.

3리를 가서 아래로 전지의 물가를 굽어보니, 배는 바위 틈새로 나타났다 사라졌다 한다. 남쪽 물가 곁에 띠집이 엮어져 있다. 서둘러 가파르고도 비좁은 오솔길을 내려가다가 금선천(金線泉)을 발견했다. 금선천은 서쪽 산에서 산허리를 뚫고 흘러나오는데, 바깥은 세 군데의 입구로 나뉘어 있다. 샘의 크기는 사발만 하고, 가운데는 휑하니 뚫려 있다. 그러나 죄다 커다란 바위가 비스듬히 기울어져 있는지라 들어가지는 못했다. 사발만한 입구에서 흘러나온 샘물은 나누어진 채 전지로 흘러든다.

전지 안의 조그마한 물고기가 물길을 거슬러 동굴로 들어온다. 이 물고기는 금선어라고 한다. 크기가 네 치를 넘지 못하는 이 물고기는 가운데가 살지고 기름지며, 머리와 꼬리에 선처럼 한 줄기 금줄이 있다. 전지의 진미라 할 수 있다.

금선천에서 북쪽으로 반리를 가자, 커다란 바위동굴이 나타났다. 동굴 입구는 한길 아래에 있으며, 동쪽으로 전지의 넓은 호수를 굽어보고 있다. 벼랑이 경사져 있는지라 내려갈 길이 없다. 반드시 그 남쪽으로 에돌아야만 구불구불 들어갈 수 있는데, 바로 방금 전에 바라보았던, 바위 사이로 조그마한 배들이 나타났다 사라졌다 하던 곳이다. 동굴 안 바위의 재질은 영롱하고도 투명하며, 갈라진 틈새와 빽빽한 바위기둥은 모두 밝은 곳에 자리하고 있다.

남쪽으로 몇 길을 들어가자, 문득 어두워졌다. 횃불을 밝혀들고서 남쪽으로 나아가자, 동굴은 더욱 높아지고 훤히 트인다. 1리만에 돌아들어 동서 양쪽으로 나뉜다. 동쪽으로는 세 길을 올라가면 끝이 나지만, 서쪽으로 들어가면 아늑한 채 끝이 없다. 횃불이 모자랄까 걱정스러워 동굴을 나왔다.

산에 올라 포일궁으로 돌아왔다. 산꼭대기의 흑룡지(黑龍池)로 가는 길을 물어보았더니, 반드시 북쪽의 태화산 속으로 가서 남쪽으로 돌아들어야 한다고 한다. 그러나 흑룡지는 사실 산의 남쪽 금선천의 꼭대기에 있으며, 이곳은 벼랑이 높고 바위가 험한지라 기어올라 이를 수 있는 곳이 아니다. 나는 가파른 벼랑의 틈새를 타고서 올라갔다. 암벽은 비록 가파를지라도 바위 틈새에 모서리가 많은지라, 매달려 뛰어오르기에 여의치 않은 적이 없었다.

벼랑 암벽의 무늬는 옥으로 만든 꽃과 줄기처럼 보인다. 천태만상의 형태는 모두 한 번도 본 적이 없는 것들이다. 평소 내가 잘 알고 있는 것은 오직 모란뿐인데, 바위 틈새에 무성한 가지와 잎사귀가 가득 깔려 있다. 이러한 모습은 이곳에서 대단히 보기 힘들다. 아래로 드리워진 열

매는 겉은 푸르고 속이 붉다. 이 또한 우리 고향에서는 본 적이 없는 것이다. 토박이들은 높고 먼지라 따서 감상할 줄을 모른 채, 그저 산간의 야생 약초라고만 할 뿐, 무엇인지 분간하지 못했다.

1리 남짓을 기어올라 꼭대기에 올라섰다. 꽃받침 모양의 바위가 비늘처럼 층층이 늘어서 있다. 마치 푸른빛 연꽃이 물에서 나온 듯한데, 땅에 온통 이것 투성이이다. 봉우리 끄트머리에서 칼날 같은 바위를 밟으면서 남쪽으로 나아가는데, 오직 남서쪽의 봉우리만이 매우 높다.

봉우리의 꼭대기를 4리 나아가 그 위로 타넘자, 벽계산(碧雞山)의 꼭대기이다. 꼭대기 남쪽에는 꽃받침 모양의 바위가 무리지어 모여 있고, 남쪽에 봉우리 하나가 푹 꺼져내렸다가 다시 우뚝 솟아 있다. 봉우리의 높이는 벽계산에 약간 미치지 못한다. 이곳은 남쪽 끄트머리의 호수 어귀에 있는 산이다. 꼭대기에서 동쪽으로 2리를 내려왔다. 어느덧 금선천 위에 와 있었다. 이에 높다랗게 치솟은 벼랑 사이에서 흑룡지를 구경하고서 내려왔다.

---

1) 양태사(楊太史)는 양신(楊愼, 1488~1559)을 가리킨다. 양신은 사천성 신도(新都) 출신으로, 자는 용수(用修)이고 호는 승암(升庵)이다. 그는 명대 무종(武宗) 때에 열린 전시(殿試)에서 장원으로 합격하여 한림원 수찬(修撰)을 배수받았는데, 이로 인해 양 장원(楊壯元) 혹은 양태사라 일컬어졌다. 그는 세종(世宗) 초에 국사를 논하다가 정장(廷杖)의 형벌을 받아 운남성 영창위(永昌衛)로 폄적되었으며, 이후 35년간 운남에서 거주하면서 운남의 곳곳에 발자취를 남겼다.

2) 명대에 운남성의 산차(山茶)는 대단히 유명했던 바, 왕상진(王象晉)의 『군방보(群芳譜)』의 기록에 따르면 다음과 같다. 산차는 만다라(曼陀羅)라고도 하며, 크기는 높을 경우 한 길 남짓이고, 낮을 경우 두세 자이다. 가지와 줄기가 서로 얽히고, 잎사귀는 물푸레나무와 비슷하다. 잎사귀가 차와 비슷하고 끓여 마실 수 있기에, 차라고 일컫는다.

3) 양왕(梁王)은 원나라 당시 운남지구에 봉해졌던 황족으로, 황제의 대리인의 신분으로서 운남지구를 통치했으며, 성의 모든 사무에 간여하거나 감독하기도 했다.

안동 유람기(遊顔洞記)

임안부(臨安府)에 있는 안동(顏洞)은 모두 세 곳인데, 안(顏)씨 성의 전사(典史)[1]가 개척했으며, 그 명성이 널리 알려져 있다. 나는 운남성(雲南省)에 이른 이래, 한시도 잊은 적이 없었다. 그리하여 마침내 성성(省城)인 곤명(昆明)에서 남쪽의 통해현(通海縣)을 거쳐 통해현 남쪽의 수산(秀山)을 유람했다.

1리 반을 오르자, 호궁궁(灝穹宮)이 나타났다. 호궁궁 앞에는 커다란 산차나무 두 그루가 있다. 이 나무들은 홍운전(紅雲殿)이라 일컬어진다. 호궁궁은 만력(萬曆) 초기에 지어졌으니, 지금으로부터 60년밖에 되지 않았으나, 산차나무는 이미 운남의 으뜸이 되었다.

다시 남쪽으로 임안부에 이르렀다. 부성(府城)은 남쪽으로 여강(瀘江)을 굽어보고 있다. 이 강은 서쪽의 석병주(石屛州)의 이룡호(異龍湖)에서 흘러나와, 북동쪽으로 안동(顏洞)을 뚫고 흘러나온다. 임안부의 많은 물길 역시 안동을 물이 새어나오는 구멍으로 삼고 있다.

이에 부성 동쪽의 접대사(接待寺)에서 안내인 한 명을 구했다. 안동으로 가는 한길은 부성을 따라 남쪽으로 가다가 여강교(濾江橋)를 건너야 마땅할 터인데, 안내인은 접대사 앞에서 강 너머 북동쪽의 오솔길을 따라 나아갔다. 여강을 건너지 않은 채, 동쪽의 세 줄기의 시내가 만나는 지점을 바라보았다.

접대사의 북쪽에서 못의 언덕을 따라 동쪽으로 나아갔다. 못의 동쪽은 온통 붉은 연꽃이 못을 뒤덮어 빼곡한지라, 물이 보이지 않았다. 북동쪽으로 15리를 가서 새공교(賽公橋)를 건넜다. 북서쪽에서 흘러오는 물길은 남동쪽의 여강으로 흘러들었다.

다시 5리를 가서, 산을 올랐다. 이곳은 금계초(金雞哨)이다. 금계초의 남쪽에서 여강은 여러 물길과 합쳐진 뒤, 동쪽의 골짜기로 흘러든다. 강물은 몹시 비좁은 골짜기 사이로 비스듬히 쏟아지는데, 동쪽의 동굴 입구에 닿기까지는 아직 1리 남짓이 남아 있다. 동굴의 꼭대기를 바라보니, 바위벼랑 두 개가 마치 치솟은 문처럼 쪼개져 있다. 동굴은 바로 그 아래에 뚫려 있으나, 겹겹의 산언덕이 휘감아 끼고 있는지라 보이지는 않았다.

토박이들에게 들어갈 수 있는 길을 안내해달라고 부탁하자, 모두들 이렇게 말했다. "물이 불어나 있고 물살이 거세니, 지금은 유람할 때가 아닙니다. 두 달 전처럼 물이 말랐을 때라면 다리를 건너지 않아도 들어갈 수 있었겠지만, 지금은 다리가 있어도 들어갈 수 없을 터인데, 하물며 다리조차 없는 걸요!" 다리는 한 군데만이 아니었다. 동굴 속의 물이 깊은 곳마다 건너가도록 나무를 엮어 놓았던 것이다.

이전의 관례에 따르면 순안대인이 유람하러 오면, 다리를 엮어 만드는 비용이 백금이 들고, 다른 용도의 비용 또한 백금이 들었다. 토박이들이 이를 괴롭게 여기고 있던 터에, 보(普)씨 성의 우두머리가 반란을 일으키는 틈을 타서, 안동의 동쪽은 아미주(阿迷州)의 경계인데 반란군들이 이곳에 출몰한다는 핑계를 대면서, 동굴을 유람하러 오던 관원들을 마침내 막아버렸던 것이다.

내가 동굴 입구에 한 번 꼭 가보고 싶다고 하자, 토박이들은 "여강의 남쪽 언덕을 건너 골짜기를 따라 들어가야만, 여강교(濾江橋)로 가는 한 길이 나옵니다"라고 말했다. 토박이의 말을 듣고서야 비로소 안내인이 잘못 이끌었음을 한탄했다. 이에 물동굴을 제쳐두고 남명동(南明洞)과 만상동(萬象洞)의 두 물동굴을 찾아 나섰다.

금계초에서 동쪽의 비탈을 내려온 뒤, 다시 산을 올라 꼭대기에 올라섰다. 동쪽을 굽어보니, 골짜기 사이를 흐르는 강이 골짜기를 빙 휘감으며 동쪽으로 흘러든다. 동굴 입구는 바로 동쪽 골짜기 아래에 있다. 내가 오른 산꼭대기는 바로 그 위쪽의 벼랑 두 곳과 평행하게 마주하고 있는데, 동굴 입구는 굽어진 채 가려져 있는지라 서쪽을 향해 있는 가파른 벼랑만 보일 뿐이다. 사납게 출렁거리는 물은 동쪽으로 기울어 쏟아져 내린다. 구멍에 부딪치면서 집어삼킬 듯한 물살은 벌써 남김없이 드러나 있다.

북동쪽으로 3리를 가서 고개 등성이를 넘어 산을 내려왔다. 2리를 가자, 맨 동쪽의 암벽이 반원형의 성처럼 휘감긴 채 우뚝 치솟아 있고, 아래쪽에 열린 동굴 입구는 북쪽을 향해 있다. 그것을 바라보노라니 기이한 느낌이 들었다. 나는 산에서 쭉 내려와 1리만에 골짜기 속에 이르렀다. 다시 1리 반을 가서 동쪽 암벽 아래에 이르렀다.

조금 남쪽으로 올라가자, 동굴 입구가 훤히 트여 있고, 위쪽에 '운진동(雲津洞)'이라고 크게 씌어 있다. 이곳은 아마 물동굴의 중문이리라. 안동의 유람은 운진동을 기이한 곳으로 여긴다. 앞문에 엮어진 다리를 좇아 들어갔다가 뒷문으로 나오기까지 대략 4~5리길을 어둠속에 물길 곁을 나아갔다. 그런데 도중에 갑자기 문이 훤히 열리더니 햇빛이 들어오고, 그 위에는 절벽이 빙 두르고 있다. 이렇기에 절로 기이한 절경이라 할 수 있으리라.

나는 그 앞쪽 동굴로 들어가지 못한 채 겹겹의 낭떠러지와 높다란 봉우리 사이로 들어갔다. 그저 만상동(萬象洞)과 남명동(南明洞)만 알고 있었을 뿐, 운진동이 있는 줄은 꿈에도 알지 못했다. 그런데 운진동을 유람하다니 참으로 뜻밖이었다. 이에 동굴을 굽어보면서 내려갔다. 남서쪽의 구멍 속에서 흘러나온 동굴 바닥의 물은 동굴 입구 안쪽을 감아돌아 동쪽으로 흘러가다가, 다시 남동쪽의 구멍으로 흘러들어간다.

나는 물가로 내려가 그곳을 스쳐지났다. 물길은 너비가 세 길이고, 동굴은 높이가 대여섯 길이며, 동서로 입구의 밝게 트인 곳은 지름이 스무 길이다. 다만 물이 드나드는 곳은 바깥쪽 벽에 바짝 붙어 있는지라, 다리가 없으면 나아갈 수 없다. 물이 흘러나오는 서쪽의 구멍은 차츰 어두워져 멀리 들여다볼 수 없다. 이에 반해 동쪽의 물이 흘러드는 구멍은 약간 옆으로 트여 있는지라, 물 너머로 바라보니 가운데에 종유석이 줄지어 드리워진 채 아늑한 느낌이 들었다.

다시 동굴 밖으로 올라 나와, 동쪽과 남쪽, 북쪽의 삼면을 바라보니, 모두 암벽이 빙 두르고 있는지라 오를 수 있는 곳이 없다. 계속해서 왔던 길을 되짚어 나와 북쪽의 산을 올랐다. 동쪽으로 1리를 가서 고개를 넘은 뒤, 얼마 후 동쪽 암벽을 올라 빙글빙글 돌아 올랐다.

고개의 움푹한 평지 속에서 동쪽으로 1리를 갔다. 이곳에는 남북 양쪽마다 층층의 봉우리가 솟구쳐 있고, 바위벼랑이 때때로 불쑥 솟아 있다. 만상동은 바로 북쪽 벼랑 위에 있는데, 안내인은 남쪽 벼랑 아래에 있다고 허튼소리를 했다.

쭉 1리를 내려가 남쪽 벼랑에 닿았다. 동쪽을 향해 있는 동굴의 높이는 네 길이다. 동굴 속에서는 물이 솟구쳐 나오고, 벼랑 양쪽은 뿔처럼 솟구쳐 앞쪽과 마주한 채 골짜기를 이루고 있다. 동굴을 흘러나와 골짜기를 세차게 흐르는 물은 기세가 웅장하다. 아마 이곳은 물동굴의 후문이리라.

다시 동쪽으로 2리를 가서 노서촌(老鼠村)에 이르렀다. 길 가는 이를 붙들어 물어보니, 만상동은 북서쪽 고개 위에 있다고 했다. 그곳은 방금 전에 산을 내려왔던 곳이었다. 동굴은 대단히 깊은데, 위에서 내려와 동굴 바닥에 이르자 물동굴과 통해 있다.

나는 다시 동굴 입구로 가보고 싶었다. 그러나 날이 어느덧 저문데다, 숙소와 10리나 떨어져 있었다. 이 세 동굴을 생각해보니, 수십 년간이나 그리워한 끝에 만리 길을 달려 도착했다. 그런데 오랑캐의 반란이 가로막고 홍수가 떼어놓으며, 해도 재촉하는데다 안내인조차 그르치니, 평생토록 걸어온 유람 가운데, 이번이 운수가 가장 사납도나!

---

1) 전사(典史)는 원나라때부터 시작된 관직의 명칭으로서, 지현(知縣) 아래에서 체포와 감옥의 업무를 담당하는 속관이다.

원문

季會明曰: 乙酉七月, 余宗人季楊之避難於舅氏徐虞卿處, 顧余於館, 見『霞客遊記』, 携『滇遊』一冊去. 不兩日虞卿爲盜所殺, 火其廬, 記付祖龍. 是書遭其殘缺, 亦劫數也! 原稿後又搶散, 此集亦失而復得, 危矣哉! 幸矣哉! 但全集今唯義興庠友曹駿甫處有之. 駿甫亦好遊, 慕霞客之高, 聞變, 詣吊, 已葬, 拜墓而去. 後又來, 欲求遺書校錄, 爲刊刻計. 子依¹⁾以原稿付去, 逾一年而返趙, 云已謄錄. 今其集必全. 況此冊正入滇之始, 奇遇勝遊, 多在其中, 甚不可缺, 訪而得之, 亦甚易也. 又詩稿一冊, 仲昭付梓人陳仲郟; 仲郟遇難, 稿亦散失. 然其詩另爲一冊, 與記不相連屬, 缺之猶可; 記缺其一, 便不成集, 當急求之.

陳體靜²⁾曰: 余嘗考介翁³⁾於宜興史氏購得曹氏底本, 而此冊中亦僅載遊太華、顏洞數小記而已, 其間自五月初九至八月初六, 凡八十七日日記,仍不可得. 想曹氏以其經行之略已見於「盤江考」中而槪削之者, 則知駿甫所錄, 先已非全文也. 文章缺陷, 信乎有數存焉, 爲之浩歎!

鎭按:「滇一」日記, 已爲燼簡, 介翁葺殘補治, 定知非輯綴假合也. 或者一幷汰之, 直將「太華」數節, 別作記外贅筆, 而「滇一」則仍闕如, 豈復成令丙[4]耶? 玆從陳本編正.

---

1) 자의(子依)는 서하객의 아들인 서기(徐屺, 1615~1645)의 자이다.
2) 진체정(陳體靜)은 진홍(陳泓)을 가리킨다.
3) 개옹(介翁)은 서하객의 이기(李寄)이다. 이기는 서하객의 첩인 주씨(周氏)가 낳은 아들로서, 자는 개립(介立)이다. 주씨가 서하객의 집안에서 내쫓겨 이씨(李氏)에게 개가 했기에 성이 이(李)로 바뀌었다.
4) 영병(令丙)은 영갑(令甲)과 영을(令乙)에 이은 법령의 세 번째를 의미하며, 여기에서 는 편차(編次)를 가리킨다.

遊太華山記

出省城, 西南二里下舟. 兩岸平疇夾水, 十里田盡, 萑葦滿澤, 舟行深綠間, 不復知爲滇池巨流, 是爲草海. 草間舟道甚狹, 遙望西山繞臂東出, 削崖排空, 則羅漢寺也. 又西十五里, 抵高嶢, 乃捨舟登陸. 高嶢者, 西山中遜處也. 南北山皆環而東出, 中獨西遜, 水亦西逼之, 有數百家倚山臨水, 爲迤西大道. 北上有傳園; 園西上五里, 爲碧雞關, 卽大道達安寧州者. 由高嶢南上, 爲楊太史祠, 祠南至華亭、太華, 盡於羅漢, 卽碧雞山南突爲重崖者. 蓋碧雞山自西北亘東南, 進耳諸峰由西南亘東北, 兩山相接, 卽西山中遜處, 故大道從之, 上置關, 高嶢實當水埠[1]焉.

余南一里, 飯太史祠. 又南過一村, 乃西南上山, 共三里, 山半得華亭寺. 寺東向, 後倚危峰, 草海臨其前. 由寺南側門出, 循寺南西上, 南逾支隴入腋, 共二里, 東南升嶺, 嶺界華亭、太華兩寺中而東突者. 南逾嶺, 西折入腋湊間, 上爲危峰, 下盤深谷, 太華則高峙谷東, 與行處平對, 然路必窮極西腋, 後乃東轉出. 腋中懸流兩派墜石窟, 幽峭險仄,[2] 不行此徑不見也. 轉峽, 又東盤山嘴, 共一里, 俯瞰一寺在下墢, 乃<u>太平寺</u>也. 又南一里, 抵<u>太華</u><u>寺</u>. 寺亦東向, 殿前夾墀皆山茶, 南一株尤巨異. 前廊南穿廡入閣, 東向瞰海. 然此處所望猶止及<u>草海</u>, 若瀠瀠浩蕩觀, 當更在<u>羅漢寺</u>南也.

　逐出南側門, 稍南下, 循塢西入. 又東轉一里半, 南逾嶺. 嶺自西峰最高處東垂下, 有大道直上, 爲登頂道. 截之東南下, 復南轉, 遇石峰嶙峋南擁. 輒從其北, 東向墜土坑下, 共一里, 又西行石叢中. 一里, 復上躡崖端, 盤崖而南, 見南崖上下, 如蜂房燕窩, 累累欲墮者, 皆<u>羅漢寺</u>南北庵也. 披石隙稍下, 一里, 抵北庵, 已出<u>文殊巖</u>上, 始得正道. 由此南下, 爲<u>羅漢寺</u>正殿; 由此南上, 爲<u>朝天橋</u>. 橋架斷崖間, 上下皆嵌崖, 此復嶄崖中墜. 橋度而南, 卽爲<u>靈官殿</u>, 殿門北向臨橋. 由殿東側門下, 攀崖躡峻, 愈上愈奇, 而樓、(供純陽.) 而殿、(供玄帝.) 而閣、(供玉皇.) 而宮, (名抱一.) 皆東向臨海, 嵌懸崖間. 每上數十丈, 得斗大平崖, 輒杙空架隙成之. 故諸殿俱不巨, 而點雲綴石, 互爲披映, 至此始擴然全收水海之勝. 南崖有亭前突, 北崖橫倚樓, 樓前高柏一株, 浮空漾翠. 並樓而坐, 如倚危檣上, 不復知有崖石下藉也. <u>抱一宮</u>南削崖上, 杙木棧, 穿石穴, 棧懸崖樹, 穴透崖隙, 皆極險峭. 度隙, 有小樓黏石端, 寢龕炊竈皆具. 北庵景至此而極. 返下<u>朝天橋</u>, 謁<u>羅漢</u>正殿. 殿後崖高百仞. 崖南轉折間, 泉一方渟崖麓, 乃<u>朝天橋</u>迸縫而下者, 曰<u>勺冷泉</u>. 南逾泉, 卽東南折, 其上崖更崇列, 中止瀠坪一縷若腰帶, 下悉隤阪崩崖, 直挿海底, 坪間梵宇仙宮, (雷神廟、三佛殿、壽佛殿、關帝殿、張仙祠、眞武宮) 次第連綴. <u>眞武宮</u>之上, 崖愈傑竦, 昔<u>梁王</u>避暑於此, 又名<u>避暑臺</u>; 爲南庵盡處, 上卽穴石小樓也. 更南, 則庵盡而崖不盡, 穹壁覆雲, 重崖拓而更合. 南絶壁下, 有<u>猗蘭閣</u>址.

　還至正殿, 東向出山門, 凡八折, 下二里抵山麓, 有村氓數十家, 俱網罟爲業. 村南卽<u>龍王堂</u>, 前臨水海. 由其後南循南崖麓, 村盡波連, 崖勢愈出, 上已過<u>猗蘭</u>舊址. 南壁愈拓削, 一去五里, 黃石痕掛壁下, 土人名爲<u>掛㮏山</u>. 再南則崖迴嘴突, 巨石疊空嵌水折成罍, 南夏分接屛壁, 雄峭不若前, 而兀突離奇, 又開異境. 三里, 下瞰海涯, 舟出沒石隙中, 有結茅南涯側者, 亟懸

仄徑下, 得金線泉. 泉自西山透腹出, 外分三門, 大僅如盎, 中崆峒, 悉巨石
欹側, 不可入. 水由盎門出, 分注海. 海中細魚溯流入洞, 是名金線魚. 魚大
不逾四寸, 中腴脂, 首尾金一縷如線, 爲滇池珍味. 泉北半里, 有大石洞, 洞
門東瞰大海, 卽在大道下, 崖傾莫可墜, 必迂其南, 始得透迤入, 卽前所望
石中小舟出沒處也. 門內石質玲透, 裂隙森柱, 俱當明處. 南入數丈輒暗,
覓炬更南, 洞愈崇拓. 共一里, 始轉而分東西向, 東上三丈止, 西入窈窕莫
極. 懼火炬不給, 乃出.

上山返抱一宮. 問山頂黑龍池道, 須北向太華中, 乃南轉. 然池實在山南
金線泉絶頂, 以此地崖崇石峻, 非攀援可至耳. 余輒從危崖歷隙上, 壁雖峭,
石縫多稜, 懸躍無不如意. 壁紋瓊葩瑤莖, 千容萬變, 皆目所未收. 素習者
惟牡丹, 枝葉離披,[3] 佈滿石隙, 爲此地絶遘, 乃結子垂垂, 外綠中紅, 又余
地所未見. 土人以高遠莫知彩鑒, 第曰山間野藥, 不辨何物也. 攀躋里餘,
遂躐巓, 則石蕚鱗鱗, 若出水青蓮, 平散竟地. 峰端踐側鍔而南, 惟西南一
峰最高. 行峰頂四里, 凌其上, 爲碧雞絶頂. 頂南石蕚駢叢, 南墜又起一突
兀峰, 高少遜之, 乃南盡海口山也. 絶頂東下二里, 已臨金線泉之上, 乃於
聳崖間觀黑龍池而下.

---

1) 수부(水埠)는 강가나 못가에 바위를 쌓아 배를 대는 부두로 쓰이는 곳을 가리킨다.
2) 험측(險仄)은 울퉁불퉁하고 비좁은 모양을 가리킨다.
3) 리피(離披)는 무성하게 많음을 의미한다.

遊顔洞記

臨安府顔洞凡三, 爲典史顔姓者所開, 名最著. 余一至滇省, 每飯未嘗忘
鉅鹿也.[1] 遂由省中南過通海縣, 遊縣南之秀山. 上一里半, 爲灝穹宮. 宮前
巨山茶二株, 曰紅雲殿. 宮建自萬曆初, 距今才六十年, 山茶樹遂冠南土. 又
南抵臨安府. 城南臨瀘江; 此江西自石屛州異龍湖來, 東北穿出顔洞; 而合
郡衆水, 亦以此洞爲洩水穴也.

於是覓一導遊者於城東接待寺. 顔洞大道, 當循城而南, 渡瀘江橋; 導者從寺前隔江東北小路行, 遂不得渡瀘江, 東觀三溪會合處. 由寺北循塘岸東行, 塘東皆紅蓮覆池, 密不見水. 東北十五里, 渡賽公橋. 水自西北來, 東南入瀘. 又五里, 上山, 爲金雞哨. 哨南瀘江會諸水, 由此東入峽. 峽甚逼, 水傾其中, 東抵洞口尙里餘. 望洞頂石崖雙劈, 如門對峙, 洞正透其下, 重岡迴夾之, 不可得見. 求土人導入, 皆曰 : "水漲流急, 此非遊時. 若兩月前水涸, 可不橋而入; 今卽有橋, 亦不能進, 況無橋耶!" 橋非一處, 每洞中水深處, 輒架木以渡. 往例按君來遊, 架橋費且百金, 他費亦百金. 土人苦之, 乘普酋兵變, 托言洞東卽阿迷境, 叛人嘗出沒此, 遂絶官長遊洞者. 余必欲一至洞門, 土人曰 : "須渡江南岸, 隨峽入, 所謂瀘江橋大道也." 始悔爲導者誤, 乃舍水洞, 覓南明、萬象二陸洞.

從哨東下坡, 復上山登頂. 東瞰峽江環峽東入, 洞門卽在東峽下. 余所登山處, 正與其上雙崖平對, 門猶爲曲掩, 但見峭崖西向, 湧水東傾, 搗穴吞流之勢, 已無隱形矣. 東北三里, 逾嶺脊下山. 二里, 則極東石壁迴聳, 如環半城, 下開洞門北向. 余望之有異, 從之直下, 一里, 抵峽中. 又一里半,, 抵東壁下. 稍南上, 洞門廓然, 上大書'雲津洞', 蓋水洞中門也. 遊顔洞以雲津爲奇 : 從前門架橋入, 出後門, 約四五里, 暗中傍水行, 中忽闢門延景, 其上又絶壁迴環, 故自奇絶. 余不能入其前洞, 而得之重崿絶巘間, 且但知萬象、南明, 不復知有雲津也, 誠出余意外. 遂瞰洞而下. 洞底水從西南穴中來, 盤門內而東, 復入東南穴去. 余下臨水湄, 徑之, 水闊三丈, 洞高五六丈, 而東西當門透明處, 徑可二十丈. 但水所出入, 直逼外壁, 故非橋莫能行. 出水西穴, 漸暗不可遠窺; 東爲水入穴處, 稍旁拓, 隔水眺之, 中垂列乳柱, 繽紛窈窕. 復上出洞外, 上眺東南北三面, 俱環壁無可上. 仍西出舊道, 北上山. 東一里, 逾嶺, 已陟東壁迴環上. 嶺埠中東向一里, 其地南北各起層峰, 石崖時突, 萬象洞卽在北崖上, 乃導者妄謂在南崖下. 直下者一里, 抵南崖. 一洞東向, 高四丈, 水從中湧出, 兩崖角起, 前對爲峽, 水出洞破峽, 勢極雄壯, 蓋水洞後門也. 又東二里, 抵老鼠村, 執途人問之, 萬象洞在西北嶺上, 卽前所從下山處, 洞甚深, 歷降而下, 底與水洞通. 余欲更至洞門, 晚色已合, 去宿館尙十里. 念此三洞, 慕之數十年, 趨走萬里, 乃至而叛彝阻之, 陽侯²⁾隔之, 太陽促之, 導人又誤之, 生平遊屐, 斯爲最厄矣!

---

1) 거록(鉅鹿)은 옛 군(郡)의 명칭으로, 지금의 하북성 평향현(平鄕縣) 남서쪽에 위치해 있다. 『사기·풍당전(馮唐傳)』에 따르면, "이제 나는 밥을 먹을 때마다 거록을 생각하지 않은 적이 없다(今吾每飯, 意未嘗不在鉅鹿也.)"고 했는데, 훗날 언제나 잊지 않음을 '每飯不忘'이라 했다.
2) 양후(陽侯)는 고대 전설에 나타나는 수신(水神)의 이름이다.

운남 유람일기2(滇遊日記二)

해제

　「운남 유람일기2」는 서하객이 운남성 동부와 귀주성 서남부를 유람한 기록이다. 숭정 11년(1638년) 8월 7일 광서부(廣西府)에 머물러 있던 서하객은 이후 남반강(南盤江)을 고찰한 후, 북동쪽으로 사종주(師宗州)와 나평주(羅平州)를 거쳐 귀주성의 황초패(黃草壩)에 이르렀다가 8월 29일 벽동(碧峒)에 도착했다. 이 기간의 여정에서 서하객은 토비의 횡행, 그칠 줄 모르는 장마, 여인숙 주인의 횡포 등으로 많은 고초를 겪었다. 이러한 어려움 가운데에서도 서하객은 여원동(濾源洞)을 유람하고, 남반강 하류를 고찰했으며, 중국 최대의 카르스트 지형에 대해 연구했다. 아울러 그는 소수민족지구에서 토사들이 저지르는 만행 또한 상세히 기록하고 있다.

　이번 유람의 주요 여정은 다음과 같다. 광서부(廣西府) → 사종주(師宗州)

→ 나평주(羅平州) → 황초패(黃草壩) → 벽동(碧峒)

역문

무인년 8월 초이레

나는 편지를 써서 지부 대리를 맡고 있는 별가[1] 하(何)씨에게 보내
『광서부지(廣西府志)』를 요구했다. 이날은 그의 생일이라 관청에 나오지
않았기에, 편지는 전달되지 못했다. 나는 관청에 들어가 광서부(廣西府)
의 전경도를 살펴보았다. 반강(盤江)이 남쪽 변경에서 서쪽으로 반쯤 흘
러들었다가 북동쪽으로 동쪽 변경의 북쪽을 따라 흘러가는 것을 보았
다. 그러나 지명이 표기되어 있지 않아, 반강이 어느 변경을 흘러가는지
알 길이 없었다.

---

[1] 별가(別駕)는 주(州) 자사(刺史)의 보좌관으로서, 정식 명칭은 별가종사사(別駕從事
使)이다. 한나라 때에 두기 시작했으며, 자사가 관할지를 순시할 때에 따로 수레를
타고서 자사를 수행했기 때문에 이 명칭이 생겨났다.

8월 초여드레

나의 편지를 받은 별가 하씨가 나를 만나고 싶어 했다. 하지만 비가
내리는 바람에 가지 못했다.

8월 초아흐레

나는 하인 고(顧)씨를 보내 별가 하씨에게 작별인사를 드리도록 했으나, 그는 만나주지 않았다. 하인 고씨가 그에게 『광서부지』를 구해달라고 채근하자, 그는 곧바로 보내준다고 했으나 끝내 보내오지 않았다. 이날 또다시 세찬 비가 그치지 않고 내렸다.

8월 초열흘

별가 하씨가 『광서부지』를 찾아보았으나 인쇄된 것이 없어서 다시 인쇄하도록 명령해 두었다고 말했다. 이날 정오에 날이 개이고서야 활짝 피어난 노란 국화꽃을 보았다. (국화는 오직 노란색뿐이고 크지 않다. 서양의 국화도 있다.)

광서부 서쪽 경계에 커다란 산이 병풍처럼 드높이 늘어선 채 남쪽으로 쭉 뻗어 있다. 이곳은 초자산(草子山)이다. 서쪽 경계는 곧 대마자령(大麻子嶺)인데, 대귀산(大龜山)에서 뻗어온 것이다. 동쪽 경계는 가파르고 비좁은 반면, 서쪽 경계는 층층이 겹쳐 있다. 북쪽에는 바위산 하나가 가운데에 빽빽이 늘어선 채 양쪽 경계를 이어주고 있다. 이것은 발과산(發果山)이다. 동쪽의 지맥이 남쪽으로 뻗어내린 곳은 광서부 치소로 맺어진다. 서쪽의 지맥이 서쪽의 경계와 이어진 곳에는 거대한 물길이 구멍에서 솟구쳐 나온다. 이곳은 여강(濾江)의 원류이며, 이 물은 서문의 커다란 다리를 지나 의방지(矢邦池)의 수원이 된다.

(통해호通海湖의 물은 구멍에서 솟구쳐 나오고, 이 의방지의 물 역시 구멍에서 솟구쳐 나온다. 그러나 의방지의 남쪽에는 산이 또 가로지르는지라, 못물은 태수당太守塘에서 산의 구멍속으로 흘러드니, 더욱 기이하다. 광복사廣福寺의 스님의 이야기에 따르면, 의방지의 물은 구멍으로 흘러들었다가 죽원촌竹園村 북쪽의 용담龍潭에서 흘러나온다

고 하는데, 과연 그런지 어떤지는 알 길이 없다. 용담의 물은 석강錫岡 북쪽의 움푹한 평지에서 흘러나오니, 의방지의 물이 반드시 용담의 물과 합쳐져 흘러온다고는 할 수 없으리라. 의방지는 속칭 해자海子라고도 하고, 용전龍甸이라고도 한다. 이 여강은 광중廣中의 여강이 아니다. 여강은 남방에 있는데, 이 물길 역시 그 이름을 도용했다. 왜 그러했는지 알 수 없다.)

의방지 남쪽 멀리 동서로 가로 이어진 산이 있다. 이 일대는 남북으로 가운데가 웅덩이진 구덩이이며, 물은 흘러들고 나가는 것 모두 뚫린 구멍을 통해서이다. 이곳은 광서부 경내의 산 가운데 가장 멀리 뻗어 있는 산줄기이다.

발과산은 마치 꿰인 구슬처럼 둥근데, 광서부의 뒤편에 가로로 늘어서 있다. 동쪽으로 뻗어내린 갈래는 기웅봉(奇鶴峰)이며, 공묘(孔廟)는 이곳에 의지해 있다. 서쪽으로 뻗어내린 갈래는 철룡봉(鐵龍峰)이며, 만수사(萬壽寺)는 이곳에 기대어 있다. 광서부 부성(府城)은 이 가운데의 빙글 두른 곳에 자리하고 있다.

부성의 북동쪽에도 한 가운데에 수산(秀山)이라는 조그마한 바위봉우리가 있다. 봉우리 위에는 불쑥 튀어나온 바위가 많은데, 앞으로는 호수를 굽어보고, 뒤로는 비취빛이 손에 잡힐 듯하다. 호수에 닿아 있는 부성의 남쪽에는 세 개의 봉우리가 불쑥 솟구쳐 있다. 동쪽은 광복사가 있는 봉우리로서, 영귀산(靈龜山)이다. 가운데 봉우리는 가장 작은 봉우리인 문필봉(文筆峰)으로, 봉우리 위에 탑이 세워져 있다. 서쪽 봉우리는 비취빛 병풍처럼 가로 늘어서 있다. (취병봉翠屛峰이라 일컫는다.) 이들은 광서부 부성에서 가까운 것들이다.

수산 앞에는 복파장군묘(伏波將軍廟)가 있다. 이 묘당의 뒤쪽 전각은 복파장군(伏波將軍)[1]의 상을 모시고 있고, 앞쪽 전각은 광서부 지부(知府)인 장계맹(張繼孟)의 사당이다. (장계맹은 부풍현扶風縣 사람으로, 진사 신분으로 광서부 지부를 역임했다. 임신壬申년[2]에 광서부는 추장 보普씨에게 포위당하여 부성이 커다란 위험에 직면했다. 장계맹이 몸을 사리지 않고 분전하여 성을 굳게 지킨 덕에, 보씨는 성을 깨부수지 못하여 성은 보존될 수 있었다. 이에 앞서 장계맹은 복파장군 마원馬援이 전략을 제시하는 것을 꿈에 보고서, 후에 적을 물리쳤다. 2월 말, 장계맹은 친히 식재하息宰河에 이르러 적들을 투항케 했다. 현지 사람들은 그의 담략에 탄복했으며, 적들은 그를 '사명왕捨命王'이라 일컬었다.)

신사新寺, 즉 만수사)는 발과산 서쪽 자락의 남쪽에 자리하고 있으며, 절 뒤편의 산에는 바위가 겹겹이 우뚝 늘어서 있다. 이런 모습을 운남에서는 본 적이 없었다. 남쪽을 향해 있는 이 절의 뒤편은 가파른 봉우리에 의지하여 있으며, 앞으로는 멀리 호수와 같은 의방지를 굽어보고 있다. 이 역시 이 일대에서 경관이 빼어난 곳이다. 절 앞에는 옥황각玉皇閣)이 있고, 동쪽에는 성황묘(城隍廟)가 있는데, 모두 성밖에 있다.

여원동(蘆源洞)은 부성의 북서쪽 4리에 있다. 신사의 뒷산은 서쪽으로 가다가 끝이 나더니, 움푹한 평지를 빙 둘러 북쪽으로 뻗어나간다. 그 사이에 봉우리들이 어지러이 모여 있고 자그마한 바위봉우리가 이어져 있다. 마치 꽃잎을 깎아내고 가지를 나란히 늘어놓은 듯하고, 푸른빛과 비취빛을 점점이 찍어놓은 듯하다.

북쪽으로 감아돌고 서쪽으로 돌아드니, 여원동의 물이 아래의 구멍에서 솟구쳐 나온다. 층층의 벼랑에 펼쳐져 있는 여원동에는 모두 세 개의 동굴이 있다. 윗동굴은 남동쪽을 향해 있고, 앞에 정자가 있다. 아래 동굴은 남쪽을 향해 있고, 윗동굴의 서쪽 쉰 걸음 되는 곳에 있다. 두 동굴 모두 앞산의 남쪽 벼랑에 있다. 뒷 동굴은 뒷산의 북쪽 언덕에 있는데, 언덕 위는 마치 마른 우물처럼 보인다.

우물을 따라 북쪽의 구멍을 푹 꺼져내려 스무 걸음을 내려오자, 바닥은 줄지은 채 등성이를 이루고 있다. 구멍 하나는 북동쪽으로 내려가면서 작아지고, 다른 구멍 하나는 남동쪽으로 내려가면서 넓어진다. 이것이 세 동굴의 나누어진 방향이다. 그 속으로 들어가는 동굴마다 대단히 깊어, 횃불을 손에 들고 비좁은 어귀를 뚫고 나아갔다. 여러 차례 오르락내리락 거리고, 종유석이 어지러이 엇섞여 있는지라, 끝까지 가보지는 못했다.

---

1) 복파장군(伏波將軍)은 한나라의 장군 칭호이며, 여기에서는 동한 때의 마원(馬援)을 가리킨다.
2) 임신년(壬申年)은 숭정(崇禎) 5년인 1632년이다.

8월 11일

날이 대단히 맑았다. 오전에 서문을 나와 성황묘와 옥황각 앞을 지났다. 서쪽으로 1리를 가서, 신사 서쪽 봉우리의 산부리를 돌아들어 북쪽으로 나아갔다. 북쪽으로 1리를 더 가자, 서쪽 구렁에 물이 가득 불어나 있는 모습이 보였다. 윗동굴은 그 북서쪽에 있다.

갈림길에서 1리를 나아가 산 아래에 이르렀다. 층계를 기어올라 윗동굴을 유람했다. 동굴 서쪽을 바라보니 절이 있고, 겹으로 된 대전이 있다. 들어가 쉬면서 물을 끓여 식사를 했다. 나는 절의 서쪽을 따라 물동굴을 구경했다. 횃불을 구하러 절로 돌아왔다가, 비로소 동굴이 세 곳이며, 동굴마다 횃불을 밝혀야만 깊이 들어갈 수 있음을 알게 되었다.

오후에 간신히 횃불을 구했으나 하인 고씨가 불씨를 꺼트리고 말았다. 이리저리 두루 불씨를 찾아보았으나 끝내 구하지 못했다. 멀리 바라보니 마을 한 곳이 물길 너머 남쪽에 있으나, 물이 불어 갈 수가 없다. 끝내 동굴 속에 깊이 들어갈 방도를 생각해내지 못했다. 잠시 뒷동굴속으로 달려가 그 바깥문을 둘러보고, 다시 아래 동굴 바닥으로 들어갔다가 가운데 문을 살펴보았을 따름이다. 이어 왔던 길을 되짚어 북쪽의 신사에 들어갔다가, 저물녘에 부성으로 돌아왔다.

8월 12일

일찌감치 별가 하씨에게 『광서부지』를 재촉했더니, 여전히 금방 보내준다고 했다. 숙소에 앉아 기다리면서, 보내오는 대로 떠날 준비를 했다. 어느덧 하루가 지났으나, 역시 구하지 못했다. 밤에 별가 하씨가 하인 고씨에게 "『광서부지』는 지금 제본하는 중이니, 장정을 하여 책이 만들어지는 대로 즉시 가져와 인사드리겠다고 하시오"라고 말했다.

나는 애초에 광서부 사람들이 틀림없이 반강의 원류를 잘 알고 있으리라고 여겨 두루 물어보았으나, 끝내 알고 있는 이가 없었다. 알지 못하는 이들은 오히려 서쪽으로 돌아들어 미륵주(彌勒州)로 흘러간다고 말했다. 이는 완전히 반대로 알고 있는 것이다. 알고 있는 이들은 다만 북동쪽의 나평주(羅平州)로 흘러들었다가 황초패(黃草壩)를 거쳐 흘러내린다고 말할 뿐, 어디서 흘러오는지 아는 이가 없었다. 간혹 남동쪽의 광남부(廣南府)로 흘러내렸다가 전주(田州)로 흘러나온다고 말하는 이도 있었다. 그러나 역시 추측에 지나지 않으며, 확실한 근거는 없었다.

이곳에서 황초패까지는 북동쪽으로 나흘이나 닷새의 여정이다. 나는 반강을 따라 황초패에 가보고 싶었다. 하지만 광서부에서 체류한 날이 오래 되었는지라, 운남성 서부로 가는 여행을 늦출 수 없었다. 그래서 그곳은 잠시 유보해두었다가 돌아오는 길에 가보기로 했다.

광서부에는 앵무새가 아주 많다. 이 새는 모두 삼향현(三鄉縣)에서 나오는데, 비취빛 깃털에 붉은 부리를 하고 있을 뿐, 오색의 기이한 색깔은 없다. 삼향현은 갑인년(甲寅)[1]에 광서부의 지부 소(蕭)씨가 세운 성이다. 유마주(維摩州)에는 유관이 설치되어 있는데, 유관은 광서부 부성에서만 살 뿐, 주(州)의 치소에 가지는 않는다. 삼향현과 유마주 두 곳 모두 하천구(何天衢)의 도움을 받아 지키면서, 보(普)씨 성의 우두머리와 맞서고 있다.

광복사(廣福寺)는 부성의 동쪽 2리에 있다. 길쌍향(吉雙鄉)은 의방지의 남동쪽에 있으며, 광복사와 마주하고 있다. 미륵주는 부성의 서쪽 90리에 있다. 『일통지』에서는 광복사가 미륵주의 동쪽 90리에 있고, 길쌍향은 미륵주의 속지라고 설명하고 있는데, 이게 어찌된 일인가? 당시 광서부에는 부곽현(附郭縣)이 없이, 세 주(州)가 각기 부성의 앞에 이르러 경계가 나누어지기에 길쌍향이 미륵주에 속한다고 했을까? 그렇다면 지금의 대마자초(大麻子哨)의 서쪽에는 어찌하여 경계를 나눈 터가 있단 말인가?

---

1) 갑인년(甲寅年)은 만력(萬曆) 42년인 1614년이다.

8월 13일

한밤중에 우레소리가 들리더니, 날이 밝을 무렵에 비가 내리기 시작했다. 애초에 나는 몇 번이나 길을 나서려 했건만, 하루에 또 하루를 기다리다보니, 마치 황하(黃河)물이 맑아지기를 기다리듯 기약이 없다. 성성(省城)인 곤명(昆明)에서 임안부(臨安府)까지는 계속 남쪽으로 나아간다. 임안부에서 석병주(石屛州)까지는 계속 북서쪽으로 나아간다. 임안부에서 아미주까지는 계속 북동쪽으로 나아간다. 아미주에서 미륵주까지는 계속 북쪽으로 나아간다. 미륵주에서 광서부까지는 계속 북동쪽으로 나아간다.

8월 14일

다시 한 번 하인 고씨에게 『광서부지』를 채근하라고 했다. 나는 행장을 꾸린 채 숙소에서 기다렸다. 날이 언뜻 비가 내렸다가 언뜻 개었다 했다. 오전에 회답을 얻었는데, 내일 아침까지만 머물러 달라는 것이었다. 이에 짐을 가지고 서문을 나와 옥황각으로 들어갔다. 옥황각은 자못 웅장하고 화려하다. 안에는 동상이 있고, 양쪽 곁채의 여러 신선들의 소상(塑像)은 대단히 생기 넘치며, 정전 사면의 벽화 역시 대단히 정교했다.

만수사에 들러 그 오른쪽 곁방에 짐을 풀었다. 식사를 마치고서 절 왼편의 철룡봉 등성이를 올랐다. 바위모서리는 마치 용의 비늘이나 코끼리의 뿔처럼 날카롭다. (『지』에서는 천마봉天馬峰이라고도 일컫는데, 그 모양이 흡사하기 때문이다.) 등성이를 내려와 절로 돌아가는 도중에 오른쪽 곁방 북쪽에 관이 하나 놓여 있다. 무슨 일인지 물어보니, 우리 고향인 휘주(徽州) 사람 유공(游公)의 관이었다.

유공의 이름은 대훈(大勳)이며, 광서부의 삼부[1]를 역임했다. 우두머리 보씨를 정벌할 때 병사를 이끌고서 부성 남쪽의 의방지 끄트머리에 주둔하여 도적의 공격을 막아냈다. 숭정 4년 4월, 우두머리 보씨의 군대가 갑자기 기회를 틈타 공격한 바람에, 유공은 끝내 진지에서 전사했다. 이제는 그의 아들이 이곳에 거주한 채 돌아가지 못하는지라, 절 안에 운구를 모셨던 것이다. 나는 유공으로 인해 탄식을 금치 못했다.

이날 밤 이여옥(李如玉), 양선거(楊善居) 등의 여러 사람이 절 안에서 제단을 차려 제사를 지내고 있었다. 이들과 만나, 여러 차례 시주밥을 대접받았다. 천송(千松) 스님 역시 조금이나마 사람의 뜻을 잘 헤아려주었다. 이날 밤 달이 매우 밝았다.

---

1) 삼부(三府)는 통판(通判)의 별칭이다. 명청대에 각 부에 두었던 이 관직은 품계는 지부 아래이며, 식량운송 및 농지수리 등의 업무를 담당했다.

8월 15일

나는 성에 들어가 유공의 아들을 방문했다. 하인 고씨에게는 별가 하씨에게 가서 재촉하도록 했다. 오전에 서문을 나와 성황묘를 구경했다. 절로 돌아오니, 절 안에는 향을 사르고 참배하는 남녀가 줄을 잇고 있었다. 오석이(吳錫爾)라는 사람도 역시 향을 사르러 왔는데, 양선거와 함께 내가 지니고 있는 글을 보여달라고 부탁했다. 각자 가지고 갔다가 저녁까지는 되돌려주겠노라고 약속했다.

정오에 하인 고씨가 돌아와 이렇게 말했다. "아전이 『광서부지』를 제본하는 시간이 너무 오래 꾸물거린다고, 별가 하씨가 그에게 곤장을 몇 대 쳤답니다. 오후까지는 마치라고 했으니, 기한을 넘기지는 않으리라 생각합니다." 오후에 별가 하씨가 당서[1]를 시켜 『광서부지』와 예물을 보내왔다. 나는 그에게 편지를 써서 감사의 인사를 전했다. 이날 밤은 중추절이었지만, 저녁에 먹구름이 자욱하게 깔리더니 날이 저문 후 거센 바람이 갑자기 몰아쳤다. 스님이 정전에 차를 마련했기에, 먹고 마신 뒤에 잠자리에 들었다.

---

[1] 관부에서 업무를 처리하는 곳을 당(堂)이라 하며, 관부의 서리(書吏)를 당서(堂書)라 일컫는다.

8월 16일

비가 계속 내릴 듯했으나, 길을 떠나는 나의 바람을 가로막지는 못했다. 다만 오석이와 양선거가 빌려간 글을 아직 되돌려받지 못했는지라, 하인 고씨에게 가서 받아오라고 시켰다. 식사를 마친 후 양선거가 술한 단지와 안주감으로 튀김과 훈제 오리고기를 가져왔다. 술을 마신 후, 훈제 오리고기와 튀김을 가지고 길을 나섰다.

옥황각 뒤에서 철룡봉 동쪽 기슭을 따라 북쪽으로 나아가 1리를 가서 북쪽 산을 올랐다. 1리를 가서 움푹 꺼진 곳을 넘었다. 이곳은 발과산의 등성이인데, 『광서부지』에서는 구화산(九華山)이라고도 일컬었다. 대체로 발과산 동쪽 봉우리는 남쪽으로 뻗어내려 기학봉(奇鶴峰)을 이룬다. 이곳에는 공묘가 의지해 있다. 서쪽 봉우리는 남쪽으로 뻗어내려 철룡봉을 이루며, 만수사가 있는 줄기이다. 가운데를 빙 둘러 남쪽의 성안에 불쑥 솟아 있는 것은 종수산(鐘秀山)이다. 사실 이 모두는 하나의 산이다.

고개 위에서 완만하게 나아가 북쪽으로 3리를 더 가서야, 서쪽에 있는 여원동이 보이기 시작했다. 산등성이는 동쪽에 줄지은 커다란 산에서 서쪽으로 건너뻗어 서쪽에 줄지은 산으로 이어진다. 이 등성이는 부성(府城)의 뒤편에 기대어 있다. 하지만 여원동의 물길은 그 서쪽의 구멍을 뚫고 흘러나오니, 산줄기를 지났다고는 할 수 없다.

고개를 따라 북쪽으로 나아가 5리를 더 가서 약간 내려왔다. 움푹한 평지의 남쪽 언덕에 평사초(平沙哨)라는 초소가 있다. 이곳은 부성 북쪽의 군사 요충지이다. 평사초의 동쪽은 자미산(紫微山) 뒤쪽의 산줄기이며, 병풍처럼 늘어선 채 끝없이 뻗어 있다. 평사초의 서쪽은 산봉우리가 구불구불 이어져 있고, 북쪽으로 사종주(師宗州)에서 남쪽으로 뻗어내려 아로산(阿盧山)을 이루고 있다. 아로산에 가로막힌 움푹한 평지 속의 물은 여원동으로 뚫고 흘러지난다.

초소 앞에서 북쪽의 움푹한 평지 속을 나아가 6리를 갔다. 시내는 북쪽에서 남쪽으로 흐르고, 그 위에 의각교(矢各橋)라는 조그마한 돌다리가 걸쳐져 있다. 시냇물은 동서 양쪽으로 줄지은 산줄기가 나뉘는 지점에서 발원하여, 다리 아래를 거쳐 서쪽으로 쏟아지다가 남쪽으로 돌아든다. 이어 움푹한 평지가 끝나면, 시냇물은 남쪽의 구멍에 흘러들었다가 여원동의 상류에서 흘러나온다.

다시 북쪽으로 6리를 가자, 서쪽 산 중턱에 마을이 있다. 시내 골짜기는 북동쪽에서 뻗어오고, 길은 북서쪽에서 산으로 뻗어오른다. 1리만에 고개에 올라 2리를 나아가 서쪽의 줄지은 등성이를 넘었다. 여기에서 서쪽의 움푹한 평지를 굽어보면서 나아갔다. 움푹한 평지 속에는 물이 스며들어 구렁을 이루고 있으며, 그 아래에 마을이 있다. 그 서쪽에는 이어진 산들이 북쪽에서 남쪽으로 뻗어 있는데, 서쪽으로 줄지은 등성이와 마주한 채 골짜기를 이루고 있다.

고개 위에서 북쪽으로 4리를 더 가서 북서쪽으로 서쪽 골짜기 속을 내려와 1리만에 기슭에 닿았다. 다시 동쪽 기슭을 따라 북쪽으로 15리를 나아가자, 연이어진 언덕이 양쪽으로 줄지은 골짜기를 이어주고 있다. 언덕 위에 몇 채의 인가가 기대어 있다. 이곳은 중화포(中火鋪)인데, 이곳에 공관이 있다. (『광서부지』에 따르면, 사종주의 남쪽 40리에 액륵초額勒哨가 있다고 했는데, 바로 이곳임에 틀림없다.)

식사를 하고서 계속해서 북쪽의 골짜기 속을 나아갔다. 골짜기 속에는 네댓 개의 바위봉우리가 나란히 늘어서 있으며, 산세가 높고 험하다. 골짜기 서쪽에는 시내가 북쪽으로 흘러내리는 듯하고, 길은 골짜기 동쪽에서 나아간다. 양쪽에 줄지은 산은 서로 마주한 채 북쪽으로 뻗어간다. 온통 띠풀투성이의 움푹한 평지 속은 황량하며 낮고 습한데, 곧장 사종주에 이르기까지 적막한 채 서까래 한 조각조차 보이지 않았다.

들기로는 옛적에 마을이 있었다고 한다. 그런데 보씨 우두머리와 여러 오랑캐들이 출몰하여도 막을 길이 없는 바람에, 황량한 길이 되고 말았다. 광서부의 노옹 이(李)씨는 나에게 이렇게 말했다. "사종주의 남쪽 40리에는 사람 한 명 없이 적막합니다. 이는 모두 보씨가 반란을 일으켜 백성들이 편안히 살지 못하기 때문입니다. 귀산(龜山)의 독부(督府)에는 지금도 보씨의 병사들이 출몰하고 있습니다. 노남주(路南州)로 가는 길 역시 막혀 통하지 않습니다. 사종주의 성 외에는 죄다 위험한 곳이지요."

(귀산은 토사 진秦씨의 산채이다. 제일 높은 이 산은 미륵주 동서 양쪽의 산줄기가 나뉘는 곳이다. 그 서쪽은 북쪽으로 육량주陸涼州와 이어지고, 서쪽으로 노남주와 이어지며, 두 주州로 가는 오솔길이다. 이전에는 성에 단속하고 체포하는 관원을 두었지만, 도중에 차츰 없어져버렸다. 토사 진씨는 토사 앙昂씨에게 살해당했으며, 토사 앙씨는 다시 우두머리 보씨에게 포로로 붙잡혔다. 이제 보씨의 병사들이 불시에 이곳에 출몰하는 바람에, 사람들이 감히 다니지 못했다. 노남주와 징강부澂江府로 가는 이들은 오히려 남쪽의 미륵주彌勒州를 에돌아 북쪽의 혁니관革泥關을 향한다. 대체로 광서부 부성 외에는 모두 우두머리 보씨를 두려워하고 굴복한다. 부성 북쪽의 여러 마을들의 백

성들이 조금이라도 입고 먹는 것이 여유 있으면, 보씨는 늘 재물을 분담시켰다. 만약 이를 어기면 온 가족을 사로잡아 붙들어갔다. 그리하여 백성들은 차라리 사방으로 떠돌아다닐지언정 관리에게 한 마디도 하소연하지 않았다. 관리는 백성들의 목숨을 보호하지 못하고, 보씨가 생사여탈권을 쥐고 있기 때문이다.)

북쪽으로 20리를 나아가 움푹한 평지를 지나 서쪽으로 가다가 움푹한 평지 속에서 다리 하나를 건넜다. 조그마한 물길이 남쪽에서 북쪽으로 흘러가고 있다. 물길을 건너서 북서쪽으로 돌아들어 나아갔다. 저녁기운이 어느덧 짙어져 있었다. 하인 고씨는 뒤쳐진 채, 나는 노인 한 명과 아이 한 명을 앞세워 캄캄한 어둠 속에서 더듬더듬 나아갔다. 내가 큰 소리로 하인 고씨를 부르자, 노인은 얼른 손을 내저으며 말렸다. 아마 도적떼가 소리를 듣고 뛰쳐나올까봐 두려워했기 때문이리라.

비탈을 따라 움푹 꺼진 곳을 올라 10리를 가자, 움푹 꺼진 곳에 뾰족한 봉우리 하나가 자리하고 있다. 봉우리 옆구리를 뚫고서 북서쪽으로 나아갔다. 이곳의 길은 몹시 질척거리고 길 위의 물이 비껴 흐르는지라, 어디가 길인지 거의 분간할 수가 없었다. 뒤로는 하인 고씨가 어느 곳으로 갔는지 알지 못하고, 앞으로는 사종주(師宗州)가 어디 있는지 알지 못한 채, 허우적거리면서 노인을 따라 가는데, 노인도 종내 사종주가 먼지 가까운지 알지 못했다.

(노인은 처음에 사종주에 이르지 못하면, 길가는 도중에 마을이 있으니 머물 수 있다고 말했다. 나는 믿지 않았지만, 이제 마을도 보이지 않고 사종주도 보이지 않기에 노인에게 물었더니, 노인은 이렇게 대답했다. "내가 전에 이곳을 지난 적이 벌써 14년이 되었소 전에는 길 곳곳에 마을이 있었는데, 뜻밖에도 상전벽해가 되어버렸으니, 분간할 길이 없소!")

한참만에야 점점 개 짖는 소리가 은은히 들려왔다. 참으로 인적 없는 골짜기에 들려오는 소리 같은데, 인가와 그리 멀리 떨어져 있지 않음을 알았다. 첨산(尖山)을 지나 5리만에 내려가 조그마한 시내를 건넌 뒤 비탈을 올라, 마침내 사종주의 성에 이르렀다. 동문에 이르렀으나 문은 이미 닫혀 있는데, 성밖에는 인가가 없었다. 성을 따라 북동쪽 모퉁이에 이르렀다. 띠집 몇 채가 있으나, 모두 이미 깊이 잠들어 있었다. 노인은 아이와 함께 떠나버렸다.

나는 가던 길을 멈춘 채 묵을 곳을 찾았으나, 문을 열어주는 이가 없었다. 마음은 다급하고 당황스러웠다. 짐을 짊어진 하인 고씨를 생각해 보니, 산은 황량하고 길은 적막하며 진창길에 날마저 어두운데, 어떻게 걸어오고 있을지, 어디만큼 오고 있을지 궁금했다. 한참만에야 어둠 속에서 사람의 그림자 하나가 보였다. 서둘러 부르자 응답하니, 그 이후의 기쁨을 누가 알랴!

얼마 지나지 않아 앞쪽의 집에 등불빛이 보이기에 달려가 그 집의 문을 두드렸다. 처음에는 완강하게 거절하더니, 내가 한참을 기다리자 문을 열어 들어오게 했다. 물을 끓여 양선거가 선물한 밀가루떡을 익혀 씹어먹으니, 엿처럼 달콤했다. 발을 씻고서 풀을 베고 누웠는데, 한밤중에 또다시 비오는 소리가 들렸다.

(주인은 나에게 "오늘 아침 광서부에서 사람이 왔는데, 평사초平沙哨에서 사인沙人[1] 들이 길을 막고 강도짓을 한다고 하던데요. 당신은 어떻게 오셨소?" 내가 "그런 일은 없었습니다"라고 말하자, 그는 이렇게 말했다. "운이 좋으시군요. 토박이들이 사인과 낯을 알고 지내는 사이일지라도 재물을 빼앗긴 다음에야 놓여난답니다. 당신은 이런 일을 겪지 않았으니, 어찌 우연이라 하겠습니까! 이곳에서 5리 떨어진 첨산 아래에도 때로 도적떼가 출몰하는지라, 토박이들조차도 날이 저물지 않아도 감히 다니지 못하는데, 칠흑 같은 밤에 지나왔으니 얼마나 다행입니까!")

사종주는 두 산골짜기 사이에 있으며, 북동쪽과 남서쪽 모두 산으로 둘러싸여 있다. 주성(州城)이 있는 움푹한 평지는 종횡으로 툭 트여 있으나, 가지런하지도 않고 크지도 않다. 물길은 남동쪽에서 그 북쪽을 감돌아 서쪽으로 흘러가는데, 역시 크지는 않다. 성은 벽돌을 쌓아 만들었으나 대단히 낮다. 성밖에는 민가가 드물고, 모두 초가집뿐이며 기와집은 한 채도 보이지 않는다. 이 일대 초소의 보초병은 하천구(何天衢)의 관할에 속한다. 성의 서쪽에는 통현동(通玄洞)이 있으며, 성으로부터 2리 떨어져 있다. 또 투석령천(透石靈泉)이 있으나, 모두 유람할 겨를이 없었다.

---

1) 사인(沙人)은 고대의 중국 남서부 지역에 거주하는 소수민족으로, 지금의 묘족(苗族)에 해당하는 농인(儂人)에서 갈라져 나왔다.

8월 17일

이른 아침에 일어나니, 비가 부슬부슬 내리고 있었다. 식사를 하고서 길을 나섰다. 진흙탕에 무릎까지 깊숙이 빠지는지라, 문을 나서자마자 넘어지고 말았다. 북쪽으로 1리를 나아가자, 물길이 남동쪽의 움푹한 평지에서 흘러오다가 서쪽의 골짜기로 쏟아져 흘러간다. 녹생교(綠生橋)라는 돌다리가 그 위에 걸쳐져 있다. 다리를 지나 움푹한 평지 속에 1리를 가서 북쪽의 비탈을 올랐다.

비탈을 따라 8리를 나아가자, 동쪽 산은 북쪽으로 끊긴 채 골짜기를 이루고 있으며, 물길은 골짜기 속에서 서쪽으로 흘러나온다. 골짜기를 가로막은 채 우뚝 서 있는 산채가 있지만, 이곳의 이름은 알 수 없었다. 나는 서쪽 비탈에서 북쪽으로 내려갔다. 이곳은 골짜기의 물이 서쪽으로 흘러 지나는 곳이다. 비탈 아래에도 몇 채의 띠집이 있다. 오가는 이들이 쉬어가는 곳이다. 이곳은 대하구(大河口)이다. 강은 그다지 크지 않으나, 강의 양쪽은 특히 낮고 축축하다. 녹생교와 마찬가지로 돌다리가 그 위에 걸쳐져 있으며, 강의 물살 역시 녹생교와 엇비슷하다.

다리를 건너 북쪽으로 나아가 움푹한 평지를 지났다. 움푹한 평지의 북쪽에는 산이 북동쪽에서 남서쪽으로 가로지르고 있다. 1리만에 산비탈을 올라, 비탈을 따라 동쪽을 나아갔다. 3리를 가서 비탈을 넘어 동쪽으로 내려갔다. 움푹한 평지 속은 낮고 습하며, 조그마한 물길이 북쪽으로 남쪽으로 커다란 강에 흘러든다. 시내의 상류에는 네댓 사람이 초소를 지키고 있다가 돈을 요구했는데, 나무를 엮어 만든 조그마한 다리를 건너게 해준다고 했다. 나를 보더니 초소를 지키는 돈을 요구하지 않는 대신, 다리를 만든 수고비를 요구했다. 내가 두 푼을 주자, 모두들 한 목소리로 감사하다고 했다.

다리를 건너 반리를 간 뒤, 수레길을 따라 동쪽으로 나아갔다. 여러 사람이 왁자지껄 큰 소리로 외쳐 부르기에 몸을 돌려 돌아보니, 나평주(羅平州)로 가는 한길은 북동쪽으로 가야 마땅한데, 내가 동쪽으로 길을 잘못 들었기 때문이었다. 서둘러 되돌아와 북동쪽으로 반리를 간 뒤 비탈을 올라 동쪽으로 나아갔다. 이곳은 온통 황량한 비탈에 아득한 둔덕 투성이다. 아침 안개가 멀리 자욱하고 겹겹의 띠풀이 사방에 가득 차 있다.

15리만에 동쪽의 언덕을 넘어서야, 북동쪽 언덕 위에 산채가 한 군데 보이기 시작했다. 산채 앞에는 산을 감돌아 웅덩이를 이루고 있고, 웅덩이 속에는 휘감아도는 구렁이 있다. 물길은 그 바닥을 에돌아 밭두둑을 이루고 있다. 사방을 둘러보아도 온통 높은 지대이니 물길이 어디에서 흘러나가는지 알 수 없다. 언덕에서 동쪽으로 1리를 내려와 움푹한 평지 속의 가느다란 물길을 넘었다. 움푹한 평지와 물길은 모두 남쪽에서 북쪽으로 뻗어 있으며, 동쪽으로는 휘감아도는 구렁으로 통해 있다.

다시 동쪽으로 1리를 올라 구렁의 남쪽 등성이를 따라 나아갔다. 움푹한 평지 너머로 방금 보았던 북쪽 언덕의 산채와 정면으로 마주하고 있다. 다시 동쪽 언덕을 넘어 약간 내려와 1리를 가자, 휘감아도는 구렁의 동쪽에 골짜기가 둔덕 속을 가로질러 뻗어온다. 이 골짜기는 남동쪽의 커다란 산의 무너진 암벽에서 뻗어온 것이다. 골짜기의 양쪽 벼랑은 모두 까마득한 암벽인데, 그 위나 가운데는 갈라진 채 골짜기를 이루거나 위가 덮인 채 다리를 이루고 있다. 움푹한 평지 속에 골짜기는 불쑥 끊겼다가 문득 이어진다. 남동쪽에서 흘러나온 물길은 휘감아도는 구렁을 뚫고 흐르고 있다. 구렁 속에서 어디로 새어나가는지 도무지 알 수 없다.

이때 돌다리를 건너던 나는, 물길이 그 아래를 흐르는데도, 그것이 다리인 줄 알지 못했다. 남북으로 뻗은 골짜기 속의 물길을 바라보니, 한 줄기는 다리의 동굴에서 흘러나오고, 다른 한 줄기는 다리의 동굴로 흘러든다. 이에 다리 동쪽에서 경관 좋은 바위에 걸터앉아 골짜기를 굽어보며 앉아 있었다. 그 아래로 내려다보니, 동굴은 마치 둥근 고리처럼 절벽 사이에 끼어 있는데, 밝고 어둡기가 일정치 않고 구불구불 허공을 타넘고 있다. 다만 골짜기가 험준하고 암벽이 가파른지라, 동굴 구멍을 뚫을 길이 없을 뿐이다.

여기에서 다시 동쪽으로 나아가갔다. 언덕과 움푹한 평지가 더욱 엇섞여 있는지라, 오르내리기를 거듭했다. 8리를 가서 휘감아도는 고개에 다시 오르자, 아침 안개가 말끔히 걷혔다. 북쪽에는 깎아지른 듯한 벼랑이 가까이 우뚝 솟아 있고, 남쪽에는 드높은 고개가 멀리 봉긋 솟아 있다. 그 사이로 길을 잡아 고갯마루를 올라서서 북쪽 벼랑에 바짝 다가가다가, 남쪽 고개로 돌아들었다. 2리를 간 뒤 높은 등성이를 넘어 북쪽으로 돌아들었다가 동쪽으로 내려왔다.

2리를 가자, 두 봉우리의 골짜기 사이에 띠집이 자리하고 있다. 집 앞에 초소의 장대가 파묻혀 있으나, 텅 빈 채 사람은 보이지 않았다. 이곳은 장비초(張飛哨)이며, 산속에서 가장 외지고 험한 곳이다. 다시 동쪽으로 3리를 내려왔다. 깊숙하고도 고요한 채 까마득한 구렁은 풀과 나무로 빽빽이 뒤덮여 있고, 진흙탕이 무릎까지 차올랐다. 이곳은 편두초(偏頭哨)이다.

편두초에는 거처할 만한 집은 보이지 않고, 길 어귀에는 한 사람만 있을 뿐이다. 그는 칼을 차고 창을 짚은 채 돈을 요구했으나, 나는 돈을 주지 않고 지나쳤다. 이 초소의 남쪽에는 높은 고개가 남쪽으로 봉긋 솟아 있다. 이곳은 나평주의 도적떼 두목인 아길(阿吉)의 소굴이다. 도중에서 가장 험준한 곳이기에 하천구의 군대가 초소를 두어 지키고 있으며, 신초(新哨)라고도 부르고 있다. 사종주의 경계는 이곳까지이다.

초소를 지나 동쪽의 고개를 올랐다. 고개는 더욱 가팔라지고 바위모서리는 한결 날카로웠다. 2리를 가서 고갯마루를 넘었다. 이곳은 나평주와 사종주의 경계가 나뉘는 곳이자, 동서 양쪽의 두 산이 나뉘는 경계이기도 하다. (고개와 산은 층층이 겹겹이다. 오르내리는 길이 60리이고, 험준하기는 운남 동부에서 으뜸이다.) 이 산은 대체로 남쪽의 액륵초(額勒哨)에서 건너뻗은 산줄기로서, 갈래를 나누어 북쪽으로 뻗어내리다가 높은 고개를 이룬다. 또한 북쪽으로 이곳 등성이를 건너뻗어 백랍산(白蠟山)과 속룡산(束龍山)을 이루었다가, 동쪽으로 하저하(河底河)와 반강이 만나는 지점에서 끝이 난다.

고개 위에서 동쪽으로 완만하게 나아가자, 도중에 움푹 꺼진 수많은 구렁이 우묵한 구덩이를 이루고 있다. 작은 구덩이는 마른 우물을 이루고, 큰 구덩이는 빙글 감도는 웅덩이를 이루고 있다. 구덩이 안에는 온통 나무가 울창하고 빽빽하여 들여다볼 수 없으며, 봉우리 꼭대기에도 나무와 바위가 많다. 온통 흙산과 띠풀 가득한 등성이였던 사종주와는 사뭇 다르다.

고개 위로 완만하게 5리를 나아가자, 길 왼편에 터가 보였다. 숲속에서 묵거나 불을 피웠던 곳이다. 이곳은 중화포이다. 이곳은 마침 나평주와 사종주의 한가운데 지점이다. 정오가 되면 토박이들이 취사도구를 어깨에 메고 손에 들고서 여기에 와서 밥을 팔다가, 때가 지나면 문득 사라져버린다. 나는 이들의 때를 맞추지 못한지라, 가져온 찬밥을 먹었다.

다시 동쪽으로 1리를 가서 차츰 내려갔다. 1리를 더 가서 남쪽의 숲속으로 내려갔다. 이 길은 대나무숲과 바위 사이에 나 있는데, 진창이 더욱 심했다. 1리를 가자, 나무를 엮어 만든 잔도가 바위틈새에 박혀 있다. 낭떠러지나 가파른 암벽이 아니기에, 잔도는 때로 끊겼다가 이어지지만, 평평하게 깔아 길로 삼았던 것이다. 생각건대 그 아래는 죄다 바위구멍이나 마른 우물이기에 나무로 메웠으리라.

다시 동쪽으로 1리를 내려가서야 비로소 골짜기 어귀를 빠져나왔다. 서쪽의 구렁을 돌아보니, 까마득히 높은 고개에는 온통 대나무숲이 울창하게 뒤덮고 있다. 그런데 그 속에서 사람 소리가 들려왔다. 이족이 거주하고 있을 거라는 생각이 들었지만, 밖에서는 보이지 않았다. 동쪽을 바라보니, 남쪽으로 줄지은 산언덕이 평탄하게 뻗어 있고, 북쪽으로 줄지은 높은 봉우리는 병풍처럼 늘어선 채 서로 마주보면서 동쪽으로 뻗어 있다.

여기에서 북쪽 비탈을 따라 동쪽으로 나아갔다. 3리를 가서 다시 북쪽의 비탈을 올라, 곧장 북쪽으로 줄지은 봉우리 허리에 이르러 그곳을 따라 나아갔다. 3리를 가서 봉우리를 다 가자, 동쪽으로 내려갔다. 움푹한 평지가 종횡으로 뻗어 있다. 하나는 북쪽 골짜기에서 뻗어오고, 다른 하나는 동쪽 골짜기에서 뻗어오며, 또 다른 하나는 서쪽 골짜기에서 뻗어오고, 또 하나는 남동쪽으로 뻗어간다.

마침 비가 다시 내리자 길은 더욱 진창이 되었다. 나평주까지는 아직도 40리길이니, 가더라도 이르지 못하리라는 생각이 들었다. 듣자하니 이 일대에 묵을 만한 병영이 있다고 한지라, 그곳에서 묵어가기로 했다. 그러나 사방을 둘러보아도 아득하여 보이는 것이 아무 것도 없었다. 하는 수 없이 그저 한길을 따라 북쪽으로 돌아들어 골짜기에 들어선 뒤, 골짜기 동쪽의 조그마한 고개를 따라 올라갔다.

1리를 가자 홀연 대여섯 명이 창을 들고 칼을 낀 채 다가오더니, 나를 보면서 "가보아야 나평주까지는 가지 못할 것이오"라고 말했다. 내가 "병영은 어디에 있습니까?"라고 묻자, "이미 지나쳤소"라고 대답했다. "묵어갈 수 있을까요?"라고 묻자, "묵어갈 수 있지요"라고 대답하더니, 나를 옆에 끼고서 되돌아갔다. 아마 이들은 병영의 병사인데, 지방의 순시관원을 배웅하고서 고개를 넘어 되돌아오는 길인 모양이었다.

계속해서 1리를 가서 산을 내려가 움푹한 평지에 이르러, 동쪽의 움푹한 평지로 들어갔다. 반리만에 조그마한 봉우리 아래에 이르러 남쪽의 봉우리를 기어올랐다. 봉우리는 가파르고 매끄러워, 발을 내딛을 수가 없었다. 반리를 가서 봉우리 등성이에 오르자, 그곳에 병영이 있었다. 병영의 띠집은 마치 달팽이와 같은데, 위는 새고 아래는 축축하며 사람과 가축이 한데 섞여 살고 있었다.

병사들은 거들먹거리면서 나에게 이렇게 말했다. "당신은 귀인인데, 만약 우리를 만나지 못했더라면 앞쪽에는 투숙할 만한 곳이 없으니 어찌할 뻔 했소? 비록 병영이 초라하고 비좁지만, 이족의 집에 묵기보다는 열 배나 나을 거요." (이족은 흑이黑彝와 백이白彝, 라라玀㑣를 가리킨다.) 나는 그들의 말에 고개를 끄덕였다. 물을 구해 죽을 끓였다. 봉우리 꼭대기에는 물을 구하기가 몹시 어려운지라, 한 움큼의 물로 발을 씻었을 따름이다.

8월 18일

날이 밝을 무렵 비가 부슬부슬 내렸다. 나는 "초하룻날 양전(漾田)에서 날이 맑게 갠 이후로 보름동안이나 비가 내리지 않았지요. 마침 중추절날 밤에는 만수사에 있었는데, 광풍이 비를 몰아왔지요. 틀림없이 보름동안 흐릴 겁니다"라고 말했다. 그러자 병영의 병사는 이렇게 대꾸했다. "그렇지 않소. 우리 나평주에서는 월초부터 비가 내리더니 하루도 맑게 갠 날이 없었어요. 아마 사종주와 산 하나를 사이에 두고서, 산의 서쪽에 이제 비가 내리기 시작했다면, 산의 동쪽은 벌써 비 내린 지가 매우 오래되었을 거요. 이런 일은 이 지방에서는 늘 있는 일이니 우연한 일도 아니지요"라고 대꾸했다. 나는 그의 말을 믿지 않았다.

식사를 한 후 산을 내려왔다. (죽순을 음식으로 만들어 먹었다. 죽순은 산속 대나무숲이 깊숙한 곳에서 생산되는데, 8월이 바로 죽순을 먹기 좋은 시기이다.) 길은 어제보다 더 질척거리고 미끄러웠으며, 자욱이 깔린 짙은 안개 또한 어제보다 훨씬 심했다. 1리를 가서 어제 들어섰던 움푹한 평지에 이른 뒤, 북동쪽으로 1리를 올라 어제 되돌아왔던 곳을 지났다. 1리를 더 가서 산언덕을 넘은 뒤, 여기에서 동쪽으로 때론 북쪽으로 고개를 빙글 돌아 올랐다.

8리를 조금 내려오자, 한 오라기 샘이 길 왼편의 바위구멍 속에서 솟아나왔다. 이 바위는 높이가 넉 자이고 호랑이 머리의 형상을 띠고 있다. 아래층은 호랑이가 혀를 내민 듯하고 위에는 목구멍과 같은 구멍이 하나 있다. 물은 목구멍에서 솟아나와 바위 가장자리를 타고서 떨어져 내렸다. 목구멍은 둥글고 매끄러우며 주먹 하나를 겨우 들일만한데, 팔을 뻗어 더듬어보니 크기가 똑같다. 바위구멍 가운데 가장 기이한 것이었다.

이때 나는 오른발이 진흙탕에 빠져 더러워진 터라, 발을 호랑이의 내민 혀 아래에 댄 채 떨어져 내리는 물로 발을 씻었다. 길을 얼마 가지 않았는데, 오른발이 갑자기 아프더니 그치지 않았다. 까닭을 곰곰이 생각해보았지만 도무지 알 수 없어 그저 이렇게 말했다. "이건 신령한 샘에 발을 씻었기 때문에 산신령이 나를 벌주는 거야. 불교의 참회법으로 벌을 벗어나게 해달라고 빌어야겠구나. 만약 신령께서 하신 일이라면, 기도한 지 열 걸음 이내에 통증이 멈추게 될 거야." 열 걸음을 나아가자, 통증이 홀연 그쳤다. 나는 산속을 다니면서 신괴함에 대해 이야기하기를 좋아하지 않았다. 하지만 이 일만은 내가 몸소 겪어 알게 된 일인지라, 내가 기피하여 산의 신령함을 묻어둘 수 없는 일이다.

여기에서부터 차츰 동쪽으로 내려와 5리만에 빙글 휘감아도는 구렁속에 이르렀다. 조그마한 물길이 북쪽에서 남쪽으로 흐르고, 사방의 산이 담처럼 빙 둘러 있다. 이 일대는 웅덩이의 바닥인데, 어찌 남쪽으로 흐르는 물길이 구멍을 뚫어 흘러간단 말인가? 다시 동쪽 언덕을 올라 2리만에 언덕을 넘었다. 다시 동쪽으로 1리를 내려가서 움푹한 평지 속에서 3리를 나아가자, 조그마한 물길이 북서쪽에서 남동쪽으로 흐르고 있다. 이곳에 이르러서야 지표위를 흐르는 산골물을 만났다. 산골물 위에는 조그마한 다리가 걸쳐져 있다. 다리를 건너니, 산골물은 남동쪽으로 흘러가고, 길은 다시 동쪽의 언덕으로 뻗어오른다.

3리를 가서 언덕의 동쪽을 넘어섰다. 동쪽의 움푹한 평지가 크게 펼쳐진 채 남쪽에서 북쪽으로 뻗어 있다. 동쪽에는 멀리 봉우리들(『광서부지』에서는 나장산羅莊山이라 일컫는다.)이 우뚝 치솟은 채 남동쪽으로 나란히 늘어서 있으며, 서쪽에는 높고도 가파른 산(『광서부지』에서는 백랍산이라 일컫는다)이 솟은 채 북서쪽으로 병풍처럼 우뚝 치솟아 있다. 북동쪽에 또 하나의 산(토박이들은 속룡산이라 일컫는다)이 동서 양쪽 경계의 비어 있는 곳에 가로누어 있다. 멀리로 나평성(羅平城)은 여전히 보이지 않고, 가까이로는 홍치라채(興哆羅寨)도 보이지 않는다. (홍치라채는 바로 산 아래에 있으나, 고개가 가팔라서 아래로 굽어보이지 않는다.)

다시 동쪽으로 나아가 약간 내려가기를 2리, 가파르게 내려가기를 1리 간 끝에 움푹한 평지에 닿았다. 홍치라의 몇 칸의 띠집이 서쪽 산의 동쪽 기슭에 기대어 있다. 여기에서 북쪽으로 돌아들어 움푹한 평지 속을 나아갔다. 이 움푹한 평지는 서쪽으로는 백랍산을 곁에 끼고 있고, 동쪽으로는 나장산을 바라보면서 남쪽으로 대단히 멀리 뻗어 있다. 이곳은 나장산의 서쪽 경계에서 갈라진 등성이가 동쪽으로 빙글 두르는 곳이다. 움푹한 평지 속에는 때때로 흙언덕이 서쪽 경계에서 동쪽으로 뻗어가고, 바위봉우리 또한 동쪽 경계에서 서쪽으로 불쑥 솟아 있다.

길은 서쪽 경계를 따라 북쪽으로 나아갔다. 멀리 동쪽에 줄지은 봉우리를 바라보니, 우뚝 치솟은 봉우리가 줄지어 나란히 늘어선 채 아름다움을 다투고 있다. 마치 광서성(廣西省)의 면모를 다시 보는 듯하다. 대체로 한데 모여 우뚝 솟은 봉우리들은 남서쪽의 이곳에서 시작하여 북동쪽의 도주(道州)에서 끝나는데, 기세 드높게 수천 리에 걸쳐 있다. 남서부의 기이한 명승이자, 그중에서도 남서부의 극치라 할 수 있다.

홍치라를 지나 북쪽으로 나아가자, 한 겹의 흙언덕이 동쪽으로 뻗어가고 한 겹의 조그마한 물길이 흙언덕을 따라 흐른다. 생각건대 흙언덕의 동쪽에 북쪽으로 쏟아지는 시내가 있는데, 이 시내가 모든 물길을 받아들이리라. 여러 차례 물을 건너고 언덕을 넘어 북쪽으로 5리를 갔다. 서쪽 산 높은 곳에 산채가 있다. 모여 사는 인가가 제법 많다. 이곳은 라라채(羅儸寨)이다.

북쪽으로 2리를 더 가자, 동쪽 언덕 아래에 못이 있고, 북쪽으로 2리를 더 가자 서쪽 언덕 아래에 못이 있다. 이 못들은 모두 언덕과 움푹한 평지로 둘러싸인 채 가운데에 웅덩이져 이루어진 것이다. 북쪽으로 3리를 더 가자 시내를 이룬 물길이 서쪽에서 동쪽으로 흘러드는데, 물살이 대단히 급하다. 그 위에 노이교(魯彝橋)라는 돌다리가 걸쳐져 있고, 다리 아래의 물은 남동쪽으로 몇 리를 흘러 구멍 속으로 흘러든다.

다리를 넘어 북쪽으로 가자, 비로소 길 양쪽에 가옥들이 나타나기 시작했다. 다시 북쪽으로 반리를 가자, 물길이 서쪽에서 동쪽으로 쏟아지고 있다. 이 물길은 노이교의 반에도 미치지 못하며, 상류에서 나뉘어 흘러오다가 동쪽으로 1리 남짓을 흘러 사라진다. 역시 돌다리가 그 위에 걸쳐져 있다. 두 물길은 모두 서문 밖의 백랍산 기슭의 용담(龍潭)에서 흘러나왔다가, 각기 성의 남동쪽으로 흘러 움푹 팬 구멍으로 떨어진다. 기이한 경관이라 할 만하다. 다리 남쪽에 곡식이 가득 자란 밭두둑이 나타나기 시작했다.

다시 북쪽으로 반리를 가서 나평주의 남문으로 들어섰다. 반리만에 동쪽으로 돌아든 뒤, 1리만에 동문으로 나와 양씨네 주막에서 걸음을 멈춘 채 쉬었다. 이날은 동문에 장이 서는 날이었다. 내가 이르렀을 때 해는 중천에 떠 있고 장은 아직 파하지 않았기에, 저자에서 식사를 하고 시장을 구경했다. 햇개암과 훈제한 닭을 사서 양씨네 주막으로 돌아오니, 비가 부슬부슬 또 내리기 시작했다.

마침 양씨의 사위인 강위빈(姜渭濱)이란 이가 있다. 그는 형주(荊州) 사람으로서 데릴사위 노릇을 한 지 3년이 되었는데, 제법 글을 읽었으며 풍수에도 능했다. 그에게 반강(盤江)의 굽이굽이에 대해 물어보자 술술 대답했다. 근거가 있는 듯했다. 이에 앞서 내가 남문교(南門橋)를 지나는데, 두건과 장삼 차림의 노인이 다리에 앉아 있다가 내가 지나는 것을 보더니, 나를 끌어당겨 앉혔다. 나는 그가 이곳 토박이임을 알고서 반강에 대해 물어보았으나, 그는 망연하게 아무것도 알지 못했다. 그가 다른 사람을 붙들어 나를 대신하여 묻자, 그 사람은 징강(澂江)에서 하늘로 돌아간다고 대답했다. 참으로 우습기 짝이 없었다.

그런데 강위빈은 이렇게 말해주었다. "반강은 남쪽의 광서부에서 북동쪽의 사종주의 경계로 흘러, 나평주의 남동쪽 모퉁이의 나장산 너머로 흘러들었다가, 팔달이채(八達彝寨)에 이르러 강저하(江底河)와 만난 뒤, 파택(巴澤), 하격(河格), 파길(巴吉), 흥룡(興龍), 나공(那貢)을 거쳐 패루(壩樓)에 이르는데, 패루강(壩樓江)이라 일컬으며, 남동쪽의 전주(田州)로 흘러내립니다. 반강은 북쪽의 황토패(黃土壩)로 흘러가지도 않고, 보안주로 흘러가지도 않습니다." 다만 패루 등의 여러 곳이 보안주(普安州)의 경계와 서로 엇섞여 있을 따름이다. 이는 남반강(南盤江) 역시 보안주의 남동쪽 경계를 거치지만, 다만 북동쪽의 북반강(北盤江)과는 합쳐진 적이 없을 따름이다.

나평주는 곡정부(曲靖府)의 남동쪽 200여 리에 있으며, 옛 이름은 나웅주(羅雄州)이고 역시 토사의 관할지이다. 만력(萬曆) 13년에 토박이 추장인 자계영(者繼榮)이 반란을 일으키자, 도어사 유세증(劉世曾)이 명을 받들어 정벌에 나섰다. 임원도(臨元道)의 문작(文作) 또한 만 명을 이끌고서 사종주에서 진격했다. 이들이 협공하여 반란을 평정한 뒤 나평주로 개칭했다. 이듬해 자계영 휘하의 소두목인 동중문(董仲文) 등이 다시 반란을 일으켜 나평주의 지부인 하담(何倓)을 구금했다. 문작이 계교로써 그를 빼낸 뒤, 병사를 이끌어 사종주에서 진격하여 그를 토벌했다. 지금은 운남 동쪽의 요지가 되었다.

나평주 주성의 서쪽은 백랍산 아래에 의지하여 있고, 남동쪽 60리는 나장산이며, 북동쪽 40리는 속룡산이다. 백랍산 기슭의 용담에서 흘러나오는 물길은 노이하(魯彝河)라 일컫는데, 동쪽으로 성을 감돌아 흐른 뒤 남쪽으로 노이교(魯彝橋)를 흘러나와 동쪽의 움푹 팬 구멍으로 흘러든다. 노이교 북쪽에 조그마한 물길이 나뉘어 흐르며, 역시 이와 마찬가지이다. 이것은 나평주 안쪽 경계의 물길이다.

나평주의 서쪽에는 사장하(蛇場河)가 있다. 이 물길은 나평주의 남서쪽에서 나평주의 북동쪽으로 감돌아 흐르다가 강저하에 이르며, 모두 백랍산과 속룡산의 두 산 너머에 있다. 나평주의 남동쪽에 반강이 있는데, 사종주의 북동쪽에서 나평주의 경계로 흘러들었다가 남동쪽으로 팔달이채에 이르며, 모두 나장산 너머에 있다. 이것은 나평주 바깥쪽 경계의 물길이다.

나평주 주성의 벽돌담은 매우 가지런하다. 나평주의 치소는 동문 안에 있고, 백성의 민가와 함께 있다. 동문 밖은 자못 번화한 저자를 이루고 있다. 서문과 남문은 도적떼의 우두머리인 관패(官霸, 중가仲家의 소굴은 정남쪽 80리에 있는 오로하사종烏魯河師宗의 경계이다)와 아길(라라의 소굴은 나평주의 남서쪽 70리에 있는 편두초 남쪽의 큰 산 아래이다)이라는 두 도적이 시도 때도 없이 약탈하는 바람에, 백성들이 도저히 살 수가 없다.

백랍산은 주성의 남서쪽 10여리에 있다. 산의 꼭대기는 높이가 10여리이고, 산기슭은 서문 너머 2리에 있다. 위에 있는 뾰족한 봉우리는 남쪽의 편두채에서 뻗어나와 북쪽으로 주성의 북서쪽에 이르러 마반산(磨盤山)이 건너뻗은 줄기가 되고, 동쪽으로는 다시 솟아 속룡산이 된다. 이 산은 아무리 맑게 갠 날일지라도 한 오라기 흰 구름이 띠로 두른 듯이 산허리를 두르고 있다. 나평주의 아름다운 경관 가운데의 하나이다.

속룡산은 주성의 북동쪽 40리에 있다. 자계영이 반란을 일으켰을 적에 이 산 위에 진영을 꾸려 소굴로 삼았는데, 관병이 에워싼 채 공격한지 오래되자 내부에서 무너져 패배했다. 지금도 이 위에는 두 곳의 비좁은 문이 있다.

나장산은 주성의 남동쪽 60리에 있다. 이 산은 들쑥날쑥한 채 울창하게 늘어서 있으며, 아래에는 송곳을 꽂은 듯하고 죽순이 솟은 듯한 봉우리들이 많다. 광서성 바위산의 시작이라 할 수 있다.

나평주는 동쪽으로 광남부(廣南府) 팔달이채의 경계에 이르기까지는 200리이고, 남서쪽으로 사종주의 편두초에 이르기까지는 60리이며, 남쪽으로 사종주의 오로하(烏魯河)의 경계에 이르기까지는 85리이고, 남서쪽으로 육량주(陸涼州)의 사장하의 경계에 이르기까지는 100리이며, 북서쪽으로 옛 월주(越州) 경계의 발랑(發郎)까지는 90리이고, 북쪽으로 역좌현(亦佐縣)의 도원(桃源)의 경계에 이르기까지는 120리이며, 북동쪽으로 역좌현과 황초패에 이르기까지는 200리이다. 나평주는 정서쪽으로 운남성의 성성과 마주하고, 정동쪽으로 광서성 사은부와 마주하며, 정북쪽으로 평이위(平彝衛)와 마주하고, 정남쪽으로 광서부의 영안초(永安哨)와 마주하고 있다.

8월 19일

빗속의 여인숙에 앉아서 『광서부지』를 읽었다. 오후에 오(伍)씨, 좌(左)씨, 이(李)씨 등 세 사람이 찾아왔다.

8월 20일

비로 인해 여인숙에서 지냈다.

8월 21일

역시 비로 인해 여인숙에서 지냈다.

8월 22일

아침에 여전히 비가 부슬부슬 내리더니, 정오 무렵에야 갰다. 더러워진 옷을 빨고 옷을 기웠다. 오후에 동문에 들어갔다가 남문으로 나와 성문 밖의 두 개의 다리에 올라가 노이하를 구경했다. 토박이에게 물어보고서야, 노이하가 서쪽의 백랍산 기슭의 용담에서 발원하여 동쪽의 움푹 팬 구멍으로 흘러든다는 것을 알았다.

남문으로 돌아들어와 성의 담위를 걸어 서문에 이르렀다. 백랍산 기슭을 바라보니, 겨우 3리 떨어져 있다. 기슭 너머에는 한 층의 흙언덕이 빙글 둘러싸고 있다. 노이하의 발원지의 물은 그 기슭에서 구멍을 뚫고 서쪽으로 흘러나온다. 약간 북쪽으로 나아가다가 동쪽으로 돌아들어 북문을 지났다.

북문의 북서쪽에는 마반산이 우뚝 솟아 있다. 이 산은 주성에서 뻗어오는 산줄기이다. 주성의 북동쪽 모퉁이에 못물이 고여 있고, 그 아래로 논이 보이기 시작한다. 논은 동문과 이어져 있다. 주성은 동서로는 길고 남북으로는 비좁은 형상을 띠고 있다.

8월 23일

아침에 일어나니 먹구름이 사방에 깔려 있었다. 식사를 마친 후 길을 나섰다. 거리는 북쪽으로 뻗어가는데, 주민들이 자못 많았다. 1리를 가서 북쪽의 관문을 나섰다. 곧장 북쪽으로 고개를 넘어가는 갈림길이 있다. 발랑(發郞)으로 가는 길이다. 이 고개는 서쪽에 줄지은 마반산에서 동쪽으로 돌아들어 나아간다. 판교(板橋)로 가는 한길이다.

고개의 동남쪽에서 북동쪽으로 돌아들어 나아가 10리를 가자, 북쪽의 산 아래에 발근덕(發近德)이라는 마을이 있다. 이곳의 남쪽에는 움푹한 평지가 드넓게 펼쳐져 있고, 남서쪽에는 백랍산이 있으며, 남동쪽에는 대보영산(大堡營山)이 있다. 대보영산 남쪽의 한 갈래가 서쪽으로 돌아들어 우뚝 치솟아 이룬 봉우리가 마을 남쪽에 불쑥 솟아 있다. 바로 한가운데의 안산인 셈이다. 그 남쪽에는 바위봉우리가 들쑥날쑥 멀리 늘어서 있다. 이곳은 바로 어제 흥치라에서 바라보았던, 남동쪽으로 줄지은 산이다.

다시 동쪽으로 나아갔다. 남쪽으로 흘러가는 조그마한 물길을 여러 차례 만났다. 물길들을 건너 동쪽으로 5리를 가자, 우뚝 솟은 바위봉우리가 관문을 가로막고 있다. 북쪽 경계는 마반산이 동쪽으로 돌아들어 뻗은 산이고, 남쪽 경계는 대보산의 여러 바위봉우리가 한데 모여 골짜기를 이루고 있다. 그 가운데에 바위봉우리가 자리하고 있다. 마치 호랑이가 웅크리고 있는 듯하다. 그 남동쪽 골짝을 따라 나아가니, 남쪽 경계의 바위산은 높다랗게 솟은 채 무리를 지어 남쪽으로 뻗어가고, 길은 차츰 북동쪽으로 올라간다.

5리를 나아가 관문을 가로막고 있는 봉우리의 동쪽으로 빠져나왔다. 그 동쪽 자락에는 바위가 홀로 우뚝 선 채, 위로 비스듬히 치켜든 형세를 취하고 있다. 이곳은 금계산(金雞山)으로, '금계독립(金雞獨立)'이라고 일컫는 곳이다. 다시 동쪽으로 1리를 가자, 남쪽의 조그마한 봉우리 아래에 동굴 한 곳이 있다. 마침 비가 한 바탕 쏟아지는지라, 비를 피해 동굴 속으로 들어가 식사를 했다.

다시 동쪽으로 3리를 가서 동쪽으로 골짜기 등성이를 올랐다. 이 등성이는 마반산이 동쪽으로 치달리는 산줄기이다. 이 산줄기는 이곳까지 뻗어온 뒤 남쪽으로 건너뻗어 대보영(大堡營)의 동쪽 산을 이룬다. 1리를 가서 등성이의 동쪽을 넘자, 그 위에 남쪽으로 뻗어가는 갈림길이 있다. 어느 이족의 산채로 가는 길인지 알 수 없다. 등성이 동쪽에는 웅덩이를 빙 둘러 움푹한 평지가 이루어져 있다. 조그마한 물길이 북쪽으로 흘러내리다가 남동쪽의 움푹한 평지 속으로 쏟아진다. 이곳에는 곡식이 가득 자라나 있다. 몇 채의 인가가 북쪽 봉우리 아래에 기대어 있다. 이곳은 몰내덕(沒奈德)이다. 동쪽 봉우리 아래에 두 겹의 낡은 전각이 있다. 마침 비가 세차게 몰아치기에 그곳으로 달려가 오랫동안 비를 피했다.

이에 물길을 따라 남동쪽의 골짜기로 들어갔다. 골짜기는 길 아래에 바짝 붙어 있고, 양쪽의 산세는 사람의 얼굴 앞에 우뚝 솟아 있는 듯이 느껴졌다. 동쪽으로 골짜기 속을 2리 나아가자, 물길이 골짜기의 남쪽 동굴에서 흘러나오더니, 골짝물과 함께 동쪽으로 쏟아진다. 다시 1리를 가자, 조그마한 돌다리가 시내 위에 걸쳐져 있다. 다리를 건너 시내의 남쪽을 따라 동쪽으로 1리를 갔다. 시내는 북쪽의 골짜기로 쏟아지고, 길은 동쪽의 언덕을 넘어간다. 1리 남짓을 가자, 움푹한 평지가 북서쪽에서 뻗어왔다. 평지를 빙 둘러 남쪽으로 나아갔다. 움푹한 평지 속의 밭에는 곡식이 무성하고, 마을은 높거나 낮거나 자리하고 있다. 동쪽으로 2리를 가자 수십 채의 인가가 길 양쪽에 자리하고 있다. 이 첩첩산중의 마을은 산마이(山馬彝)이다.

여기에서 다시 북동쪽으로 1리를 가자, 바위봉우리가 높이 뻗어 있다. 그 남쪽 비탈을 넘어 봉우리 아래에 이르렀다. 다시 남동쪽으로 1리를 가자, 산속 움푹한 평지에 못이 있고, 대여섯 채의 인가가 움푹한 평지 곁에 자리하고 있다. 이 마을은 애택촌(挨澤村)이다. 다시 북동쪽으로 2리를 가자, 삼판교(三板橋)가 나왔다. 여러 채의 가구가 산언덕에 기대어 있는데, 이 다리는 언덕 아래에 있다. 마침 우레와 함께 비가 세차게 내리쳤다. 언덕마루의 윗 산채에서 걸음을 멈추었다.

8월 24일

주인이 아주 일찌감치 밥을 지어놓았기에, 날이 밝자마자 길을 떠났다. 비가 부슬부슬 내리고, 길은 대단히 미끄러웠다. 비탈을 내려오자마자 조그마한 돌다리가 나왔다. 그 아래로 흐르는 물길은 크지 않은데, 서쪽에서 동쪽으로 쏟아지다가 북서쪽의 바위동굴에서 흘러나온 뒤 다시 북동쪽의 바위동굴 속으로 흘러든다. 이 다리는 나무다리가 아니라 돌다리인데도, 여전히 옛 이름을 그대로 쓰고 있었다.

다리 남쪽으로 또 한 곳의 산채를 지난 뒤, 동쪽으로 비탈을 나아갔다. 2리를 가자 갈림길이 골짜기 앞에 가로놓여 있다. 북동쪽으로 가는 길은 산채로 들어가는 길이고, 동쪽으로 쭉 나아가는 길은 한길이다. 한길을 타고서 동쪽으로 쭉 1리를 가서 언덕 위로 올랐다. 언덕의 북쪽에는 움푹한 평지가 북쪽의 커다란 산 아래에 펼쳐져 있다. 이곳은 산채가 모여 기대어 있는 곳이다. 그 안에는 곡식이 무성하게 자라나 있다. 언덕 남쪽에는 조그마한 바위봉우리가 언덕마루에 늘어선 채 동쪽에서 서쪽으로 뻗어가는데, 북쪽의 산과 더불어 둥글게 마주 솟아 골짜기를 이루고 있다.

골짜기에 들어서서 동쪽으로 4리를 나아갔다. 등성이를 넘어 북쪽으로 올라 반리만에 움푹 꺼진 곳에 들어섰다. 그 북쪽에는 네 개의 봉우리가 빙 두르고 있고, 가운데에는 움푹한 평지가 있다. 평지를 지나 북쪽으로 나아가니, 서쪽 봉우리가 유난히 불쑥 솟아 있다. 북쪽으로 반리만에 움푹 꺼진 곳을 가로질러 반리를 갔다. 이어 골짜기 속에서 1리를 올라 곧바로 북쪽의 커다란 봉우리 아래에 이르렀다. 깎아지른 듯 높이 솟구친 봉우리는 병풍처럼 북쪽을 가로막고 있다. 그 서쪽에는 움푹한 평지가 푹 꺼져내린 채 북쪽으로 뻗어간다. 평지 속에는 대나무숲이 깊고 안개가 자욱하여 아득한 느낌을 주었다.

길은 봉우리 남쪽에서 동쪽으로 돌아들었다. 남쪽 봉우리와 합쳐져 골짜기를 이룬 길은 몹시 비좁다. 틈새를 헤치면서 동쪽으로 반리를 가자, 그 동쪽에 네 개의 산봉우리가 모여 있다. 봉우리는 높고 골짜기는 비좁고, 무성한 나무가 빽빽하게 뒤덮여, 그윽하고도 험준한 지경을 이루고 있다. 남쪽 봉우리의 동쪽을 따라 남쪽의 움푹한 평지에 들어서서 반리만에 남동쪽으로 올랐다.

반리만에 언덕등성이를 넘어 동쪽으로 나아갔다. 그 동쪽에는 움푹한 평지가 동쪽으로 뻗어내리고, 길은 언덕마루에서 남쪽으로 나아간다. 1리만에 남쪽의 움푹 꺼진 곳을 나왔다. 움푹 꺼진 곳의 동서 양쪽 봉우리는 언덕등성이에서 솟구치고, 길은 그 옆으로 나왔다가 동쪽으로 뻗어간다. 3리를 가서야 약간 내려갔다가 다시 올라갔다. 여기에서 오르락내리락 구불구불, 대부분 북쪽 고개를 따라 나아갔다. 길은 남쪽 산과 마주하여 움푹한 평지를 이루고 있다. 6리를 가자, 길은 움푹한 평지에서 동쪽으로 나아간다.

5리를 더 가서 약간 올라가 움푹 꺼진 곳을 넘자, 남북으로 펼쳐진 골짜기가 열리기 시작했다. 다시 동쪽으로 북쪽 고개를 빙글 감돌아 남쪽으로 3리를 가자, 길가에 쓰다 남은 땔감과 불타고 남은 재가 보였다. 길에서 불을 지펴 밥을 지었던 곳임을 알 수 있다. 여기에서 동쪽으로 1리를 나아가 골짜기를 내려오니, 돌길이 나왔다. 돌길은 구불구불 남쪽으로 뻗어간다. 완만하게 2리를 내려오니, 남쪽의 움푹한 평지가 아득하게 바라보였다.

북쪽의 고개를 따라 동쪽으로 1리를 나아가자, 홀연 마치 들끓는 듯한 시냇물소리가 들렸다. 다시 남쪽으로 내려와 움푹한 평지 속에 이르니, 한 줄기 시내가 동쪽에서 서쪽으로 흐르고, 그 위에 돌다리가 걸쳐져 있다. 시내의 물은 자못 크고 몹시 거셌다. 사방을 살펴보니 산들이 둘러싸고 골짜기는 빽빽하여 실오라기만한 틈새조차 없다. 시냇물이 북동쪽의 어디에서 흘러오는지 알 수 없고, 남서쪽의 어디로 흘러가는지도 알 수 없다. 하지만 틀림없이 동굴 구멍으로 흘러들고 흘러나가는 것이리라.

길 가는 이에게 물어보려고 기다리는 김에, 다리 위에 앉아 식사를 했다. 한참이 지나도록 지나가는 이가 없었다. 이에 남쪽의 다리를 건너 나아갔다. 쳐다보니, 다리 남쪽에 갈림길이 있고, 봉우리로 쭉 뻗어오른 한길이 있다. 시내를 거슬러 동쪽으로 나아갔다. 마침 이때 시내가 불어 길이 물에 잠겨 있는지라, 남쪽 봉우리의 기슭을 기어 나아갔다. 가만히 생각해보니, 금계산 동쪽에서 오른 이래, 길 내내 오르막길이 많았고, 내리막길은 거의 없었으니, 이 시내가 비록 움푹한 평지를 흘러도, 여전히 산꼭대기의 물길일 터이다.

동쪽으로 1리를 나아가 남쪽 봉우리의 동쪽 기슭을 따라가다가 남쪽으로 돌아들었다. 움푹한 평지 너머로 동쪽을 바라보니, 시내가 북동쪽 골짜기 속에서 벼랑에 부딪치면서 흘러나온다. 골짜기 안은 몹시 비좁다. 길은 시내를 제쳐둔 채 남쪽으로 나아간다. 반리를 나아가 남쪽 봉우리의 남쪽 기슭을 따라가다가, 서쪽으로 돌아들어 움푹한 평지로 들어섰다. 1리만에 움푹한 평지가 끝나자, 서쪽의 고개를 올랐다.

1리를 나아가 고갯마루를 넘어서자, 북쪽에서 뻗어오는 길이 보였다. 두 길이 합쳐져 고개 위에서 남쪽으로 뻗어가는데, 북쪽에서 뻗어오는 길은 바로 다리 남쪽에서 쭉 올라가던 갈림길이 높은 고개를 넘어 내려오는 길이다. 내가 걸어온 한길에 비해 지름길이라고 한다. 고개에서 남쪽으로 나아가 서쪽을 굽어보니, 움푹한 평지는 대단히 깊은데다, 대나무숲이 빽빽하다. 이곳에서 샘물이 솟구쳐 오르지만, 이 샘물이 어디로 흐르는지 알 수 없다.

남쪽으로 2리를 더 나아가 동쪽으로 돌아들어 북쪽 고개의 남쪽 벼랑을 따라 동쪽으로 나아갔다. 남쪽 산 아래와의 사이에 움푹한 평지를 이루고 있다. 아래를 굽어보니 깊고 빽빽하기는 서쪽의 움푹한 평지와 마찬가지이다. 동쪽으로 5리를 나아가자 그 움푹한 평지는 차츰 서쪽의 움푹한 평지와 합쳐진다. 비로소 산은 동쪽에서 빙 둘러오고, 움푹한 평지는 서쪽에서 뻗어내린다는 것을 깨달았다.

다시 동쪽의 언덕을 넘은 뒤 북동쪽으로 1리를 가서 등성이 하나를 넘었다. 이 등성이는 동서로 뻗어 있다. 등성이의 동쪽에서 다시 고개를 올라 1리를 가자, 고개 동쪽에 움푹한 평지가 남북으로 펼쳐져 있다. 이에 북쪽으로 돌아들어 서쪽 산을 따라 움푹한 평지 위를 나아갔다. 1리만에 움푹한 평지는 끝이 났다. 움푹한 평지의 북쪽에서 완만하게 돌아들어 동쪽 고개를 넘어 동쪽으로 2리를 가자, 몇 채의 인가가 길 북쪽의 비탈에 있다. 이곳은 계두채(界頭寨)이며, 나평주 관할지는 동쪽으로 여기에서 끝난다.

다시 동쪽으로 나아가 언덕 위에서 2리를 나아갔다. 고개를 올라 1리 만에 고개를 넘어 동쪽으로 나아갔다. 고개 아래에는 깊은 골짜기가 움패어 있는데, 사납게 들끓는 물소리만 들릴 뿐 물은 보이지 않는다. 고개 위에서 남쪽으로 돌아들어 나아가다가 동쪽을 굽어보니, 동쪽에 줄지은 산기슭에는 깎아지른 듯한 바위벼랑이 때때로 소나무 가지와 대나무 그림자 사이로 불쑥 모습을 드러낸다. 서쪽에서 지나온 산 아래에서는 이 벼랑이 이처럼 높이 솟구쳐 있을 줄은 몰랐다. 남쪽으로 1리를 나아가, 벼랑의 남쪽을 따라 내려가기 시작했다.

1리를 더 가서 길 서쪽의 봉우리를 쳐다보니, 봉긋 솟은 벼랑과 가파른 절벽으로 바뀌어 있다. 험준하기 그지없는 기세이다. 이곳에서 동쪽 벼랑의 아래를 굽어보니, 굽이져 흐르는 강물은 남서쪽으로 암벽에 부딪쳐 흘러간다. 강 너머에는 두세 칸의 띠집이 벼랑에 의지하여 자리하고 있다. 이에 동쪽의 층계를 따라 쭉 내려가 1리를 갔다. 강을 굽어보니 매우 가깝기는 했으나, 가보지는 못했다. 북쪽으로 돌아들자, 하늘 높이 치솟아 있는 서쪽 벼랑이 동쪽 벼랑과 강을 사이에 둔 채 마주 솟아 있다. 이 벼랑은 위아래의 두 층으로 이루어져 있다. 위층을 향해 나아왔기에 위층의 벼랑만 보일 뿐, 아래층은 보이지 않는다. 아래로 내려갈 수도 없으며, 반드시 길을 에돌아 남쪽으로 나아가 층계를 따라가지 않으면 안 된다고 한다.

북쪽으로 하늘 높이 치솟은 벼랑을 지나 반리를 내려와 강물 가까이에 이르렀다. 벼랑에 부딪치면서 세차게 흐르는 기세가 마치 만 마리의 말이 치달리는 듯하다. 아마 물이 갑자기 불어난 시기이리라. 이 물길은 사종주 남서쪽의 용학(龍擴) 북쪽에서 발원하여, 육량주의 여러 물길과 합쳐진 뒤 사장하를 이룬다. 이어 용전과 나평의 옛 주를 거쳐 북동쪽의 이택(伊澤)에 이른 뒤, 속룡산의 뒤쪽을 지나 남동쪽으로 돌아들어 이곳에 이르자마자 남서쪽 골짜기로 흘러들었다가, 다시 200리를 흘러 팔달이채에서 반강과 합류한다. 나평주와 보안주는 이 강물을 경계로 삼으며, 운남 동부와 귀주 서부의 분계선이기도 하다.

강의 동쪽에 배가 있기에 여러 차례 소리쳐 불렀으나, 배로 건네주러 나오는 이가 아무도 없었다. 해질녘에 비가 그치고서야 한 사람이 나와 "강물이 불어서 강을 건너기가 어려우니, 여러 사람이 노를 저어야만 하겠소"라고 말했다. 이는 나의 다급한 형편을 틈타 돈을 뜯어내려는 계책에 지나지 않을 따름이다. 다시 한참이 지나서야 다섯 사람이 배를 저어 오더니 물가로 더 이상 가까이 오지 않은 채, 한 사람만 물을 건너 올라와 돈을 요구했다. 그들은 실컷 욕심을 채우고서야 배에 태워주었다. 어느덧 어두컴컴해졌다.

다시 부슬부슬 내리는 빗속에 강을 가로질러 동쪽으로 건넜다. 물가에 오른 뒤, 여인숙에 들어갔다. 여인숙 주인은 외출한 터인데, 그의 아내는 교활하고 흉악하기 그지없었다. 그녀는 뱃사공들이 나의 다급한 형편을 틈타 돈을 뜯어내는 것을 보고서, 역시 한술 더 떠서 먼저 돈을 달라한 후에야 밥을 주었다. 식사는 형편없고 양도 적은데다 나를 업신여기니, 젊은 사람들과 더불어 버릇없이 늙은 나를 비웃었다. 이 아낙은 마음씨가 간교하고 수단이 악랄하니, 틀림없이 풍문소(馮文所)가 기록한 바의 지양채(地羊寨)에 사는 부류의 사람일 터이다. 내가 늙어 아낙의 눈에 들지 않은 것이 천만다행이로다!

강저채(江底寨)는 라라채인데, 오직 이 여인숙만은 한족이 운영하는 곳이다. 이곳 사람들은 하나같이 불량하다. 이를테면 나라채에서의 강 건너기, 한족 아낙의 손님 받아들이기에서 보여주는 태도는 모두 남방지구의 여러 이족 경계에서는 없었던 일이다. 이곳은 보웅(步雄)에 속해 있으며, 보안십이영(普安十二營) 장관의 관할지이다. 토박이 추장은 성이 용(龍)씨이다. 토박이들의 이야기에 따르면, "지금은 농(儂)씨 성의 사람에게 빼앗겼다"고 한다. 보웅의 경계는 동쪽으로 황초패까지 20리이고, 서쪽으로 이 강까지 60리이며, 남쪽으로 광남부의 경계인 하격(河格)에 이르기까지 100여리이고, 북쪽으로 십이영장관사(十二營長官司)까지는 3, 40리가 넘는다. 이곳은 평원 가운데의 조그마한 읍이라 할 수 있다.

8월 25일

여인숙의 아낙이 날이 밝아서야 땔감을 구하고 밥을 짓기 시작한 바람에, 늦게서야 식사를 할 수 있었다. 비는 간간히 뿌렸다가 그치곤 했다. 문을 나서자마자 고개를 올랐다. 대체로 이곳의 강은 북쪽에서 남쪽으로 흐르며, 양쪽 벼랑은 암벽을 끼고 있다. 오직 서쪽의 벼랑에만 내려갈 수 있는 한 줄기 길이 있고, 동쪽 벼랑에는 집을 들일만한 한 조각 틈새가 있으며, 그 남쪽에는 산이 가로로 늘어서 있다. 강은 서쪽으로 꺾어져 골짜기로 흘러드는데, 조그마한 물길이 동쪽 골짜기에서 흘러든다. 그래서 서쪽 벼랑의 남쪽에는 강의 제약을 받아 남은 땅이 없고, 동쪽 벼랑의 남쪽에는 굽이돌아 자그마한 밭두둑만 남아 있는 것이다.

이 강을 건너자, 보웅(步雄) 지구임을 알았다. 남서쪽으로 이 강을 따라가면 그 경계는 훨씬 멀어지고, 남쪽의 광남부에 이르면 그 경계는 곧 반강이다. 이는 『일통지』에서 언급했던 바, 동쪽의 보안주 경내에 들어선 것이다. (보웅은 귀주성 보안주에 속한다.) 빙글빙글 휘감아돌아 북동쪽으로 모두 3리를 가서 고갯마루를 넘으니, 남쪽 산과 더불어 남북 양쪽에 줄지은 산을 이루고 있다. 골짜기 속은 깊고 비좁은 채 동쪽에서 서쪽으로 뻗어 있고, 길은 북쪽 산고개의 남쪽을 따라가다 서쪽에서 동쪽으로 뻗어 있다.

다시 5리를 가자, 북쪽 산은 홀연 가운데가 도려낸 듯이 끊어져, 마치 깊은 구렁처럼 움푹 꺼져내리고, 바닥에 있는 가느다란 물길은 바위바닥을 따라 북쪽에서 남쪽 골짜기로 쏟아진다. 길은 이에 북쪽으로 돌아들어 내려가다가, 허공에 매달린 바위를 지나 비스듬한 낭떠러지를 가로질러 아래로 바위바닥에 이르러, 물길을 건너 약간 남쪽으로 나아간 뒤 바위틈새를 더위잡아 동쪽 벼랑을 기어올랐다. 바위바닥에서 북쪽을 바라보니, 가운데가 도려낸 듯이 끊긴 벼랑은 한 줄기 선을 사이에 둔 채 마주보면서 각기 천 길 높이로 치솟아 있다. 비취빛 수풀과 뒤덮인 구름, 날듯 흐르는 폭포수와 튀어오르는 물보라는 참으로 그윽하고 험하기 그지없는 경관이요, 바짝 기울어진 특이한 경지로다.

동쪽 벼랑에 오른 뒤 북쪽 고개를 따라 동쪽으로 나아갔다. 5리만에 약간 내려와 움푹한 평지 속에서 2리를 나아갔다. 여기에서부터 길 남쪽에 다시 봉우리가 불쑥 솟아 있는데, 남쪽의 움푹한 평지를 따라 뻗지 않고 홀연 북쪽의 움푹 꺼진 곳을 가로질렀다. 마침 이슬비가 잠간 내리고, 길에는 오가는 사람도 없었다. 얼마 후 거센 비바람이 몰아쳤다. 산은 깊고 길은 외지다. 우리 두 사람만이 그 사이를 느릿느릿 기어가노라니, 나무 그림자와 시냇물 소리가 모두 영묘한 기운을 띠고 있는 듯이 느껴졌다.

다시 2리를 가서 동쪽 등성이를 건넌 뒤 약간 돌아들어 남쪽으로 나아가다가 다시 언덕을 넘어 올랐다. 2리를 가자 한 갈래는 남동쪽으로, 다른 한 갈래는 곧장 북쪽으로 뻗은 갈림길이 나왔다. 하인 고씨가 앞장서서 남동쪽으로 뻗은 길로 달려갔다. 산골 속으로 2리를 뚫고 가자, 홀연 수십 가구의 인가가 북쪽의 움푹한 평지 속에 기대어 있다. 기이한 느낌이 들어 달려가 물어보니, 한길은 북쪽의 커다란 산 뒤편에 있다. 산속의 외진 마을인 이곳의 주민들은 모두 라라족(儸儸族)이었다.

그들은 우리를 보더니 당황하여 어찌할 바를 몰랐다. 그들 중에 중국어를 할 줄 아는 이가 있어 마을의 이름을 물어보니, 파두전(坡頭甸)이라고 한다. 황초패로 가는 길을 물었더니, 아직 50리나 남았다고 대답했다. 북쪽으로 한길까지 몇 리인지 묻자, 1리가 채 안된다고 했다. 대체로 마을 뒤편에 북쪽으로 높이 늘어선 커다란 산이 마을을 감싼 채 남쪽으로 뻗어 있다. 마치 세상과 격절되어 있는 듯하다.

주민들이 가리키는 길을 따라 고개의 북서쪽 골을 넘자, 과연 1리가 채 안되어 한길이 나타났다. 한길을 따라 커다란 산의 북쪽을 좇아 올라갔다. 쭉 1리를 올라가 바라보니, 북쪽의 움푹한 평지는 매우 깊고 훤히 트여 있는데, 자욱한 안개 속에 나무 끝만 보였다. 우두커니 서서 바라보노라니, 보이는 건 오직 골짜기에 가득한 무성한 띠풀뿐, 밭 한 뙈기 서까래 반 토막도 없이 고즈넉하다.

커다란 산을 휘감아돌아 동쪽으로 나아가다가 다시 반리를 올랐다. 홀연 골짜기가 동쪽으로 움푹 꺼져 내렸다. 약간 남동쪽으로 내려가 반리를 간 뒤 커다란 산의 남동쪽 갈래를 평탄하게 나아갔다. 그 서쪽을 보니, 또다시 골짜기가 남쪽으로 움푹 꺼져 내린다. 어느덧 커다란 산의 동서 양쪽과는 둔덕을 사이에 두고 있었다.

여기에서 고개의 움푹한 평지에서 10리를 오르내렸다. 두세 가구의 인가가 북쪽 언덕 위에 자리하고 있다. 이곳은 유수(柳樹)라는 곳이다. 발걸음을 멈추고서 물을 끓여 밥을 지어 먹었다. 비가 그치지 않을 기세였다. 황초패로 가는 길을 물었더니 아직 이르지 않았다고 하기에, 이곳에서 묵어가기로 했다.

이곳 사람들은 모두 중국어를 할 줄 알았으며, 라라족이 아니었다. 머물러 묵게 해준 노인의 성은 진(陳)씨이며, 몹시 가난한데도 나그네를 후대했다. 그는 나를 보자마자 나무토막에 불을 붙여 젖은 옷을 말리도록 해주었다. 나는 더러워진 옷을 빨아 불에 쬐었다. 식사에 소금도 없고, 잠자리에 풀도 없었지만, 기분은 몹시 흐뭇했다.

8월 26일

날이 밝자 일어나 밥을 지어 먹었다. 흙바람이 불고 세찬 비가 내리는지라, 나는 불가에 앉아 있다가 한참만에야 길을 나섰다. 비탈을 내려와 움푹한 평지를 따라 나아갔다. 움푹한 평지는 서쪽으로 뻗어내린다. 동쪽으로 3리를 가자 움푹한 평지는 끝나고, 조그마한 물길이 북쪽의 움푹한 평지에서 흘러왔다. 그 물길을 가로 건넜다.

다시 동쪽의 비탈을 올라 고개의 움푹 꺼진 곳을 빙글 돌아들어 5리를 가자, 북쪽 비탈 아래에 장터가 있다. 그 동쪽에서 5리를 더 가서 언덕을 넘어 내려가자, 움푹한 평지가 홀연 동서로 크게 펼쳐져 있다. 그 남서쪽의 언덕 등성이는 대단히 평탄한 반면, 북동쪽은 깊이 꺼져내리는 듯했다. 남북 양쪽은 모두 커다란 산인데, 남쪽의 산세가 훨씬 드높다. 남쪽의 산은 자욱한 안개 사이로 때때로 높고도 험준한 기세를 드러냈다. 움푹한 평지 속에는 커다란 물길도 없고, 밭두둑과 주민도 없다. 눈길 닿는 곳마다 온통 무성한 띠풀로 가득 덮여 있다.

길은 정동쪽으로 뻗어가다가, 갈림길이 남쪽의 높은 산의 겨드랑이로 나 있다. 하인 고씨가 앞장서서 달려가고, 나는 그를 뒤따랐다. 1리 만에 남쪽의 움푹한 평지를 다 가서 막 산비탈 위를 오르려다가, 길을 잘못 들었다는 느낌이 들었다. 그래서 다시 왔던 길을 되짚어 북쪽으로 나아갔다가 한길을 따라 동쪽으로 나아갔다. 띠풀을 헤치고 젖은 풀을 밟으면서 3리를 가서, 동쪽의 움푹한 평지의 끝까지 갔다. 움푹한 평지의 동쪽에 봉우리가 우뚝 치솟아 있다. 움푹한 평지는 북동쪽에서 푹 꺼져 뻗어내려오고, 길은 남동쪽에서 뻗어올라온다.

2리를 가서 남쪽으로 산골을 뚫고 지났다. 동쪽으로 반리를 더 가서 그 동쪽의 움푹 꺼진 곳을 넘어 굽어보니, 동쪽의 산이 남쪽으로 늘어서 있고, 아래쪽으로 줄지어 골짜기를 이루고 있다. 골짜기 속의 샘물소리가 우렁차기에, 남쪽으로 흐르는 물길이라 여겼다. 고개 위에서 남쪽으로 돌아들어 반리만에 그 남쪽의 움푹 꺼진 곳을 넘어 다시 굽어보니, 서쪽 산이 남쪽으로 늘어서 있고, 아래쪽으로 줄지어 골짜기를 이루고 있다. 골짜기 속의 샘물소리가 우렁차기에, 역시 남쪽으로 흐르는 물길이라 여겼다. 아마 그 동서 양쪽 모두 층층이 이어진 산과 골짜기가 있는데, 이 산은 그 사이에 우뚝 솟구쳐 있으리라.

　그 서쪽에서 고개를 따라 남쪽으로 내려와 2리를 갔다. 조그마한 물길이 동쪽 벼랑에서 서쪽 골짜기로 가로로 쏟아지고 있다. 그 위에 걸터앉아 발을 씻고서 밥을 먹었다. 식사를 마친 후 움푹한 평지 위에서 남쪽으로 나아갔다. 움푹한 평지 너머로 서쪽 봉우리를 바라보니, 높다란 나무줄기와 무더기진 덩굴이 빽빽이 덮인 채 빈 틈새가 한 군데도 없다.

　남쪽으로 2리를 가서 움푹한 평지가 끝날 즈음, 나무를 베는 소리가 들려왔다. 재질을 가려 땔감을 구하는 사람인 모양인데, 남쪽에서 차츰 북쪽으로 가고 있었다. 다시 남쪽으로 1리만에 움푹한 평지 속에 이르렀다. 움푹한 평지는 건너 뻗어온 등성이이다. 가운데는 그다지 높지 않으며, 북쪽은 오히려 낮아진다. 등성이 남쪽의 골짜기는 남쪽으로 뻗어 내리면서 대단히 비좁아지며, 그 속에는 밭작물이 가득 자라나 있다.

　골짜기를 뚫고 나와 구렁을 감아 돌자, 풍성한 곡식이 두둑을 이루고 있다. 조그마한 물길이 북동쪽의 골짜기에서 쏟아져 내리고, 남쪽에는 뾰족한 봉우리가 불쑥 솟구쳐 있다. 물길은 그 남서쪽에서 꺼져내리고, 길은 그 북동쪽에서 고개를 넘어간다. 1리 반을 가서 구렁을 넘고, 1리 반을 가서 고개를 올랐다. 다시 동쪽을 굽어보니, 골짜기는 남쪽으로 뻗어내리고, 그 안에 흐르는 물소리는 매우 거세다.

　층계를 타고서 쭉 내려가 1리만에 움푹한 평지의 바닥에 이르렀다. 동쪽 골짜기의 물이 남서쪽으로 쏟아진다. 이 물길을 가로 건넌 뒤, 약간 남쪽으로 나아갔다. 동쪽 골짜기의 한 줄기 물길이 동쪽에서 서쪽으로 쏟아진다. 다시 그 물길을 가로 건너자, 두 물길이 합쳐져 남쪽으로 흘러간다. 길은 산골의 동쪽을 따라 남쪽으로 뻗어 있다.

　2리를 가서 골짜기를 나오자, 커다란 바위봉우리가 남동쪽에 불쑥 솟아 있고, 물은 움푹한 평지 속에서 쭉 남쪽으로 흘러간다. 움푹한 평지 속에는 밭두둑이 즐비하게 늘어서 있고, 황금빛 곡식이 밭두둑을 뒤덮고 있다. 서쪽을 굽어보니, 보옹은 고개 하나를 사이에 두고 있을 뿐이다.

길은 움푹한 평지의 동쪽에서 고개로 뻗어오르다가 불쑥 치솟은 봉우리의 남쪽을 돌아든다. 1리를 가자, 몇 채의 인가가 북쪽 언덕 위에 기대어 있다. 이곳은 사간촌(沙澗村)이다. 그제야 방금 전에 빠져나온 움푹한 평지가 바로 사간(沙澗)임을 알았다.

마을 앞에서 동쪽으로 내려왔다가 다시 올라 남동쪽의 언덕 하나를 넘어 내려갔다. 1리 남짓을 가자, 시내가 북쪽에서 남쪽으로 흐르고 있다. 이 시내는 이전의 여러 물길에 비해 크고, 그 위에 돌다리가 걸쳐져 있다. 다리를 지나 동쪽의 벼랑을 올라 1리를 갔다. 언덕마루의 바위는 이빨처럼 뾰족뾰족하고 진흙은 질척거렸다. 미끄러운 진창에 바위가 날카롭기까지 한지라, 나아가기가 어렵기 짝이 없었다.

동쪽으로 1리를 내려간 뒤 남동쪽으로 돌아들어 언덕 한 군데를 넘었다. 1리를 가서 골짜기를 뚫고 나오니, 비로소 남쪽으로 움푹한 평지 속에 매달려 있는 동쪽의 조그만 산이 보이기 시작했다. 산 위에 집들이 층층이 늘어서 있는 그곳은 황초패이다.

이에 동쪽으로 밭두둑 사이를 1리 나아가 움푹한 평지를 거쳐 동쪽으로 나아갔다. 물길이 북쪽의 움푹한 평지에서 흘러오고, 돌비탈이 물길을 가로질렀다. 비탈의 동쪽 틈새에는 바위들이 비탈과 나란히 쌓여 있고, 물은 그 위쪽을 덮은 채 남쪽으로 쏟아져 흘러내린다.

이 물길은 서쪽의 돌다리 아래의 물보다 작다. 두 물길은 모두 북쪽에서 남쪽으로 흘러 파길에 이른 뒤 반강으로 흘러든다. 사간에서 이곳에 이르는 동안, 여러 물길은 맑고도 사랑스러우니, 더 이상 혼탁한 물이 아니었다. 어찌하여 운남과 귀주의 경계가 나뉘더니 물도 달라진단 말인가? 이곳에서 물은 바위에 부딪쳐 급물살을 이루는데, 벽돌로 둑을 쌓아 그 터진 곳을 메워 놓았다.

동쪽으로 올라가자 병영이 모인 황초패가 나타났다. 패라고 일컬은 것이 어찌 둑 때문이 아니겠는가? 마침 나무하는 이들이 둑 위에서 빨래를 하고 있기에, 나도 덩달아 빨래를 했다. 더러운 옷과 때가 낀 무릎 부분이 금방 깨끗해졌다. 이어 동쪽의 비탈을 올라 담을 따라 동쪽으로 나아갔다. 거리는 가로로 언덕 남쪽을 에워싸고 있으나, 모두 허름한 초가집뿐이며, 그다지 가지런하지도 않고 훤히 트이지도 않았다.

(토박이들의 이야기에 따르면, 재작년에 보옹의 토사인 용(龍)씨가 친족인 토사 사(沙)씨의 군사를 동원하여 황초패를 공격했는지라, 더 이상 예전의 모습을 찾아볼 수 없다고 한다. 하지만 용씨는 다시 농(農)씨의 공격을 받아 바뀌었다.) 그 북쪽 봉우리의 꼭대기는 토사인 황(黃)씨가 거주하는 곳이다. 이에 오(吳)씨네 집에 들어가 쉬기로 했다. 한족인 오씨는 부부 모두가 손님을 잘 대접하고, 채소와 술을 두루 갖추고 있다.

8월 27일

아침 일찍 일어나니 비가 여전히 그치지 않았다. 얼마 지나지 않아 날이 갰지만, 진창은 여전히 심했다. 잠시 하루를 쉬면서 반강의 굽이굽이에 대해 물어보고, 내일 떠나기로 했다. 이에 정좌한 채 일기를 기록했다. 해질녘에 다시 비가 내리더니, 한밤중에 더욱 심해진 바람에 옷과 침구가 모두 흠뻑 젖고 말았다.

8월 28일

이른 아침에 비가 그치지 않았다. 옷이 젖은지라 떠날 수가 없기에, 옷을 쪼여 말리고서야 길을 나섰다. 하루 종일 비가 그치지 않았다. 이날 이곳 황초패에는 마시장이 열리는지라, 모여든 사람들로 자못 흥청거렸다. 저자에는 달리 기이한 물건은 없고, 밀랍과 가느다란 죽순만이 많았다. 이에 죽순과 돼지고기를 삶으면서 종일토록 비가 그치기를 기다렸다.

황초패의 토사는 성이 황(黃)씨이며, (도지휘사사를 더해주었다) 보안주의 십이영장관사(十二營長官司)에 소속되어 있다. 십이영장관사 가운데 귀순영(歸順營)이 으뜸이지만, 돈을 거둬들이는 수량으로는 황초패를 손꼽으며, 영토의 크기로는 보옹영을 손꼽는다.

황초패에서 동쪽으로 15리를 가면 마비하(馬鼻河)이고, 동쪽으로 50리를 더 가면 용광(龍光)에 이르며, 이곳은 광서성 우강도(右江道)와의 분계선이다. 서쪽으로 20리를 가면 보옹이고, 서쪽으로 50리를 더 가면 강저(江底)에 이르며, 이곳은 운남성 나평주와의 분계선이다. 남쪽으로 30리를 가면 안장(安障)이고, 남쪽으로 40리를 더 가면 파길에 이르며, 이곳은 운남성 광남부와의 분계선이다. 북쪽으로 30리를 가면 풍당(豐塘)이고, 북쪽으로 20리를 더 가면 벽동(碧洞)에 이르며, 이곳은 운남성 역좌현과의 분계선이다.

황초패의 동·서·남쪽의 삼면은 두 개의 다른 성과 경계를 접하고 있으며, 북쪽으로 보안주와는 220리 떨어져 있다. 이곳은 전답이 가운데에 넓게 펼쳐져 있고 도로가 사방으로 통하여 있다. 그래서 백성들이 제법 모여드는지라, 하나의 현을 설치할 만하다. 그렇지만 토사는 자신의 권력을 빼앗길까 염려하고, 그리고 주(州)의 관원은 자신의 이익을 분할할까 걱정하여, 아무도 이 일을 거론하는 이가 없다.

황초패(黃草壩)는 남동쪽으로 용광, 정구, 자공, 판둔, 패루(이상은 모두 안룽安隆 토사의 속지이다. 안룽 토사는 천계 초기에 부족의 사람에게 살해된 이후, 사성주가 손자를 내세워 대신 관리하고 있다), 팔랍(八蠟, 자향畨香, 모두 사성주의 속지이다)에서 전주에 이르는데, 지난날의 한길이다. 안룽에는 토사가 없으며, 사성주에서 대신 관리하고 있다. 광남부(廣南府)에서 무력으로써 이곳을 빼앗아 그 대부분을 차지하고 있다. 도로가 통하지 않은 것은 사실 이러한 사정 때문이다.

고찰에 따르면, 반강은 팔달이채(나평주와의 분계지이다)에서 파택, 하격, 파길, 흥룽(興隆), 나공(那貢, 이상은 모두 안룽安隆 토사의 속지이지만, 지금은 모두 광남부가 차지하고 있다)을 거쳐, 패루에 이르렀다가 팔랍, 자향으로 흘러내린다. 또 한 줄기의 물길이 북동쪽에서 흘러와 합쳐지는데, 토박이들은 이 물길을 안남위에서 흘러온 북반강이라 여긴다. 그러나 아마 그렇지 않을 것이다.

안남위(安南衛)의 북반강은 담한(膽寒), 나운(羅運), 백수하(白水河)의 물길과 합쳐졌다가, 잠시 후 남동쪽으로 도니강(都泥江)으로 흘러내리고, 사성주의 북동쪽 경계를 따라 나지(那地)와 영순(永順)을 거쳐 나목도(羅木渡)로 흘러나온 후, 천강현(遷江縣)으로 흘러내린다. 그렇다면 북동쪽에서 흘러온 이 물길은 당연히 사성주의 북서쪽 경계의 대나무숲의 산에서 흘러나온 것이지 북반강이 아님을 알 수 있다. 여기에서는 우강(右江)이다. 다시 흘러내려가면 광남부와 부주(富州)의 물길이 나오는데, 이 물길은 자격(者格, 역시 안룽 토사의 속지이며, 현재는 광남부가 차지하고 있다), 갈랑(葛閬), 역리(歷裏, 모두 사성주四城州의 관할지이다)에서 흘러와 합쳐진 뒤 전주로 흘러간다. 이 물길이 곧 『지』에서 언급했던 남왕(南旺)의 여러 시내이다. 두 물길 가운데 하나는 사성주의 북서쪽에서 흘러나오고, 다른 하나는 광남부의 동쪽에서 흘러나오는데, 모두 우강의 지류이지 우강의 원류는 아니다. 우강의 원류는 오직 남반강만이 될 수 있다. 담한과 나운의 물길은 백수하에서 흘러나오는데, 도니강의 지류이지 도니강의 원류가 아니며, 도니강의 원류는 오직 북반강만이 될 수 있다. 각각의 물길은 서로 섞이지 않는다.

고찰에 따르면, 운남성에서 광서성에 이르는 길은 세 갈래가 있다. 한 갈래는 임안부의 동쪽에 있으며, 아미주와 유마주(유마주는 예전에 건구乾溝, 도마피倒馬坡, 석천정石天井, 아구阿九, 말갑抹甲 등의 초소를 설치하여, 동쪽의 광남부에 통했다. 각 초소마다 육량위陸凉衛에서 한 명의 백호, 열다섯 명의 관병과 열다섯 명의 민병을 파견하여 지켰다. 후에 주의 치소가 없어지자, 초소도 모두 폐쇄되었다)를 거쳐 광남부의 부주에 이른 뒤, 광서성의 귀순주(歸順州)와 하뢰주(下雷州)에 들어섰다가 타복(馱伏)으로 나와 남녕(南寧)으로 뻗어내린다. 이

길은 내가 애초에 좌강(左江)에서 길을 잡아 귀순주에 이르고자 했으나, 끝내 교이(交彝)에 의해 가로막혔던 길이다. 이것은 남로(南路)이다.

다른 한 갈래는 평월부(平越府)의 남쪽에 있으며, 독산주(獨山州)의 풍녕 (豐寧) 상장관사, 풍녕 하장관사를 거쳐 광서성의 남단주(南丹州)와 하지주 (河池州)로 들어섰다가 경원부(慶遠府)로 나온다. 이 길은 내가 후에 나목도에서 길을 잡아 귀주와 운남에 들어섰던 길이다. 이것은 북로(北路)이다.

또 다른 한 갈래는 보안주의 남쪽, 나평주의 동쪽에 있으며, 황초패를 거쳐 안륭장관사의 패루를 거쳐 전주로 내려갔다가 남녕으로 빠져나오는 길이다. 이 길은 내가 애초에 전주 경계에서 머뭇거릴 적에 사람들이 가서는 안된다고 하기에, 한참동안 기다렸으나 함께 갈 동무가 없어 끝내 가지 못했던 길이다. 이것은 중로(中路)이다.

중로는 남반강이 광서성으로 흘러들었다가 귀주성으로 흘러나가는 교차지이고, 남로는 남반강이 운남성을 굽어돌기 시작하여 마침내 광서성으로 흘러내리는 곳이며, 북로는 북반강이 귀주성을 거쳐 광서성을 휘감아돌다가 만나는 곳이다. 그러나 이 세 갈래 길은 현재 모두 가로막혀 있다. 남로는 아미주의 보(普)씨, 부주의 이(李)씨와 심(沈)씨(『광서소기 廣西小紀』에 보인다), 귀순주의 교이에 의해 막혀 있고, 중로는 광남부가 잠식하고 전주가 광분하는 바람에 막혀 있으며, 북로는 풍녕 하장관사의 약탈, 팔채의 도적떼에 의해 막혀 있다.

조정의 관리도 감히 들어가지 못하거니와, 상인과 여행객도 들어갈 엄두를 내지 못한다. 오직 동로(東路)만은 원주(沅州)와 정주(靖州)를 거쳐 사니(沙泥)를 넘어간다. 대부분 동족(侗族)을 두려워하는 주이나, 요즘 사람들이 다니는 길이다. 그러나 회원현(懷遠縣)과 사니 일대는 역시 대부분 동족을 두려워하여 길을 에돌아 호남성(湖南省)으로 올라가는지라, 성 하나를 더 거쳐야 한다.

황초패의 동쪽 150리에는 안롱소(安籠所)가 있고, 동쪽으로 더 가면 신성소(新城所)가 있다. 이들 모두 남쪽으로는 광서성의 안륭장관사 및 사성주와 경계를 맞대고 있다. 그런데 귀주에서는 '롱(籠)'이라 하고, 광서성에서는 '륭(隆)'이라 한다. 음은 하나이되 글자가 각기 다르고, 한 곳인데도 각기 명칭이 다르니, 이는 어찌된 까닭인가? 혹시 두 개의 명칭이 본래 같은 글자인데, 베껴 전해지는 과정에서 달라진 게 아닐까?

고찰하건대, 안장(安莊)의 동쪽에 한길이 지나는 곳으로 안룽과 정산(箐山)이 있다. 안룽은 안룽소와 400리나 떨어져 있다. 먼 곳은 같은데 가까운 곳은 다르니, 이는 또한 어찌된 까닭인가? 대체로 귀주성에서는 '롱'자를 자주 쓰고, 광서성에서는 '륭'자를 자주 쓰는지라(륭안현과 같은 경우이다.), 각기 그 지역을 따를 터이겠지만, 지역이 서로 가까울 경우에는 취한 명칭이 같아야 하지 않을까?

황초패는 귀주성 서부에 널리 알려져 있지만, 거주지나 저자는 모두 나평주에 미치지 못한다. 나평주는 운남성 동부에 널리 알려져 있지만, 거주지나 저자는 광서부에 미치지 못한다. 이것은 부(府)와 주(州), 영(營), 보(堡)의 차이에 따른 것이다. 들건대 징강부(澂江府)의 호수와 산이 대단히 아름답다고 하지만, 역시 거주지나 저자는 광서부만 못하다. 임안부는 운남성에서 으뜸가는 군이었으나, 지금은 보명승에 의해 유린당하여 피폐해진 채 회복되지 못한 상태이다. 인구가 많고 거주지가 광활하지만, 상황은 광서부보다 나을 게 없을 뿐이다.

운남성 동부의 현 가운데에서는 통해현이 가장 흥성하다. 운남성 동부의 주 가운데에서는 석병주(石屛州)가 가장 흥성하다. 운남성 동부의 보루 가운데에서는 보수(寶秀)가 가장 흥성하다. 이곳들은 모두 보명승에게 재난을 당하지 않았기 때문이다. 현 가운데 강천현(江川縣)이 가장 쇠락하고, 주 가운데 사종주가 가장 피폐하며, 보루 가운데 남장(南莊)의 여러 곳이 가장 참담하다. 이 모두는 보명승에게 유린당했기 때문이다.

이를테면 보웅은 토사 용씨와 농씨가 쟁탈전을 벌였고, 황초패는 토사 용씨와 사씨(사씨는 보웅의 용씨의 장인이다.)가 쟁탈전을 벌였으며, 안룽은 토사 잠(岑)씨와 농(儂)씨(잠씨는 광서성 사성주에 있고, 농씨는 광남부에 있다.

지금 광남부의 세력이 강대하여 안롱장관사의 관할지는 농씨에게 열에 여덟아홉이 점령당했다가 분쟁을 일삼았다. 토사가 백성들을 못살게 구는 것은 토사의 본성이겠지만, 조정의 영토를 어지럽히는 일이 오래가도록 해서는 안될 일이다.

여러 이족들이 토사의 유린 아래 고통받으며 참으로 힘들어 하면서도, 그저 토사의 권세에 짓눌려 생사는 운명에 맡기고 있을 뿐이다. 그렇지만 참으로 군주를 그리워하고 옛 벗을 사모하는 마음을 지니고 있으니, 이들이 견고하다고 해서 깨부술 수 없는 것은 아니다. 이들이 마음 내키는 대로 반란을 일으키는 것은 못된 잔당의 선동 때문이다. 이들은 중국어를 깨우치지 못하고 이족의 풍속에 젖어 있기에 꼬드기기에 쉽다. 못된 잔당 역시 은(殷)나라의 백이(伯夷)와 숙제(叔齊)처럼 완고하거나 전횡(田橫)의 유민들처럼 죽음도 두려워하지 않는 무리들은 아니다. 그들은 그저 함부로 날뛰고 몸을 숨긴 채 약탈하는 간교한 도적떼로서, 말로 백성들을 우롱하고 교활한 수단을 부릴 따름이다.

넘어왔던 여러 산 가운데에서, 험준함은 나평주와 사종주의 경계인 편두초가 가장 심하다. 그 다음이 통해현의 건통관(建通關)인데, 그 험준함은 비록 엇비슷할지라도, 편두초만큼 황량하고 적막하지는 않다. 그 다음은 아미주의 중도령(中道嶺, 심沈씨 집안의 무덤이 있는 곳이다)인데, 그 깊고 아득함은 비록 엇비슷할지라도 편두초만큼 높고 비좁지는 않다. 또 그 다음은 보웅의 강저채의 동쪽 고개인데, 그 구불구불함은 비록 엇비슷할지라도 편두초만큼 깎아지른 듯 가파르지는 않다. 시내를 건너는 위험에 있어서는 강저채만 한 곳이 없다. 강저채의 벼랑은 깎아지른 듯 구천의 하늘에 닿아 있고, 구렁은 구층의 땅속 깊이 움패어 있으니, 반강의 붕포(朋圃) 나루터조차도 이에 미치지는 못한다.

광서성의 산 가운데, 오직 바위로만 이루어진 것도 있고, 바위가 섞여 있는 것도 있다. 그러나 각각의 경우 줄을 나누거나 홀로 솟구쳐 있는지라, 서로 섞여 있지는 않다. 운남성의 산들은 모두 흙봉우리가 얽혀 두르고 있다. 간혹 바위로 장식한 경우도 있지만 열에 한둘에 지나지 않는지라, 고리 모양의 움푹한 웅덩이가 많다. 귀주성의 산은 운남성과 광서성의 두 가지 경우의 중간 형태에 놓여 있으며, 다만 높게 치솟음으로써 기이함을 드러낸다. 운남성의 산은 흙이 많은지라, 물길을 가로막아 바다처럼 드넓은 호수를 이루고 있는 경우가 많으며, 물길은 대부분 혼탁하다. 광서성의 산은 바위산뿐인지라, 구멍에 스며들어 흐르는 물길이 많으며, 물은 모두 맑고 깨끗하다. 귀주성의 물길 역시 두 가지 경우의 중간 형태에 놓여 있다.

8월 29일

아침 일찍 부슬부슬 비가 내렸다. 식사를 마치고서 주인에게 작별을 고한 후 길을 나섰다. 거리를 따라 남동쪽으로 나와 반리를 간 뒤, 동쪽 봉우리의 남쪽을 감아돌아 북쪽으로 나아가 움푹한 평지에 들어섰다. 걸음을 멈추고서 사방을 둘러보니, 그 앞의 움푹한 평지가 드넓게 남쪽으로 펼쳐져 있는 것이 보였다. 수없이 많은 산들이 불쑥 솟아 있고, 조그마한 바위봉우리는 황제를 알현하듯, 두 손을 맞잡은 듯, 들쑥날쑥 앞쪽의 움푹한 평지에 솟아 있다.

움푹한 평지 너머로 멀리 바라보니, 가로뻗은 남쪽 산이 가장 웅장하지만, 절반이나 자욱한 구름기운에 덮여 있다. 이 산은 파길의 동쪽에 있으며, 반강을 가로막은 채 남쪽으로 치달리는 산줄기이다. 움푹한 평지 속에는 다시 사방에 움푹한 평지가 펼쳐져 있다. 서쪽의 움푹한 평지는 사간에서 따라올 적에 거쳤던 길이고, 동쪽의 움푹한 평지는 마비하에서 올 적에 거쳤던 골짜기이다. 또한 남쪽의 움푹한 평지는 동서의 여러 물길이 파길로 흘러내리면서 거치는 곳이고, 북쪽의 움푹한 평지는 지금 풍당(豐塘)으로 들어가려는 길이다.

이 지역을 헤아려보건대, 북쪽은 □□□와 마주하고 있고, 남쪽은 부주와 마주하고 있으며, 서쪽은 양림(楊林)과 마주하고 있고, 동쪽은 안롱소와 마주하고 있다. 움푹한 평지에서 멀리 마주하고 있는 곳으로, 정동쪽은 광서성의 경원부이고, 정북쪽은 사천성의 중경(重慶)이다. 북쪽의 움푹한 평지로 들어서서 반리를 가자, 그 서쪽의 봉우리는 벼랑이 휘감아돌고 바위가 깎아지른 듯하여, 높이 치솟은 채 위엄이 넘치는 모습이 특이하다. 그 안에 남쪽에서 흘러오는 조그마한 물길이 있다.

물길을 거슬러 북쪽으로 2리를 간 뒤, 동쪽 봉우리를 따라 북쪽으로 올랐다. 등성이를 넘어 약간 내려가다가 움푹한 평지를 오르자, 비로소 동쪽의 움푹한 평지가 보이기 시작했다. 2리만에 다시 북쪽의 움푹 꺼진 곳에 올라 서쪽으로 돌아들었다. 움푹 꺼진 곳에 서쪽에서 흘러오는 물길이 있다. 물길은 움푹 꺼진 곳을 흘러나와 동쪽의 움푹한 평지로 떨어져내리고, 움푹 꺼진 곳에는 풍성한 곡식이 밭두둑을 뒤덮고 있다.

움푹 꺼진 곳을 가로질러 서쪽으로 나아가 북쪽 고개 위를 따라 서쪽으로 나아갔다. 2리만에 약간 내려가다가 북쪽의 움푹한 평지로 올랐다. 1리만에 북서쪽으로 올라 2리를 가서 북쪽의 움푹 꺼진 곳을 넘은 뒤, 고갯마루에서 북서쪽으로 나아갔다. 도중에 별안간 비가 내리다가 문득 그쳤다. 대체로 비가 내리는 때가 해가 비치는 때보다 많다.

약간 내려갔다가 그 북서쪽의 비탈 등성이를 빙 둘러 올랐다. 좌우에 때때로 커다란 웅덩이와 굽이도는 골짜기가 나타났다. 5리만에 서쪽의 움푹 꺼진 곳을 넘어 내려갔다. 3리를 더 가서 움푹한 평지에 이르자, 졸졸거리는 물소리가 들려왔다. 그렇지만 사방에 산이 둘러싸고 있으니, 물이 어디에서 흘러나가는지 궁금했다. 다시 북서쪽으로 1리를 가자, 홀연 움푹한 평지 속에 구덩이가 보였다. 웅덩이는 가운데가 우물처럼 움푹 꺼져 있었다. 아마 이곳이 물이 흘러드는 곳이리라.

움푹한 평지에서 오른편으로 반리를 간 뒤 북서쪽의 고개를 올랐다. 반리만에 비좁은 등성이를 뚫고 나온 뒤, 약간 내려와 기다란 골짜기 속을 따라 나아갔다. 북서쪽으로 3리를 갔다가 약간 올라가서야, 비로소 이 골짜기 역시 가운데가 웅덩이져 있으나 물이 새어나갈 길이 없음을 알았다. 길가의 바위 위에 앉아 식사를 했다.

고개 서쪽으로 나왔다. 서쪽의 움푹한 평지는 가운데가 휘감아도는데, 움푹한 평지 안에는 곡식이 무성하게 자라나 있다. 그 북쪽에는 조그마한 산이 움푹한 평지의 어귀를 비끄러매고 있고, 그 위에 인가가 매달려 있다. 이곳은 풍당이다. 동쪽과 서쪽, 남쪽은 모두 빙 두른 봉우리에 둘러싸여 있다. 물길은 남서쪽의 두 움푹한 평지를 따라 그 사이로 쏟아져 북쪽으로 흐르다가 골짜기로 떨어져 내린다.

움푹한 평지의 남동쪽에서 고개를 내려와 움푹한 평지의 남쪽을 따라 남쪽 산의 북쪽 기슭을 감돌아 모두 2리를 갔다. 움푹한 평지 너머로 북쪽의 움푹한 평지의 어귀를 비끌어맨 곳의 인가와 마주했다. 길가에 남쪽의 산으로 들어서는 갈림길이 나타났다. 길이 갈라지는 곳이겠거니 여겨 지나쳤다가 다시 되돌아왔다.

막 오를 적에는 그 안쪽 길이 제법 널찍한지라 바른 길이려니 여겼다. 그런데 좀 더 오르자, 길이 두 줄기로 나뉘어졌다. 서쪽의 길은 얼마 후에 차츰 좁아지고, 남쪽의 길은 다시 남쪽 산을 감아돌았다. 바른 길이 아닌가 의심이 들었다. 왔다 갔다 하기를 네 차례나 했으나, 물어볼 길이 없었다. 움푹한 평지 북쪽의 인가는 2리 남짓 떨어져 있어서, 오고 가기에는 너무 멀었다. 남쪽 산을 바라보니 방목하는 이가 있기에, 서둘러 그에게 달려갔다. 하지만 봉우리 사이의 구렁 너머에 있는지라 갈 수가 없었다.

그런데 갑자기 세 사람이 나뭇짐을 진 채 앞쪽 고개에서 내려왔다. 그들에게 물어보고서야 길을 잘못 들었음을 알았다. 그들을 따라 2리만에 북쪽의 한길로 나왔다. 그들은 이렇게 말했다. "갈림길이 있던 곳은 아직 고개 서쪽에 있습니다. 이곳 남쪽 갈림길은 남쪽의 움푹한 평지에서 산으로 들어서는 오솔길이고, 한길은 서쪽의 움푹한 평지에서 들어

갑니다. 하지만 지금 가보아야 이미 황니하(黃泥河)에는 당도할 수 없을 테니, 벽동(碧峒)을 따라가면 투숙할 수 있을 겁니다."

이에 서쪽의 움푹한 평지에 들어섰다. 조그마한 물길이 서쪽에 흘러 오고, 길은 비탈을 넘어 서쪽으로 오르내린 뒤, 다시 올라가 3리만에 움 푹 꺼진 곳을 넘었다. 움푹 꺼진 곳은 높지 않은 채 두 산 사이를 잇고 있는데, 남쪽 산이 북쪽으로 뻗어지나는 등성이이다. 동쪽의 물은 풍당 으로 흘러내리고, 서쪽의 물은 다시 북서쪽으로 흐른다. 모두 마비하로 흘러든다. 등성이 서쪽에는 멀리 움푹한 평지가 펼쳐져 있다.

북쪽 고개를 따라 다시 서쪽으로 2리를 가자, 갈림길은 둘로 나누어 졌다. 한 줄기는 북쪽 고개를 따라 서쪽의 움푹한 평지를 빠져나온다. 보안주로 가는 길이다. 다른 한 줄기는 움푹한 평지의 남쪽을 가로지른 뒤 고개를 넘어 남쪽으로 올라간다. 역좌현으로 가는 길이다.

남쪽으로 움푹한 평지를 건너자, 길은 차츰 좁아졌다. 높이 자란 띠 풀이 물길을 뒤덮고 있으며, 구불구불한 층계는 기울어진 비탈을 따라 뻗어 있다. 가는 길에 물이 고여 있지 않은 곳이 없다. 길을 따라 남쪽 의 비탈을 올라 1리만에 남서쪽의 고개 모퉁이를 돌아들었다. 북쪽 경 계에 머나먼 산이 가로 뻗은 채 하늘끝까지 구불구불 이어져 있다. 이 산은 바로 역자공(亦字孔)의 남서쪽에서 동쪽으로 돌아드는 등성이로서, 단하산(丹霞山)의 남동쪽을 따라 굽이굽이 구장영(狗場營)과 귀순영(歸順營) 을 감돌아 안롱소로 뻗어 있다. 북쪽 경계에는 보안주 남북의 판교를 흐르는 여러 물길이 북반강으로 흘러들고, 남쪽 경계에는 황초패와 마 비하의 여러 물길이 남반강으로 흘러든다.

다시 남서쪽의 골짜기에 들어서서 1리 남짓을 간 뒤, 남쪽의 고갯마 루를 올랐다. 1리를 가자 돌층계가 나오자, 등성이를 좇아 남쪽으로 돌 아들었다. 이 등성이는 띠풀숲이 깊고 길이 구불구불한지라, 이 돌길이 없었더라면 길을 잘못 들었나 의심했으리라. 돌층계를 따라 서쪽으로 내려온 뒤 남쪽으로 돌아들어 구불구불 1리만에 산기슭에 닿았다. 이 산기슭에는 다시 움푹한 평지가 드넓게 서쪽으로 펼쳐져 있다. 움푹한 평지는 비록 드넓지만, 거친 띠풀이 빙 둘러 엇섞여 있는지라, 밭이나 인가는 전혀 보이지 않았다.

여기에서 산기슭을 따라 서쪽을 나아가 3리를 갔다. 움푹한 평지는 쭉 서쪽으로 뻗어가고, 길은 남서쪽으로 움푹한 평지를 가로질러 나아 간다. 움푹한 평지의 남북 양쪽에는 커다란 고개가 깎아지른 듯 가파르고, 평지 안에는 구렁이 빙 둘러 원을 이룬 채 층층이 모여 있다. 사방이 마치 연꽃 같다는 생각이 들었다. 다만 어둠이 금방 짙어오고 산비가 다시 내리는데다, 길은 깊은 띠풀숲에 끊기고 인가가 어디 있는지 모르는지라, 불안하고 두려운 마음을 떨칠 수가 없었다.

다시 남서쪽으로 1리를 가서 골짜기 등성이를 지났다. 이 등성이는 가운데는 평탄하지만 양쪽이 몹시 비좁다. 골짜기의 서쪽으로 나오니, 기다란 골짜기는 서쪽으로 뻗어가고, 남북 양쪽의 비좁은 벼랑은 몹시도 멀다. 골짜기 속은 온통 거친 띠풀로 가득 차 있으며, 길은 또한 끊어질 듯 이어지고 있다. 위에는 겹겹의 띠풀이 빗속에 넘어져 있고, 아래에는 고인 물이 길에 가득 차 있다. 마침 어둠이 닥쳐온지라, 어둠 속에서 더듬더듬 나아갔다.

3리를 가자 문득 개 짖는 소리가 들려오고, 이어 길 남쪽에서 사람들의 말소리가 들려왔다. 골짜기 어귀를 빠져나왔다는 생각이 들긴 하지만, 골짜기인지 비탈인지 분간할 수 없고, 남쪽으로 어디를 따라 들어가야 할지 알 수 없다. 반리를 더 나아갔다. 한길은 북서쪽을 따라 뻗어가는 듯한데, 사람의 말소리는 남쪽에서 나는 듯하다. 풀숲더미를 따라 가로질러 가다가, 그만 가시덤불에 빠지고 말았다.

한참만에 반리를 더 가서야 돌길이 나타났다. 성채 문에 이르니, 문이 닫힌 지 오래였다. 문 안에서 절구질 하는 소리가 아련하게 들렸다. 큰 소리로 외쳐 부르자, 누군가 대답하는 소리가 들렸다. 한참이 지나 누군가 묻는 이가 있었다. 다시 한참이 지나 횃불과 사람의 그림자가 어른거렸다. 또다시 한참이 지나 안쪽의 좁은 문을 여는 소리가 들리고 서야, 바깥문이 열리기에 들어갈 수 있었다.

횃불을 따라 절구질하던 집에 들어가 죽을 끓여 먹고 발을 씻었다. 비록 띠풀을 깔고 누웠지만, 그래도 묵을 곳을 찾았기에 다행스러웠다. 이것저것을 마무리한 뒤 이곳의 지명을 물으니, 역좌현의 북동쪽 경계인 벽동이라고 한다. 홍판교(紅板橋)가 어디 있는지 물어보았다. 이곳의 북쪽 봉우리 기슭에 있는데, 황초패의 서쪽 경계이며, 이곳 벽동과는 남북으로 움푹한 평지 하나를 사이에 두고 있다고 한다.

원문

戊寅八月初七日 余作書投署府何別駕, 求『廣西府志』. 是日其誕辰, 不出堂, 書不得達. 入堂閱其四境圖, 見盤江自其南界西半入境, 東北從東界之北而去, 不標地名, 無從知其何界也.

初八日 何收書欲相見, 以雨不往.

初九日 余令顧僕辭何, 不見; 促其『志』, 彼言卽送至, 而終不來. 是日, 復大雨不止.

初十日 何言覓『志』無印就者, 已復命殺靑[1]矣. 是日午霽, 始見黃菊大開. (菊惟黃色, 不大; 又有西番[2]菊.)

廣西府西界大山, 高列如屏, 直亘南去, 曰草子山. 西界卽大痲子嶺, 從大龜來者. 東界峻逼, 而西界層疊, 北有一石山, 森羅於中, 連絡兩界, 曰發果山. 東支南下者結爲郡治; 西支橫屬西界者, 有水從穴湧出, 甚巨, 是爲瀘源, 經西門大橋而爲矣邦池之源者也. (通海從穴涌出, 此海亦從穴涌出. 然此海南山復橫截, 仍入太守塘山穴中, 尤爲异也. 廣福僧言, 此水入穴卽從竹園村北龍潭出, 未知果否? 恐龍潭自是錫岡北塢水, 此未必合出也. 矣邦池俗名海子, 又曰龍甸. 此瀘江非廣中瀘江也. 瀘江在南, 而此水亦竊其名, 不知何故.) 矣邦池之南, 復有遠山東西橫屬, 則此中亦一南北中窪之坑, 而水則去來皆透於穴矣. 此郡山之最遠者也.

發果山圓若貫珠, 橫列郡後. 東下一支曰奇鶴峰, 則學宮[3]所託, 西下一支曰鐵龍峰, 則萬壽寺所倚; 而郡城當其中環處. 城之東北, 亦有一小石峰在其中, 曰秀山, 上多突石, 前可瞰湖, 後可攬翠. 城南瀕湖, 復突三峰: 東卽廣福, 曰靈龜山; 中峰最小, 曰文筆峰, 建塔於上; 而西峰橫若翠焉. (卽名翠屏.) 此郡山之近者也. 秀山前有伏波將軍廟, 後殿爲伏波像, 前殿爲郡守張繼孟祠. (張, 扶風人, 以甲科[4]守此. 壬申爲普酋困, 城发发矣. 張奮不顧身, 固保城隍, 普莫能破, 城得僅存. 先是張夢馬伏波示以方略, 后遂退賊. 二月終, 親莅息宰河招撫焉. 州人服其胆略, 賊稱爲'捨命王'云.)

新寺(卽萬壽寺.)當發果西垂之南, 其後山石嶙岣, 爲滇中所無. 其寺南向, 後倚峭峰, 前臨遙海, 亦此中勝處. 前有玉皇閣, 東爲城隍廟, 俱在城外.

瀘源洞在城西北四里. 新寺後山西盡, 環塢而北, 其中亂峰雜沓, 綴以小石岫, 皆削瓣駢枝, 標青點翠. 北環西轉, 而瀘源之水, 湧於下穴, 瀘源之洞, 闢於層崖, 有三洞焉. 上洞東南向, 前有亭; 下洞南向, 在上洞西五十步, 皆在前山之南崖. 後洞在後山之北岡, 其上如智井. 從井北墜穴而下二十步, 底界而成脊, 一穴東北下而小, 一穴東南下而廓. 此三洞之分向也. 其中所入皆甚深, 秉炬穿隘, 屢起屢伏, 乳柱紛錯, 不可窮詰焉.

---

1) 종이가 없어 죽간 위에 글을 썼던 예전에는 좀이 슬지 않도록 불을 쬐어 죽간의 수분을 말렸는데, 이를 살청(殺靑)이라 한다. 후에는 글을 완성하다는 의미로 넓혀 쓰

였는데, 여기에서는 종이에 인쇄하다는 뜻으로 쓰였다.
2) 서번(西番)은 서번(西蕃)이라고도 하며, 고대의 서역일대 및 서부 변경지역을 가리키
   거나, 인도 혹은 서양을 가리키기도 한다.
3) 학궁(學宮)은 각 부현(府縣)에 설치되어 있는 공묘(孔廟)를 가리킨다.
4) 갑과(甲科)는 옛적의 고시과목명으로, 명청대에는 진사(進士)를 일컬었다.

十一日 大霽. 上午出西門, 過城隍廟、玉皇閣前. 西一里, 轉新寺西峰之
嘴而北. 又北一里, 見西壑漲水盈盈, 而上洞在其西北矣. 由岐路一里抵山
下, 歷級遊上洞. 望洞西有寺, 殿兩重, 入憩而淪水爲餐. 余因由寺西觀水
洞. 還寺中索炬, 始知後洞有三, 洞皆須火深入. 下午, 强索得炬, 而火爲顧
僕所滅, 遍覓不可得. 遙望一村, 在隔水之南, 漲莫能達, 遂不得爲深入計.
聊一趨後洞之內, 披其外局, 還入下洞之底, 探其中門而已. 仍從舊路歸,
北入新寺, 抵暮而返.

十二日 早促何君『志』, 猶曰卽送至; 坐寅待之, 擬一至卽行; 已而竟日復
不可得. 晚謂顧僕曰 : "『志』現裝釘, 俟釘成帙, 卽來候也."

余初以爲廣西郡人必悉盤江所出, 遍徵之, 終無諳者. 其不知者, 反謂西
轉彌勒, 旣屬顚倒. 其知者, 第謂東北注羅平, 經黃草壩下, 卽莫解所從矣.
間有謂東南下廣南, 出田州, 亦似揣摩之言, 靡有確據也. 此地至黃草壩,
又東北四五日程. 余欲從之, 以此中淹留日久, 迤西之行不可遲, 姑留爲歸
途之便.

廣西府鸚鵡最多, 皆三鄉縣所出, 然止翠毛丹喙, 無五色之異. 三鄉縣,
乃甲寅蕭守所城. 維摩州, 州有流官, 只居郡城, 不往州治. 二處皆藉何天
衢守之, 以與普拒.

廣福寺在郡城東二里, 吉雙鄉在矣邦池之東南, 與之對. 而彌勒州在郡
西九十里.『一統志』乃注寺在彌勒東九十里, 鄉爲彌勒屬, 何耶? 豈當時郡
無附郭, 三州各抵其前爲界, 故以屬之彌勒耶? 然今大麻子哨西, 何以又有
分界之址也?

十三日 中夜聞雷聲, 達旦而雨. 初余欲行屢矣, 而日復一日, 待之若河清焉! 自省至<u>臨安</u>, 皆南行. 自<u>臨安</u>抵<u>石屏州</u>, 皆西北. 自<u>臨安</u>抵<u>阿迷</u>, 皆東北. 自<u>阿迷</u>抵<u>彌勒</u>, 皆北行. 自<u>彌勒</u>抵<u>廣西府</u>, 皆東北.

十四日 再令顧僕往促『志』, 余束裝寓中以待. 乍雨乍霽. 上午得迴音, 仍欲留至明晨云. 乃攜行李出西門, 入<u>玉皇閣</u>. 閣頗宏麗, 中乃銅像, 而兩廡塑群仙像, 極有生氣, 正殿四壁, 畫亦精工. 遂過<u>萬壽寺</u>, 停行李於其右廡. 飯後登寺左<u>鐵龍峰</u>之脊, 石骨稜稜, 皆龍鱗象角也. (志又稱爲天馬峰, 以其形似也.) 旣下, 還寺中, 見右廡之北有停柩焉, 詢之, 乃吾鄕<u>徽郡</u>游公柩也. <u>游</u>諱<u>大勳</u>, 任<u>廣西</u>三府. 征普時, <u>游</u>率兵屯郡南海梢, 以防寇之衝突. 四年四月, 普兵忽乘之, <u>游</u>竟沒於陣. 今其子現居其地, 不得歸, 故停柩寺中. 余爲慨然. 是晚, 遇<u>李如玉</u>、<u>楊善居</u>諸君作醮寺中, 屢承齋餉. 僧<u>千松</u>亦少解人意. 是晚月頗朗.

十五日 余入城探游君之子, 令<u>顧僕</u>往促何君. 上午, 出西門, 遊城隍廟. 旣返寺, 寺中男婦進香者接踵. 有<u>吳錫爾</u>者, 亦以進香至, 同楊善居索余文, 各攜之去, 約抵暮馳還. 抵午, <u>顧僕</u>迴言 : “何君以吏釘『志』久遲, 撲數板, 限下午卽備, 料不過期矣.” 下午, <u>何</u>命堂書送『志』及程儀[1]至, 余作書謝之. 是晚爲中秋, 而晚雲密布, 旣暮而大風怒吼. 僧設茶於正殿, 遂餔餖而臥.

---

1) 정의(程儀)는 길을 떠나는 이에게 주는 노잣돈이나 예물을 가리킨다.

十六日 雨意霏霏, 不能阻余行色. 而<u>吳</u>、<u>楊</u>文未至, 令顧僕往索之. 旣飯, <u>楊</u>君攜酒一樽, 侑以油餅熏梟, 乃酌酒而攜梟餅以行. 從<u>玉皇閣</u>後循鐵龍東麓而北, 一里, 登北山而上. 一里逾其坳, 卽<u>發果山</u>之脊也, 『志』又謂之<u>九華山</u>. 蓋東峰之南下者爲<u>奇鶴</u>, 爲學宮所倚; 西峰之南下者爲<u>鐵龍</u>, 爲<u>萬壽寺</u>之脈; 中環而南突於城中者, 爲<u>鐘秀山</u>; 其實一山也. 從嶺上平行, 又北三里, 始見<u>瀘源洞</u>在西, 而山脊則自東界大山橫度而西, 屬於西界, 爲郡城後倚. 然<u>瀘源</u>之水, 穿其西穴而出, 亦不得爲過脈也. 從嶺北行, 又五里而稍下, 有哨在塢之南岡, 曰<u>平沙哨</u>, 郡城北之鎖鑰也. 其東卽<u>紫微</u>之後脈, 猶屏列未盡; 其西則連峰蜿蜒, 北自<u>師宗</u>南下爲<u>阿盧山</u>; 界塢中之水, 而中透<u>瀘源</u>者也. 由哨前北行塢中, 六里, 有溪自北而南, 小石樑跨之, 是爲<u>矣各橋</u>. 溪水發源於東西界分支處, 由梁下西注南轉, 塢窮而南入穴, 出於<u>瀘源</u>之上流也. 又北六里, 有村在西山之半, 溪峽自東北來, 路由西北上山. 一里, 躡嶺而上, 二里, 遂逾西界之脊, 於是瞰西塢行. 塢中水浸成塹, 有村在其下; 其西復有連山自北而南, 與此界又相持成峽焉. 從嶺上又北四里, 乃西北下西峽中, 一里抵麓. 復循東麓北行十五里, 復有連岡屬兩界之間, 有數家倚其上, 是爲<u>中火鋪</u>, 有公館焉. (按志: <u>師宗</u>南四十里有額勒哨, 當卽此矣.) 飯, 仍北行峽中. 其內石峰四五, 離立崢嶸. 峽西似有溪北下, 路從峽東行, 兩界山復相持而北. 塢中皆荒茅沮洳, 直抵<u>師宗</u>, 寂無片椽矣. 聞昔亦有村落, 自普與諸<u>彝</u>出沒莫禁, 民皆避去, 遂成荒徑. 廣西<u>李</u>翁爲余言: "<u>師宗</u>南四十里, 寂無一人, 皆因普亂, 民不安居. <u>龜山</u>督府今亦有普兵出沒. 路南之道亦梗不通. 一城之外, 皆危境云." (<u>龜山</u>爲秦土官寨. 其山最高, 爲<u>彌勒</u>東西山分脈處. 其西卽北屬<u>陸涼</u>, 西屬<u>路南</u>, 爲兩州間道. 向設督捕[1]城, 中漸廢弛. 秦土官爲昻土官所殺, 昻<u>長</u>爲普所擄. 今普兵不時出沒其地, 人不敢行, 往<u>路南</u>、<u>澂江</u>者, 反南迁<u>彌勒</u>, 從北而向<u>革泥關</u>焉. 蓋自廣西郡城外, 皆普氏所懾服. 卽城北諸村, 小民稍溫飽, 輒坐派[2]其貲以供, 如違, 卽全家擄掠而去. 故小民寧流離四方, 不敢一鳴之有司, 以有司不能保其命, 而<u>普</u>之生殺立見也.) 北行二十里, 經塢而西, 從塢中度一橋, 有小水自南而北, 涉之, 轉而西北行. 暝色已合, <u>顧</u>僕後, 余從一老人、一童子前行, 躑躅昏黑中. 余高聲呼<u>顧</u>僕, 老人輒搖手禁止, 蓋恐匪人聞聲而出也. 循坡陟坳十里, 有一尖峰當坳中, 穿其腋, 復西北行. 其處路甚濘, 蹊水交流, 路幾不辨. 後不知<u>顧</u>僕趨何所, 前不知<u>師宗</u>在何處, 莽然隨老人行, 而老人究不識<u>師宗</u>之遠近也. (老人初言不能抵城, 隨路有村可止. 余不信, 至是不得村, 并不得師宗, 余還叩之, 老人曰: "余昔過此, 已經十四年. 前此隨處有村, 不意竟競

滄桑莫辨!") 久之, 漸聞犬吠聲隱隱, 眞如空谷之音, 知去人境不遠. 過尖山,
共五里, 下涉一小溪, 登坡, 遂得師宗城焉. 抵東門, 門已閉, 而外無人家.
循城東北隅, 有草茅數家, 俱已熟寢. 老人仍同童子去. 余止而謀宿, 莫啓
戶者. 心惶惶念顧僕負囊, 山荒路寂, 泥濘天黑, 不知何以行? 且不知從何
行? 久之, 見暗中一影, 亟呼而得之, 而後喜可知也! 旣而見前一家有火, 趨
叩其門. 始固辭, 余候久之, 乃啓戶入. 瀹湯煮楊君所貽粉糕啖之, 甘如飴
也. 濯足藉草而臥, 中夜復聞雨聲. (主人爲余言: "今早有人自府來, 言平沙有沙人
截道. 君何以行?" 余曰: "無之." 曰: "可徵君之福也. 土人與之相識, 猶被索肥始放, 君之
不遇, 豈偶然哉! 卽此地外五里尖山之下, 時有賊出沒. 土人未晚卽不敢行, 何幸而昏夜
過之!")

　師宗在兩山峽間, 東北與西南俱有山環夾. 其塢縱橫而開洋, 不整亦不
大. 水從東南環其北而西去, 亦不大也. 城雖磚甃而甚卑. 城外民居寥寥,
皆草廬而不見一瓦. 其地哨守之兵, 亦俱何天衢所轄. 城西有通玄洞, 去城
二里, 又有透石靈泉, 俱不及遊.

---

1) 독포(督捕)는 주현(州縣)의 관아에 두었던 잡좌관(雜佐官)으로서, 체포와 구금 등의
　업무를 관장한다.
2) 좌파(坐派)는 임무나 기부금 따위를 균등하게 분담시키는 것을 가리킨다.

十七日 晨起, 雨色霏霏. 飯而行, 泥深及膝, 出門卽仆. 北行一里, 有水自
東南塢來, 西向注峽而去, 石橋跨之, 爲綠生橋. 過橋, 行塢中一里, 北上坡.
遵坡行八里, 東山始北斷成峽, 水自峽中西出, 有寨當峽而峙, 不知何名.
余從西坡北下, 則峽水西流所經也. 坡下亦有茅舍數家, 爲往來居停之所,
是曰大河口. 河不甚巨, 而兩旁沮洳特甚, 有石樑跨之, 與綠生同, 其水勢
亦與綠生相似. 過橋北行, 度塢. 塢北復有山自東北橫亘西南, 一里陟其坡,
循之東向行. 三里, 越坡東下. 塢中沮洳, 有小水自北而南入大河. 溪上流
有四五人索哨錢於此, 因架木爲小橋以渡. 見余, 不索哨而乞造橋之犒, 余
畀以二文, 各交口稱謝. 旣渡, 半里, 余隨車路東行, 諸人哄然大呼, 余還顧,

則以羅平大道宜向東北, 余東行爲誤故也. 亟還從東北半里, 復上坡東行,
於是皆荒坡遙隴, 夙霧遠迷, 重茅四塞. 十五里, 東逾岡, 始望見東北岡上
有寨一屯, 其前卽環山成窪, 中有盤壑, 水繞其底而成田塍, 四顧皆高, 不
知水從所出. 從岡東下一里, 越塢中細流. 其塢與流, 皆自南而北, 卽東通
盤壑者. 又東上一里, 循壑之南脊行, 與所望北岡之寨正隔塢相對矣. 又逾
東岡稍下一里, 則盤壑之東, 有峽穿隴中而至, 其峽自東南大山破壁而至
者. 峽兩崖皆亘壁, 其上或中剖而成峽, 或上覆而成梁, 一塢之中, 倏斷倏
續, 水亦自東南流穿盤壑, 但壑中不知何泄. 時余從石樑而度, 水流其下,
不知其爲梁也. 望南北峽中水, 一從梁洞出, 一從梁洞入. 乃從梁東選石踞
勝, 瞰峽而坐. 睇其下, 如連環夾壁, 明暗不一, 曲折透空, 但峽峭壁削, 無
從下穿其穴耳. 於是又東, 愈岡塢相錯, 再上再下. 八里, 盤嶺再上, 至是夙
霧盡開, 北有削崖近峙, 南有崇嶺遙穹. 取道其間, 橫陟嶺脊, 始逼北崖, 旋
向南嶺. 二里, 復逾高脊, 北轉東下. 二里, 有茅當兩峰峽間, 前植哨竿, 空
而無人, 是曰張飛哨, 山中之最幽險處也. 又東下三里, 懸壑深闃, 草木蒙
密, 泥濘及膝, 是名偏頭哨. 哨不見居廬, 路口止有一人, 懸刀植槍而索錢,
余不之與而過. 此哨之南卽南穹崇嶺, 羅平賊首阿吉所窟處, 爲中道最險,
故何兵哨守焉; 又名新哨, 而師宗界止此矣. 過哨, 又東上嶺. 嶺更峻, 石骨
稜厲. 二里躋其巔, 是爲羅平、師宗之分界, 亦東西二山之分界也. (嶺重山
複, 上下六十里, 險峻爲迤東之冠.) 其山蓋南自額勒度脈, 分支北下, 結成崇嶺,
北度此脊而爲白蠟、束龍, 而東盡於河底、盤江交會處者也. 從嶺上東向
平行, 其間多墜壑成窄, 小者爲窞井, 大者爲盤窪, 皆叢木其中, 密不可窺,
而峰頭亦多樹多石, 不若師宗皆土山茅脊也. 平行嶺上五里, 路左有場, 宿
火樹間, 是爲中火鋪, 乃羅平、師宗適中之地. 當午, 有土人擔具攜炊, 賣
飯於此, 而旣過時輒去, 余不及矣, 乃冷餐所攜飯. 又東一里, 漸下. 又一里,
南向下叢中. 其路在箐石間, 泥濘彌甚. 一里, 遂架木爲棧, 嵌石隙中, 非懸
崖沿壁, 而或斷或續, 每每平鋪當道, 想其下皆石孔窞井, 故用木補塡之也.
又東下一里, 始出峽口. 迴顧西壑, 崇嶺高懸, 皆叢箐密翳, 中有人聲, 想有

彝人之居, 而外不能見. 東眺則南界山岡平亙, 北界則崇峰屏立, 相持而東. 於是循北坡東行. 三里, 復北上坡, 直抵北界峰腰, 緣之. 三里, 峰盡東下, 有塢縱橫, 一塢從北峽來, 一塢從東峽來, 一塢從西峽來, 一塢向東南去. 時雨色復來, 路復泥濘, 計至羅平尙四十里, 行不能及, 聞此中有營房一所可宿, 欲投之. 四顧茫無所見, 只從大道北轉入峽, 遂緣峽東小嶺而上. 一里, 忽遇五六人持矛挾刃而至, 顧余曰: "行不及州矣." 予問: "營房何在?" 曰: "已過." "可宿乎?" 曰: "可." 遂挾余還. 蓋此輩卽營兵, 乃送地方巡官過嶺而返者. 仍一里, 下山抵塢中, 乃向東塢入. 半里, 抵小峰之下, 南向攀峰而上, 峻滑不可著足. 半里登其巔, 則營房在焉. 營中茅舍如蝸, 上漏下濕, 人畜雜處. 其人猶沾沾[1]謂予: "公貴人, 使不遇余輩, 而前無可托宿, 奈何? 雖營房卑隘, 猶勝彝居十倍也." (彝謂黑、白彝與儸儸.) 余頷之. 索水炊粥. 峰頭水甚艱, 以一掬濯足而已.

---

1) 첨첨(沾沾)은 스스로 자랑스러워하는 모습을 가리킨다.

十八日 平明, 雨色霏霏. 余謂: "自初一渼田晴後, 半月無雨. 恰中秋之夕, 在萬壽寺, 狂風釀雨, 當復有半月之陰." 營兵曰: "不然. 予羅平自月初卽雨, 並無一日之晴. 蓋與師宗隔一山, 而山之西今始雨, 山之東雨已久甚. 乃此地之常, 非偶然也." 余不信. 飯後下山. (飯以笋爲荣. 笋出山箐深處, 八月正其時也.) 濘滑更甚於昨, 而濃霧充塞, 較昨亦更甚. 一里, 抵昨所入塢中, 東北上一里, 過昨所返轅處. 又一里, 逾山之岡, 於是或東或北, 盤旋嶺上. 八里稍下, 有泉一縷, 出路左石穴中. 其石高四尺, 形如虎頭, 下層若舌之吐, 而上有一孔如喉, 水從喉中溢出, 垂石端而下墜. 喉孔圓而平, 僅容一拳, 盡臂探之, 大小如一, 亦石穴之最奇者. 余時右足爲汚泥所染, 以足向舌下就下墜水濯之. 行未幾, 右足忽痛不止. 余思其故而不得, 曰: "此靈泉而以濯足, 山靈罪我矣. 請以佛氏懺法解之. 如果神之所爲, 祈十步內痛止." 及十步而痛忽止. 余行山中, 不喜語怪, 此事余所親驗而識之者, 不敢自諱以沒山靈也. 從此漸東下, 五里抵一盤壑中, 有小水自北而南, 四圍山如環堵, 此中窪之底也, 豈南流亦透穴而去者耶? 又上東岡, 二里逾岡. 又東下一里, 行塢中者三里, 有小水自西北向東南, 至是始遇明流之澗, 有小橋跨之. 既度, 澗從東南去, 路復東上岡. 三里, 逾岡之東, 始見東塢大闢, 自南而北. 東界則遙峰森峭, (『志』稱羅莊山.) 駢立東南; 西界則崇巘巍峨, (『志』稱白蠟山.) 屏峙西北. 東北又有一山, (土人稱爲束龍山.) 橫排於兩界缺處, 而猶遠不睹羅平城, 近莫見興哆囉也. (興哆囉即在山下, 以嶺峻不能下瞰耳.) 又東, 稍下者二里, 峻下者一里, 遂抵塢中, 則興哆羅茅舍數間, 倚西山東麓焉. 從此濚轉而北行塢中. 其塢西傍白蠟, 東瞻羅莊, 南去甚遙, 則羅莊自西界老脊, 分枝而東環處也. 塢中時有土岡自西對東走, 又有石峰自東界西突. 路依西界北行, 遙望東界遙峰下, 峭峰離立, 分行競穎, 復見粵西面目. 蓋此叢立之峰, 西南始於此, 東北盡於道州, 磅礴[1]數千里, 爲西南奇勝, 而此又其西南之極云. 過興哆囉北, 一重土岡東走, 即有一重小水隨之. 想土岡之東, 有溪北注, 以受此諸水. 數涉水逾岡, 北五里, 望西山高處有寨, 聚居頗衆, 此儸儸寨也. 又北二里, 有池在東岡之下, 又北二里, 有池在西岡之下, 皆岡塢環轉, 中窪而成者. 又北三里, 有水成溪, 自西而東向注, 甚急, 一石梁跨之, 是爲魯彝橋, 橋下水東南數里入穴中. 越橋北, 始有夾路之居. 又北半里, 有水自西而東注, 其水不及魯彝之半, 即從上流分來, 亦東里餘而減, 亦一石樑跨之. 二水同出於西門外白蠟山麓龍潭中, 分流城東南而各墜地穴, 亦一奇也. 橋之南, 始有盈禾之塍. 又北半里, 入羅平南門. 半里, 轉東, 一里, 出東門, 停憩於楊店. 是日爲東門之市. 既至而日影中露, 市猶未散, 因飯於肆, 觀於市. 市新榛子、薰雞葜還楊店, 而雨濛濛復至. 時有楊婿姜渭濱者, 荊州人, 贅此三載矣, 頗讀書, 知青烏術,[2] 詢以盤江曲折, 能隨口而對, 似有可據者. 先是余過南門橋, 有老者巾服而踞橋坐, 見余過, 拉之俱坐. 予知其爲土人, 因訊以盤江, 彼茫然也. 彼又執一人代訊, 其人謂由瀠江返天上, 可笑也. 渭濱言: "盤江南自廣西府流東北師宗界, 入羅平之東南隅羅莊山外, 抵八達彝寨會江底河, 經巴澤、河格、巴吉、興龍、那貢, 至壩樓爲壩樓江, 遂東南下田州. 不北至黃土壩, 亦不至普安州." 第壩樓諸處與普安界亦相交錯, 是南盤亦經普安之東南界, 特未嘗與東北之北盤合耳.

羅平在曲靖府東南二百餘里, 舊名羅雄, 亦土州也. 萬曆十三年, 土酋者繼榮作亂, 都御史劉世曾奉命征討, 臨元道文作率萬人由師宗進, 夾攻平之, 改爲羅平. 明年, 繼榮目把[3]董仲文等復叛, 羈知州何倓. 文作以計出之, 復率兵由師宗進, 討平之. 今遂爲迤東要地.

羅平州城西倚白蠟山下, 東南六十里爲羅莊山, 東北四十里爲束龍山. 有水自白蠟麓龍潭出, 名魯彝河, 東環城, 南出魯彝橋, 而東入地穴. 其北有分流小水亦如之. 此內界之水也. 其西有蛇場河, 自州西南環州東北, 抵江底河, 俱在白蠟、束龍二山外. 其東南有盤江, 自師宗東北入境, 東南抵八達, 俱在羅莊山外. 此外界之水也.

州城磚甃頗整. 州治在東門內, 俱民, 惟東門外頗成闤闠; 西南二門, 爲賊首官霸、(仲家巢, 在正南八十里烏魯河師宗界.) 阿吉, (儸儸巢, 在州西南七十里偏頭南大山下.) 二寇不時劫掠, 民不能居.

白蠟山, 在城西南十餘里, 頂高十餘里, 其麓卽在西門外二里. 上有尖峰, 南自偏頭寨, 北抵州西北, 爲磨盤山過脈, 而東又起爲束龍山者也. 此山雖晴霽之極, 亦有白雲一縷, 橫亘其腰如帶圍, 爲州中一景.

束龍山, 在城東北四十里. 者繼榮叛時, 結營其上爲巢窟, 官兵攻圍久之, 內潰而破. 今其上尚有二隘門.

羅莊山, 在城東南六十里. 其山參差森列, 下多卓錐拔筍之岫, 粵西石山之發軔也.

羅平州東至廣南八達界二百里, 西南至師宗州偏頭哨六十里, 南至師宗州烏魯河界八十五里, 西南至陸涼蛇場河界一百里, 西北至舊越州界發郎九十里, 北至亦佐縣桃源界一百二十里, 東北至亦佐縣、黃草壩二百里. 羅平州正西與滇省對, 正東與廣西思恩府對, 正北與平彝衛對, 正南與廣西府永安哨對.

1) 방박(磅礴)는 끝없이 광대한 모습이나 기세가 좋은 모습을 가리킨다.
2) 전해 오는 이야기에 따르면, 한나라에 살았던 청오자(靑鳥子)는 풍수를 보는 데에 능했다고 한다. 이로 인해 풍수학을 청오술이라 일컫고, 풍수장이를 청오라 일컫는다.
3) 목파(目把)는 중국 남서부 소수민족 가운데의 쇼(小)두령을 의미한다.

十九日 坐雨逆旅, 閱『廣西府志』. 下午, 有伍、左、李三生來拜.

二十日 雨阻逆旅.

二十一日 亦雨阻逆旅.

二十二日 早猶雨霏霏, 將午乃霽. 浣濯汚衣, 且補紉之. 下午入東門, 仍出南門, 登門外二橋, 觀魯彝河. 詢之土人, 始知其西出白蠟山麓龍潭, 仍東入地穴者也. 還入南門, 上城行, 抵西門. 望白蠟山麓, 相去僅三里, 外有土岡一層迴之, 魯彝發源, 卽從其麓透穴而西出者也. 稍北, 卽東轉經北門. 其西北則磨盤山峙焉, 爲州城來脈. 城東北隅匯水一塘, 其下始有禾畦, 卽東門接壤矣. 其城乃東西長而南北狹者也.

二十三日 晨起, 陰雲四布. 飯而後行. 其街從北去, 居民頗盛. 一里, 出北隘門, 有岐直北過嶺者, 爲發郎道, 其嶺卽自西界磨盤山轉而東行者, 板橋大道. 從嶺南東轉東北向行, 十里, 有村在北山之下, 曰發近德. 其處南開大塢, 西南卽白蠟, 東南卽大堡營山. 大堡營之南, 一支西轉, 卓起一峰, 特立於是村之南, 爲正案. 其南則石峰參差遙列, 卽昨興哆囉所望東南界山也. 又東, 屢有小水南去, 渡之. 東五里, 有石峰突兀當關. 北界卽磨盤東轉之山, 南界卽大堡山諸石峰, 相湊成峽, 而石峰當其中, 若蹲虎然. 由其東南腋行, 南界石山森森成隊南去, 而路漸東北上. 五里出當關峰之東, 其東垂有石特立, 上有斜騫之勢, 是曰金雞山, 所謂 '金雞獨立' 也. 又東一里, 一洞在南小峰下, 時雨陣復來, 避入其中, 飯. 又東三里, 東上峽脊. 其脊卽磨盤山東走脈, 至此又度而南, 爲大堡營東山者也. 一里, 逾脊之東, 其上有岐南去, 不知往何彝寨. 脊東環窪成塢, 有小水北下, 注東南塢中, 稻禾盈塍. 有數家倚北峰下, 曰沒奈德. 東峰下有古殿二重, 時雨勢大至, 趨避久之. 乃隨水下東南峽, 峽逼路下, 兩旁山勢, 仍覺當人面而起. 東行峽中二里, 有水自峽南洞穴出, 與峽水同東注. 又一里, 有小石樑跨溪, 逾之. 從溪南東行, 一里, 溪北注峽, 路東逾岡. 一里餘, 有塢自西北來, 環而南, 其中田禾芃彧,[1] 村落高下. 東二里, 有數十家夾路, 曰山馬彝, 亦重山中一聚落也. 於是又東北一里, 石峰高亘, 逾其南坡, 抵峰下. 又東南一里, 有塘在山塢, 五六家傍塢而棲, 曰挨澤村. 又東北二里, 爲三板橋. 數家踞山之岡, 其橋尚在岡下. 時雷雨大至, 遂止於岡頭上寨.

---

1) 봉욱(芃彧)은 풀이나 곡식이 무성한 모양을 가리킨다.

二十四日 主人炊飯甚早, 平明卽行. 雨色霏霏, 路滑殊甚. 下坡卽有小石樑, 其下水亦不大, 自西而東注, 乃出於西北石穴, 而復入東北穴中者. 其橋非板而石, 而猶仍其舊名. 橋南復過一寨, 乃東向行坡間. 二里, 有岐當峽: 從東北者, 乃入寨道; 從直東者, 爲大道, 從之. 直東一里, 登岡上. 其北有塢在北大山下, 卽寨聚所托, 中有禾芃芃焉. 岡南小石峰排立岡頭, 自東而西, 遂與北山環峙爲峽. 入峽, 東行四里, 逾脊北上, 半里入其坳. 其北四峰環合, 中有平塢, 經之而北, 西峰尤突兀焉. 北半里, 又穿坳半里, 復由峽中上一里, 直抵北巨峰下. 其峰聳亘危削, 如屏北障. 其西有塢下墜北去, 其中箐深霧黑, 望之杳然. 路從峰南東轉, 遂與南峰湊峽甚逼. 披隙而東半里, 其東四山攢沓, 峰高峽逼, 叢木蒙密, 亦幽險之境也. 遂循南峰之東, 南向入塢, 半里, 乃東南上. 半里, 逾岡脊而東, 其東有塢東下, 路從岡頭南向行. 一里, 復出南坳. 其坳東西兩峰, 從岡脊起, 路出其側, 復東向行. 三里, 始稍降而復上. 於是升降曲折, 多循北嶺行, 與南山相持成塢. 六里, 路從塢而東. 又五里, 稍上逾坳, 南北峽始開. 再東盤北嶺之南三里, 始見路旁餘薪爨灰, 知爲中火之地. 從其東一里下峽, 始得石路, 迤邐南向. 平行下二里, 俯見南塢甚杳. 循北嶺東向行一里, 忽聞溪聲沸然. 又南下抵塢中, 一溪自東而西, 有石樑跨之, 溪中水頗大而甚急. 四顧山迴谷密, 毫無片隙, 不知東北之從何來, 不知西南之從何泄, 當亦是出入於竅穴中者. 欲候行人間之, 因坐飯橋上. 久之不得過者, 乃南越橋行. 仰見橋南有歧躋峰直上, 有大道則溯溪而東. 時溪漲路湏, 攀南峰之麓行. 念自金雞山東上, 一路所上者多, 而下者無幾, 此溪雖流塢中, 猶是山巓之水也. 東一里, 循南峰東麓, 轉而南. 隔塢東望, 溪自東北峽中破崖而出, 其內甚逼. 路捨之南, 半里, 復循南峰南麓, 轉而西向入塢. 一里, 塢窮, 遂西上嶺. 一里, 逾嶺頭, 始見有路自北來. 合倂由嶺上南去; 此卽橋南直上之岐, 逾高嶺而下者, 較此爲迂直云. 由嶺南行, 西瞰塢甚深, 而箐密泉沸, 亦不辨其從何流也. 又南二里, 轉而東, 循北嶺南崖東向行, 亦與南山下夾成塢, 下瞰深密, 與西塢同. 東五里, 其塢漸與西塢並, 始知山從東環, 塢乃西下者. 又東向逾岡, 東北一里, 度一脊, 其脊東西度. 從其東復上嶺, 一里, 則嶺東有塢南北闢. 乃北轉循西山行塢上, 一里, 塢窮. 從塢北平轉, 逾東嶺之東, 共二里, 有數家在路北坡間, 是曰界頭塞, 以羅平村落東止於此也. 又東行岡上二里, 再上嶺一里, 逾而東, 則有深峽下嵌, 惟聞水聲洶湧, 而不見水. 從嶺上轉而南行, 東瞰東界山麓, 石崖懸削, 時突於松梢箐影中, 而不知西界所行之下, 其崖更聳也. 南行一里, 始沿崖南下. 又一里, 仰見路西之峰, 亦變而爲穹崖峭壁, 極危峻之勢焉. 從此瞰東崖之下, 江流轉曲, 西南破壁去; 隔江有茅兩三點, 倚崖而居. 乃東向拾級直下, 一里, 瞰江甚近, 而猶未至也. 轉而北, 始見西崖矗立揷天, 與東崖隔江對峙. 其崖乃上下二層, 向行其上, 止見上崖而不得下見, 亦不得下達, 故必迂而南, 乃得拾級云. 北經矗崖下半里, 下瀕江流, 則破崖急湧, 勢若萬馬之奔馳, 蓋當暴漲時也. 其水發源於師宗西南龍擴北, 合陸涼諸水爲蛇場河, 由龍甸及羅平舊州, 乃東北至伊澤, 過束龍山後, 轉東南抵此, 卽西南入峽, 又二百里而會八達盤江者也. 羅平、普安以此江爲界, 亦遂爲滇東、黔西分界焉. 有舟在江東, 頻呼之, 莫爲出渡者. 薄暮雨止, 始有一人出曰: "江漲難渡, 須多人操舟乃可." 不過乘急爲索錢計耳. 又久之, 始以五人划舟來, 復不近涯, 以一人涉水而上, 索錢盈壑, 乃以舟受, 已昏黑矣. 雨復淋漓, 截流東渡, 登涯入旅店. 店主人他出, 其妻黠而惡, 見渡舟者乘急取盈, 亦尤而效之, 先索錢而後授餐, 餐又惡而鮮, 且嫚褻余, 蓋與諸少狎而笑余之老也. 此婦奸腸毒手, 必是馮文所所記地羊寨中一流人, 幸余老, 不爲所中耳!

江底寨乃儸儸; 只此一家歇客, 爲漢人. 其人皆不良, 如儸儸之要渡, 漢婦之索客, 俱南中[1]諸彝境所無者. 其地爲步雄屬, 乃普安十二營長官所轄也. 土酋龍姓. 據土人曰: "今爲儂姓者所奪." 步雄之界, 東抵黃草壩二十里, 西抵此江六十里, 南抵河格爲廣南界一百餘里, 北至本司十二營界亦不下三四十里, 亦平原中一小邑也.

---

1) 남중(南中)은 사천 남부와 운남, 귀주 일대를 가리키며, 흔히 남방지구를 의미한다.

二十五日 其婦平明始覓炊, 遲遲得餐. 雨時作時止. 出門卽東上嶺. 蓋其江自北而南, 兩崖夾壁, 惟此西崖有一線可下, 東崖有片隙可廬, 其南有山橫列, 江折而西向入峽, 有小水自東峽來注, 故西崖之南, 江勒而無餘地, 東崖之南, 曲轉而存小塍. 過此江, 乃知步雄之地, 西南隨此江, 其界更遠; 南抵廣南, 其界卽盤江, 此『統志』所云東入普安州境也. (步雄屬貴州普安州.) 盤旋東北共三里, 逾嶺頭, 遂與南山成南北兩界. 峽中深逼, 自東而西; 路循北山嶺南行, 自西而東. 又五里, 則北山忽斷如中剖者, 下陷如深坑, 底有細流, 沿石底自北而瀉於南峽. 路乃轉北而下, 歷懸石, 披仄崿, 下抵石底, 踐流稍南, 復攀石隙, 上躋東崖. 由石底北望, 斷崖中剖, 對夾如一線, 並起各千仞, 叢翠披雲, 飛流濺沫, 眞幽險之極觀, 逼仄之異境也. 旣上, 復循北嶺東行. 五里稍降, 行塢中二里, 於是路南復有峰突起, 不沿南塢, 忽穿北坳矣. 時零雨間作, 路無行人. 旣而風馳雨驟, 山深路僻, 兩人者勃窣[1]其間, 覺樹影溪聲, 俱有靈幻之氣. 又二里, 度東脊, 稍轉而南, 復逾岡而上.

二里, 一岐東南, 一岐直北, 顧奴前馳從東南者. 穿山腋間二里, 忽見數十家倚北塢間, 余覺有異, 趨問之, 則大路尙在北大山後, 此乃山中別聚, 皆儸儸也. 見人倀倀, 間有解語者, 問其名, 曰坡頭甸. 問去黃草壩, 曰尙五十里. 問北出大路若干里, 曰不一里. 蓋其後有大山, 北列最高, 抱此甸而南, 若隔絶人境者. 隨其指, 逾嶺之西北腋, 果一里而得大道. 遂從之, 緣大山之北而上. 直躋者一里, 望北塢甚深而闢, 霾開樹杪, 每佇覘之, 惟見其中叢茅盤谷, 闃無片塍半椽也. 盤大山之東, 又上半里, 忽見有峽東墜. 稍東南降半里, 平行大山東南支, 又見其西復有峽南墜, 已與大山東西隔隴矣. 於是降陟嶺塢十里, 有兩三家居北岡之上, 是曰柳樹. 止而炊湯以飯; 而雨勢不止, 訊去黃草壩不及, 遂留止焉. 其人皆漢語, 非儸儸. 居停之老陳姓, 甚貧而能重客, 一見輒煨榾柮以燎濕衣. 余浣汚而炙之. 雖食無鹽, 臥無草, 甚樂也.

1) 발솔(勃窣)은 느릿느릿 기어가는 모양을 가리킨다.

二十六日 平明起, 炊飯. 風霾飄雨, 余仍就火, 久之乃行. 降坡循塢, 其塢猶西下者. 東三里塢窮, 有小水自北塢來, 橫渡之. 復東上坡, 宛轉嶺坳, 五里, 有場在北坡下. 由其東又五里, 逾岡而下, 塢忽東西大開. 其西南岡脊甚平, 而東北若深墜; 南北皆巨山, 而南山勢尤崇, 黑霧間時露巖巖氣色. 塢中無巨流, 亦無田塍居人, 一望皆深茅充塞. 路本正東去, 有岐南向崇山之腋, 顧奴前馳, 從之. 一里, 南竟塢, 將陟山坡上, 余覺其誤, 復返轍而北, 從大路東行. 披茅履濕, 三里, 東竟塢. 有峰中峙塢東, 塢從東北墜而下, 路從東南陟而上. 二里, 南穿山腋. 又東半里, 逾其東坳, 俯見東山南向列, 下界爲峽, 其中泉聲轟轟, 想爲南流者. 從嶺上轉南半里, 逾其南坳, 又俯見西山南向列, 下界爲峽, 其中泉聲轟轟, 想亦南流者. 蓋其東西皆有層巒夾谷, 而是山中懸其間. 遂從其西沿嶺南下, 二里, 有小水自東崖橫注西谷, 遂踞其上, 濯足而飯. 旣飯, 從塢上南行. 隔塢見西峰高柯叢蔓, 蒙密無纖隙. 南二里, 塢將盡, 聞伐木聲, 則掄材取薪者, 從其南漸北焉. 又南一里, 下至塢中, 則塢乃度脊, 雖不甚中高, 而北面反下. 脊南峽, 南下甚逼, 中滿田禾. 透峽而出, 遂盤一墾, 豐禾成塍. 有小水自東北峽下注, 南有尖峰中突, 水從其西南墜去, 路從其東北逾嶺. 一里半涉墾, 一里半登嶺. 又東俯, 有峽南下, 其中水聲甚急. 拾級直下, 一里抵塢底, 東峽水西南注, 遂橫涉之. 稍南, 又東峽一水, 自東而西注, 復橫涉之, 二水遂合流南行. 路隨澗東而南, 二里出峽, 有巨石峰突立東南, 水從塢中直南去. 塢中田塍鱗次, 黃雲[1]被隴, 西瞰步雄, 止隔一嶺. 路從塢東上嶺, 轉突峰之南, 一里, 有數家倚北岡上, 是曰沙澗村, 始知前所出塢爲沙澗也. 由其前東下而復上, 又東南逾一岡而下, 共一里餘, 有溪自北而南, 較前諸流爲大, 其上有石樑跨之. 過梁, 復東上坡一里, 岡頭石齒縈泥, 滑濘廉利, 備諸艱楚. 一里東下, 又東南轉逾一岡, 一里透峽出, 始見東小山南懸塢中, 其上室廬累累, 是爲黃草壩. 乃東行田塍間一里, 遂經塢而東, 有水自北塢來, 石坡橫截之, 坡東隙則疊石齊坡, 水冒其上, 南瀉而下. 其水小於西石樑之水, 然皆自北而南, 抵巴吉而入盤江者也. 自沙澗至此, 諸水俱清澈可愛, 非復潢污[2]渾濁之比, 豈滇、黔分界, 而水卽殊狀耶? 此處有石瀨,[3] 而復甃堰以補其缺. 東上卽爲黃草壩營聚, 壩之得名, 豈以此耶? 時樵者俱浣濯壩上, 亦就濯之, 污衣垢縢, 爲之頓易. 乃東上坡, 循堵垣而東, 有街橫縈岡南, 然皆草房卑舍, 不甚整闢. (土人言, 前年爲步雄龍土司挾其戚沙土司兵攻毀, 故非復舊觀. 然龍氏又爲儂氏所攻而代之矣.) 其北峰頂, 卽土司黃氏之居在焉. 乃入息於吳氏. 吳, 漢人, 男婦俱重客, 蔬醴俱備云.

---

1) 황운(黃雲)은 잘 익은 벼나 보리를 의미한다.
2) 황오(潢污) 혹은 황오(潢汙)는 고인 채 흐르지 않은 물을 의미한다.
3) 석뢰(石瀨)는 물이 바위에 부딪쳐 이루어진 급한 물살을 의미한다.

二十七日 晨起雨猶不止. 卽而霽, 泥濘猶甚. 姑少憩一日, 詢盤江曲折, 爲明日行計. 乃匡坐作記. 薄暮復雨, 中夜彌甚, 衣被俱沾透焉.

二十八日 晨雨不止. 衣濕難行, 俟炙衣而起. 終日雨涔涔[1]也. 是日此處馬場, 人集頗盛. 市中無他異物, 惟黃蠟[2]與細筍爲多. 乃煨筍煮肉, 竟日守雨.

黃草壩土司黃姓, (加都司銜.)[3] 乃普安十二營長官司之屬. 十二營以歸順爲首, 而錢賦之數則推黃草壩, 土地之遠則推步雄焉.

黃草壩東十五里爲馬鼻河, 又東五十里抵龍光, 乃廣西右江分界; 西二十里爲步雄, 又西五十里抵江底, 乃雲南羅平州分界; 南三十里爲安障, 又南四十里抵巴吉, 乃雲南廣南府分界; 北三十里爲豐塘, 又北二十里抵碧洞, 乃雲南亦佐縣分界. 東西南三面與兩異省錯壤, 北去普安二百二十里. 其地田塍中闢, 道路四達, 人民頗集, 可建一縣; 而土司恐奪其權, 州官恐分其利, 故莫爲擧者.

黃草壩東南, 由龍光、篭口、者恐、板屯、壩樓 (以上俱安隆土司地. 其土官自天啓初爲部人所殺, 泗城以孫代署之.) 八蠟、者香, (俱泗城州地.) 下田州, 乃昔年大道. 自安隆無土官, 泗城代署, 廣南以兵爭之, 據其大半, 道路不能, 實由於此.

按盤江自八達、(與羅平分界.) 巴澤、河格、巴吉、興隆、那貢, (以上俱安隆土司地, 今俱爲廣南有.) 抵壩樓, 遂下八蠟、者香. 又有一水自東北來合, 土人以爲卽安南衛北盤江, 恐非是. 安南北盤, 合膽寒、羅運、白水河之流, 已東南下都泥, 由泗城東北界, 經那地、永順, 出羅木渡, 下遷江. 則此東北來之水, 自是泗城西北界山箐所出, 其非北盤可知也. 於是遂爲右江. 再下又有廣南、富州之水, 自者格、(亦安隆土司屬, 今爲廣南據者.) 葛閬、歷裏, (俱泗城州地.) 來合而下田州, 此水卽志所稱南旺諸溪也. 二水一出泗城西北, 一出廣南之東, 皆右江之支, 而非右江之源; 其源惟南盤足以當之. 膽寒、羅運出於白水河, 乃都泥江之支, 而非都泥江之源; 其源惟北盤足以當之. 各不相紊也.

按雲南抵廣西間道有三. 一在臨安府之東, 由阿迷州、維摩州、(本州昔置乾溝、倒馬坡、石天井、阿九、抹甲等哨, 東通廣南. 每哨撥陸涼衛百戶一員、軍兵十五名、民兵十五名把守. 后州治湮沒, 哨悉廢弛) 抵廣南富州, 入廣西歸順、下雷,而出馱伏, 下南寧. 此余初從左江取道至歸順, 而卒阻於交彝者也, 是爲南路. 一在平越府之南, 由獨山州豐寧上下司, 入廣西南丹河池州, 出慶遠. 此余後從羅木渡取道而入黔、滇者也, 是爲北路. 一在普安之南、羅平之東, 由黃草壩, 卽安隆壩樓之下田州, 出南寧者. 此余初徘徊於田州界上, 人皆以爲不可行, 而久候無同侶, 竟不得行者也, 是爲中路. 中路爲南盤入粤出黔之交; 南路爲南盤縈滇之始, 與下粤之末; 北路爲北盤經黔環粤之會. 然此三路今皆阻塞. 南阻於阿迷之普, 富州之李、沈, (見廣西小紀) 歸順之交彝; 中阻於廣南之蠶食, 田州之狂狺; 北阻於下司之草竊, 八寨之伏莽. 旣宦轍之不敢入, 亦商旅之莫能從. 惟東路由沅、靖而越沙泥, 多黎人之恐州,[4] 爲今人所趨. 然懷遠沙泥, 亦多黎人之恐, 且迂陟湖南, 又多歷一省矣.

黃草壩東一百五十里爲安籠所, 又東爲新城所, 皆南與粤西之安隆、泗城接壤. 然在黔曰'籠', 在粤曰'隆', 一音而各異字, 一處而各異名、何也? 豈兩名本同一字, 傳寫之異耶? 按安莊之東, 大路所經, 亦有安籠箐山, 與安籠所相距四百里, 乃遠者同而近者異, 又何耶? 大抵黔中多用'籠'字, 粤中多用'隆'字, (如隆安縣之類) 故各從其地, 而不知其地之相近, 其取名必非二也.

黃草壩著名黔西, 而居聚闤闠俱不及羅平州; 羅平著名迤東, 而居聚闤闠又不及廣西府. 此府、州、營、堡之異也. 聞瀏江府湖山最勝, 而居聚闤闠亦讓廣西府. 臨安府爲滇中首郡, 而今爲普氏所殘, 凋敝未復, 人民雖多, 居聚雖遠, 而光景止與廣西府同也.

迤東之縣, 通海爲最盛; 迤東之州, 石屏爲最盛; 迤東之堡聚, 寶秀爲最盛: 皆以免於普禍也. 縣以江川爲最凋, 州以師宗爲最敝, 堡聚以南莊諸處爲最慘, 皆爲普所蹂躪也. 若步雄之龍、儂爭代, 黃草壩之被閧於龍、沙, (沙乃步雄龍氏之婦翁.) 安隆土司之紛爭於岑、儂. (岑爲廣西泗城, 儂爲廣南府. 今廣南勢大, 安隆之地, 爲占去八九矣.) 土司糜爛人民, 乃其本性, 而紊及朝廷之封疆, 不可長也. 諸彝種之苦於土司糜爛, 眞是痛心疾首, 第勢爲所壓,

生死惟命耳, 非眞有戀主思舊之心, 牢不可破也. 其所以樂於反側者, 不過
是遣孼煽動. 其人不習漢語, 而素昵彝風, 故勾引爲易. 而遣孼亦非果有殷
之頑⁵⁾、田橫之客⁶⁾也, 第跳梁伏莽之奸, 藉口愚衆, 以行其狡猾耳.

所度諸山之險, 遠以羅平、師宗界偏頭哨爲最; 其次則通海之建通關,
其險峻雖同, 而無此荒寂; 再次則阿迷之中道嶺, (沈家墳處.) 其深杳雖同, 而
無此崇隘; 又次則步雄之江底東嶺, 其曲折雖同, 而無此逼削. 若溪渡之險,
莫如江底, 崖削九天, 塹嵌九地, 盤江朋圃之渡, 皆莫及焉.

粤西之山, 有純石者, 有間石者, 各自分行獨挺, 不相混雜. 滇南⁷⁾之山,
皆土峰繚繞, 間有綴石, 亦十不一二, 故環窪爲多. 黔南之山, 則界於二者
之間, 獨以逼聳見奇. 滇山惟多土, 故多壅流成海, 而流多渾濁. 粤山惟石,
故多穿穴之流, 而水悉澄清. 而黔流亦界於二者之間.

---

1) 잠잠(涔涔)은 비가 그치지 않고 내리는 모양을 가리킨다.
2) 황랍(黃蠟)은 밀랍으로, 색깔이 노랗기에 황랍이라 일컫는다.
3) 가함(加銜)은 관리에게 본직보다 높은 명예직의 벼슬을 부가하여 존귀함을 나타내
   는 것이다. 도사(都司)는 도지휘사사(都指揮使司)로서, 한 지구의 군정을 관장하는 직
   책이다.
4) 원본에는 '多黎人之'가 빠져 있으나, 사고본에 의거하여 보충했다. 여인(黎人)은 동
   족(侗族)을 가리키며, 귀주성, 호남성, 광서성의 접경지대에 거주하고 있다.
5) 은(殷)의 완고함이란 은나라의 백이(伯夷), 숙제(叔齊)처럼 절개를 지키기 위해 목숨
   을 버리는 완고함을 가리킨다.
6) 전횡(田橫, ?~B.C.202)은 전국 시대 제왕(齊王)의 후예로서 진(秦)나라 말기에 자립하
   여 제나라의 왕이 되었다. 한나라 고조(高祖)가 천하를 통일한 후, 그는 부하 500여
   명과 함께 오호도(嗚呼島)로 피해 들어갔는데, 왕후(王侯)에 봉해 주겠다는 고조(高
   祖)의 부름을 받고 낙양(洛陽)으로 가다가 머리를 굽혀 신하가 되는 일은 차마 하지
   못하겠다면서 자결했다. 그러자 오호도에 남아 있는 500여 명의 무리도 모두 그를
   따라 자결했다. 여기에서 전횡의 무리란 바로 전횡을 따라 자결했던 500여 명의 무
   리를 가리킨다.
7) 전남(滇南)은 운남성의 별칭이다. 운남성은 전(滇)으로 간칭하며, 중국의 남부에 위
   치하여 있으므로 전남이라 일컫는다. 아래의 검남(黔南) 역시 귀주성의 별칭이다.

二十九日 晨雨霏霏. 旣飯, 辭主人行. 從街東南出, 半里, 繞東峰之南而北,
入其塢. 佇而迴睇, 始見其前大塢開於南, 群山叢突, 小石峰或朝或拱, 參

立前塢中. 而遙望塢外, 南山橫亘最雄, 猶半與雲氣相氤氳, 此卽巴吉之東, 障盤江而南趨者也. 塢中復四面開塢: 西則沙澗所從來之道, 東則馬鼻河所從出之峽, 而南則東西諸水所下巴吉之區, 北則今所入豐塘之路也. 計其地, 北與□□□爲對, 南與富州爲對, 西與楊林爲對, 東與安籠所爲對. 其遙對者, 直東則粵西之慶遠, 直北則四川之重慶矣. 入北塢又半里, 其西峰盤崖削石, 巖巖[1]獨異, 其中有小水南來. 溯之北又二里, 循東峰北上, 逾脊稍降, 陟塢復上, 始見東塢焉. 共二里, 再上北坳, 轉而西, 坳中有水自西來, 出坳下墜東塢, 坳上豐禾被隴. 透之而西, 沿北嶺上西向行. 二里稍降, 陟北塢. 一里復西北上, 二里逾北坳, 從嶺脊西北行. 途中忽雨忽霽, 大抵雨多於日也. 稍降, 復盤陟其西北坡岡, 左右時有大窪旋峽, 共五里, 逾西坳而下. 又三里抵塢中, 聞水聲淙淙, 然四山迴合, 方疑水從何出. 又西北一里, 忽見塢中有坑, 中墜如井, 蓋此水之所入者矣. 從塢右半里, 又西北陟嶺半里, 透脊夾而出, 於是稍降, 從長峽中行. 西北三里, 復稍上, 始知此峽亦中窪而無下泄之道者也. 飯於路旁石上. 出嶺之西, 始見西塢中盤, 內皆嘉禾芃芃. 北有小山縮塢口, 廬舍懸其上, 是曰豐塘. 東西南皆迴峰環之, 水從西南二塢交注其間, 北向墜峽.

由塢東南降嶺, 循塢南盤南山北麓, 共二里, 北與縮口廬舍隔塢相對. 見路旁有歧, 南向入山, 疑爲分歧之處, 過而復還. 始登, 見其內道頗大, 以爲是; 再上, 路分爲二, 西者旣漸小, 南者又盤南山, 又疑爲非. 往復數四, 莫可從問. 而塢北居廬相距二里餘, 往返旣遙; 見南山有牧者, 急趨就之, 而隔峰間壑, 不能卽至. 忽有負木三人從前嶺下, 問之, 乃知其非. 隨之二里, 北出大路. 其人言: "分歧之處尚在嶺西. 此處南岐, 乃南塢小路之入山者, 大路在西塢入也. 然此去已不及黃泥河, 正可從碧峒托宿矣." 乃西向入塢. 有小水自西來, 路逾坡西上, 下而復陟, 三里逾坳. 坳不高而接兩山之間, 爲南山過北之脊; 東水下豐塘, 西水復西北流, 俱入馬鼻者; 脊西遙開塢直去. 循北嶺又西二里, 歧始兩分: 沿北嶺西向出塢, 爲普安州道; 橫度塢南, 陟嶺南上, 爲亦佐道. 遂南度塢, 路漸微, 深茅覆水, 曲磴欹坡, 無非行潦.

緣之南上坡, 一里, 西南盤嶺角, 始望見北界遙山橫亘, 蜿蜒天末. 此卽亦字孔西南東轉之脊, 從丹霞山東南, 迤邐環狗場、歸順二營以走安籠所, 北界普安南北板橋諸水入北盤, 南界黃草壩馬鼻河諸水入南盤者也. 又西南入峽一里餘, 復南躋嶺巔. 一里, 得石磴, 由脊南轉. 其脊茅深路曲, 非此石道, 復疑其誤矣. 循磴西下, 復轉而南, 曲折一里, 抵山麓. 其麓復開大塢西去. 塢雖大, 皆荒茅盤錯, 絶無禾塍人煙. 於是隨山麓西行, 三里, 塢直西去, 路西南截塢行. 塢南北界, 巨嶺森削, 中環一壑, 圓匝²⁾合沓, 令人有四面芙蓉之想. 惟暝色慾合, 山雨復來, 而路絶茅深, 不知人煙何處, 不勝惴惴.³⁾ 又西南一里, 穿峽脊而過, 其脊中平而夾甚逼. 出其西, 長峽西去, 南北兩界夾之甚遙, 其中一望荒茅, 而路復若斷若續, 上則重茅偃雨, 下則停潦盈蹊. 時香黑逼人, 惟向暗中躑躅. 三里, 忽聞犬聲, 繼聞人語在路南, 計已出峽口, 然已不辨爲峽爲坡, 亦不辨南向從何入. 又半里, 大道似從西北, 而人聲在南, 從莽中橫赴之, 遂陷棘刺中. 久之, 又半里, 乃得石徑. 入寨門, 則門閉久矣. 聽其春聲甚遙, 號呼之, 有應者; 久之, 有詢者; 又久之, 見有火影出; 又久之, 聞啓內隘門聲, 始得啓外門入. 卽隨火入春者家, 炊粥浣足. 雖擁靑茅而臥, 猶幸得其所矣. 旣定, 問其地名, 卽碧峒也, 爲亦佐東北界. 問紅板橋何在, 卽在此北峰之麓. 爲黃草壩西界, 與此蓋南北隔一塢云.

---

1) 암암(巖巖)은 높이 치솟아 위엄이 넘치는 모양을 가리킨다.
2) 원잡(圓匝)은 빙 둘러 원을 이루고 있는 모양을 가리킨다.
3) 췌췌(惴惴)는 불안하고 두려운 모양을 가리킨다.

운남 유람일기3(滇遊日記三)

해제

　「운남 유람일기3」은 서하객이 운남성 동부 지역을 여행한 기록이다. 숭정 11년(1638년) 9월 1일, 서하객은 운남성과 귀주성의 경계인 벽동(碧峒)을 떠나 역좌현(亦佐縣), 곡정부(曲靖府), 교수(交水), 심전부(尋甸府), 숭명주(嵩明州) 등지를 거쳐, 29일 곤명(昆明) 북동쪽 교외의 삼가촌(三家村)에 도착했다. 서하객은 약 한달 동안의 이 여정에서 이족의 집단거주지 및 인적이 드문 산간지역을 지나면서 도적떼를 만나거나, 우기를 당하여 고생을 겪었다. 이번 유람에서 그는 석보(石堡)온천 및 동산사(東山寺), 종경사(宗鏡寺), 법계사(法界寺)를 둘러보고, 당시 대단히 융성했던 취봉산(翠峰山)의 산사에서 오랫동안 묵기도 했다. 그는 유람했던 각지의 역사 연혁, 지리환경, 토사의 상황 등을 자세히 기록했으며, 특히 남북의 반강의 원류를 규명하여 「반강고(盤江考)」를 기술했다.

이번 유람의 주요 여정은 다음과 같다. 벽동(碧峒) → 역좌현(亦佐縣) → 정구(箐口) → 곡정부(曲靖府) → 교수(交水) → 신교(新橋) → 조양암(朝陽庵) → 심전부(尋甸府) → 숭명주(嵩明州) → 전두(甸頭) → 전미(甸尾) → 삼가촌(三家村)

역문

무인년 9월 초하루

비가 아침까지 쉬지 않고 내렸다. 자리에서 일어나 운남(雲南)과 귀주(貴州) 두 성의 경계를 이루는 산을 바라보다가, 어느덧 골짜기 어귀로 나왔다. (벽동碧峒은 남서쪽의 산 아래에 있고, 그 북쪽의 산언덕 위가 바로 홍판교紅板橋로서, 귀주성貴州城 경계이다.) 다시 귀주성을 떠나 운남성(雲南城)으로 들어간다는 생각에 베개를 높이고 하룻밤을 달게 잤다.

불을 지펴 밥을 지어먹고서 막 떠나려는 참에, 주인이 "여기에서 황니하(黃泥河)까지는 20리인데, 물이 불어 배로 건널 수 없으니, 잠시 기다려야만 합니다"라고 말했다. 아마 황니하의 동쪽 언덕에는 묵어갈 인가가 없는지라, 앞서 갔던 이들도 모두들 되돌아와 이곳에서 기다리고 있었던 것이리라. 비가 그치지 않고 내릴 기세였다. 나는 오고가기에 번거로워 한쪽을 깨끗이 치우고, 나무판자를 깨끗이 닦아 책상으로 삼은 뒤, 허름한 띠집 안에 정좌했다. 그러나 날이 추운지라, 이족의 아낙들과 함께 젖은 땔감을 사르는 아궁이에 바짝 다가갔다.

대체로 이 띠집 안은 동쪽의 절반은 말을 기르고, 서쪽의 절반은 주인의 침상이다. 침상 앞쪽은 땅에 묻힌 아궁이인데, 젖은 땔감을 살라 부엌으로 삼고 있다. 부엌의 북쪽이 곧 책상을 놓은 곳으로, 침상과는 아궁이 하나를 사이에 두고 있을 뿐이다. 밤에는 띠풀을 깔고서 누워 잤으며, 낮에는 아궁이 곁에 다가가 책상에 기댄 채 지냈다. 비가 간혹 그치더라도 처마가 낮고 바깥은 진창인지라, 고개를 쳐들어도 뭇산이 똑똑히 보이지 않는다.

9월 초이틀

밤비가 아침까지 계속 내렸다. 주인이 이렇게 말했다. "오늘은 강물이 더욱 많이 불어나 배로 건너가기가 한결 어렵습니다. 내일은 장날이라 (귀주성에서는 장터를 '장場'이라 하고, 운남성에서는 '가자街子'라 하며, 광서성에서는 '허墟'라 한다.) 배로 건너기를 기다리는 이들이 많을 터이니, 저쪽의 배가 오지 않을 수 없습니다. 그때 나도 당신과 함께 가겠습니다." 나는 하는 수 없는지라 그의 말에 따르기로 하고서, 어제처럼 정좌했다. 아궁이 곁으로 나아가 죽을 끓여 하루 세 끼를 마시자, 말라붙은 위장에 윤기가 돌았다.

오늘 정오가 되어서야 비가 약간 그쳤다. 갑자기 서쪽 언덕에서 고함 소리가 들리더니, 산채의 남녀노소 모두가 고함을 지르며 뛰쳐나갔다. 무슨 일인지 궁금하여 물어보니, 승냥이와 이리가 양을 훔치러 왔는데, 다행히 구출한 양은 상처를 입었으나 죽지는 않았다고 한다. 한낮임에도 맹수가 길에 출몰하니, 내가 밤중에 무성히 자란 풀숲을 다니면서도 놀랄 일을 당하지 않은 것은 천행이라 할 수 있다. 천지신명의 보우하심을 어찌 잊을 수 있으리오!

벽동은 역좌현(亦佐縣) 동쪽의 100리에 있다. 대체로 전남승경(滇南勝境)[1]이 있는 운남과 귀주 두 성의 경계의 산은 남쪽으로 뻗어달리다가 동쪽으로 돌아든 뒤, 명월소(明月所)의 남쪽을 감싸안은 채 가로질러 화소포(火燒鋪)의 남쪽 산을 이룬다.

(고찰해보건대, 전남승경은 운남과 귀주 두 성의 경계에 있는 산이지만, 주봉은 오히려 그 동쪽인 화소포의 서쪽 언덕에 있다. 내가 전에 명월소, 즉 평이소平彝所를 지나면서 토박이에게 물었더니, 그곳의 물은 남쪽의 역좌현으로 흘러내린다고 말했다. 그렇다면 명월소의 동쪽, 화소포의 서쪽은 곧 물길을 나누는 등성이인데, 이 등성이는 곧바로 돌아들어 화소포와 역자공역亦資孔驛의 남쪽 산을 이루며, 동쪽으로 치달리다가 북쪽으로 돌아들어 낙민소樂民所를 거쳐 북쪽의 귀순영歸順營, 구장영狗場營의 사이를 에돌아 남동쪽의 안롱소安籠所로 뻗어내렸다가 광서성廣西城 사성주泗城州의 경계로 들어선다. 이어 동쪽으로 사은부思恩府의 북쪽을 지나 동쪽으로 치솟아 대명산大明山을 이루었다가 심주潯州에서 끝나는데, 검강黔江과 울강鬱江의 경계가 된다. 전남승경의 남쪽은 화소포의 남쪽 산으로 뻗어가고, 그 골짜기에서 명월수明月水가 흘러나온다. 운남과 귀주 두 성의 경계의 산은 골짜기 어귀의 동쪽에서 뻗어내려 둘로 나누어질 따름이다.)

주봉은 여기에서 두 갈래로 나누어진다. 주요 갈래는 동쪽으로 역자공역의 남쪽을 좇다가 북동쪽으로 낙민소 북쪽을 에돌아 안롱소로 돌아든 뒤 사성주로 뻗어내린다. 곁 갈래는 남쪽으로 뻗어내려가다가 동쪽으로 돌아드는데, 귀주와 운남의 두 성의 경계는 이를 따른다. 이어 남쪽으로 이곳 벽동에 이른 뒤, 남쪽으로 더 뻗어내려 강저(江底)에 이르며, 다시 남쪽으로 더 뻗어내려 남반강(南盤江)의 북쪽에서 끝난다. 귀주성의 경계는 주봉의 남서쪽을 뛰어넘으며, 주봉을 경계로 삼지 않고, 남쪽 갈래를 경계로 삼는다.

(만약 주봉을 경계로 삼는다면, 낙민소, 구장영, 황초패黃草壩 등은 모두 운남에 속해야 마땅하다. 주봉의 동쪽으로 나아가면 귀주성이 좁아지므로, 곁의 갈래를 경계로 삼아 운남성 지역을 좁히고 귀주성 지역을 넓힘으로써 모자란 부분을 메울 수 있었던 것이다.)

벽동은 북쪽으로는 신흥성(新興城)과 멀리 마주하고, 남쪽으로는 유수(柳樹)와 멀리 마주한다. 이곳은 또한 운남성이 동쪽으로 불쑥 튀어나온 곳이다. 벽동채(碧峒寨)에는 한족의 초소가 있으며, 라라족이 한 곳의 성

채 문안에 한족과 함께 기거하고 있다. 성채 서쪽은 한족의 산채로, 현재 내가 머물러 있는 곳이며, 그 동쪽은 나라(囉囉)의 산채이다. 황초패에서 이곳에 이르기까지 쌀값이 가장 싼데, 한 되에 서너 푼에 지나지 않는다.

---

1) 전남승경(滇南勝境)은 귀주성과 운남성의 경계에 있는 교통의 요지이며, 지금의 승경관(勝境關)이다.

9월 초사흘

한밤중에 몹시 추웠다. 동이 틀 무렵에 일어나니, 비는 여전히 주룩주룩 내리고 있었다. 식사를 마친 후, 성채 문을 나서 조그마한 갈림길을 따라 남쪽으로 산에 올랐어야 했는데, 그만 잘못하여 서쪽으로 넓은 돌길을 따라 나아가고 말았다. 처음에는 북서쪽으로 뻗어가는 움푹한 평지가 있기에 구장영으로 가는 길이라고 여겼다.

돌길을 따라 남서쪽으로 돌아들어 2리를 가자, 동쪽에 줄지은 바위산은 남쪽으로 뻗어가고, 움푹한 평지는 서쪽으로 돌아든다. 움푹한 평지를 따라 나아갔다. 2리를 가자, 골짜기 안의 두둑에는 곡식이 풍성하게 자라나 있다. 북쪽 산벼랑가를 바라보니, 네댓 가구의 인가가 비탈 위에 매달려 있다. 마을과는 아직 1리나 떨어져 있는데, 움푹한 평지의 남쪽이 끊기고 말았다.

이에 끝없이 아득한 가운데 움푹한 평지를 올라 북서쪽으로 나아갔다. 1리만에 북쪽의 산마을이 자리한 기슭에 이르니, 그 아래에서 두 사람이 밭을 갈고 있다. 그들에게 물어보려고 서둘러 달려갔다. 아직 조그마한 시내 너머에 있는데도, 그들은 문득 소를 끌고서 피해버렸다. 나는 걸음을 멈추고서 길을 물으려던 것임을 알렸다. 그들은 그제야 손으로 가리키면서 "황니하로 가려면 왔던 곳으로 따라가야지요. 여기는 잘못

온 거에요"라고 말했다. 어디에서 길을 잘못 들었는지 다시 물으려는데, 그들은 알려주지 않은 채 떠나버렸다.

이에 왔던 길을 되짚어 진창인 밭두둑을 나아갔다. 길은 문득 끊겼다가 다시 이어졌다. 2리 남짓 만에 방금 전에 움푹한 평지를 돌아들었던 곳에 이르러, 남쪽 골짜기로 따라 들어가야 할지 말지 머뭇거리고 있었다. 길이 없음을 한탄하고 있을 때, 홀연 움푹한 평지 가장자리에서 말을 치는 이가 보였다. 그를 외쳐 불렀더니, 그는 벽동에 머물 적의 집주인이었다. 그는 어떻게 이곳에 왔느냐고 물었다. 대체로 황니하로 가는 길은 벽동의 뒤쪽을 따라 남동쪽의 고개를 넘은 뒤 서쪽 골짜기로 돌아드는데, 마침 이쪽 골짜기의 동쪽에 줄지은 바위산과 남북으로 서로 떨어져 있다. 다만 띠풀에 가로막혀 길이 없는지라, 반드시 벽동을 거쳐야만 갈 수가 있다.

그리하여 다시 2리 남짓을 가서 벽동의 남서쪽으로 되돌아와, 성채 문을 옆에 끼고서 남동쪽의 고개를 올라갔다가 내려왔다. 1리만에 남동쪽의 움푹한 평지를 지나고 반리를 다시 오른 뒤, 반리만에 남동쪽의 고개를 넘었다. 골짜기는 남쪽에서 서쪽으로 푹 꺼져내리고, 길은 쭉 서쪽으로 나아가 움푹 꺼진 곳을 빠져나와 반리만에 내려오기 시작했다.

다시 반리만에 서쪽 골짜기에 이르러, 골짜기를 따라 서쪽으로 나아갔다. 여러 차례 언덕과 웅덩이를 오르면서 3리를 가자, 바위봉우리가 골짜기 속에 웅크리고 있다. 마치 관문의 표지인 듯하다. 그 북쪽을 따라 등성이를 넘어 내려왔다. 이때 마침 먹구름이 비를 뿌릴 기세인데, 벼랑에 얽혀 있는 가느다란 대나무숲은 깊고 아득하여 헤아릴 길이 없다. 참으로 승냥이와 호랑이의 소굴처럼 보인다. 두려워 벌벌 떨면서 서쪽으로 내려와 1리만에 구렁을 건넜다.

2리를 더 가자, 홀연 북쪽의 골짜기에서 흘러나온 물길이 구렁 속으로 움푹 패어들었다가 남동쪽으로 에돌아 쏟아진다. 이것이 바로 황니하이다. 황니하는 여강(瀘江)의 물에 비해 넓지 않으나 깊고, 혼탁하지 않으나 급하다. 황니하는 낙민소와 명월소에서 발원하여 구장영을 거쳐 이곳에 이른 뒤, 남동쪽의 사장하와 함께 강저하(江底河)로 흘러갔다가 반강(盤江)으로 흘러든다. 때마침 거룻배 한 척이 서쪽에 정박하고 있다. 잠시 배를 기다려 건넜다가 서쪽의 비탈을 올랐다.

　1리 반만에 고개의 움푹 꺼진 곳을 넘었다. 갈림길이 남동쪽 골짜기 바닥에서 뻗어오는데, 이 길은 작은 산채로 들어갔다가 판교(板橋)로 가는 길이다. 이에 판교 역시 사통팔달한 지역임을 깨달았다. 다시 서쪽의 골짜기를 빠져나오니, 뭇봉우리들이 구렁 하나를 둘러싸고 있다. 북쪽 봉우리만이 약간 트여 있으니, 이곳은 곧 황니하가 빙 둘러 흐르는 곳이다.

　1리 남짓만에 마을에 이르렀다. 이날은 장날인데, 마침 벌써 장이 파할 즈음이었다. 가게에 들어가 먹을거리를 구했다. 가게 주인과 아내는, 땅이 진창인데가 비가 내릴 듯하니 가지 말고 이곳에 머무르라고 권유했다. 물어보니 마장까지는 아직도 40리길이라고 한다. 아무래도 갈 수 없다고 여겨 묵어가기로 했다.

　황니하에는 민가가 제법 많으나, 모두 초가집이다. 이곳은 사방이 산으로 둘러싸여 있으며, 북쪽은 황니하가 산 뒤편을 에돌아 흘렀다가 남동쪽으로 띠를 두른 듯 흐르고 있다. 서쪽에는 또 한 줄기 조그마한 시내가 남서쪽 골짜기에서 흘러나와 북쪽의 황니하로 쏟아진다. 이곳에는 물길에 에워싸인 움푹한 평지가 많아, 토양이 비옥하고 물산이 풍부하다. 이 일대의 으뜸이라 할 만하다. 역좌현의 쌀은 모두 이곳에서 말의 등에 실어온 것이다. 전에 이곳으로 현을 옮기려 했는데, 지금은 황니하를 신현(新縣)이라 부르고, 역좌현을 구현(舊縣)이라 일컫는다.

9월 초나흘

아침 일찍 일어나니 비는 그쳐 있고, 사방의 산에는 구름이 자욱했다. 식사를 하고서 길을 떠났다. 서쪽으로 나아가 반리만에 나무다리를 건넜다. 남쪽에서 북쪽으로 흐르는 다리 아래의 시냇물은 곧 서쪽의 조그마한 시내이다. 다시 서쪽의 비탈을 올랐다가 남쪽으로 돌아든 뒤, 물길을 거슬러 반리만에 서쪽 골짜기에 들어섰다.

다시 반리를 가서 북쪽으로 돌아드니, 이곳에서 북쪽 골짜기와 서쪽 골짜기의 두 물길이 섞였다. 여기에서 북쪽 골짜기의 시내를 따라가다가 다시 물길을 거슬러 반리를 간 뒤 서쪽의 산에 올랐다. 이때 동쪽 봉우리의 구름이 약간 개는지라, 힘을 내서 올라갔다. 고개를 들어 서쪽 고개의 가장 높은 곳을 바라보니, 고개 위는 온통 비좁은 비탈과 깎아지른 듯한 대나무숲이다. 그러나 구름이 고갯마루를 뒤덮고 있는지라 뚜렷하게 볼 수 없었다.

2리를 올라 차츰 자욱한 안개 속으로 들어간 뒤, 봉우리 꼭대기에서 골짜기를 뚫고 올랐다. 이곳에는 대나무숲이 무성하고 안개가 자욱하여, 바로 코앞조차도 제대로 보이지 않았다. 다시 1리를 걸어 꼭대기에 올라, 평탄하게 고개 위를 나아가다가 2리만에 내려왔다. 1리를 내려와 서쪽의 움푹한 평지에 이르렀다. 움푹한 평지를 지나 서쪽으로 1리를 가서 조그마한 다리를 건넜다. 다리 아래의 물은 북쪽으로 흘러간다.

이에 남쪽으로 가다가 서쪽으로 돌아들어 1리를 가니, 갈림길이 그 남북으로 엇갈려 있다. 남쪽의 갈림길은 우장촌(牛場村)으로 들어서는 길로, 조그마한 봉우리들이 나란히 늘어서 있으며, 봉우리 아래 마을이 숨은 듯이 자리하고 있다. 북쪽의 갈림길은 이곳에서 구장영으로 가는 길이다. 서쪽으로 반리를 더 나아가 서쪽의 산을 올랐다. 이곳의 비탈은 가파르고도 미끄럽다. 오를 만한 돌층계는 없고 발이 푹푹 빠지는 진흙탕뿐인지라 올라가기가 대단히 힘들었다.

2리를 가서 봉우리 꼭대기에 오른 뒤, 봉우리 꼭대기에서 1리를 평탄하게 나아가 꼭대기를 넘어갔다. 이때 자욱한 안개는 안개비로 바뀌고, 깊숙한 띠풀은 길에 뒤엉켜 있다. 사방을 둘러보니, 온통 은빛 바다처럼 비안개가 널리 가득 퍼져 있다. 봉우리 꼭대기에 우산 덮개 모양의 나무 한 그루가 있고, 그 아래에 병풍처럼 들쑥날쑥한 바위들이 늘어서 있다. 나무에 기댄 채 바위에 걸터앉아 쉬노라니, 쏴쏴 하는 바람소리와 똑똑 떨어지는 물방울소리만 들려올 뿐, 눈앞은 아득하기만 했다.

다시 북서쪽으로 평탄하게 1리를 나아갔다. 고개 서쪽은 푹 꺼져내린 채 아득히 아무것도 보이지 않고, 고개 동쪽은 병풍처럼 우뚝 치솟아 있으나 나타났다 사라졌다 일정치 않다. 얼마 후 북쪽을 따라 내려오자, 비로소 아래로 꺼져내리는 돌층계가 나타나고, 대나무숲에는 물이 흥건히 고여 있다. 모두 1리 반을 가서 움푹한 평지를 올라 서쪽으로 나아갔다. 가운데가 우묵한 구덩이가 나왔다.

반리를 간 뒤 서쪽의 움푹 꺼진 곳을 넘어 나오자, 구렁이 훤히 트이고 길은 약간 평탄해졌다. 곁에 서 있는 뾰족한 봉우리는 마치 길을 비켜주는 듯하다. 서쪽으로 움푹한 평지 속에서 완만하게 1리 반을 나아가자, 앞쪽에 고여 있는 물이 있다. 시내라고 여겼는데, 건널 때 보니 물이 흐르지 않는다. 구렁 바닥의 웅덩이에 고인 물이 시내처럼 보였던 것이다. 다시 서쪽으로 2리를 가자, 또 한 줄기의 시내가 북쪽으로 몹시 세차게 흐르고 있다. 시내 물결이 날리고 물이 깊어, 건널 때에 넓적다리까지 물이 차올랐다. 서쪽으로 1리를 더 가서, 골짜기의 비탈 아래에서 식사를 했다.

식사를 마친 후 서쪽의 대나무 골짜기에 들어섰다. 높다란 봉우리는 빙 둘러 높고 낮게 솟아 있다. 깊숙하고도 빽빽한 대나무 숲은 옆으로는 도저히 들어갈 수 없고, 오직 가운데의 한 줄기 길로만 통해 있다. 구불구불 이어져 있는 돌길은 마치 층층의 구름을 헤치고 겹겹의 휘장을 뚫고 나아가는 듯하다. 자라서 피리를 만들 수 있는 이 대나무는 끝이 보이지 않을 정도로 아득히 산골짜기에 가득 차 있다. 이제껏 내가 들어갔던 대나무길 가운데 이처럼 빽빽이 자라나 있던 경우는 없었다. (이곳은 죽원정竹園箐이라 일컫는다. 황니하에서 서쪽의 마장馬場에 이르기까지, 사람들마다 묶어 등에 지고 있고, 집집마다 손님에게 대접하는 것이 모두 이것이다. 손님은 다만 소금을 꺼내 삶기만 할 따름이다.)

산골짜기 안에는 비탈이 겹겹이 거듭되었다. 3리를 가서 골짜기를 넘어 남쪽으로 내려갔다. 구렁이 가운데에 열리더니, 다시 안개에 가로막혀 버리고, 다만 비탈 너머로 사람들의 말소리만 들릴 뿐이다. 산골짜기의 형세는 도무지 분간할 수 없었다. 남쪽의 구렁 속에서 1리를 나아가 서쪽으로 돌아들어 반리를 간 뒤, 움푹 꺼진 곳을 넘었다. 다시 반리를 가서 골짜기를 거쳐 서쪽으로 나아가 가파른 비탈 아래에 이른 뒤, 서쪽의 층계를 올랐다. 이곳의 빽빽한 대나무숲이 골짜기 암벽과 낭떠러지 사이에 얽혀 있다. 그 가파르기는 비록 다를지라도 깊고 아득하기는 이전과 마찬가지이다.

3리를 기어올라 서쪽으로 고갯마루를 넘자, 대나무숲이 끝난다. 산을 따라 남쪽으로 돌아드니, 온통 고개 위에서 나아가는 길이다. 길의 동쪽은 병풍처럼 치솟아 오르고, 길의 서쪽은 깊숙이 떨어져 내리건만, 양쪽 모두 자욱한 안개에 가려 있는지라 똑똑히 보지는 못했다. 남쪽으로 고개 위를 완만하게 3리 올라가서, 서쪽으로 돌아들어 고개등성이를 1리 나아갔다. 등성이의 남북 양쪽 모두 푹 꺼져 내렸다. 안개만이 자욱한지라 가장자리조차도 제대로 보이지 않는다.

얼마 후 북쪽 고개를 곁에 낀 채 나아갔다. 북쪽은 병풍처럼 치솟아 있고, 남쪽은 푹 꺼져 내린다. 2리를 더 가자 비가 다시 세차게 뿌렸다. 마침 양장보(羊場堡)의 네댓 가구가 고갯마루에 자리하고 있기에, 거기에 들어가 묵었다. 양장보의 집집마다 침상과 문은 대나무로 만들어져 있다. 죽순을 불에 구워 먹으면서, 비바람에 시달린 고통을 말끔히 잊었다.

9월 초닷새

밤에 비가 내리더니 날이 밝아서도 그치지 않았다. 식사를 하고서 길을 나섰다. 남쪽으로 약간 내려간 뒤, 얼마 후에 차츰 서쪽으로 돌아들었다. 길 양쪽에 가운데가 웅덩이지고 아래가 움푹 꺼진 구멍이 많다. 깊이 꺼져 바닥이 보이지 않기도 하고, 물이 고여 못을 이루기도 하며, 바닥이 말라붙은 채 대나무숲이 무성하기도 하다. 일일이 열거할 수 없을 정도이다. 길은 때때로 언덕을 오르고 고개를 넘는데, 내리막길은 적고 오르막길이 많았다.

10리를 가서 길 북쪽을 바라보니, 깊숙한 대나무숲이 나타났다. 갈림길이 대나무숲 속을 뻗어오르다가 원래의 길과 합쳐져 서쪽으로 뻗어간다. 마을이 고갯마루에 자리하고 있다. 이 마을은 수조(水槽)이다. 상당히 규모가 큰 이 마을에는 좁다란 길들이 네거리를 이루어 사통팔달하다. 이곳은 구장영, 안롱소, 도화(桃花)로 가는 한길의 출발지이다. 그러나 언덕마루에는 밭이 보이지 않았다. 언덕마루 위에 온통 가장자리를 갈고 둔덕을 호미질하여 밭뙈기를 장만했는데, 겨우 밭작물을 심을 수 있을 뿐이다. 생각건대 깊은 구렁 속에 벼논이 있을 터이지만, 안개에 가려 보이지 않으리라.

고갯마루에 올라 다시 서쪽으로 5를 갔다. 수정(水井)이라는 이 마을은 수조와 마찬가지였다. 여기에서 서쪽으로 1리 반을 가서야 비로소 층계를 내려오기 시작했다. 멀리 바라보니, 서쪽의 움푹한 평지가 매우 깊숙하다. 대나무숲속을 1리 내려와 골짜기 바닥에서 서쪽으로 2리를 나아간 뒤, 비탈을 넘어 올라갔다.

1리를 가서 비탈 서쪽의 움푹한 평지 속으로 약간 내려갔다. 움푹한 평지 속은 깊지 않으나, 빙글 감아도는 봉우리는 사방에 멀리 물러선 채 훤히 트여 있고, 안개는 홀연 흩어졌다 모여들었다. 햇빛 속의 산의 경치는 멀리 가까이로 뒤바뀌니, 이 또한 산속의 환상적인 경치이다.

얼마 후 다시 서쪽의 고개를 넘어 3리를 갔다. 고개 서쪽의 웅덩이를 바라보니, 물이 고인 채 못을 이루고 있다. 이에 봉우리를 따라 북서쪽으로 나아가 1리를 약간 내려가서 역좌현 동문에 들어섰다. 역좌현 현성은 벽돌을 쌓아 만들어진 것이다. 성 밖에 서너 채의 초가집이 있고, 성 안 역시 온통 초가집으로, 기와집은 눈을 씻고 찾아보아도 거의 보이지 않았다. 1리를 가서 현의 아문 앞에서 밥을 지어먹었다.

식사를 마친 후 반리를 가서 서문을 나선 뒤, 북서쪽으로 나아갔다. 곰곰이 생각해보니, 이곳은 여전히 뭇봉우리들의 꼭대기에 있을 터인데, 사방의 산이 안개에 가려 있는지라 위아래를 분간할 수 없을 따름이다. 고갯마루에서 북서쪽으로 2리를 나아간 뒤, 서쪽으로 가파른 층계를 타고 내려갔다.

이때 안개가 걷혔다. 뭇산들 사이로 서쪽의 움푹한 평지가 매달려 있는 것이 보였다. 동쪽에 줄지어 뻗어내린 산은 서쪽에 줄지은 높은 봉우리와 나란히 치달리고, 남북으로 깊은 구렁이 펼쳐져 있다. 괴택하(拐澤河)는 북쪽에서 남쪽으로 구렁 속을 흐르고 있다. 이곳의 지세는 보이지만, 괴택하의 물길은 바닥 깊숙이 움패어 있는지라 제대로 보이지 않는다. 서쪽 산은 마치 병풍처럼 드높이 늘어서 있고, 남쪽 산머리 부분은 더욱 높이 솟아 있다. 하지만 안개가 여전히 그 꼭대기를 뒤덮은지라 모습 전체가 드러나 있지는 않다. 서쪽 산의 남쪽에 또 하나의 산이 솟아 비스듬히 가로막은 채 동쪽으로 뻗어 있다. 이 산이 괴택하를 가로막아 남동쪽의 사장하(蛇場河)로 모이게 한다.

여기에서 구불구불 서쪽으로 내려가 3리만에 비탈에 이르자, 층계는 끝이 난다. 다시 북서쪽의 비탈 사이를 나아가 1리만에 언덕을 넘어 내려갔다. 몇 채의 띠풀집이 있으나, 아직 강물에 가까이 다가서지는 못했다. 다시 서쪽으로 반리를 가서 동쪽에서 흘러오는 조그마한 물길을 건너 강언덕에 이르렀다.

강을 거슬러 북쪽으로 나아가다가 북동쪽에서 흘러오는 조그마한 물길을 다시 건너 약 반리를 갔다. 나룻배가 무너진 벼랑 아래에 있기에 배를 타고서 건넜다. 이 강은 평이위(平彝衛)와 백수포(白水鋪) 동쪽에서 발원하며, 전남승경 서쪽의 물길은 모두 이 강으로 흘러든다. 이 강의 물살은 강저하의 절반이고 황니하의 두 배인데, 세찬 물살은 동굴로 비스듬히 흘러 남쪽으로 내달리다가 동쪽으로 돌아든 뒤, 사장하와 합쳐져 남동쪽의 황니하의 물길과 만나 강저하를 이룬다. 역좌현과 나평주(羅平州) 두 곳의 남북과 동서는 모두 이 물길을 경계로 삼는다.

서쪽으로 강언덕에 올랐는데, 벼랑의 언덕은 무너져 있었다. 벼랑을 더위잡아 기어올라 서쪽의 고개를 올랐다. 이때 저녁해는 뉘엿뉘엿 지고 있었다. 처음에는 강을 건너면 묵어갈 만한 곳이 있으리라 여겼지만, 황량한 벼랑과 가파른 비탈에는 한 사람도 보이지 않았다. 그래서 쉬지 않고 올라가는데, 저녁비가 다시 내리기 시작했다. 5리를 가다가, 황급히 나루터로 달려가는 사람을 만났다. 그를 붙들고서 물어보았더니, 그는 "이곳에는 묵을 곳이 없습니다. 계장(雞場)이 멀긴 해도 서둘러 가면 닿을 수 있을 겁니다"라고 말했다.

이에 비를 무릅쓴 채 온 힘을 다해 나아가다가 남서쪽으로 돌아들어 올라갔다. 5리를 가서 움푹 꺼진 곳을 넘어 서쪽으로 가다가, 이내 서쪽에서 북쪽으로 돌아들어 골짜기 속을 나아갔다. 2리를 약간 내려오자, 몇 채의 인가가 있는 마을이 나타났다. 급히 묵을 곳을 구해 불을 지폈다. 어느덧 밤기운이 드리워져 있었다. 비가 밤새도록 내렸다.

9월 초엿새

아침 일찍 일어나니 비가 그쳤으나, 사방의 산은 여전히 자욱한 구름 안개에 싸인 채 모습을 드러내지 않았다. 식사를 마치고서 서쪽으로 약간 내려와 웅덩이를 건넜다. 다시 북서쪽으로 올라가자, 어제 바라보았던, 남서쪽에 병풍처럼 늘어선 높은 봉우리가 차츰 모습을 드러내고, 길은 그 봉우리의 북동쪽으로 감아돈다.

3리를 가서 언덕을 넘자, 평지 사이에 장터가 있다. 계장이 바로 이곳이다. 움푹 꺼진 곳에서 북쪽으로 약간 내려오자, 몇 채의 인가가 모인 마을이 또 있다. 물어보니 역시 계장이라 한다. 아마 어제 묵었던 곳은 계장의 동쪽 마을이고, 이곳은 계장의 서쪽 마을이리라. 마을에서 북쪽으로 나아가니, 골짜기가 서쪽으로 푹 꺼져내린 곳에 바위봉우리가 우뚝 솟아 있고, 길은 그 북쪽을 따라 등성이를 넘어간다.

약간 동쪽으로 돌아들어 북쪽의 움푹한 평지를 건너 3리만에 북서쪽의 고개를 넘었다. 구불구불한 돌층계를 타고서 북서쪽으로 올라 2리를 가서 고갯마루를 넘자, 아침안개가 문득 걷히고 햇살이 밝게 피어났다. 동쪽을 바라보니 뭇봉우리들은 봉우리 끝을 토해내고, 뭇구렁들은 허공을 휘감아돈다. 모두 어제 자욱한 안개 속에 지나왔던 곳이다.

고개를 넘어 서쪽으로 1리를 내려와 휘감아도는 구렁 속에 이르렀다. 가을꽃이 바위 틈새에 매달리고 가느다란 물길이 층계를 돌아 흘러, 그윽하고 기이한 경관을 이루고 있다. 서쪽으로 1리를 가자, 구렁의 서쪽에 산이 펼쳐져 있다. 그 북서쪽의 골을 가로지르니, 천수답에 농사짓고 바위 속에서 나무하는 이들의 거처가 서쪽 봉우리의 뒤편에 있을 것만 같았다.

그 남동쪽의 움푹한 평지를 따라 나아가자, 한길로 나가는 길이 나타났다. 이에 움푹한 평지를 따라 남쪽으로 돌아들었다. 움푹한 평지의 동서 양쪽으로 산이 나누어졌다. 나는 움푹한 평지 속의 물이 남쪽으로 흘러가리라고 여겼는데, 뜻밖에도 가운데의 웅덩이진 구멍으로 흘러들었다. 남쪽으로 3리를 갔다가 등성이를 넘어 오른 뒤, 서쪽으로 돌아들어 비탈진 남쪽 등성이를 감아돌았다.

1리를 가서 비탈진 남쪽 벼랑을 따라 서쪽으로 나아갔다. 이곳의 산 등성이는 한데 모여 있고, 언덕과 골짜기는 이리저리 뻗어 있다. 우뚝 솟은 바위가 한결 아름다웠다. 다시 서쪽으로 1리를 가자, 남동쪽의 골짜기에서 뻗어온 갈림길과 합쳐졌다. 서쪽으로 1리를 더 가서 북쪽으로 돌아들어 내려왔다. 여기에서 서쪽의 산은 멀리 훤히 트여 있고, 길은 산을 따라 북서쪽으로 뻗어 있다. 4리를 가서 북쪽의 언덕을 넘은 뒤, 서쪽으로 돌아들어 내려와 북서쪽의 움푹한 평지 속을 바라보았다. 암벽이 아래로 움패어 있는지라, 바닥이 어디인지 분간할 수 없었다.

얼마 후에 움푹한 평지 속으로 내려가 1리 남짓을 나아갔다가 다시 그 아래로 쭉 나아가니, 역시 가운데가 웅덩이진 골짜기이다. 그 남쪽에서 다시 서쪽으로 나아가 언덕과 움푹한 평지를 두 번 올라 모두 3리를 가서야, 비로소 남쪽으로 흘러가는 조그마한 물길을 건넜다. (괴택하를 건너 이곳에 이르기까지 온통 고개 위로만 걸었는지라 물은 전혀 보이지 않았다.)

다시 서쪽으로 언덕을 넘어 1리를 갔다. 남쪽의 언덕 남쪽을 바라보니, 봉우리 하나가 서쪽으로 펼쳐져 있고, 동굴 입구는 높다랗게 매달려 있다. 동굴 입구에는 나무가 가로 늘어서 있는데, 아래로 골짜기 하나를 사이에 두고 있다. 멀리서 보기에는 길이 없을 듯하여, 끝내 에돌아 들어갈 틈을 내지 못했다.

다시 반리를 가서 남쪽에서 흘러오는 조그마한 물길을 건넜다. 서쪽의 언덕 하나를 넘어 2리를 나아가 도원촌(桃源村)에 이르렀다. 백 가구가 모여 사는 이 마을은 수조와 흡사하고, 북쪽 산에 기대어 자리하고 있다. 마을 앞에는 움푹한 평지가 깊이 펼쳐져 있다. 움푹한 평지 속에는 나평주로 가는 길이 남동쪽으로 뻗어 나온다. 동·서·북 삼면은 빙둘러 한데 모이고, 그곳의 물은 남쪽으로 떨어져 벼랑의 동굴로 흘러들었다가 남쪽의 사장하로 흘러든다. 따라서 괴택하의 서쪽 언덕의 드높은 산은 남쪽으로 뻗어가는 커다란 등성이가 아님을 알 수 있다. 도원촌은 대부분 띠풀 대신에 나무껍질로 지붕을 이었다.

이때 어느덧 정오가 되었다. 마을의 민가로 가서 물을 끓여 밥을 지었는데, 나무가 축축하여 잘 타지 않았다. 한참 후에 서쪽으로 길을 나서서 북서쪽 골짜기 바위 사이의 조그마한 물길을 건넜다. 1리를 가서 서쪽의 움푹한 평지를 올랐다.

1리를 더 가서 언덕을 넘어 서쪽으로 가자, 서쪽의 움푹한 평지가 서쪽에서 동쪽으로 뻗어 있다. 그 남쪽에 구불구불 이어져 있는 조그마한 산은 서쪽에서 동쪽으로 뻗은 채 움푹한 평지와 경계를 이루고 있다. 이 산은 때로 높고 험준한 바위부리를 드러내지만, 여전히 시냇물은 보이지 않았다. 움푹한 평지 속은 휘감아도는 웅덩이가 못을 이루고 있다. 하지만 맑은 물이 모여 있기도 하고 흐린 물이 고여 있기도 하는데, 모두 멈춘 채 흐르지 않는 듯하다.

다시 서쪽으로 1리를 가서 언덕을 넘어 서쪽으로 내려갔다. 움푹한 평지에 자리한 마을이 남쪽 벼랑에 기대어 있다. 여기에서 마을을 에돌아 서쪽으로 나아가자, 움푹한 평지 속에 굽이져 흐르는 시내의 모습이 보이기 시작하고, 졸졸거리는 시내 소리도 들려왔다. 시내 북쪽에서 시내를 거슬러 서쪽으로 나아갔다. 1리를 더 가서 움푹한 평지 속을 바라보니, 또 하나의 마을이 움푹한 평지에 자리하고 있다. 서쪽에서 흘러온 시냇물은 마을 서쪽에서 마을 북쪽을 휘감아돈 뒤, 다시 마을 동쪽을 에돌아 흐른다.

마을은 시내 북쪽의 굽이도는 곳에 자리하고 있으며, 한 줄기 시내가 마을의 삼면을 에워싸고 있다. 시내는 남쪽으로 남쪽 산의 벼랑에 기대어 있고, 북쪽에는 나무다리를 두어 시냇물을 건너도록 했다. 시냇물은 그다지 크지 않으나, 맑고 투명한지라 청수구(清水溝)라 일컫는다고 한다. 대체로 서쪽 산의 회감파(迴坎坡)에서 발원한 이 시내는 이곳을 거쳐 동쪽의 도원촌을 빠져나가서야 비로소 남쪽으로 흘러간다.

서쪽으로 1리를 더 나아가 마을 한 곳을 지났다. 이 마을은 움푹한 평지의 북쪽에 자리하고 있다. 서쪽으로 1리를 더 가서 또 하나의 마을을 지났다. 소판촌(小板村)이라는 이 마을에는 세무서가 있다. 이곳은 나평주의 북쪽 경계이며, 도화로 소금을 싣고 다니는 샛길이다. 다시 서쪽으로 2리를 가서야 비로소 비탈을 넘어 산골물을 건넜다. 여러 차례 조그마한 물길이 북쪽 골짜기에서 흘러와 남쪽의 청수구에 쏟아지고, 길은 물길을 가로질러 넘어갔다. 북쪽 골짜기에 스무 명 남짓의 남녀가 각자 죽순을 묶어지고서 나왔다. 아마 토박이들이 떼 지어 죽순을 캐러 대나무숲에 들어갔다가 돌아오는 길인 모양이었다. 이들은 소금을 치지 않은 채로 연기에 그을려 마른 죽순을 만들어서 다른 사람에게 판다.

서쪽으로 2리를 더 가서 서쪽 산의 기슭으로 곧장 다가가니, 마을이 기슭에 기대어 있다. 이곳은 회담파(迴窞坡)이다. 청수구의 주민들이 골짜기와 움푹한 평지에 살면서 이곳까지 와 있었다. 움푹한 평지 속에 물이 있는지라 농사를 지을 수 있기 때문이다. 여기에서 남서쪽으로 반 리를 가서 조그마한 다리를 건넜다. 다리 아래의 물길은 북서쪽에서 산을 따라 흘러온다. 곧 청수구 상류의 원류이다.

물길을 건너 곧바로 서쪽으로 고개를 올랐다. 고갯마루에 통행증을 요구하는 초소가 있었지만, 보여주지 않은 채 그대로 지났다. 고개를 올라 1리 반을 가서, 서쪽의 고개등성이를 올랐다. 이 등성이가 비로소 물길이 나뉘는 곳이다. 등성이는 북쪽의 백수포 서쪽에서 쭉 남쪽으로 여기까지 뻗어왔다가, 남서쪽으로 빙글 감돈 뒤 우뚝 치솟아 대귀산(大龜山)을 이루고, 십팔채(十八寨), 영안초(永安哨), 강저하(江底河) 등의 여러 줄기로 나누어진다. 나평주의 경계 역시 이곳에 이르러 끝이 난다.

등성이의 서쪽을 넘어 차츰 북서쪽으로 완만하게 1리를 내려가다가 차츰 서쪽으로 돌아들어 움푹한 평지 속을 나아갔다. 이 움푹한 평지는 동서로 쭉 뻗은 채, 남북 양쪽으로 멀리 줄지은 산 사이에 끼어 있다. 남쪽의 산은 낮게 엎드려 있는 반면, 북쪽의 산은 높이 치솟아 있다. 북쪽 봉우리 위에는 저녁 안개가 자욱이 뒤덮여 있고, 흐르는 샘물은 쉬지 않고 북쪽에서 남쪽으로 쏟아진다. 다만 남쪽 산의 기슭에는 흘러내린 산골물이 그 북쪽을 가로질러 흐르는 듯하다. 그것이 동쪽으로 흐르는지 서쪽으로 흐르는지 분간할 수 없다. 가만히 짐작해보니 서쪽으로 흐를 게 틀림없지만, 보이지는 않았다. 움푹한 평지 속은 온통 띠풀로 황량하고 밭두둑이 끊긴 채, 인적조차 없이 적막했다.

서쪽으로 6리를 나아가자, 그 서쪽의 움푹한 평지 어귀에 산이 가로로 늘어서 있다. 움푹한 평지는 움푹 꺼진 채 서쪽으로 내려가기 시작한다. 띠집 두세 채가 움푹한 평지에 기대어 있다. 길은 움푹한 평지를 넘어 북쪽 산을 따라 서쪽으로 뻗어 있다. 반리를 가자 띠풀로 지붕을 이은 정자가 길가에 있다. 이 정자는 남쪽의 띠집과 마주하고 있는데, 초소이리라는 생각이 들었다.

서쪽으로 1리를 더 가서 약간 내려가자, 조그마한 물길이 시내를 이루어 북쪽 골짜기에서 흘러오고, 조그마한 돌다리가 그 위에 걸쳐져 있다. 이 물길은 남쪽의 움푹한 평지의 어귀로 쏟아져 흘러간다. 다리를 넘은 뒤 곧바로 서쪽 산을 따라 남쪽으로 나아가다가 물길을 따라 반리를 갔다. 서쪽으로 돌아들어 고개를 오르자, 날이 저물었다.

다시 1리를 올라가자 마장(馬場)이라는 마을이 고갯마루에 자리하고 있다. 투숙한 집은 막 이곳에 온 집으로, 변변한 가구 하나 없었다. 이때 날이 이미 저문데다 다른 곳으로 옮겨갈 틈도 없기에, 젖은 땔감을 지펴 밥을 지어먹고서 축축한 풀 위에 드러누웠다. 어둠속에서 잠을 청할 따름이었다.

9월 초이레

아침 일찍 일어나니, 구름은 여전히 자욱했다. 식사를 마치고서 길을 나섰다. 초소에서 통행증을 요구하는지라 숙소로 되돌아와, 짐을 풀어 통행증을 찾아 보여주고서 통과했다. 여기에서 북서쪽으로 비탈을 따라 완만하게 내려갔다. 길은 대단히 평탄하다. 비탈 남쪽에는 마가 가득 심어져 있다. 아마 비탈 아래에도 서쪽으로 통하는 움푹한 평지가 있으리라. 서쪽으로 4리를 내달려서야 시내에 가까이 다가갔다.

시내를 따라 약간 남쪽으로 반리를 간 뒤, 다시 비탈을 따라 서쪽으로 돌아들어 1리만에 비탈을 내려왔다. 서쪽을 바라보니, 남서쪽의 움푹한 평지 속에 몇 가구가 모여 있다. 곡식을 가득 심은 밭이 마을의 사방을 에워싸고, 시내는 움푹한 평지를 거쳐 마을을 휘감아돈다. 이 움푹한 평지는 북쪽의 산에서 비탈을 따라 남쪽으로 뻗어내린다. 평지 속의 물 역시 북쪽에서 남쪽으로 흘러가더니, 마을 북쪽에서 마을을 휘감아도는 시내와 합쳐져 남서쪽의 골짜기를 뚫고 흘러간다.

이에 북쪽에서 뻗어오는 움푹한 평지를 서쪽으로 가로질러 반리만에 북쪽에서 흘러오는 시내에 이르렀다. 시내 위에 새로 지은 돌다리가 걸쳐져 있다. 이 다리는 독목교(獨木橋)이다. 생각건대 예전에는 외나무다리였을 터인데, 돌로 만든 지금도 여전히 옛 명칭을 사용하고 있는 것이리라. 다리 아래를 흐르는 시냇물은 서쪽에서 흘러오는 물의 세 배나 되었다. 북쪽의 움푹한 평지의 원천이 동쪽의 원천보다 멀다는 것을 알수 있다.

다리를 넘어 서쪽으로 가다가 고개를 올랐다. 남서쪽으로 쭉 오르는 길은 대단히 가파르다. 1리 반만에 고개 등성이를 넘었다. 다시 서쪽으로 1리를 완만하게 내려가자, 갈림길이 언덕을 따라 남쪽으로 뻗어 있다. 이 길은 육량주(陸涼州)로 가는 길이다. 언덕 서쪽의 움푹한 평지 속에도 몇 채의 인가가 있다. 이곳 역시 육량주의 관할지이다. 이 움푹한 평지 역시 북쪽에서 남쪽으로 뻗어 있다. 이곳에는 비록 마을이 있으나, 물길은 없다.

길은 서쪽으로 내려가다가 움푹한 평지를 가로질러 반리를 나아갔다. 마을의 북쪽을 거쳐 반리를 더 가서 서쪽에 줄지은 높은 산 아래에 이르렀다. 이어 가파른 고개를 기어오르는데, 육량주의 경계는 서쪽으로 이곳에서 끝난다. 대체로 물길은 남쪽의 육량주로 흘러간다. 그래서 서쪽의 이 움푹한 평지로부터 동쪽의 회담과 서쪽 산에 이르기까지 모두 육량주에 속한다. 이곳은 남쪽으로 육량위(陸涼衛)에 이르는데, 길은 첨산(尖山)의 천연 다리를 거쳐 서로 80리 떨어져 있다.

서쪽 고개를 따라 올랐다. 이곳은 해애(海崖)의 관할지이자, 또한 역좌현의 우현승인 토사 용(龍)씨의 관할지이다. (역좌현에는 좌우 두 명의 현승[1]이 있는데, 모두 토사이다. 성이 사沙씨인 좌현승은 본현을 관장하며, 보웅步雄의 토사와 함께 황초패를 공격했던 자이다. 우현승은 성이 용씨인데, 어떤 이는 성이 해海씨라고도 한다. 그는 북쪽을 관장하지만 거처는 월주越州 부근이다.) 이 지역은 동쪽의 이 고개로부터 서쪽의 정구(箐口)까지 이른다. 동쪽으로는 역좌현의 서쪽 경계와 떨어져 있고, 나평주와 육량주의 두 지역이 그 사이에 섞여 있는지라, 역좌현과 경계를 맞대고 있지는 않다.

동쪽 기슭에서 서쪽으로 올라, 여러 차례 가파른 길과 평탄한 길을 올랐다. 가파른 곳은 깎아지른 듯한 벼랑과 빙글 휘감아도는 층계이고, 평탄한 곳은 구불구불 이어지는 곳이다. 가파른 곳을 세 군데 오르고 고갯마루를 세 번 올라 모두 7리를 갔다. 남쪽의 들판을 바라보니, 수십 채의 인가가 모여 있고, 북쪽 봉우리가 우뚝 치솟은 채 홀로 매달려 있다. 대체로 마장에서 서쪽으로 나아오면서 바라보니, 멀리 뾰족하게 가파른 봉우리가 뭇봉우리 위로 유난히 튀어나와 있었는데, 뜻밖에도 곧바로 그 아래로 바짝 다가와 있었다.

1리를 더 가서 돌층계를 따라 허공을 기어올라 북서쪽의 가파르기 그지없는 봉우리 앞에 이르렀다. 이때 밝은 태양이 한층 빛나고, 파란 하늘은 씻은 듯이 맑아, 뭇봉우리가 남김없이 모습을 드러내고 있다. 이 산이 가장 높은지라, 독목교의 서쪽 봉우리는 마치 평평한 숫돌처럼 낮게 엎드려 있을 뿐만 아니라, 멀리 회담파의 주봉(主峰)조차도 높이로는 이 봉우리와 맞설 수 없다. 오직 괴택하 근처의 계장의 서쪽 고개만이 멀리 서로 맞설 만하다. 이 사이에는 비취빛 봉우리가 층층첩첩이다. 모두 남쪽으로 에워싸고 서쪽으로 돌아들었다가 남서쪽의 커다란 봉우리와 이어져 있다. 이것이 동쪽을 둘러본 장관이다.

서쪽으로는 어지러운 봉우리들이 휘감긴 채 서로 가리고, 무성한 대나무숲이 휘감아 엇섞여 있다. 멀리 맞설 만한 곳은 없어도, 가까이로는 절로 가로막히는 곳이 많다. 남쪽으로 쭉 뻗어나간 산 갈래는 가까이로는 툭 트여 널찍하고 멀리로는 봉우리가 앞을 에워싸고 있다. 이것은 독목교 일대의 여러 산들이 멀리 띠를 이루어 뻗어내리는 줄기이다. 남서쪽으로 두 개의 봉우리가 멀리 모여 있다. 마치 눈썹이 가운데로 나누어져 있는 듯하다. 이곳이 반강이 남쪽으로 쏟아져내리며 거치는 곳일까?

그 서쪽은 월주가 기대어 있는 곳이다. 동쪽 봉우리 너머에 또 하나의 봉우리가 높이 매달려 있다. 그 남쪽에는 허공에 푸른 봉우리가 위로 솟구쳐 있다. 마치 수레의 덮개처럼 둥글다. 이곳이 곧 육량주, 노남주(路南州), 사종주(師宗州), 미륵주(彌勒州)의 네 주가 교차하는 곳에 유독 치솟아 있는 대귀산일까? 남쪽의 여러 봉우리들은 모두 대귀산의 곁가지인데, 이 봉우리들 또한 대귀산에 뒤지지 않는다.

가파르기 그지없는 봉우리의 서쪽에서 등성이를 넘어 조금 내려갔다. 비스듬히 매달린 돌비탈은 평평하게 뻗어가다가 완만하게 솟아오르고, 비탈 위에는 고목이 빙글빙글 춤을 추는 듯하다. 이 또한 높은 벼랑에서만 볼 수 있는 경관이다.

비탈 위에서 층계를 타고서 서쪽으로 1리를 내려오니, 구렁이 빙 둘러 에워싸고 있다. 구렁 가운데는 웅덩이진 채 사방이 막혀 있고, 가운데에는 평대가 매달려 있다. 그 안을 반듯이 내려다보니, 구렁 사이의 언덕은 그 너머로 가로누워 있다. 바위위의 이끼 흔적과 나무 그늘, 비치는 오색빛과 흘러가는 노을이 사람의 육신과 영혼을 깨어나게 한다.

가로누운 언덕을 따라 남서쪽으로 돌아들어 2리만에 등성이 한 곳을 넘었다. 다시 서쪽으로 가운데에 우뚝 서 있는 언덕을 넘으니 통행증을 요구하는 초소가 있다. 하지만 아랑곳하지 않은 채 지나쳤다. 언덕을 건너 서쪽으로 1리를 갔다가 비탈을 올라 다시 1리만에 서쪽의 비좁은 어귀를 넘었다. 통행증을 요구하는 초소가 또 있으나, 아랑곳하지 않은 채 지나쳤다. 생각건대 모두 이른바 해외 토사의 초병이리라.

등성이를 넘었으나, 서쪽의 반강은 보이지 않았다. 서쪽으로 반리를 더 가자, 서쪽의 가로막는 것이 비로소 사라지고 아래로 멀리 훤히 트인다. 눈 깜짝할 사이에 북서쪽으로 남동쪽으로 쏟아져 흘러가는 반강이 보였다. 흘러오는 물길이 다 보이지는 않았다. 이곳에서 서쪽의 층계를 타고서 1리를 쭉 내려와 움푹한 평지 속에 이르렀다.

다시 서쪽으로 반리를 가서 서쪽 산을 따라 남쪽으로 돌아들어 반리만에 약간 올라가, 언덕의 서쪽을 넘어 평탄하게 고개 위를 나아갔다. 반리를 가자 갈림길이 나왔다. 한 줄기는 서쪽의 구렁으로 쭉 내려가고, 다른 한 줄기는 남서쪽으로 고개를 휘감아돈다. 살펴보니 남서쪽 길이 약간 큰지라, 이 길을 따라 나아갔다.

1리를 가자, 몇 채의 인가가 고갯마루에 자리하고 있다. 이곳의 띠집은 낮고 좁으며, 소 등의 가축과 그 안에 섞여 살고 있다. 모두 라라족이다. 사내들은 모두 밖에 나갔고, 아녀자들은 무지하여 중국말을 할 줄 모르는지라, 취사도구를 달라고 하여도 대꾸하는 이가 아무도 없다. 이곳이 바로 정구(箐口)라는 곳이다. 해애(海崖)의 경계는 이곳에 이르러 끝난다. 언덕마루에서 남서쪽으로 가면 월주로 가는 길이고, 이곳을 따라 북서쪽으로 가면 월주의 관할지이자, 곡정(曲靖)으로 가는 길이다.

이에 북서쪽으로 고개를 내려갔다. 처음에는 매우 가파르더니, 1리만에 서쪽으로 돌아들자 차츰 평탄해졌다. 여기에서는 온통 평탄하고 훤히 트인 차도인지라, 울퉁불퉁하여 걷기에 힘들까 염려할 필요가 없었다. 다시 서쪽으로 1리를 가서 나무 아래에서 식사를 했다. 서쪽으로 7리를 급히 더 가니, 움푹한 평지가 북쪽에서 뻗어오고 있다.

동쪽 산을 빙글 돌아 북쪽으로 돌아들어 1리를 가서, 북쪽에서 뻗어오는 움푹한 평지를 가로질렀다. 나는 처음에 움푹한 평지 속에 틀림없이 남쪽으로 쏟아지는 물길이 있으리라고 여겼다. 이 움푹한 평지 역시 가운데가 웅덩이져 있음을 알지 못했던 것이다. 움푹한 평지 속에는 언덕 하나가 가로 뻗은 채, 남북으로 휘감아도는 구렁을 이루고 있으며,

구령의 남쪽에는 또 언덕이 있다. 가운데에 뻗어 있는 언덕을 따라 급히 서쪽으로 1리를 간 뒤, 서쪽의 비탈을 올랐다.

1리를 더 가서 비탈의 등성이를 오르니, 라라족의 몇 가구가 나타났다. 길을 물어보았으나, 아무 대답이 없었다. 등성이 서쪽에서 3리를 내려와 잇달아 두 곳의 비탈을 넘으니, 북쪽에서 남쪽으로 뻗어가는 움푹한 평지가 보였다. 움푹한 평지 속에는 둥근 웅덩이에 물이 고여 있으나, 가운데에 언덕이 있는지라 물이 서로 통하지는 않았다.

비탈 위에서 북서쪽을 바라보니, 용담(龍潭)의 산이 북쪽에서부터 나뉘어 불쑥 솟은 채 병풍처럼 늘어서서 서쪽으로 치달린다. 이것은 가까운 곳의 산이다. 남서쪽을 바라보니, 월주 남쪽의 고개가 산 너머로 멀리 병풍처럼 솟아 있다. 이곳은 서쪽 봉우리이다. 동쪽 봉우리 너머로 허공에 뜬 푸른 봉우리가 곧바로 마주하고 있다. 이곳은 곧 대귀산의 봉우리로, 이곳과는 남북으로 서로 마주보고 있다.

서쪽의 비탈을 내려오자, 또 하나의 움푹한 평지가 북쪽에서 남쪽으로 뻗어 있다. 이 평지는 남쪽으로 빙 둘러 커다란 평지를 이루고, 동쪽 경계의 웅덩이에 이어진 움푹한 평지와 합쳐진다. 이 움푹한 평지에 비로소 가느다란 물길이 가운데를 뚫고 흐르고, 물길 양쪽의 평지에는 밭두둑이 이루어져 있다. 물길 위에 가로놓인 조그마한 다리를 서쪽으로 건너자, 한 노인이 광주리를 들고서 다리 곁에서 배를 팔고 있다. 동전 한 닢에 세 개의 배를 샀는데, 배의 크기가 사발만하다. 맛은 아삭아삭하고 씨가 매우 작으며, 대단히 좋은 품종의 배이다. 듣자하니 이 일대에 목과리(木瓜梨)가 있다고 하던데, 바로 이게 아닐까?

서쪽으로 언덕 하나를 올라 언덕 위에서 완만하게 4리를 나아가 곧바로 서쪽 봉우리 아래에 이르렀다. 움푹한 평지가 봉우리의 기슭을 따라 펼쳐지고, 깊은 산골물이 이곳을 휘감아돈다. 이곳은 용당하(龍塘河)인데, 다만 산골물의 모습만 보일 뿐 물은 보이지 않았다. 이에 서쪽의 비탈을 대략 반리쯤 내려와 움푹한 평지를 따라 남서쪽으로 나왔다. 먼저 조그마한 물길과 만나, 이 물길을 따라갔다.

　얼마 후 움푹한 평지를 가로질러 서쪽으로 반리를 더 가서야 비로소 용당하와 마주쳤다. 용당하 위에는 커다란 돌다리가 걸쳐져 있다. 다리 오른편에는 마을의 집들이 층층이 서쪽 산에 기대어 들어서 있다. 모두가 기와집이고 띠집은 더 이상 보이지 않았다. 용당하의 물은 북동쪽의 산골짜기 속에서 발원한다. 그곳은 빙 두른 못이 대단히 깊어 교룡이 살만한 곳으로서, 곧 곡정의 동산(東山)의 동쪽 골짜기이다.

　동산은 북쪽의 백수포 서쪽의 분수령에서 갈래지어 남쪽으로 뻗어 내려오다가 곡정의 동쪽으로 뻗기에 동산이라 일컫는다. 여기에서 보니 동산은 서쪽의 고개를 이룬 뒤, 남쪽으로 이곳에 이르러 용당하 가까이에서 끝이 난다. 동산의 서쪽 골 사이가 낭목산(閬木山)이고, 동쪽의 골 사이가 용담이다. 이곳은 용당하의 물이 비롯되는 곳이다. 정구에서 서쪽의 움푹한 평지 속으로 내려가면, 이곳은 월주의 관할지이다. 월주의 경계는 이곳의 서쪽까지이며, 밭은 모두 빙 둘러 이곳에 모여 있다.

　마을의 서쪽에서 비탈을 올랐다. 이곳은 동산의 남쪽 끄트머리이다. 2리를 가서 언덕마루를 넘은 뒤, 바위에 걸터앉아 잠시 쉬었다. 홀연 어떤 사람이 서쪽 고개에서 뛰어와 내게 이렇게 말했다. "어서 산을 내려가 숙소로 되돌아가십시오. 앞쪽의 고개에서 방금 도적떼가 사람을 약탈했답니다. 그쪽으로는 가지 마십시오." 잠시 후 그의 아내가 뒤쫓아와 똑같은 말을 했다.

　해를 쳐다보니 오후였다. 이전에는 종일토록 온통 이리와 승냥이의 소굴 투성이인 인적 없는 곳을 쏘다녔건만 한밤중에도 요행히 화를 면했다. 그런데 백주대낮에 길을 가는데다, 동서 양쪽으로 산을 끼고 사는 이들이 대단히 많은데도, 어찌 도적떼가 길을 가로막는단 말인가? 그래서 내가 그에게 "도적이 나타났다면, 당신은 어떻게 여기 올 수 있었소?"라고 캐묻자, 그는 "그들이 막 행인의 옷을 벗기는 틈을 타서, 우리 부부는 길을 에돌아 올 수 있었습니다"라고 대답했다.

나는 이 사람이 나를 속여 숙소로 돌아가게 하려고 이런 말로 핑계를 대는 것이 아닐까 의심스러웠다. 또한 가만히 생각해보니, 정말로 도적떼가 나타났다면, 오늘 낮에 되돌아가 묵는다 해도 내일 도적떼가 나타나지 않는다고 누가 장담한단 말인가? 하물며 이미 사람들을 약탈했다면, 그들은 틀림없이 거기에 머물러 있을 까닭이 없을 터이니, 차라리 곧장 서둘러 가는 게 나을 듯했다.

그래서 하인 고(顧)씨를 불러 길을 나섰다. 나는 곧바로 언덕 위에서 북쪽 산을 빙 돌아 서쪽으로 나아갔다. 대체로 북쪽은 동산이 남쪽으로 뻗어내린 꼭대기이고, 남쪽은 동산이 푹 꺼져내린 골짜기이다. 교두(橋頭)에서 남쪽으로 흘러내린 반강은, 월주의 뒤쪽에 가로뻗은 산에 가로막혀 동쪽으로 돌아들어 흐른 뒤, 동산의 남쪽 기슭을 가로질러 동산을 갈라놓는다. 그래서 내려가는 길은 온통 울퉁불퉁하기 그지없다.

길은 고개 위에 가로걸려 있다. 4리를 나아가 동산 가운데에 이르렀다. 옆으로 북쪽 고개를 쳐다보니, 바위들이 들쑥날쑥 가지런하지 않고, 봉우리들은 민둥민둥하다. 일렁이는 구름과 바람에 흔들리는 나뭇가지마다 사람에게 두려움을 안겨주니, 쉬지 않고 두리번거리게 만들고, 발을 내딛어도 어디로 가야 할지 망설이게 했다.

서쪽으로 4리를 더 가서야 비로소 남서쪽의 바위조각더미 속으로 내려왔다. 이곳은 흙이 기울어지고 골짜기는 푹 꺼져내려, 무너지고 패인 채 서로 엇섞여 있는데다, 바위부리가 마치 갈라진 꽃잎들이 끊임없이 이어지듯 그 사이로 드러나 있다. 움푹 꺼져 내린 곳은 온통 흙이 흘러내리는지라 발을 딛을 수가 없다. 그래서 꽃잎처럼 갈라진 바위 사이로 돌아들면서 길을 찾지 않으면 안 되었다. 바위는 재질이 환상적이고 색깔도 색달라, 바위조각 하나하나가 산에서는 보기 드문 걸작이건만, 바람소리와 학 울음소리에도 깜짝깜짝 놀랄 지경인지라 마음 내키는 대로 쉬엄쉬엄 감상할 수 없었다.

오래 지나지 않아 아래로 내려갔다. 서쪽의 움푹한 평지에 남쪽으로 흐르는 강이 보였다. 교두에서 멀지 않으니, 위험한 지경은 벗어났다는 생각이 들었다. 그제야 바위틈에 기대어 잠시 쉬노라니, 파란 연꽃잎 같은 바위 속의 사람이 되었다.

바위 속에서 1리를 내려와 서쪽 기슭에 이르렀다. 갈래진 둔덕을 나아가자, 마을의 집들이 많이 있다. 다시 1리를 가자, 길 북쪽에 강물이 감아돌고 둑은 구불거린다. 그 사이에 커다란 못이 있고, 사방으로 풍성한 곡식들이 둘러싸고 있다. 동쪽에는 정성들여 꾸민 집들이 동산의 기슭에 높이 기대어 있고, 서쪽에는 강물이 흘러나가고 그 위에 돌다리가 걸쳐져 있다.

다시 밭두둑 사이로 반리를 나아가서야 돌다리에 이르렀다. 이 다리는 높지 않으나 길다. 다리 아래의 물은 남반강의 원류로, 북쪽의 염방역(炎方驛), 교수(交水), 곡정부의 동쪽에서부터 남쪽의 이곳으로 쭉 흘러온다. 이 다리는 곡정부의 교통요지로서, 반강은 여기를 흘러나가자마자 남동쪽으로 흐르다가 월주의 동쪽을 에돌아 남쪽의 골짜기로 흘러든다.

다리를 넘어 서쪽으로 약 반리를 가서 비탈을 오른 뒤, 북쪽으로 나아가 여인숙에 묵었다. 이곳은 예전에 지났던 석보촌(石堡村)이다. 마침 날이 저물고 밝은 달빛이 땅에 비쳤다. 낯선 길을 지나 안전한 숙소에 묵게 되니, 마음이 흐뭇했다. 주인에게 "고개 위에 약탈을 일삼는 도적이 있다는데, 정말입니까?"라고 묻자, 주인은 이렇게 대답했다. "바로 우리 이웃사람이 오후에 산에서 나무를 하고 있는데, 몇 명의 도적이 산 뒤편에서 뛰쳐나와 세 사람의 옷을 벗기고 한 사람의 목을 쳤답니다. 당신이 오던 무렵이랍니다."

나는 이제야 전에 걸음을 멈추고 묵어가라던 이의 뜻에 감사하고, 사사로운 마음으로 억측하고 의심했음을 부끄러워했다. 대체로 이 고개의 동쪽은 월주이고, 서쪽은 석보촌이다. 이곳이 곡정위(曲靖衛)의 수비대의 경계선인지라 서로 미루는 바람에, 도적들이 그 틈을 노렸던 것이다.

9월 초여드레

동틀 무렵에 식사를 하고 술을 가져오라 하여 마셨다. 온천에 목욕하러 갈 작정이었다. 마을 뒤편에서 비탈을 올라 서쪽으로 내려가자, 온천이 눈에 들어왔다. 움푹한 평지 속에 증기가 자욱했다. 물길을 따라 동쪽으로 내려가니, 밭두둑 사이로 증기가 뭉게뭉게 사방에서 피어올랐다.

반리만에 둘러친 담의 문을 들어섰다. 맑고 깊은 물이 가운데에 고여 있다. 못 위에는 정자가 덮여 있으며, 양쪽에는 두 곳의 못 사이에 벽돌을 쌓았다. 북쪽에 세 칸짜리 건물이 있고, 물은 그 아래에서 흘러나온다. 가운데에 뚫려 있는 구멍은 지름이 한 자 정도인데, 손으로 떠서 몸을 씻을 수 있다. 옷을 벗고서 못 속에 몸을 담갔다. 물속에 막 들어가자, 살갗을 델 정도로 뜨겁다. 이전에 목욕했을 때에 비해 훨씬 뜨거운 느낌이 들었다. 얼마 안 되어 온도가 체온에 딱 알맞다. 지나치게 차가웠던 미륵주(彌勒州)의 온천보다 훨씬 낫고, 샘물의 맑기도 거기보다 나았다.

목욕을 마치고서 담 뒤편을 따라 동쪽으로 반리만에 한길로 나왔다. 이날 파란 하늘은 씻은 듯이 맑고, 수정처럼 빛나는 밝은 해는 푸른 산을 타고서 떠오르며, 태양 아래로 시원스런 물결이 비친다. 이 광경을 마주하고 있노라니, 문득 세속의 온갖 잡념이 다 씻겨나간 채, 마치 얼음단지와 옥거울 속에 놓여 있는 듯하도다.

북쪽으로 10리를 나아가 남성(南城)을 지난 뒤, 20리만에 곡정부의 남문에 들어섰다. 마침 과(戈)씨 성의 무관참장이 안찰사의 명을 받들어 성의 여러 보루를 순시하고 있었다. 기병들은 높고 커다란 군기들을 치켜든 채 구름처럼 남쪽으로 달려갔다. 길가에 비켜서서 지켜보노라니, 번쩍이는 번개 같기도 하고, 언뜻 사라지는 구름과도 같다. 양쪽에 줄지은 푸른 산은 눈에 익은 모습이려니, 어느 쪽이라 편들어줄 지 모르겠다. 면을 파는 가게에서 식사를 했다.

동문을 나와 반리를 가서 동산사(東山寺)에 들어섰다. 이곳은 청룡산(靑龍山)이라 일컫지만, 실제로는 산이 없다. 다만 성곽 동쪽의 흙언덕은 높이가 겨우 한 길 남짓이고, 주변의 크기도 다섯 길이 채 되지 않는다. 그 위에 대전을 짓고, 앞에는 한 층의 누각이 짝지어 늘어서 있다. 누각 안에는 거대한 종을 놓아두었는데, 이렇게 커다란 종은 내가 일찍이 본 적이 없었다. 대전의 왼쪽에 장경각(藏經閣)이 있고, 그 오른쪽의 3층 누각은 흙언덕의 옆에서 호위하면서 대전의 끄트머리와 나란히 서 있다.

한참동안 서성거리다가 절의 오른쪽으로 나와 성을 따라 북쪽으로 나아가, 5리만에 연무장으로 가는 한길로 빠져나왔다. 다시 3리를 가서 백석강을 지난 뒤, 2리를 더 가서 비탈 한 곳을 지났다. 10리를 더 가서 신교에 이르자, 우레소리가 우르릉 크게 울리더니 소낙비가 쏟아졌다. 얼른 띠집 처마 밑으로 피했다. 하지만 우박과 비가 섞여 내리고 회오리바람이 휘몰아쳐 사람의 옷과 얼굴로 달려드니, 피할 길이 없었다. 한참이 지나서야 날이 갰다.

계속해서 북쪽으로 나아가는데, 진창길이 미끄러워 발을 딛을 수 없었다. 10리만에 교수에 이르러 남문에 들어섰다. 점익주(霑益州)의 관아 앞에서 동문에 이르러, 공기잠(龔起潛)의 옛 저택에 묵고자 했다. 그의 집 대문이 닫혀 있기에 이상히 여겼는데, 문을 두드리고서야 안에서 마침 연극을 공연하고 있음을 알았다. 나는 발이 엉망진창인데다 옷도 때에 절어 있는지라, 누추한 모습을 보이고 싶지 않아 얼른 그 뒷 건물로 들어가 쉬었다. (점익주에서는 토사만이 치소에 거주하며, 지주(知州)의 관청은 교수에 있다.)

9월 초아흐레

나는 오랜 여정에 피곤했던지라 뒷 건물에서 쉬면서 나오지 않은 채, 며칠간의 유람을 기록했다. 이날은 9월 9일, 가을바람이 차갑게 불어왔다. 높은 산에 오르는 중양절에 홀로 원안(袁安)[1]처럼 죽은 듯이 누워 지냈다. 날마다 높고 가파른 산을 적잖이 기어올랐기 때문이다. 오후에 주인이 국화를 보내오고 술자리를 차리니, 나도 모르게 거나하게 취한 채 잠자리에 들었다.

---

1) 원안(袁安)은 동한(東漢) 때의 여남(汝南) 사람으로, 자는 소공(邵公)이다. 낙양에 큰 눈이 내려 사람들마다 밖에 나와 먹을거리를 구하러 다니는데, 그는 홀로 죽은 듯이 드러누워 일어나지 않았다. 이 일이 낙양 사람들에게 알려져 효렴(孝廉)에 천거되었으며, 훗날 관직은 사도(司徒)에 이르렀다.

9월 초열흘

추위가 심하고 종일토록 구름이 잔뜩 끼었다. 처소 안에 머물러 지냈다. 오후에 또 비가 내리더니, 밤새도록 그치지 않았다.

9월 11일

내가 길을 나서려고 하자, 주인은 비가 내린다면서 붙잡은 채 머물다 가라고 했다. 애초에 나는 점익주를 좇으면서, 북반강의 원류와 귀착지를 자세히 살펴볼 생각이었다. 그런데 교수에 이르러 공기잠이 나에게 이야기한 내용이 대단히 분명하고 근거가 매우 정확한지라, 발길을 돌려 심전부(尋甸府)를 거쳐 성성(省城)으로 돌아가기로 했다.

9월 12일

주인의 도타운 정을 물리치고, 식사를 마치고서 길을 나섰다. 벌써 오전이었다. 10리를 가서 신교에 이르러, 갈림길에서 물길을 거슬러 남서쪽으로 나아갔다. 2리를 가서 남서쪽의 조그마한 산 아래에 이르렀다. 석당하(石幢河)의 물길이 북서쪽의 골짜기 속에서 흘러오고, 길은 남서쪽 골짜기 속으로 뻗어든다. 1리를 가서 고개를 오르고, 1리만에 고갯마루에 올라섰다.

서쪽으로 고개 위를 나아가 1리만에 고개를 내려왔다. 처음에 고갯마루에서 서쪽의 움푹한 평지를 굽어보니, 집과 밭이 있고, 물길이 휘감아 돌고 있기에, 이 물길은 틀림없이 서쪽에서 동쪽의 석당하로 흘러드리라고 여겼다. 그런데 구불구불 서쪽으로 1리를 더 내려가 움푹한 평지에 이르더니, 그 물길은 오히려 남서쪽으로 흘러간다. 그렇다면 이 물길은 틀림없이 남쪽 골짜기에서 동쪽으로 돌아들어 백석강(白石江)으로 흘러나갈 것이다. 이 마을의 이름을 물어보니, 과가충(戈家衝)이라 한다.

이곳에서 서쪽으로 나아가자, 취봉산(翠峰山)의 여러 산골물들이 합쳐져, 백석강(白石江) 상류의 원류가 된다. 원류는 짧고 물줄기는 가늘며, 휘감아 흐르는 물길 또한 몇 리에 지나지 않는다. 그런데도 서평후(西平侯) 목영(沐英)이 곡정 전투에서 거둔 승전을 과장하여, 안개를 무릅쓰고서 백석강을 건넌 뒤, 상류에서 건너 적군을 협공했다고 역사에 기록하여, 범상치 않은 공훈으로 삼았다. 하지만 이는 백석강이 자그마한 웅덩이와 다름없음을 알지 못한 탓이다. 사실을 조사하고 고증해보니, 역사서의 기록이 신빙성이 없음은 바로 이와 같다!

여기에서 비탈진 골짜기를 감돌고 꺾어져 4리만에 유가파(劉家坡)를 넘으니, 취봉산이 바로 눈앞에 있다. 대체로 취봉산은 양쪽의 뭇산들 가운데에서 경계지어주는 등성이이다. 즉 남쪽의 의량현(宜良縣)에서 나누어진 갈래는 북쪽의 목용정(木容箐)을 건너뛰고, 더 북쪽으로 화소정(火燒

箐) 고개를 건너뛰며, 더 북쪽으로 향수(響水)의 서쪽 고개를 건너뛰고, 더 북쪽으로 이 산으로 맺혀진다. 또한 서쪽으로 마주 치솟아 회룡산(迴龍山)을 이루고, 교수의 북서쪽을 에돌아 염방(炎方)을 거쳐, 다시 북쪽으로 점익주 남쪽에 이른다. 이어 동쪽으로 돌아든 뒤 남쪽으로 꺾어져 뻗어내리다가 치솟아 흑산(黑山)을 이루고 나서, 두 갈래로 나누어진다.

주 갈래는 화소포와 명월소 사이에서 남쪽으로 치달리다가 동쪽으로 꺾어져 안롱소로 뻗어내린 뒤 사성주로 뻗어들어가, 동쪽으로 솟구쳐 대명산(大明山)을 이루고서 심주(潯州)에서 끝이 난다. 곁 갈래는 남서쪽의 백수포(白水鋪) 서쪽의 분수령을 거쳐 다시 두 갈래로 나뉜다. 남쪽으로 쭉 뻗은 것은 회담파 서쪽 고개에서 남서쪽으로 솟구쳐 대귀산(大龜山)을 이루었다가 반강 남쪽 굽이에서 끝나며, 남서쪽으로 갈래진 것은 곡정부의 동산에서 끝난다.

취봉산 남동쪽의 물이 흘러 백석강이 되고, 북동쪽의 물이 흘러 석당하가 되며, 서쪽으로 마룡주(馬龍州)의 □강으로 흘러나갔다가 심전부를 흘러나오는 것이 북반강이다. 이렇게 본다면, 하나의 산의 동쪽에서 흘러나오는 것은 남반강이고, 서쪽에서 흘러나오는 것은 북반강이다. 오직 취봉산과 염방역(炎方驛)만이 이곳에 자리하고 있다고 할 수 있고, 곡정부의 동산은 곁갈래가 뻗어나간 것이니, 『지』에 기록된 내용은 죄다 틀린 것이다.

유가파에서 남서쪽의 비탈을 따라 1리를 오르다가 한 노파를 따라잡았다. 노파는 취봉산 아래 횡산둔(橫山屯)에 사는 주민이었다. 노파를 따라 서쪽으로 1리를 더 가서 비탈을 내려갔다. 움푹한 평지를 1리 가자, 자그마한 물길이 북서쪽에서 흘러오고, 작은 돌다리가 그 위에 걸쳐져 있다. 이곳에서 남서쪽의 비탈로 오르는 길은 삼차시(三車市)로 가는 길이고, 이곳에서 쭉 서쪽으로 자그마한 물길을 거슬러가다가 남서쪽 언덕에서 들어서는 길은 취봉산으로 가는 오솔길이다.

오솔길은 끊어질 듯 이어지면서 움푹한 평지의 둔덕을 가로질렀다. 3

리를 가자 남동쪽에서 뻗어오는 한길이 나왔다. 이 길은 곡정부에서 취봉산에 오르는 길이다. 여기에서 남동쪽으로 삼차시가 바라보인다. 한길을 따라 서쪽으로 나아가 2리만에 막 취봉산 아래에 이를 무렵, 다시 오솔길을 따라 남서쪽으로 둔덕을 넘었다. 비바람이 별안간 몰아치더니, 순식간에 지나갔다. 1리를 가서 비탈을 내려와 깊은 산골물을 건넌 뒤, 서쪽으로 비탈을 반리 올라 횡산둔에 이르렀다. 이곳 사람들은 모두 서(徐)씨 성이었다.

노파는 자기의 아들을 시켜 마을 뒤편을 따라 산으로 들어가도록 나를 배웅케 했다. 반리를 가서 취봉산 기슭에 이르자, 두 줄기의 조그마한 산골물이 한데 합쳐졌다. 북쪽에서 흘러오는 산골물을 건넌 뒤, 서쪽에서 흘러오는 산골물을 거슬러 가파른 길을 타고서 서쪽으로 올랐다.

1리 반만에 고갯마루를 감아돌아 북쪽으로 가다가 서쪽 골짜기 속으로 돌아들었다. 이곳은 취봉산의 중턱이다. 취봉산은 꼭대기에서 두 갈래를 드리운 채, 마치 팔로 감아 동쪽으로 내려오는 듯하다. 북쪽의 갈래는 길게 휘감은 채 앞으로 뻗어오며, 곧 신교 서쪽 언덕의 줄기이다. 남쪽의 갈래는 짧으며, 방금 기어 올라왔던 줄기이다.

두 팔과 같은 산줄기 사이에 또 하나의 봉우리가 움푹한 평지와 마주하여 마치 평대처럼 솟구쳐 있다. 그 위에 조양암(朝陽庵)이 걸터앉아 있다. 조양암은 북동쪽을 향해 있다. 그 남쪽의 옆구리는 다시 두 팔과 같은 산줄기와 더불어 빙 두른 채 골짜기를 이루고, 골짜기는 봉우리의 꼭대기에서 좁고도 가파르게 뻗어내린다. 옛 호국사(護國寺)는 이 골짜기에 기대어 있다.

서쪽 골짜기에서 반리를 들어가 먼저 옛 호국사에 이른 다음, 동쪽으로 돌아들어 조양암에 올랐다. 옛 절 앞의 꺼져내린 골짜기가 움푹 패어 있었기 때문이다. 옛 절 양쪽의 벼랑은 비좁은 절벽에 나무가 울창하다. 흠이 있다면 옆에 빈 터가 전혀 없다는 점이다. 조양암은 외로운 봉우리 꼭대기에 지어진 채 훤히 트여 있다. 흠이라면 암자 앞에 빙 둘러 있는 모습이 거의 없다는 점이다.

나는 먼저 옛 절에 들어가 살펴보았다. 정전은 가지런하고, 절 뒤쪽은 깎아지른 듯한 벼랑이 험준하다. 벼랑 위에는 등나무가 거꾸로 매달려 있다. 정전 앞의 두 그루의 거대한 잣나무는 하늘을 찌를 듯이 솟아 있다. 절 안에는 스님이 한 분뿐으로, 대전에 머무는 행각승이다. 그는 나를 보자마자, 불을 피워 밥을 지었다.

이에 나는 옷을 갈아입고 예불을 드린 후, 틈을 내서 동쪽의 조양암에 올라갔다. 마침 행각승 한 분이 지팡이를 끌고서 암자 문을 나서고 있었다. 암자로 들어섰으나 달리 스님은 계시지 않은 채, 다만 글 읽는 서생들 몇 명만이 동쪽 건물에 있었다. 나는 앞뜰을 한가로이 거닐었다. 뜰에는 서역의 국화 두 그루가 있다. 꽃은 쟁반만큼 크고 꽃떨기에는 꽃술이 없으며, 붉은 빛이 찬란하다. 노란 국화의 아름다움도 이 꽃으로 인해 빛을 잃을 지경이다. 서역 국화는 씨앗을 뿌려 키우지, 뿌리를 나누어 배양하지 않는다. 이것이 여러 국화와 다른 점이다.

앞 건물 또한 그윽하고 호젓하다. 뜰앞에는 계화나무 한 그루가 있는데, 그윽한 향기가 바람에 실려 멀리 산골짜기까지 스며든다. 내가 전에 골짜기 너머에서 고개를 굽이돌 적에 이 향기를 맡고 기이하게 여겨 하늘에서 내려온 향기이려니 생각했다. 계화나무의 꽃이 피워 만들어진 향기일 줄은 생각지도 못했다. 계화꽃 향기롭고 국화꽃 아름다우나, 이렇게 그윽한 곳에 의탁할 만한 스님 한 분 계시지 않는 게 참으로 유감스러웠다.

옛 호국사로 돌아와 식사를 마치는 대로 산꼭대기에 오를 계획이었다. 그런데 밥을 짓는 스님이 정성들여 음식을 준비하는 것을 보니, 비록 그릇에 많은 음식이 없고, 식기에 풍성한 채소는 없을지라도, 손가락을 잘라서라도 손님에게 대접하고자 하는 마음을 지니고 있음에 경이로움을 느끼지 않을 수 없었다. 식사를 하는데, 스님은 음식에 젓가락도 대지 않은 채 그저 손님에게 대접하기만 했다. 그제야 이 분이 바로 담재(淡齋) 법사임을 깨달았다.

이전에 횡산둔의 노파가 내게 이렇게 말했던 적이 있다. "산속에 스님 한 분이 계시는데, 입에 넣는 것을 덜고 몸을 고행하면서 뭇사람들을 공양하십니다. 누군가 옷을 보내줄 때마다 남에게 주시지요. 누군가 밥을 보내오면, 자신은 소금도, 기름도 치지 않은 채, 그저 남들의 입맛에 맞지 않을까 걱정하시지요."

내가 막 이 절에 이르렀을 때 그에게 여쭈어보았지만, 법사는 대답하지 않으셨다. 그래서 눈으로 보면서도 담재 법사인 줄을 알지 못했던 것이다. 법사의 호는 대승(大乘)이며, 연세는 갓 마흔이다. 어려서 사천성에 살다가 운남성 요안부(姚安府)에서 자랐으며, 이곳에 묵은 지 벌써 한 해가 되었다. 담재 법사는 뭇사람을 공양하기를 발원하여, 이곳에서 조용히 3년간 수양하기로 했으며, 100일만에야 한 차례 산을 내려왔다. 그의 체구는 왜소한데다 눈이 가려운 안질을 앓고 있었다. 고행하면서 정성껏 수련하니, 세상에 법사만한 이가 없을 것이다.

이 모든 것을 보고, 나는 차마 발길을 떼지 못하고 있었다. 그런데 밥도 다 먹기 전에 비가 퍼붓듯이 쏟아지더니 그칠 기미가 보이지 않았다. 법사가 머물러 묵어가라고 붙잡는지라, 나는 걸음을 멈추고 쉬어 가기로 했다. 이날 밤은 대단히 추웠다. 나는 앞채에 묵었지만, 법사는 홀로 정전에서 침구도, 감실도 없이 밤새도록 쉬지 않고 좌선했다.

9월 13일

날이 밝았으나, 비는 그치지 않았다. 대승 법사께서 더 쉬어가라고 붙잡았다. 나는 그의 항아리 안의 곡식이 다 떨어져가는 것을 보고, 죽을 끓여 아침식사를 하려 했다. 그런데 법사는 곧바로 따로 불을 피워 밥을 지었다. 오전에 비가 그치자 내가 떠날까봐, 어서 식사를 하라고 강권했다.

그때 갑자기 행각승 한 분이 들어왔다. 살펴보니 어제 조양암(朝陽庵)에 들어섰을 적에 지팡이를 짚고 나가던 그 스님이었다. 그 스님이 나를 보더니 물었다. "아직도 여기 계시는데, 어찌하여 나를 찾아오지 않으셨습니까? 제가 그대를 위해 하루를 공양할 수 있으니, 여기서 드실 필요는 없습니다."

　　그는 나를 이끌고서 조양암으로 건너가더니, 함께 불을 지펴 식사를 준비했다. 스님의 법호는 총지(總持)이고 운남성 마룡주(馬龍州) 사람이다. 곡정부의 동산사에서 주지를 지내기도 했던 그는, 소란스러움을 피하여 이곳으로 왔으나, 이곳 암자의 주지 스님은 아니다. 이곳 암자의 주지 스님은 서공(瑞空) 스님이다. 그는 어제 옛 호국사의 주지 스님과 함께 곡정부에 갔다가 돌아왔으나, 옛 호국사의 주지 스님은 돌아오지 않았다. 아마도 모두들 어리석고 무지하여 세속의 법과 불도의 가르침에 대해 조금이라도 아는 이가 한 사람도 없기 때문이리라.

　　대승 법사는 정진하시면서 넉넉한 재물이 없으시고, 총지 스님은 수련하시면서 절약하시니, 인적 끊긴 산속에 뛰어난 두 분의 스님이시다. 잠시 후 스스로 하시는 말씀에 따르면, 그의 조상의 본적은 소주부(蘇州府)의 오현(吳縣)이며, 나와 같은 성씨였다. 몇 해 전에 바다로 향하다가 소주를 지났을 적에 산당(山塘)의 서(徐)씨가 그에게 방생지에 머물러달라고 붙들었으나, 스님은 끝내 돌아가지 않았다고 한다. 올해 벌써 예순세 살이다. 이날 밤 암자의 서쪽 건물에서 묵었는데, 추위가 한층 심한데다 밤에 비까지 쏴쏴 내렸다.

9월 14일

　　비가 종일토록 개이지 않고, 차가운 추위는 뼈 속에 사무쳤다. 나는 그저 문을 닫아건 채 불을 쪼이면서 한 걸음도 떼지 못했다.

취봉산은 곡정부의 북서쪽, 교수의 남서쪽의 각각 30리에 있고, 마룡주의 서쪽 40리에 있으며; 빼어나기로는 이 일대의 으뜸이다. 조양암은 유구암(劉九庵) 대사께서 처음 세우셨다. 비문에 따르면, 대사의 이름은 명원(明元)이며, 본래 하남성(河南省) 태강현(太康縣) 사람이다. 그는 과거의 갑과에 합격하여 감찰어사를 역임한 적이 있으며, 가정(嘉靖) 갑자년[1]에 취봉산에 행각승으로 머물렀다. 만력(萬曆) 경자년[2]에 파주(播州) 선위사를 정벌하는 전쟁이 일어났을 때, 순무 진용빈(陳用賓)이 이곳을 지나다가 대사의 덕행에 감격하여 그를 위해 이 암자를 지었다. 후에 대사가 세상을 떠나자, 진용빈은 유가의 예절에 따라 암자의 동쪽 언덕에 장사지내게 했다.

(토박이들의 이야기에 따르면, 감찰어사 유씨가 순시하러 나가면서 책상에 복숭아 두 개를 놓아두었는데, 이것들을 쥐새끼가 훔쳐먹었다. 감찰어사가 틈으로 훔쳐보고서도 모른 척 시험 삼아 하인에게 물었다. "너는 어찌하여 복숭아를 훔쳐갔느냐?" 하인은 인정하지 않았다. 그러자 하인에게 겁을 주면서 "여기에 어디 다른 사람이 있기에 네가 인정하지 않는단 말이냐? 내가 너에게 벌을 주어야겠다"고 말했다. 벌을 받을까 두려워한 하인은 무턱대고 인정하고 말았다. "복숭아씨는 어디에 있느냐?"고 묻자, 하인은 다른 복숭아씨를 가져다 스스로 거짓으로 꾸며댔다. 감찰어사는 "천하에 억울한 일이 너무 많도다!"라고 말하고는, 이에 관직을 버린 채 머리를 깎고서 이곳으로 출가했다.)

점익주의 토박이 지주(知州)인 안변(安邊)은 옛 토사인 안원(安遠)의 동생인데, 형 안원이 세상을 떠나자 자신이 형의 직무를 이어받았다. 점익주는 사천성 오살부(烏撒府)의 토사인 안효량(安孝良)의 관할지와 경계를 맞대고 있는데다, 같은 친족이기도 했다. 수서(水西) 토사인 안방언(安邦彦)이 반란을 일으켰을 때, 안효량은 안방언과 함께 반역을 꾀했다.

얼마 지나지 않아 안효량이 죽고, 그의 큰아들인 안기작(安奇爵)이 오살부 토사의 직무를 계승하고, 둘째 아들인 안기록(安奇祿)이 토사를 담당했다. 순무인 사씨가 점익주의 지주인 안변에게 명하여 수서에 가서 효유하도록 했는데, 안방언이 그를 구금했다. 담당자는 곧바로 안기록에게 명하여 점익주의 업무를 대리케 함과 아울러, 이 일을 조정에 알렸다. 후에 수서가 안변을 풀어주자, 안변이 명을 받들어 계속해서 점익주를 관장하게 되었다. 안기록은 어쩔 수 없이 점익주 지주의 자리를 되돌려 주었다. 그러나 안기록은 오살부의 지원을 받고 있는 반면, 안변은 세력이 고립된 채 도와주는 이가 없는지라 허울좋은 이름만 지니고 있을 따름이었다. 게다가 안변은 성실하고 온순하나, 안기록은 교활하여 세도가들과 결탁하여 환심을 살 줄 알았다.

올해 3월에 하천구(何天衢)가 파총인 나채(羅彩)에게 병사를 거느리고서 안변을 도와 점익주를 지키라 명했으나, 나채는 기회를 틈타 안변을 살해하고, 안변의 재산 2000금을 가져가 버렸다. 어떤 이들은 나채가 실권자의 뜻을 받들었으며, 이 모두 안기록이 꾸며낸 일이라고 했다. 안기록은 점익주 정사를 제멋대로 하는데도, 실권자들은 모두들 태연하게 따르고 있었다. 다만 총부인 목(沐)씨만은 "안변은 비록 토사이나 조정에 공훈이 있는 세습 신하인데다 항차 특명을 받은 자이니, 어찌 죽임을 당했는데도 따지지 않을 수 있단 말인가?"라고 말했다. 그리하여 올해 9월까지 점익주는 여전히 불안한 채, 안정되지 않은 형국이라고 한다.

오후에 식사를 한 후 비가 조금 그치기를 기다렸다가, 조양암 오른쪽을 따라 꼭대기로 올랐다. 서쪽으로 반리를 올라 오른쪽으로 골짜기 속을 굽어보니, 호국사는 아래로 함정처럼 움푹 패어 들어가 있다. 왼쪽으로 언덕 위를 바라보니, 팔각암(八角庵)이 위로 조양암 오른편 곁에 걸터앉아 있다. 서쪽으로 꼭대기 아래를 바라보니, 호국사 뒤편의 대나무숲 위에 또 하나의 암자가 있다. 이 암자는 앞쪽으로는 까마득한 대나무숲을 굽어보고, 뒤쪽으로는 깎아지른 듯한 봉우리에 기대어 있다. 옛 호국사처럼 그윽하되 비좁지 않고, 조양암처럼 높되 외롭지 않은 이곳은, 취봉산의 한 가운데인 금룡암(金龍庵)이다.

때마침 비가 다시 주룩주룩 내렸다. 갈림길을 지나쳐 먼저 꼭대기로 올라갔다. 서쪽으로 반리를 더 가서 북쪽의 고개를 넘어 뒤편의 몇 리 너머를 바라보니, 또 하나의 봉우리가 높이 치솟아 있고, 그 위에도 암자가 있다. 이곳은 반룡암(盤龍庵)이다. 이 봉우리는 취봉산과 동서로 나란히 솟구쳐 있으며, 물길이 북쪽의 움푹한 평지를 긴 채 흘러내린다. 이 물길은 신교(新橋) 옆의 석당하(石幢河)의 원류이다. 이곳에서 남쪽의 고개 등성이를 기어올라 한 채의 빈집을 지났다. 집의 편액에는 '황입구천(恍入九天)'이라 씌어 있다. 남쪽으로 더 올라가 반리만에 취화궁(翠和宮)에 들어섰다. 이곳은 산의 꼭대기이다.

취봉산은 곡정부의 유명한 봉우리이지만, 『일통지』에는 기록되어 있지 않다. 낭목산(閬木山)은 동산에 있으며, 취봉산과는 호수를 사이에 두고 멀리 마주하고 있다. 동산이 비록 크다 하여도 주봉(主峰)은 아니다. 반면 취봉산은 남반강과 북반강의 원류이다.

처음에는 서쪽의 움푹한 평지와 회룡산(迴龍山) 사이에 끼어 있는 북쪽의 물이 동쪽의 신교로 흘러내리고, 조양암과 옛 호국사 및 취봉산 동쪽 기슭의 물이 모두 백석강으로 쏟아지기에, 이 봉우리 역시 주봉이 아닌가보다 의심했다. 꼭대기에 올라선 뒤에야 정남쪽으로 꺼져 내린 골짜기가 남쪽의 향수요(響水坳) 서쪽에서 홀로 서쪽의 마룡주로 뻗어내리다가 심전부로 뻗어나가는 것을 알고서, 비로소 이 꼭대기가 삼면으로 물이 나뉘는 경계임을 믿게 되었다. (동쪽과 북쪽의 물은 남반강으로 흘러들고, 남쪽의 물은 북반강으로 흘러든다.)

이 산줄기의 남쪽은 향수요 서쪽에서 평탄하게 건너뻗어 우뚝 치솟아 취봉산을 이룬 뒤, 곧바로 서쪽으로 건너뻗어 반룡봉(盤龍峰)을 이룬다. 취봉산의 물은 남북으로 나뉘어 흐르는데, 남쪽의 물은 서쪽에서 북쪽으로 돌아들어 흐르고, 북쪽의 물은 동쪽에서 남쪽으로 돌아들어 흐른다. 남반강과 북반강은 엇섞여 흘러가나, 그 근원은 사실 이 취봉산에서 나누어진다고 한다.

취화궁은 꼭대기가 높고 바람이 거세다. 두 명의 나이든 스님은 문을 닫은 채 불을 쬐고 있다. 사방을 둘러보니 안개가 장막처럼 봉우리를 두루 뒤덮고 있는지라, 대략의 형세만을 굽어볼 수 있다. 남쪽의 움푹한 평지에서 서쪽으로 내려오는 길은 심전부로 가는 샛길인데, 내가 내일 따라가려는 길이다.

남동쪽으로 내려가 영관묘(靈官廟)에서 동쪽으로 돌아들어 반리만에 금룡암에 들어섰다. 암자는 꽤 가지런하고 깨끗하며, 뜰에는 수십 그루의 국화가 서리를 맞은 채 빗방울을 머금고 있다. 그윽한 경관이 처량하고도 쓸쓸했다. 이 암자는 산동성(山東省)의 나이든 천칙(天則) 스님이 세운 것인데, 지금은 노스님이 성성(省城)인 곤명에 들어가 지장사(地藏寺)의 주지를 하는 바람에 그의 제자인 윤철(允哲) 스님이 주지를 맡고 있었다.

손님을 맞아들여 함께 시주밥을 먹었다. 해가 지자 비가 차츰 내리기 시작했다. 다시 반리를 가서 동쪽으로 조양암으로 돌아왔다. 옛 호국사로 내려와 대승 법사를 만나고 싶었다. 그러나 빗길이 미끄러워 가지 못하고, 그저 굽어보면서 지나쳤다.

---

1) 가정 갑자년은 가정 43년으로 1564년이다.
2) 만력 경자년은 만력 28년으로 1600년이다.

9월 15일

날이 밝자, 비는 그쳤다. 그러나 구름이 잔뜩 끼어 있는지라, 길을 나서지 못한 채 머물러 있었다. 해는 정오가 되어서야 모습을 드러냈다. 나는 흥에 겨워 대승 법사를 만나러 갔다. 대승 법사는 더 머물러 있으라고 간곡하게 만류했다. 이때 날이 갑자기 화창하게 개는지라 떠나려고 하다가, 아무래도 시간이 촉박하다 싶었다. 그래서 이곳에서 하룻밤을 더 지내고, 내일 아침에 떠나기로 했다.

이에 봉우리의 꼭대기에 올라 사방을 두루 바라보았다. 먼 곳의 봉우리가 모두 드러나 보이는데, 비로소 동서로 가로누어 있는 산줄기가 똑똑히 보인다. 가운데를 따라 건너뻗은 산줄기는 엎드리고 치솟기를 여러 번 거듭한 채, 쭉 뻗쳐나가는 등성이는 아니다. 다만 취봉산과 반룡봉의 두 봉우리는 동서 양쪽에 나란히 솟아 있다. 취봉산의 남쪽에는 향수요의 갈래가 가로로 늘어선 채 동쪽으로 뻗어내리다가 곡정부로 맺혀진다. 또한 반룡봉의 서쪽에는 남쪽으로 휘어진 한 갈래가 동쪽으로 내려가 교수로 맺혀지며, 다시 북쪽으로 뻗어 동쪽의 염방역의 물길로 모였다가, 다시 북쪽으로 돌아들어 점익주 남쪽의 움푹한 평지로 뻗어간다.

취봉산 동쪽에서 내려와 팔각암을 돌아지나 조양암으로 돌아와 식사를 했다. 총지 스님이 붙드시는 바람에 옛 호국사에는 들어가지 못했다. 이날 여강부(麗江府)와 숭명부(嵩明府)의 두 곳을 놓고 취화궁에서 길흉을 점쳤다. (여강부는 '귀인이 맞아 이끄니 기쁨은 더욱 새로워라'라는 점괘이고, 숭명부는 '고목이 봄을 맞아 꽃을 피우려 하도다'라는 점괘이다.) 두 곳 모두 길조였다. 정오에 날이 갠 후에는 내일 아침 길을 떠날 작정이었다. 그러나 날이 저물자 비가 또 내리기 시작했다.

9월 16일

비에 가로막혔다.

9월 17일

동이 트도록 비가 내렸다. 조양암에 머문 지 며칠째인데다, 총지 스님 또한 늘 머무는 분이 아닌데 오랫동안 귀찮게 해드린다 싶어 마음이 영 개운치 않다. 그런데 비는 속절없이 연일 쉬지 않고 내린다. 식사 후에 총지 스님과 작별하여 떠나려 했는데, 총지 스님이 비가 더 내릴 것 같다고 말씀하셨다. 잠시 후 과연 비가 내렸다. 잠시 후에 다시 개이더니, 이내 또 큰비가 쏟아졌다. 양동이로 퍼붓는 듯한 비가 골짜기에 내리치니, 어제보다 훨씬 거셌다.

9월 18일

밤을 새우고 날이 밝을 때까지, 비는 한시도 그치지 않고 내렸다. 이전의 이틀간은 정오에 잠간이라도 해가 비쳤으나, 오늘은 반짝이는 햇살이 한 오라기도 비치지 않은데다 추위마저 더욱 심해졌다. 오직 땔감에 불을 지펴 시간을 보낼 뿐, 앞으로의 여정에 대해서는 더 이상 생각하지도 않았다.

9월 19일

밤비가 어제처럼 내렸다. 비에 가로막혀 길을 나서지 못한 채, 한담을 나누었다. 총지 스님이 예전에 지부 주(周)씨의 일로 체포되어 모진 형벌을 당한 적이 있는데, 이 일을 기록하고자 한다.

(동산사에는 예전에 대장경이 있었는데, 순무인 당씨가 이를 가져오도록 했다. 지부인 주지상周之相은 석천石阡사람으로, 향리의 천거에 의해 곡정부의 지부로 발탁되었는데, 청렴하고 강직하기로 소문이 자자했다. 지부 주지상은 총지 스님을 흠모하여 그의 덕행과 수행을 본받고 있던 터라, 스님을 모셔 대장경을 검토하도록 하면서, 스님을 알뜰살뜰 잘 모셨다. 운남 동부의 순무 아래의 여러 관료들은 '홀로 청렴하다獨淸'는 주지상의 명성을 미워하고 있었다. 주지상이 이를 부추기자, 모두들 총지 스님을 질시했다. 순무인 왕항王伉에게 중상모략하고 근거 없는 죄명을 날조하여, 스님이 오가면서

뇌물을 건네주고 받았다고 무고했다. 그리하여 경전을 넣는 대나무 상자를 뇌물을 담은 광주리라고 여겨 엄중한 뇌물죄로 판결했다. 주지상이 스님을 대신하여 뇌물 액수만큼을 고스란히 돌려준 후에야 풀려났다고 한다.)

9월 20일

밤중에 처마의 낙숫물 소리가 들리지 않기에, 길을 떠날 수 있겠다는 생각이 들었다. 아침에 일어나니 안개가 끼었기에, 날이 개이기를 기다릴 수 있으려니 생각했다. 식사를 마치자 안개는 다시 비로 변했다. 정오가 지나자 날이 화창하게 개이자, 이번에는 틀림없이 상당히 오랫동안 맑으리라고 생각했다. 그런데 저물녘에 쏴쏴 빗소리가 나더니, 밤이 되자 더욱 거세졌다.

9월 21일

종일토록 어둡더니, 밤이 되자 또 비가 내렸다. 이날 오후에 조양암 동쪽으로 수십 걸음 되는 곳까지 이리저리 거닐었다. 동쪽 골짜기 속에 태평암(太平庵)이라는 암자 한 채가 자리하고 있다. 대체로 조양암을 사이에 둔 채 옛 호국사와 동서 양쪽에 나뉘어 있다. 태평암의 노스님이 토란을 삶고 밤을 구어 식사를 대접했다.

9월 22일

아침에 일어나니 날이 어두웠다. 하지만 이곳을 떠나야겠다는 생각을 막을 수는 없었다. 오전에 길을 나섰다. 총지 스님이 쌀을 선물로 보내주셨다. 도중에 비를 만나 잠시라도 묵을 곳을 찾지 못할까 염려했던 것이다. 총지 스님과 작별한 후, 옛 호국사 뒤쪽의 좁다란 대나무 숲으로 올라가 용담을 바라보았다. 용담은 크지 않으나 물이 끊이지 않고 흐르고 있다. 아마 금룡암 아래의 암벽 틈새에서 흘러나오는 물이리라. 용담은 물이 말라붙지는 않았으나, 물이 고일만한 웅덩이는 아니다.

서쪽으로 고개를 올라 취화궁의 뒤쪽을 따라 1리 남짓을 갔다가, 고개를 넘어 남쪽으로 내려갔다. 비가 주룩주룩 그치지 않았다. 반리를 가서 움푹한 평지에 이르렀다. 1리를 더 가자 북쪽으로 돌아드는 갈림길이 나왔다. 그런데 그만 잘못하여 갈림길을 따라 차츰 산골짜기로 들어서고 말았다. 이 길은 반룡암으로 오르는 길이다.

갈림길을 빠져나와 한길을 따라 남서쪽으로 나아갔다. 2리를 가자 움푹한 평지 속에 마을이 자리하고 있다. 시냇물은 움푹한 평지에서 쭉 남쪽으로 흘러가고, 길은 마을 서쪽에서 북쪽으로 돌아들어 뻗어있다. 반리만에 움푹한 평지를 건너 서쪽으로 1리를 가자, 또 하나의 마을이 비탈 사이에 있다. 이곳은 고파촌(高坡村)이다. 마을 뒤쪽에서 언덕을 내려가자, 갈림길이 움푹한 평지 속에서 남서쪽으로 뻗어있다. 이 길은 남쪽의 계두촌(雞頭村)에 이르는 오솔길이다.

언덕 위에서 북서쪽으로 돌아들자, 한길이 나왔다. 화물을 운송하는 말이 다니는 길이다. 애초에 교수에 묵을 적에 주인은 나에게 이렇게 말했다. "심전부에서 교수까지 아주 가까운 샛길이 있는데, 다만 이 길은 대단히 복잡하여 최근에는 동천부(東川府)의 구리를 운반하는 말이 다니는 길이 되었지요. 함께 가는 동반자가 없이 혼자 가서는 안 되고, 반드시 향수요를 따라 계두촌으로 가는 한길로 가야 합니다." 이에 나는 향수요로 가지 않고 취봉산에 올랐던 것이다. 산속 스님에게 길을 묻자, 모두들 "산 뒤쪽에 구리를 운반하는 길이 있기는 하나, 길이 복잡하여 다니기 어려우니 계두촌으로 나가는 편이 나을 겁니다"라고 말했다.

이곳에 이르러 길가는 이들에게 물어보자, 역시 대체로 이와 같은 견해를 내세웠다. 하지만 사람들이 말한 샛길은 오히려 널찍하고, 계두촌으로 가는 한길은 몹시 비좁은지라, 마음속으로 의아스러웠다. 마을 사람을 찾아 물어볼 생각이었지만, 이미 마을을 지나쳐 버린 터였다. 마침 마을 사람이 산속에서 땔나무를 지고 오기에 그를 불러 물었더니, 남쪽을 따르지 말고 북쪽을 따라가라고 손으로 가리켰다.

나는 이에 화물을 운송하는 말이 다니는 길을 좇아 북서쪽으로 돌아들어 언덕을 따라 3리를 간 뒤, 북서쪽의 등성이 하나를 지났다. 이 등성이는 반룡봉에서 남쪽으로 건너뻗은 것이다. 나는 처음에 반룡봉의 갈래가 남쪽으로 뻗어내린 것이리라고 여겼는데, 뜻밖에도 주봉(主峰)이 뻗어내린 굽이이다.

움푹 꺼진 곳의 서쪽을 나오니, 등성이 동쪽으로 오르는 길은 매우 평탄하지만, 등성이 서쪽은 푹 꺼져내린 채 깊고도 구불구불하다. 등성이의 남북 양쪽은 고갯마루를 따라 나란히 선 봉우리가 높이 치솟아 울쑥불쑥 험준하다. 이 산의 등성이는 쭉 뻗어가다가 남쪽으로 꺾이리라 생각했다. 대체로 이전에 취봉산에서 북쪽으로 건너뻗었다가, 여기에 이르러 다시 남쪽으로 건너뻗었다. 하나의 등성이를 한나절에 두 차례나 넘은 셈이다.

움푹 꺼진 곳의 서쪽에서 남쪽 봉우리 위를 따라 나아갔다. 휘감아도는 산허리는 구불구불하고, 그곳의 구렁은 죄다 깊이 꺼져 있다. 북쪽으로 1리를 가서 비탈 한 군데를 올랐다. 1리를 가서 다시 북쪽의 등성이 하나를 넘었다. 이 등성이는 남북의 가운데로 평탄하게 뻗어 있다. 여기에서 1리를 더 간 뒤 북쪽 고개를 오르고 나서 북서쪽으로 내려가기 시작했다. 이때 날이 어느덧 차츰 개고, 더 이상 어두운 빛이 없었다. 두루 둘러보니 먼 봉우리와 가까운 골짜기가 모두 눈앞에 보인다.

2리를 가서 서쪽의 움푹한 평지로 내려갔다. 이 움푹한 평지는 남쪽에서 북쪽으로 펼쳐져 있다. 그 안에는 누런 구름이 둔덕을 휘감고 있고, 마을이 엇섞여 있다. 한 줄기 시내가 가운데를 뚫고 흐르고 있다. 물이 어디로 흘러나가는지 물으니, 신교의 석당하로 흘러간다고 한다. 어디에서 흘러오는지를 묻자, 언구(堰口)에서 흘러온다고 한다. 이곳의 지명을 물으니, 토가자(兎街子)라고 한다.

이제야 내가 지나왔던 등성이가 과연 남쪽으로 굽이졌다가, 언구(堰口)를 지나 틀림없이 북쪽으로 굽이지리라는 것을 알게 되었다. 내가 전에 취봉산에 올랐을 적에는 그저 그것이 서쪽으로 반룡봉을 지나는 것만 보였을 뿐이다. 이곳에 이르지 않았더라면, 그것이 남쪽으로 언구를 지날 줄이야 어찌 알았으랴? 방금 전에 나를 위해 손으로 남쪽을 가리켰던 이는 계두촌이라 하지 않고 도원이라 했다. 나는 이에 내 멋대로 말의 발자국을 따라 산등성이를 다시 올랐으니, 이렇게 하나 저렇게 하나 기이하게도 근원을 파악하게 되었다.

움푹한 평지로 내려와 남쪽으로 2리를 나아가, 그 시내를 가로 건넜다. 가운데 물길의 호호탕탕함은 백석강 원류의 두 배나 된다. 남쪽의 비탈에 올라 1리를 가자, 언구가 나왔다. 수십 가구의 마을이 시내 북쪽의 언덕 위에 있다. 마을로 들어가 밥을 지었다. 한참 만에 식사를 하고서 길을 나서는데, 먹구름이 다시 모여들었다. 이곳에 북쪽의 산에 들어가는 갈림길이 있다. 이 길은 맥충(麥衝)으로 가는 길이다.

나는 이에 서쪽으로 나아가는데, 시내 역시 갈라져 흘러왔다. 한 줄기는 북쪽 골짜기에서, 다른 한 줄기는 서쪽 골짜기에서 흘러온다. 나는 북쪽 골짜기에서 흘러오는 시내를 건너 서쪽의 골짜기에 들어섰다. 골짜기는 차츰 올라갈수록 가팔라진다. 날은 차츰 맑게 갰다. 4리만에 고개 위에서 북쪽으로 돌아들자, 북쪽 골짜기 끄트머리의 푹 꺼져내린 곳이 나왔다.

다시 1리를 간 뒤 고개를 넘어 서쪽으로 나아갔다. 이 고개는 목용정(木容箐)의 양금산(楊金山)에서 북쪽의 취봉산으로 치달리다가 반룡봉 남쪽에서 고파촌으로 뻗은 뒤, 남쪽으로 뻗었다가 이곳에 이르러 북쪽으로 돌아든다. 고개는 동서의 거리야 몇 리 되지 않지만, 세 번이나 굽이도는 셈이다. 나는 하루에 세 차례나 이곳을 지났으니, 어찌 이리 자주 만나며, 구불구불하기 그지없는가!

고개에서 서쪽의 움푹한 평지를 건너자, 물길은 남쪽으로 흘러간다. 1리를 가서, 다시 북쪽으로 돌아들어 고개를 넘었다. 1리만에 북서쪽의 산을 내려왔다. 3리를 가서 움푹한 평지 속에 이르렀다가, 조그마한 물 길을 따라 북쪽의 골짜기를 빠져나오자, 비로소 움푹한 평지에는 밭이 이루어져 있다. 길은 마땅히 밭두둑을 따르고 물길을 따라 서쪽으로 뻗 어 있다. 움푹한 평지의 북쪽에는 마을이 북쪽의 언덕 위에 자리하고 있다. 이곳은 쇄가(灑家)이다. (생각건대 마을 이름은 토박이 추장의 성씨일 터이 며, 어떤 이는 평이위에 속한다고 말한다.)

이에 1리를 가서 움푹한 평지를 지나 언덕에 올라, 쇄가에서 서쪽으 로 나아갔다. 1리만에 둔덕을 넘어 서쪽으로 내려가자, 골짜기가 북쪽 에서 뻗어오고, 조그마한 물길이 골짜기를 따라 흘러온다. 이 역시 맥충 에서 남쪽으로 뻗어오는 길이다. 그 움푹한 평지를 따라 남서쪽으로 돌 아들어 나아가 2리만에 신둔(新屯)에 이르렀다. 집들이 길 양쪽에 늘어서 있고, 풍성한 곡식이 움푹한 평지를 뒤덮고 있다.

이 일대는 평이위가 주둔하는 곳이다. 토박이들의 말에 따르면, 언구 에서 북쪽의 토가자에 이르기까지의 주둔군은 평이위에 속하되, 식량은 남녕현(南寧縣)의 공급에 의존한다. 또한 쇄가에서 서쪽의 삼차시까지의 주둔군은 평이위에 속하되, 식량은 마룡주의 공급에 의존하며, 일완충 (一碗衝)에서 서쪽의 노석(魯石)에 이르기까지의 주둔군은 평이위에 속하 면서도 경계상으로는 심전부에 속한다. 대체로 심전부와 곡정부는 언구 의 주봉(主峰)이 남쪽으로 갈라진 등성이를 경계로 삼고, 마룡주와 남녕 현(南寧縣)은 언구의 주봉을 경계로 삼는다. 평이위는 심전부와 곡정부가 교차하는 가운데 지점에 주둔해 있는 위소(衛所)이다.

신둔에서 서쪽의 비탈을 넘어 1리 남짓만에 움푹한 평지 한 군데를 지났다. 두세 채의 인가가 서쪽 고개에 있고, 그 움푹한 평지는 북쪽에 서 남쪽으로 펼쳐져 있다. 마을에서 남쪽으로 돌아들어 언덕을 넘어 남 서쪽으로 내려가 2리를 가자, 또 하나의 움푹한 평지가 나타났다. 시내와 밭두둑이 평지의 남쪽에 빙 둘러 있고, 마을이 북쪽에 기대어 있다. 이곳은 보관아장(保官兒莊)이다. 길을 낀 채 사거리를 이루고 있는 이 마을은 이 일대의 마을 가운데 가장 번창한 곳으로서, 평이위의 주둔관이 머무는 마을이기도 하다.

9월 23일

한밤중에 문 너머에서 밤에 일어난 이가 별빛이 초롱초롱 밝다고 하는 말을 들었다. 닭이 울자, 일어나 식사를 했다. 날은 여전히 몹시 흐렸지만, 사방의 산에 안개가 끼지는 않았다. 동이 트자마자 길을 떠났다. 남서쪽을 따라 움푹한 평지를 건너 1리를 간 뒤, 차츰 서쪽으로 돌아들어 골짜기에 들어서서 완만하게 건너 올랐다.

3리를 가서 움푹 꺼진 곳의 등성이를 넘은 뒤, 서쪽으로 내려갔다. 두 차례 오르내리고 나서 남쪽으로 뻗어가는 움푹한 평지를 두 차례 건넜다. 이어 남쪽으로 뻗어있는 비탈 등성이를 두 차례 넘어 서쪽으로 5리를 가자, 서쪽 비탈 위에 삼차(三車)라는 마을이 있다. 이 마을의 뒤쪽을 따라 다시 남쪽으로 뻗어있는 비탈을 넘고 남쪽으로 뻗어있는 움푹한 평지를 가로질러 1리 반을 갔다. 서쪽 골짜기를 헤치고 들어서니, 골짜기 속에는 물길이 서쪽에서 동쪽으로 흐르고 있다.

물길을 거슬러 반리를 나아가, 차츰 벼랑을 휘감아돌아 올랐다. 벼랑 남쪽의 골짜기 속에는 대나무가 울창하고, 약간의 서리가 설핏 대나무를 물들이고 있다. 두드러진 노란색에 자줏빛이 층층이고, 비췻빛이 섞인 채 붉은색을 펼쳐놓으니, 황홀하여 그림 속에 놓여진 듯하다. 1리 남짓을 가서 차츰 휘감아돌면서 북쪽으로 꺾어졌다가 아래로 휘감아도는 구렁을 건너자, 깊고 아늑한 느낌이 한결 더했다.

2리를 간 뒤 서쪽 골짜기를 따라 올랐다. 1리를 간 뒤 등성이 한 군데를 넘었다. 이곳은 남쪽으로 뻗은 갈래 등성이 가운데 가장 먼 곳으로,

동서 양쪽 모두 옆으로 삐져나와 있다. 등성이를 따라 서쪽으로 내려가 움푹한 평지를 건넌 뒤 서쪽으로 모두 2리를 더 가자, 매우 비좁은 골짜기가 있다. 골짜기를 따라 서쪽으로 꺾어졌다가 남쪽으로 나아가 반리만에 서쪽의 고개를 넘었다. 반리를 가서 고개 서쪽으로 나와 고개 북쪽을 바라보니, 움푹한 평지가 펼쳐져 있다. 언덕 위에는 인가가 빙 둘러 자리하고 있다. 이곳은 일완충(一碗衝)이다.

여기에서 서쪽으로 고개등성이 위를 나아갔다. 이 고개는 자못 평탄하고 남북으로 온통 움푹한 평지인데, 그 가운데에 등성이가 가로놓여 있다. 1리를 가서 등성이 서쪽을 올랐다. 다시 남쪽으로 돌아들어 언덕을 넘어 서쪽으로 내려가 1리만에 골짜기를 건넜다. 생각건대 바로 일완충에서 서쪽으로 물이 흘러나가는 골짜기이리라.

다시 북서쪽의 비탈을 올랐다. 이 비탈은 상당히 먼데, 1리만에 그 꼭대기에 올랐다. 여기에서 지나왔던 여러 고개를 동쪽으로 바라보니, 마치 병풍처럼 층층이 에워싸고 있으며, 동쪽의 봉우리 하나만은 푸른빛을 띤 채 멀리 우뚝 솟아 있다. 이 봉우리는 아마 취봉산 너머에 있을 성 싶은데, 어찌 동산의 낭목산의 가장 높은 지점이 아니랴? 북쪽을 바라보니 그 봉우리의 등성이가 갈라지는 곳이다. 여기에 이르자 구불거리는 갈래와 휘감아도는 구렁이 보인다. 남쪽을 바라보니 남동쪽이 가장 훤히 트여 있으며, 여기에는 바로 주봉에서 나누어진 갈래가 판교(板橋)의 구석구석까지 빙 두르고 있는데, 이곳이 어찌하여 등성이보다 낮게 엎드려 있는지 알 수 없다. 그 너머에도 아주 멀리 푸른 봉우리가 유난히 툭 튀어나와 있다. 틀림없이 노남(路南)의 시와 읍의 사이이리라. 오직 서쪽만은 주봉과 갈래가 높은 편인지라 그 너머로 아무 것도 보이지 않는다.

꼭대기의 남쪽에서 비탈을 따라 서쪽으로 돌아들어 반리를 간 뒤, 네 차례나 등성이를 넘었다. 등성이 서쪽을 따라 북서쪽의 움푹한 평지를 내려가 약 1리를 가자, 시내가 서쪽으로 흐르고, 그 위에 소나무 두 그루를 가로놓아 건너도록 했다. 이 시내는 서쪽 골짜기를 따라 흘러가고, 길은 북서쪽의 비탈을 따라 뻗어오른다. 1리를 간 다음, 서쪽의 등성이를 넘고 비탈을 빙 둘러 남쪽으로 내려와 비탈을 따라 나아갔다.

1리를 가서 서쪽으로 돌아들어 내려가자, 북쪽에서 뻗어오는 움푹한 평지가 자못 커다랗다. 움푹한 평지의 서쪽을 가로지르자, 밭두둑은 온통 진창이었다. 반리를 가자 서쪽 비탈 아래에 노석초(魯石哨)라는 커다란 마을이 있다. 이곳은 이미 심전부에 속하지만, 주둔한 이는 평이위의 군인이다. 마을의 남쪽에서 서쪽으로 올라 비탈을 넘어 1리만에 언덕마루를 넘었다.

남서쪽으로 돌아들어 2리를 갔다가 서쪽의 등성이를 넘었다. 등성이 서쪽에서 골짜기 속으로 내려와 반리를 가자, 골짜기 북쪽이 홀연 푹 꺼져내려 구렁을 이루고 있다. 길은 남쪽 벼랑 위를 따라 뻗어있다. 남쪽에는 가파른 봉우리들이 치솟아 있고, 북쪽에는 구렁이 깊이 패어 있다. 구렁 속에는 돌기둥이 있다. 이것은 무너져 내리고 남은 것이다. 구렁을 따라 서쪽으로 내려갔다. 반리를 더 가자, 북쪽에서 뻗어오는 움푹한 평지가 있기에 이곳을 가로질렀다.

반리를 더 가서 시내를 건너 서쪽으로 오른 뒤, 남서쪽의 비탈을 올라 비탈 위를 가로질렀다. 1리를 가서 서쪽으로 골짜기로 들어서니, 그 남쪽에는 날카로운 봉우리가 우뚝 솟아 있고, 북쪽에는 봉우리가 나란히 서 있다. 2리를 가서 남쪽 봉우리의 북쪽을 따라 골을 넘어 서쪽으로 갔다. 1리를 더 가서야 비로소 북쪽 봉우리의 남쪽 언덕을 나아가, 움푹한 평지 너머로 북쪽 봉우리와 마주했다. 북쪽 봉우리에 기댄 채 움푹한 평지의 북쪽에 마을이 매달려 있다. 이곳은 곽확(郭擴)이다. 여기에서부터 비로소 평이위의 주둔군이 아니라, 심전부의 호구에 편입된다.

곽확의 남서쪽을 따라 비탈을 내려와 반리만에 조그마한 산골물을 건넜다. 서쪽의 비탈을 올라 비탈을 따라 북쪽으로 나아가는데, 나란히 선 봉우리와 동서로 움푹한 평지를 사이에 두고 있다. 모두 2리를 북쪽으로 올라 나란히 선 봉우리의 북쪽을 굽어보았다. 그리고서 서쪽으로 반리를 나아가 언덕을 넘은 뒤, 언덕 위를 따라 평탄하게 나아갔다. 가운데가 움푹 팬 구렁이 언덕의 남쪽에 자리하고 있다. 구렁은 가로로 푹 꺼져내린 채 서쪽으로 펼쳐져 있다. 그 서쪽에 뾰족한 봉우리가 있는데, 온전히 바위산이다. 봉우리는 가운데가 불쑥 튀어나온 채 양쪽 겨드랑이가 남북 양쪽에 이어져 있다. 마치 관문의 표지처럼 보인다.

길은 구렁 위를 나아가 1리만에 뾰족한 바위봉우리의 북쪽 겨드랑이로 나온다. 서쪽으로 내려가 1리만에 서쪽 구렁에 이르니, 이곳은 뾰족한 바위봉우리의 서쪽 기슭이다. 여기에서 남쪽 경계는 훤히 넓어졌다. 곧바로 바라보니, 대단히 높은 봉우리가 멀리 하늘 높이 솟구쳐 있다. 나는 요림산(堯林山)이 아닐까 생각했으나, 증명할 수는 없다.

(운남 동쪽의 여러 산 가운데 요림산이 가장 높이 치솟고 빼어나다. 요림산은 숭명주의 동쪽 20리에 있으며 하구(河口)와는 강을 사이에 둔 채 마주하고 있다. 양림(楊林)의 주봉에 오르면 동쪽으로 바라보이는데, 지금은 남쪽으로 바라보이며, 모두 70~80리 너머에 있다. 『지』에는 요림이라는 명칭이 없다. 다만 수숭산(秀嵩山)이 숭명주의 동쪽 20리에 있는데, 수려하고도 높이 치솟아 하늘에 꽂혀 있으며, 숭명주의 산 가운데 이 산이 으뜸이라고 기록되어 있을 뿐이다.)

구렁을 건너 서쪽으로 돌아들어 2리를 가서 소계교(小溪橋)를 넘었다. 북쪽 둔덕에 벽가(壁假)라는 마을이 있다. 벽가의 서쪽에서 고개를 기어올라 북쪽으로 나아갔다. 잠시 후 움푹 꺼진 곳을 넘어 서쪽으로 1리를 갔다가 다시 아래로 구렁을 건너자, 남쪽으로 하늘 너머 높이 치솟은 봉우리가 보인다. 때마침 노인 한 분을 따라잡아 그에게 물어보니, 과연 요림산이다.

다시 서쪽으로 1리를 갔다가 서쪽 골짜기로 들어섰다. 골짜기를 올라 반리를 가서 고개를 넘어 서쪽으로 나아가자, 서쪽 경계로 멀리 산들이 훤히 열리기 시작하고, 남쪽의 주봉이 바라보인다. 이 봉우리는 남서쪽에서 가로뻗어 북동쪽으로 늘어서 있다. 동천부(東川府)와 심전부는 이 주봉에 의지하여 경계를 이루고 있다. 이 주봉의 등성이는 완만하게 하늘가를 따라 치솟아 있으며, 남서쪽과 북동쪽의 양쪽 끄트머리마다 높은 봉우리가 솟구쳐 있다. 그 기세가 가장 웅장하고도 제일 멀다. 병풍처럼 우뚝 선 등성이 가운데 또 하나의 갈래가 나뉘어져 북서쪽에서 남동쪽으로 뻗어 있으며, 마치 '팔(八)'자와 같은 모양을 이루고 있다. 교차하면서 나누어지는 곳의 산세는 유달리 낮게 엎드려 있다. 심전부의 부성(府城)은 바로 이 움푹 꺼진 곳에 기대어 있다.

낮게 엎드려 있는 곳을 따라 들어서면 동천부로 가는 길이고, 서쪽으로 나뉘어 늘어선 등성이를 넘으면 숭명과 성성(省城)인 곤명으로 들어가는 길이며, 나뉘어 늘어선 동쪽 기슭을 따라 남쪽으로 가면 마룡주로 가는 길이다. 양림의 물길은 요림산을 에돌아 동쪽으로 흘러가고, 마룡주의 물길은 중화(中和)를 거쳐 북쪽으로 돌아들어 양림의 물길과 함께 북쪽으로 흘러간다. 두 물길 모두 나뉘어 늘어선 이 산을 따라 흐르다가 그 동쪽에서 합쳐진다. 다만 시냇물은 여전히 보이지 않으나, 심전부 남쪽의 널찍한 호수는 손으로 퍼낼 수 있을 것만 같다.

이곳에서 서쪽으로 내려가니, 비탈은 가파르고 고개는 툭 트여 있다. 2리를 가서 골짜기 속에 이르렀다. 남쪽으로 흐르는 조그마한 물길을 따라 남서쪽으로 반리를 더 가자, 북쪽의 움푹한 평지가 둥글게 빙 두르고, 그 안에는 해동(海桐)이라는 마을이 비탈에 자리하고 있다. 해동의 남쪽에서 서쪽의 움푹한 평지를 건넜다. 이어 언덕을 올라 1리만에 언덕마루에 이르렀다.

언덕을 따라 남쪽으로 내려와 서쪽으로 돌아들어 모두 2리를 가니, 움푹한 평지가 북쪽에서 뻗어오고, 시냇물이 움푹한 평지를 따라 흐르고 있다. 평지 안에는 과벽(果壁)이라는 마을이 자리하고 있으며, 바깥에는 바위둑이 물길을 가로막고 있다. 길은 둑 위를 따라 물길을 건너 서쪽으로 뻗어 있다. 완만한 비탈 위를 따라 나아가 2리를 갔다가 약간 내려오자, 유당(柳塘)이라는 마을이 비탈의 서쪽에 기대어 있다. 비탈은 여기에서 끝나고 밭두둑이 이어진다. 밭두둑은 북쪽으로는 휘감아도는 봉우리에 이르고, 서쪽으로는 강을 건너 심전부(尋甸府)에 이르며, 남쪽으로는 호수에 이어지는데, 온통 곡식이 심어져 있으며, 마을이 서로 마주보고 있다.

밭두둑을 따라 서쪽으로 2리를 나아가자, 마룡주의 시내는 남동쪽의 골짜기에서 흘러나오고, 양림의 시내는 남서쪽의 골짜기에서 흘러나온다. 각기 나뉘어 북쪽으로 흘러가던 두 물길은 이곳에 이르러 합쳐진다. 일곱 개의 구멍이 뚫린 돌다리가 그 위에 걸쳐져 있으며, 칠성교(七星橋)라고 한다. 이 물길은 남쪽에서 북쪽으로 흘러 북반강의 상류를 이룬다. 바로 석보교(石堡橋) 아래의 물길이 북쪽에서 남쪽으로 흘러 남반강의 상류를 이루는 점과 형세가 똑같다. 다만 칠성교는 곡강교(曲江橋)만큼 크지는 않다.

다리를 지나자 세 칸의 사당이 동쪽을 향하여 다리를 굽어보고 있다. 사당 안에는 낡은 비석들이 있다. 어떤 비석은 이곳이 심전부의 부성으로부터 15리 떨어져 있다고 하고, 어떤 것은 20리 떨어져 있다고도 한다. 또 어떤 것은 이 물길의 명칭을 강외하(江外河)라 하고, 또 어떤 것은 삼차하(三岔河)라고도 한다. 정확한 거리나 정해진 명칭이 없는 셈이다.

그런데 『일통지』에서는 이 시내를 아교합계(阿交合溪)라 하고, 또한 옛 이름이 사구일파강(些邱溢派江)이라고 주석을 붙였다. 또한 이 다리의 이름을 통정교(通靖橋)라 했다. 그러나 이 다리에 "성 동쪽 20리에 교합계(交合溪)에 걸쳐져 있다"라고 주석을 붙이고, 이 시내에는 "부성의 남동쪽 15리에서 합류한다"고 주석을 붙였으니, 서로 모순되어 있다.

고찰해보니, 심전부의 옛 성은 오늘날의 성의 동쪽 5리에 있다. 오늘날의 성은 가정 정해년[1]에 일어난 안전(安銓)의 난 이후에 쌓았으니, 지금은 15리에 있다는 견해가 옳다. 이에 여러 차례 토박이들에게 물어보았으나, 모두들 이 물길은 동천부에서 흘러나와 마호부(馬湖府)로 흘러간다고 말할 뿐, 이 물길이 점익주에서 반강으로 흘러내린다는 것을 아는 이는 없었다. 그런데 『일통지』에서는 점익주로 흘러든다고 기록했는데, 후에 『심전부지(尋甸府志)』를 고찰해보니, 이곳의 주석이 『일통지』와 일치했다.

공기잠의 견해를 참고해보면, 그의 견해는 토박이들의 억측과 달리 정확하고 근거가 있다. 어떤 이는 차홍강(車洪江)에서 마호부로 흘러내린다고 하는데, 이 견해는 더욱 잘못된 것이다. 이 물길이 차홍강으로 흘러내리는 것은 틀림없지만, 차홍강은 마호부로 흘러내리지 않음이 틀림없다. 대체로 차홍강은 교수에서 멀리 떨어져 있지 않으며, 점익주에 대해 공기잠이 알고 있는 내용도 대단히 믿을 만하다. 만약 차홍강의 상류가 서쪽으로 꺾어져 마호부로 흘러가지 않는다면, 차홍강의 하류도 북쪽으로 꺾어져 삼판교로 흘러가지 않을 것이다. 공기잠이 가리키는 바는 바로 이것임을 알 수 있다.

강의 서쪽 언덕에서 북쪽으로 반리를 나아가 강을 따라 서쪽으로 꺾어졌다. 강의 남쪽 언덕을 따라 산에 기대어 고개를 올라 2리 남짓을 더 가니, 강은 북쪽으로 꺾어지고, 길은 고갯마루를 넘어 남쪽으로 꺾어져 내려간다. 반리를 가서 움푹한 평지 속에서 서쪽으로 나아갔다. 여기에서 봉오산(鳳梧山) 남쪽 기슭을 따라 나아갔다.

봉오산을 살펴보니, 심전부 부성의 북동쪽 10리에 있으며, 산줄기가 부성 서쪽 너머 경계의 주봉을 따라 줄지어가다가 동쪽으로 불쑥 솟은 것이 바로 이 산이다. 북서쪽의 봉우리는 둥글게 치솟아 있고, 남동쪽의 봉우리는 비스듬히 치켜들려 있다. 이 산들은 심전부의 주요 산이다. 동쪽에서 흘러와 봉오산 기슭에 바짝 붙어 흐르는 아교합계는 마치 이 산을 피하려는 듯 북동쪽으로 돌아들어 골짜기로 흘러든다. 이곳은 주봉이 북동쪽으로 뻗어가는 등성이이다.

『일통지』에는 이곳의 이름이 없고, 다만 월호산(月狐山)이 부성의 북동쪽 8리에 있으며, 50여리를 빙 둘러 뻗어 있다고만 기술되어 있다. 예전의 성을 기준으로 계산해보니 틀림없이 이 산인데, 『심전부지』에서는 월호산과 봉오산을 나란히 늘어놓아 마치 두 곳의 산으로 나눈 듯하다. 그러나 산의 형세로 살펴보건대, 실상 두 곳의 산으로 나눌 이유가 없다. 옛 이름이 월호산이었는데, 나중에 '호(狐)'를 '오(梧)'로 잘못 쓰고, 그리하여 '월(月)'을 '봉(鳳)'으로 잘못 쓴 것일까? 둥글게 치솟은 봉우리를 월호산이라 했는데, 후세 사람들이 다시 구분하여 비스듬히 치켜들린 봉우리를 봉오산이라 했을까?

서쪽으로 3리를 가서 남쪽의 구렁 속에 있는 호수를 바라보니, 호수는 그다지 크지 않으나, 모여드는 물이 끊임없이 이어진다. 대체로 심전부 부성의 물길은 남동쪽으로 흘러내리고, 양림소(楊林所)의 물길은 남쪽으로 흘러오는데, 구렁의 어귀까지의 거리는 엇비슷하다. 이 두 물길의 물이 고여 호수를 이룬 것이다. 비탈 남쪽의 내려오는 곳에는 차츰 모가 진 바위가 기이한 모습을 드러내고 있다.

1리를 더 가서 바위조각 사이를 나아가는데, 아래쪽에 홀연 맑은 샘이 보였다. 바위 밑바닥에서 넘친 물은 남쪽으로 흘러나오고, 샘의 바닥 가운데는 텅 빈 채 샘물이 쉬지 않고 고르게 뿜어져 나오는데, 사람의 눈썹을 비출 정도로 맑다. 다시 서쪽으로 몇 걸음을 옮기자, 또 잇닿은 샘물이 고인 채 못을 이루고 있다. 바위틈새를 굽이돌아 아래에서 솟아나오는 샘물은 깊지 않지만, 마르지 않은 채 넘쳐흘러 남쪽으로 흘러간다. 이 못은 거울처럼 둥글지만 가운데에 빈틈이 없으니, 물이 어디에서 나오는지 알 길이 없다. 다만 그 맑고 깨끗함은, 푸르고 투명하여 조금이라도 가리는 것이 없는 동쪽의 샘만 못하다.

『심전부지』에 따르면, 팔경(八景) 가운데에 '용천쌍월(龍泉雙月)'이 있다. 심전부 부성의 동쪽 10리에 쌍천(雙泉)이 서로 10여 걸음 떨어져 있는데, 달밤에 그 가운데에 서 있으면, 동서 양쪽 모두 달빛 그림자가 샘물에 머무는 것을 볼 수 있다. 내가 살펴보니, 샘가에 돌이 빙 둘러져 있고, 나무가 뒤덮고 있는지라, 비록 각각의 샘이 밝은 달을 품고 있을지라도, 걸음을 옮겨 좌우로 바라보지 않는 이상, 양쪽이 한꺼번에 보이지는 않을 것이다.

다시 서쪽으로 반리를 가자, 산속 구렁에 마을이 기대어 있다. 이곳은 봉오소(鳳梧所)이다. 토박이들은 이곳을 마석와(馬石窩)라고 일컫는다. 생각건대 소(所)를 두지 않았을 때의 옛 이름일 것이다. 여기에서 북서쪽으로 밭두둑을 따라 나아갔다. 비탈의 둔덕 사이로 가끔 마을이 보이는데, 그다지 번창하지는 않다. 『심전부지』에 따르면, 원래 부성의 옛터는 지금의 부성의 동쪽 5리에 있었다는데, 어느 마을이 옛터에 해당하는지 알 길이 없다.

서쪽으로 모두 3리를 가자, 시냇물이 북쪽의 움푹한 평지에서 흘러와 밭 사이를 뚫고 흘러가고, 그 위에 돌다리가 걸쳐져 있다. 돌다리를 넘어 서쪽으로 나아가 다시 3리를 가자, 북쪽의 움푹한 평지에서 흘러오는 시내가 밭 사이를 뚫고 흘러가고, 그 위에 돌다리가 걸쳐져 있다. 이 시내가 바로 북계(北溪)이다. 북계는 부성의 북쪽과 가장 가까운데, 부성 서쪽의 비탈과 봉오산 사이에 긴 골에서 흘러나온다. 다리를 넘어 서쪽으로 1리를 더 가서 심전부의 동문에 들어섰다. 남쪽으로 돌아들어 관아 동쪽의 여인숙에 묵었다.

심전부는 예전에 토사가 지부를 지냈는데, 안씨가 대대로 통치하다가 성화(成化) 연간에 토사가 폐지되었다. 가정(嘉靖) 정해년에 이르러 안씨의 후손인 안전(安銓)이 반란을 일으켜, 무정부 토사인 봉정문(鳳廷文)과 결탁하여 양림소와 마룡주 등지를 공략했다. 실권자들이 상소하여 수많은 군사를 일으켜 그들을 섬멸한 후, 무정부의 토사를 폐지했다. 이에 심전부는 옛 치소의 서쪽 5리로 옮겨졌으며, 서쪽 산 아래에 바짝 붙여 벽돌로 성을 쌓아 굳건한 성진(城鎭)을 이루었다고 한다.

(고찰해보니, 봉정문은 봉계조鳳繼祖 혹은 아봉阿鳳, 봉현조鳳顯祖라 일컫기도 하며, 스스로 봉정소鳳廷霄라 개명했다. 어떤 이는 그가 원래 강서성江西省 출신으로 무정부 토사의 데릴사위가 되어 제멋대로 방자하게 난을 일으켜, 병사를 이끌어 곧장 성성省城

으로 쳐들어갔다고 한다. 후에 사로잡혀 사지가 찢겨 죽는 형벌을 당했다.)

심전부의 네 곳의 성문은 모두 똑바르지 않으니, 아마 산세를 따라 지어졌기 때문이리라. 동문은 북쪽으로 치우쳐 있고, 남문은 동쪽으로 치우쳐 있으며, 서문은 남쪽으로 치우쳐 있고, 북문만이 약간 바른 듯하나 통행하는 곳이 아니다. 성안에는 겨우 두 줄기의 거리가 있을 뿐이다. 앞거리에는 부(府)와 소(所)가 위치해 있고, 뒷거리에는 문묘와 성황묘, 찰원2)이 의지해 있다. 이들 모두 남동쪽을 향해 있다.

심전부의 부성은 동쪽으로 마룡주와 마주보고, 서쪽으로 원모현(元謀縣)과 마주보며, 남쪽으로 하구(河口)와 마주보고, 북쪽으로 동천부와 마주보고 있다. 그 북서쪽은 온통 산이며, 그 남동쪽은 훤히 트여 있다.

---

1) 가정(嘉靖) 정해(丁亥)년은 가정 6년인 1527년이다.
2) 찰원(察院)은 원래 당나라의 감찰어사(監察御史)의 관서 명칭이며, 명나라 때에는 어사대(御史臺)를 도찰원(都察院)으로 바꾸었는데, 이를 찰원이라 약칭했다. 어사가 외지로 출장을 갔을 때 머무는 관서 역시 찰원이라 일컬었다.

9월 24일

막 길을 떠나려다가, 우연히 심전부의 치소에 들어가 경내의 지도를 보았다. 문을 나오니 왼편에 가게가 있는데, 가게 안에 유학자의 관을 쓴 사람이 두 명 있었다. 그들에게 『도』와 『지』에 대해 물었더니, 판(版)이 있으니 인쇄할 수 있다고 대답했다. 나는 기다릴 수 없다고 하여 사양했다. 잠시 후 그들이 "인쇄는 되었으나 아직 제본을 하지 않은 것이 있는데, 성밖의 집에 있습니다"라고 말하면서 400전을 달라기에, 나는 그들에게 절반 이상을 주었다. 얼마 후 그들이 다시 "내일 아침까지 기다려야 구할 수 있겠습니다"라고 말하기에, 나는 별 수 없이 잠시 기다리기로 했다.

듣자하니, 팔경 가운데에 '북계한동(北溪寒洞)'이 있다. 동문 밖의 북쪽 산 아래에 있으며, 북계의 물이 흘러나오는 곳이라고 한다. 혼자 걸어가 살펴보기로 했다. 그런데 토박이들에게 두루 물어보았으나, 아무도 아는 이가 없는지라 그냥 돌아오고 말았다. 성안의 뒷거리를 거닐다가 학교와 성황묘 등 여러 곳을 들어갔다. 오후에 숙소로 돌아와 일기를 썼다. 이날 날씨는 맑았으나, 바람이 불었다. 성안의 가게는 광서부와 비슷했다. 밤을 파는 이는 불에 구워 팔았다.

9월 25일

아침 일찍 일어나 『지』를 가지러 갔다. 그 사람은 애초에 두 권이라 하더니, 잠시 후에 제본되지 않은 것을 가지고 나왔는데, 단지 상책뿐인데다가, 게다가 전체의 절반이 빠진 상태였다. 내가 대충 책을 들추어보니 이 책마저 온전치 않음을 알 수 있었다. 이른바 아교합계의 하류를 살펴보니, 이 책에 실린 내용 역시 『일통지』와 똑같았다. 오직 이른바 봉오산과 쌍룡담(雙龍潭) 등에 관한 내용만 새로이 더해져 있을 따름이다. 이에 그들에게 책을 되돌려주고 지불했던 돈을 돌려달라고 했다. 식사를 한 후 길을 떠났다.

서문을 나오자마자 곧바로 몹시 가파른 서쪽 산을 올랐다. 5리를 가서 구불구불 꼭대기를 기어올랐다. 아직은 주봉의 등성이가 아니었다. 주봉의 등성이는 움푹한 평지 하나를 사이에 두고 있는데, 남서쪽의 과마산(果馬山)에서 경계를 빙 둘러 북쪽으로 뻗어가다가 동쪽으로 건너 뻗어 월호산(月狐山)을 이루고, 그 북쪽의 건너 뻗은 움푹 꺼진 곳에서 다시 남쪽으로 뻗어내리는 한 줄기가 동쪽에서 가로막히는 곳이 바로 이 산이다.

『지』에서는 이 산을 은독산(隱毒山)이라 일컫고, 산 아래에 은독천(隱毒泉)이라는 샘이 있다고 한다. 대체로 이 산의 서쪽에는 주봉과의 사이에 웅덩이가 져 있고, 그 안에 호수가 있다. 남쪽의 호수에 비해 꽤 길고 깊다. 이 산의 동쪽에는 두 군데의 샘물이 있다. 하나는 북쪽(지금은 북계 北溪라고 일컫는다)에서, 다른 하나는 남쪽에서 흘러온다. (몇 글자가 빠져 있 다.) 이 산은 사실 남쪽과 북쪽 모두 주봉의 등성이에 속한다.

이 산의 서쪽에서 남서쪽으로 내려가 2리만에 움푹한 평지 속에 이 르자, 조그마한 구덩이에 더러운 물이 고여 있는데, 그다지 크지는 않 다. 서쪽의 움푹한 평지를 올라 1리 반을 가자, 초가집 몇 채가 남쪽 비 탈 위에 기대어 있다. 이곳은 흑토파초(黑土坡哨)이다. 앞쪽에 갈림길이 있다. 북서쪽의 움푹한 평지를 따라 나아가는 길은 반소(潘所), 금소(金所), 위소(魏所)로 가는 길이고, 남서쪽으로 비탈을 오르는 길은 바른 길이다.

나는 이에 비탈을 올라 1리를 갔다가 남쪽의 언덕을 넘었다. 언덕마 루에는 말라붙은 우물들이 가운데에 많이 패어 있고, 잡초가 우물을 뒤 덮고 있다. 간혹 졸졸거리는 물소리가 들려왔다. 언덕을 넘어 남쪽으로 2리 남짓만에 비탈을 내려가다가 서쪽의 호수와 만났다. 호수의 물은 푸르도록 맑고 깊으며, 동쪽 산기슭까지 찰랑거렸다. 길은 남쪽의 물가 를 굽어보며 뻗어가다가, 동쪽으로 꺾어져 산기슭을 따라 나아간다.

남쪽으로 2리를 갔다. 찰랑거리는 호수의 물을 바라보면서 북쪽으로 돌아들었다가, 내가 넘어왔던, 마른 우물이 있던 언덕을 감아돌아 남쪽 언덕에 이르렀다. 동쪽은 산기슭에 바짝 다가서 있고, 서쪽은 각각의 소 (所)가 있는 마을에 다가가 있다. 대체로 서쪽과 북쪽의 양쪽만 주봉의 등성이에 빙 둘러싸여 있고, 샘을 따라 밭이 일구어져 있다. 세 곳의 소 (所)의 주둔병은 이곳에 의탁하고 있다. 이른바 세 곳의 소란 반소(潘所), 금소(金所), 위소(魏所)를 가리킨다. (세 명의 토사의 성을 따서 지은 이름이다.)

세 곳의 소는 호수의 서쪽에 있으며, 내가 따라온 산기슭과는 물 너 머로 마주 보고 있다. 이 호수는 일명 청해자(淸海子)라고도 하고, 차호(車 湖)라고도 한다. 호숫물이 산기슭 가까이에 닿아 있고, 물이 맑아 어여쁘 다. 물이 말라붙을 때에는 호수의 얕은 곳은 가로질러 남쪽으로 나아갈 수 있다. 지금은 호수 사이로 여러 산언덕의 갈래가 보인다. 호수의 물은 굽이지고 감아돌아 수십 리를 넘는다. 『일통지』에서는 호수의 사방 주변이 모두 산이라고 했는데, 이는 맞는 말이다. 그렇지만 호수의 둘레가 4리라고 했으나, 4리를 훨씬 넘는다. 생각건대, 호수가 말랐을 때를 말한 것이리라.

다시 남쪽으로 1리를 가서 동쪽으로 호수가 바라다보이는 언덕을 넘었다. 물이 찰랑거리는 비탈을 올라 남쪽으로 1리를 가자, 호수는 남쪽으로 끝이 나기에, 남서쪽의 언덕을 넘어 나아갔다. 언덕은 그다지 가파르지 않은 채, 동서 양쪽의 경계 사이에 가로누워 있는데, 온통 널따란 비탈이 널리 퍼져 있다. 그 위에서 남쪽으로 4리를 가서 약간 남쪽으로 내려오자, 갑자기 물소리가 들려왔다. 잠시 후 가느다란 물길이 언덕의 서쪽 골짜기의 움푹 팬 도랑을 따라 남쪽으로 흘러간다. 몇 채의 인가가 서쪽 산 아래에 있다. 이곳은 화정초(花篝哨)이다.

그제야 이 언덕이 서쪽 경계의 주봉에서 건너뻗었다가 동쪽으로 치솟아 동쪽 경계를 이루고 있음을 깨달았다. 북쪽으로 뻗어 봉오산 서쪽의 움푹 꺼진 곳에 이어져 있는 곳은 은독산(隱毒山)이고, 그 사이로 커다란 웅덩이를 빙 둘러 고여 있는 것이 청해자이다. 남쪽으로 치달려 하구의 북쪽 벼랑에 치솟아 있는 곳이 요림산이고, 앞쪽에 교계를 낀 채로 흘러드는 것은 과마수(果馬水)이다. 이 언덕을 오르지 않았더라면, 이 산줄기가 이곳을 거쳐간다는 사실을 알 수 없었으리라.

여기에서 물길을 따라 남쪽으로 나아가자, 양쪽 경계는 온통 비탈둔덕 투성이이다. 서쪽으로 흐르는 물을 건너기도 하고, 서쪽으로 드리워진 비탈을 넘기도 했다. 오르내리는 길은 그다지 높거나 깊지 않으나, 흙이 넓게 퍼져 물을 담아두지 못하는지라 밭을 이루지는 않았다. 그러나 동쪽의 산은 구불구불 이어지되 가파르지 않고, 서쪽의 산은 드높이 늘어선 채 대단히 웅장하다. 길은 차츰 동쪽의 산에 가까워지고, 물길은 모두 서쪽의 산을 거슬러 남쪽으로 흘러간다. 화정초의 여러 물길들은 아래의 과마계(果馬溪)로 흘러나가는데, 양림소의 물길의 원류이기도 하다.

남쪽으로 25리를 가서야, 양가자(羊街子)라는 마을이 보였다. 이곳의 서쪽 경계의 산은 이곳에 이르러서야 골짜기가 열리고, 중중첩첩의 산들이 모여 늘어선 사이로 대나무숲이 매달려 있다. 골짜기를 따라 들어가니, 이곳은 과도목랑(果渡木朗)이며, 심전부에서 무정(武定)으로 가는 샛길이다.

대체로 서쪽 경계의 큰 산 가운데, 북쪽으로 뻗은 한 갈래는 남서쪽에서 북동쪽으로 가로로 늘어선 채, 대단히 높이 솟구쳐 마치 겹겹의 덮개가 위로 끌어안고 있는 듯하다. 남쪽으로 뻗은 한 갈래 역시 남서쪽에서 북동쪽으로 가로로 늘어선 채, 줄지은 봉우리가 차츰 낮아져 마치 바깥쪽 장막이 비스듬히 치켜든 듯하다. 비록 북쪽은 높고 남쪽은 낮으나, 그 줄기는 사실 남쪽에서 북쪽으로 겹겹이 포개져 있다. 그 가운데에 매달린 대나무숲이 무성한 풀숲더미를 이룬 채 가운데로 통하는 틈새를 이루고 있다. 이곳이 마과산이다. 남북으로 흐르는 물은 여기에서 갈라진다.

양가자(羊街子)에는 인가가 제법 많이 모여 있다. 또한 우가자(牛街子)가 마과계 서쪽의 큰 산 아래에 있는데, 양가자와 마찬가지로 물길을 끼고 있는 시장이다. 두 마을 모두 목밀소(木密所)가 주둔군을 나누어 배치했다. 대체로 화정초에서 남쪽의 이곳까지는 물길 옆에 밭두둑이 일구어져 있다.

이때는 바야흐로 오후였다. 앞길에 묵을 만한 곳이 있는지 물어보았다. 구가자(狗街子)까지 가야만 한다고 하는데, 여기에서 30리나 떨어져 있다. 가보아야 닿지 못할까 염려되는데다 행인들도 모두 가지 말라고 권했다. 그래서 여인숙에 묵어가기로 하고, 여정의 몇 대목을 기록했다. 해질녘에 비가 문득 내릴 듯하더니, 한밤중에 쏴쏴 비 내리는 소리가 들렸다.

9월 26일

아침 일찍 일어나 식사를 마친 후에도, 비는 멈출 기미가 보이지 않았다. 북풍이 불어오는지라 추위는 훨씬 심했다. 한참을 기다리다가 더이상 어찌할 도리가 없어 길을 나섰다. 완만한 비탈과 두루 펼쳐진 둔덕이 동서 양쪽 경계 속에 나뉘어 있고, 길은 그 사이에서 남쪽으로 뻗어 있다. 구름 기운이 가득 차 있고, 양쪽의 산은 아득하여 끝이 보이지 않는다. 비를 품고서 뒤쪽에서 불어오는 차가운 바람은 우산으로 도저히 막을 수 없었다. 차가운 바람이 뼈를 찌르는 듯하고 두 팔은 얼어붙은 듯하여, 아픔을 견딜 수 없었다.

10리를 가서 약간 남쪽으로 내려오자, 물길이 동쪽에서 서쪽으로 쏟아지고, 길 양쪽에 밭두둑이 보이기 시작했다. 대체로 양가자에는 밭이 있어도 시내가 서쪽 산에 기대어 있기에, 밭과 길은 동서로 각기 나누어져 있다. 시내를 건너 남쪽으로 나아갔다가 비탈을 올라 2리를 가자, 제법 번성한 마을이 길 오른편에 있다. 이 마을은 간이둔(間易屯)이다.

다시 북쪽으로 1리 반을 갔다. 남쪽의 언덕은 동쪽의 요림산에서 쭉 경계지어 서쪽으로 뻗어가다가, 서쪽의 마과산 남쪽의 산 아래에 이르러 마과산과 시내를 사이에 두고 서로 마주한다. 그 사이로 한 줄기 틈새를 타고서 과마계가 제 마음껏 남쪽으로 흘러간다. 과마계의 언덕 동쪽 산은 시내를 가로막아 앞으로 나아가지 못하게 한 채, 북쪽으로 돌아들어 물길을 거슬러 빙 두른 팔 모양을 하고 있다. 그 빙 두른 팔 모양 속에 동쪽의 길과 마주한 채 마을이 있다. 토박이들에게 물어보니 과마촌(果馬村)이라고 한다.

여기에서 남쪽 언덕에 올라 평탄하게 언덕의 고개를 2리 나아갔다. 이곳은 심전부와 운남부의 경계가 나뉘는 곳이다. 대체로 이 고개는 그다지 높지 않으나, 남쪽의 경계에서 쭉 가로 뻗어 서쪽의 봉우리로 모여들기까지가 대략 10리 남짓이고, 문지방처럼 가로놓인 채 담처럼 평탄하다. 북쪽은 심전부에 속하고, 남쪽은 숭명주에 속하는데, 이 고개등 성이를 따라 나누어진다.

약간 남쪽으로 나아가자, 길 왼편의 봉우리 꼭대기에 두 겹의 암자가 소나무 그림자 속에 보였다. 마침 비는 세차고 바람이 차가운지라, 얼른 그곳으로 달려갔다. 앞문은 남쪽을 향해 있으나, 닫혀져 있는지라 들어갈 수 없었다. 동쪽의 곁문을 따라 들어가자, 노스님 한 분이 동쪽의 곁채에서 불을 쬐고 있었다. 그는 손님을 보고도 달리 예의를 갖추지 않았다.

예불을 드리고 나와 막 떠나려 하자, 밥 짓는 아랫 스님(법호는 덕문德聞이다)이 나와 붙들어 불을 쬐라고 했다. 땔감이 잘 타지 않은지라 여기저기에서 마른 나뭇가지를 구해 불을 지폈다. 젖은 옷을 쬐어 말리자, 비로소 몸이 다시 생기를 되찾았다. 밤을 굽고 찻물을 끓이니, 속이 따뜻해지기 시작했다. 아울러 나는 가지고 온 밥에 끓는 찻물을 타서 먹었다. 어느덧 정오가 지나 있었다.

가랑비가 차츰 걷히자, 남쪽의 비탈을 내려왔다. 3리를 가서 비탈 아래에 이르니, 곧 양림해자(楊林海子) 서쪽의 움푹한 평지이다. 이곳에서 멀리 산이 훤히 열렸다. 서쪽 경계는 숭명주 뒤편의 여러 주봉(主峰)의 등성이이고, 동쪽 경계는 나봉공관(羅峰公館) 뒤편의 갈래로서 취봉산이 시작되는 등성이이다. 마주한 양쪽에 끼어 커다란 구렁이 이루어져 있고, 그 사이에 호수물이 고여 있다. 그 남쪽의 양림소성(楊林所城)은 군사 요충지이고, 그 북쪽의 요림산은 하구(河口)를 억누르고 있다.

호수의 동쪽은 한길이 지나는 곳이고, 호수의 서쪽은 숭명주로 갈 때 거치는 길이다. 다만 그곳의 대나무가 차츰 빽빽해지는지라, 멀리 바라볼 틈이 없다. 남동쪽으로 뻗어가는 한길은 구가자로 가는 길이고, 남쪽으로 쭉 뻗어가는 갈림길은 숭명주로 들어서는 길이다. 이때 구가자에서 숭명주로 가는 한길 도중에 남경에서 오신 스님이 있는데, 그곳의 이름은 대일반촌(大一半村)이라는 말을 들었다. 그를 뵙고 나서 숭명주(嵩

明州)로 들어가기로 했다.

이에 갈림길 아래의 대나무가 무성한 구렁 사이로 나아가 1리를 갔다. 커다란 시내가 북서쪽으로 동쪽으로 감돌아 쏟아졌다. 곧 과마계가 서쪽 산을 따라 골짜기를 빠져나가다가 이곳에 이르러 동쪽으로 돌아드는 것이었다. 소용돌이치는 바위 위에 나무다리가 걸쳐져 있다. 소용돌이치는 곳은 모두 세 군데이고, 나무다리를 세 군데 건너면 언덕의 서쪽에 이른다. 그 물길은 대체로 신교의 석당하와 맞먹었다.

다리를 건너자, 평탄한 들판이 멀리까지 펼쳐져 있고, 마을이 빙 둘러 있다. 남서쪽으로 6리를 쭉 나아가 숭명주에 이르렀다. 밭두둑 사이에서 남동쪽으로 나아가다가 오솔길을 따라 2리만에 소일반촌(小一半村)을 지났다. 1리를 더 가자, 한길이 북동쪽에서 남서쪽으로 뻗어간다. 이곳은 구가자에서 숭명주로 들어서는 길이다. 한길의 북쪽은 대일반촌이고, 한길의 남쪽은 바로 옥황각(玉皇閣)이다.

옥황각에 들어가 남경(南京)에서 오신 법사를 찾았으나, 숭명주 주성의 어느 절에 잠시 머물고 계셨다. (법사의 제자가 애초에 이런 사정을 내게 말해주었으나, 나중에 까맣게 잊고 말았다. 남경에서 오신 스님의 법호는 금산(金山)이다.) 옥황각을 나와 한길을 따라 남서쪽의 숭명주에 들어섰다. 2리를 가자, 시내가 서쪽에서 동쪽으로 쏟아진다. 시내의 물길은 과마계의 절반에도 미치지 못했으나 제법 세차게 흐르고 있다. 시내 위에 반원형의 돌다리가 걸쳐져 있다.

다리를 건너 남서쪽으로 나아가는데, 진창에 발이 푹푹 빠져들었다. 취봉산에서 오솔길을 따라온 이래로, 비록 오래도록 비가 내린 뒤끝이었지만, 진창에 빠지는 괴로움은 면했었다. 산길에 행인이 드물었기 때문이었다. 그런데 이제 한길로 들어서자마자 걸음걸음마다 대단히 고달프니, 이른바 '촉도(蜀道)'는 겹겹의 벼랑에 있지 않고, 이처럼 사통팔달의 한길에 있다.

다시 3리를 가서 서쪽 산 아래에 이르렀다. 남서쪽으로 돌아들어 1리를 더 가서 숭명주의 북문에 들어선 뒤, 약간 동쪽으로 돌아들었다가 남쪽으로 나아가 숭명주의 관아 앞의 여인숙에서 걸음을 멈추었다. 남경에서 오신 스님을 물었으나, 어느 절인지 이름을 잊은지라 찾을 길이 없었다.

9월 27일

먹구름이 자욱이 깔린 채, 비도 내리지 않고 안개도 끼지 않았다. 그러나 거리가 젖어 있어 다닐 수가 없었다. 나는 무릎을 싸안고서 방에서 나오지 않았다. 편지를 써서 지주 대리인 장(張)씨에게 보냈으나, 그는 거절한 채 받지 않았다. 그래서 다시 명함 한 장을 주의 아전인 관(管)씨에게 보냈다. 그는 명함을 받기는 했지만, 곧바로 답장을 보내지는 않았다.

애초에 숭명주의 지주는 우리 고향 사람인 뉴국번(鈕國藩)이었다. (무진현武進縣의 거인이다.) 내가 갓 운남성에 들어왔을 때에는 이미 요주(饒州)의 별가로 옮겨갔으며, 이때는 동쪽으로 떠나 취임한 지 어느덧 한 달이 지나 있었다. 숭명주의 관원 두 사람은 모두 남경 사람이기에, 나는 편지를 써서 돈을 빌고자 한 것이었다. 그런데 장씨가 이처럼 모른 체 매정하게 굴었던 것이다. 곤궁하여 그에게 희망을 걸었던 나의 우둔함을 후회했다. 이날 들오리 한 마리를 사서 삶아 먹었다.

9월 28일

아침 일찍 일어나니 먹구름이 여전히 자욱한데, 동쪽만은 이미 훤히 열려 있었다. 나는 여인숙의 아낙에게 식사를 준비하라 하고, 하인 고씨에게는 아전인 관씨를 기다렸다가 답신을 받아오게 했다. 나는 관아 서쪽을 따라 질퍽거리는 길을 걸어 북쪽의 성황묘(城隍廟)에 갔다. 성황묘의 동쪽에 찰원(察院)이 있다. 찰원 안에서 북쪽의 층계를 따라 산을 올라갔다. 오른쪽에는 문묘(文廟)가 있고, 왼쪽에는 명륜당(明倫堂), 존경각(尊經閣)이 있다.

존경각에 오르자, 날은 화창하게 맑았다. 사방의 산이 모습을 드러내니, 비로소 존경각 앞에 있는 호수의 물이 빠짐없이 보인다. 이 호수는 숭명주와 양림소가 공유하고 있는데, 곧 『일통지』에서 가리택(嘉利澤)이라 일컬은 곳이다. 이 호수는 과마산의 거룡강(巨龍江)과 백마묘(白馬廟)의 시냇물에서 발원하여 북동쪽의 하구로 흘러나가는데, 바로 북반강의 원류이다.

가운데 길을 따라 좀 더 올라 문묘 뒤편의 좁다란 거리에 이르러 서쪽으로 들어갔다. 문묘와 앞뒤로 나란히 솟아 있는 곳은 종경사(宗鏡寺)이다. (종경사는 당나라 천우天祐 연간[1]에 지어졌다.) 고풍스럽고 널따란 절은 적막에 싸인 채 사산(蛇山)의 꼭대기에 걸터앉아 있다. 이 꼭대기를 지금은 황룡산(黃龍山)이라 일컫는다. 이 산은 작으나 바위 모서리가 뾰족하고 날카로우며, 미웅산(彌雄山)의 동쪽으로 뻗어내린 산줄기이다. 이 산줄기의 가운데는 마치 망치처럼 우뚝 솟아 있고, 주성(州城)이 빙 둘러싼 채 숭명주 치소의 뒷산을 이루고 있다. (예전에 자그마한 노란 뱀이 많았기에, 지금은 황룡이라 일컫는 것이다.) 이곳에 오르자, 한 주의 형세가 모두 눈앞에 드러나 보였다.

숭명주의 옛 이름은 숭맹(嵩盟)이다. 『일통지』의 기록에 따르면, 숭명주의 치소 남쪽에는 맹만대(盟蠻臺)의 옛터가 있다. 맹만대는 예전에 한 족이 오만(烏蠻)이나 백만(白蠻)과 함께 맹약을 맺었던 곳인데, 지금은 숭명으로 개칭했다. 숭명주의 주성 역시 산을 따라 비스듬히 둘러싸고 있다. 성문은 모두 바르지 않다. 이는 심전부의 성문과 흡사하다.

숭명주의 정북쪽은 커다란 산골짜기의 어귀를 따라 들어간다. 하루 종일 나아가면 보안(普岸), 엄장(嚴章)을 지나며, 심전부의 서쪽 경계이다.

숭명주의 정남쪽은 가리택 너머로 나봉공관(羅峰公館)과 마주하며, 양림소의 북쪽 경계이다. 정동쪽은 요림산으로, 하구의 북쪽에 자리하고 있으며, 황하의 지주산(砥柱山)²⁾과 같다. 정서쪽은 고개 너머의, 옛 소전현(邵甸縣)이다. 그 북쪽의 양왕산(梁王山)은 주봉이 갈라지는 곳으로, 뭇산을 거느리고 있으며, 숭명주의 서쪽 경계로서, 심전부, 부민(富民), 곤명의 경계가 나뉘는 곳이다.

숭명주는 가운데에 호수를 둘러싸고 있는데, 전답이 매우 비옥하다. 호수 서쪽의 소전현(邵甸縣), 남쪽의 양림소는 모두 토양이 비옥한데, 예전에는 현이었으나, 지금은 폐지되었다. 양림소는 한길에 자리하고 있으며, 지금도 여전히 소(所)가 남아 있다.

종경사를 나와 산을 내려온 뒤, 숙소로 돌아가 식사를 했다. 아전인 관씨에게서는 답신이 오지 않았다. 나는 지팡이를 짚고서 남문을 나서서쪽으로 돌아들어 반리만에 탑 아래에 이르렀다. 한길이 남동쪽의 양림소를 따라 뻗어있다. 나는 이때 토아관(兔兒關)을 따라가고 싶은지라 남서쪽으로 나아갔다.

1리를 가자, 누군가 뒤를 쫓으면서 외쳐불렀다. 아전인 관씨가 답신과 함께 여비를 보내면서, 역졸에게 뒤쫓아오게 했던 것인데, 여비는 여인숙에 놓아두었다고 한다. 이에 하인 고씨에게 되돌아가 여비를 가져오라 하고, 나는 샛길을 따라 북쪽의 법계사로 가서 그를 기다리기로 했다.

주성의 북서쪽 5리에 있는 법계사(法界寺)는 미응산이 동쪽으로 뻗어나간 갈래로서, 불쑥 솟아 높은 봉우리를 이루고 있다. 법계사로 가는 길은 마땅히 서문에서 성을 나서야 한다. 그러나 나는 이때 언덕을 가로질러 둔덕을 넘은 뒤, 대나무숲이 울창한 움푹한 평지를 건너 2리만에 북쪽으로 산을 올랐다.

비탈을 올라 층계를 빙글 감돌아 올라 2리만에 동쪽으로 뻗어 내린

등성이를 넘었다. 북쪽의 움푹한 평지를 보니, 한 갈래 산이 꼭대기에서 아래로 드리워져 있고, 전각이 층층이 포개진 채 봉개기에서 봉우리와 함께 뻗어 내린다. 길에는 움푹 꺼진 곳을 휘감아도는 길도 있고, 봉우리 꼭대기까지 곧장 뻗어오르는 길도 있다.

나는 산꼭대기까지 곧장 가는 길을 따라 1리만에 꼭대기에 이르렀다. 서쪽의 봉우리 뒤편을 바라보니, 아래에 겹겹의 구렁이 있고, 구렁의 북서쪽에는 멀리 아주 높은 봉우리가 있다. 봉우리는 마치 병풍에 기대어 뭇신하를 바라보는 제왕처럼 뭇산을 통솔하고, 뭇산들은 그 봉우리를 에워싼 채 빙 둘러 있다. 아주 가까이 보이기에 얼핏 숭명주의 최고봉이라 여겼으나, 알고 보니 그곳은 바로 양왕산(梁王山)의 동쪽이었다.

동쪽으로 돌아들자, 봉우리 꼭대기에는 원제전(元帝殿)이 있고, 문은 동쪽을 향해 있다. 나는 원제전에 들어가 문을 두드리고서 남경에서 오신 법사님을 여쭈어보았으나, 여전히 찾을 길이 없었다. 이에 앞서 성안의 불사(佛寺)와 도관(道觀)에서 그를 수소문했으나 끝내 찾지 못했다. 누군가 법계사에 계신다기에 길을 에돌아 이곳에 이르렀건만, 끝내 그의 행적을 찾지 못할 줄이야 어찌 생각이나 했으랴?

원제전 앞에서 동쪽으로 내려가 층계를 타는데 몹시 가팔랐다. 반리를 가서 옥허전(玉虛殿)에 이르렀다. 역시 동쪽을 향해 있는 옥허전은 도관인데, 양쪽에는 높다란 대나무숲이 빙 둘러 있다. 매우 그윽하고 고요했다. 더 내려가 천왕전(天王殿)을 나왔다. 반리를 더 내려가자, 가파른 언덕 사이에 암자 하나가 있다. 무성한 대나무에 문이 가려져 있고, 골짜기 사이에 두 개의 샘이 끼어 있다. 고요하고도 아늑한 곳이다. 아쉽게도 문이 닫혀진 채, 스님은 한 분도 계시지 않았다.

다시 내려가자 법계사의 정전이 나타났다. 먼저 정전 뒤편의 높다란 누대 위에 들어갔다. 정전은 매우 가지런한데, 그 안에 글을 읽는 이는 있었으나 주지 스님은 계시지 않았다. 이에 누대에서 내려와 정전에서 예불을 올렸다. 예불을 막 마치자, 하인 고씨 역시 움푹한 평지에서 올라왔다. 동쪽의 곁채에서 스님이 나와 맞아주셨다. 스님에게 물어보니, 남경에서 오신 법사는 이곳에 온 적이 없다고 한다.

하늘빛을 보니 아직은 30리쯤을 갈 수 있을 듯하여, 스님에게 길을 물어 북쪽의 소전현(邵甸縣)으로 가는 길을 따라 나아갔다. 대체로 양림소로 가는 길은 한길로서, 맨남쪽으로 에돌아가고, 토아관으로 가는 길은 중간의 길로서, 제일 가깝고도 평탄하다. 소전현으로 가는 길은 북쪽 길로서, 양왕산을 가까이 끼고 있으며 가장 외지고도 험했다. 나는 양왕산이 뭇산들을 통솔하는 기세를 보고 싶어, 북쪽으로 가는 길로 들어섰다.

법계사 앞에서 남서쪽의 대나무숲으로 돌아들어 움푹 꺼진 곳을 따라 남쪽으로 나아갔다. 1리만에 남동쪽의 언덕을 넘어, 방금 왔던 길로 나와 남쪽으로 산을 내려갔다. 1리를 가서 산 아래에 이르자, 움푹한 평지가 북서쪽에서 뻗어온다. 방금 전의 고갯마루에서 아래로 굽어보았던, 겹겹의 구렁의 첫 번째 층이다.

움푹한 평지의 남쪽에서 가로질러 남서쪽으로 2리를 가서 마을 한 곳을 지났다. 마을 남쪽에 비로소 밭두둑이 이어지기 시작했다. 밭두둑을 따라 남쪽으로 내려갔다가 서쪽으로 밭두둑 속을 1리 남짓 나아갔다. 북쪽 언덕 자락의 끄트머리를 바라보니, 바위벼랑이 늘어선 채 모여 있다. 그 동쪽에 마을의 인가가 기대어 있는 언덕 위는 영운산(靈雲山)이고, 서쪽에 구렁을 굽어보고 있는 묘당은 백마묘(白馬廟)이다.

묘당의 서쪽에는 움푹한 평지가 있는데, 북쪽의 산에서부터 빙글 감아돌아 골짜기를 이루고 있다. 커다란 시내가 골짜기 속에서 동쪽에서 쏟아져나온다. 이곳은 곧 방금 전의 고갯마루에서 아래로 굽어보았던 두 번째 층이다. 이 구렁은 남서쪽으로 멀리 양왕산 최고봉의 아래와 만난다.

대체로 양왕산은 동쪽으로 불쑥 솟아 하늘 높이 솟구쳐 있다. 북쪽으로 나누어진 한 갈래는 동쪽으로 뻗어내려 영운봉(靈雲峰)을 이루는데, 이곳이 곧 백마묘가 기대어 있는 곳이다. 북쪽으로 나누어진 또 한 갈래는 동쪽으로 치솟아 법계사가 자리한 봉우리를 이루고 있다. 법계사 북쪽의 구렁은 비록 양왕산과의 사이에 끼어 있으나, 영운봉은 사실 그 가운데에 자리하고 있다. 그러므로 양왕산의 동쪽 기슭을 휘감아 쏟아지는 시내는 모두 여기에서 흘러나온다. 이 시내는 동산의 거룡강과 흡사하고, 동서 양쪽으로 주성과의 거리 역시 엇비슷하다.

시내 위에는 다리가 없었다. 시내를 건너자마자 서쪽의 비탈을 올랐다. 애초에 나는 여러 번 길 가는 행인들에게 물어보았는데, 모두들 시내를 건너 서쪽으로 가서 반드시 대대촌(大大村)에 묵어야 한다고 대꾸했다. 마을 동쪽은 온통 층층의 언덕과 가파른 고개뿐인지라, 머물 마을이 전혀 없다는 것이었다. "대대촌까지는 몇 리나 됩니까?"라고 묻자, "30리입니다"라고 대답했다. 내가 고개를 쳐들어 하늘빛을 보니 아무래도 촉박할 듯했으나, 토박이들은 괜찮으니 서둘러 가면 당도할 수 있다고 말했다. 재차 물으니 모두들 그렇다고 했다.

이에 서둘러 비탈을 올라 1리를 갔다. 짐을 짊어지고 오는 이가 있기에 다시 물었더니, "늦었습니다. 되돌아가 묵었다가 내일 아침에 가는 편이 낫습니다"라고 대답했다. 나는 그를 따라 되돌아와, 시내를 건너 백마묘로 들어섰다. 백마묘는 너무 낡아 도저히 묵을 수가 없었다. 이에 동쪽의 바위벼랑이 늘어선 채 모여 있는 곳을 지나, 마을 인가의 뒤편을 따라가 영운산 스님에게 묵을 곳을 여쭈어보았다. 범허(梵虛)라는 암자를 구했다. 스님은 비록 좌선하여 경전을 암송하지는 못하여도 손님 접대는 대단히 융숭한지라, 편안하게 잠들 수 있었다.

---

1) 천우(天祐)는 당나라 애제(哀帝)의 연호로서, 천우 연간은 904년부터 907년까지이다.
2) 지주(砥柱)는 지금의 하남성 삼문협시(三門峽市)에 있는 산으로, 지주산(底柱山) 혹은 산문산(三門山)으로 불리며, 황하의 격류 속에 기둥처럼 우뚝 솟아있기에 이렇게 일컬어지고 있다.

9월 29일

아침 일찍 일어나니, 하늘은 씻은 듯이 푸르렀다. 서둘러 식사를 마치고서 반리를 가서 시내를 건넌 뒤, 서쪽의 비탈을 올라갔다. 구불구불 5리를 나아가 언덕 등성이를 넘었다. 동쪽으로 가리택을 바라보니 마치 발아래 있는 듯하고, 서쪽으로 양왕산 꼭대기를 바라보니 오히려 가까운 산갈래에 가로막혀 보이지 않았다. 산갈래를 헤아려보건대 양왕산 꼭대기의 동쪽에 있을 터이니, 이곳은 바로 그 산갈래의 등성이이리라. 언덕마루에는 가운데가 움푹 팬 구덩이가 많은데, 물이 마른 구덩이는 말라붙은 우물을 이루고, 물이 고인 구덩이는 하늘못을 이루고 있다.

약간 북서쪽으로 나아가 언덕을 감아돌아 1리를 갔다가 남서쪽으로 내려갔다. 1리를 가서 가운데가 움푹한 웅덩이 바닥을 지나 북서쪽으로 올라, 산의 남쪽 고개의 비탈을 나아갔다. 2리를 간 뒤 남서쪽의 움푹한 평지 속으로 내려왔다. 이 움푹한 평지는 북서쪽의 높다란 봉우리 틈새에서 뻗어내리고, 그 안에는 샘물이 꽤 급하게 흐르고 있다. 샘물은 움푹한 평지의 서쪽 벼랑을 따라 동쪽으로 떨어져내린다. 이것은 양왕산의 남동쪽 물길이다. 움푹한 평지 밖에서 남동쪽으로 쭉 뻗어오던 갈림길은, 서북쪽으로 쭉 양왕산의 동쪽 겨드랑이로 뻗어있다. 이것은 양림소에서 보안과 엄장으로 가는 길이다.

나는 이 길을 가로질러 서쪽으로 반리를 가서 서쪽 벼랑의 급류를 건넜다. 이어 북서쪽의 가파른 언덕 위를 올랐다. 1리를 가서 봉우리 꼭대기를 오르니, 벌써 양왕산의 남쪽에 와 있었다. 서쪽으로 고갯마루를 완만하게 나아가 1리를 간 뒤, 서쪽으로 반리를 내려갔다. 움푹한 평지에는 조그마한 물길이 남동쪽으로 흘러간다.

1리를 가서 움푹한 평지를 지나 다시 서쪽의 고개에 올랐다. 반리를 가서 다시 내려갔다. 이 고개는 남북 양쪽 모두가 높이 솟구쳐 있고, 그 사이에 높은 봉우리가 끼어 있다. 물길은 어느덧 남서쪽으로 흘러가고 있다. 등성이를 지났다고 여긴 나는 고개를 따라 1리를 내려와 골짜기 속을 나아갔다.

남쪽으로 돌아들어 1리를 가자, 또다시 물길이 북서쪽에서 흘러왔다. 물길은 마찬가지로 구렁으로 떨어져 동쪽으로 쏟아지다가 가리택으로 흘러내린다. 그제야 방금 전에 지나온, 봉우리를 끼고 있는 등성이가 바로 양왕산이 남쪽으로 치달린 잔갈래임을 깨달았다. 물길을 넘어 북서쪽으로 가파른 봉우리를 넘어 올랐다. 1리 반을 가서 봉우리 꼭대기에 이르니, 양왕산의 남서쪽에 와 있었다. 이 봉우리의 남서쪽과 남쪽에서 뻗어온 주봉 사이에는 동북쪽에서 가리택으로 뻗어내린 구렁이 끼어 있고, 이 봉우리의 북동쪽과 양왕산 주봉 사이에도 동쪽의 가리택으로 뻗어내린 골짜기가 휘감아 돈다.

등성이 위를 따라 완만하게 서쪽으로 나아가 1리 남짓만에 서쪽의 움푹 꺼진 곳을 빠져나왔다. 반리를 가서야 남쪽의 산에서 뻗어오는 산줄기가 보였다. 산줄기는 등성이의 북서쪽을 따라 뻗어내리다가 낮게 엎드린 뒤 다시 양왕산으로 우뚝 치솟는다.

양왕산이란 명칭은 『지』에는 없다. 내가 전에 양림소에서 서쪽의 주봉을 오를 적에 물어보고서야 이 산을 알게 되었다. 이 산이 소전현의 북동쪽에 있다기에, 길을 잡아들어 다시 이곳에 왔던 것이다. 양왕산의 갈래와 갈라진 물길의 원류를 분명하게 살펴보고 싶었던 것이다.

그런데 『지』에는 양왕산이라는 명칭은 없지만, 반룡강에 대해 "그 원류는 옛 소전현의 동산과 서산에서 비롯된다"라고 주석을 붙였으니, 양왕산을 동산이라 일컬었던 것이다. 또한 동갈륵산(東葛勒山)에 대해 주석을 붙여 "소전현 북서쪽에 있으며, 높이는 30리이다. 운남 중부의 명산으로, 멀고 가까이의 여러 봉우리 가운데 이보다 더 높은 산은 없다"고 했다. 높이가 30리라 했으니, 이는 양왕산을 가리켜 동갈륵산이라 한 것이다. 다만 토박이들 가운데에 옛 명칭을 아는 이가 없는데, 양왕이 산꼭대기에 산채를 엮었기에 양왕산이라 일컬었던 것이다. 『지』에는 양왕산이라는 명칭은 없으나, 일찍부터 동갈륵산이라는 명칭은 존재했다.

양왕산의 산줄기는 징강부의 나장산의 북동쪽에서 의량현까지 뻗어간다. 북동쪽으로 갈라져 뻗어가는 버금 갈래는 취봉산의 갈래이다. 북서쪽으로 뻗어가는 으뜸 갈래는 양림소의 서쪽 고개에서 북쪽의 토아관으로 건너뻗었다가 다시 북쪽으로 이곳까지 건너뻗어 양왕산으로 높이 치솟는다. 이어 소전현의 북쪽으로 뻗어내려와 그 동서 양쪽 모퉁이가 함께 치솟는데, 동쪽 자락은 백마계(白馬溪)의 서쪽을 굽어보고, 서쪽 자락은 목양간(牧養澗)의 동쪽을 굽어본다. 서쪽 자락에서 남서쪽으로 빙 둘러 버금 갈래를 이루는데, 이것이 곧 문수상산(文殊商山)의 줄기가 뻗어 지나는 곳이다. 또한 동쪽 자락에서 북동쪽으로 치달려 으뜸 갈래를 이루는데, 이것이 곧 과마산과 월호산의 등성이가 저절로 뻗어나오는 곳이다. 서쪽 자락은 구불구불 에워싸는지라, 반룡강의 원류는 마침내 전해로 흘러든다. 또한 동쪽 자락은 가로로 끼여 있는지라, 가리택의 지류는 드디어 북반강으로 모여든다. 양왕산이 나장산과 더불어 남북으로 웅장하게 마주하고 있기에, 모두 양왕산이라 일컬어도 좋으리라.

등성이를 넘어 차츰 서쪽으로 내려갔다. 서쪽을 바라보니, 좁다란 움푹한 평지의 빙글 감아도는 구렁에는 풍성한 곡식이 무성하게 자라나 있다. 온통 겹겹의 언덕과 황량한 바위투성이인 등성이 동쪽과는 사뭇 다르다. 비탈 하나가 서쪽의 좁다란 움푹한 평지 속으로 드리워져 있다. 그 위에는 온통 바위들이 비스듬히 누워 있다.

그 위를 따라 나아가 2리를 간 뒤, 비탈을 따라 꺼져내려왔다. 1리만에 움푹한 평지에 이르니, 조그마한 시내가 남동쪽의 움푹한 평지 속에서 흘러나온다. 이 시내를 넘어 서쪽으로 나아갔다. 반리를 더 가자, 남쪽 산 아래에 마을이 있다. 모두 기와집에 대나무문이 달려 있다. 산골 가운데 가장 그윽하고 잘 정리된 이 마을은 대대촌(大大村)이다. 여기에 이르러서야 동서로 움푹한 평지가 펼쳐져 있고, 양왕산의 남서쪽 물길은 움푹한 평지의 북쪽에서 서쪽으로 쏟아진다. 내가 방금 전에 건너왔던 남쪽의 움푹한 평지의 물길은 움푹한 평지를 가로질러 서쪽으로 따라간다.

반리를 가서 대대촌의 서쪽을 넘자, 남북으로 움푹한 평지가 펼쳐져 있다. 남쪽에서 흘러온 조그마한 물길이 서쪽 언덕 아래를 지나 북쪽으로 동쪽의 움푹한 평지의 물길과 합쳐진 뒤, 함께 북서쪽 골짜기를 짓쳐달려 떨어져내린다. 틀림없이 서쪽의 소전현 북쪽으로 흘러나갈 것이다. 길은 남쪽에서 흘러오는 조그마한 물길을 넘어 남서쪽의 비탈을 뻗어오른다. 비탈을 감돌아 올라 약 1리 남짓만에 그 꼭대기를 넘었다. 다시 서쪽으로 반리를 내려가 남서쪽의 시내를 건넜다. 이 시내는 남쪽으로 흐르는 듯하다.

1리를 간 뒤 서쪽의 비탈 등성이를 넘어 비탈 위를 평탄하게 나아갔다. 다시 1리 남짓을 가서야 비로소 서쪽에 드넓게 펼쳐져 있는 움푹한 평지가 보였다. 이 움푹한 평지는 북쪽에서 남쪽으로 펼쳐져 있는데, 양쪽의 거리가 대단히 먼데다 빙 두른 봉우리 역시 몹시 빽빽하다. 움푹한 평지 속에는 풍성한 곡식이 가득 자라나 있고, 마을은 별이 늘어선 듯 널리 퍼져 있다. 시냇물은 마치 허리띠인 양 이어졌다 끊어졌다 흘러간다.

여기에서 서쪽 기슭을 오르내리면서 반리만에 움푹한 평지에 이르렀다. 기슭 서쪽에 전두촌(甸頭村)이라는 마을이 기대어 있다. 이곳은 소전현의 옛터이다. 이 마을은 움푹한 평지의 동쪽에 치우쳐 있다. 움푹한 평지의 북쪽에는 봉우리의 가운데 자락이 있으며, 역시 그 위에 마을이 자리하고 있다.

이곳은 숭명주로부터 40리 떨어져 있는데, 첩첩산중에 별천지를 펼쳐놓았다. 정북쪽으로는 양왕산의 으뜸 등성이가 뒤편에 늘어서 있고, 동쪽 경계에는 주봉이 북쪽으로 치달리며, 서쪽 경계에는 버금 갈래가 남쪽으로 빙 두르고 있다. 그 북서쪽으로 건너뻗은 곳에는 움푹 꺼진 곳이 꽤 평평하다. 이곳은 목양으로 통한다. 북동쪽으로는 양왕산 동쪽 자락을 따라 북쪽으로 뻗어내린다. 이곳은 보안과 엄장으로 통한다. 또한 서쪽의 고개를 넘으면 부민현으로 통하고, 동쪽의 고개를 넘으면 방금 내가 따라온 길이 나온다.

오직 남쪽의 움푹한 평지만은 대단히 먼데, 북쪽의 전두(甸頭)로부터 10리만에 전미(甸尾)에 이른다. 움푹한 평지 속의 물길은 남쪽의 전미에 이르러 남서쪽으로 꺾여져 흘러가고, 길은 산을 넘어 서쪽으로 뻗어간다. 이곳이 곧 숭명주와 곤명의 경계이다.

나는 전두촌에 이르자마자 동쪽 기슭을 따라 남쪽으로 나아갔다. 1리를 가자 두 군데의 못이 동쪽의 물가에 고인 채, 남북에 나란히 있다. 그 가운데에는 한 자 남짓의 언덕이 가로막고 있는데, 언덕의 중간의 틈새로 북쪽의 못물이 남쪽의 못으로 흘러든다. 못의 크기는 두 길이 채 되지 않으나, 깊이는 헤아릴 수 없을 정도로 깊다. 못은 동쪽의 바위 벼랑에 기대어 있고, 서쪽의 한길에 가까이 다가가 있다. 못의 남쪽에는 용신묘(龍神廟)가 있다.

(못 속의 물고기는 크기가 서너 자로 크며, 못 속을 자유롭게 떠다닌다. 못은 작으나 물고기는 큰데다 잡을 엄두조차 나지 않으니, 영물이라 여기고 있다.) 전두의 물길은 북쪽에서 한길의 서쪽으로 흐르고, 못 속의 물은 못의 남쪽에서 흘러넘쳐 한길의 동쪽으로 흐르다가, 잠시 후 함께 서쪽 경계의 기슭에서 쏟아져 합쳐진 뒤 남쪽으로 흘러간다. 길은 동쪽 경계의 기슭을 따라 서로 바라보면서 남쪽으로 뻗어 있다.

움푹한 평지 속에서 여러 차례 마을을 지났다. 8리를 가자 동쪽의 골짜기에서 흘러나온 조그마한 물길이 서쪽으로 서쪽 기슭의 커다란 시내에 흘러든다. 이 시내를 넘어 남쪽으로 2리를 가자, 전미촌(甸尾村)이 전남(甸南)의 비탈에 가로놓여 있다. 갈림길을 따라 쭉 남쪽으로 10리를 가면 토아관에 이르고, 바른 길은 마을에서 서쪽으로 나아간다.

1리 남짓을 나아가 곧바로 서쪽 경계의 기슭에 이르니, 커다란 시내 위에 돌다리가 걸쳐져 있다. 다리를 건너 서쪽의 기슭을 따라 남쪽으로 나아갔다. 반리를 가자, 시냇물은 남서쪽에서 골짜기를 감돌아 흘러들고, 길은 북서쪽으로 고개를 넘어간다. 1리를 나아가 고갯마루를 올랐다. 1리를 가서 고개 서쪽의 움푹한 평지 속으로 내려오자, 길은 다시 남서쪽으로 돌아들어 나아가고, 커다란 시내는 여전히 남동쪽 골짜기 속을 흘러나온다. 길과 시내는 서로 보이지 않는다.

대체로 그 동쪽의 주봉은 남쪽의 의량(宜良)에서 시작하여 양림소의 서쪽 고개를 지나 북쪽으로 뻗어가다가 토아관을 지난다. 서쪽으로 뻗어가는 봉우리는 불쑥 솟아 오룡산(五龍山)을 이룬 뒤, 회류당(匯流塘)의 물을 끼고서 송화패(松花壩)로 뻗어나간다. 이어 좀 더 북쪽으로 전미촌의 동쪽을 거쳐, 그 봉우리는 불쑥 솟아 제귀산(祭鬼山)을 이룬 뒤, 소전현의 물을 끼고서 회류당으로 뻗어나간다.

여기에서 다시 서쪽의 움푹한 평지의 등성이를 넘어 4리를 가서, 움푹한 평지를 따라 서쪽으로 내려갔다. 1리를 가자, 또 한 줄기의 물길이 북쪽 골짜기에서 흘러오고, 그 위에 다리가 걸쳐져 있다. 이곳의 물살은 전미교(甸尾橋) 아래의 물보다 다소 약했다. 다리 서쪽에 마을이 있다. 이곳은 소하구(小河口)이다. 곧 목양수(牧漾水)의 물길이 남쪽의 이곳을 거친 뒤 소전현의 물과 합쳐져서 회류당으로 흘러나오는 곳이다.

마을을 지나서 다시 남서쪽의 고개를 올랐다. 산비탈을 감아돌아 7리를 가는 도중에, 아래로 움푹 팬 구렁이 있다. 얼마 지나지 않아 가파르게 골짜기 속을 내려오니, 조그마한 물길이 북서쪽 골짜기에서 흘러온다. 이 물길을 건너자 꽤 번성한 마을이 나타났다. 마을의 남쪽에는 이미 소하구의 물길과 합쳐진 채 서쪽의 골짜기를 흘러나가던 소전현의 물길이, 이곳에 이르러 다시 남쪽으로 꺾어져 골짜기 속으로 흘러든다. 이곳은 회류당이며, 구불구불 감아도는 형세가 볼 만하다.

이 길을 따라 서쪽 언덕에서 물길을 따라 골짜기로 들어섰다. 대단히 비좁은 이 골짜기의 양쪽에는 비취빛 벼랑이 나란히 늘어서 있다. 그 가운데로 물이 흐르고, 길 역시 물길을 따라 뻗어있다. 지는 해는 서쪽으로 기울었으나, 그윽하여 해그림자조차 보이지 않았다. 구불구불 4리를 나아가자, 몇 채의 인가가 시내 북쪽 언덕에 기대어 있다. 이곳은 삼가촌(三家村)이다.

마을로 들어가 묵고자 했으나, 아무도 받아주지 않았다. 아마 이때 아미주에서 반란이 일어나 성 일대에 계엄이 내려졌다는 소식이 갓 들려온지라, 곤명의 마을마다 오솔길은 묵기에 불편하다는 것을 평계로 내세우는 모양이다. 나는 어느 집에 묵어가기를 강력히 요구했다. 한참 만에야 나를 위해 불을 피워 밥을 짓고, 문을 열어 재워주었다.

원문

戊寅 九月初一日 雨達旦不休. 起觀兩界山, 已出峽口. (碧峒在西南山下, 其北山岡上卽紅板橋, 爲貴州界.) 復去黔而入滇, 高枕一宵矣. 就火炊飯欲行, 主人言 : "此去黃泥河二十里, 水漲舟莫能渡, 須少需之." 蓋是河東岸無居廬, 先有去者, 亦俱反候於此. 余見雨勢不止, 憚於往返, 乃掃剔片地, 拭木板爲几, 匡坐敝茅中, 冷則與彝婦同就濕燄. 蓋一茅之中, 東半畜馬, 西半則主人之榻, 榻前就地煨濕薪以爲爨, 爨北卽所置几地也, 與其榻相隔止一火. 夜則鋪茅以臥, 日則傍火隱几.[1] 雨雖時止, 簷低外潦, 不能一舉首辨群山也.

---

1) 은궤(隱几)는 책상에 기대어 앉거나 책상 위에 엎드리는 것을 의미한다. 『맹자·공손축하(公孫丑下)』에는 "왕을 대신하여 떠나기를 만류하려는 이가 꿇어앉아 말했으

나, 맹자는 응낙하지 않은 채 책상에 기대어 졸았다(有欲爲王留行者, 坐而言, 不應, 隱几而臥)라는 글귀가 있다.

初二日 夜雨仍達旦. 主人言 : "今日漲愈甚, 舟益難渡. 明日爲街子, (貴州爲'場', 雲南爲'街子', 廣西爲'墟'.) 候渡者多, 彼舟不得不至. 卽余亦同行也." 余不得已, 復從之. 匡坐如昨日, 就火煨粥, 日三啜焉, 枯腸爲潤. 是日當午, 雨稍止. 忽聞西嶺喊聲, 寨中長幼俱遙應而馳. 詢之, 則豺狼來負羊也, 幸救者, 傷而未死. 夫日中而凶獸當道, 余夜行叢薄中, 而僥倖無恐, 能忘高天厚地之靈祐哉!

碧峒在亦佐縣東百里. 蓋滇南勝境之界山南走東轉, 包明月所之南橫過, 爲火燒鋪南山. (按滇南勝境, 乃分界山也, 而老脊尙在其東火燒鋪西嶺. 余前過明月所, 卽平彝所, 詢土人, 言其水南下亦佐. 則明月所東, 火燒鋪西, 乃爲分水之脊, 卽轉爲火燒、亦資孔之南山, 東走而北轉, 經樂民所, 北繞歸順、狗場之間, 而東南下安籠所, 入廣西泗城州境, 又東過廣西思恩府北, 東峙爲大明山, 而盡于潯州, 爲黔、鬱二江之界. 其滇南勝境之南, 所度火燒鋪南山者, 其峽中尙有明月水出焉, 界從其口東度兩分而已.) 老脊從此分爲兩支. 正支東由亦資孔南, 東北繞樂民所北, 而轉安籠所, 下泗城州. 旁一支南下東轉, 而黔、滇之界因之, 南抵此峒, 又南至於江底, 又南盡於南盤之北焉. 是黔界越老脊之西南, 不以老脊爲界, 而以南支爲界也. (若以老脊, 則樂民所、狗場營、黃草壩俱當屬滇. 以老脊東行而黔隘小, 故褒[1]滇益黔, 以補不足.)

碧峒北與新興城遙對, 南與柳樹遙對. 此地又滇凸而東者. 碧峒寨有民哨, 有儸儸, 共居一寨門之內. 其西爲民寨, 卽余所棲者; 其東爲儸儸寨. 自黃草壩至此, 米價最賤, 一升止三四文而已.

---

1) 부(褒)는 감소함을 의미한다.

初三日 子夜寒甚. 昧爽起, 雨仍霏霏. 旣飯, 出寨門, 路當從小岐南上山, 誤西從大石徑行. 初有塢西北去, 以爲狗場道. 隨石徑西南轉, 二里, 東界石山南去, 塢轉而西, 隨之. 二里, 峽中禾遂盈隴, 望北山崖畔有四五家懸坡上, 相去尙一里, 而塢南遂絶, 乃莽蒼[1]橫陟其塢而西北, 一里, 抵北山村麓, 有兩人耕於其下, 亟趨而問之. 尙隔一小溪, 其人輒牽牛避去. 余爲停趾, 遂告以問道意. 其人始指曰 : "往黃泥河應從來處. 此誤矣." 再問以誤在何處, 其人不告去. 乃返, 行泥畦間, 路倏斷倏續. 二里餘, 至前轉塢處, 猶疑以爲當從南峽入. 方惆悵無路, 忽見塢邊一牧馬者, 呼之, 卽碧峒居停主人也, 問何以至此? 蓋黃泥河之道, 卽從碧峒後東南逾嶺, 乃轉西峽, 正與此峽東界石山, 南北相隔, 但茅塞無路, 故必由碧峒始得通行. 遂復二里餘, 返至碧峒西南, 傍其寨門, 東南逾嶺而下. 一里, 東南徑塢, 半里復上, 又半里, 又東南逾一嶺, 有峽自南西隘, 而路則直西出坳. 半里始下, 又半里抵西峽中, 遂由峽西行. 屢陟岡窪, 三里, 有石峰踞峽之中, 爲當關之標. 由其北逾脊而下. 時密雲釀雨, 見細箐縈崖, 深杳叵測, 眞豺虎之窟也. 惴惴西下, 一里度壑. 又二里, 忽有水自北峽出, 下嵌壑中, 繞東南而注, 是爲黃泥河. 其河僅比瀘江水, 不闊而深, 不渾而急; 其源發於樂民所、明月所, 經狗場至此, 東南與蛇場河同下江底而入盤江者也. 時有小舟艤西, 稍待之, 得渡, 遂西上坡. 一里半, 逾嶺坳, 有岐自東南峽底來, 爲入小寨而抵板橋者, 乃知板橋亦四達之區也. 又西出峽, 見群峰中圍一壑, 而北峰獨稍開, 卽黃泥河所環. 共一里餘, 抵聚落中. 是日爲市, 時已散將盡. 入肆覓飯. 主人婦以地濘天雨, 勸留莫前. 問馬場尙四十里, 度不能前, 遂停杖焉.

黃泥河聚廬頗盛, 但皆草房. 其地四面環山, 而北卽河繞其後, 復東南帶之. 西又一小溪, 自西南峽來, 北注黃泥. 其中多盤塢環流, 土膏豐沃, 爲一方之冠. 亦佐之米, 俱自此馬駝肩負而去. 前擬移縣於此, 至今稱爲新縣, 而名亦佐爲舊縣云.

---

1) 망창(莽蒼)은 끝없이 아득한 들판을 의미한다.

初四日 晨起雨止, 四山雲氣勃勃. 飯而行, 西半里, 度一木橋, 其下溪流自南而北, 卽西小溪也. 又西上坡, 轉而南, 溯流半里, 入西峽. 又半里, 轉而北, 其處又有北峽、西峽二流之交焉. 於是隨北峽溪, 又溯流半里, 乃西上山. 時東峰雲氣稍開, 乃賈勇上躋. 仰見西嶺最高, 其上皆夾坡削箐, 雲氣罩其頂, 不能悉. 躋二里, 漸入濃霧中, 遂從峰頭穿峽上, 於是箐深霾黑, 咫尺俱不可見. 又一里陟其頂, 平行嶺上. 又二里乃下, 下一里及西塢. 涉塢而西, 一里, 度一小橋, 橋下水北流. 乃南向西轉, 一里, 有岐交其南北: 南乃入牛場村道, 有小峰駢立, 村隱其下焉; 北乃其處趨狗場營者. 又西半里, 乃西上山, 其坡峻且滑, 無石級可循, 有泥坎陷足, 升躋極難. 二里, 陟峰頭, 又平行峰頭一里, 越其巔. 時濃霧成雨, 深茅交道, 四顧皆瀰淪¹⁾如銀海. 得峰頭一樹如擎蓋, 下有列石如錯屏, 乃就樹踞石而憩, 止聞颿颿滴瀝之聲, 而目睫茫如也. 又西北平行者一里, 下眺嶺西深墜而下, 而杳不可見; 嶺東屏峙而上, 而出沒無常. 已從北下, 始有石磴陡墜, 箐木叢水. 共一里半, 陟塢而西, 亦中窪之宕也. 半里, 又逾西坳出, 其塹大開, 路乃稍平, 尖峰旁立, 若爲讓道者. 西向平行塢中一里半, 有水橫瀦於前, 以爲溪也, 涉之不流, 乃塹底中窪之坑, 蓄而成溪者. 又西二里, 復有一溪, 北流甚急, 波漲水深, 涉之沒股焉. 又西一里, 乃飯於峽坡之下. 旣飯, 遂西入竹峽. 崇峰迴合, 紆夾高下, 深篁密箐, 蒙密不容旁入, 只中通一路, 石徑逶迤, 如披重雲而穿密幄也. 其竹大可爲管, 瀰漫山谷, 杳不可窮, 從來所入竹徑, 無此深密者.
(其處名竹園箐. 自黃泥河西抵馬場, 人人捆負, 家家獻客, 皆此物也. 客但出鹽淪之耳.)
其中坡陀屢更, 三里, 逾峽南下, 其塹中開, 又爲霧障, 止聞隔坡人語聲, 然不辨其山形谷勢矣. 南行塹中一里, 轉而西半里, 又越一坳. 又半里, 經峽而西, 抵危坡下, 復西向躋磴上, 於是密箐仍縈峽壁懸崖間, 其陟削雖殊, 而深杳一如前也. 攀陟三里, 西逾嶺頭, 竹箐旣盡, 循山南轉, 皆從嶺上行. 路東則屏峙而上, 路西則深墜而下, 然皆沉霧所翳, 不能窮晰也. 南向平陟嶺上者三里, 轉而西行嶺脊者一里, 其脊南北, 俱深墜而下, 第霧漫莫悉端倪. 旣而傍北嶺行, 北屏峙而南深墜. 又二里, 雨復大至, 適得羊場堡四五家當嶺頭, 遂入宿焉. 其家竹牀竹戶, 煨楔餉筍, 竟忘風雨之苦也.

1) 미륜(瀰淪)은 널리 퍼져 가득 차 있는 모양을 가리킨다.

初五日 夜雨達旦不休. 飯而行, 遂南向稍下, 已漸轉西. 兩旁多中窪下陷之穴, 或深墜無底, 或瀦水成塘, 或枯底叢箐, 不一而足, 然路猶時時陟岡逾嶺, 下少上多也. 十里, 見路北有深箐, 有岐從箐中升, 合併西去; 有聚落當嶺頭, 是曰<u>水槽</u>. 其處聚落頗盛, 夾道成衢, 乃<u>狗場營</u>、<u>安籠所</u>、<u>桃花大道所出. 但岡頭無田, 其上皆耕垕鋤隴, 祇堪種粟, 想稻畦在深坑中, 霧翳不見也. 升陟嶺頭, 又西五里, 是曰<u>水井</u>, 其聚落與<u>水槽</u>同. 由其西一里半, 始歷磴下, 遙望西塢甚深. 下箐中一里, 由峽底西行二里, 復逾坡而上. 一里, 稍下坡西塢中. 其中不深, 而迴峰四闢, 霧倏開合, 日色山光, 遠近迭換, 亦山中幻景也. 既復西向逾嶺, 三里, 見嶺西窪中, 有水成塘. 乃循峰西北行, 稍下一里, 而入<u>亦佐縣</u>東門. 縣城磚甃, 而城外草舍三四家, 城中亦皆草舍, 求瓦房寥寥也. 一里, 炊於縣前. 飯後, 半里出西門, 乃西北行. 計其地猶在群峰之頂, 但四山霧塞, 上下莫辨耳. 從嶺頭西北行二里, 乃西向歷峻級而下. 其時霧影亦開, 遂見西塢中懸, 東界所下之山, 與西界崇峰並夾, 南北中闢深壑, 而<u>拐澤河</u>自北而南, 經其中焉; 其形勢雖見, 而河流猶深嵌不可窺. 西山崇列如屏, 南額尤高, 雲氣尚平抹其頂, 不令盡露. 西山之南, 復起一山, 斜障而東, 此則障<u>拐澤</u>而東南合蛇場者也. 於是盤折西下, 三里, 抵坡而磴盡. 復西北行坡陀間, 一里, 逾岡再下, 數家茅舍在焉, 然猶未瀕河流也. 又西半里, 涉一東來小水, 乃抵河岸. 溯之北, 又涉一東北來小水, 約半里, 有渡舟當崩崖下, 渡之. 是河發源於<u>平彝衛</u>及<u>白水鋪</u>以東, <u>滇南勝境</u>以西皆注焉. 其勢半於<u>江底</u>, 而兩倍於<u>黃泥河</u>, 急流傾洞, 南奔東轉, 與蛇場合而東南會<u>黃泥河</u>水而爲<u>江底河</u>者也. <u>亦佐</u>、<u>羅平</u>南北東西二處, 俱以此爲界. 西登崖, 崖岸崩頹, 攀躋而上, 遂西向陟嶺. 時暮色將至, 始以爲既渡卽有托宿處, 而荒崖峻坂, 絶無一人, 登陟不已, 暮雨復來. 五里, 遇一人趨渡甚急, 執而問之. 曰: "此無托宿處. 雞場雖遙, 亟趨猶可及也." 乃冒雨竭蹶,[1] 轉向西南上. 五里逾坳而西, 乃西轉北行峽中. 稍降二里, 得數家之聚焉. 亟投煨, 暮色已合, 而雨復徹夜.

---

1) 갈궐(竭蹶)은 엎어지고 넘어지며 온 힘을 다해 나아감을 의미한다.

初六日 晨起雨止, 四山猶氤氳不出. 旣飯, 稍西下, 渡窪. 復西北上, 漸露昨所望屏列崇峰在西南, 而路盤其東北. 三里逾一岡, 坪間有墟地一方, 則雞場是也. 從坳北稍下, 又得數家之聚焉, 問之, 亦雞場也. 蓋昨所宿者, 爲雞場東村, 此則雞場西村矣. 從村北行, 其峽西墜處, 有石峰屼立, 路從其北逾脊. 稍東轉而北涉塢, 共三里, 遂西北躋嶺. 盤折石磴西北上, 二里而涉其巔, 則夙霧頓開, 日影煥發, 東瞻群峰吐穎, 衆壑盤空, 皆昨所從冥漠中度之者. 越嶺西下一里, 抵盤壑中, 見秋花懸隙, 細流縈磴, 遂成一幽異之境. 西一里, 有山橫披壑西, 透其西北腋, 似有耕雲[1]樵石之棲, 在西峰後; 循其東南塢, 則大路所從去也. 乃隨塢南轉. 塢東西山分兩界, 余以爲塢中水將南流, 而不意亦俱中窪之穴也. 南行三里, 復逾脊而上, 遂西轉, 盤橫坡之南脊焉. 一里, 循橫坡南崖而西, 其處山脊湊合, 岡峽縱橫, 而森石尤多娟麗. 又西一里, 有岐自東南峽來合. 又西一里, 乃轉北下, 於是西向山遙豁, 而路則循山西北向行矣. 四里, 復北向逾岡, 轉而西下, 望西北塢中, 有石壁下嵌, 不辨其底. 已而降行塢中一里餘, 又直造其下, 則亦中窪之峽也. 由其南又西行, 兩陟岡塢共三里, 始涉一南流小水. (自渡拐澤河至此, 俱行嶺上, 未見勺水.) 又西逾一岡, 一里, 南望岡南, 一峰西闢, 洞門高懸, 門有木橫列, 而下隔一峽, 遙睇無路, 遂不及迂入. 又半里, 又涉一南流小水, 西逾一岡, 共二里而抵桃源村. 其村百家之聚, 與水槽相似, 倚北山而居; 前有深塢, 羅平之道自塢中東南來; 北東西三面俱會, 其水南墜入崖洞, 而南泄於蛇場江. 故知拐澤西岸崇山, 猶非南行大脊也. 村多木皮覆屋以代茅. 時日已午, 就村舍淪湯餐飯, 而木濕難燃. 久之, 乃西向行, 渡西北峽石中小水. 一里, 陟西塢而上. 又一里, 逾岡而西, 見西塢自西而東, 其南有小山蜿蜒, 亦自西而東界之. 其山時露石骨崢嶸, 然猶未見溪流也. 塢中雖旋窪成塘, 或滙澄流, 或瀦濁水, 皆似止而不行者. 又西一里, 逾岡西下, 有村當塢, 倚南崖而居. 於是繞村西行, 始見塢中溪形曲折, 且聞溪聲潺湲[2]矣. 由其北溯之西行, 又一里, 見塢中又有一村當塢而居, 始見溪水自西來, 從其村西, 環其村北, 又繞其東, 其村中懸其北曲中, 一溪而三面環之, 南倚南山之崖, 北置木橋以渡溪水. 其水不甚大, 而清澈不汨, 是爲清水溝云. 蓋發源於西山之迴坎坡, 經此而東出於桃源, 始南去者也. 又西一里, 復過一村, 其村始在塢北. 又西一里, 又經一村, 曰小板村, 有稅司在焉, 蓋羅平北境, 爲桃花駝鹽之間道也. 又西二里, 始逾坡涉澗, 屢有小水自北峽來, 南注於清水溝, 路截而逾之也. 北峽中男婦二十餘人, 各捆負竹筍而出, 蓋土人群入箐采歸, 淡熏爲乾, 以待鬻人者. 又西二里, 直逼西山之麓, 有村倚之, 是爲迴窨坡. 清水溝中民居峽塢, 至此而止, 以塢中有水, 可耕也. 由此西南半里, 過一小橋, 其水自西北沿山而來, 卽清水溝上流之源矣. 度之, 卽西上嶺. 嶺頭有索哨者, 不之與而過. 躡嶺一里半, 西陟嶺脊. 是脊始爲分水之處, 乃北自白水鋪西直南度此, 迴環西南, 而峙爲大龜, 以分十八寨、永安哨、江底河諸派者也, 而羅平之界, 亦至是而止焉. 逾脊西, 漸西北平下一里, 漸轉而西, 行塢中. 其塢東西直亘, 而南北兩界遙夾之, 南山卑伏, 而北山高聳, 暮霧復勃勃籠北峰上, 流泉亦屢屢自北注南. 第南山之麓, 似有墜澗橫其北, 然不辨其爲東爲西, 以意度之, 以爲必西流矣, 然不可見也. 塢中皆荒茅斷隴, 寂無人煙. 西行六里, 其西有山橫列塢口, 塢始墜而西下, 茅舍兩三家, 依塢而棲, 路乃逾塢循北山而西. 半里, 有茅亭一龕當路旁, 南與茅舍對, 想亦哨守之處也. 又西一里稍下, 有小水成溪, 自北峽來, 小石樑跨之, 其水南注塢口而去. 旣度梁, 卽隨西山南向, 隨流半里, 轉而西上嶺, 暮色合矣. 又上一里, 而馬場之聚當嶺頭. 所投宿者, 乃新至之家, 百無一具. 時日已暮, 無暇他徙, 煨濕薪, 臥濕草, 暗中就枕而已.

1) 경운(耕雲)은 경운파우(耕雲播雨)의 줄임말로서, 강우에 의지하여 농사를 지음을 의미한다.

2) 잔원(潺湲)은 물이 천천히 흐르는 모양이나 그 소리를 가리킨다.

初七日 晨起, 雲尙氤氳. 飯而行. 有索哨者, 還宿處, 解囊示批而去. 於是西北隨坡平下, 其路甚坦, 而種麻滿坡南, 蓋其下亦有塢西通者. 西馳四里, 始與溪近. 隨流稍南半里, 復循坡西轉, 又一里, 下坡. 西望西南塢中, 有數家之聚, 田禾四繞, 此溪經塢環之. 其塢自北山隨坡南下, 中有一水, 亦自北而南, 與此水同會於村北, 合而西南破峽去. 乃西截北來塢, 半里抵北來之溪, 有新建石樑跨之, 是爲獨木橋. 想昔乃獨木, 今雖石而猶仍舊名也. 橋下溪流, 三倍於西來之水, 固知北塢之源遠於東矣. 逾橋西, 卽上嶺, 西南直躋甚峻, 一里半, 逾其脊. 又西向平下者一里, 有岐隨岡南去者, 陸涼道也. 岡西塢中, 復有數家焉, 亦陸涼屬也. 其塢亦自北而南, 雖有村而無流. 路西下截塢, 半里, 經村北, 又半里, 抵西界崇山下, 遂躪峻而上, 而陸涼之界, 又西盡於此矣. 蓋因其水南下陸涼, 故西自此塢, 東抵迴窞西山, 皆屬之陸涼. 其處南抵陸涼衛, 路經尖山天生橋, 相距尙八十里也. 由西嶺而上, 又爲海崖屬, 乃亦佐縣右縣丞土司龍姓者所轄. (亦佐縣有左, 右二丞, 皆土司. 左丞姓沙, 在本縣, 卽與步雄攻黃草壩者. 右丞姓龍, 或曰卽姓海, 在此而居近越州.) 其地東自此嶺而西抵箐口焉. 東與亦佐西界中隔, 羅平, 陸涼二州之地間錯其間, 不接壤也.

從東麓西上, 屢峻屢平, 峻者削崖盤磴, 平者曲折逶迤. 三峻而三逾嶺頭, 共七里, 望見南坪有數十家之聚, 北峰則危聳獨懸. 蓋自馬場而西, 卽望見遙峰尖削, 特出衆峰之上, 而不意直逼其下也. 又一里, 梯石懸磴, 西北抵危峰前, 其時麗日轉耀, 碧天如洗, 衆峰盡出, 而是山最高, 不特獨木西峰, 下伏如砥, 卽遠而迴窞老脊, 亦不能上與之抗, 惟拐澤雞場西嶺, 遙相頡頏. 其中翡翠層層, 皆南環西轉, 而接於西南巨峰. 此東顧之極觀也. 其西則亂峰迴罨, 叢箐盤錯, 遠雖莫抗, 而近多自障焉. 其南則支條直走, 近界旣豁, 遠巘前環, 此獨木諸所遙帶而下泄者. 西南有二峰遙湊, 如眉中分, 此盤江之所由南注者耶? 其西卽越州所倚. 而東峰之外, 復有一峰高懸, 其南浮青上聳, 圓若團蓋, 此卽大龜山之特峙於陸涼、路南、師宗、彌勒四州之交者耶? 天南諸峰, 悉其支庶, 而此峰又其伯仲行矣. 由峰西逾脊稍下, 卽有石坡斜懸, 平庋砥峙, 古木婆娑[1]其上, 亦高崖所僅見者. 由此歷級西下一里, 有壑迴環, 中窪四合, 復有中懸之臺. 平瞰其中, 夾坑之岡, 橫亘其外, 石痕木蔭, 映彩流霞, 令人神骨俱醒. 由橫岡西南轉, 二里, 復逾一脊. 又西度一中懸之岡, 有索哨者, 不顧而去. 度岡而西一里, 復上坡, 又一里, 西逾其隘, 復有索哨者, 亦不顧而去. 想皆所云海崖土司者. 逾脊, 又不能西見盤江. 又西半里, 西障始盡, 下界遙開, 瞥然見盤江之流, 自西北注東南而去, 來猶不能盡矚焉. 於是西向拾級直下, 一里抵塢中.

又西半里, 循西山南轉, 半里, 復稍上逾岡西, 復平行嶺上. 半里, 有岐, 一直西下坑, 一西南盤嶺. 見西南路稍大, 從之. 一里, 得數家當嶺頭, 其茅舍低隘, 牛畜雜處其中, 皆所謂儸儸也. 男子皆出, 婦人莽不解語, 索炊具無有應者. 是卽所謂箐口也, 海崖之界, 於是止焉. 由岡頭西南去, 爲越州道; 從此西北下, 卽越州屬, 爲曲靖道. 遂西北下嶺. 始甚峻, 一里, 轉西漸夷. 於是皆車道平拓, 無齟齬之慮矣. 又西一里, 飯於樹下. 又西馳七里, 始有塢北來. 遂盤東山北轉, 一里, 始橫截北來之塢. 余始意塢中當有流南注, 而不知其塢亦中窪也. 塢中橫亘一岡, 南北俱成盤壑, 而壑南復有岡焉. 從中亘者馳而西, 一里, 復西上坡. 又一里, 陟坡之脊, 亦有儸儸數家. 問之道, 不能對也. 從脊西下三里, 連越兩坡, 又見塢自北來南向去, 其中皆圓窪貯水, 有岡中間, 不通流焉. 從坡上西北望, 則龍潭之山, 自北分突, 屏列而西, 此近山也; 西南望, 則越州南嶺, 隔山遙障, 所謂西峰也; 而東峰之外, 浮青直對, 則大龜之峰, 正與此南北相準焉. 西下坡, 又有一塢自北而南, 南環爲大塢, 與東界連窪之塢合. 此塢始有細流中貫, 夾塢成畦. 流上橫小橋西度, 有一老人持筐賣梨其側, 一錢得三枚, 其大如甌, 味鬆脆而核甚小, 乃種之絕勝者. 聞此中有木瓜梨, 豈卽此耶? 西上一岡, 平行岡上四里, 直抵西峰下, 則有塢隨其麓, 而深潤濚之, 所謂龍塘河也, 然但見潤形, 而不能見水. 乃西下坡約半里, 隨塢出西南, 先與一小水遇, 隨之; 旣乃截塢而西,又半里, 始與龍塘河遇, 有大石樑跨其上. 橋右村廬累累, 倚西山而居, 始皆瓦房, 非復茅舍矣. 龍塘河之水, 發源於東北山峽中, 其處環潭甚深, 爲蛟龍之窟, 卽所謂曲靖東山之東峽也. 其山北自白水鋪西分水嶺分支南下, 亘曲靖之東, 故曰東山; 而由此視之, 則爲西嶺焉, 南至此, 瀕河而止. 其西腋之中, 爲閩木山; 東腋之中, 爲龍潭, 卽此水之所出矣. 自箐口西下塢中, 卽爲越州屬, 州境至此西止, 而田疇悉環聚焉.

由村西上坡, 卽東山之南盡處也. 二里, 逾岡頭, 方踞石少憩, 忽一人自西嶺馳來, 謂余曰: "可亟還下山宿. 前嶺方有盜劫人, 毋往也." 已而其婦後至, 所語亦然. 而仰視日方下午, 前終日馳無人之境, 皆豺狼魑魅之窟, 卽深夜倖免, 豈此晝行, 東西夾山而居者甚衆, 反有賊當道耶? 因詰之曰: "旣有賊, 汝何得至?" 其人曰: "彼方剝行者衣, 余夫婦得迂道來耳." 余疑此人欲誆余還宿, 故托爲此言. 又思果有之, 今白日返宿, 將明日又孰保其不至耶? 況旣劫人, 彼必無復待之理, 不若卽馳而去也. 遂叱顧僕行, 卽從岡上盤北山而西. 蓋北卽東山南下之頂, 南卽其山下墜之峽, 而盤江自橋頭南下, 爲越州後橫亘山所勒, 轉而東流, 遂截此山南麓而斷之, 故下皆砠砑.[2] 路橫架嶺上, 四里抵其中, 旁矖北嶺, 石參差而岫岾峽,[3] 覺雲影風枝, 無非惴人之具, 令人錯顧不定, 投趾莫擇. 又西四里, 始西南下片石中. 其處土傾峽墜, 崩嵌交錯, 而石骨露其中, 如裂瓣綴行. 其墜處皆流土, 不可著足, 必從石瓣中宛轉取道. 其石質幻而色異, 片片皆英山絶品, 惟是風鶴驚心, 不能狎憩而徐賞之. 亡何,[4] 已下見西塢南流之江, 知去橋頭不遠, 可免虎口, 乃倚石隙少憩, 竟作青蓮瓣中人矣.

從石中下者一里, 旣及西麓, 復行支隴, 遂多聚廬之居. 又一里, 路北江迴堰曲, 中涵大塘一圍, 四面豐禾環之; 東有精廬, 高倚東山之麓; 西則江流所泄, 而石樑橫跨之. 又行畦間半里, 始及石樑. 其梁不高而長, 是爲南盤之源, 北自炎方、交水、曲靖之東, 直南至此. 是橋爲曲靖鎖鑰, 江出此卽東南流, 繞越州之東而南入峽焉. 逾梁而西約半里, 上坡北, 而宿於逆旅, 卽昔之所過石堡村也. 適夜色已暝, 明月在地, 過畏途, 就安廬, 樂甚. 問主人："嶺上有禦人⁵⁾者, 果有之乎?" 主人曰："卽余鄰人, 下午樵於山, 數賊自山後躍出, 剝三人衣, 而碎一人首. 與君來時相後先也." 予於是始感前止宿者之情, 而自愧以私衷臆度之也. 蓋是嶺東爲越州, 西爲石堡, 乃曲靖衛屯軍之界, 互相推諉, 盜遂得而乘之耳.

---

1) 파사(婆娑)는 빙글빙글 돌면서 춤추는 모양을 가리킨다.
2) 저오(砠峿)는 저오(岨峿)와 같으며, 길이 울퉁불퉁함을 의미한다.
3) 올돌(屼崒)은 산이 민둥민둥한 모양을 가리킨다.
4) 망하(亡何)는 오래 지나지 않음을 의미한다.
5) 어인(禦人)은 무력으로 남의 재물을 빼앗는 것을 의미한다.

初八日 昧爽飯, 索酒而酌, 爲浴泉計. 遂由村後越坡西下, 則溫泉在望矣. 塢中蒸氣氤氳, 隨流東下, 田畦間鬱然四起也. 半里, 入圍垣之戶, 則一泓中貯, 有亭覆其上, 兩旁復磚甃兩池夾之. 北有榭三楹, 水從其下來, 中開一孔, 方徑尺, 可掬而盥也. 遂解衣就池中浴. 初下, 其熱爍膚, 較之前浴時覺甚烈. 旣而溫調適體, 殊勝彌勒之太涼, 而清冽亦過之. 浴罷, 由垣後東向半里, 出大道. 是日碧天如濯, 明旭晶然, 騰翠微而出, 潔波映其下, 對之覺塵襟蕩滌, 如在冰壺玉鑒中.

北行十里, 過南城, 又二十里, 入曲靖南門. 時有戈參戎¹⁾者, 奉按君命, 巡諸城堡, 高幢大纛, 擁騎如雲, 南馳而去. 余避道旁視之, 如赫電, 亦如浮雲, 不知兩界靑山見慣, 祖當誰左也.²⁾ 飯於麵肆中. 出東門半里, 入東山寺. 是名靑龍山, 而實無山, 郭東嶅嶁,³⁾ 高僅丈餘, 大不及五丈. 上建大殿, 前列層樓配之, 置宏鐘焉, 鐘之大, 余所未見也. 殿左有藏經閣, 其右樓三層, 皆翼於嶅嶁之旁而齊其末者. 徙倚久之, 出寺右, 循城而北, 五里, 出演武場大道. 又三里過白石江, 又二里過一坡. 又十里抵新橋, 殷雷轟然, 大雨忽至, 避茅簷下, 冰霰交作, 迴風湧之, 撲人衣面, 莫可掩蔽. 久之乃霽. 仍北行, 濘滑不可著趾. 十里抵交水, 入南門. 由霑益州署前抵東門, 投舊邸龔起潛家. 見其門閉, 異之, 叩而知方演劇於內也. 余以足泥衣垢, 不樂觀,亟入其後樓而憩焉. (霑益惟土司居州治, 而知州之署則在交水.)

1) 참융(參戎)은 명청대의 무관참장(武官參將)의 속칭이다.
2) 한나라 고조(高祖) 유방(劉邦)이 세상을 떠난 후, 권력을 장악한 여후(呂后)가 여씨
   성의 세력을 곳곳에 심자, 태위(太尉) 주발(周勃)이 여씨의 병권을 탈취하면서 군중
   의 병사들에게 "여씨를 옹호하는 이는 오른팔을 걷어부치고, 유씨를 옹호하는 자는
   왼팔을 걷어부치라"고 말하자 병사들은 왼팔을 걷어부쳤다고 한다. 단좌(袒左)는 곧
   한쪽 편을 들어 옹호함을 의미한다.
3) 배루(峇嶁)는 자그마한 흙산을 의미한다.

初九日 余倦於行役, 憩其樓不出, 作數日遊紀. 是日爲重九, 高風鼓寒. 以登高之候, 而獨作袁安僵臥之態, 以日日躋攀崇峻不少也. 下午, 主人攜菊具酌, 不覺陶然而臥.

初十日 寒甚, 終日陰翳. 止寓中. 下午復雨, 徹夜不休.

十一日 余欲行. 主人以雨留, 復爲强駐, 厭其酒脯焉. 初余欲從霑益並窮北盤源委,[1] 至交水, 襲起潛爲余談之甚晰, 皆鑿鑿可據, 遂圖返轅, 由尋甸趨省城焉.

1) 『예기·학기(學記)』에 따르면, "삼왕이 물에 제사지냄은 강을 먼저 하고, 바다를 나
   중에 하매, 근원이 되고 끝이 되기 때문이다(三王之祭川也, 皆先河而後海, 或源也, 或
   委也)"라고 했다. 여기에서 원위(源委)는 물의 발원지와 귀착지를 가리키며, 이후 일
   의 본말과 경위를 비유하게 되었다.

十二日 主人情篤, 候飯而行, 已上午矣. 十里仍抵新橋, 遂由歧溯流西南行. 二里抵西南小山下, 石幢之水, 乃從西北峽中來, 路乃從西南峽中入. 一里登嶺, 一里陟其巔. 西行嶺上者又一里, 乃下. 初從嶺頭下瞰西塢, 有廬有疇, 有水縈之, 以爲必自西而東注石幢者. 逶邐西下者又一里, 抵塢中, 則其水返西南流, 當由南谷中轉東而出於白石江者. 詢是村爲戈家衝. 由是而西, 併翠峰諸澗之流, 皆爲白石江上流之源矣. 源短流微, 縈帶不過數

里之內, 而沐西平[1]曲靖之捷, 誇爲冒霧涉江, 自上流渡而夾攻之, 著之靑史, 爲不世勳, 而不知與坳堂[2]無異也. 徵事考實, 書之不足盡信如此! 於是盤折坂谷四里, 越劉家坡, 則翠峰山在望矣. 蓋此山卽兩旁中界之脊, 南自宜良分支, 北度木容箐, 又北而度火燒箐嶺, 又北而度響水西嶺, 又北而結爲此山; 又西夾峙爲迴龍山, 繞交水之西北, 經炎方, 又北抵霑益州南; 轉東, 復折而南下, 峙爲黑山, 分爲兩支. 正支由火燒鋪、明月所之間南走東折, 下安籠所, 入泗城州, 而東峙爲大明山, 遂盡於潯州. 旁支西南由白水西分水嶺, 又分兩支: 直南者由迴窅坡西嶺, 西南峙爲大龜山, 而盡於盤江南曲; 西南分支者, 盡於曲靖東山. 其東南之水, 下爲白石江; 東北之水, 下爲石幢河; 而西則洩於馬龍之□江, 而出尋甸, 爲北盤江焉. 然則一山而東出爲南盤, 西出爲北盤, 惟此山及炎方足以當之; 若曲靖東山, 則旁支錯出, 而志之所稱悉誤也. 由劉家坡西南, 從坡上行一里, 追及一嫗, 乃翠峰山下橫山屯人也. 隨之又西一里, 乃下坡. 徑塢一里, 有小水自西北來, 小石樑跨之. 從此西南上坡, 爲三車道; 從此直西溯小水, 自西南岸入, 爲翠峰間道. 其路若續若斷, 橫截塢隴. 三里, 有大道自東南來, 則曲靖登山之徑也, 於是東南望見三車市矣. 遂從大道西行, 二里, 將抵翠峰下, 復從小徑西南度隴. 風雨忽至, 頃刻而過. 一里, 下坡涉深澗, 又西上坡半里, 抵橫山屯. 其屯皆徐姓.

老嫗命其子從村後送余入山. 半里抵其麓, 卽有兩小澗合流. 涉其北來者, 溯其西來者, 遂躡峻西上. 一里半, 盤巇頭而北, 轉入西峽中, 則山之半矣. 其山自絕頂垂兩支, 如環臂東下 : 北支長, 則繚繞而前, 爲新橋西岡之脈; 南支短, 則所躡以上者. 兩臂之內, 又中懸一支, 當塢若臺之峙, 則朝陽庵踞其上, 庵東北向. 其南腋又與南臂環阿成峽, 自峰頂逼削而下, 則護國舊寺倚其間. 自西峽入半里, 先達舊寺, 然後東轉上朝陽, 以舊寺前墜峽下塹也. 舊寺兩崖壁夾而陰森, 其病在旁無餘地; 朝陽孤臺中綴而軒朗, 所短在前少迴環. 余先入舊寺, 見正殿亦整, 其後遂危崖迴峭, 藤木倒垂於其上, 而殿前兩柏甚巨, 夾立參天. 寺中止一僧, 乃寄錫[3]殿中者, 一見卽爲余蓺火炊飯. 余乃更衣叩佛, 卽乘間東登朝陽. 一頭陀[4]方曳杖出庵門. 余入其庵, 亦別無一僧, 止有讀書者數人在東樓. 余閒步前庭. 庭中有西番菊兩株, 其花大如盤, 簇瓣無心, 赤光燦爛, 黃菊爲之奪豔, 乃子種而非根分, 此其異於諸菊者. 前樓亦幽迥, 庭前有桂花一樹, 幽香飄泛, 遠襲山谷. 余前隔峽盤嶺, 卽聞而異之, 以爲天香遙墜, 而不意乃敷葶[5]所成也. 桂芬菊豔, 念此幽境, 恨無一僧可托. 還飯舊寺, 卽欲登頂爲行計, 見炊飯僧憋憋整餉, 雖瓶無餘粟, 豆無餘蔬, 殊有割指啖客之意, 心異之. 及飯, 則己箸不沾蔬, 而止以蔬奉客, 始知卽爲淡齋師也. 先是橫山屯老嫗爲余言 : “山中有一僧, 損口苦體, 以供大衆. 有予衣者, 輒復予人. 有餉食者, 己不鹽不油, 惟恐衆口弗適.” 余初至此訊之, 師不對, 余肉眼不知卽師也. 師號大乘, 年甫四十, 幼爲川人, 長於姚安, 寄錫於此, 已期年矣. 發願淡齋供衆, 欲於此靜修三年, 百日始一下山. 其形短小, 而目有瘋瘰之疾. 苦行勤修, 世所未有. 余見之, 方不忍去, 而飯未畢, 大雨如注, 其勢不已, 師留止宿, 余遂停憩焉. 是夜寒甚, 余宿前楹, 師獨留正殿, 無具無龕, 徹夜禪那[6]不休.

---

1) 목서평(沐西平)은 목영(沐英)을 가리키며, 서평후(西平侯)에 봉해졌기에 이렇게 불리운다.
2) 요당(坳堂)은 요당(坳塘)이라고도 하며, 작은 웅덩이를 의미한다. 『장자·소요유(逍遙遊)』에 "한 잔의 물을 작은 웅덩이에 부어놓으면, 지푸라기는 배가 되어 뜬다(覆杯水於坳堂之上, 則芥爲之舟)"라는 구절이 있다.
3) 석(錫)은 스님이 출타할 때 사용하는 석장(錫杖)을 가리키며, 기석(寄錫)은 행각승이 어느 사원에 잠시 머무는 것을 의미한다.
4) 두타(頭陀)는 원래 정신을 가다듬어 번뇌를 씻어냄을 의미하는 범어 dhūta의 음역이다. 훗날 걸식하면서 여기저기 떠돌면서 수행하는 행각승을 가리킨다.
5) 부악(敷葶)은 '꽃받침을 펼치다'는 의미에서, 꽃을 피움을 가리킨다.
6) 선나(禪那)는 선(禪), 선정(禪定)을 의미하는 범어의 음역이다.

十三日 達旦雨不止, 大乘師復留憩. 余見其瓶粟將盡, 爲炊粥爲晨餐, 師復卽另爨爲飯. 上午雨止, 恐余行, 復强余餐. 忽有一頭陀入視, 卽昨朝陽入庵時曳杖而出者, 見余曰 : “君尙在此, 何不過我? 我猶可爲君一日供, 不必啖此也.” 遂挾余過朝陽, 共煨火具餐. 師號總持, 馬龍人, 爲曲靖東山寺住持, 避囂於此, 亦非此庵主僧也. 此庵主僧曰瑞空, 昨與舊寺主僧俱入郡, 瑞空歸而舊寺僧並不知返, 蓋皆蠢蠢, 世法佛法, 一無少解者. 大乘精進而無餘資, 總持靜修而能撙節, 亦空山中兩勝侶也. 已而自言其先世爲姑蘇吳縣[1]籍, 與余同姓. 昔年朝海過吳門,[2] 山塘[3]徐氏欲留之放生池, 師不果而歸. 今年已六十三矣. 是夜宿其西樓, 寒更甚, 而夜雨復潺潺.

---

1) 소주부(蘇州府)의 치소 남서쪽에 고소산(姑蘇山)이 있기에 소주부를 고소라 일컬었다. 오현(吳縣)은 소주부의 부곽현으로, 지금의 강소성 소주시이다.
2) 오문(吳門)은 소주 혹은 소주 일대를 가리킨다. 춘추시대의 오나라 지역이기에 오문이라 일컫는다.
3) 전해지는 이야기에 따르면, 산당(山塘)은 당나라 때에 백거이(白居易)가 소주에 임직할 때 열었던 물길이라고 한다. 이 물길은 소주 북서쪽의 사분담(沙盆潭)에서 운하로부터 갈라져나와, 북쪽으로 호구(虎丘)를 에돌아 서쪽으로 꺾어져 호서(滸墅)에 이른 뒤, 운하로 흘러든다.

十四日 雨竟日不霽, 峭寒砭骨, 惟閉戶向火, 不能移一步也.

翠峰山, 在曲靖西北, 交水西南, 各三十里, 在馬龍西四十里, 秀拔爲此中之冠. 朝陽庵則劉九庵大師所開建者. 碑言師名明元, 本河南太康人, 曾中甲科, 爲侍御,[1] 嘉靖甲子駐錫翠峰. 萬曆庚子有征播之役,[2] 軍門[3]陳用賓過此, 感師德行, 爲建此庵. 後師入涅槃, 陳軍門命以儒禮葬於庵之東原. (土人言: 劉侍御出巡, 案置二桃, 爲鼠所竊, 劉窺見之, 佯試門子曰: "汝何窃桃?" 門子不承. 嚇之曰: "此處豈夏有他人, 而汝不承. 吾將刑之." 門子懼刑, 遂妄承之. 問: "核何在?" 門子夏取他核以自誣. 劉曰: "天下事枉者多矣!" 乃棄官薙髮[4]於此)

曲靖者, 本唐之曲州, 靖州也, 合其地置府, 而名亦因之.

霑益州土知州安邊者, 舊土官安遠之弟, 兄終而弟及者也. 與四川烏撒府土官安孝良接壤, 而復同宗. 水西安邦彦之叛, 孝良與之同逆. 未幾死, 其長子安奇爵襲烏撒之職, 次子安奇祿則土舍也. 軍門謝命霑益安邊往諭水西, 邦彦拘留之. 當事者卽命奇祿代署州事, 並以上聞. 後水西出安邊, 奉旨仍掌霑益, 奇祿不得已, 還其位; 而奇祿有烏撒之援, 安邊勢孤莫助,擁虛名而已. 然邊實忠順, 而奇祿狡猾, 能結當道歡. 今年三月, 何天衢命把總羅彩以兵助守霑益, 彩竟乘機殺邊, 並挈其資二千金去. 或曰: 彩受當道意指, 皆爲奇祿地也. 奇祿遂復專州事, 當道俱翕然從之. 獨總府沐曰: "邊雖土司, 亦世臣也, 況受特命, 豈可殺之而不問?" 故至今九月間, 霑益復杌桯⁵⁾不安, 爲未定之局云.

下午飯後, 伺雨稍息, 遂從朝陽右登頂. 西上半里, 右瞰峽中, 護國寺下嵌窅口, 左瞻岡上, 八角庵上踞朝陽右脇. 西眺絕頂之下, 護國後箐之上, 又有一庵, 前臨危箐, 後倚峭峰, 有護國之幽而無其逼, 有朝陽之塏而無其孤, 爲此中正地, 是爲金龍庵. 時霏雨復來, 俱當岐而過, 先上絕頂. 又西半里逾北嶺, 望見後數里外, 復一峰高峙, 上亦有庵, 曰盤龍庵, 與翠峰東西駢峙; 有水夾北塢而下, 即新橋石幢河之源也. 於是南向攀嶺脊而登, 過一虛堂, 額曰: '恍入九天'. 又南上, 共半里而入翠和宮, 則此山之絕頂也.

翠峰爲曲靖名峰, 而不著於『統志』. 如閣木之在東山, 與此隔海子遙對, 然東山雖大, 而非正脈, 而此峰則爲兩江鼻祖. 余初見西塢與迴龍夾北之水, 猶東下新橋, 而朝陽、護國及是峰東麓之水, 又俱注白石, 疑是峰猶非正脊; 及登頂而後知正南下墜之峽, 則南由響水坳西, 獨西下馬龍出尋甸矣, 始信是頂爲三面水分之界. (東北二面俱入南盤, 南面入北盤) 其脈南自響水坳西, 平度而峙爲此峰, 即西度盤龍. 其水遂南北異流, 南者從西轉北, 北者從東轉南. 兩盤之交錯, 其源實分於此云.

翠和頂高風峭, 兩老僧閉門煨火, 四顧霧幕峰瀰, 略瞰大略. 由南塢西下, 爲尋甸間道, 余擬明日從之而去者. 遂東南下, 由靈官廟東轉, 半里入金龍庵. 庵頗整潔, 庭中菊數十本, 披霜含雨, 幽景凄絕. 是庵爲山東老僧天則所建, 今天則入省主地藏寺, 而其徒允哲主之. 肅客⁶⁾具齋, 瞑雨漸合. 遂復半里, 東還朝陽. 欲下護國看大乘師, 雨滑不能, 瞰之而過.

十五日 達旦雨止, 而雲氣靉靆,[1] 余復止不行. 日當午獻影, 余遂乘興往看大乘. 大乘復固留. 時天色忽霽, 余欲行而度不及, 姑期之晚過, 爲明日早行計. 乃復上頂, 環眺四圍, 遠峰俱出, 始晰是山之脈, 俱東西橫列, 而脈從中度, 屢伏屢起, 非直亘之脊也. 惟翠峰與盤龍二峰, 乃東西並夾. 而翠峰之南, 響水塢之支橫列東下, 而結爲曲靖; 盤龍之西, 又南曲一支, 始東下而結爲交水, 又橫亘而北, 始東匯炎方之水, 又北始轉度霑益之南塢焉. 從峰東下, 又還過八角庵, 仍返餐於朝陽. 爲總持所留, 不得入護國. 是日以麗江、嵩明二處求兆於翠和靈籤, [麗江得'貴人接引喜更新', 嵩明得'枯木逢春欲放花'.] 皆吉兆也. 午晴後, 竊計明日可早行, 旣暮而雨復合.

---

1) 애체(靉靆)는 구름이 잔뜩 낀 모습을 가리킨다.

十六日 阻雨.

十七日 雨復達旦. 一駐朝陽者數日, 而總持又非常住, 久擾殊爲不安, 雨竟日復一日. 飯後欲別而行, 總持謂雨且復至. 已而果然. 已復中霽, 旣乃大注, 傾盆倒峽, 更甚於昨.

十八日 徹夜徹旦, 點不少輟. 前二日俱午刻朗然, 而今卽閃爍之影一倂無之, 而寒且更甚, 惟就楉柮[1]作生涯, 不復問前程矣.

十九日 晦雨仍如昨, 復阻不行, 閒談. <u>總持</u>昔以<u>周</u>郡尊事逮繫, 桁楊[1]甚若, 因筆記之. (<u>東山寺</u>昔有藏經, 乃<u>唐</u>巡撫所請歸者. 郡守<u>周之相</u>, <u>石阡</u>人, 由鄕薦擢守<u>曲靖</u>, 以淸直聞. 慕<u>總持</u>師道行, 請之檢藏, 延候甚密. 逢東巡守以下諸僚, 皆有'獨淸'之恨, 而<u>周</u>復不免揚其波, 於是悉側目之. 中傷於<u>撫臺</u>[2]<u>王伉</u>, 羅織無跡, 遂誣師往還爲交通賄賂, 以經簏爲筐筐, 坐以重贓. <u>周</u>復代爲完之而去云.)

二十日 夜不聞簷溜, 以爲可行矣. 晨起而霧, 復以爲霽可待也. 旣飯而霧復成雨. 及午過大霽, 以爲此霽必有久晴. 迨暮而雨聲復瑟瑟, 達夜而更甚焉.

二十一日 晦冥終日, 迨夜復雨. 是日下午, 散步<u>朝陽</u>東數十步. 東峽中一庵當峽, 是曰<u>太平庵</u>, 蓋與<u>護國</u>東西夾<u>朝陽</u>者. <u>太平</u>老僧煮芋煨栗以餉.

二十二日 晨起晦冥, 然決去之念, 已不可止矣. 上午乃行. <u>總持</u>復贈之以米, 恐中途雨後一時無宿者耳. 旣別, 仍上<u>護國</u>後夾箐中觀<u>龍潭</u>. 潭小而流不竭, 蓋<u>金龍庵</u>下夾壁縫中之液, 雖不竭而非涵瀦之窟也. 遂西上逾嶺, 循<u>翠和宮</u>之後, 一里餘, 又逾嶺而南下, 雨猶霏霏不已. 半里, 及塢中. 又一里, 有岐北轉, 誤從之, 漸入山夾, 則<u>盤龍</u>所登之道也. 仍出從大道西南行. 二里, 有村當塢中, 溪流自塢直南去, 路由村西轉北行. 半里, 涉塢而西, 一里, 又有村在坡間, 是曰<u>高坡村</u>. 由村後下岡, 有岐從塢中西南去, 爲小徑, 可南達<u>雞頭村</u>; 從岡上西北轉, 爲大徑, 乃駝馬所行者. 初<u>交水</u>主人謂余 : "有間道自<u>尋甸</u>出<u>交水</u>甚近, 但其徑多錯, 乃近日<u>東川</u>駝銅之騎所出. 無同行之旅, 不可獨去, 須從<u>響水</u>走<u>雞頭村</u>大道." 乃余不趨<u>響水</u>而登<u>翠峰</u>. 問道於山僧, 俱云:"山後雖卽駝銅道, 然路錯難行, 須仍出雞頭爲便." 至是余質之途人, 亦多主其說. 然見所云徑路反大, 而所云往雞頭大路者反小甚, 心惑之. 曰以村人爲卜, 然已過村. 見有村人自山中負薪來, 呼而問之, 則指從北不從南. 余乃從駝馬路轉西北, 循岡三里, 西北過一脊. 其脊乃自盤龍南度者, 余初以爲分支南下, 而不意乃正脈之曲. 出坳西, 見脊東所上者甚平, 而脊西則下墜深曲, 脊南北又從嶺頭騈峰高聳, 各極嵯峨, 意是山之脊, 又直折而南. 蓋前自翠峰度其北去者, 此又度其南, 一脊而半日間兩度之矣. 從坳西隨南峰之上, 盤腰曲屈, 其坑皆深墜. 北向一里, 躋一坡. 一里, 又北度一脊, 其脊平亘於南北之中者. 於是又一里, 再躋北嶺, 始西北下. 其時天已漸霽, 無復晦冥之色, 遠峰近峽, 環矚在望. 二里, 下西塢. 其塢自南而北, 其中黃雲盤隴, 村落連錯, 一溪中貫之. 問水所從出, 則仍從新橋石幢河也. 問其所從來, 則堰口也. 問其地何名, 則冤街子也. 始信所過之脊, 果又曲而南; 過堰口, 當又曲而北. 余前登翠峰, 第見其西過盤龍, 不至此, 又安知其南由堰口耶? 前之爲指南者, 不曰雞頭, 卽曰桃源, 余乃漫隨馬跡, 再歷龍脊, 逢原之異, 直左之右之矣.[1] 下塢, 南行二里, 遂橫涉其溪, 中流湯湯, 猶倍於白石江源也. 南上坡一里, 是爲堰口, 聚落數十家, 在溪北岡上. 乃入炊. 久之, 飯而行, 陰雲夏合. 其處有歧, 北入山, 爲麥衝道. 余乃西向行, 其溪亦分歧來, 一自北峽, 一自西峽. 余度其北來者, 遂西入峽, 漸上漸峻, 天色亦漸霽. 四里, 從嶺上北轉, 則北峽之窮墜處. 又一里, 復逾嶺而西. 是嶺自木容箐楊金山北走翠峰, 復自盤龍南走高坡, 又南至此, 始轉而北, 其東西相距, 數里之內, 凡三曲焉. 余一日三過之, 何遇之勤而委曲不遺耶! 從嶺西涉塢, 其水遂南流. 一里, 於是又北轉逾嶺. 一里, 西北下山. 二里, 抵塢中, 隨小水北向出峽, 始有塢成畦. 路當從畦隨流西去, 而塢北有村聚當北岡上, 是爲灑家, (想亦土酋之姓, 或曰亦屬平彝.) 乃一里經塢登岡, 由灑家西向行. 一里, 越隴西下, 有峽自北來, 小水從之, 是亦麥衝南來之道. 遂循其塢轉而西南行, 二里抵新屯, 廬舍夾道, 豐禾被塢. 其處爲平彝之屯. 據土人言, 自堰口之北冤街子, 屯屬平彝, 而糧則寄於南寧;

自灑家之西抵三車, 屯屬平彝, 而糧則寄於馬龍; 自一碗衝之西抵魯石, 屯屬平彝, 而界則屬於尋甸. 蓋尋甸、曲靖, 以堰口老龍南分之脊爲界; 馬龍、南寧, 以堰口老龍爲界; 而平彝則中錯於兩府之交而爲屯者也. 自屯西逾坡, 共一里餘, 過一塢, 有二三家在西嶺, 其塢復自北而南. 由村南轉而逾岡西南下, 二里, 復有一塢, 溪疇南環, 聚落北倚, 是爲保官兒莊, 夾路成衢, 爲村聚之最盛者, 此亦平彝屯官之莊也.

二十三日 中夜聞隔戶夜起者, 言明星烺烺; 雞鳴起飯, 仍濃陰也, 然四山無霧. 昧爽卽行, 始由西南涉塢, 一里, 漸轉西行入峽, 平涉而上. 三里, 逾一坳脊, 遂西下. 兩上兩下, 兩度南去之塢, 兩逾南行坡脊而西, 共五里, 有村在西坡上, 是曰三車. 由其村後, 復逾南行一坡, 度南行一塢, 一里半, 披西峽而入, 於是峽中水自西而東. 溯之行半里, 漸盤崖而上. 崖南峽中, 等木森鬱, 微霜乍染, 標黃疊紫, 錯翠鋪丹, 令人怳然置身丹碧中. 一里餘, 漸盤而北折, 下度盤堅, 更覺深窈. 二里, 又循西峽上. 一里, 又逾一脊, 是爲南行分脊之最遠者, 東西皆其旁錯也. 由脊西下, 涉塢再西, 共二里, 有峽甚逼. 隨峽西折而南行, 半里, 復西逾嶺. 半里出嶺西, 始見嶺北有塢, 居廬環踞岡上, 是爲一碗衝. 於是西行嶺脊之上, 其嶺頗平, 南北皆塢, 而脊橫其中. 一里, 陟脊西. 又南轉逾岡西下, 共一里, 度一峽, 想卽一碗衝西向泄流之峽也. 又西北上坡, 其坡頗長, 一里陟其巔. 於是東望所度諸嶺, 如屏層繞, 而直東一峰, 浮靑遠出, 恐尙在翠峰之外, 豈東山、闖木之最高處耶? 北望乃其峰之分脊處, 至是乃見迴支環堅. 而南望則東南最豁, 此正老脊分支, 環於板橋諸處者, 不知此處何以反伏其脊? 其外亦有浮靑特出遠甚, 當是路南市邑之間. 惟西則本支尙高, 不容外矚也. 由巔南循坡西轉, 半里, 又四度脊. 從脊西向西北下塢, 約一裡, 有溪始西向流, 橫二松渡之. 其溪

從西峽去, 路循西北坡上. 一里, 復西逾脊, 環坡南下, 遂循之行. 一里, 轉而西下, 有塢自北來, 頗巨, 橫涉其西, 塍泥污潦. 半里, 有大聚落在西坡下, 是爲魯石哨, 其處已屬尋甸, 而屯者猶平彝軍人也. 由村南西上逾坡, 一里, 復逾岡頭. 轉而西南二里, 又西向逾脊. 從脊西下峽中, 半里, 峽北忽下墜成坑, 路從南崖上行. 南聳危巘, 北陷崩坑, 坑中有石幢,[1] 則崩隤之餘也. 循坑西下, 又半里, 有北來之塢, 橫度之. 又半里, 涉溪西上, 復西南上坡, 橫行坡上. 一里, 又西向入峽, 其南有峰尖聳, 北有峰駢立. 二里, 從南峰之北逾腋而西, 又一里, 始行北峰之南岡, 與北峰隔塢相對. 有村居倚北峰而懸塢北, 是爲郭擴, 始非平彝屯而爲尋甸編戶.

由其西南下坡, 半里, 涉小澗, 西登坡, 循坡北行, 又與駢峰東西隔塢. 共二里北上, 瞰駢峰之陰. 遂西半里, 逾岡, 從岡上平行. 有中窪之坑, 當岡之南, 橫墜而西. 其西有尖峰, 純石而中突, 兩腋屬於南北, 若當關之標. 路行坑上, 一里, 出尖石峰之北腋, 遂西向而下, 一里抵西壑, 則尖石峰之西麓矣. 於是南界擴然, 直望一峰最高, 遠插天表, 余疑以爲, 而無可徵也. (滇東諸山, 惟堯林山最高聳特出, 在嵩明東二十里, 與河口隔河相對. 登楊林老脊, 猶東望而見之, 今則南望而見之, 皆在七八十里之外. 按『志』無堯林之名, 惟有秀嵩山在嵩明州東二十里, 聳秀挿霄漢, 環州之山, 惟此爲最耳) 度壑西轉, 二里, 越小溪橋, 有村在北隴, 是曰壁假. 由其西攀嶺北上, 旋逾坳而西, 一里, 復下涉壑, 又南見天表高峰. 時已追及一老人, 執而問之, 果堯林也. 又西一里, 復入西峽. 躡峽而上半里, 逾嶺西, 西界遙山始大開, 望見南龍老脊, 自西南橫列而東北, 則東川、尋甸倚之爲界者也. 其脊平峙天際, 而西南與東北兩頭各起崇峰, 其勢最雄, 亦最遠. 從屏峙中又分列一支, 自西北走東南, 若'八'字然. 其交分之處, 山勢獨伏, 而尋甸郡城正托其坳中. 由伏處入, 爲東川道; 西逾分列之脊, 爲嵩明並入省道; 循分列東麓而南, 爲馬龍道. 楊林之水, 繞堯林之東, 馬龍水由中和北轉, 同趨而北, 皆隨此分列之山, 而合於其東者也; 但溪流猶不可見, 而郡南海子則汪然可挹. 從此西下, 坡峻嶺豁, 二里抵其峽中. 有小水亦南行, 隨之西南又半里, 北塢迴環, 中有村廬當坡, 曰海桐.

由其南, 西度塢, 復上岡, 一里抵岡頭. 隨岡南下, 轉而西, 共二里, 塢自北來, 溪流隨之, 內有村當塢, 曰果壁, 外有石堰截流. 路由堰上涉水而西, 從平坡上行, 二里, 稍下, 有村倚坡之西, 曰柳塘. 於是坡盡畦連, 北抵迴峰, 西逾江而及郡, 南接海子, 皆禾稻之區, 而村落相望矣. 從畦塍西行二里, 則馬龍之溪自東南峽出, 楊林之溪自西南峽出, 夾流而北, 至此而合, 石梁七洞橫架其上, 曰七星橋. 其自南而北, 爲北盤上流, 正與石堡橋之流, 自北而南, 爲南盤上流, 勢正相等, 但未能及曲江橋之大也. 過橋, 有廟三楹, 東向臨之. 中有舊碑, 或言去郡城十五里, 或言二十里, 或名爲江外河, 或名爲三岔河, 無定里, 亦無定名. 而『一統志』又名其溪爲阿交合溪, 又注舊名爲些邱溢派江, 名其橋爲通靖橋, 然注其橋曰: “城東二十里跨交合溪.” 注其溪曰: “府東南十五里合流.” 又自異焉. 按舊城在今城東五里, 今城築於嘉靖丁亥安銓亂[2]後, 則今以十五里之說爲是. 乃屢訊土人, 皆謂其流出東川, 下馬湖, 無有知其自霑益下盤江者. 然『一統志』曰入霑益, 後考之府志, 其注與『一統』同. 參之龔起潛之說, 確而有據, 不若土人之臆度也. 或有謂自車洪江下馬湖, 其說益訛. 亦可見此水之必下車洪, 車洪之必非馬湖矣. 蓋車洪之去交水不遠, 起潛之諧霑益甚眞, 若車洪之上, 不折而西趨馬湖, 則車洪之下, 不折而北出三板橋, 則起潛之指示可知也.

　　由江西岸北行半里, 隨江折而西. 循江南岸, 依山陟嶺又二里餘, 江折而北, 路逾嶺頭折而南下. 半里, 由塢中西行, 於是循鳳梧南山之麓矣. 按鳳梧山者, 在郡城東北十里, 山脈由郡西外界老脊, 排列東突爲是山, 西北一峰圓聳, 東南一峰斜騫, 爲郡中主山. 阿交合溪自東來逼其麓, 轉而東北入峽去, 若避此山者, 是老龍東北行之脊也. 『一統志』無其名, 止標月狐山在城東北八里, 環亘五十餘里. 以舊城計之, 當卽此山, 第『府志』則月狐、鳳梧並列, 似分兩山. 然以山形求之, 實無兩山分受也. 豈舊名月狐, 後訛‘狐’爲‘梧’, 因訛‘月’爲‘鳳’耶? 豈圓聳者爲月狐, 而後人又分斜騫者爲鳳梧耶? 共西三里, 南望壑中海子, 水不甚大, 而零匯連珠. 蓋郡城之流東南下, 楊林之川南來, 相距於壑口而不相下, 遂瀦而成浸者. 坡南下處, 石漸稜稜露奇. 又一里, 行石片中, 下忽有清泉一泓, 自石底溢而南出, 其底中空, 泉混混[3]平吐, 清冽鑒人眉宇. 又西數步, 又有泉連瀦成潭, 乃石隙迴環中下溢而起, 泛泛不竭, 亦溢而南去. 此潭圓若鏡而無中空之隙, 不知水從何出, 然其清冽不若東泉之碧瑩無纖翳也. 按『郡志』八景中有‘龍泉雙月’, 謂郡城東十里有雙泉, 相去十餘步, 月夜中立其間, 東西各見月影中逗. 以余觀之, 泉上石環樹筜, 雖各涵明月, 恐不移步而左右望中, 未必能兼得也. 又西半里, 有聚落倚山面壑, 是爲鳳梧所. 土人謂之馬石窩, 想未置所時其舊名然耳. 於是西北隨田塍行, 坡隴間時有聚落而不甚盛. 按『郡志』, 舊郡址在今城東五里, 不知何村足以當之? 共西三里, 有溪流自北塢來, 中貫田間, 有石樑跨之. 越之西行, 又三里, 復有溪自北塢來, 亦貫田間, 而石樑跨之, 此卽所謂北溪也. 水在郡城之北爲最近, 乃城西坡與鳳梧夾腋中出者. 越梁, 又西行一里, 入尋甸東門. 轉而南, 停屐於府治東之旅肆.

尋甸昔爲土府, 安氏世長之, 成化間始改流. 至嘉靖丁亥, 安之裔孫安銓者作亂, 構武定鳳廷文攻毁楊林、馬龍諸州所. 當道奏發大兵殲之, 並武定改流.[4] 乃移尋甸郡於舊治之西五里, 直逼西山下, 始築城甃磚爲雄鎮云. (按鳳廷文或又稱爲鳳繼祖, 又稱爲阿鳳, 或又稱爲鳳顯祖, 自改名鳳廷霄. 或又云本江西人, 贅武定土官婦, 遂專恣作亂, 以兵直逼省. 後獲而磔之.)

尋甸四門俱不正, 蓋因山勢所就也. 東門偏於北, 南門偏於東, 西門偏於南, 惟北門差正, 而又非經行之所. 城中惟街二重, 前重乃府與所所莅, 後重爲文廟、城隍、察院所倚, 其向俱東南.

尋甸之城, 直東與馬龍對, 直西與元謀對, 直南與河口對, 直北與東川對. 其西北皆山, 其東南大豁.

---

1) 석당(石幢)은 경문이나 그림, 제명(題名) 등을 새겨 넣은 커다란 돌기둥을 가리킨다.
2) 안전(安銓)의 난은 가정(嘉靖) 6년에 운남의 토박이 우두머리인 안전(安銓)이 반란을 일으켜 숭명주, 목밀(木密), 양림 등을 점령했던 일을 가리킨다.
3) 혼혼(混混)은 물이 솟구쳐 끊임없이 흐르는 모양을 가리킨다. 『맹자·이루하(離婁下)』에 "근원이 있는 샘물은 솟구쳐 나와 밤낮을 멈추지 않고 흐른다(源泉混混, 不舍

畫夜"라는 글귀가 있다.

4) 개류(改流)란 명청대에 운남, 귀주, 사천, 광서 등의 소수민족지구에서 토사를 폐지하고 유관(流官)에 의한 통치를 실시했던 조치로서, 이를 통해 중앙정부의 통일적인 관리를 강화했다. 개토귀류(改土歸流) 혹은 개토위류(改土爲流)라고도 한다.

二十四日 余初欲行, 偶入府治觀境圖, 出門, 左有肆, 中二儒冠者, 問『圖』、『志』, 以有版可刷對. 余辭以不能待. 已而曰: "有一刷而未釘者, 在城外家中." 索錢四百, 余予之過半. 旣又曰: "須候明晨乃得." 余不得已, 姑候之. 聞八景中有'北溪寒洞', 在東門外北山之下, 北溪水所從出也, 因獨步往探之. 遍詢土人, 莫有識者, 遂還. 步城內後街, 入儒學城隍諸廟. 下午還寓作記. 是日晴而有風. 城中市肆, 與廣西府相似. 賣栗者, 以火炙而賣之.

二十五日 晨起, 往索『志』. 其人初謂二本, 旣而以未釘者來, 止得上冊, 而仍少其半. 余略觀之, 知其不全. 考所謂阿交合溪之下流, 所載亦正與『一統志』同, 惟新增所謂鳳梧山、雙龍潭之類而已. 乃畀還之, 索其原價. 遂飯而行.

出西門, 卽上西山, 峻甚. 五里, 逶迤躋其頂, 則猶非大龍之脊也. 其脊尙隔一塢, 西南自果馬山環界而北, 乃東度而爲月狐, 從其北度之坳, 又南走一支, 橫障於東, 卽此山也. 『志』稱爲隱毒山, 謂山下有泉爲隱毒泉. 蓋是山之西, 與老龍夾而中窪, 內成海子, 較南海子頗長而深; 是山之東, 有泉二派, 一出於北, (今名爲北溪.) 一出於南, (脫數字.) 而是山實南北俱屬於大脊焉. 由其西向西南下, 二里抵塢中, 有小坑瀦汚流, 不甚大也. 西陟塢一里半, 草房數間, 倚南坡上, 爲黑土坡哨. 前有岐, 西北由塢中行, 爲潘、金、魏所道; 西南上坡爲正道. 余乃陟坡一里, 復南逾其岡, 岡頭多眢井中陷, 草莽翳之, 或有聞水聲潺潺者. 越岡南行二里餘, 乃下坡, 遂與西海子遇; 其水澄碧深泓, 直漱東山之麓. 路旣南臨水湄, 遂東折而循山麓行. 南向二里, 見其水汪汪北轉, 環所逾眢井之岡, 南抵南岡, 東逼山麓, 而西瀦所聚焉. 蓋惟西北二面, 大脊環抱, 可因泉爲田, 而三所屯托之, 所謂潘所、金所、魏所也. (乃土官三姓.) 三所在海子西, 與余所循山麓, 隔水相望. 是水一名淸海子, 一謂之車湖, 水瀕山麓, 淸澈可愛, 然涸時中有淺處, 可逕而南也. 今諸山岡支瞰其間, 湖水紆折迴抱, 不啻數十里. 『一統志』謂四圍皆山者是; 謂周廣四里, 則不止焉, 想從其涸時言也. 又南一里, 東逾一瞰水之岡, 又陟漱水之坡, 南向一里, 海子南盡, 遂西南逾岡而行. 岡不甚峻, 而橫界於東西兩界之間, 皆廣坡漫衍. 由其上南行四里, 稍南下, 忽聞水聲, 已有細流自岡西峽隆溝而南矣. 有數家在西山下, 曰花箐哨. 始知其岡自西界老脊度脈, 而東峙爲東界, 北走而連屬於鳳梧之西坳, 是爲隱毒山, 中環大窪, 而淸海子瀦焉; 南走綿聳於河口之北崖, 是爲堯林山, 前挾交溪, 而果馬水入焉. 不陟此岡, 不知此脈乃由此也. 於是隨水南行, 皆兩界中之坂隴, 或涉西委之水, 或逾西垂之坡, 升降俱不甚高深, 而土衍不能受水, 皆不成畦. 然東山逶迤而不峻, 西山崇列而最雄, 路稍近東山, 而水悉溯西山而南焉, 則花箐諸流之下泄於果馬溪者, 又楊林之源矣. 南行二十五里, 始有聚落, 曰羊街子, 其西界山至是始開峽, 重巒兩疊, 湊列中有懸箐焉. 由此而入, 是爲果渡木朗, 乃尋甸走武定之間道. 蓋西界大山, 北向一支, 自西南橫列東北, 起嶂最高, 如重蓋上擁; 南向一支, 亦自西南橫列東北, 排巒稍殺, 如外幔斜騫, 雖北高南下, 而其脈實自南而北疊, 而中懸一箐爲叢薄, 爲中通之隙焉, 是曰果馬山; 而南北之水由此分矣. 羊街子居廬頗聚. 又有生街子, 在果馬溪西大山下, 與羊街子皆夾水之市, 皆木密所分屯於此者. 蓋花箐而南, 至此始傍水爲塍耳. 時方下午, 問前途宿所, 必狗街子, 去此尚三十里. 恐行不能及, 途人皆勸止, 遂停憩逆旅, 草記數則. 薄暮, 雨意忽動, 中夜聞潺潺聲.

二十六日 晨起, 飯後, 雨勢不止, 北風釀寒殊甚. 待久之, 不得已而行. 但平坡漫隴, 界東西兩界中, 路從中而南, 雲氣充寒, 兩山漫不可見, 而寒風從後擁雨而來, 傘不能支, 寒砭風刺, 兩臂僵凍, 痛不可忍. 十里, 稍南下, 有流自東注於西, 始得夾路田畦, 蓋羊街雖有田畦, 以溪傍西山, 田與路猶東西各別耳. 渡溪南, 復上坡, 二里, 有聚落頗盛, 在路右, 曰間易屯. 又北一里半, 南岡東自堯林山直界而西, 西抵果馬南山下, 與果馬夾溪相對, 中止留一隙, 縱果馬溪南去; 溪岸之東山, 阻溪不能前, 遂北轉溯流作環臂狀. 又有村落倚所環臂中, 東與行路相向, 詢之土人, 曰果馬村. 從此遂上南岡, 平行岡嶺二里, 是爲尋甸、雲南之界. 蓋其嶺雖不甚崇, 自南界橫亘直湊西峰, 約十餘里, 橫若門閾, 平若堵牆, 北屬尋甸, 南屬嵩明, 由此脊分焉. 稍南, 路左峰頂有庵二重, 在松影中, 時雨急風寒, 急趨就之. 前門南向, 閉莫可入. 從東側門入, 一老僧從東廡下煨, 見客殊不爲禮. 禮佛出, 將去之, 一爨下僧, (號德聞.) 出留和火. 薪不能燃, 遍覓枯槎焙之, 就炙濕衣, 體始復甦; 煨栗瀹茶, 腸始迴溫. 余更以所攜飯乘沸茶食之, 已午過矣.

　零雨漸收, 遂向南坡降. 三里, 抵坡下, 卽楊林海子之西塢也. 其處遙山大開, 西界卽嵩明後諸老龍之脊, 東界卽羅峰公館後分支, 爲翠峰祖脊, 相對夾成大壑, 海子中匯焉; 其南楊林所城當鎖鑰, 其北堯林山扼河口. 海東爲大道所經, 海西爲嵩明所履, 但其處竹樹漸密, 反不遑遠眺. 大道東南去, 乃狗街子道; 岐路直南去, 爲入州道. 余時聞有南京僧, 在狗街子州城大道之中, 地名大一半村者, 欲往參之, 然後入州. 乃從岐道下竹坑間行, 一里, 有大溪自西北環而東注, 卽果馬溪之循西山出峽, 至是放而東轉者. 橫木梁跨石洑上, 洑凡三砥, 木三跨而達涯之西, 其水蓋與新橋石幢河相伯仲者也. 既度, 卽平疇遙達, 村落環錯, 西南直行, 六里而抵州. 由塍中東南向, 遵小徑行二里, 過小一半村. 又一里, 有大路自東北走西南, 是爲狗街子入州之道, 道之北卽爲大一半村, 道之南卽爲玉皇閣. 入訪南京師, 已暫棲州城某寺. (其徒初與余言, 後遂忘之. 南京僧號金山.) 余遂出從大道, 西南入州. 二里, 又有溪自西而東向注, 其水小於果馬之半而頗急, 石卷橋跨之. 越而西南行, 濘陷殊甚. 自翠峰小路來, 雖久雨之後, 而免陷淖之苦, 以山徑行人少也. 一入大路, 遂舉步甚艱, 所稱'蜀道', 不在重崖而在康莊[1]如此. 又三里直抵西山下, 轉而西南, 又一里而入嵩明之北門, 稍轉東而南停於州前旅舍. 問南京僧, 忘其寺名, 無從覓也.

1) 강장(康莊)은 사통팔달의 한길을 의미한다.

二十七日 密雲重布, 雖不雨不霧, 而街濕猶不可行. 余抱膝不下樓, 作書與署印州同[1]張, 拒不收; 又以一刺投州目[2]管, 雖收而不卽答. 初是州使君[3]爲吾郡鈕國藩, [武進鄉薦.[4]] 余初入滇, 已遷饒州別駕, 至是東其轅[5]及月矣. 二倅皆南都人, 余故以書爲庚癸呼,[6] 乃張之扞戾[7]乃爾, 始悔彈鋏操竿[8]之拙也. 是日買得一野鳧, 烹以爲供.

1) 주동(州同)은 지주(知州)의 속관이다. 서인주동(署印州同)은 주동(州同)이면서 잠시 지주의 업무를 대리함을 가리킨다.
2) 주목(州目)은 주(州)의 아전을 의미한다.
3) 사군(使君)은 한나라 때에 주의 자사(刺史)를 일컫던 호칭이다.
4) 무진(武進)은 지금의 강소성 상주시(常州市)이다. 향천(鄉薦)은 거인(擧人)을 가리킨다.
5) 동원(東轅)은 병사를 이끌고 동쪽으로 출전하거나 동쪽 변경에 주둔함을 의미한다. 원(轅)은 군영의 원문(轅門)을 가리킨다.
6) 경계(庚癸)의 경(庚)은 서쪽의 신으로 곡식을 관장하고, 계(癸)는 북쪽의 신으로 물을 관장하는 신인데, 이로써 음식물이나 양식을 구걸함을 의미한다. 『좌전·애공(哀公)』 13년에는 "오나라의 신숙의가 노나라 공순의 유산씨에게 양식을 부탁하자, (… 중략…) 유산씨는 '고운 양식은 없으나 거친 곡식은 있으니, 당신이 수산에 올라 경계라고 외치시면, 알았소하고 가져다 드리겠습니다'라고 대답했다(吳申叔儀乞糧於公孫有山氏曰, (…中略…) 對曰: '梁則無矣, 麤則有之. 若登首山以呼曰: 庚癸乎!' 則諾.)" 이후 남에게 돈을 빌리는 것을 가리킨다.
7) 한려(扞戾)는 괴팍하여 정리를 따지지 않음을 의미한다.
8) 탄협조우(彈鋏操竿)는 전국시대에 맹상군(孟嘗君)의 식객이었던 풍환(馮驩)이 장검의 손잡이를 타면서 노래를 불러 생선을 달라 하고 수레를 내놓으라 했던 일을 가리킨다. 훗날 궁핍하여 무언가에 희망을 건다는 뜻으로 쓰이게 되었다.

二十八日 晨起, 濃雲猶鬱勃, 惟東方已開. 余令肆婦具炊, 顧僕候管倅迴書. 余乃由州署西, 踐濕徑, 北抵城隍廟, 其東爲察院. 其中北向登山數級, 右爲文廟, 左爲明倫堂、尊經閣. 登閣, 天色大霽, 四山盡出, 始全見海子之水當其前. 是海子與楊林共之, 卽『統志』所云嘉利澤也, 以果馬巨龍江及白馬廟溪之水爲源, 而東北出河口, 爲北盤江之源者也. 由中路再上, 抵文廟後夾衢西入, 與文廟前後並峙者, 是爲宗鏡寺. (寺建於唐天祐中.) 寺古而宏寂, 踞蛇山之巔, 今謂之黃龍山. 山小而石骨稜稜, 乃彌雄山東下之脈, 起而中峙如錐, 州城環之, 爲州治之後山者也. (昔多小黃蛇, 故今以黃龍名之.) 登此, 則一州之形勢, 盡在目中矣.

嵩明舊名嵩盟. 『一統志』言, 州治南有盟蠻臺故址, 昔漢人與烏、白蠻會盟之處, 而今改爲嵩明焉. 州城亦因山斜繞, 門俱不正, 其向與尋甸相似.

嵩明正北由大山峽口入, 竟日而通普岸、嚴章, 爲尋甸西境; 正南隔嘉利澤, 與羅峰公館對, 爲楊林北境; 正東爲堯林山, 踞河口之北, 爲下流之砥柱; 正西逾嶺, 爲舊邵甸縣. 其北之梁王山, 爲老龍分支之處, 領挈衆山, 爲本州西境, 與尋甸、富民、昆明分界者也.

嵩明中環海子, 田澤沃美. 其西之邵甸, 南之楊林, 皆奧壤也, 昔皆爲縣, 而今省去. 楊林當大道, 今猶存所焉.

出寺下山, 還飯於店, 而管倅迴音不至. 余遂曳杖出南門, 轉而西, 半里抵塔下. 大道東南由楊林去, 余時欲由冤兒關, 乃西南行. 一里, 有追呼於後者, 則管倅以迴柬具程, 命役追至, 而程猶置旅寓中. 因令顧僕返取, 余從間道北向法界寺待之. 法界寺者, 在城西北五里, 亦彌雄山東出之支, 突爲崇峰者也. 路當從西門出, 余時截岡逾隴, 下度一竹塢, 二里而北上山. 躡坡盤級而上, 二里, 逾一東下之脊, 見北塢有山一支, 自頂下垂, 而殿宇重疊, 直自峰頂與峰俱下. 路有中盤坳中者, 有直躡峰頂者, 余乃竟躡其頂, 一里及之. 西望峰後, 下有重壑, 壑西北有遙巘最高, 如負扆[1]挈領, 擁列迴環, 瞻之甚近, 余初以爲嵩明之冠, 而不知其卽梁王之東面也. 轉而東, 峰頭有元帝殿冠其頂, 門東向. 余入叩畢, 問所謂南京師者, 仍不得也. 先是從城中寺觀覓之不得, 有謂在法界者, 故余復迂途至, 而豈意終莫可蹤跡乎? 由殿前東向下, 歷級甚峻. 半里得玉虛殿, 亦東向, 仍道宮也, 兩旁危篁迴合, 其境甚幽. 再下, 出天王殿. 又下半里, 有一庵當懸岡之中, 深竹罨門, 重泉夾谷, 幽寂窈窕. 惜皆閉戶, 無一僧在. 又下, 始爲法界正殿. 先入殿後懸臺之上, 其殿頗整, 有讀書其中者, 而主僧仍不在. 乃下, 禮佛正殿. 甫畢, 而顧僕亦從塢中上. 東廡有僧出迎, 詢知南京師未嘗至. 而仰觀日色, 尚可行三十餘里, 遂詢道於僧, 更從北徑爲邵甸行. 蓋楊林爲大道, 最南而迂; 冤兒爲中道, 最捷而坦; 邵甸爲北道, 則近依梁王, 最僻而險. 余時欲觀其挈領之勢, 遂取道焉.

由寺前西南轉竹箐中, 隨坳而南, 一里, 逾東南岡, 出向所來道, 遂南下山. 一里抵山下, 有塢自西北來, 即前嶺頭下瞰重壑之第一層也. 由其南橫度而西南, 二里, 過一村, 村南始畦塍相屬. 隨塍南下, 西行畦中一里餘, 望見北岡垂盡處, 石崖駢沓, 其東村廬倚岡上, 爲靈雲山; 西有神宇臨壑, 是爲白馬廟. 神宇之西有塢, 自北山迴環而成峽, 有大溪自峽中東注而出, 即前嶺頭遙瞰之第二層也. 其壑西南, 始遙遇梁王最崇峰之下. 蓋梁王東突, 聳懸中霄, 北分一支, 東下爲靈雲峰, 即白馬所倚; 再北分一支, 東峙爲法界寺, 法界北壑雖與梁王對夾, 而靈雲實中界焉, 故梁王東麓之溪濚注, 俱從此出也. 其流與東山之巨龍江相似, 東西距州城遠近亦相似也. 溪無橋, 涉之, 即西上坡. 始余屢訊途人, 言渡溪而西, 必宿大大村, 村之東, 皆層岡絶嶺, 漫無村居. 問 : "去村若干里?" 曰 : "三十." 余仰視日色, 當已不及, 而土人言不妨, 速行可至. 再問皆然. 遂急趨登坡, 一里, 有負載而來者, 再問之, 曰 : "無及矣. 不如返宿爲明晨計." 余隨之還, 仍渡溪, 入白馬廟. 廟敝甚, 不堪托宿. 乃東過駢沓石崖, 從村廬之後, 問宿於靈雲山僧. 是庵名梵虛, 僧雖不知禪誦, 而接客有禮, 得安寢焉.

---

1) 부의(負扆) 또는 부의(負依)는 병풍에 기댐을 의미하며, 흔히 황제가 조정에서 신하를 불러들여 정무를 보는 것을 가리킨다.

二十九日 晨起, 碧天如洗. 亟飯, 仍半里渡溪, 躡西坡而上. 迤邐五里, 逾岡脊, 東望嘉利澤, 猶在足下; 西瞰梁王絶頂, 反爲近支所隱不可見, 計其處, 正當絶巘之東, 此即其支岡也. 岡頭多中陷之坎, 枯者成眢井, 瀦者成天池.

稍西北, 盤岡一里, 復西南下. 一里, 度中窪之底, 復西北上, 行山南嶺坡間.
二里, 復西南下塢中. 其塢自西北崇峰夾中來, 中有流泉頗急, 循塢西崖東
墜, 此梁王山東南之流也. 有歧路直自塢外東南來, 直西北向梁王山東腋
去, 此楊林往普岸、嚴章徑. 余交截之而西, 半里, 渡西涯急流, 復西北躡
岡上, 頗峻. 一里, 躡峰頭, 已正當梁王山之南矣. 西向平行嶺頭, 一里, 又
西下半里, 塢有小水, 猶東南流也. 一里徑塢, 又西上逾嶺. 半里, 復下. 其
嶺南北俱起, 崇峰夾之, 水已西南行, 余以爲過脊矣, 隨之下一里, 行峽中.
轉而南一里, 又有水自西北來, 同墜壑東注而下嘉利澤. 始知前所過夾峰
之脊, 猶梁王南走之餘支也. 越水, 復西北躡峻而上, 一里半, 抵峰頭, 則當
梁王山之西南矣. 是峰西南與南來老脊, 又夾坑東北下嘉利澤, 是峰東北
與梁王主峰, 亦盤谷東下嘉利澤. 從脊上平行而西, 一里餘, 出西坳. 半里,
始見其脈自南山來者, 從此脊之西北下, 伏而再起, 遂矗峙梁王焉.

梁王山者, 按『志』無其名, 余向自楊林西登老脊, 已問而知之, 云在邵甸
東北, 故余取道再出於此, 正欲晰其分支界水之源也. 然『志』雖不名梁王,
其注盤龍江則曰: "源自故邵甸縣之東山、西山." 則指此爲東山矣. 其注
東葛勒山, 則曰: "在邵甸縣西北, 高三十里, 爲南中名山, 遠近諸峰, 高無
逾此." 則所謂三十里者, 又指此爲東葛勒山矣. 但土人莫諳舊名, 因梁王
結寨其頂, 遂以梁王名之. 『志』無梁王名, 未嘗無東葛勒名也. 其脈自澂江
府羅藏山東北至宜良, 分支東北走者, 爲翠峰之支, 正支西北走者, 由楊林
西嶺, 而北度兔兒關, 又北度此而高聳梁王山, 橫亘於邵甸之北, 其東西兩
角並聳, 東垂下臨白馬溪之西, 西垂下臨牧養澗之東. 由西垂環而西南爲
分支, 則文殊商山之脈所由衍也; 由東垂走而東北爲正支, 則果馬、月狐
之脊所自發也. 西垂曲抱, 而盤龍之源, 遂濬滇海; 東垂橫夾, 而嘉利之派,
遂匯北盤: 宜其與羅藏雄對南北, 而共稱梁王云.

過脊, 漸西降, 西瞰夾塢盤窩, 皆豐禾芃芃, 不若脊東皆重岡荒磧也. 一
坡西垂夾塢中, 上皆側石斜臥. 從其上行, 二里, 始隨坡下墜. 一里及塢, 有
小溪自東南塢中出, 越之西行. 又半里, 有村聚南山下, 皆瓦房竹扉, 山居

中之最幽而整者, 是曰大大村. 始東西開塢, 梁王山西南之水, 由塢北西注; 余所越南塢之水, 截塢而從之. 半里, 越村之西, 又開爲南北之塢, 有小水自南來, 經西岡下, 北合於東塢之水, 同破西北峽而下墜, 當西出於邵甸之北者也. 路越南來小水, 逾西南上坡. 盤坡而上, 約里許, 越其巓. 又西下半里, 西南涉溪; 其溪似南流者. 一里, 又西逾坡脊, 平行坡上. 又一里餘, 始見西塢大開. 其塢自北而南, 闢夾甚遙, 而環峰亦甚密, 塢中豐禾雲麗, 村落星羅, 而溪流猶僅如帶, 若續若斷焉. 於是陟降西麓, 半里抵塢. 有村倚麓西而廬, 是曰甸頭村, 卽邵甸縣之故址也. 是村猶偏於塢東; 塢北有峰中垂, 亦有聚廬其上. 其地去嵩明州四十里, 重巒中間, 另闢函蓋. 正北則梁王正脊亘列於後, 東界卽老脊之北走者, 西界卽分支之南環者. 其西北度處, 有坳頗平, 是通牧漾; 東北循梁王山東垂而北, 是通普岸、嚴章; 西逾嶺, 通富民縣; 東逾嶺, 卽所從來者; 惟南塢最遠, 北自甸頭, 十里至甸尾. 塢中之水, 南至甸尾, 折而西南去, 路亦逾山而西, 遂爲嵩明、昆明之界焉.

　余旣至甸頭村, 卽隨東麓南行. 一里, 有二潭瀦東涯下, 南北相並, 中止有岸尺許橫隔之, 岸中開一隙, 水由北潭注南潭間, 潭大不及二丈, 而深不可測, 東倚石崖, 西瀕大道, 而潭南則祀龍神廟在焉. (潭中大魚三四尺, 泛泛其中. 潭小而魚大, 且不敢捕, 以爲神物也.) 甸頭之水, 自北來流於大道之西; 潭中水自潭南溢, 流大道之東, 已而俱注於西界之麓, 合而南去. 路則由東界之麓, 相望而南. 塢中屢過村聚. 八里, 有小水自東峽出, 西入於西麓大溪, 逾之. 南二里, 則甸尾村橫踞甸南之坡. 有岐直南十里, 通兔兒關; 正路則由村西向行. 一里餘, 直抵西界之麓, 有石梁跨大溪上. 逾梁, 始隨西麓南行. 半里, 溪水由西南盤谷而入, 路西北向逾嶺. 一里, 登嶺頭. 一里, 下嶺西塢中, 路復轉西南行, 大溪尙出東南峽中, 不相見也. 蓋其東老脊, 南自宜良, 經楊林西嶺度而北, 一經兔兒關, 其西出之峰突爲五龍山, 則挾匯流塘之水而出松花壩者也; 再北經甸尾東, 其峰突爲祭鬼山, 則挾邵甸之水而出匯流塘者也. 於是又西越塢脊, 四里, 隨塢西下. 一里, 又有水自北峽來, 有梁跨之, 其勢少殺於甸尾橋下水. 有村在梁之西, 是爲小河口, 卽牧漾之流,

南經此而與邵甸之水合, 而出匯流塘者也. 過村, 又西南上嶺, 盤折山坡者
七里, 中有下窪之窰. 旣而陟下峽中, 有小水自西北峽來, 渡之, 村聚頗盛.
村之南, 則邵甸之水, 已與小河口之流, 合而西向出峽, 至此復折而南入峽
中, 是爲匯流塘, 其瀠迴勢可想也. 從此路由西岸隨流入峽, 其峽甚逼, 夾
翠駢崖, 中通一水, 路亦隨之, 落照西傾, 窈不見影. 曲折四里, 有數家倚溪
北岸, 是爲三家村. 投宿不納. 蓋是時新聞阿迷不順, 省中戒嚴, 故昆明各
村, 俱以小路不便居停爲辭. 余强主一家, 久之, 乃爲籌火炊粥, 啓戶就榻
焉.

운남 유람일기4(滇遊日記四)

해제

「운남 유람일기4」는 서하객이 「운남 유람일기3」에 이어 운남부(雲南府)와 무정부(武定府)를 여행한 기록이다. 숭정 11년(1638년) 10월 1일, 서하객은 운남성의 성도인 곤명을 두 번째로 방문했다. 그는 곤명에서 당대래(唐大來), 오방생(吳方生) 등 당시 운남성의 명사들과 교제했으며, 이들의 정성스러운 환대를 받았다. 곤명에 있는 전지(滇池)는 중국의 담수호 가운데에, 산수의 풍광이 빼어나기로 유명한데, 그는 곤명 남쪽의 남패(南壩)에서 전지를 가로질러 안강(安江)에 오른 뒤, 진녕주(晉寧州), 곤양주(昆陽州), 안녕주(安寧州) 등을 거쳐 11월 11일 무정부(武定府)에 도착했다. 이후 19일간의 기록은 산실되었지만, 이 기간에 서하객은 사자산(獅子山)을 유람하고, 이후 원모현(元謀縣)에서 뇌응산(雷應山)에 올랐으며, 장강(長江)의 원류인 금사강(金沙江)을 고찰했다.

이번 유람의 주요 여정은 다음과 같다. 삼가촌(三家村) → 운남부(雲南府) → 남패(南壩) → 안강촌(安江村) → 진녕주(晉寧州) → 곤양주(昆陽州) → 해문촌(海門村) → 석룡패(石龍壩) → 안녕주(安寧州) → 조계사(曹溪寺) → 삼가촌(三家村) → 기반사(棋盤寺) → 공죽사(笻竹寺) → 사랑(沙朗) → 하상동(河上洞) → 부민현(富民縣) → 무정부(武定府)

역문

무인년 10월 초하루

아침 일찍 일어나니 날씨가 대단히 맑았다. 삼가촌(三家村)에서 죽을 마시고서 길을 나섰다. 서쪽으로 골짜기 속을 따라 걷다보니 어느덧 시내와 멀어졌다. 서쪽의 고개를 넘어 3리만에 보은사(報恩寺)에 들어섰다. 계속해서 동쪽으로 돌아들어 2리를 가서 송화패교(松花壩橋)를 지났다. 다시 오룡산(五龍山)을 따라 남쪽으로 30리를 가서 성성(省城)의 북동쪽 모퉁이를 따라 남쪽으로 나아갔다.

잠시 후에 서쪽으로 돌아들어 커다란 다리를 건넜다. 커다란 시냇물은 다리에서 남쪽으로 흐르다가, 연무장을 거쳐 화소포교(火燒鋪橋)로 흘러나와 남패(南壩)로 흘러내린다. 다리에서 서쪽의 성성(省城)의 동문으로 들어가 저자에서 식사를 했다. 남문을 나와 지난번에 묵었던 거처에 이르니, 오방생(吳方生)은 마침 귀화사(歸化寺)에 갔다가 아직 돌아오지 않았기에 앉아서 그를 기다렸다. 저물녘이 되어서야 서로 손을 맞잡으니, 그 기쁨을 짐작할 수 있으리라. (만나본 사람 중에는 진녕주晉寧州의 노래하는 아이 왕가정王可程이 있었다. 그는 의사의 진찰을 받으러 오방생을 따라 왔다가, 오방생이 지주知州인 당원학唐元鶴의 거처에서 중추절을 보낸다는 것을 알고서 몹시 기뻐했다.)

10월 초이틀

나는 서쪽으로 가고 싶어 완인오(阮仁吾)가 청한 짐꾼에게 가서 떠날 날을 약속했다. 완인오의 조카 완옥만(阮玉灣)과 완목성(阮穆聲)을 만났는데, 나의 안부를 묻는 그들의 태도가 대단히 정성스러웠다. 오후에 내가 묵는 곳에 찾아온 완인오는 짐꾼인 양수(楊秀)와의 고용 계약서를 가지고 왔다. 나는 닷새 후에 진녕(晉寧)에 다녀오는 대로 곧바로 떠나기로 약속했다. 완인오가 외국의 손수건과 향기나는 부채를 작별 선물로 보내왔다.

10월 초사흘

나는 진녕에 가려고 지주인 당원학, 은사인 당대래(唐大來)[1]와 작별의 인사를 나누고자 했다. 그러자 오방생이 이렇게 말했다. "두 분께서는 날마다 당신을 생각할 것입니다. 오늘 안찰사께서 성성으로 돌아오시니, 두 분께서는 안찰사를 배알하러 성성에 가시지 않으면 안됩니다. 도중에 길이 어긋나지 말아야할 텐데, 잠시 기다리시면 어떻겠습니까?" 이에 성으로 들어가 완옥만을 만나고 아울러 양승환(楊勝寰)을 방문하고서야, 여강부(麗江府)의 지부가 나를 만나고 싶어한 지 이미 오래되었음을 알게 되었다.

얼마 후에 완옥만이 숙소로 나를 만나러 왔다. 안찰사가 군대를 동원하여 아미주(阿迷州)를 치려고 하는데, 군대가 출발하기도 전에 행인들 모두가 이를 알고 있는지라, 도적떼가 강천현(江川縣)과 징강부(澂江府) 경내에서 더욱 날뛰고 있음을 알게 되었다. 완옥만이 나에게 이렇게 말했다. "해구(海口)에 석성(石城)과 묘고(妙高)가 있는데, 근처에 별장이 있습니

다. 진즉에 산을 사들여 명승지로 꾸밀 작정입니다. 수레와 말을 준비해
놓았으니, 함께 가보시지 않겠습니까?"

나는 진녕주(晋寧州)로 가는 여정을 늦출 수가 없다고 사양했는데, 운
남(雲南) 서부에 머문 지 너무 오래되었기 때문이었다. 그러자 그가 다시
"미얀마(緬甸)[2]는 꼭 한 번 가볼 만한 곳입니다. 등월(騰越)이라는 마을의
사람에게 안내를 해달라고 부탁해두었습니다." 나는 고개를 끄덕여 동
의했다.

---

1) 당대래(唐大來, 1593~1673)는 명말 청초의 걸출한 서화가이자 시인인 당태(唐泰)이
   다. 운남 진녕현(晋寧縣) 사람으로, 대래는 그의 자이다. 명말에 승려가 되어 계족산
   (鷄足山)에 은거했다. 법명은 보하(普荷)이고, 호는 담당(擔當)이다.
2) 미얀마(緬甸)는 이라와디강(Irrawaddy River) 유역의 대평원을 가리킨다.

10월 초나흘

나는 짐을 꾸려 일찍 진녕주로 가려고 했다. 그런데 숙소의 주인이
저물녘에야 배가 출발하니, 두 끼를 먹고 나서 떠나는 게 낫다고 말했
다. 잠시 후에 완옥만이 술 한 통을 보내왔기에 오방생과 나누어 마셨
다. 오후에 양시(羊市)에서 쭉 남쪽으로 6리를 가서 남패(南壩)에 이르러
나룻배에 올랐다. 해가 지고서야 출발했다.

이날 밤 남서풍을 타고 달려 30리만에 해협구(海夾口)에 이르러 배를
댔다. 삼경에 배를 띄워 날이 밝을 무렵에는 전지의 남쪽 물가인 북우
구(北玗口)에 닿았다. 이곳은 관음산(觀音山)의 남동쪽 호숫가이다. 이곳
물가에는 온천이 있다. 배에 탄 승객들 가운데에 몇몇은 온천욕을 하러
뭍에 올라갔으나, 나는 바람이 찰까봐 목욕하러 가지 않았다.

여기에서 배에 돛을 달아 남동쪽으로 나아가 20리를 달려 안강촌(安江
村)에 이르렀다. 식당에서 머리를 빗었다. 계속해서 남쪽으로 4리를 가
서 조그마한 다리를 지났다. 다리 아래의 물은 곧 서쪽 마을의 사통교

(四通橋)에서 갈라져 쏟아지는 물이며, 이 다리는 귀화현과 진녕주의 경계가 나뉘는 곳이다.

남쪽으로 4리를 더 가서 진녕주의 북문에 들어서니, 모두 지난번에 어둠 속에서 다녔던 길이다. 그런데 이번에 와서 보니, 밭이 드넓게 펼쳐져 있고 성루는 웅장했다. 성문을 들어가자, 문지기가 오가는 이들을 가로막아 성에 들어가지 못하게 했다. 아마 아미주가 아직 평정되지 않아 방비하는 것이리라.

당대래를 만나보고 싶은 생각이 간절했다. 식사를 하고서 관아에 들어가 지부(知府)를 뵙고 인사를 올리니, 마치 목마름이 가시는 듯하다. 지부는 만찬을 베풀어 환영해주었다. 밤에 하급의 숙소에 묵었으나, 제공받은 장막은 대단히 정갈했다.

10월 초닷새부터 초이레까지

날마다 관아에서 바둑을 두면서 장조치(張調治)를 기다렸다. 황종월(黃從月), 황기수(黃沂水) 우전(禹甸)과 당대래 등의 여러 사람이 번갈아 모셨다. 한밤의 연회는 만취해서야 끝이 났다.

10월 초여드레

술을 마신 후 황기수(黃沂水)와 함께 서문을 나와 약간 북쪽으로 양성보(陽城堡)를 지났다. 이곳은 바로 고토성(古土城)이라는 곳이다. 고토성의 북서쪽은 명혜부인(明惠夫人)의 사당인데, 이 사당에서는 진녕주의 자사를 지냈던 이의(李毅)의 딸을 제사지내고 있다. 부인의 공적이 『일통지』에 기록되어 있다. 사당에는 원나라 때의 비석이 있는데, 비문의 첫 구절에는 '부인의 성은 양(楊)씨이고, 이름은 수낭(秀娘)이며, 이의의 딸이다'라고 씌어 있다. '이의의 딸'이라면서 '성이 양씨'라고 하니, 어찌 이렇게 심하게 어긋날 수 있단 말인가? 부인의 남편의 성이 양씨란 말일까? 그렇다 하더라도 말이 되지 않는다.

　사람들이 전해주는 이야기로는, 사당 안에 부인의 육신이 아직도 보존되어 있는데, 겉에 옻칠을 했는지라 일반 사람보다 배나 더 크다고 한다. 나는 도저히 믿기지 않았다. 황기수가 "지난해에 쥐가 부인의 발을 쏠아 뼈가 드러났어요. 헛소리가 아니랍니다"라고 말했다. 이날 지부의 막료인 부량우(傅良友)가 날 만나러 찾아와, 술 한 통을 선물로 주었다. (부량우는 강서성江西省 덕화德化 사람이다.)

10월 초아흐레

나는 병이 들어 기침을 했다. 땀을 빼고 싶어 숙소에 누워 지냈다.

10월 초열흘

기침이 멈추지 않은지라 계속 숙소에 누워 지냈다. 당원학이 아침저녁으로 침상 앞에 오고, 여러 벗들을 청하여 문안케 했다. 그 정이 참으로 깊고도 도탑다.

10월 11일

자리에서 일어나 다시 관아에 들어갔다. 대체로 진녕주의 치소에는 별 일이 없었다. 그래서 이른 아침에 들어갔다가 저녁 늦게 나오니, 이전과 다름없었다. 이날 막료인 부량우가 또다시 예물을 보내왔다. 나는 그가 보내온 닭고기를 받아 당대래의 처소로 보내주었다. 오후에 부량우의 친척인 강정재(姜廷材)가 찾아왔다. (강정재는 강서성 금계현金溪縣 사람이다.)

10월 12일

지주인 당원학이 내게 새로 지은 긴 겹옷과 솜이불을 보내주었다. 나는 관아로 들어가 감사의 인사를 드리고, 아울러 부량우의 관서로 가서 강정재를 찾아갔다가, 학사[1]인 趙(조)씨를 만나 정담을 나누었다. 학관으로 가서 조 학사를 만날 때, 양(楊) 학사를 우연히 만나 인사를 나누었다.

내가 조 학사에게 "육량주(陸涼州)에 하소아(何巢阿)라는 사람이 있습니까?"라고 묻자(조 학사가 육량주 사람이기에 그에게 물은 것이다), 그는 "육량주에 그런 사람은 없습니다. 틀림없이 낭궁현(浪穹縣) 사람일 것입니다. 그러나 절강성(浙江省)에서 함께 벼슬살이를 했으니, 잘 알지요"라고 대답했다.

조 학사가 이곳으로 승진하여 지주(池州)를 지날 때 육안주(六安州)의 지주 하(何)씨에 대해 물었더니, 부모님의 상을 당하여 관직을 떠났다고 했다. 4월 초에 조 학사가 진원부(鎭遠府)에 이르렀을 때 그가 머물렀던 집이 바로 하씨가 전에 머물렀던 집이었으니, 하씨는 이미 집으로 돌아갔던 것이다.

다만 내가 전에 어느 스님의 말씀을 들어보니, 귀주(貴州)에 물난리가 났을 때 성에서 재난을 당한 이들 가운데에 절강성 출신의 염관(鹽官)이 스무 개 남짓의 짐을 지니고 있다가 몽땅 물에 떠내려가고 잠겨버렸는데, 그의 성을 알지는 못한다고 했다. 조 학사가 전에 진원부에 머물던 때를 헤아려보니, 물난리가 났던 바로 그 때인 듯했다. 마음이 몹시 불안하여 더 이상 물어볼 수 없었다. (진목숙陳木叔의 문집에서 두 분의 지기를 알게 되었으니, 태사인 오담인吳淡人과 지주인 하소아이다. 두 분 모두 만나보지는 못했다. 오담인은 장안에서 화재로 세상을 떠난 터에, 이제 하소아조차 물난리를 당했단 말인가? 만약 정말 그랬다면, 얼마나 기구한 운명이란 말인가!)

---

1) 학사(學師)는 부(府), 주(州)와 현(縣)의 학관에서 가르치는 교사를 가리킨다.

10월 13일

지주 당원학이 공생인 양(楊)씨의 술자리에 갔다. 장조치(張調治)가 말을 타고 금사사(金沙寺)에 놀러가자고 초대했다. 금사사의 서쪽 기슭에 그의 별장이 있기 때문이었다. 서문을 나서자, 성문 안에 꽤 멋진 집이 새로 산뜻하게 지어져 있었다. 물어보니, 장조치의 형님 댁이라고 한다. (이름은 □□인데, 고을의 추천을 받아 상주부常州府의 통판을 역임하고서, 올해 봄에 갓 집에 돌아왔다. 비방과 참소로 인해 장조치와는 화목하지 못했다.)

서문을 나와 서쪽의 밭두둑 사이를 쭉 나아갔다. 길이 대단히 평탄했다. 이곳의 움푹한 평지는 남쪽의 하간포(河澗鋪)에서 북쪽으로 뻗어나가는데, 이곳에 이르러 훤히 트였다가 북쪽으로 나아가 전지(滇池)에서 끝이 난다.

서쪽 경계의 산이 동쪽으로 불쑥 튀어나온 채, 움푹한 평지의 가까이에 있는 것이 목양산(牧羊山)이고, 북쪽으로 불쑥 튀어나와 가장 높이 치솟은 것이 망학산(望鶴山)이다. 이어 망학산이 북쪽으로 치달린 남은 줄기는 천성문(天城門)이고, 서쪽으로 더 뻗어나가 금사산(金沙山)을 이룬 뒤, 흩어져 전지의 호숫가에 이른다.

동쪽 경계의 산은 서쪽으로 불쑥 튀어나와 성의 남쪽을 병풍처럼 에워싸고 있는 것이 옥안산(玉案山)이고, 북쪽으로 치솟아 가장 높은 것이 반룡산(盤龍山)이다. 반룡산이 빙 둘러 북쪽으로 뻗은 으뜸 등성이가 나장산(羅藏山)이며, 꼭대기는 뭉친 채 가운데가 높이 치솟아 있다. 진녕주의 치소는 동쪽 경계의 기슭에 기대어 있다.

대보(大堡)와 하간(河澗)의 물길은 서쪽 경계의 기슭에서 합쳐져 흐르다가 북쪽의 사통교(四通橋)를 흘러나간 뒤 두 줄기로 나뉜다. 한 줄기는 북쪽의 전해(滇海)로 흘러내리고, 다른 한 줄기는 진녕주의 북쪽을 감돌아 북쪽의 귀화현의 경내로 흘러들었다가 안강촌을 거쳐 전해로 흘러든다.

움푹한 평지를 지나 서쪽으로 3리를 나아가 시내의 둑을 오르자, 커다란 돌다리가 시내 위에 걸쳐져 있다. 이것이 사통교이다. 다리 서쪽에서 비탈을 쭉 올랐는데, 이곳은 곤양(昆陽)으로 가는 길이다.

북서쪽으로 갈림길을 따라 1리 반을 가자 천녀성(天女城)이 나왔다. 그 위에는 천성문의 옛터가 있는데, 두 겹의 오래된 바위에 정자의 처마 모양을 조각해놓은 듯하다. 예전에 이의(李毅)의 딸 이수(李秀)가 아버지를 대신하여 진지를 지킬 적에, 이곳에 성을 쌓았기에 천녀성이라 일컬었던 것이다.

성을 쌓은 언덕은 끊겼다가 다시 우뚝 치솟더니 북서쪽의 전해에 이른다. 길게 에워싸고 있는 산이 곧 황동산(黃洞山)이며, 남서쪽으로 천성문과 어울려 둥글게 우뚝 솟아 황동산과 마주 치솟은 산이 곧 금사산이다. 두 산은 모두 흙산이 끊겼다가 이어지면서 남쪽의 커다란 산에 붙어 있다. 금사산의 서쪽은 남쪽으로 철썩거리던 전해가 파고들어 커다란 산에 바짝 다가서 있다. 금사산의 남쪽은 망학산이 높이 에워싼 채 북쪽을 굽어보고 있으며, 서쪽 경계의 커다란 산의 북쪽 모퉁이의 가장 높은 곳이다.

그 서쪽에는 장군산(將軍山)이 우뚝한 벼랑에 불쑥 치솟은 채 망학산과 나란히 치솟아 있다. 다만 망학산은 북쪽으로 금사산을 굽어보고, 천성문과 장군산은 북쪽으로 전해를 굽어보고 있을 따름이다. 황동산의 서쪽에는 모래섬이 전해 속에 가로누워 있으며, 그 위에 민가가 둥글게 모여 있다. 이곳은 하박소(河泊所)이다. 하박소는 전해 가운데의 비좁은 거주지이다. 지금은 이미 하박소에 관원은 없어졌지만, 전해 속에 나룻배는 여전히 정박해 있다. 이곳은 서쪽의 곤양(昆陽)과 정면으로 마주하고 있으며, 서쪽으로 전해를 가로지르면 20리밖에 되지 않는다. 그러나 육로로 장군산에서 호수의 남쪽을 에돌아가면 수로의 배나 된다.

천녀성에서 금사산의 북쪽 골짝을 빙 두른 뒤 1리 반을 더 나아가 금사사(金沙寺)에 들어섰다. 금사사의 문은 북쪽을 향해 있다. 절은 반룡산

의 연봉(蓮峰) 법사가 지었는데, 적막하기 그지없다. 절 뒤편에서 층계를
타고 오르자 옥황각(玉皇閣)이 나오고, 더 올라가자 진무전(眞武殿)이 나왔
다. 모두 높고 드넓은 채 북쪽의 호수를 바라보고 있으니, 하늘과 바다
가 훤히 트인 지세를 지니고 있다. 금사산의 서쪽 기슭에는 마을이 굽
이를 따라 이어져 있고 민가가 모여 있다.

　장조치의 누각에 들어가 식사를 하고서, 산에 올라 금사사 안에서 난
간에 기대어 멀리 바라보았다. 산을 내려와 밭두둑과 물굽이를 걸으면
서, 장조치의 집안사람들이 탈곡장을 쌓고 곡식을 거둬들이는 것을 구
경했다. 달빛을 지고 성에 돌아왔다. 달빛은 대낮처럼 환하건만, 추위가
엄습해왔다. 돌아와 식사를 하고서 숙소로 갔다. 당원학을 기다리지 못
한 채, 이내 잠자리에 드러눕고 말았다.

10월 14일

주의 관아에 있었다.

10월 15일

주의 관아에 있었다. 밤에 술을 마시고 헤어졌다가 다시 황기수를 만
나러 나갔다. 그의 집은 적막에 휩싸인 채 꽃그림자만이 어지러운데, 개
짖는 소리만 들릴 뿐이었다. 돌아오는 길에 거리를 걷다가, 마침 황기수
를 만났다. 황기수는 술을 가져오라 하고서 나의 숙소의 문에 걸터앉아
달을 마주하여 술을 마셨다. 한밤중에야 헤어졌다.

10월 16일

나는 작별하여 길을 떠나려 했는데, 당원학이 나에게 이렇게 말했다.

"연일 노래하는 아이가 진찰을 받으러 갔다가 돌아오지 않는 바람에 마음껏 술을 마시지 못했습니다. 사람을 성성에 보내 그를 불러와 그대를 위해 송별연을 벌일 터이니, 잠시만 꼭 기다려 주십시오." 나는 그의 청을 물리칠 수 없었다.

10월 17일, 18일

이틀간 내내 주의 관아에 있었다.

10월 19일

주의 관아에 있었다. 밤에는 달빛이 휘영청 밝았는데, 아침에는 뿌옇게 어두침침했다.

10월 20일, 21일

주의 관아에 있었다. 이틀간 느닷없이 비가 내리다가 갑자기 갰다.

10월 22일

당원학이 나를 위해 「예정문골기(瘞靜聞骨記)」를 지었는데, 세 번이나 원고를 고친 후에야 완성했다. 잠시 후 주연과 연극을 마련하여, 양 학사와 조 학사와 당대래, 황기수 형제가 오기를 기다렸다가 함께 송별연을 베풀었다.

10월 23일

당원학이 또다시 나에게 솜두루마기, 겹바지와 함께 후한 전별금을 보내왔다. 당대래는 나를 위해 글을 매우 많이 써주었을 뿐만 아니라, 섬차공(閃次公)에게 편지를 보내, 역시 전별금을 보내게 했다. 이에 관아로 들어가 당원학에게 감사의 인사를 드리고, 내일 아침 일찍 떠날 준비를 했다.

진녕주는 전지 남쪽의 비교적 훤히 트인 움푹한 평지에 자리하고 있다. 그 경계는 서쪽으로 금사산에 이르고 장군산을 따라 삼첨촌(三尖村)에 이르며, 곤양주의 경계와는 20리밖에 되지 않는다. 동쪽으로는 반룡산 꼭대기에 이르며, 징강의 경계와는 10리에 지나지 않는다. 북쪽으로는 분수하교(分水河橋)에 이르며, 귀화현의 경계와는 5리에 지나지 않는다. 남쪽으로는 산속의 움푹한 평지에 들어서는데, 징강의 경계와는 10리에 지나지 않는다. 모두 계산해보면, 남북으로는 15리에 지나지 않고, 동서로는 30리에 지나지 않으니, 여러 소수민족의 우두머리가 장악한 산지의 한 굽이에도 미치지 못한다.

진녕주의 물길은 사통교 아래가 가장 크다. 그 안쪽에는 두 줄기의 시내가 있는데, 모두 목양산 아래의 석벽촌(石壁村)에서 만난다. 한 줄기는 대패하(大壩河), 곧 하간포의 물길로서, 관색령(關索嶺)에서 발원한다. 내가 전에 강천현(江川縣)에 갔을 적에 지났던 곳이다. 다른 한 줄기는 대보하(大甫河)로, 철로관(鐵爐關)에서 발원하며, 신흥주(新興州)와 물길이 나뉘는 고개 경계이다. 두 줄기는 합쳐져 사통교로 흘러나온 뒤, 그 절반이 나뉘어 동쪽으로 진녕주 북쪽의 밭에 물을 댄다.

진녕주의 북동쪽에 가면, 또 반룡산의 산골물이 있다. 이 물길은 진녕주 주성의 남동쪽 모퉁이에서 성의 북쪽을 따라 흘러서 성의 해자로 끌려들어갔다가, 사통교의 동쪽에 물을 대던 물길과 합쳐진 뒤, 북쪽의 귀화현과 경계를 이룬 채 안강촌으로 흘러나간다. 이 강줄기는 지주인 당씨가 새로이 준설하여 만든 것이다.

진녕주에 속한 두 곳의 현은 모두 진녕주 북동부이자, 전해 남동쪽의 움푹한 평지에 위치해 있다. 귀화현은 진녕주의 북쪽 20리에 있고, 정공현(로貢縣)은 귀화현의 북쪽 40리에 있다. 정공현의 북쪽은 곤명현(昆明縣)의 경계이고, 북동쪽은 판교(板橋)로 가는 길이며, 동쪽은 의량현(宜良縣) 경계이고, 남동쪽은 나장산(羅藏山)으로 양종현(陽宗縣)의 경계이다.

귀화현의 북쪽 5리에는 연화동산(蓮花洞山)이 있다. 이 산은 용동(龍洞)이라고도 하며, 이 속에서 물이 흘러나온다. 나장산은 귀화현의 동쪽 10리에 있다. 이 산은 반룡산 북동쪽의 주봉이며, 남동쪽으로 징강부와의 거리는 40리이다. 높다랗게 치솟은 이 산은 뭇산들을 거느린 채, 소전현(邵甸縣)의 양왕산(梁王山)과 마주하고 있다. 양왕산이라고도 불리우는데, 원나라의 양왕(梁王)이 이 산위에 진지를 구축했기 때문이다. 그 북서쪽의 기슭이 전지이고, 남동쪽의 기슭은 명호(明湖)와 무선호(撫仙湖)이다. 물길이 두 갈래로 나뉘어 흐르는 것은 이 산을 경계로 삼으며, 물길이 이곳의 구렁으로 세 번 흘러모이는 것 역시 이 산을 굽이도는 고리로 삼는다.

이렇게 본다면 소전현의 양왕산에 비해, 나장산이 훨씬 기세 넘친다. 나장산의 줄기는 철로관에서 동쪽의 관색령으로 건너뻗은 뒤, 동쪽으로 뻗어 강천현 북쪽에 이르러 굴상전산(屈顙巓山)을 이룬다. 이어 북쪽으로 치달려 이 산을 이루고, 동쪽으로 더 뻗어 의량현 서쪽 경내에 이르렀다가, 다시 북쪽으로 양림소(楊林所)의 서쪽 고개로 건너 뻗는다. 이어 북쪽으로 더 뻗어 토아관(兎兒關)으로 건너뻗고, 더 북쪽으로 뻗어 소전현의 양왕산을 이루는데, 이것이 과마산(果馬山)과 월호산(月狐山)의 등성이가 된다.

진녕주의 네 개의 성문은 예전에 모두 무너져버렸다. 당원학이 지주로 부임하자마자 성루를 지었는데, 웅장하고 화려하기 그지없다.

진녕주는 동쪽의 징강부까지는 60리이고, 서쪽의 곤양주(昆陽州)까지는 40리이며, 남쪽의 강천현까지는 70리이고, 북쪽의 성성인 곤명까지는 100리이며, 남동쪽의 노남주(路南州)까지는 150리이고, 북동쪽의 의량현까지는 160리이며, 남서쪽의 신흥주까지는 120리이고, 북서쪽의 안녕주까지는 120리이다.

진녕주 지주인 당원학은 애초에 섬서성(陝西省) 삼수현(三水縣)의 지현을 배수받았는데, 도처에 출몰하는 도적떼를 물리친 공을 인정받아 곧바로 삼수현을 관할하는 지주로 승진했다. 그러나 부모님의 상을 입어 관직을 그만두고 고향에 돌아갔다가 이곳의 보직을 받아 임관했다. 그의 큰아들은 열다섯 살인데, 글재주가 매우 뛰어나다. 그의 글 가운데에는 사람들을 놀라게 한 글귀가 있다. 나머지 세 아들은 모두 어리다.

당대래(이름은 태泰이다)는 공생에 뽑혔으나 어머니를 모셔야 한다는 이유로 거절했다. 그의 시와 그림, 서예는 모두 동기창(董其昌)의 삼매(三昧)를 터득했다. 내가 고향에 있을 적에 진미공(陳眉公)이 먼저 그에게 편지를 보냈는데, 내용은 이러하다. '나의 절친한 벗 서하객(徐霞客)은 발자취가 온 천하에 두루 미치매, 이제 계족산(雞足山)과 아울러 당대래선생을 찾아뵈려 합니다. 이번 방문길에는 식객들이 평원군(平原君)[1]에게 바랐던 것은 없으니, 잘 보살펴 주시기 바랍니다.' 운남성에 이르렀을 때, 나의 호주머니는 이미 바닥난 데다 더 이상 길을 나아갈 수 없었는데, 애초에는 부탁할 만한 사람으로 당대래가 있다는 사실을 깨닫지 못했다. 문득 어느 날 장석부(張石夫)를 만났는데, 그가 나에게 "이 일대의 명사인 당대래는 꼭 한 번 만나봐야 합니다"라고 말했다. 내가 고요(高嶢)를 유람할 때, 그가 부현헌(傅玄獻)의 별장에 있다는 소식을 듣고서 찾아갔으나 만나지 못했다. 성성(省城)에 돌아오니 문득 어떤 이가 나에게 읍하여 예를 갖추면서 "그대가 서하객이 아니신가요? 당대래께서 당신을 기다리신 지 오래되었습니다"라고 말했다. 그 사람은 주공선(周恭先)이다. 그는 장석부와 친한 사이였는데, 장석부와 먼저 당대래를 만났다고 한다. 그는 당대래가 진미공의 편지를 읽어주었다면서, 나에게 그 편지 내용을 외어주었다. 그제야 진미공이 온 마음으로 우의를 다해주었음을 알았으니, 세상의 우의에 이만한 것이 없을 것이다. 당대래는 비록 가난하지만, 진미공의 도타운 뜻을 저버리지 않았으며, 벗의 벗을 자신의 벗으로 여겼던 것이다. 내가 어려움에 처했을 때에 도움을 받게 되었으니, 이는 이처럼 뜻밖의 일이었다.

당대래의 선조는 절강성 순안현(淳安縣) 사람으로, 명나라 초에 군대를 따라 이곳에 왔다. 증조부인 당금(唐金)은 가정(嘉靖) 무자년[2]에 고을의 추천을 받아 복건성(福建省) 소무부(邵武府)의 동지(同知)를 지냈으며, 세상을 떠난 후 명관으로 제사에 모셔졌다. 조부인 당요관(唐堯官)은 가정 신유년[3]에 향시에서 장원을 했다. 부친인 당무덕(唐懋德)은 신묘년에 고을의 추천을 받아 임조부(臨洮府)에서 동지를 지냈다. 이분들 모두 문집이 있었다. 당대래는 이들의 문집을 한데 모아 『소기당집(紹箕堂集)』이란 이름으로 펴냈는데, 이본녕(李本寧) 선생이 쓴 서문은 참으로 뛰어나다.

당대래는 순서대로 선조에 대해 이야기해주었다. 그의 선조는 벼슬아치와 은일자를 번갈아 지냈으며, 이는 몇 대를 내려가도 변함이 없었다. 그래서 그의 조부는 비록 과거에 급제했으나 끝내 벼슬길에 오르지 않은 채 아주 오래도록 장수했다. 이제 당대래는 비록 향시에 급제하지는 않았으나 시와 문장은 운남성의 으뜸이니, 참으로 그의 선조들께 낯을 들지 못할 일은 없다. 다만 그의 후손이 아직 왕성치 않아 두 딸은 모두 과부가 된데다, 달리 형제마저 없으니, 당대래 이후에 가문을 빛낼 사람으로 누구를 기다려야 할꼬?

당대래의 장인은 황린지(黃麟趾)로서, 자는 백인(伯仁)이다. 그는 마을의 천거를 받아 산동성(山東省) 가상현(嘉祥縣)의 현령을 지내고, 사천성(四川省) 순경부(順慶府)의 어느 현의 현령으로 옮겨갔다가 임지에서 세상을 떠났다. 그는 바로 황기수 우전(禹甸)의 아버지이자, 황종월(黃從月)의 형님이다. 그의 조부는 황명량(黃明良)으로, 가정 을유년[4]에 마을의 천거를 받아 벼슬이 귀주성 필절위(畢節衛)의 병헌에 이르렀다. 그의 저서로는 『목양산인집(牧羊山人集)』이 있다.

당대래는 예전에 광남부(廣南府)를 따라 광서성(廣西省)을 나와 나의 고향에 왔던 적이 있었는데, 그 역시 광서성의 산수를 명승이라 여겼다. 그는 나에게 이렇게 말했다. "광남부에서 동쪽으로 반나절 남짓을 오면 보월관(寶月關)이 있는데, 대단히 기이합니다. 광남부에서 동쪽을 바라보면, 높은 산이 가로막고 비취빛이 먼 하늘을 가로지르는데, 홀연 산 사이로 동굴 하나가 높이 매달려 있지요. 쭉 뚫고서 입구를 지나자, 환한 빛이 보름달처럼 구름자락에 이어져 있으니, 참으로 하늘문이 열려 있는 듯하더군요. 길은 동굴 아래에서 휘감아 올라 들어가니, 크기는 서너 개의 성문만 합니다. 동굴 아래의 곁에는 또 하나의 동굴 구멍이 있는데, 땅속으로 스며들어 운남과 광서의 물길로 통하지요."

황린지(黃麟趾)가 소양관(昭陽關)에 관한 쓴 시에 주석을 붙인 것을 살펴보니, "관문 어귀에 호랑이 머리 모양의 바위가 절로 이루어져 있는데, 호시탐탐 노려보는지라 등골이 오싹했다"고 설명해 놓았다. (시에는 이렇게 씌어 있다. "어느 시대에 혼돈을 쪼개었던가? 산들은 깊고도 멀리 통했네. 다섯 명의 힘센 장사가 땅을 옮기려 힘을 쓰더니, 커다란 구멍 하나 절로 생겨났도다. 중화와 오랑캐의 경계를 나누고, 관문은 호랑이와 표범처럼 웅크리고 있네. 큰 뜻을 품었으나 시름젖은 해는 서산에 걸리니, 채찍으로 말을 재촉하여 어지러운 물길을 지나네.") 내가 고찰해보니, 소양관이 바로 이 동굴, 즉 당대래가 말하는 보월관으로, 이름만 다를 뿐이다. 이 길은 동쪽으로 가면 귀순주(歸順州)에 이르는데, 나는 작년 겨울에 교이(交彝)에게 가로막힌 바람에 이 길로 가지 못했다.

반룡산의 연봉 법사는 이름이 숭조(崇照)이며, 원나라 지정(至正)[5] 연간 8월 18일에 세상을 떠났다. 법사는 게송에서 이렇게 말씀하셨다. "삼계(三界)와 삼도(三塗)는 어느 부처인들 따르지 않았으리오. 깨치지 않으면 있고, 깨치면 없어진다네. 노스님께서 머금은 채 뱉어내지 못하면, 제자는 마음을 다해 수양하지 못하리니, 삼가고 삼갈지라." 연봉 법사는 평소 글을 쓰지 않으셨는데, 세상을 떠나실 때에 쓰신 이 글은 유체와 함께 보존했다. 지금까지 이날이 되면 '반룡회(盤龍會)'를 거행한다고 한다.

진인 소이정(邵以正)은 처음 이름이 선(璇)이며, 진녕주 사람이다. 그의 아버지의 이름은 인(仁)이고, 작은아버지의 이름은 충(忠)인데, 모두 소주(蘇州)에서 이곳으로 이사해왔다. 재상 유일(劉逸)은 소충(邵忠)을 추도하는 시에서 이렇게 말했다. "삼랑의 발 아래 풍운이 이르고(소충의 아들 소기邵玘가 고을의 천거를 받았다), 조카의 단지 속에는 해와 달이 자라네(진인을 가리킨다)." 또한 마지막 구에서는 "서글피 바라보니, 소주(蘇州)가 고향이라네"라고 읊었다.(『주지州志』에 보인다.)

진(晉)나라 때 진녕주 일대는 녕주(寧州)라 일컬었다. 남쪽 오랑캐의 교위인 이의(李毅)가 지절⁶⁾의 지위로서 이곳에 주둔하여, 반란을 일으킨 58부의 우두머리를 토벌하여 평정했다. 진나라 혜제(惠帝)⁷⁾ 때에 이웅(李雄)이 반란을 일으키자, 이의가 싸우다 죽었다. 그의 딸인 이수에게 아버지의 풍모가 있는지라 뭇사람들이 그녀를 추대하여 주의 정사를 대신하게 했는데, 그녀는 끝내 반란군을 격파하고 주의 경계를 지켜냈다. 그녀가 세상을 떠나자, 여러 우두머리들이 그녀를 위해 사당을 세웠다.

이때 녕주가 관할하는 지경이 드넓었지만, 지절이 주둔한 곳은 사실 이곳 진녕주에 있었다. 당나라 무덕(武德)⁸⁾ 연간에 진나라 때에 녕주가 통솔했던 지역에 진녕현(晉寧縣)을 설치했다. 이것이 진녕주라는 명칭이 유래된 시작이다. 진녕주의 이름난 벼슬아치로는 예로부터 이의, 왕손(王遜), 요악(姚岳) 등이 있었다.

만력(萬曆) 연간에 이르러 소주의 허백형(許伯衡)이 『주지』를 편찬했다. 그는 지금의 진녕주의 땅이 예전의 58부만큼 드넓지 않으며, 한 모퉁이에 지나지 않은데도 참람되이 58부 전체를 아우르는 제사를 드리니, 이는 제후가 봉토 내의 산천에 제사지내는 예의가 아니라고 여겼다. 그리하여 제사를 한꺼번에 없애버림과 아울러, 이들의 전기 역시 삭제해버렸는데, 다만 이 일은 명나라 때부터 시작되었다.

그리하여 천년의 영령들은 오랑캐에게 헛되이 남아있게 되고, 한 지역의 옛 일들은 끝내 먼지가 되고 말았다. 참으로 개탄스럽기 짝이 없는 일이로다! 그러나 이의는 비록 삭제되었으나, 그의 딸의 사당은 옛 성에 남아 있고, 요약은 지워졌으나 그의 사당 역시 진녕주의 서쪽에 남아 있다. 이 땅에 세워진 공적이 어리숙한 유생에 의해 제멋대로 사라질 수야 없는 일이다.

허백형은 지난날에는 녕주의 땅이 광대했으나 지금은 협소해졌으니, 이의가 비록 진녕의 정통의 시조이기는 하나, 진녕주에서 그를 제사지낼 수 없음은 마치 서자가 적손 집안의 제사를 이어받을 수 없음과 같다고 여겼다. 그러나 나는 진녕주가 녕주의 적장자이며, 서자에 비교될 수는 없다고 생각한다. 이의가 관할하던 58부는 비록 드넓었으나, 모두 진나라의 녕주에 통솔되었으며, 지금은 비록 58부로 나뉘어졌으나 모두 녕주에서 나뉜 갈래이니, 진녕주야말로 실로 제사를 이어받을 정통 계승자이다.

만약 진녕주의 영토가 협소하여 제사를 모실 수 없다면, 58부에게 맡겨야 한단 말인가? 58부가 또다시 나뉘어져버려 제사를 모실 수 없다고 한다면, 이는 갈라진 서자가 많다고 하여 서로 미루는 바람에 적장자가 적손 집안의 제사를 비워버린 것과 같다. 이렇게 된다면 이의는 한 지역의 종주임에도, 장차 약오(若敖)씨가 제사지내줄 후사를 얻지 못할까 걱정했던 일[9]이 발생하지 않을까? 그래서 나는 당원학과 당대래에게 우선적으로 이의의 제사를 회복시켜야 마땅하다고 말했다.

---

1) 평원군(平原君)은 전국시대 조(趙)나라의 귀족인 조승(趙勝, ?~B.C. 251년)을 가리킨다. 조나라의 재상을 역임했던 그는 수천 명의 식객을 거느렸다.
2) 가정(嘉靖) 무자년(戊子年)은 가정 7년인 1528년이다.
3) 가정 신유년(辛酉年)은 가정 40년인 1561년이다.
4) 가정(嘉靖) 을유년(乙酉年)은 가정 4년인 1525년이다.
5) 지정(至正)은 원나라 순제(順帝)의 연호이며, 지정 연간은 1341년부터 1368년까지이다.

6) 지절(持節)은 위진(魏晉)시기의 관직으로서 권력의 대소에 따라 사지절(使持節), 지절(持節), 가절(假節), 가사절(假使節) 등이 있었는데, 모두 자사(刺史)나 총군융(總軍戎)의 직급에 해당한다. 당나라 초기에 여러 주의 자사에 지절을 덧붙였으나, 훗날 절도사가 설치되면서 지절의 칭호는 폐지되었다. .

7) 혜제(惠帝)는 진(晉)나라의 사마충(司馬衷)으로, 290년부터 306년까지 재위했다.

8) 무덕(武德)은 당나라 고조(高祖) 이연(李淵)의 연호로서, 618년부터 626년까지이다.

9) 초나라의 영윤(令尹) 자문(子文)은 약오(若敖)의 후손인데, 그의 아들 월초(越椒)가 방탕한지라 장차 집안을 족멸시키리라 걱정했다. 그는 임종할 때에 "귀신은 먹을 것을 구하려니와, 약오씨의 귀신은 굶주리게 될 것이다"라고 말했다고 한다. 흔히 가계를 이을 자식이 없음을 의미한다.

10월 24일

거리의 야경소리가 끊이지 않는데, 당원학이 사람을 보내왔다. 아침 일찍 일어나 하늘빛을 보니 먹구름이 몰려와 비를 뿌릴 태세이고, 차가운 바람이 옷 속을 파고드니, 하루를 더 늦추어 날이 좀 개기를 기다렸다가 떠나면 어떻겠냐는 이야기였다. 나는 그의 뜻에 감사드리고서 "떠나는 건 늦출 수 없으니, 비가 오더라도 가로막을 수는 없습니다"라고 말했다. 잠자리에서 일어나자, 비바람이 차가왔다. 기분이 착 가라앉고 마음이 영 내키지 않았다. 주방장에게 어서 밥을 지으라 하고서, 나는 당대래에게 작별 인사를 하러 나갔다.

이때 나는 해구와 안녕주를 거쳐 성성(省城)으로 돌아갔다가, 성성의 남서쪽 모퉁이의 여러 절경을 모두 구경한 다음, 북서쪽의 부민현(富民縣)을 따라 당랑천(螳螂川) 하류를 구경하고서, 무정(武定)으로 가는 길을 잡아들어 계족산으로 갈 작정이었다. 그래서 짐 가운데의 무거운 것을 당대래에게 부탁하여 사람을 시켜 따로 성성으로 보내게 하고, 나는 가벼운 차림으로 서쪽으로 떠날 생각이었다.

당대래의 집에 막 도착하자, 당원학이 벌써 나의 숙소에 와 있다고 전해주었다. 그래서 서둘러 당대래, 황씨 형제와 함께 길을 되짚어 돌아왔다. 당원학은 길 위에 주연을 준비한 채, 성문 어귀에서 말에게 꼴을

먹이고 있었다. 이때 하늘빛이 다시 훤해지자, 잔을 들어 작별의 인사를
나누고서 말에 올라 길을 나섰다.

진녕주의 서문을 따라 3리를 나아가 사통교를 건넜다. 한길을 따라
쭉 서쪽으로 나아가 반리만에 비탈을 올랐다. 그 서쪽 골짜기에서 남서
쪽으로 돌아들어 올랐다. 1리 반만에 망학령(望鶴嶺) 서쪽의 움푹 꺼진
곳을 쭉 올랐다. 다시 서쪽으로 내려와 산골물을 한 곳 건너 약간 북쪽
으로 나아갔다. 이곳은 곧 전지의 호숫가이다.

5리를 나아가 남쪽 산의 북쪽 기슭을 따라 서쪽으로 가자, 봉우리 꼭
대기에 솟구친 바위가 북쪽의 전지를 가리키고 있다. 손에 창을 쥐고
갑옷과 투구를 걸친 모습이다. 이곳은 석장군(石將軍)으로, 바위봉우리가
유난히 높고 가파른 곳이다. 그 서쪽에 북쪽을 향해 있는 사당이 있다.
이곳은 석어묘(石魚廟)이다. 그 남서쪽에 서쪽으로 불쑥 치솟은 산이 있
는데, 석장군보다는 낮다. 이곳은 석어산(石魚山)이다. 다시 서쪽으로 2리
를 가자, 전지의 호숫물 속에 바위가 무더기져 불쑥 솟구쳐 있다. 이곳
은 우련석(牛戀石)이다. 호숫가와 마을은 모두 '우련'의 이름을 붙이고 있
다. (예전에 많은 소들이 전지에서 물을 마셨는데, 전지를 사모하여 떠나지 않더니 마
침내 바위로 변했다고 한다.)

여기에서 다시 골짜기를 따라 남쪽으로 나아가 2리만에 완만한 비탈
을 넘어 남쪽으로 내려갔다. 못 하나가 남쪽 산의 자락에까지 찰랑거리
고 있다. 이곳은 삼첨당(三尖塘)이다. 삼첨당의 남쪽에는 산들이 높이 늘
어서 있고, 북쪽에는 건너뻗은 등성이가 완만하게 뻗어 있는데, 등성이
의 북쪽이 바로 전지의 우련석이다. 못의 물은 북쪽으로 흘러가지 않고
동쪽으로 산겨드랑이를 뚫고 흘러간다. 이제서야 망학산의 줄기가 남쪽
에서 뻗어온 것이 아니라, 서쪽에서 뻗어온 것임을 알게 되었다.

못의 북쪽에서 서쪽의 움푹한 평지를 거슬러 들어갔다. 이 움푹한 평
지는 서쪽에서 동쪽으로 펼쳐져 있는데, 삼첨당의 못물의 상류이다. 3
리를 나아가자, 움푹한 평지가 서쪽으로 끝났다. 그 남쪽에 세 개의 봉

우리가 늘어서 있다. 이 가운데 가장 높은 것은 남쪽 산이 다시 우뚝 치솟은 것이고, 이 가운데의 한 봉우리는 남쪽 봉우리가 서쪽으로 골짜기를 감아돌아 북쪽으로 뻗어가다가 우뚝 치솟아 중봉을 이루고 있다. 북쪽의 봉우리는 전지에 가까이 붙어 있으며, 동쪽으로 건너뻗어 석장군과 망학산의 줄기를 이룬다. 중봉의 동쪽에는 삼첨촌(三尖村)이라는 마을이 움푹한 평지에 자리하고 있다. 진녕주의 마을은 이곳에서 끝난다.

서쪽으로 중봉을 따라 올라 1리를 가자, 남쪽 봉우리와 마주한 골짜기 속에 물이 막힌 채 못을 이루고 있다. 이 못은 동쪽의 삼첨당만큼 크지는 않으나 지세가 삼첨당보다 높다. 다시 완만하게 올라 서쪽으로 1리를 가서 중봉의 등성이를 넘었다. 등성이 위에서 남서쪽으로 쭉 나아가면 신홍주로 가는 길이고, 등성이를 넘어 북서쪽으로 내려가면 전지의 남쪽 호숫가이며, 곤양주로 가는 길이다. 진녕주와 곤양주는 이 등성이를 경계로 삼는다. 여기에서 곤양주의 옛 치소와 지금의 치소가 모두한 눈에 들어온다.

쭉 반리를 내려와 전지의 남쪽 산의 둔덕을 따라 서쪽으로 나아가 2리 남짓을 갔다. 북쪽 벼랑 아래에 마을이 있고, 전지의 호숫물이 그 앞을 빙 두르고 있다. 이곳은 적동리(赤峒里)라는 곳인데, 전지 호숫가의 마을 가운데에서 큰 편이나 밭이 구렁을 이루지는 못했다. 다시 서쪽으로 마을 뒤편을 따라 고개를 넘어 남쪽으로 오르자마자 서쪽으로 내려가 3리를 가니, 마을이 남쪽 산의 북쪽 기슭에 기대어 있다.

남쪽 산부리를 감아돌아 서쪽으로 나아갔다. 여기에 서쪽 골짜기가 툭 트인 채 남쪽에서 북쪽으로 펼쳐져 있고, 서쪽 경계의 산과 나란히 마주하여 움푹한 평지를 이루고 있다. 이 등성이는 남쪽의 신홍주의 경계에서 갈래지어 북쪽으로 뻗어내린다. 등성이의 서쪽 갈래는 쭉 치달려 곤양주의 옛 치소와 지금의 치소에 이렀다가 북쪽의 구채촌에서 끝나며, 동쪽 갈래, 곧 적동리의 뒷산은 전지 호숫가에 이르러 끝이 난다. 등성이의 동쪽 경계는 짧고 서쪽 경계는 길며, 그 가운데에 펼쳐진 움푹한 평지는 밭을 이루고 있다.

움푹한 평지 사이에는 한 줄기 물이 가로질러 흐르는데, 남쪽에서 북쪽으로 흐르다가 전지로 흘러든다. 이 물길은 『지』에서 거람천(渠濫川)이라 일컬은 곳이다. (『수서隋書』에 따르면, 사만세史萬歲가 행군총관이 되어 청령천蜻蛉川에서 거람천까지 30여 부를 깨뜨렸다고 했는데, 틀림없이 이곳을 가리킬 것이다.) 동쪽 산부리에서 움푹한 평지를 가로질러 서쪽으로 나아가면, 바로 곤양주의 새로운 성과 마주한다. 한길은 반드시 남쪽으로 꺾어졌다가 동쪽 경계의 산부리를 감아돌아 들어가야 한다.

3리를 가서야 비로소 서쪽으로 움푹한 평지를 건넜다. 움푹한 평지를 3리 나아간 뒤 서쪽 경계의 기슭을 따라 북쪽으로 빠져나와 1리 반을 갔다. 곤양주의 새로운 성이 나왔다. 다시 북쪽으로 1리 반을 가자, 이곳은 곤양주의 옛 성이다. 이곳은 전지가 남서쪽으로 돌아꺾이는 곳이다.

옛 성에는 거리와 담은 있으나 성곽이 없으며, 새로운 성에는 성루와 성가퀴가 있으나 민가는 없다. 이는 3~4년 전에 옛 치소가 노략질을 당했기에 새로운 성읍을 지었으나, 저자와 민가는 여전히 원래의 곳에 있기 때문이다. 옛 치소의 거리는 남쪽에서 북쪽으로 뻗어 있으며, 서쪽의 산비탈에 기댄 채 동쪽의 전지를 굽어보고 있다.

이때 해가 어느덧 서산에 기울었기에, 서둘러 저자에서 식사를 했다. 곤양주에는 천주천(天酒泉)과 보조사(普照寺)가 있다. 하지만 달리 기이한 것이 없는지라, 머물지 않고 북쪽으로 길을 떠났다.

4리를 가서 약간 올라가 동쪽의, 불쑥 튀어나온 채 움푹 꺼진 곳을 넘었다. 이 산은 전지의 서쪽 경계에서 가로로 튀어나온 채 동쪽의 전지에 매달려 있다. 길은 움푹 꺼진 곳을 넘어 북쪽으로 뻗어내리고, 그 북쪽의 전지는 움푹한 평지를 서쪽으로 움패어 들어온다. 툭 튀어나온 봉우리는 멀리서 바라보면 마치 물 위에 떠 있는 듯하지만, 그 서쪽은 사실 서쪽 경계의 산들과 이어져 있다. 이에 서쪽으로 돌아들어 움푹한 평지 한 군데를 건너 모두 4리를 간 뒤, 북쪽으로 전지의 서쪽 벼랑의 산기슭을 따라 나아갔다.

5리를 가자, 또 조그마한 봉우리가 기슭에 기댄 채 동쪽으로 튀어나와 있다. 봉우리의 남북 양쪽 모두 호수와 산에 감싸여 있고, 수십 채의 민가가 봉우리에 기대어 있다. 이곳은 구채촌(舊寨村)이다. 마을에서 북쪽의 움푹한 평지 한 군데를 지났다. 이 움푹한 평지는 서쪽에서 동쪽으로 펼쳐지기 시작한다. 움푹한 평지의 북쪽에 산이 하나 있는데, 서쪽에서 동쪽으로 뻗어가면서 전지를 굽어보고 있다. 북쪽으로 2리를 가서 산 아래에 이르렀다.

쭉 산을 타고서 북쪽으로 올라가 1리 남짓을 간 뒤, 무너진 벼랑을 따라 동쪽으로 돌아들어 산의 중턱으로 나아갔다. 1리 남짓을 더 가서 동쪽 고개를 따라 북쪽으로 감아돌아 나아갔다. 이 고개의 남쪽, 북쪽과 동쪽의 삼면은 모두 전지 속에 매달려 있고, 동쪽으로는 호수 너머로 나장산을 마주하고 있다. 이곳은 후미지고 외딴지라, 행인들이 길 가기를 두려워했다. 고개 북쪽에 또 한 갈래의 산이 호숫가의 북쪽을 따라 서쪽에서 동쪽으로 뻗은 채 전지 속을 굽어보고 있다. 이 산은 이 고개와 남북으로 멀리 마주한 채 골짜기를 이루고 있으며, 전지의 물이 골짜기 안으로 밀려든다. 그리하여 바깥은 마치 휘감아도는 움집과 같고, 안쪽은 나란히 문을 잡아맨 듯하다. 이곳은 해구(海口)의 남쪽 고개이다.

북쪽으로 내려가는 곳은 몹시 가파르고 험했다. 나는 해가 서산에 질까봐 말을 달려 내려갔다. 2리만에 움푹한 평지를 따라 서쪽으로 들어갔다가, 2리를 가서 서쪽의 움푹 꺼진 곳을 넘었다. 움푹 꺼진 곳을 따라 서쪽으로 내려가자, 산속의 움푹한 평지가 빙 둘러 펼쳐져 있고, 그 안에는 평탄한 들판이 펼쳐져 있다. 호수에서 골짜기로 흘러든 전지의 물길이 평탄한 들판을 꿰뚫고서 강을 이루고 있다. 이것은 당랑천이다. 2리를 가자, 움푹한 평지의 남쪽 산 아래에 마을이 기대어 있다.

이 마을을 지나 평탄한 들판 속을 완만하게 나아가 북서쪽으로 4리만에 당랑천가에 이르렀다. 이곳에는 마을이 거리를 이룬 채 당랑천의 남쪽 가까이에 자리하고 있다. 이곳은 다부돈(茶埠墩), 즉 해구가(海口街)라는 곳이다. 이곳에는 공관이 있어서 감찰어사가 시찰할 때면 반드시 이곳을 들른다. 이는 한 성의 수리 상황과 연관되어 있기 때문이다.

이에 앞서 당원학이 나에게, 해구에는 숙박할 곳이 없으니 시창(柴廠)의 토사인 막(莫)씨의 소금가게에 가서 묵으라고 말했다. 아마 당원학은 시찰한다는 명분으로 늘상 그의 집에 묵었으리라. 내가 물어보니, 시창까지는 아직 6~7리 떨어져 있는데다, 날도 어느덧 저물어 있었다. 게다가 해문(海門)의 용왕묘(龍王廟)는 여기에서 동쪽으로 2리에 있으며, 완옥만에게 들어보니 '석성(石城)'이라는 명승지가 해구에 있다 하는지라, 머물러 이곳을 찾아보고 싶었다. 그래서 더 이상 나아가지 않고 여인숙을 찾아 묵었다.

10월 25일

두 필의 말을 진녕주로 돌려보내도록 했다. 식사를 하고서 나는 짚신 차림으로 북쪽의 당랑천변에 이르렀다. 당랑천 북쪽을 바라보니, 바위 벼랑이 하늘 높이 곧추서 있고, 당랑천의 물길이 벼랑 아래를 철썩이고 있다. 석성(石城)이란 곳을 묻자, 토박이들 가운데 아는 이가 아무도 없고, 다만 동쪽의 그득한 물에 둘러싸인 용왕당(龍王堂)을 가리킬 뿐이었다. 이에 당랑천 남쪽 언덕을 거슬러 동쪽으로 당랑천을 따라갔다.

2리를 가니, 남쪽 언덕의 산이 불쑥 튀어나와 당랑천을 굽어보고 있으며, 물길은 북쪽에서 멀어져 남쪽으로 바짝 붙어 흐르고 있다. 남쪽의 언덕은 무너져 움팬 채 빙 둘러 모여 있고, 북쪽의 벼랑은 훤히 트인 채 빙 둘러 민가를 품고 있다. 이곳은 해문촌(海門村)이다. 이 마을은 물길 너머로 남쪽 벼랑과 반리도 채 떨어져 있지 않다. 물길 속의 목구멍처럼 좁은 사이에 모래섬이 떠 있다. 동쪽의 전지를 향한 채 삼키고 뱉어내는 기세가 자못 등등하다. 모래섬 위에 우뚝 서 있는 것이 용왕당이다.

이때 나룻배가 마을의 북쪽 언덕에 있는데, 아무리 불러도 대꾸도 하지 않았다. 나는 남쪽 언덕의 물동굴로 기어올랐다. 호수와 바위와 더불어 여유있게 즐기노라니, 나 자신이 어디에 있는지조차 까맣게 잊어버렸다. 한참 후에 북쪽 벼랑의 마을 사람이 배를 저어오니, 배로 건너 용왕당에 올랐다.

용왕당은 당랑천의 물길 한 가운데에 자리하고 있으며 동쪽으로 전지를 굽어보고 있다. 때로 수호신을 제사지내는 이들이 배를 타고 오건만 그 안에는 향불을 관리하는 이조차 없다. 뒤편에는 겹겹의 누각이 있다. 이것은 완상오(阮祥吾)가 지은 것이다. 사당에는 비석이 꽤 많은데, 모두 성화(成化)와 홍치(弘治) 이후에 세워진 것이다. 비석에는 순무와 안찰사가 수리시설을 시찰·평가하고 전지 어귀를 준설하여 물이 범람하지 않도록 함으로써, 호숫가를 따라 비옥한 밭을 이루었다고 기록되어 있다. 운남을 시찰하러 온 이들은 이곳을 제일 먼저 들러야 했다고 한다.

용왕당을 나와 북쪽 언덕을 건너자, 민가가 제법 많이 모여 있다. 북쪽을 향해 기대고 있는 산은 두 겹이었다. 가로로 서쪽에 불쑥 솟은 첫번째 겹에는 바위가 많다. 서쪽 자락이 가장 높은데, 바로 당랑천 북쪽 언덕 가까이에 가파르게 치솟아 있다. 가로로 동쪽에 불쑥 솟은 두 번째 겹은 흙이 많다. 동쪽으로 에둘러 멀리 뻗어 있으며, 들쑥날쑥하다가 끄트머리에서 전지의 북쪽 둑을 이루고 있다. 두 겹의 산은 마을 뒤편에 중중첩첩인데, 대체로 북쪽의 관음산(觀音山)에서 높고 커다랗게 뻗어오다가 여기에서 끝난다.

해문촌의 주민들은 모두 완(阮)씨 집안의 소작농이다. 나는 전에 완옥만(阮玉灣)이 최근에 만들었다는 '석성'이란 명승에 대해 물었으나, 토박이들 가운데에 아는 이가 아무도 없었다. 완씨 집안의 무덤이 동쪽 언덕에 있다고 하여 그릇되이 이곳에 이끌려온 뒤에야, 마을사람들은 '석성'이 이인촌(里仁村)에 있다고 말했다. 이 마을은 라라(儸儸)의 산채로, 다부둔(茶埠墩)과 정면으로 마주하고 있다. 여기에서부터 오솔길을 타고서 산 뒤쪽의 골짜기 속을 서쪽으로 나아가 3리만에 닿을 수 있다고 한다.

나는 이에 동쪽의 완씨 집안의 무덤으로 가지 않고 서쪽의 이인촌을 찾아가기로 했다. 마을 뒤쪽에서 북쪽의 첫 번째 겹의 바위봉우리의 등성이를 넘어 북쪽으로 내려갔다. 길가에는 울쑥불쑥 치솟은 바위들이 많고, 북쪽에는 움푹한 평지가 훤히 트여 있다. 그러나 가운데에는 가느다란 물길조차도 없었다.

1리를 가서 움푹한 평지를 따라 서쪽으로 돌아드니, 어느덧 당랑천 북쪽 언덕의 곧추선 바위봉우리 뒤쪽에 와 있었다. 대체로 봉우리 남쪽에는 당랑천의 물길이 바짝 붙어 철썩거리고 있는지라, 봉우리 북쪽으로 길을 잡아들었다. 그 안에는 수없이 많은 복숭아나무가 둔덕을 뒤덮고 구렁에 이어져 있다. 복숭아나무들이 피워낸 노을이 오색으로 빛날 때를 생각하니, 무릉(武陵)과 천태산(天台山)의 복숭아숲은 한낮의 횃불에 지나지 않을 따름이라 웃음이 절로 나왔다.

서쪽으로 1리를 가서 복숭아숲을 지나자, 서쪽에 움푹한 평지가 훤히 펼쳐져 있고, 밭두둑이 서로 얽혀 있다. 시냇물이 콸콸 흘러가는 것이 보이는데, 마을이 북쪽 산 아래에 서쪽으로 매달려 있다. 이곳이 바로 이인촌이리라는 생각이 들었다. 대체로 이 움푹한 평지의 정남쪽에 곧추서 있는 바위산은 서쪽의 이곳에서 끝난다. 당랑천 가까이에 있는 움푹한 평지에 또 하나의 마을이 있다. 이곳은 해구촌으로, 당랑천 너머로 다부둔과 마주하고 있다. 이 마을에 나룻배가 있다. 이 움푹한 평지의 북동쪽으로는 비탈을 넘어가고, 움푹한 평지의 북서쪽으로는 골짜기를 따라간다. 모두 길이 나 있는데, 60리를 가면 성성에 이른다. 이인촌은 움푹한 평지 속의 북쪽 산 아래에 있다.

반리를 나아가 마을 동쪽에 이르렀다. 샘물이 길을 가로지르는 것이 보이고, 산 벼랑사이에 나무가 무성하게 자라 있으며, 산 위에 사당이 있다. 아마 샘물은 그 아래에서 솟구쳐 오르리라. 동쪽의 움푹한 평지에는 샘물이 없기에 온통 땅이 말라붙어 있지만, 서쪽의 움푹한 평지에는 샘물이 있는지라 비옥한 밭이 드넓게 펼쳐져 있다.

마을 서쪽에서 산을 휘감아 북쪽으로 나아갔다. 서쪽의 움푹한 평지는 대단히 깊다. 이 움푹한 평지는 북쪽의 골짜기에서 뻗어나와 남쪽으로 나아가 해구촌에 이른다. 마을 서쪽을 따라 뻗은 산 위에는 웅크리거나 불쑥 솟은 바위가 많고, 산 아래에는 높고 험준한 벼랑이 많은데, 동굴 한 군데에 두 곳의 입구가 서쪽을 향한 채 열려 있다. 기이한 생각이 들어 토박이에게 물어보니, '석성'은 아직 움푹한 평지의 서쪽 고개 위에 있다. '석성' 아래에는 솟구치는 샘이 있으며, 샘물을 따라 오를 수 있다고 한다.

북쪽으로 반리를 간 뒤, 서쪽으로 내려와 움푹한 평지를 가로질렀다. 한 줄기 시내가 북쪽에서 남쪽으로 흘러내린다. 시내는 물이 없이 말라 있다. 시내를 건너 서쪽으로 올라 모두 반리를 가자, 콸콸거리는 물소리가 들려왔다. 서쪽 산의 나무뿌리 아래에서 솟구친 샘물이 고여 못을 이루었다가, 남쪽과 동쪽으로 나뉘어 흘러가고 있다.

못을 따라 서쪽의 고개를 넘어 반리를 갔다. 고갯마루에는 봉우리의 바위가 솟구쳐 있다. 우뚝한 망치 모양의 것이 있고, 비좁은 문 모양의 것도 있으며, 영지가 높이 들려 평대를 이룬 듯한 것도 있고, 구름이 깔려 성곽을 이룬 듯한 것도 있다.

여기에서 바위틈새를 따라 비탈을 감아돌아 올랐다가 구렁을 푹 꺼져내려갔다. 그 꼭대기는 가운데가 웅덩이져 있고, 바위가 온통 빙 둘러 외곽을 이루고 있다. 꼭대기의 동쪽에는 우뚝 치솟은 바위들이 숲을 이루고, 서쪽에는 봉긋 뒤덮은 바위들이 벽처럼 우뚝 있다. 남쪽에는 내가 등성이를 넘어 내려온 길이 있고, 북쪽에는 구불구불한 바위동굴이 있다. 바위동굴에는 닿을락말락한 사이로 바위 하나가 허공에서 떨어져 문 모양을 이루고 있는데, 드나들 때에는 이곳을 거친다. 구렁을 둘러싼 가운데는 바닥이 평평하지만 물이 없는지라 집을 지어도 괜찮을 듯하다. 이곳이 바로 '석성'이다.

북문을 뚫고 나가자, 이곳의 바위는 더욱 나뭇가지가 갈라지고 꽃받침이 모여 있는 듯한 모습이다. 바위는 온통 푸른 바탕에 검게 무늬진 채 모서리가 날카로워 다른 산과는 사뭇 달랐다. 목동 두 사람의 안내를 받아 나는 벼랑을 따라 동쪽으로 돌아들었다가, 한 줄로 늘어선 바위무더기 속으로 들어섰다. 벼랑에 둘러싸인 곳이 나타나는데, 동쪽은 마치 문처럼 손님을 받아들인다. 그 안에는 스님이 가부좌를 틀 만한 감실과 판자를 엮은 침상이 있다. 모두 천연적으로 이루어진 것이다.

문을 나와 약간 남쪽으로 가다가 고개를 돌려 문옆을 보니, 깊숙한 동굴이 있다. 얼른 몸을 돌려 헤치고 들어갔다. 이 동굴은 휑 뚫려 들어갔다가 둘러싸인 벼랑 속으로 빠져나온다. 그제야 문으로 들어가기보다는 동굴로 들어가는 게 훨씬 기이하리라는 느낌이 들었다. 헤아려보건대, 벼랑에 둘러싸인 뒤쪽은 '석성' 안에서 바라보았던, 동쪽의 우뚝 치솟은 바위가 숲을 이룬 곳이리라.

동굴을 나와 동굴 위를 올려다보니, 바위봉우리들이 층층이 모인 채, 높기 그지없이 치솟아 있다. 늙은 라라족 한 명이 짐승 가죽을 걸친 채 앞에서 오더니, 나를 이끌어 함께 기어올랐다. 그 위는 평대처럼 보이는 것들이 수없이 엇섞여 선 채, 가운데의 웅덩이를 빙 둘러 그 동쪽에 우뚝 치솟아 있다. 동쪽으로 해문촌을 바라보니 맑은 거울에 푸른 하늘이 일렁이는 듯하고, 서쪽으로 웅덩이 바닥을 굽어보니 비췻빛 잎사귀를 셀 수 있을 것만 같다. 벼랑 너머 서쪽 봉우리는 봉긋 뒤덮은 위로 한데 모인 채 더욱 드높아 보인다.

이에 봉우리를 내려와 남쪽 등성이를 건넌 뒤, 몸을 돌려 서쪽 봉우리로 나아갔다. 봉긋 뒤덮은 위쪽의 벼랑에는 뒷층이 나뉘어 늘어서 있다. 그 가운데에는 휑히 트인 골짜기가 동쪽의 까마득한 구렁으로 떨어져 내리고, 그 뒤에는 흙산에 높이 둘러싸인 채 위로 병풍같은 산을 등지고 있다. 우뚝 치솟은 바위는 혹 위에 평평한 석판이 덮여 있기도 하고 혹 가운데가 쪼개져 비스듬한 격자창을 이루고 있기도 한다.

벼랑의 옆구리에 콧구멍처럼 조그마한 동굴이 두 개 있는데, 수많은 꿀벌들이 그 안을 들락거린다. 벌꿀이 줄줄 흘러내리는 이곳은 벼랑의 꿀벌이 사는 둥지이다. 두 목동은 "석달전에 토박이들이 벌에게 연기를 쏘여 벌꿀을 가져간 뒤 꿀벌들이 사라진 지 이미 오래되었습니다. 그런데 이제 보니 다시 벌통을 만들었네요"라고 말했다. 목동들이 다투어 풀로 구멍을 틀어막자, 꿀벌들이 별안간 윙윙거리며 구리북이 울리는 소리를 냈다.

높은 데에서 한참동안 바라보다가, 푹 꺼져내린 구렁의 북쪽을 따라가다가 동쪽의 깎아지른 듯한 벼랑을 타고 내려왔다. 동쪽의 바위문 밖을 지나는 동안, 아름다운 경관에 한 걸음에 한 번씩 뒤돌아보았다. 이에 앞서 이인촌에서 이 산을 바라볼 때에는 봉우리 꼭대기의 바위무더기가 진녕주의 장군봉(將軍峰)만큼 웅장해보이지 않았다. 그런데 이곳에 이르러보니 이리저리 구불거리고 층층이 모인 모습이 영롱하고 변화무상한데다 오묘한 기운이 한데 모여 기이하기 짝이 없다. 참으로 신령스러운 경계는 겉모습만으로는 알 수 없는 것이다.

대체로 이 봉우리는 서쪽의 커다란 산에 의지하여 있으며, 이 봉우리는 큰 산의 갈래가 동쪽으로 뻗어나간 것이다. 봉우리 꼭대기는 가운데가 움푹 패여 있고 바위부리가 안쪽에 뾰족뾰족 드러나 있으니, 겉에 기이함을 드러내는 다른 산과는 달랐다. 다만 봉우리 위에 날아 떨어지는 수정 같은 폭포수가 없고, 가운데에 가시를 헤치고 벼랑을 기어오를 길이 없는지라, 토끼와 여우의 소굴이 될 수밖에 없었다. 라라족 늙은이는 "이 바위틈의 흙은 차를 심기에 아주 좋고, 차맛은 다른 곳과 비교가 되지 않소. 그런데 지금은 완씨가 이미 사들여 집을 지으려고, 수도승을 불러 좋은 땅을 개간하고 있다오. 당신도 그런 사람이오?" 나는 아무 대꾸도 하지 않은 채 자리를 떴다. 참으로 산을 사들여 거처할 집을 짓는다면, 이보다 나은 곳은 없을 것이다.

산을 내려와 계속해서 움푹한 평지를 지나 동쪽으로 1리만에 이인촌을 지났다. 남동쪽으로 1리를 가서 당랑천의 북쪽에 이르렀다. 서쪽으로 해구를 바라보니, 나루터가 있어 다부둔으로 갈 수 있다. 동쪽으로 당랑천의 하천가를 바라보니, 바위벼랑이 가파르게 솟아 있다. 이전에 다부둔에서 당랑천 너머로 북쪽을 바라보았을 적에, 들쑥날쑥 움패이고 높이 솟은 바위 가운데로 흰색 담이 보이기에, 그 위에 새로 지은 띠집이 있을 성 싶었다. 그런데 이제 와서 보니 비록 벼랑의 바위에 가려져 그 모습은 보이지 않지만, 물과 바위가 엇섞이고 높고 깊이 허공에 움패어 있다. 그 안에 틀림없이 아름다운 경관이 있으리라는 생각이 들어, 동쪽으로 나아갔다.

벼랑 아래에 이르니, 벼랑발치는 물에 잠겨 있고 바위들이 어지러이 휘감아돈다. 나는 물과 바위 사이로 기어올랐다. 벼랑의 남쪽을 따라 동쪽으로 더 나아가자, 홀연 바위위에 틈새의 흔적이 보이기에 벼랑을 타고 쭉 올라갔다. 산세가 몹시 가파른지라 매달린 바위와 깎아지른 듯한 벼랑의 흔적이 모두 물속에 거꾸로 된 모습으로 비친다. 바야흐로 내려다보면서 기이하게 여기는 참에, 문득 머리맡에서 기침하는 소리가 들려왔다. 머리를 치켜들었으나 아무도 보이지 않았다. 새로운 지은 띠집이 그리 멀지 않음을 깨달았다.

다시 아래로 덮여 있는 바위를 뚫고 나아가자, 흰색 담이 바로 그 위에 있다. 마침 벼랑을 뚫고서 길을 메우고 있던 도사 한 분이 나를 맞아 띠집 안으로 들어오게 했다. 이 띠집은 사방이 간신히 한 길을 넘을 뿐인데, 창이 밝고 벽은 깨끗한데다 안에는 모시는 상(像)도 없고 부엌살림도 없었다. 아마 띠집이 갓 지어져 아직 그 안에 사는 이가 없는 듯했다. 도사의 성은 오(吳)씨이고, 서쪽 마을의 해구촌 사람이다. 이전에 밖에서 장사하느라 떠돌아다니던 그가 이제 이곳으로 돌아와 암자를 지었으니, 몸을 기탁할 곳을 찾은 셈이었다.

띠집 속에 앉아 있노라니, 상하좌우는 온통 깎아지른 듯한 벼랑과 이어져 있고, 앞에는 맑은 당랑천의 비취빛 물결이 일렁이고, 바깥으로는

먼 봉우리의 비취빛이 에워싸고 있다. 당랑천 너머로 다부둔에는 마을
이 빙 둘러 감싸고, 안개 속에 잠긴 나무와 둑길에 피어난 꽃은 거울 속
에 비친 그림자와 같다. 당랑천에는 돛을 올린 장삿배가 들오리처럼 떠
있고, 그물을 펼친 고깃배는 물결 사이로 보였다 사라졌다하며, 배 그림
자는 아지랑이 사이로 뛰놀고, 노 젓는 소리는 산중턱에 울려퍼진다. 마
치 그림 병풍 위에 앉아 있는 양 황홀하기 그지없다.

산에서 내려와 계속해서 서쪽으로 반리를 나아가 해구촌에서 나룻배
에 올라탔다. 남쪽으로 다부둔의 거리를 지나, 주인집에 들어가 식사를
했다. 어느덧 정오가 지나 있었다. 다부둔에는 배가 있는데, 물길을 따
라 10리를 나아가 시창에 가서 소금을 싣고 전지를 건너간다. 나는 기
다릴 수 없어 마을 서쪽에서 당랑천의 둑길을 따라 나아갔다. 다부둔에
서 서쪽의 평정초(平定哨)에 이르는 둑은, 당랑천의 남쪽 물가를 따라 쌓
여 있다.

대체로 당랑천의 물길은 북쪽 언덕의 커다란 산에 의지하여 서쪽으
로 흘러가며, 그 남쪽 언덕의 산세는 중중첩첩이다. 그 사이에 조그마한
움푹한 평지가 많기에 둑을 쌓아 하천을 가로막은 것이다. 둑의 남쪽
곳곳에는 남쪽 골짜기에서 흘러나온 조그마한 물길이 둑을 따라 아래
로 쏟아진다.

둑 위를 따라 서쪽으로 나아가자, 당랑천의 물길은 차츰 좁아지고 물
살은 점점 빨라진다. 7리를 가자 마을이 둑에 기댄 채, 북쪽 아래의 당
랑천을 굽어보고 있다. 둑 사이에는 정자와 비석이 있다. 이곳은 시창이
다. 이곳은 옛 비석에 따르면 한창(漢廠)이라고 했으며, 토사 막씨의 소
금가게가 이곳에 있었다. 이곳에 이르러 당랑천은 물살이 빨라지고 바
위가 많아지는지라, 차츰 배가 다닐 수 없다. 당랑천은 산을 따라 북서
쪽으로 돌아들고, 둑은 물길을 따라 돌아든다.

다시 북서쪽으로 7리를 가자, 물길은 북쪽으로 산에 바짝 붙은 채 골
짜기로 흘러들고, 길은 서쪽으로 움푹한 평지를 넘어 비탈을 뻗어오른

다. 다시 2리를 가자, 몇 채의 민가가 비탈 위에 기대어 있다. 이곳은 평정초(平定哨)이다. 이때 해가 아직은 높으나, 토박이가 앞길에 여인숙이 없다고 하는지라 가던 길을 멈추었다.

10월 26일

닭이 두 번 울자 식사를 하고서 여인숙을 나왔다. 곧바로 북쪽으로 서쪽 산을 따라 나아갔다. 3리를 가자, 새벽빛이 차츰 밝아왔다. 갈림길이 남서쪽에서 뻗어오고, 다른 한 줄기 갈림길이 북동쪽에서 뻗어오며, 가운데 길은 북쪽의 움푹 꺼진 곳을 쭉 넘어간다.

대체로 서쪽 경계의 깊은 산은 이곳에 이르러 건너뛴 산줄기가 동쪽으로 뻗어가다가 봉우리로 불쑥 솟구치더니, 관문을 막고서 가운데가 불쑥 치솟아 당랑천의 물길을 가로막은 채 동쪽으로 굽이져 휘감아돈다. 가로막힌 물길은 약간 동쪽으로 물러서더니 골짜기 북쪽을 뚫고 서쪽으로 향하다가 층계를 떨어져내려 다투어 흘러간다. 이곳은 석룡패(石龍壩)라고 한다.

이 산의 이름은 구자산(九子山)으로서, 사실 해구 하류의 관문이다. 평정초는 그 남쪽에 있고, 대영장(大營莊)은 그 동쪽에 있으며, 석룡패는 그 북쪽에 있다. 산은 그다지 높거나 크지 않지만, 우뚝 선 둥근 언덕이 물길의 어귀를 가로막고 있는지라, 자연스레 웅장함을 드러낸다. 산꼭대기에는 사람의 키보다 높은 바위 아홉 개가 봉우리 머리맡에 나란히 서 있다. 토박이들은 구자모묘(九子母廟)를 세웠다. 아홉 개의 바위를 아홉 아들로 여긴지라, 산을 아홉 아들의 어머니로 여겼던 것이다.

나는 이때 바른 길은 가운데 길이고, 북동쪽의 갈림길은 지름길이 아닐까 생각했다. 당랑천의 물길을 바라볼 수 있으리라 여겨 갈림길을 따라갔다. 1리를 나아가 대영장에 이르니, 당랑천의 물길이 아래에서 콰르릉 콰르릉 소리를 내고 있다. 물위로는 배를 띄울 수 없고, 뭍으로는 골짜기를 따라갈 수 없으니, 한길로 돌아가 움푹 꺼진 곳을 넘어가야만 했다. 이에 여기에서 왔던 길을 되짚어 봉우리 서쪽을 따라 고개를 넘어 북쪽으로 내려갔다. 모두 2리를 가자, 조그마한 물길이 남서쪽 골짜기에서 흘러온다.

이 물길을 건너 다시 서쪽으로 올라 비탈을 넘었다. 비탈 북쪽의 골짜기 사이로 당랑천의 물길이 구자모산의 동쪽에서 골짜기를 뚫고서 북쪽으로 흘러가다가 서쪽으로 돌아들어 산의 북쪽으로 에돌아 골짜기로 떨어져내린다. 골짜기 속에는 바위가 가로누워 층층이 가로막고 있는지라, 가로로 부딪친 물은 혹 바위 꼭대기를 타넘기도 하고, 바위의 옆구리를 뚫고 지나면서 솟구쳐 한 층을 지났다가 한 층을 튀어오른다. 반리를 흐르는 동안에 물은 대여섯 단을 떨어져내린다. 이곳이 석룡패이다. 당랑천의 물길로 배가 다닐 수 없는 것은 모두 이 바위들이 가로막고 있기 때문이다. 예전에 치수하는 이들이 여러 차례 바위를 불사르고 층계를 뚫었지만 끝내 성공하지 못했다. 토박이들은 바위를 뚫어도 금방 자라나기 때문이라고 말하지만, 꼭 그렇지만은 않을 것이다.

돌층계가 끝나자, 골짜기는 북쪽으로 돌아들었다. 길은 골짜기 서쪽의 산위를 따라 뻗어오른다. 그 길을 따라 북쪽으로 나아갔다. 아래로 층계가 끝난 곳을 굽어보니, 골짜기 속에 네모진 모양의 못이 있다. 고인 물이 대단히 맑다. 토박이들은 이곳을 청어당(靑魚塘)이라 일컬으면서, 못속에 커다란 청어가 많다고 말했다. 『지』에 따르면, 곤양주 평정향(平定鄕)의 조그마한 산 아래에 세 개의 동굴이 있는데, 샘물이 흘러 모여 못을 이루고, 그 안에 청어와 백어가 있으며, 흔히 수룡어(隨龍魚)라고 부른다고 했다. 혹시 바로 이게 아닐까?

북쪽으로 2리를 가자 골짜기가 약간 열리고, 그 아래에 마을이 있다. 이곳은 청어당촌(靑魚塘村)이다. 북쪽으로 2리를 가서 북서쪽의 고개를 넘었다. 이 고개가 가장 높은지라, 동쪽의 관음산과 나한사(羅漢寺)가 있는 벽계산(碧雞山)이 보이는데, 두 산봉우리는 동쪽에 치솟아 있다. 좀 더 북쪽으로 멀리 한 겹의 산이 뭇산의 북쪽까지 가로로 뻗어있다.

서쪽의 끄트머리에 유난히 불쑥 치솟은 봉우리가 매우 높다. 이곳은 필가산(筆架山)이다. 그 서쪽에 따로이 솟아 있는 또 하나의 봉우리가 필가산과 나란히 서 있다. 이곳은 주봉인 용산(龍山)이다. 동쪽의 끄트머리에는 두 개의 봉우리가 나뉜 채 매우 높이 솟아 있다. 이곳은 진이산(進耳山)이다. 그 남쪽의 움푹 꺼진 곳은 조금 낮게 엎드린 채 훤히 트여 있다. 이곳은 한길 위의 벽계관(碧雞關)이다.

양쪽의 매우 높은 봉우리 사이에 뾰족한 봉우리가 유독 날카로운 채, 가로누운 등성이의 남쪽에 삐죽이 튀어나와 있다. 이곳은 용마산(龍馬山)이고, 그 아래는 사하(沙河)의 물길이 흘러오는 곳이다. 다만 서쪽으로는 여러 산이 약간 낮게 엎드린 채 훤히 트여 있는데, 운남 서부로 가는 한길이 뭇산들을 따라 뻗어있고, 주봉은 오히려 낮게 엎드린 곳에서 남쪽으로 건너뻗어간다.

(주봉의 등성이는 북서쪽의 여강부麗江府와 학경부鶴慶府의 동쪽에서 남쪽으로 뻗어내려 초웅부楚雄府 남쪽에 이르고, 다시 북동쪽의 녹풍현祿豊縣과 나차현羅次縣의 북쪽 지경에 이르며, 다시 동쪽의 안녕주의 북서쪽 지경에 이르렀다가 동쪽으로 불쑥 솟아 용산龍山을 이룬다. 이어 남쪽의 안녕주 서쪽에서 다시 남쪽의 삼박현三泊縣의 동쪽으로 건너뻗고, 다시 남쪽의 곤양주의 남서쪽을 에돌아서 동쪽으로 꺾어져 신흥주 북쪽을 거쳐 철로관을 이루고, 다시 동쪽의 강천현 북쪽을 거쳐 관색령을 이루며, 다시 동쪽으로 치솟아 굴상전산을 이루고 나서 북동쪽으로 꺾어져 나장산을 이룬다. 이곳은 전지와 무선호撫仙湖의 경계를 이루는 등성이이다.)

서쪽으로 1리를 가서 고개 꼭대기를 넘었다. 다시 북서쪽으로 1리를 내려가니, 당랑천의 물길은 고개의 북쪽 기슭을 감아돌아 서쪽으로 흘러가다가 다시 남쪽으로 돌아든다. 고개 서쪽에 마을이 당랑천 가까이에 자리하고 있는데, 하천가에 나루터가 있다. 이곳은 무취하(武趣河)이다. 곤양주의 서쪽 경계는 여기에서 끝나고, 나루터를 건너면 안녕주의 경계이다. 무취하는 마을을 감아돌아 남쪽으로 굽어졌다가 서쪽 골짜기를 돌아들어 흘러가고, 길은 무취하를 건너자마자 북서쪽의 비탈을 올라간다.

잇달아 두 겹의 흙언덕을 넘어 모두 5리를 가서 북쪽으로 내려오니, 동쪽의 움푹한 평지 속에 못이 하나 있다. 다시 북쪽으로 2리를 가자 서쪽의 움푹한 평지 속에 못이 하나 있다. 다시 북쪽으로 1리 반을 가자, 길 동쪽에 마을이 있다. 북쪽으로 1리 반을 더 가니, 비탈은 북쪽으로 끝이 나고, 비탈의 북쪽에 동서로 움푹한 평지가 넓게 펼쳐지기 시작했다. 이에 비탈을 내려가 서쪽의 움푹한 평지 속을 나아갔다.

2리를 가자, 북동쪽의 북쪽 경계에서 물길이 가운데가 뾰족한 봉우리 아래로 흘러내린다. 이 물길은 사하(沙河)이다. 사하의 물줄기는 꽤 크고, 그 위에 돌다리가 동서로 걸쳐져 있다. 사하의 물길은 다리 아래에서 남쪽으로 흘러가고, 당랑천의 물길은 무취하의 서쪽 골짜기에서 북쪽으로 돌아들어 흘러온다. 두 물길은 다리 남쪽에서 합쳐져 반리를 흐르다가 북서쪽의 안녕주의 성 남쪽에 이르렀다가, 여기에서 북쪽으로 흘러 성의 동쪽을 지나 북쪽으로 흘러내린다. 사하교를 지나 다시 북서쪽으로 1리를 가니, 성성(省城)의 한길이 북동쪽에서 뻗어오고, 당랑천은 성의 남쪽에서 흘러온다. 길과 하천은 성의 동쪽에서 만나고, 하천 위에 커다란 돌다리가 동서로 걸쳐져 있다. 그 기세가 대단히 웅장하다.

다리를 지나자 곧바로 안녕성이다. 안녕성의 동문으로 들어가자, 저자가 꽤 모여 있다. 시장에서 술을 사서 마시니, 온천욕을 할 작정이었다. 술을 다 마시고 나자, 느닷없이 비바람이 몰아닥쳤다. 우산을 펼쳐 들고서 남쪽 거리에서 서쪽으로 나아갔다. 잠시 후 가고 있는 길이 녹표(祿禱)로 가는 한길임을 깨닫고서, 이에 왔던 길을 되짚어 동문 안으로 와서 동쪽 거리를 따라 북쪽으로 나아갔다.

반리를 나아가 안녕주의 관아 앞을 지난 뒤, 그 동쪽에서 다시 북쪽으로 돌아들어 반리를 갔다. 사당의 문이 동쪽을 향해 있는데, 편액에는 '영천(靈泉)'이라 적혀 있다. 나는 삼조성수(三潮聖水)라 여겨 안으로 들어갔다. 문 왼편에는 커다란 우물이 있고, 그 위에 나무를 쌓아 가로 엮어 다리를 만들어 놓았다. 난간 위에는 도르레를 달아 물을 뜰 수 있도록 했는데, 염정[1]이다. 우물의 물은 짜고도 씁쓸한데다 혼탁하기 그지없다. 이곳에는 감독하는 자가 있고, 매일 두 차례 물을 길어 끓여 달인다. (안녕주 한 곳에서 매일 밤에 천오백 근의 소금을 달여 낸다. 성안의 염정은 네 곳이고, 성 밖의 염정은 스물네 곳이다. 규모가 큰 염정은 60근을 달여 내고, 작은 염정은 40근을 달여 내는데, 모두 소금물을 통에 짊어지고 가서 집에서 달인다.)

다시 서쪽으로 돌아들어 성황묘를 지나 북쪽으로 나아가 반리만에 북문을 나왔다. 비바람은 차갑고, 길에는 행인도 없었다. 그러나 그렇다고 해서 흥취가 가시지는 않았으니, 비를 무릅쓰고서 쭉 나아갔다. 당랑천의 서쪽 언덕을 좇아 북쪽으로 나아가 3리 반을 가자, 서쪽 산기슭에 마을이 있다. 그 뒤편에 사당이 동쪽을 향해 마을을 굽어보고 있으나, 나는 들어가지 않았다.

다시 북쪽으로 2리 반을 가자, 한길은 산을 휘감아 북서쪽으로 돌아들고, 갈림길은 비탈을 내려가 당랑천을 따라 북쪽으로 쭉 뻗어 있다. 나는 이에 갈림길을 따라 내려가 1리 반을 갔다. 뱃사공이 배를 나루터에 대고 있기에, 배에 올라 당랑천의 동쪽 언덕을 오르는 중에 비가 그쳤다. 다시 동쪽 기슭을 따라 북쪽으로 나아가 북쪽 고개 아래에 이르렀다. 고개에 가로막힌 당랑천은 서쪽의 구렁을 휘감아 흘러가고, 길은 북쪽의 고개를 넘어간다. 고개는 꽤 가파른데, 1리만에 고개를 넘어 북쪽으로 1리를 더 가서 고개 북쪽의 움푹한 평지로 내려갔다. 북동쪽에서 흘러오는 조그마한 물길이 서쪽의 당랑천에 흘러든다.

나무를 가로걸친 다리를 건너 1리만에 북서쪽의 비탈을 오르자, 비탈 북쪽에 마을이 자리하고 있다. 길은 마을 곁을 따라 뻗어 있다. 1리를 가서 비탈을 넘어 북쪽으로 나아갔다. 두 번이나 오르내려 3리를 나아가 서쪽을 굽어보니, 당랑천의 물길은 어느덧 벼랑 아래에 있다. 벼랑 가장자리에 정자가 있는데, 갑자기 발아래에서 불쑥 솟아나왔다. 정자를 굽어보면서 기이한 느낌이 들었다.

급히 길을 벗어나 서쪽으로 내려가 정자 안으로 들어가 보니, 정자 뒤에는 삐죽삐죽한 바위조각들이 마치 푸른 연꽃처럼 솟구쳐 있다. 그 북쪽에 정자가 하나 더 있다. 정자 아래는 나무를 엮어 만든 것이었다. 그 아래를 굽어보니, 마치 우물처럼 가운데가 텅 비어 있다. 우물 속에는 가파른 층계가 있어, 구불구불 내려갈 수 있다.

나는 이때 온천으로 가는 길은 위쪽을 따라 북쪽으로 나아가야 한다는 것을 알고 있었으나, 이 기이한 광경을 놓칠 수 없어 층계를 따라 우물 아래로 내려갔다. 우물 속의 층계는 바위를 깎아내거나 나무를 박아넣기도 하며 사다리를 매달기도 했다. 모두 세 번을 돌아들었는데, 돌아들 때마다 대략 스무 계단을 밟아 모두 예순 계단만에 우물 바닥에 닿았다.

우물 구멍의 둘레는 겨우 네 자이고 바닥까지의 깊이는 대략 네댓 길이었다. 우물 바닥은 평탄하고, 우물 벽 옆에는 많은 문들이 갈라져 있다. 서쪽의 당랑천을 굽어보는 것이 정문이고, 남쪽을 향한 것은 곁문이다. 곁문에는 병풍 같은 바위가 비스듬히 가로막고 있고, 병풍 같은 바위 사이에는 네댓 군데의 틈새가 갈라져 있다. 마치 창과 문이 서로 엇갈려 뚫린 채 겹쳐 있는 듯하다. 토박이들은 이곳을 '칠규통천(七竅通天)'이라 일컫는다. '칠규(七竅)'란 우물 아래에 문이 많음을 가리키며, '통천(通天)'이란 위쪽으로만 꿰뚫려 있음을 가리킨다.

곁문의 남쪽에는 벼랑의 암벽이 깎아지른 듯 병풍처럼 당랑천 위에 늘어서 있고, 그 아래에는 서너 곳의 동굴 문이 따로이 열려 있다. 동굴은 모두 그다지 깊이 뚫려 있지 않으나, 당랑천의 물이 동굴 앞에 철썩이고 벼랑이 동굴 위에 병풍처럼 늘어서 있다. 게다가 동굴 입구가 겹겹이 이어져 있는지라, 북쪽 동굴의 아름다움을 더해 준다.

남쪽으로 더 나아가 벼랑의 바위가 돌아들어 불쑥 튀어나온 곳에 이르렀다. 벼랑 옆에 떨어진 거대한 바위가 물길을 맞아 길의 경계를 이루고 있는데, 바위에 '성석(醒石)'이라는 글자가 적혀 있다. 이것은 냉연(冷然)의 필적이다. (냉연은 도학가인 양사공楊師孔의 호이다. 양사공은 귀주 사람이다.)

바위 북쪽의 깎아지른 듯한 벼랑 위에는 '허명동(虛明洞)'이라는 세 글자가 커다랗게 적혀 있다. 높아서 누구의 필적인지 볼 수가 없다. 그 위의 남쪽 벼랑에는 바위가 가로로 비스듬히 누운 채 손을 늘어뜨린 모양을 하고 있다. 그 아래에도 서쪽을 향해 있는 동굴이 있다. 동굴은 꽤 큰데다 가운데가 널찍하게 열려 있으나, 움푹 패이고 뚫려 빛이 새어드는 신묘함은 느낄 수 없다. '허명'이란 두 글자는 이 동굴에 딱 어울린다.

'허명'이란 커다란 글자 아래에 '청천(聽泉)'이란 두 글자가 새겨져 있다. 글자가 매우 예스러운데, 연천(燕泉, 연천은 도헌²⁾ 하맹춘何孟春의 호이다. 하맹춘은 침주郴州 사람인데, 내 고향 사람이라고 스스로 적고 있다)의 필적이다. '청천' 옆에는 '이곳에서는 물을 마시지 않으면 안된다'라고 씌어 있다. 이것은 승암(升庵, 승암은 태사 양신楊愼의 호이다)의 필적인데, 새김이 그다지 뛰어나지 않아 가운데 동굴의 석각만 못했다.

동굴 입구 오른쪽에 '이곳에서는 취하지 않을 수 없다'라고 씌어 있다. 이것은 냉연의 필적이다. 새김법이 정교한지라 후생가외(後生可畏)임을 느꼈다. 또한 '청천'의 두 글자 위에 성석(醒石)의 절구 한 수가 새겨져 있고, '강사예(姜思睿)'라는 이름이 적혀 있다. 성석의 시에 '보명'이라는 이름도 새겨져 있으나, 보명(譜明)이 누구인지는 알 수 없다. 한 수의 시에 두 개의 이름이 적혀 있으니, 보명은 바로 강사예(姜思睿)의 자가 아닐까?

이곳의 샘물과 바위는 그윽하고 아름다우며, 동굴과 구렁은 영롱하게 빛난다. 참으로 은자가 즐길 만한 명승지이나, 안타깝게도 거처하는 이가 아무도 없다. 커다란 동굴의 왼쪽, 봉긋 솟은 벼랑이 남쪽으로 끝나는 곳에 또 하나의 동굴이 있다. 그 안에서 연기가 피어나오기에 얼른 들어가 보았다. 비좁고 깊은 이 동굴 입구에는 돌기둥 하나가 가운데에 매달린 채 동굴을 둘로 나누고 있다. 동굴 속에는 라라족의 죄수가 알몸인 채로 짚신을 엮고 있었다. 연기는 그가 밥을 짓느라 피어오른 것이었다. 동굴 남쪽의 벼랑 끄트머리는 방금 전에 남쪽에서 뻗어온 움푹한 평지로서, 내가 내려갔다가 다시 올라왔던 곳이다.

이때 하인 고씨가 북쪽 동굴에 머물러 나를 기다리고 있는지라, 나는 다시 벼랑가를 따라 북쪽으로 나아갔다. 북쪽 동굴의 오른쪽에서 벼랑은 다시 북쪽으로 끝이 난다. 그래서 비탈을 타고 동쪽으로 올랐다가 벼랑 끄트머리의, 남쪽에서 뻗어오는 한길로 나왔다.

반리를 가자 암자가 길 왼쪽에 자리하고 있다. 아래로 굽어보니 서쪽 벼랑 아래에 민가가 늘어선 채 모여 있고, 바로 이곳에 온천이 있다. 암자 북쪽에 또 하나의 정자가 동쪽 봉우리 중턱에 높이 지어져 있으며, 편액에는 '냉연(冷然)'이라 씌어 있다. 온천의 위에 있으면서 '어풍(御風)'이라는 이름을 붙였으니, 양(楊)씨는 차고 더움을 안다고 말할 수 있으리라.

정자 앞에서 바위를 올라 서쪽으로 내려가는데, 바위들의 모서리가 몹시 날카롭다. 나는 이러한 바위를 좋아하는지라 바위를 기어 내려갔다. 온천은 거기에 있었다. 바위벼랑 아래에 모여 있는 온천의 욕지(浴池)는, 동쪽의 벼랑의 바위에 기대어 있고, 서쪽의 당랑천과는 수십 걸음 떨어져 있다. 욕지의 남쪽에는 세 칸짜리 집이 있으며, 북쪽으로 욕지를 굽어보고 있다. 욕지는 안팎이 나뉘어 있다. 바깥의 못은 맑고 깨끗하며, 안쪽의 못은 더욱 맑다. 온천욕을 즐기는 이들은 대부분 바깥의 못에 있다. 안쪽 못 안에는 바위들이 있는데, 높낮이가 일정치 않은 채 모두 물속에 가라앉아 있다. 바위의 색깔은 푸른 옥과 같으며, 물빛에 어려 반짝거린다. 내가 보았던 온천은 운남에 가장 많고, 이곳의 수질이 실로 으뜸이다.

욕지의 집 뒤로 동쪽 벼랑 위에는 세 칸짜리 불각이 있고, 편액에 '난조(暖照)'라 적혀 있다. 또한 남쪽의 비탈 위에는 세 칸짜리 관아 건물이 있고, 편액에 '진의천인(振衣千仞)'이라 적혀 있다. 불각과 관아 건물은 모두 토박이들이 잠가버린지라 들어갈 수 없었다.

나는 온천욕을 마친 후 서쪽 거리를 산보하다가 마실 거리와 감을 파는 이를 만났다. 온천욕의 열기를 식히려고 감을 사서 먹었다. 물어보니, 허명동(虛明洞)의 남쪽에 운도동(雲濤洞)이 또 있고, 당랑천의 서쪽 언덕과 조계사(曹溪寺) 옆에 성수(聖水)가 있다고 한다. 여기에서 3리 떨어져 있는데, 두 곳 모두 온천의 남쪽에 있으며, 당랑천을 거슬러 유람할 수 있다고 한다.

대체로 온천 욕지는 서쪽의 당랑천의 동쪽 언덕 가까이에 있고, 거리는 민가를 낀 채로 이루어져 있다. 이 거리를 따라 북쪽으로 나아가 100리를 가면 부민현(富民縣)에 이를 수 있다. 당랑천 동쪽 언덕에서 가장 높은 곳은 필가봉이다. 필가봉은 온천의 북동쪽에 있으며, 『지』에서 대성산(岱晟山)이라 일컫는 곳이다. 당랑천의 서쪽 언덕에서 가장 높은 곳은 용산이다. 조계사(曹溪寺)는 이 산의 동쪽 둔덕 중턱에 있으며, 『지』에서 총산(葱山)이라 일컫은 곳이다. 두 산은 당랑천을 사이에 낀 채 북쪽으로 흐르는데, 총산은 주봉이 동쪽으로 휘감아도는 곳이다.

나는 이때 당랑천에 이르러 먼저 조계사와 성수를 찾아볼 작정이었다. 하지만 나룻배가 당랑천 서쪽 언덕에 머문 채 아무리 기다려도 오지 않는지라, 남쪽으로 반리를 나아가 허명동 등의 여러 동굴 아래를 지나왔던 것이다. 남쪽으로 벼랑에 이르니, 비탈이 굽이져 움푹한 평지를 이루고 있다. 당랑천 언덕을 따라 남쪽으로 가야 했다. 그러나 길이 없는지라 이전에 방금 전에 왔던 한길 모퉁이로 올라가 좁은 갈림길을 따라 서쪽 벼랑을 휘감아돌아 남쪽으로 나아갔다.

두 차례 오르내려 1리 반을 가자, 비탈 남쪽에 심가장(沈家莊)이라는 마을이 나타났다. 늙은 아낙이 운도동(雲濤洞)은 아직 남쪽 비탈 너머에 있다고 가리켰다. 다시 남쪽의 움푹한 평지를 넘어 반리만에 비탈을 올랐으나, 길은 끊긴 채 운도동이 있는 곳을 알 수 없었다. 서쪽의 당랑천 너머를 바라보니, 민가가 빽빽하고 그 위에 절이 있다. 조계사임에 틀림없었다. 당랑천 천변에서 땔감을 줍고 있는 마을 아이가 있기에 멀리서 소리쳐 운도동이란 곳을 물었더니, 그 아이가 손으로 가리키면서 무어라고 말했다. 그렇지만 당랑천을 사이에 두고 있는지라 제대로 알아들을 수가 없었다.

남쪽 비탈의 아래를 바라보니, 바위벼랑의 무더기가 있기에 느릿느릿 다가갔다. 그 아래에 이르러 바위틈을 쳐다보니, 무더기진 대나무가 곱다. 그 위에 닫혀져 있지 않은 붉은색 문이 있다. 그곳으로 올라가는데, 층계는 구불구불 이어지고, 긴 복도와 정자는 그윽하고 고요하다. 남은 꽃과 먹의 흔적이 길가에 어지럽고, 구름에 싸인 창문과 돌침상이 동굴 입구에 어지러이 널려 있다. 긴 복도 뒤쪽에는 동굴 입구가 아래로 움푹 패어 있고, 위에는 층층의 누각이 서쪽을 향한 채 가로로 걸쳐져 있다.

먼저 누각에 올라가보니, 누각 안에는 관음대사 등의 여러 신선상이 모셔져 있다. 향을 사르는 탁자와 등을 놓는 책상은 모두 나무뿌리로 만들어져 있으며, 기이하고 고풍스러운 것이 많이 있다. 누각의 남쪽에 침실이 한 칸 있고, 쌀 동이와 책 상자가 그 안에 그대로 남아 있다. 하지만 이끼가 덮이고 넝쿨이 그물처럼 얽힌 채 폐쇄된 지 이미 오래, 적막하여 다닐 길도 없다. 누가 엮어 세운 것인지, 무엇 때문에 폐허가 되어버렸는지 알 길이 없다.

누각을 내려와 동굴로 들어갔다. 막 들어서는 순간에는 한 칸의 방에 들어선 듯했는데, 옆에 아래로 움푹 꺼져내린 채 깊고 어두운 구렁이 있었다. 그 북쪽에 또 하나의 입구가 갈라져 있기에 뚫고 들어가니, 비스듬히 밖으로 통해 있는 조그마한 구멍이 있다. 대나무 그림자를 바라보면서 뚫고 들어가자마자 어둠속에서 푹 꺼져내렸다. 남쪽으로 내려가자, 깊어서 어디가 바닥인지 알 수 없다. 북쪽을 바라보니 역시 위로 뚫린 창문이 있으나, 다만 뚫린 곳이 너무 작아 빛이 깊숙이 비추지 못하는지라, 손으로 비좁은 어귀를 어루만지고 발로 허공을 더듬거리면서 나아갔다. 때로는 손과 발에 닿는 것이 없기도 하고, 때로는 손과 발이 가로막히기도 했다.

구멍의 바닥에 이르러 문득 남서쪽을 바라보니 환한 빛이 비친다. 비좁은 어귀를 돌아들자, 비로소 빛이 북서쪽의 꼭대기 틈새에서 새들어온다. 이곳의 바닥 역시 평탄하고, 위쪽 또한 봉긋 솟은 채 높이 휘감고 있다. 돌연 그림자가 틈새의 빛을 스쳐가기에 마음속으로 이상하게 여겨져 하인 고씨를 소리쳐 불렀더니, 응답 소리가 바로 빛이 새어드는 틈새에서 들려왔다. 방금 스쳐지나갔던 그림자는 바로 하인 고씨의 그림자였던 것이다.

다시 어두운 바닥으로 돌아들어오니, 틈새는 비좁고 벼랑은 깎아지른 듯하여 발을 딛을 곳이 없다. 하지만 주요 부분이 차츰 눈에 익기에 기어오르는 것이 쉬울 듯했다. 밝은 곳에서 가슴 두근거리느니, 차라리 어둠속에서 대담하게 행하는 편이 낫겠다는 느낌이 들었다. 한 층을 더 오르자 위쪽의 창문에 빛이 희미하지만, 역시 일정한 범위가 차츰 또렷해진다. 알고 보니 그 옆에 가느다란 층계가 벼랑 사이를 타고서 구불구불 이어져 있다. 무너진 곳도 있고 완정한 곳도 있으나, 다만 처음에는 눈에 뜨이지 않았을 뿐이다.

동굴을 나와 계속해서 앞쪽의 긴 복도에서 문밖으로 나왔다. 오른쪽 벼랑에 석각 하나가 보이는데, 곁에 가시덤불이 새둥지처럼 얽혀 있는지라 멀리서는 보이지 않았다. 가시덤불을 제거할 수 없다고 여겨 그냥 밟고서 들어갔다. 두건과 신발이 가시에 찔리고 걸리는지라, 베로 머리를 감싸 보호망을 만들고서야 읽을 수 있었다. 알고 보니, 이 암자는 천계(天啓) 병인년[3]에 안녕주 사람인 주화부(朱化孚)가 세운 것이었다. (주화부는 임진년에 진사가 되었다.) 이곳의 누각과 복도, 정자는 모두 명칭과 편액이 있고, 산에 거처하는 스님 역시 이름과 시가 있었다. 그러나 오래지 않아 적막한 골짜기로 변한 채 버려진 건물만 남아 있으니, 안타까움만 더해 줄 따름이도다!

암자에서 내려와 당랑천의 언덕에 이르렀다. 건너갈 배 한 척만 있다면, 곧바로 서쪽의 조계사에 오를 수 있을 것이다. 그런데 이때 배를 구하지 못한지라, 하는 수 없이 북쪽으로 3리를 가서 온천에 이르렀다. 이곳에서 배를 타고 건너 서쪽 언덕에 올라 당랑천을 거슬러 남쪽으로 나아갔다. 당랑천 동쪽의 허명동이 있는 벼랑을 바라보노라니, 가까운 듯 먼 듯, 아득히 꽃 지고 물 흐르는 봄풍경 너머에 있는 듯하다.

남쪽으로 1리를 가자, 당랑천 동쪽에 또 하나의 벼랑이 보였다. 늘어선 채 불쑥 솟아있기는 허명동의 벼랑과 마찬가지이고, 그 아래에 역시 갈라진 동굴이 많이 있다. 동굴 입구는 모두 서쪽을 향해 있고, 벼랑 위에 '청룡동(靑龍洞)'과 '구곡룡궁(九曲龍宮)'이라 크게 씌어져 있다. 당랑천 너머로 바라보니, 나도 모르는 사이에 마음이 끌렸다. 토박이들의 이야기에 따르면, 이 두 동굴은 매우 깊으며, 횃불을 붙여 들어가면 깊이가 4~5리 정도이지만, 동굴 안에 밝은 빛이 전혀 없어 칠흑처럼 어둡다고 한다.

이 두 동굴은 심가장의 북쪽에 있다. 내가 전에 허명동에서 당랑천의 언덕을 따라 왔더라면 볼 수 있었을 터인데, 길을 잘못 들어 그 위에서 벼랑 끄트머리로 나아가면서도 알지 못했던 것이다. 참으로 안타깝기 그지없다. 하지만 남쪽의 운도동과 북쪽의 허명동의 두 곳을 이미 다녀왔고, 이 두 동굴은 놓쳐버렸다가 맞은편 천변에서 다시 얻었으니, 전혀 인연이 없는 것은 아니다.

다시 남쪽으로 1리를 나아가 당랑천 서쪽 마을에 이르렀다. 마을 뒤에서 서쪽의 산을 올라 남쪽으로 돌아들었다가, 다시 서쪽으로 올라 1리만에 드디어 조계사에 들어섰다. 문이 동쪽을 향해 있는 조계사는 오래된 사찰이다. 나는 처음에 절에 들어가 성천을 찾을 작정이었다. 대전(大殿)의 동서 양쪽에 거대한 비가 있다. 태사 양승암(楊升庵)이 지은 것이었다. 비석을 털어내고 읽어보고서야, 이 절 안에 우담화[4] 나무 등 여러 명승이 있음을 알게 되었다. 종이를 구해 비문을 베끼느라 성천을 물어볼 겨를이 없었다. 이날 밤, 스님의 방에서 밥을 지어먹고, 대전의 오른쪽에서 묵었다.

1) 염정(鹽井)은 소금기가 있는 지하수를 퍼올려 소금을 만들기 위해 판 우물을 의미한다.
2) 도헌(都憲)은 명나라 때의 도찰원(都察院) 도어사(都御史)의 별칭이다.
3) 천계(天啓)는 명나라 희종(熹宗)의 연호이며, 천계 병인년은 1626년이다.
4) 우담화(優曇花)는 불교에서 삼천년에 한 번 하얀 피운다는 꽃으로서, 산스크리트어로는 우담바라(udambara)라고 한다.

10월 27일

아침 일찍 일어나니 몹시 추웠다. 나는 어젯밤에 그저 비문 한 편을 베꼈으나, 대전 왼편의 것은 다 베끼지 못했다. 스님이 나를 위해 식사를 준비했기에 식사를 하고서 베껴쓰기를 마저 끝냈다. 절에는 두 명의 서생이 있었는데, 이 비문의 구문을 끊어 읽지 못해 물어보러 왔기에, 그들을 위해 시범삼아 설명해주었다. (두 명의 서생 가운데, 손係씨인 한 명은 안녕주 사람이고, 당黨씨인 다른 한 명은 삼박현三泊縣 사람이다.)

당씨 서생이 나를 안내하여 우담화 나무를 구경시켜 주었다. 이 나무는 대전 앞의 북동쪽 모퉁이의 이문1) 밖의 비탈사이에 심어져 있는데, 지금은 이미 지어진 담 안에 있다. 높이는 세 길 남짓이고 둘레는 한 아름이며, 잎사귀가 대단히 크고, 아래에는 여린 가지가 옆에 많이 자라나 있다. 듣자하니, 6월 복날에 꽃이 피는데, 색깔은 희면서 옅은 노란색을 띠고 있다. 연꽃만한 크기에 꽃잎은 길며, 향기가 매우 진하지만 열매를 맺지는 않는다고 한다. 나는 나뭇잎 몇 잎을 따서 호주머니 속에 넣었다.

당씨 서생과 함께 향적(香積)의 북쪽에서 비탈을 내려와, 움푹 꺼진 곳을 따라 북쪽으로 1리 반을 가서 성천(聖泉)을 구경했다. 성천은 산비탈의 커다란 나무뿌리 아래에서 남쪽으로 흘러나오는데, 나무 앞에 돌을 빙 둘러 월지(月池)를 만들어 놓았다. 못의 크기는 한 길 남짓이고, 고인 물의 깊이는 대여섯 치 남짓이다. 못물은 졸졸거리며 남동쪽의 비탈 사이로 쏟아져내린다.

내가 성천에 왔을 때는 오전이었다. 아침 조수가 이미 지나가고 정오의 조수가 아직 이르지 않아 샘물이 마침 줄어들 때이다. 하지만 물길은 끊이지 않았으며, 다만 조수가 밀려들 때에는 더욱 높이 솟구칠 따름이다. 당씨 서생의 이야기에 따르면, 구멍 속에는 때로 두 마리의 두꺼비가 들락거리는데, 지금은 조수가 밀려들지 않기에 보이지 않는다고 한다. 이렇기에 비문에서 '금추(金鶩)'라 하고, '신천(神泉)'이라 일컬었던 것이다. 월지의 남쪽에 새로 지은 정자가 있고, 편액에 '문조정(門潮亭)'이라 적혀 있다. 전에 순방사를 역임한 관중 출신의 장봉핵(張鳳翮)이 쓴 것이다.

당씨 서생의 안내를 받아 나는 다시 성천의 서쪽에서 비탈을 올라 북서쪽의 고개를 따라 반리만에 수월암(水月庵)에 올라섰다. 북동쪽을 향해 있는 이 암자는 총산 북동쪽의 움푹 꺼진 곳 안에 있다. 암자는 정결하고 아늑했다. 왕(王)씨 성의 향신이 지은 것이다. 뜨락에 못이 한 군데 있는데, 크기는 겨우 한 자를 넘는다. 암자를 지은 후 땅을 파내고서 만든 못이다. 암자 앞에 깊은 못이 있으나, 샘물이 고여 있지는 않다. 다시 성천으로 내려왔다가 조계사 북쪽의 움푹 꺼진 곳에 이르렀다. 당씨 서생은 나와 작별하여 조계사로 올라가고, 나는 갈림길을 따라 산을 내려갔다.

1리를 가서 어제 마을 뒤로 산을 올랐던 곳에 이르렀다. 마을 뒤에서 남쪽으로 반리를 나아갔다가 동쪽의 당랑천이 굽이져 동쪽으로 흘러가는 곳을 바라보니, 바위벼랑 중턱에 매달린 채 날아갈 듯한 누각이 붉은 태양을 굽어보고 있다. 이곳은 운도동이다. 당랑천의 물길은 이미 동쪽으로 굽이져 흘러가고, 길은 여전히 서쪽 산을 따라 남쪽으로 뻗어내리다가, 산속의 움푹한 평지를 좇아 남쪽으로부터 돌아든다.

1리 남짓을 가서야 남쪽 산을 따라 동쪽으로 나아갔다. 2리를 가자 당랑천은 움푹한 평지의 북쪽에서 굽이져 남쪽으로 흐르다가 길과 마주쳤다. 당랑천을 지나, 길은 다시 동쪽 산을 따라 시내를 거슬러 북쪽으로 돌아들었다. 1리만에 동쪽으로 남쪽 산의 북쪽에 오른 뒤, 1리를 가서 남동쪽으로 돌아들어 나아갔다. 1리를 가서 서쪽에서 뻗어오는 골짜기를 남쪽으로 올랐다가, 다시 남쪽의 비탈을 올랐다. 1리를 가서 이전에 온천에 갈 적에 넘었던 서쪽의 한길과 만난 뒤, 곧장 남쪽으로 나아갔다.

6리를 나아가 북쪽의 성문에 들어섰다. 두 명의 아가씨를 만났는데, 양 갈래의 머리를 어깨 뒤로 늘어뜨린 채, (이 일대의 여자아이들은 한 갈래로 머리를 땋아 머리 뒤로 늘어뜨린다. 아가씨와 나이든 남자들은 두 갈래로 머리를 땋아 좌우 양쪽의 귀 옆으로 늘어뜨린다. 여자는 여전히 베로 쪽머리를 싸매고, 남자는 그 위에 모자를 쓴다. 라라가 한 갈래로 머리를 땋아 이마에 두르면, 마치 머리에 테를 두른 듯한 모습일 것이다. 또 관을 쓰지 못한 미성년의 남자는 뒷머리의 아래에서 따로 나선형의 작은 쪽을 당겨 등 뒤로 늘어뜨린다.) 손에는 비단으로 만든 부채를 들고서 어여쁘게 앞서가고, 뒤에는 노부인이 따라가고 있다. 제사 음식을 담은 상자와 지전을 들고 가는 모습이 아마 교외로 성묘하러 가는 길이리라. (이 일대는 10월에 제사드리고 성묘하는 것을 중시한다. 집이 가난하여 월초에 하지 못하면, 월말에 이르러서라도 하지 않으면 안 된다.) 남서 지구에서 보았던 아녀자들은 발이 작고 용모가 아름다운 점에서 이들보다 못하다.

성에 들어가 1리 반을 가서 동쪽 관문에서 식사를 했다. 관문을 나와 커다란 돌다리를 건넌 뒤, 한길을 따라 북동쪽으로 나아갔다. 반리를 가자, 조그마한 시내가 동쪽의 움푹한 평지에서 흘러왔다. 시내를 거슬러 나아갔다. 다리 남쪽에서 동쪽으로 3리 반을 가서 비탈을 올랐다. 1리를 더 가서 동안초(東安哨)의 고개를 넘었다. 이 고개는 그다지 가파르지 않은데, 북동쪽의 가로 뻗은 커다란 산줄기에서 갈라져 남서쪽으로 뻗어 내린다. 이것은 안녕주 동쪽의 첫 번째 보호막이다. 고개를 넘어 동쪽으로 내려오자, 비로소 북동쪽에서 흘러오는 사하의 물길이 보였다. 움푹한 평지를 따라 동쪽으로 들어와 참마촌(站摩村)을 거쳐 모두 15리를 가자, 시전포(始甸鋪)가 나왔다.

4리를 더 가서 용마산(龍馬山)을 지났다. 우뚝 솟은 용마산은 북쪽으로 뻗어가다가 커다란 산의 남쪽으로 가로 뻗어있다. 길은 용마산 앞을 에돌아 동쪽으로 뻗어있다. 4리를 더 가서야 비로소 사하 상류의 시내와 만났다. 세 개의 반원형 구멍이 있는 돌다리가 그 위에 걸쳐져 있다. 이곳은 대교(大橋)이다. 다리 아래의 물은 북동쪽의 진이산(進耳山)의 두 개의 뾰족한 봉우리의 서쪽, 그리고 기반산(棋盤山)의 남쪽 골짜기에서 흘러와 남서쪽의 안녕주의 성 동쪽에 이르렀다가 남쪽의 당랑천으로 흘러든다. 다시 반리를 가서 동쪽의 비탈을 올라 고견교촌(高梘橋村)에서 묵었다.

---

1) 이문(二門)은 대문 안에 있는 총문(總門)을 가리킨다.

10월 28일

날이 밝자 동쪽으로 1리 반을 나아가 비탈을 오르니, 안녕주의 동쪽 경계이다. 여기에서부터 곤명(昆明)의 관할지이다. 비탈을 오르내리다가 차츰 올라가 8리를 갔다. 움푹한 평지가 두 곳의 뾰족한 봉우리 뒤의 진이산에서 뻗어오고, 길은 남쪽의 둔덕을 따라 올라간다. 2리를 더 가자, 산속의 움푹 꺼진 곳의 뾰족한 부분에 마을이 있다. 이곳은 벽계관(碧雞關)이다.

대체로 진이산은 북쪽에 치솟아 있고, 나한산의 봉우리는 남쪽에 치솟아 있다. 이 가운데에 등성이가 건너뛴 곳에는 남북 양쪽에 봉우리가 치솟아 있다. 이곳이 벽계산(碧雞山)의 북쪽에 있기에 벽계관이라 일컫는데, 동서로 금마관(金馬關)과 멀리 마주하고 있다. 벽계관의 동쪽은 남동쪽으로 내려가면 고요(高嶢)이다. 이곳은 초해(草海)의 서쪽 언덕의 산수가 엇섞여 모이는 곳이다. 전지를 건너려면 이곳에서 가야 한다. 북서쪽으로 내려가면 적가비(赤家鼻)인데, 전지의 둑에서 관도로 가려면 이곳에서 가야 한다.

나는 이때 진이산을 유람하고 싶었다. 그래서 북서쪽의 비탈을 반리 내려가서 서쪽 산을 따라 북쪽으로 나아갔다. 2리를 가자 서쪽 산의 기슭에 적가비라는 마을이 있다. 한길은 적가비 앞에서 북쪽으로 뻗어간다. 서쪽으로 꺾어져 마을로 들어가니, 마을은 산에 기댄 채 집이 지어져 있다. 비탈 옆의 못에는 물이 고여 있는데, 못의 크기는 다섯 자가 채 되지 않는다. 마을사람들은 모두 이곳에서 물을 긷고 있다. 못 안에는 물고기도 있기에 못 위에서 낚시를 하는 이도 있다. 얕은 용담인 편이다.

못의 남쪽에서 비탈을 올랐다. 고갯길이 몹시 가파르다. 반리를 가서 언덕 위에 올라 약간 북쪽으로 굽어지자, 패방이 길에 자리하고 있다. 진이산 산문 밖의 패방인데, 산위의 절과는 구렁 한 군데를 사이에 두고 있다. 패방에서 서쪽을 바라보니, 절 뒤로 커다란 산이 위쪽에 빙 두르고 있고, 방금 올랐던 언덕이 앞을 두르고 있다. 그 사이에 깊은 구렁이 끼어 있는지라, 빙글 돌아들어 들어가니, 마치 귓구멍과 같다. 절은 귓구멍의 귓바퀴에 자리잡고 있으니, '귓속으로 들어가다(進耳)'로 이름을 붙인 함의는 몸소 이 언덕에 가보지 않으면 이 이름이 얼마나 절실하게 부합되는지 알 수 없을 것이다.

패방을 들어서서 서쪽의 구렁을 따라 들어가 반리를 갔다. 갈림길은 서쪽의 커다란 산의 움푹 꺼진 곳을 넘어가고, 절에 들어가는 길은 구렁을 따라 남쪽으로 돌아든다. 벼랑을 휘감아돌아 반리를 나아가 서쪽의 절에 올라 들어갔다. 절의 문은 동쪽을 향해 있다. 대전으로 올라가니 자못 툭 트여 있는지라, 마치 이마 가장자리에 있는 것 같지, 귓속에 있는 것 같지가 않았다. 주지 스님의 처소는 대전 북쪽에 있고, 대전 남쪽에는 세 칸짜리 누각이 있다. 그 누각은 아래로 빙 두른 구렁을 굽어보고 있다. 멀리 전지를 바라보니, 태화사(太華寺)의 일벽만경각(一碧萬頃閣)과 매우 흡사하지만, 이곳이 더욱 깊고 멀다.

주지 스님의 거처에 들어가자, 신백민(辛伯敏)이라는 공사(貢士)가 은근하게 맞아 환대했다. 보인(寶印) 스님이 점심을 차리려 하자, 신백민이 손을 내저어 스님을 가시게 했다. 그리고서 그의 제자인 진리돈(陳履惇)과 진리온(陳履溫, 진씨 두 사람은 갑술년에 진사에 합격한 진리충陳履忠의 동생이다), 그리고 자신의 동생을 나오게 하여 만나게 해주고, 나에게 고기음식을 대접했다. 그는 다시 나를 이끌어 대전 남쪽의 조해루(眺海樓)에 올라앉아 한참동안 이야기를 나누었다.

나는 기반산에 가고 싶어서 보인 스님에게 길을 물었다. 스님은 이렇게 대답했다. "패방의 동쪽을 따라 산을 내려와 적비산(赤鼻山)의 보주사(寶珠寺)에서 오르는 길이 바른 길이며, 여정은 30리입니다. 이 절의 북쪽에서 서쪽의 커다란 산의 움푹 꺼진 곳을 넘어가면 여정은 바른 길의 절반입니다만, 인적이 없는데다 갈림길이 많아 길 찾기가 쉽지 않을 것입니다."

이에 보인 스님은 신백민과 함께 나를 안내하여 대전 뒤편에서 절을 나와, 북쪽의 움푹 꺼진 곳 아래의, 동쪽에서 뻗어오는 갈림길에 이른 뒤에야 작별하고 떠나갔다. 나는 이에 서쪽으로 올라가 반리를 가서 움푹 꺼진 곳을 넘고, 반리를 가서 북서쪽으로 약간 내려왔다가, 1리만에 가운데의 웅덩이를 건넜다. 웅덩이 서쪽에는 또 커다란 산이 남북으로 가로로 치솟아 있다. 이 산은 동쪽 경계의 진이산 뒤편의 두 개의 뾰족한 봉우리, 그리고 움푹 꺼진 곳의 북쪽의 산마루와 더불어 동서 양쪽으로 가운데에 웅덩이를 이루고 있다.

웅덩이의 서쪽에서 다시 서쪽 산의 북동쪽을 따라 나아가 1리를 갔다. 이어 고개 북쪽을 따라 서쪽으로 돌아들어 나아갔다가 약간 내려가 1리만에 골짜기를 넘어 서쪽으로 올랐다. 골짜기 서쪽에 또 커다란 산이 남북으로 가로로 치솟아 있다. 서쪽으로 가로질러 건너, 1리 반만에 그 산언덕에 올랐다. 남서쪽을 바라보니 움푹한 평지를 따라 길이 나 있기에, 그 등성이를 넘어 막 나아가려는데, 풀을 짊어진 이가 오더니 "기반산으로 가는 길은 북쪽에 있지, 서쪽에 있지 않습니다"라고 말했다.

이에 서쪽 산의 동쪽을 따라 가다가 다시 북쪽으로 나아갔다. 이 길은 대단히 좁은데다 끊어질듯 말듯 이어졌다. 2리 반만에 서쪽 산의 북쪽에 있는 움푹 꺼진 곳에서 등성이를 가로질러 서쪽으로 나오자, 서쪽의 움푹한 평지 속에 삼가촌(三家村)이 보이기 시작했다. 마을 서쪽에는 휘감아돌면서 우뚝 솟은 봉우리가 북쪽에서 남쪽으로 마치 병풍처럼 드높이 솟구쳐 있다. 이곳이 바로 기반산이다.

기반산의 줄기는 북쪽의 묘고사(妙高寺)가 있는 삼화산(三華山)의 남서쪽에서 뻗어오다가 다시 솟구쳐 이 봉우리를 이루고, 나누어진 갈래는 서쪽으로 건너뻗어 온천이 있는 필가산을 이룬다. 이어 나누어진 갈래는 남쪽으로 뻗어내려 시전(始甸) 뒤쪽의 용마산을 이루고, 남쪽으로 빙 둘렀다가 동쪽으로 뻗어내려 내가 넘었던 등성이를 이루며, 남쪽으로 건너뻗어 진이산과 벽계산을 이룬다. 등성이 북쪽의 산은 다시 북동쪽으로 가로로 늘어서서 보주산과 적비산까지 이른다. 이것은 삼가촌 동쪽 경계의 보호막이라 할 수 있다.

내가 전에 금마산 동쪽에서 올 적에 멀리 서쪽 경계를 바라보니, 산이 병풍처럼 가로 늘어서 있고, 그 꼭대기는 뒤집어엎은 솥처럼 매달린 채 산 위에 높이 튀어나와 있었다. 바로 이것이 기반봉이었다. 그런데 겹겹의 구렁 속에 있는데다 바깥에는 이러한 봉우리들이 둘러싸고 있는지라, 참으로 서쪽 봉우리 가운데 으뜸임을 알지 못했던 것이다.

움푹 꺼진 곳에서 서쪽으로 돌아들어 동쪽 산의 북쪽 벼랑을 따라 반리를 간 뒤, 이내 서쪽으로 내려갔다. 1리를 가서 구렁 속을 나아가자, 물길이 북쪽으로 흘러가기에 서쪽으로 물길을 건넜다. 다시 반리를 가서 삼가촌에 이르렀다. 삼가촌은 기반산의 동쪽 기슭에 기대어 있다. 길은 마을 북쪽에서 서쪽으로 올라가야 했는데, 잘못하여 마을 남쪽의 등성이 건널목에서 골짜기를 따라 남서쪽으로 오르는 바람에 끝내 길을 찾지 못했다.

골짜기 속을 기어올라 3리를 가서 언덕 한 곳을 오르자, 세 칸짜리 암자가 평지에 자리하고 있다. 암자의 뒤쪽은 까마득한 꼭대기에 기대어 있고, 암자 앞쪽은 동쪽의 전지를 굽어보고 있다. 이 암자는 머리를 기른 현선(玄禪) 스님과 유암(裕庵) 스님이 새로 지은 것이다. 현선 스님은 내공이 있는지라 밤에 봉우리 꼭대기에 앉아 있고 아침 이슬이 몸에 젖어도 움츠러들거나 두려워하지 않았으며, 암자의 네 벽이 완공되지 않았어도 전혀 마음에 두지 않았다. 해는 어느덧 서산에 기울어 있었다. 두 스님은 나를 맞아 차를 끓이고 죽을 쑤었다. 해가 지고서야 두 스님과 작별했다.

서쪽으로 봉우리에 올라 1리만에 꼭대기에 올랐다. 다시 서쪽의 꼭대기 위를 평탄하게 1리 나아가니, 북동쪽을 향해 있는 절이 있다. 이 절은 기반사(棋盤寺)이다. 때는 어느덧 어둑어둑해져 있었다. 차를 마시고서 잠자리에 들었다.

10월 29일

이른 아침에 일어나니, 스님이 나를 위해 밥을 짓고 있었다. 나는 홀로 절 뒤쪽의 꼭대기에 올랐다. 이른 아침인지라 이슬이 많아, 옷과 신발이 흠뻑 젖어버렸다. 꼭대기에는 높다란 소나무나 커다란 나무가 없을뿐더러, 무더기진 풀조차 그다지 무성하지 않다. 아마 높고 추운 탓이리라.

꼭대기는 자못 평평하고 훤히 트여 있다. 꼭대기의 남서쪽에는 온통 바위벼랑들이 불쑥 솟구쳐 있는데, 바위의 재질이 평평하고 곧은데다 가운데가 튼실한지라, 쪼개어 석판을 만들 수 있다. 성성(省城)에서 바위를 쓸 때면 늘상 이곳 멀리에서 지어 나르지만, 그 위쪽에서는 오히려 이러한 바위가 보이지 않는다. 이는 안쪽이 움푹 꺼진 곳이기 때문이다. 북서쪽의 움푹한 평지 속에는 커다란 구렁이 빙글 휘감아돌고, 아래에 두 군데의 못이 있다. 마을은 못 위에 걸터앉아 있다. 이곳은 『지』에 실린 륵전촌(勒甸村)의 용천으로서, 못물은 푸른색과 흰색으로 나뉘어 있다. 남서쪽 골짜기 속의 물은 용마산 동쪽을 따라 흘러간다. 사하의 원류임에 틀림없다. 남동쪽의 못물은 삼가촌으로 흘러가는 물길이다. 이 꼭대기는 물길이 세 방면으로 나뉘는 곳이다. 한 줄기만이 전지로 흘러들고, 나머지 두 줄기는 당랑천으로 흘러들지만, 사실은 모두 한 물줄기이다.

꼭대기에서 멀리 바라보니, 북동쪽에는 요림산(堯林山)이 우뚝 솟은 채, 소전현의 양왕산과 나란히 늘어서 있고, 남동쪽에는 나장산이 전지 너머로 둥글게 치솟아 있다. 정남쪽에는 민둥민둥 높이 솟은 관음산이, 벽계산 꼭대기에 가려져 절반은 드러나 보이고 절반은 감추어져 있다. 정서쪽에는 온천이 있는 필가산이 끝없이 이어져 뻗어있다. 오직 북서쪽만은 높은 산이 약간 트여 있으니, 당랑천이 흘러가는 방향이다.

꼭대기에서 내려와 절에서 식사를 했다. 식사를 마친 후, 스님과 함께 절문을 나와 동쪽으로 서른 걸음을 하여 기반석을 구경했다. 사각형의 바위 하나가 고갯마루에 가로누워 있는데, 바위에 바둑판 모양의 무늬가 가로세로로 각각 열아홉 줄씩 있다. 그 북쪽에 누워 있는 바위 위에는 해서체로 '옥안청람(玉案晴嵐)'이라는 네 글자가 크게 씌어 있다. 벽담(碧潭)의 진현(陳賢)이 쓴 글이다.

남쪽에는 평평한 시렁처럼 두 개의 바위가 놓여 있고, 두 바위 사이에 동굴이 끼어 있다. 아래로 대단히 깊이 푹 꺼져내린다. 스님은 이를 가리켜 신선의 동굴이라고 한다. 옛날에 어느 목동이 동굴 속으로 자신의 양이 떨어지자 바위로 동굴 입구를 막아버렸다고 한다. 스님의 말에 따르면, 이 산의 안쪽은 온통 텅 빈 채 훤히 트여 있으나, 입구를 찾지 못하여 들어갈 수 없을 뿐이라고 한다. 동굴 곁에는 또 진현의 시를 새긴 비석이 있지만, 이미 떨어져나가 읽을 수 없었다.

이내 절로 돌아와 곤명의 현령인 왕종룡(汪從龍)의 시비(詩碑)를 베꼈다.

이어 나이 어린 스님에게 안내를 부탁하여, 봉우리 남서쪽으로 가서 돌을 캐내는 벼랑을 구경했다. 그 벼랑은 위아래 두 층으로 이루어져 있다. 돌을 캐고 난 후에 이루어진 동굴구멍이 마치 커다란 건물과도 같다. 벼랑의 바위 가운데 청록색의 바위는 매끄러우면서 튼실하고, 황백색의 바위는 거칠고도 단단하다.

벼랑 사이에는 청록색의 바위가 마치 띠를 두른 듯 두 층으로 움패어 있다. 각 층의 높이는 한 길 남짓인데, 채석공은 이 층을 따라 구멍을 파들어간다. 캐낸 석판은 네모진 것도 있고 기다란 것도 있다. 네모진 큰 석판은 지름이 대여섯 자이고, 기다란 석판은 길이가 두세 길이며, 두께는 모두 한두 치이다. 이들 석판은 톱으로 켠 듯이 평평하여 전혀 우둘투둘한 부분이 없으니, 참으로 좋은 재질이다.

되돌아가 절 앞에서 동쪽으로 내려가 1리를 가서 새로 지은 암자의 왼쪽을 지났다. 1리 반을 곧장 내려가 삼가촌 왼쪽을 지나고 산골물을 건넜다. 다시 1리 반을 가서 동쪽으로 바위산의 움푹 꺼진 곳을 넘었다. 이 산은 동쪽 경계가 북쪽으로 뻗어가는 줄기인데, 이곳에 이르러 다시 불쑥 솟아 봉우리를 이루었다가 북쪽으로 뻗어가 끝난다.

움푹 꺼진 곳의 동쪽에서 벼랑을 따라 뻗어내려가니, 차츰 구렁 한 곳을 이루고 있다. 구렁을 따라 3리를 가니, 보주사(寶珠寺)가 나왔다. 아직 절에 채 닿기 전에 서쪽으로 푹 꺼져들어간 골짜기에 구렁의 물이 치달려 폭포를 이루고 있다. 벼랑에 매달린 폭포는 세 단으로 흘러내린다. 깊이는 열대여섯 길이지만 폭포의 폭이 명주실처럼 가는지라 비단처럼 보이지는 않았다. 보주사는 동쪽을 향한 채 산 중턱에 기대어 있으며, 그윽하면서도 훤히 트여 널찍하다.

절 앞에서 비탈을 타고서 쭉 내려가 5리를 가서 산기슭에 이르렀다. 이곳은 석비산(石鼻山)이며, 마을이 대단히 크다. 대체로 석비산은 초해(草海)의 서쪽에 자리하고 있으며, 벽계관으로 가는 한길은 바로 그 아래로 뻗어있다. 마을에서 북쪽으로 돌아들어 1리 반을 가서 북동쪽으로 가다가 한길과 합쳐졌다. 여기에서 동쪽의 호수의 둑으로 향했다.

2리 반을 가자, 마을이 둑의 요충지에 자리하고 있다. 이곳은 하가요(夏家窯)이다. 하가요를 지나자마자, 둑을 따라 초해 속을 나아갔다. 둑의 남북 양쪽은 온통 물웅덩이이며, 둑이 그 사이를 경계짓고 있다. 서호(西湖)의 소제1)와 다름이 없다. 대체로 이 물웅덩이는 초해의 일부분인데, 남쪽으로는 전지에 이어지고, 북쪽으로는 황토파(黃土坡)에 이르며, 서쪽으로는 적비산 기슭에 닿아 있고, 동쪽으로는 성성(省城)에 이른다. 물웅덩이 사이의 오솔길은 엇섞이고 에돌면서 끊어졌다가 이어지고 나타났다가 사라진다.

웅덩이가 북쪽에 맞닿은 곳을 『지』에서는 서호라고 일컬으나, 사실은 초해이다. 예전에는 한길이 북쪽 비탈을 에돌아 황토파에서 성성으로 들어갔는데, 부현헌이 시어사를 지낼 적에 웅덩이의 오솔길을 메워 커다란 둑으로 이어놓아, 동쪽의 목부(沐府)의 양어장 못에서 서쪽의 하가요까지 이어져 호수를 꿰뚫었다. 북쪽의 비탈을 에돌아가는 것에 비한다면, 여정의 반이 줄어든 셈이다.

동쪽으로 둑 위를 나아가 1리 반을 가니, 다시 언덕이 나오고 다리가 나타나며, 호수 한가운데에 집이 끼어 있다. 반리를 간 뒤, 둑 위를 따라 동쪽의 호수 속을 나아갔다. 멀리 사방의 산의 경치를 바라보니, 출렁이는 겹겹의 물결 속에 푸른 부들이 물가에 드리워져 있고, 드높은 버들이 둑을 둘러싸고 있다. 절로 이루어진 명승이다. 다만 둑에는 버들만 있을 뿐 꽃이 없고, 다리는 한두 개일 뿐 열두 개가 아니니, 서호를 떠올리지 않을 수 없었다.

다시 동쪽으로 2리를 나아가자, 호수의 둑이 끝났다. 부두의 둑길을 따라 북동쪽으로 2리를 가니, 곧 목부의 양어장이 나왔다. 1리 반을 더 가서 소서문(小西門)에 이르러, 저자에서 식사를 했다. 동쪽의 갑교(閘橋)를 지나 해자의 남쪽에 다가가 동쪽으로 1리를 가서 성 남쪽의, 예전에 묵었던 숙소에 들어갔다.

오방생의 행방을 물어보니, 그는 이미 그젯밤에 진녕주에 가고 없었다. 잠시 후 당대래가 부쳐보낸 짐과 서화를 받았는데, 모두 그젯밤에 당도했다고 한다. 나는 왔건만 오방생은 떠났으니, 그것이 섭섭할 따름이었다. 이에 헤아려보고서 다시 편지를 써서, 하인 고씨에게 진녕주에 가서 당원학에게 감사의 인사를 전하고 오방생에게 작별의 인사를 드리도록 했으며, 아울러 당대래에게 도불퇴(陶不退)에게 보내는 편지를 써 달라고 청하도록 했다.

(도불퇴는 이름이 정珽인데, 시와 문장으로써 명성을 날렸으며, 전에 절강에서 벼슬살이를 했다. 전에 당대래가 나를 위해 그에게 보낼 편지를 쓰려다가 그가 이미 세상을 떴다는 말을 듣고 그만 둔 적이 있었다. 마침 숙소에서 요안부姚安府에서 온 토사 고高씨를 만나고서야 그가 아직 살아 있음을 알게 되었다. 이 모두 진미공이 세상을 떠났다는 헛소문과 같은 것이기에, 다시 편지를 써 달라 하여 그를 만나보고자 한 것이다.)

---

1) 소제(蘇堤)는 항주(杭州)의 서호(西湖)에 남북으로 쌓여 있는 둑이다. 1089년 소식(蘇軾)은 항주태수로 부임하여 서호를 준설했으며, 준설한 흙을 쌓아 긴 둑을 만들었다. 후세 사람들은 이 둑을 소제 혹은 소공제(蘇公堤)라 일컬었다.

11월 초하루

아침 일찍 일어나, 나는 먼저 편지를 써서 하인 고씨를 시켜 완옥만에게 보냈다. 미얀마 유람을 안내해줄 사람을 구해달라고 부탁하는 한편, 이전에 보내준 술상자에 감사드린 것이다. 나는 숙소에서 진녕주에 보낼 여러 통의 편지를 쓰고서, 하인 고씨가 돌아오기를 기다렸다가, 곧바로 남패(南壩)로 가서 나룻배를 기다리라고 했다. 하인 고씨는 오후에 떠났다. 나는 성에 들어가 완인오를 방문하여, 그에게 계약한 짐꾼을 재촉케 하여 운남 서부로 떠날 차비를 할 작정이었다. 마침 완목성이 찾아오고, 얼마 후 완옥만이 편지를 보내와 내일 그의 서재에서 만나기로 약속했다. 이러는 사이, 성에 들어갈 겨를이 없었다.

11월 초이틀

아침 일찍 일어나, 완인오의 처소에 갔다가 이어 완목성을 방문한 뒤에 완옥만의 집에 갈 작정이었다. 그런데 갑자기 완옥만이 몹시 급히 와달라고 하기에, 나는 소식을 전하러 온 사람을 따라 완옥만에게 갔다. 그의 집에 도착하니, 이미 자리에 앉아 있던 완목성이 나를 내실로 이끌었다. 정성이 지극했다.

정오가 되자, 완옥만이 "오늘 총병관부에서 순무와 순안을 위해 연회를 베푸니, 저는 안에 들어가 잠간 뵙고서 금방 나오도록 하겠습니다. 이에 특별히 완목성을 오라 하여 모시도록 했습니다"라고 말했다. 아울러 두 명의 어린 아들이 손님을 모시면서 대접했다. 완옥만은 과연 갔다가 금방 돌아와 술잔을 씻어 다시 마셨다. 잠시 후 순무와 순안이 이미 도착했다고 보고하자, 완옥만은 다시 가면서 완목성에게 나를 대접하여 술을 마시다가 그가 돌아오기를 기다려 떠나도록 하라고 당부했다. 나는 기다릴 수 없기에 해가 질 무렵에 완목성에게 대신 작별인사를 부탁하고서 돌아갔다.

11월 초사흘

아침 일찍 완인오의 처소에 가서 짐꾼을 재촉해달라고 했다. 그리고서 곧바로 그의 북쪽 집에서 완목성을 만났다. 완목성은 나를 붙들어 아침 식사를 하게 한 뒤, 나를 안쪽 정자로 이끌어 자신이 모은 기이한 돌들을 구경시켜 주었다. 이 정자의 이름은 죽재(竹在)이다. 내가 죽재라는 이름을 붙인 까닭을 묻자, 그는 "아버지가 돌아가셨을 때 이 집은 다른 사람의 소유로 되었다가 나중에 가산으로 회복했는데, 오직 대나무만 남아 있었을 따름이었습니다"라고 대답했다.

정자 앞에는 홍매화가 활짝 피어 있었다. 이 일대의 매화는 모두 잎사귀가 난 뒤에 꽃이 핀다. 우리 고향과는 전혀 다르다. 정자 처마 옆의 한 그루만은 잎사귀를 따보니, 그제야 본래의 모습을 드러낸다. 마치 옛 친구가 투구를 벗고서 서로 만나는 듯하다.

정자 앞의 못에 바위가 있다. 높이는 여덟 자이고 너비는 높이의 절반 정도이다. 영롱하고 뚫려 있으며, 마르지도 통통하지도 않은데, 앞뒤로 전혀 다듬은 흔적이 없다. 태호석(太湖石)[1] 가운데의 일품이라 할 수 있다. 3년 전에 라산(螺山)[2]의 꼭대기에서 구해 80여 명의 인부에게 지워 이곳으로 가져왔다고 한다. 이 바위는 산꼭대기에 뜬 채로 누워 있었는데, 쪼개거나 끊어내지 않고 가져내려 왔으니, 참으로 신령스러운 물건이 주인을 기다린 것이라 할 수 있다. 내가 전에 산꼭대기에서 비를 피하느라 바위틈에 누워본 적은 있었지만, 어찌 이렇게 기이한 바위를 본 적이 있었겠는가!

오후에 주공선의 집에 가는 길에 남문 안에서 그를 만났다. 그는 마침 친구 한 명을 데리고서 나를 만나러 오는 길이었다. 김공지(金公趾)가 나를 위해 「정문 스님의 유골을 보내면서(送靜聞骨詩)」를 썼다는 것을 알고서, 그를 만나러 함께 갔다. 김공지는 마침 그의 농장에 있었기에 만나지는 못했다. (김공지는 이름이 초린初麟이고, 글은 동종백董宗伯[3]과 사뭇 닮았으며, 풍류 넘치는 공자이다. 노래를 잘하고, 음률을 잘 알며, 집안에 노래하는 아이와 소리하는 예인을 두기도 했다. 그의 할아버지는 갑과에 합격했다. 아버지 김위金偉는 마을의 추천을 받아 강서성 만안현萬安縣의 현령을 지냈다. 김공지는 예전에 손님 대접하기를 좋아했는데, 누군가 순무 전사진錢士晉을 탄핵하면서 상소문 안에 그의 이름도 올라간 바람에 학자의 자격을 박탈당했다.)

그의 벗은 우리를 붙들어 자신의 집으로 데려가 닭을 잡아 음식을 준비하고 넉넉하게 삶은 소고기에 포로 만든 고기를 안주로 내왔다. 음식은 대단히 정성스럽고 정갈했다. 그의 집안은 이슬람교도인지라, 온 집안사람이 소고기는 먹지만 돼지고기는 먹지 않았다. 이 벗은 성이 마(馬)씨이고 자는 운객(雲客)이며(이름은 상첩上捷이고 호는 낭선閬仙이다), 심전부(尋甸府) 사람이다. 그의 아버지는 마을의 추천을 받아 원주(沅州)의 주수를 역임하다가, 토사 안방언이 귀주성의 귀양부를 포위했을 때에 식량을 운송한 공로로 인해 상덕부(常德府) 지부로 발탁되었다. 그런데 전쟁이 일어나 업무가 번잡해지고, 홀로 귀주성을 원조하는 식량의 운송을 도맡아 처리함에 오래되도록 끝이 없어, 마침내 임지에서 과로로 죽고 말았다. 마운객은 그의 큰아들로서, 행동거지가 우아하고 후덕하여 문인 은사의 풍도를 지니고 있다.

이날 밤 등을 밝히고서 문장을 논했다. 마운객이 자신이 쓴 『습개헌집(拾芥軒集)』을 꺼내오자 잘못된 곳을 바로잡으면서, 밤늦도록 술잔을 기울였다. 주공선은 먼저 작별을 고하고서 떠나고, 나는 그의 서재에서 묵었다. 창밖에 한 그루 홍매화가 만발해 있는데(이 일대에는 온통 홍매화이며, 흰 매화는 심지 않는다), 한밤중에 홀로 일어나 마주하노라니, 황홀하여 마치 꿈속에서 어여쁜 아가씨를 본 듯하다. 다만 잎사귀가 가지에 가득하여, 나뭇잎이 너무 많다는 느낌이 들었을 따름이다.

---

1) 태호석(太湖石)은 강소성 태호에서 나오는 바위로서, 구멍이 여기저기 뚫려 있고 주름이 많아, 원림을 조영할 때, 특히 원림의 가산(假山)을 만들 때 흔히 사용된다.
2) 라산(螺山)은 지금의 원통산(圓通山)으로, 곤명시 북쪽에 있으며 해발 1933미터이다.
3) 동종백(董宗伯)은 명나라 말기의 문인화가이자 서예가인 동기창(董其昌, 1555~1636)을 가리킨다. 동기창은 강소성 화정현(華亭縣) 출신으로, 자는 현재(玄宰)이고 호는 사백(思白), 향광(香光)이다. 그는 북종화(北宗畵)에 대항하여 상남폄북론(尙南貶北論)을 제창하면서 남종화(南宗畵)를 강조했으며, 서예에서도 행서(行書)·초서(草書)에 빼어났다.

11월 초나흘

마운객이 아침 식사를 하라고 날 붙들었다. 주공선이 다시 왔기에 바둑을 두 판 두었다. 더 머물다가 점심을 먹었다. 정오가 지나서야 성을 나왔다. 하인 고씨가 돌아왔으리라 여겼다. 그런데 숙소에 이르니, 하인 고씨는 보이지 않고, 오방생이 벌써 누대에 와 있었다. 내가 "왜 돌아오셨습니까?"라고 묻자, "어제 진녕주에서 그대의 편지를 받자마자 말을 달려 그대를 배웅하러 왔습니다. 말이 아직 있으니, 하루를 늦추었다가 진녕주로 가려고 합니다"라고 대답했다. "전에는 무슨 일로 진녕주에 가셨습니까?"라고 묻자, "신흥주에 가는 길에 진녕주로 가서 그대를 뵈려 했습니다"라고 대답했다. "하인 고씨는 어디에 있습니까?"라고 묻자, "아직 진녕주에서 나룻배를 기다리고 있습니다"라고 대답했다. 그제야 오방생이 신흥에 가고자 함은, 지부 허씨의 임기가 만료되는지라 태사 뢰(雷)씨더러 순안사에게 잘 말해달라고 부탁하기 위함임을 알게 되었다. (뢰씨의 이름은 약룡躍龍이며, 부모님의 상을 당해 예의에 따라 집에서 상복을 입고 있었다. 순안사의 이름은 예우의倪于義이며, 사천성 사람이다.)

11월 초닷새

오방생이 나를 위해 영창부(永昌府)의 반(潘)씨 부자(아버지의 이름은 반사괴潘嗣魁이고 호는 연봉連峰이며, 병자년의 과거에서 10등을 했다. 아들의 이름은 반세징潘世澄이고 호는 미파未波이며, 병자년의 과거에서 장원을 했다)에게 보내는 편지를 써주고, 등월주(騰越州)의 수재 반씨(이름은 반일계潘一桂이다)에게 보내는 편지를 써주었다. 아울러 나를 위하여 지부 허씨에게 영창부의 이씨(영창부 지부인 이환소李還素는 예전에 운남 별가에서 승진했으며, 지부 허씨와는 동료이다)에게 전해 줄 편지를 써달라고 부탁했으며, 또한 나를 위해 범복소(范復蘇, 의사이며, 강서 사람이다)에게 빈천주(賓川州)의 지부인 양(楊)씨에게 전해 줄 편지를 써달라고 부탁했다.

(빈천주의 지부인 양대빈楊大賓은 귀주성 사람으로, 호는 군산君山이다. 원적은 강소성 의흥현 사람이고, 건평현建平縣의 교관을 지내다가 남장南場에서 향시에 합격했으며, 우생又生과는 고향의 동년배이다. 전에 우생이 편지를 보내왔으나, 양대빈의 집이

귀주성이라는 것만 알고 있었을 뿐, 그가 빈천주에서 벼슬살이를 하고 있다는 것은 알지 못했다. 편지는 도적떼를 만나 잃어버렸을 뿐만 아니라 그의 집이 어디인 줄도 알지 못한 채, 다만 지난날 그의 동생인 의흥宜興 총련과 함께 우생이 있는 곳에서 함께 만난 적이 있다는 사실만 기억하고 있었다. 지금도 그의 동생이 의흥현에 여전히 있는지 어떤지는 알지 못한다.)

오방생은 내게 노자가 없음을 딱하게 여겨 여기저기 돌아다니면서 나를 위해 도와줄 것을 부탁했다. 내가 직접 다니면서 도움을 청하는 것보다 나았다. 오후에 하인 고씨가 진녕주에서 돌아왔으며, 아울러 당대래와 도불퇴의 편지를 가져왔다. 완인오가 재촉한 짐꾼 역시 당도했다.

11월 초엿새

나는 아침 일찍 완옥만과 완목성에게 작별을 고한 후, 그가 쓴 「정문 스님의 유골을 보내면서(送靜聞骨詩)」를 달라고 했다. 완옥만은 잠시 더 머물러 대접을 받으라고 했으나, 나는 짐을 이미 부쳐버렸다는 이유로 사양했다. 이에 문을 나서서 임(任)씨에게 작별인사를 건넸다. 임씨는 당대래의 매부이다. 당대래의 어머니가 그의 집에 계시기에 함께 가서 인사를 드렸다. 임씨는 굳이 나를 붙들어 식사를 들라 했다. 이 바람에 나는 마운객에게 가서 작별인사를 나누려 했으나, 만나지 못한 채 시를 남겨두고서 돌아왔다.

토주묘(土主廟)를 지나다가, 그 안에 들어가 보리수를 구경했다. 보리수는 정전의 계단과 뜨락 사이의 통로의 서쪽에 있다. 크기는 네댓 명이 껴안아야 할 정도인데다, 나무줄기는 위로 솟구쳐 있고 나뭇가지는 휘감아돌면서 뒤덮고 있다. 잎사귀는 길이가 두세 치로 비파나무와 비슷하나 털이 없이 매끄러웠다.

토박이들의 이야기에 따르면, 보리수의 꽃 역시 흰색 바탕에 연노란색을 띠고 있으며, 꽃잎은 연꽃과 같고 길이 역시 두세 치이다. 꽃송이

마다 12개의 꽃잎이 있는데, 윤년마다 꽃잎이 하나씩 늘어난다고 한다. 꽃잎처럼 미미한 것조차 이러할 진데, 자연의 법칙을 따름은 샘물이 시시각각 호응하는 것뿐만이 아니다. (이곳 주의 구루천勾漏泉은 일각마다 백 번씩 용솟음친다.) 사물이 이처럼 정확하게 하늘의 법칙을 헤아리니, 이 또한 기이하도다.

토박이들은 토지신에게 제사드리는 날마다 무리 지어 이 나무 아래에 와서 뜸을 뜨는 대신에 쑥을 태운다. 나뭇가지에 뜸을 뜨는 것이 곧 사람의 몸에 뜸을 뜨는 것과 같으니, 병은 뜸을 뜸에 따라 사라진다는 것이었다. 이는 참으로 황당무계하지만, 나무껍질에는 이 때문에 여기저기에 흉터가 나서 성한 곳이 없다.

토주묘를 나와 임씨의 집에서 식사를 하고서 숙소로 돌아왔다. 주공선이 김공지가 쓴 시와 함께 여비를 보내오고, 또한 마운객이 시를 적은 부채를 보내왔다. 완옥만이 시책(詩冊)과 함께 여비를 보내오고, 그의 동생인 완쟁(阮錚) 역시 사람을 시켜 여비를 보내왔다. 해질녘에 김공지가 농장에서 돌아오는 길에 나를 만나러 왔다. 그는 내가 공죽사(節竹寺)에 가고 싶어한다는 것을 알고서 "우리 내일 아침 일찍 공죽사를 헤어지는 버들 정자로 삼읍시다"라고 말했다. 나는 "그대는 제발 그런 생각일랑 하지 마십시오 내일 아침 그대가 달콤한 잠에 빠져 있을 때, 나는 이미 봉우리 꼭대기를 넘어가고 있을 겁니다. 그러니 기다리지 마십시오"라고 사양했다. 이날 밤, 지부 허씨 역시 영창부의 이씨에게 보내는 편지를 보내왔다. 오직 범복소의 편지만 아직 이르지 않았다.

11월 초이레

나는 아침 일찍 일어나 밥을 달라 하여 길을 떠나려 했다. 범복소가 찾아와 곧바로 나를 위해 빈천주의 지주인 양씨에게 보내는 편지를 써주었다. 나는 마침내 오방생과 작별의 인사를 나누었다. 성 남쪽의 해자를 따라 서쪽으로 2리를 가서 소서문을 지났다. 다시 북서쪽으로 성을 따라 1리를 나아갔다가 돌아들어 반리만에 대서문(大西門)이 나왔다. 문 밖 오른쪽에 문창궁(文昌宮)과 계향각(桂香閣)이 있는데, 자못 웅장하다.

다시 서쪽으로 반리를 나아가 바깥의 비좁은 문을 나섰다. 북서쪽으로 갈림길이 뻗어 있다. 이 길은 부민현으로 가는 한길이다. 정서쪽으로 뻗어 있는 길은 공죽사로 가는 길이다. 나는 이에 정서쪽에서 산비탈을 끼고서 남쪽으로 나아갔다. 이 길은 이전에 내가 다녔던 호수 둑의 북쪽가이다.

5리를 가자 그 비탈은 서쪽으로 끝이 나고 마을이 한데 모여 있다. 이곳은 황토파이다. 비탈 서쪽에는 움푹한 평지가 커다랗게 북쪽에서 남쪽으로 뻗어 전지에 이른다. 서쪽의 움푹한 평지의 밭두둑 속으로 2리를 나아가자, 시냇물이 북서쪽에서 남쪽으로 쏟아져 흐르고, 그 위에 돌다리가 걸쳐져 있다. 이 시내는 곧 해원사(海源寺) 옆의 동굴에서 솟구쳐 흘러나온 물길로서, 성성(省城) 서쪽의 첫 번째 물길이다.

서쪽으로 1리 반을 더 갔다. 서쪽 산에서 가로로 불쑥 치솟아 뻗어나온 조그만 산이 거꾸로 남쪽에서 북쪽으로 휘감아돌고, 길은 조그마한 산의 북쪽 산부리 위를 따라 1리 반을 나아가 서쪽의 산 아래에 이른다. 골짜기가 동쪽을 향해 있다. 골짜기를 따라 서쪽으로 올라가면 공죽사가 나오고, 골짜기 안에서 산골물을 넘어 남서쪽으로 올라가면 원조사(圓照寺)가 나오며, 골짜기 밖에서 산부리를 따라 북쪽으로 나아가면 해원사가 나온다.

이에 앞서 한 아낙이 말을 타고 앞서 가고, 한 사내가 그 뒤를 따라가고 있었다. 이들 역시 공죽사에 간다고 했다. 이들을 따라 길을 잘못 들어 산골물을 넘어 남쪽의 원조사를 올라가고 말았다. 그곳에 이르러서야 공죽사가 아님을 알게 되었다. 원조사의 절문은 동쪽을 향해 있고, 층층의 평대가 높고 널찍하며 전각 역시 큼지막하다. 하지만 적막에 휩싸인 채 한 사람도 보이지 않았다.

골짜기로 되돌아내려와 계속해서 산골물을 넘어 북쪽으로 나아갔다. 일행에게 짐을 지고 해원사로 가서 나를 기다리라 하고서, 나는 골짜기 안으로 들어섰다. 1리 반을 가자, 산골물이 두 줄기로 나뉘어 흘러왔다. 한 줄기는 남쪽 골짜기에서, 다른 한 줄기는 북쪽 골짜기에서 흘러온다. 두 줄기 물길이 만나는 곳에 비탈이 그 서쪽에 매달려 있다. 여기에서 남쪽 골짜기의 산골물을 건너자마자 비탈을 올라 북서쪽으로 올라가다가, 차츰 서쪽으로 돌아들어 1리 반만에 공죽사에 들어섰다.

공죽사는 옥안산(玉案山)의 북쪽 가장자리에 높이 매달려 있으며, 절문은 동쪽을 향해 있다. 절은 자리잡은 평지에 비스듬히 기대어 있는데, 그다지 정갈하지는 않다. 뭇봉우리들이 빙 둘러싸고 수풀이 우거진 구렁이 한데 모여 있는지라, 그런대로 그윽하고 깊숙한 경계이다. 공죽사에 들어서자, 대전 왼편의 주방에는 고기를 써는 소리가 떠들썩하고, 비린내와 누린내가 뒤섞여 있다. 방금 전에 말을 타고 오던 아낙도 그 사이에 끼어 있었다.

나는 곧바로 그 뒤쪽으로 들어가 장경각(藏經閣)에 올랐다. 장경각 뒤를 바라보니, 세 칸짜리 정실이 있다. 자못 그윽하고 정결하다. 사방을 빙 두른 담에 가로막힌 채 들어가는 문이 보이지 않는지라, 장경각 아래에서 배회했다. 문득 어떤 사람이 맞이하면서 "선생님께서는 하객이 아니신가요?"라고 물었다. 내가 "어떻게 아셨습니까?"라고 묻자, "전에 오방생의 책상에서 그가 쓴 시를 보다가, 시의 표제에서 선생님의 이름을 보았는데, 시에서 본 풍모와 조금도 다르지 않습니다."

그가 누구인지 물어보니, 성은 엄(嚴)씨이고 이름은 사조(似祖)이며 호는 축거(築居)로, 이부상서 엄청(嚴淸)의 손자라고 했다. 엄사조는 사람됨이 강직하고 골기(骨氣)가 있으며, 담박하여 욕심이 없고 품은 뜻이 밝았는데, 조카와 함께 이곳에서 글을 읽고 있었다. 방금 바라보았던 담에 둘러싸인 정실이 바로 그들이 기거하는 곳이었다.

그는 나를 붙들어 암자 안으로 들어오라 하더니, 하룻밤을 묵어가기를 간청했다. 나는 그의 정성에 감동하여 하인 고씨에게 해원사로 가서 짐을 부려놓으라 명하고서, 이내 엄씨와 함께 대전 왼편의 주지 스님의 처소로 들어갔다. 화목정(禾木亭)이란 곳에 대해 물어보니, 주지는 계시지 않고 꼭꼭 잠겨 있다고 한다. 또한 단(段)씨라는 사람을 만났는데, 그 역시 나를 알아보고서 진녕주에서 만난 적이 있다고 했으나, 그가 누구인지 기억나지 않았다. 단씨는 김공지가 여기에서 자기를 만나기로 했으니, 김공지가 곧 오리라고 말했다.

이리하여 세 사람이 대전의 오른편을 함께 거닐었다. 층계가 있는 비탈을 따라 북서쪽으로 나아가, 절 뒤쪽의 벼랑을 오르자, 다시 평지가 나타났다. 그 북쪽의 벼랑이 빙 둘러싸고서 남쪽으로 둘러싼 벼랑과 마주하고 있다. 이곳은 원래의 공죽사가 지어진 옛터이나, 언제 아래로 옮겨갔는지는 알 수 없었다. 그곳 뒤쪽은 스님의 무덤이고, 세 개의 탑이 서 있다. 모두 원나라 때의 것인데, 세 개의 탑마다 비석이 있으며, 아직은 읽을 만했다.

비문을 다 읽고서 절로 돌아오니, 김공지가 또 두세 명의 벗과 함께 와 있었다. 서로 만나니 몹시 즐거웠다. 그들의 뜻을 헤아려보니, 방금 전에 말을 타고 왔던 아낙이 술자리를 마련하여 여러 손님을 초대한 모양이었다. 공죽사는 김공지가 보호하고 시주해온 곳인데, 김공지는 이전에 나와 약속했기에, 그래서 기일에 맞추어 이곳에서 준비하고 있었던 것이다. 하지만 사실 김공지가 주인은 아니었다.

이때 엄씨가 나에게 조카가 암자 안에 이미 식사 준비를 마쳤다고 말하면서 나를 끌어 식사하러 갔다. 얼마 지나지 않아 주지인 체공(體空) 스님이 오셨다. 체공 스님은 돈후하고 진지하며 덕행을 갖춘 분인데, 나에게 이렇게 말했다. "실권자가 동사(東寺)에 가서 건축 감독을 맡으라는 바람에 오래도록 그곳에 머물러 있다가 오늘에야 마침 산으로 돌아왔습니다. 먼데서 오신 손님이 있다고 들었으니, 이 또한 인연인가 봅니다. 금방 떠나지 마시고, 꼭 절에서 오래도록 머무르시기 바랍니다."

나는 계족산에 가야할 절박한 사정을 들어 사양하면서 "오늘 하룻밤을 묵어가는 것은 엄씨가 굳이 붙들기 때문입니다만, 더 이상 머무를 수는 없습니다"라고 말했다. 체공 스님은 "오늘은 술과 고기를 먹는 사람들이 절 안에 뒤섞여 왁자지껄합니다. 내일 아침에 정갈한 절 음식으로 대접하겠습니다"라고 말하고서 나갔다.

나는 주지 스님의 처소로 가서 체공 스님에게 답례를 드리고 싶었다. 그런데 엄씨가 술 마시는 이들이 여럿 있다면서 물러가더니 나오지 않았다. 나는 김공지 일행이 전에 말 타고 온 아낙과 함께 정전 동쪽의 곁채에 앉아 있는 것을 보고서야, 비로소 그 아낙이 술 시중을 드는 가기(歌妓)임을 알았다.

이에 나는 에돌아 정전 남쪽의 이문 곁을 따라 주지 스님의 처소로 둘러갔다. 체공 스님이 막 나와 맞아들이는데, 공지 일행이 위쪽에서 보고서 달려오더니, "변변찮은 음식이지만 이미 준비했으니, 참선하실 필요는 없습니다"라고 말하더니 나를 끌고 갔다. 정전의 동쪽 곁채에 이르니, 엄축거 역시 나를 붙들러 나왔다. 이에 술을 마셨다. 그 아낙이 마련한 안주와 음식은 대단히 풍성했다. 김공지와 좌중의 여러 손님들이 각기 노래를 부르고 잔을 들어 술을 권한 후에, 그 아낙이 노래를 불렀다. 아낙의 노래 솜씨는 김공지만 못했다.

얼마 후 단씨가 떠나고, 나도 엄축거와 작별하고서 식음헌(息陰軒)으로 들어왔다. 해질녘에 김공지와 손님들이 다시 술 상자를 들고 식음헌으로 와서 술을 마셨다. 그 아낙도 함께 와서 술을 권하고 노래를 하다가, 이경이 되어서야 헤어졌다. 나는 잠자리에 들었다. 잠자리는 종이로 휘장을 만들었다. 바로 엄씨의 침상이다. 또 다른 침상 역시 종이로 휘장을 만들었는데, 이것은 조카의 침상이다. 엄씨는 이불과 요를 가져와 거기에서 잤다. 잠자리에 든 후, 엄씨는 촛불을 밝힌 채 홀로 앉아 나의 『석재시첩(石齋詩帖)』과 여러 사람의 친필 서신을 훑어보았다. 나는 꿈결에 그가 나에게 주는 세 수의 시를 들었는데, 잠이 깊이 든지라 제대로 듣지는 못했다.

11월 초여드레

엄씨와 함께 주지 스님의 처소에 가서 체공 스님을 뵈었다. 주지 스님의 처소 남쪽의 곁문에서 오솔길로 들어서서 화목정을 구경했다. 화목정은 비탈에 자리하고 있는데, 숲과 산에 둘러싸이고 동쪽으로 골짜기의 틈새와 마주하고 있으며, 눈앞에 전지가 하나의 잔처럼 떠 있다. 경계가 대단히 훤히 트인 채 깊고 아득하여 예운림(倪雲林)[1]의 필법과 의경을 지니고 있다. 정자는 띠풀로 덮여 있고, 창문은 정갈하기 그지없다.

정자에는 두 그루의 난이 있고, 그루마다 크게 무더기져 모여 있다. 한 그루는 춘란으로, 두 개의 꽃대가 삐죽이 올라와 있다. 다른 한 그루는 동란으로, 열 개의 꽃대를 피우고 있는데, 꽃대의 길이는 두 자이고, 꽃대마다 스물 남짓의 꽃송이를 달고 있다. 꽃은 원추리꽃만큼 크고, 얼룩덜룩한 붉은 반점이 있으며, 형태는 일반 난과 다름이 없다. 잎은 복건의 난만큼 넓고 부드러우며, 기세 좋게 사방으로 드리우고 있다. 꽃대는 잎사귀 위로 자라나오고, 꽃은 크고 가지는 무거운지라, 서로 엇갈린 채 곁으로 드리워져 있다. 난꽃의 향기가 정자 안에 가득 차 있는지라, 정자를 열고 들어가자, 마치 향기로운 꽃나라에 들어선 듯하다.

우리 세 사람은 각기 창의 틈새 한 곳씩을 차지하고서 창틀에 걸터앉았다. 시중드는 이가 차를 가져왔는데, 태화산(太華山)에서 생산되는 좋은 차이다. 찻물은 차갑고 난은 그윽하다. 동시에 청아한 맛을 즐기니, 일찍이 이런 복을 누린 적이 없었다. 정자의 이름인 '화목(禾木)'은 산속에서 나는 특별한 나무이며, 그다지 크지 않다. 이 산에만 있는지라, 여기에서 이름을 따온 것이다. 화목정은 이미 오래 되었기에 체공 스님이 새로이 수리했으나, 지금 이 나무는 보이지 않는다.

체공 스님이 간절히 만류하면서 이렇게 말했다. "이 정자는 그윽하고도 널찍하여 둘러보실 만합니다. 곁에는 조그만 집이 있으니 주무실 수도 있고, 누각에는 불경을 소장하고 있으니 살펴볼 수도 있습니다. 그대가 이곳에 머물러 설을 쇠신다면, 이 또한 깊은 산중의 경사일 것입니다. 비록 담박하기야 하겠지만, 그대가 잘 먹기 위해 오신 것이 아니라는 것을 알고 있으니, 세 분이 설을 쇠실 비용은 가난한 소승에게도 부족하지 않습니다." 나는 감사드리면서 이렇게 대답했다. "법사님의 뜻을 대단히 좋습니다. 그러나 하루를 더 머물면 제 마음의 미안함은 하루 더 늘어갈 따름입니다. 이렇게 되면 청정한 곳이 오히려 죄악을 짓는 곳이 되고 말 것입니다." 한참동안 앉아 있다가 엄씨가 "식사가 준비되었을 터이니, 돌아가 식사를 하시지요"라고 말했다.

주지 스님의 처소를 나와 체공 스님에게 작별의 인사를 드렸다. 김공지 일행이 다시 와서 나를 대전 동쪽의 곁채로 데리고 가서, 함께 솥 안의 고기 탕면을 먹었다. 이어 식음헌으로 들어가 식사를 했다. 엄씨가 어젯밤에 읊조리던 시 세 수를 써서 나에게 주니, 나 역시 시 한 수를 써서 작별을 고했다.

정전을 나와 김공지와 작별하고, 짐을 앞서 떠나보냈다. 그런데 체공 스님이 돌아오라고 청하면서 떠나지 못하게 했다. 나는 체공 스님께 가서 가게 해달라고 간청했으나, 내 옷소매를 잡아끌면서 놓아주지 않았다. 김공지와 엄축거가 앞에 나서서 이렇게 말했다. "진녕주의 지주인 당씨가 날마다 연극을 상연하여 손님을 모았던 것은 명사와 현인을 붙들어두고 싶어서였습니다. 그러나 그대는 머물지 않았습니다. 만약 머물 수 있었더라면, 우리 역시 먼저 붙들었을 것입니다."

그러자 법사는 "그대는 담박할지언정 고기반찬에 잘 먹기를 즐기지 않는지라 진녕주에 머무르지 않았던 것이니, 이것이 바로 노승이 그대를 붙들려는 까닭입니다"라고 말했다. 나는 "법사님의 뜻이 정 그러시다면, 제가 꼭 계족산에서 돌아와 법사님을 위해 며칠간 머물겠습니다"라고 대답했다.

애초에 나는 금사강(金沙江)에서 아주(雅州)로 갔다가 아미산(峨嵋山)을 참배할 작정이었다. 운남성 사람들은 모두들 이 길이 오랫동안 막혀 다닐 수 없으니, 반드시 성성으로 돌아왔다가 귀주를 경유하여 준의(遵義)로 나가야 한다고 말했으나, 나는 믿지 않았다. 막 길을 떠나려 오방생과 작별하는데, 오방생이 나의 옷깃을 잡아당기면서 어두운 표정으로 이렇게 말했다. "그대는 떠나시는데, 나는 어느 때나 돌아갈 수 있을런지? 언제나 다시 만날 수 있을까요? 어째서 귀주성을 거쳐 사천성으로 가시는 길에 다시 한 번 반가운 만남을 꾀하지 않으십니까?" 나는 입을 열지는 않았지만, 마음속으로는 나 자신을 억제할 수 없었다.

이리하여 체공 스님의 간절한 정성으로 말미암아, 마음을 바꾸어 금사강을 따라 가지 않기로 했다. 엄축거와 김공지 일행은 이구동성으로 "좋습니다"라고 말했다. 법사는 그제야 작별인사를 받아주었다. 산문을 나섰다. 멀리 비탈까지 배웅을 나온 법사는 산속 오솔길을 가리키면서 "이곳을 넘어가면 해원사 윗동굴로 갈 수 있습니다. 산 아래로 가는 것보다 가깝지요"라고 일러주었다.

법사와 헤어져 1리 반을 가서 골짜기에 이르렀다. 짐꾼에게 남쪽 산골물을 건너라 하고서, 나는 왔던 길을 되짚어 골짜기를 나와 해원사로 갔다. 나는 하인 고씨와 함께 북쪽의 산골물을 건너 산골물을 따라 북쪽으로 들어선 뒤, 곧바로 골짜기를 따라 동쪽의 고개를 올라갔다. 1리를 가서 고개 동쪽을 넘었다.

약간 동쪽으로 내려가 반리를 갔다가 북쪽으로 꺾어져 다시 반리를 가자, 어느덧 저 멀리 북쪽 고개에 윗동굴이 보였다. 동굴은 묘고사와 나란히 늘어서 있고, 길은 까마득한 바위와 가파른 층계를 타고 내려간다. 험한 길을 내려와 산중턱에서 북쪽으로 돌아들어 나아갔다. 반리를 가자, 한길이 남동쪽의 해원사에서 비탈로 뻗어오른다. 한길을 따라 북서쪽으로 반리를 올라가자, 고개 위에는 바위들이 마치 구름이 피어오르듯 어지러이 빽빽하다.

북쪽으로 더 나아가자, 마침내 윗동굴이 나왔다. 동굴 입구는 동쪽을 향한 채 높다랗게 훤히 트여 있다. 동굴 안은 깊이가 예닐곱 길이고 너비와 높이 역시 예닐곱 길이다. 동굴 꼭대기는 봉긋 솟아 덮개 모양을 이루고 있고, 바닥은 숫돌처럼 평평하며, 둥글게 둘러싼 사방의 벽에는 움패어 들어가거나 뚫려 있는 모습이 보이지 않는다. 다만 동굴 뒤쪽에 바위가 가운데에 불쑥 솟아 있는데, 높이가 한 길 남짓이고 구불구불한 틈새가 있다. 바위를 지나 들어가자, 동굴 벽은 움패어들다가 아래로 푹 꺼져내린다. 각기 두 길 남짓씩 깊이 들어가니, 바닥은 어두컴컴하다.

틈새를 따라 내려오니, 조그마한 물길이 뒤쪽 벽에서 똑똑 떨어져 흘러내렸다. 그런데 바닥에 이르자, 물이 보이지 않는다. 어두컴컴한 곳 역시 차츰 밝아졌다. 어느 나무꾼이 내가 들어오는 것을 보더니 바깥 동굴에 머물러 기다리다가 내가 동굴을 나가고서야 떠나갔다. 동굴 안에는 산비둘기들이 대단히 많았다. 동굴 꼭대기에 둥지를 틀고 있던 산비둘기들은 사람이 들어오는 것을 보고는 어지러이 날아다녔다. 토박이들은 기구를 설치하여 산비둘기를 잡고 있다.

약간 북쪽으로 모두 반리를 가자 가운데 동굴이 나타났다. 동굴 입구는 동쪽을 향해 있는데, 깊이와 너비, 높이는 윗동굴의 삼분의 일에도 미치지 못한다. 사방은 벽으로 둥글게 둘러싸인 채 갈림길이 없다. 다만 동굴 입구 왼쪽 곁에 돌기둥 하나가 늘어서 있고, 두 개의 구멍이 밖에까지 뚫려 있는 것이 이채롭다.

나는 동굴 앞을 따라 묘고사로 가는 한길을 바라보면서, 해원사에서 산을 따라 마을로 내려왔다. 이어 서쪽 산의 북쪽 산부리를 감아돌아 서쪽으로 올라갔다. 동굴 앞에는 실처럼 가느다란 길이 나 있다. 고개 북쪽에서 움푹 꺼진 곳을 넘어 서쪽으로 나아가 곧바로 고갯마루를 따라 나아가니, 오르내리는 번거로움을 덜 수 있었다.

이에 하인 고씨에게 산을 내려가 해원사로 가서 짐을 살피라 하고서, 나는 곧장 동굴의 고개에서 북쪽으로 나아갔다. 우리 두 사람은 묘고사에서 만나기로 약속했다. 동굴 북쪽의 길은 끊어질 듯 말 듯 이어져 있다. 서쪽 산의 중턱을 따라 나아갔다. 산 아래에는 온통 마을이 산기슭에 기대어 있고, 한길은 기슭을 따라 나 있다. 고개 중턱을 따라 1리를 나아가자, 아랫마을에서 쭉 뻗어올라오는 길이 있다. 북서쪽의 고개를 넘어 이 길을 따라갔다.

1리를 가서 고개 서쪽을 넘으니, 고갯마루 위의 웅덩이 속에 못이 한 곳 있다. 못의 북쪽에서 서쪽으로 1리를 내려오니, 산은 다시 빙 둘러 높이 움푹한 평지를 이루었고, 움푹한 평지는 남쪽에서 북쪽으로 펼쳐져 있다. 움푹한 평지 어귀에 바위봉우리가 동쪽으로 치솟아 있는데, 층층이 날듯이 솟구친 채 못구렁이 만나는 곳에 웅크리고 있다. 바위봉우리 북쪽에 또 하나의 움푹한 평지가 서쪽에서 동쪽으로 펼쳐져 있고, 서쪽의 움푹한 평지에는 중중첩첩의 구렁이 커다란 산에 맞닿아 있다. 그 아래에는 길이 엇갈린 채 오솔길이 나 있다.

나는 그 길을 바라보면서 반리를 나아갔다가 북쪽으로 내려가 바위산의 서쪽에 이르렀다. 다시 반리를 가서 서쪽의 움푹한 평지의 바닥에 이르렀다. 길은 마땅히 서쪽의 움푹한 평지의 북쪽 벼랑에서 골짜기를 따라 올라야 했는데, 그만 잘못하여 서쪽의 움푹한 평지의 남쪽 벼랑을 따라 비탈을 오르고 말았다. 1리를 가서 고개등성이를 넘어 서쪽으로 나아갔다. 북서쪽을 바라보니 층층의 언덕 위에 절이 겹겹이 우뚝 솟아 있다. 나는 이곳이 바로 묘고사이리라 짐작했다. 그러나 아래에 깊은 골짜기가 가로막고 있는데다, 길은 오히려 남서쪽으로 꺾어들었다. 그제야 길을 잘못 들었음을 알아차렸다.

길을 따라 1리를 나아갔다. 마땅히 골짜기를 가로질러 북쪽으로 건너가야 절로 꺾어돌아 들어설 수 있으리라는 생각이 들었다. 그리하여 골짜기를 북서쪽으로 내려와 반리만에 골짜기 바닥을 넘은 뒤, 골짜기를 기어 북서쪽으로 올랐다. 절이 언덕등성이에 있으니, 어찌 길이 없을손가?

다시 반리를 나아가 등성에 올라섰다. 여전히 절 앞에 골짜기의 언덕이 빙 둘러싼 채, 절과는 구렁 하나를 사이에 두고 있다. 언덕 위에 탑이 하나 있는데, 정면으로 절의 문과 마주하고 있다. 다시 그 북동쪽에서 구렁으로 내려와 반리를 갔다가, 구렁 바닥에서 다시 북쪽 벼랑을 올랐다. 방금 전에 움푹한 평지 바닥에서 골짜기를 따라 올랐던 곳이다. 북쪽으로 반리를 올라가자, 등성이마루의 길가에 다암(茶庵)이 있다. 이 곳은 부민현으로 가는 한길인데, 암자 곁에 패방이 서 있다.

골짜기 가장자리를 좇아 서쪽의 비탈 중턱을 따라 들어가 반리를 가자 묘고사가 나왔다. 절 문은 동쪽을 향한 채 앞쪽으로는 겹겹의 골짜기를 굽어보고, 뒤쪽으로는 세 개의 봉우리에 기대어 있다. 이곳이 이른바 삼화봉(三華峰)이다. 세 개의 뾰족한 봉우리가 한데 모여 움푹한 평지를 이루고 있다. 그 가운데에 절이 자리하고 있다. 절은 높으나 외지다는 느낌은 들지 않고, 그윽하나 적막하다는 느낌이 들지 않았다. 참으로 역시 명승이다. 정전의 좌우에는 모두 관청의 집이 있다. 이곳이 부민현과 무정부의 요지이기 때문이다. 절 안은 그윽하고 고요했다. 토박이들의 말에 따르면, 묘고사의 정전에는 먼지를 막는 나무가 있기에 먼지가 생기지 않는다고 하는데, 정말 그런지 어떤지 분간할 길이 없었다.

한참동안 바라보고 있다가 짐이 틀림없이 도착했으리라는 생각이 들어, 절을 나와 다암 곁에서 기다렸다. 하인 고씨는 한참이 지나서야 비탈 아래에서 올라왔다. 나는 길가는 이를 붙들어 사랑(沙朗)으로 가는 길을 물어보았다. 어떤 사람은 계속해서 비탈을 내려가다가 보격(普擊)으로 가는 한길을 따라가면 이른다고 한다. 이 길은 성으로 통하는 길인데, 에돌기는 하지만 다니기는 편하다고 했다. 또 어떤 사람은 좀 더 비탈을 올라 우권초(牛圈哨)에서 갈림길로 들어서면 이른다고 한다. 이 길은 이 일대의 사람들이 다니는 길인데, 가깝기는 하지만 알기가 어렵다고 했다. 나는 "기왕에 올라온 바에야, 어찌 다시 내려간단 말인가?"라고 말한 뒤, 다시 비탈을 올라갔다.

3리를 구불거리면서 고갯마루를 넘자마자, 곧바로 고개 북쪽을 따라 서쪽의 벼랑을 휘감아 나아갔다. 2리를 더 가자, 조그마한 바위봉우리가 고개 북쪽에서 뻗어오다가 남쪽 봉우리와 이어졌다. 몇 채의 민가가 그 사이에 자리하고 있다. 이곳은 우권초이다. 동서 양쪽의 물길은 여기에서부터 나누어진다. 우권초의 서쪽을 따라 쭉 내려오자, 영정교(永定橋)로 빠지는 한길이 나왔다. 이에 나는 식사를 하고서 고개등성이에서 북쪽으로 1리를 나아간 뒤, 약간 내려가 구렁을 건너자마자 구렁 북쪽에서 비탈을 올랐다.

비탈을 따라 북동쪽으로 올라가다가 되돌아보니, 구렁의 바닥은 서쪽으로 푹 꺼져내려 골짜기를 이룬 채, 북쪽으로 매우 깊숙이 뻗어있다. 길은 북동쪽의 비탈을 넘어가고, 그 동쪽은 여전히 전지로 뻗어내린 골짜기이다. 다시 1리 반을 나아가 고갯마루에서 움푹 꺼진 곳을 넘어 북쪽으로 나아갔다. 북쪽으로 1리를 나아갔다가 서쪽으로 불쑥 튀어나온 채 움푹 꺼진 곳을 넘었다. 그 북쪽은 여전히 서쪽 골짜기 위로 뻗어나간다. 이곳에서 동쪽의 산등성이를 따라 나아갔다.

다시 북쪽으로 1리 반을 나아가 서쪽을 굽어보니, 마을이 골짜기 바닥에 자리하고 있다. 이곳은 두파(陡坡)이다. 이 골짜기는 좁고도 기운데다 깊고 험하다. 이곳은 마을 가운데 가장 험준한 곳이다. 고개 위에서 고개를 따라 동쪽으로 돌아들어 반리를 가자, 길이 동쪽의 움푹 꺼진 곳 속을 가로질러 쭉 서쪽으로 뻗어가다가 서쪽 골짜기 아래로 푹 꺼져내린다. 이 길은 두파에서 성성으로 가는 길이다. 나는 이 길을 따라 동쪽으로 올라갔다. 반리를 가서 움푹 꺼진 곳의 동쪽을 넘은 뒤, 여기에서 남쪽의 산등성이를 따라 나아갔다. 다시 동쪽으로 반리를 가서 약간 북동쪽으로 골짜기 속을 내려갔다.

반리를 나아가자, 길 남쪽에 물이 고여 있는 못이 있다. 이곳은 청수당(淸水塘)으로, 방금 지나온 등성이의 북쪽에 있다. 청수당 북쪽은 아래로 푹 꺼져내려 구렁을 이루고 있다. 구렁을 따라 북쪽으로 내려가 1리만에 골짜기 바닥을 지났다. 동쪽에서 뻗어오는 한길이 골짜기를 건너 북서쪽으로 뻗어있다. 이 길은 성성에서 부민현으로 통하는 샛길이다.

이 샛길을 따라가다가 골짜기 서쪽을 좇아 서쪽 산을 곁에 끼고서 북쪽으로 나아갔다. 2리를 간 뒤 서쪽으로 돌아들어 땔나무를 지고 가는 이를 만났다. 그가 가리켜준 대로 북쪽의 갈림길 아래의 골짜기 속을 나아갔다. 반리만에 골짜기 바닥에 이르니, 곧 청수당의 하류가 나왔다. 다시 골짜기 서쪽에서 비탈 기슭을 따라 나아가는데, 가느다란 길이 끊어졌다 이어지고, 바위들은 어지러이 무너져 있다.

2리 반만에 산골물을 건너 동쪽 기슭을 따라 북쪽으로 1리를 더 가서, 이내 골짜기 어귀를 빠져나왔다. 여기에는 북쪽의 움푹한 평지가 널찍하게 펼쳐진 채 남북으로 멀리 바라보이고, 동쪽 경계의 주봉과 서쪽 경계의 커다란 봉우리 사이에 움푹한 평지를 이루고 있다. 비로소 밭두둑을 따라 북쪽으로 1리를 갔다. 꽤 커다란 시내가 움푹한 평지의 북쪽에서 흘러오다가 서쪽으로 돌아들어 흘러가고, 내가 따라왔던, 남쪽에서 흘러오는 물길 역시 이 시내로 흘러들어 함께 남서쪽의 골짜기 속으로 흘러든다.

길은 북쪽의 시내를 건넜다. 1리를 가자 서쪽 산의 기슭에 마을이 기대어 있다. 들쑥날쑥 중중첩첩인 이 마을은 사랑(沙朗)이다. 마을로 들어가 문을 두드려 머물고자 했으나, 모두들 거절하여 받아주지 않았다. 이는 한길이 아니기 때문이다. 이 또한 곤명 지역의 습속이다. 마지막으로 한 노인의 집에 들어가 억지로 묵게 되었다. 그러나 끝내 쌀을 찾아 밥을 지어주지는 않았다.

---

1) 예운림(倪雲林)은 원(元)나라 말기의 화가이자 시인으로, 강소성 무석(無錫) 출신이다. 자는 원진(元鎭)이고, 호는 운림(雲林) 또는 환하생(幻霞生) 등이다. 오진(吳鎭), 황공망(黃公望), 왕몽(王蒙) 등과 함께 원나라 말기의 4대가로 일컬어진다.

11월 초아흐레

하인 고씨에게 쌀을 구해 밥을 지으라 했다. 나는 마을 북쪽을 산보하면서 멀리서 이곳의 움푹한 평지를 살펴보았다. 북동쪽은 목양하(牧養河) 북쪽의 양왕산 서쪽에서 갈라져 나온 분계이고, 동쪽 경계는 비록 커다란 등성이지만 산은 그다지 높지 않다. 또한 서쪽 경계는 갈래가 빙 둘러 있으나, 서북쪽에는 석애산(石崖山)이 가장 웅장하고 험준하다. 또한 남쪽에는 사랑의 서쪽 산이 있고, 더 남쪽에는 천생교(天生橋)가 있는데, 이것이 남쪽으로 두파의 동쪽 골짜기의 산에 이어져 있다.

이 산의 동서 양쪽 경계의 사이에 커다랗게 움푹한 평지가 끼어 있고, 남북 양쪽은 둥글게 굽이돌면서 서로 이어져 있다. 용담에서 발원하는 그 안의 물은, 남북 양쪽의 골짜기의 물과 합쳐져 시내를 이루어, 서쪽의 부민현의 당랑천으로 쏟아진다. 하지만 끝까지 가보지는 못했다. 이 물길은 움푹한 평지의 남서쪽에서 골짜기로 흘러들어 산의 동굴을 뚫고 들어간다. 이 동굴은 깊고 어두워 헤아릴 수가 없다. 이어 물길은 산을 뚫어 서쪽으로 흘러나온 뒤, 두파의 산골물과 합쳐진다.

동굴 위쪽의 산을 따라 샛길이 나 있다. 이것은 '천생교'이다. 그런데 사람들은 그 위로 다니면서도 아래에 동굴이 있다는 것을 알지 못하며, 동굴이 서쪽으로 뚫려 있고 산 속이 텅 빈 채 다리를 이루고 있다는 것도 알지 못했다. 다만 사랑의 사람은 이곳에서 밭을 일구고 마소를 놓아기를 줄만 알고 있었기에, 이런 이름을 붙였던 것이다. 그런데 또한 모두들 동굴에는 들어갈 수 없으며, 호랑이와 이리가 있고 요물이 있으니, 나더러 마을 뒤쪽으로 산을 넘어 서쪽으로 올라가야지, 물동굴쪽으로 길을 에돌아 갈 필요가 없다고 말했다. 나는 그들의 말에 따르지 않았다.

식사를 마친 후, 남쪽의 비탈 기슭을 따라 나아갔다. 1리 반을 가서 시내와 만난 뒤, 시내와 함께 서쪽 골짜기로 들어섰다. 이 골짜기는 남북 양쪽의 산벼랑 사이에 이루어져 있으며, 길은 시내의 북쪽에서 북쪽 산의 기슭을 따라 들어간다. 1리를 가서 북쪽 벼랑 위를 쳐다보니, 암벽이 빙글 휘감은 채 불쑥 솟아 있고, 그 사이에 여러 개의 동굴 입구가 나란히 늘어서 있다. 그 가운데 동쪽의 동굴 입구 하나가 높이 매달린 채 까마득하게 굽어보고 있다. 그 기세가 웅장하고도 훤히 트여 있다. 그러나 층계의 흔적이 몹시 흐릿한데다, 가시덤불이 가리고 벼랑이 무너져 내린지라 발을 딛을 수가 없었다.

이에 하인 고씨에게 짐과 함께 아래에서 기다리라고 했다. 나는 혼자서 기고 뛰어서 올라갔다. 한참 뒤에 동굴 동쪽에 오르니, 옆으로 들어가는 또 하나의 입구가 보였다. 나는 틀림없이 그 안쪽의 커다란 동굴로 통하리라는 생각이 들었다. 그래서 그 곁을 따라 거꾸로 매달린 채 커다란 동굴 입구로 들어갔다. 동굴 입구는 남쪽을 향한 채 봉긋 높이 솟아 있고, 동굴 안은 한 층 한 층 북쪽으로 올라가는데, 깊이는 십여 길이고 너비는 깊이의 절반 정도이다. 안에는 옆으로 뚫린 구멍이 없으며, 방금 전에 바깥에서 보았던, 옆으로 들어가는 입구 역시 이쪽 안으로 뚫려 있지는 않았다.

동굴을 나와 동쪽으로 옆의 동굴 입구로 가려다가, 서쪽 동굴이 그래도 많다는 생각이 들었다. 하지만 기왕에 내려왔으니, 서쪽 동굴은 나중에 살펴보기로 했다. 물동굴을 바라보니 더욱 기이하게 보였다. 그래서 곧바로 동굴을 따라 내려와 서쪽의 물동굴로 달려갔다. 다시 반리를 가자, 서쪽 골짜기가 끝이 난다. 위에는 산이 둘러싸고 아래에는 동굴이 열려 있다. 또한 동쪽에서 흘러오는 물은 남쪽 벼랑에 바짝 붙은 채 서쪽 동굴로 쏟아져 들어가고, 길은 그 북쪽에서 언덕 아래로 푹 꺼져내린다.

나는 짐꾼에게 언덕 위에서 짐을 지키고 있으라 하고서, 하인 고씨와 함께 동굴로 들어갔다. 동굴 입구는 동쪽을 향해 있다. 높이는 십여 길이고 너비는 높이의 절반 정도이다. 물을 건너 그 남쪽 벼랑을 따라 들어가니, 물은 북쪽 벼랑을 스치면서 빙 둘러 흘러내린다. 대여섯 길을 들어가자, 물은 북쪽 벼랑을 감돌고, 길은 남쪽 벼랑을 감돌아, 모두 서쪽으로 돌아든다.

고개를 들어 쳐다보니, 남쪽 벼랑 위에는 층층이 덮여 있고 겹겹이 튀어나온 채, 불쑥 솟은 까마득한 평대와 한데 엮어진 허공의 누각이 모두 몇 길 위에 있다. 자욱한 안개는 합쳐졌다가 흩어지고, 구름기운과 함께 이리저리 나부낀다. 남쪽 벼랑 아래에서 길을 따라 서쪽으로 들어섰다. 북쪽 벼랑은 여전히 밝고 물이 벼랑을 스쳐 흘러내리며, 남쪽 벼랑은 차츰 어두워지고 길이 벼랑을 따라 나 있다.

서쪽으로 대여섯 길을 나아갔다. 남쪽 벼랑은 서쪽으로 끝이 나고, 물은 북쪽 벼랑에서 서쪽 벼랑 아래로 곧장 떨어져 내린다. 서쪽 벼랑은 아래로 움팬 채 못을 이루고, 물은 그 속에서 콰르릉 부딪치는 소리를 지르다가 서쪽 벼랑을 따라 북쪽으로 꺾여 흘러간다. 길은 물을 건너 동쪽 벼랑을 따라 북쪽의 물길을 따라간다. 동굴은 북쪽으로 돌아들자, 더욱 높이 봉긋 솟아 있고, 약간의 빛이 스며들어 어두운 듯 밝은 듯하다.

다시 대여섯 길을 나아갔다. 물이 북쪽 벼랑을 스쳐 흐르다가 서쪽으로 돌아든다. 나 역시 서쪽 물가로 건넜다. 여기에서 물은 다시 북쪽 벼랑을 감돌고, 길은 다시 남쪽 벼랑을 감도는데, 분간할 수 없는 어둠 속에서 졸졸 흐르는 물소리만 들려온다. 다시 대여섯 길을 나아가다가 다시 서쪽에서 물길을 만났다. 이 물길이 차츰 깊어지는데다, 위쪽은 보이지 않고 아래쪽 또한 짐작할 수 없는지라, 이에 동굴을 빠져나왔다.

동굴을 나온 뒤 네 차례나 물을 건너 언덕에 올랐다. 언덕 위에서 사람의 말소리가 들렸다. 사랑 사람이 밭을 갈고 있었다. 그는 내가 동굴에 들어가는 것을 보더니, 짐꾼들과 함께 이야기를 나누며 나를 기다렸다. 그는 나에게 이렇게 말했다. "물이 서쪽으로 흘러나오는 곳은 바로 두파(陡坡)의 북쪽 골짜기이고, 산을 올라 건너는 곳은 천생교의 샛길이 지나는 곳인데, 전에 내가 표시해둔 대로입니다."

그제야 나는 횃불을 가져오지 않은 것을 후회했다. 횃불을 가져왔더라면 곧바로 서쪽의 동굴 속을 따라 나갈 수 있기 때문이다. 그 사람은 또 나에게 "부민현에 노호동(老虎洞)이 커다란 시내 위에 있으니, 그냥 지나치지 마십시오"라고 말했다. 나는 그에게 감사의 인사를 했다.

이에 서쪽의 고개를 올라 1리 반만에 고개등성이에 올랐다. 이곳은 천생교이다. 등성이 남쪽에는 바위봉우리가 겹겹이 가파르게 높이 치솟아 있고, 그 산줄기는 두파 동쪽에서 등성이를 건너 북쪽으로 뻗어 있다. 샛길은 산줄기의 동쪽을 따라 뻗어내리고, 두파의 산골물은 그 서쪽 기슭을 경계로 삼고 있다. 산줄기는 이곳에 이르러 다시 동굴 북쪽으로 타넘어 사랑 뒤편의 서쪽 산에 이어진다. 물은 그 아래에서 산허리를 뚫고 서쪽으로 흘러나오고, 길은 그 아래에서 등성이를 넘어 서쪽으로 나아간다.

등성이의 서쪽을 굽어보니, 두파의 산골물이 치달려 북쪽으로 흐르다가 이곳에 이르러 서쪽으로 꺾이고, 등성이 위의 길 역시 구렁을 감돌아 서쪽으로 푹 꺼져내린다. 나는 물이 흘러나오는 동굴이 바로 그 아래에 있다고 더욱 확신했다. 마음은 안절부절, 어서 한 번 살펴보고 싶었다.

서쪽으로 산중턱을 1리 나아가자, 골짜기 바닥으로 쭉 내려가는 갈림길이 보였다. 하인 고씨와 짐꾼에게 한길을 따라 쭉 나아가라고 이르고서, 나는 홀로 골짜기로 내려갔다. 반리만에 골짜기 바닥에 이른 뒤, 물길을 거슬러 동쪽으로 나아갔다.

1리를 가서 남쪽으로 꺾어지자, 뒤쪽 동굴이 큼지막하게 서쪽을 향해 있다. 이 동굴의 높이와 너비는 앞 동굴과 마찬가지이다. 동굴 안에서 물이 용솟음쳐 흘러나오더니, 서쪽의, 남쪽에서 흘러오는 산골물과 합쳐져 북쪽으로 흘러간다.

나는 물길을 거슬러 동굴로 들어가 두 길을 갔다. 동굴 꼭대기를 쳐다보니, 위층은 다시 갈라져 동굴 입구의 바깥으로 통한다. 입구 위에는 마치 다리가 앞쪽에 가로놓여 있는 듯하다. 그 위에 다시 빛이 흘러 안을 비춘다. 꼭대기는 봉긋 솟아 높기 그지없으며, 아래층에는 바위그림자가 일렁거린다. 마치 뜬구름 위에 밝은 햇빛이 받치고 있는 듯하다.

동굴 안의 물길은 처음에는 완만하게 흩어져 깊지 않았다. 물길을 따라 몇 길 깊숙이 들어가자 불쑥 튀어나온 바위가 가운데에 웅크린 채 수면 위에 떠 있다. 그 안에 깊은 물이 고인 채 기세 좋게 벼랑발치에 출렁거리는지라 거슬러 들어갈 수 없었다.

동굴의 꼭대기에도 바위가 거꾸로 치켜들려 있으나, 너무 높은지라 오히려 구불거리는 맛을 느끼지 못했다. 동굴 입구는 곧바르고 멀기에 깊이 들어갔는데도 여전히 환한데다가, 위층에서 비쳐내리는 빛이 곧바로 안쪽까지 뚫고 들어왔다.

동굴을 빠져나와 동굴 입구 위를 뒤돌아보니, 그 왼쪽의 까마득한 벼랑은 대단히 가파르다. 벼랑 위에 또 하나의 입구가 열려 있으니, 빛이 안으로 뚫고 들어가는 틈새임에 틀림없다. 이에 산골물의 서쪽을 건너, 멀리 벼랑 사이의 겹겹의 흔적을 살펴보았다. 어디가 발을 딛을 수 있고, 어디가 거꾸로 기어오를 수 있으며, 어디가 구불거리면서 갈 수 있고, 어디가 뛰어오를 수 있는지를 살펴보았던 것이다.

이에 다시 산골물을 건너 벼랑에 이르렀다. 방금 살펴본 대로 한 번 해보기로 했다. 한참이 지나 드디어 위층 너머에 이르니, 동굴 입구는 큼지막하게 봉긋 솟아 있다. 동굴 안으로 들어가니 감실과 움집이 있고 평대와 정자가 있다. 모두 허공에 뜬 채 안쪽을 향하고 있다.

안으로 동굴 바닥을 굽어보니, 물결이 골짜기에 철썩거렸다. 마치 폭포에 배가 떠 있고, 동굴 꼭대기에서 휘장과 치맛자락이 드리워진 듯하다. 방금 전에 쳐다보았을 적에는 가물거렸던 것이 이제는 목걸이를 몸에 두른 듯, 깃발을 몸에 덮은 듯하니, 구름과 학을 타는 선경과 다를 게 무엇이랴? 오래도록 앉아 있노라니, 동굴 바닥의 물결소리가 들려왔다. 문득 커다란 종소리 같기도 하고, 가느다란 울림 같기도 하는지라, 나의 마음은 기쁘고 유쾌했다.

동굴에서 내려오는 길에는 층층의 벼랑에 층계가 매달려 있었다. 잠시 산길의 가닥을 잡지 못하여 오랫동안 붙들려 있었다. 홀연 두파에서 걸어오던 십여 명의 남녀가 산골물 너머에서 걸음을 쉰 채 바라보고 있었다. 내가 내려가자, 그들은 무슨 일이냐고 물었다. 나는 산을 유람하고 있는 중이라고 말해주었다. 그들 가운데 두 명의 남자 역시 유생이었는데, 위에 뭐가 있느냐고 물었다. 나는 형언할 수 없이 아름다운 경관을 이야기해주었다. 앞서 가는 하인 고씨가 차츰 멀어질까봐 더 이상 이야기를 나누지 못한 채, 물길을 따라 약간 북쪽으로 돌아들어 서쪽의 골짜기 속을 나아갔다.

1리를 가서 차츰 북쪽의 비탈을 올랐다. 비탈을 따라 서쪽으로 나아가 3리를 가자, 골짜기의 움푹한 평지가 차츰 열렸다. 4리를 더 가자, 움푹한 평지는 더욱 훤히 펼쳐졌다. 그 북쪽 벼랑에서 산을 넘어 남쪽으로 뻗어내린 길은 사랑의 뒷산에서 뻗어오는 길이다. 그 남쪽 비탈에는 남쪽 산에 기대어 마을이 있다. 이곳은 두촌(頭村)이다. 길은 이곳에 이르러 비로소 움푹한 평지를 따라 시내를 건너간다. 시내 위에는 나무를 가로놓아 다리를 만들어 놓았다. 이 시내는 곧 두파와 천생교의 동굴에서 흘러나와, 서쪽으로 흐르다가 당랑천으로 쏟아져든다.

시내 남쪽에서 물길을 따라 1리를 나아가 두촌의 서쪽을 지났다. 물길을 따라 1리 반을 갔다가 비탈을 올라 서쪽으로 나아갔다. 이어 2리만에 다시 움푹한 평지 속으로 내려갔다. 반리를 가자, 길가에 마실 거리를 파는 초가가 남쪽 비탈에 기대어 있다. 하인 고씨와 짐은 모두 그곳에 있었다. 이에 들어가 식사를 했다.

다시 서쪽으로 남쪽 산의 부리를 감돌아 1리 남짓을 가자, 이촌(二村)이 나타났다. 이촌의 서쪽에는 움푹한 평지가 북쪽으로 뻗어 있다. 움푹한 평지를 가로질러 반리를 갔다가, 비탈을 올라 남쪽 산을 따라 서쪽으로 나아갔다. 위쪽에는 까마득한 벼랑이 기대어 있고, 아래쪽에는 치달리는 급류가 바짝 붙어 있다.

5리를 가자 시내 북쪽에 마을이 있다. 이곳은 삼촌(三村)이다. 이곳에 이르니 남쪽에 줄지은 산은 가로로 불쑥 솟아 북쪽으로 뻗어가고, 북쪽에 줄지은 산은 삼촌의 서쪽을 빙 둘렀다가 다시 불쑥 솟아 남쪽으로 뻗어간다. 움푹한 평지의 어귀는 비로소 서쪽으로 막히기 시작했다.

길은 시내 남쪽에서 북쪽에 불쑥 솟은 비탈을 넘어 올라가, 1리 반을 가서 봉우리 꼭대기에 이르렀다. 이 봉우리는 북쪽의 삼촌을 굽어보면서 뻗어내리고, 시내는 삼촌의 서쪽에서 가로로 북쪽 봉우리의 기슭을 슬쩍 스쳤다가 골짜기를 뚫고서 서쪽으로 흘러나간다. 골짜기는 깊이 패인 채 비좁게 죄어져 물만 통할 뿐 사람은 다닐 수 없는지라, 길은 그 꼭대기를 넘어 지난다. 이곳은 라귀령(羅鬼嶺)이다. 이곳에서 동서 양쪽으로 부민현과 곤명현의 경계가 나뉜다.

라귀령을 넘어 서쪽으로 내려가 4리만에 잇달아 상라귀촌(上羅鬼村)과 하라귀촌(下羅鬼村)의 두 마을 지났다. 삼촌의 물길은 어느덧 골짜기를 뚫고서 서쪽으로 흘러가고 있다. 두 마을 사이의 경계를 따라 서쪽으로 나아가자, 북쪽의 움푹한 평지에서 흘러온 한 줄기 시내가 삼촌의 시내와 한데 합쳐져 서쪽으로 흘러간다. 길은 이 물길을 따라 뻗어있다. 시내 남쪽으로 2리를 나아가 서쪽 벼랑 아래에 이르렀다. 시냇물은 약간 굽이져 남쪽으로 흐르고, 그 위에 나무다리가 가로놓여 있다.

다리를 건너자, 북쪽 산에 마을이 기대어 모여 있다. 이곳은 아이충(阿夷衝)이다. 다시 아이충에서 서쪽으로 나아가 1리 반만에 비탈 한 곳을 넘었다. 1리 반을 더 가서 어둠속에서 마을에 이르렀다. 이 마을 역시 북쪽 산에 기대어 있다. 이곳은 대초(大哨)이다. 묵을 숙소를 찾았으나 구하지 못하여 마음이 몹시 초조했다. 다시 반리를 가서야 서쪽 마을에서 묵을 곳을 찾아 그 집에서 묵었다.

11월 초열흘

닭이 울자 일어나 식사를 했다. 문을 나서자, 캄캄하여 도무지 색을 분간할 수 없었다. 남서쪽의 밭두둑 사이를 나아가 1리 반을 가서 남쪽의 돌다리를 지났다. 이곳은 아이충의 시내가 흘러나오는 곳이다. 시내는 북서쪽으로 흘러가고, 길은 다리를 건너 남쪽으로 뻗어간다. 반리를 가자, 또 한 줄기의 시내가 남동쪽의 골짜기 속에서 흘러온다. 아이충의 시내보다는 약간 작은 이 시내는, 『지』에서 언급한 동계(洞溪)라는 물길이다. 두 물길은 각기 서쪽의 당랑천에 흘러든다.

나무다리를 건너 1리 남짓을 가자, 커다란 시내가 콸콸 흐르고 있다. 이것이 바로 당랑천이다. 당랑천은 남쪽 골짜기 속에서 흘러나와 북동쪽으로 쭉 대초의 서쪽에 이른 뒤, 북쪽으로 돌아들어 흐르다가 금사강으로 흘러든다. 당랑천 위에는 커다란 돌다리가 걸쳐져 있다. 다리 아래에는 다섯 개의 반원형의 구멍이 나뉘어져 있으며, 위에는 정자가 있다. 다리의 동서 양쪽의 벼랑에는 각기 거리를 이루고 있는 마을이 있다. 이 마을은 교두(橋頭)이다.

다리를 지나 북서쪽으로 1리를 가자, 곧 부민현의 치소가 나타났다. 다리 서쪽에서 당랑천을 거슬러 남쪽으로 7리를 나아갔다. 이곳은 하상동(河上洞)이다. 예전에 한 노스님이 이 동굴 속에 살았기에, 사람들은 이곳을 노화상동(老和尙洞)이라 일컬었다. 그런데 사랑촌(沙朗村) 사람들은 이곳을 노호동이라 잘못 부르고 있었던 것이다. 여기에 이르니, 이곳 토박이들은 나를 노스님이라 여겼다.

동굴 입구에 이르자, 하상동이라 새긴 글자가 보였다. 아마 전임 현령이 이 동굴이 시냇물을 굽어보고 있기에 '하상공(河上公)'[1]의 의미를 취하여 이름을 바꾸었으리라. 막 다리를 지나자마자 하상동으로 가는 길을 물었다. 하인 고씨와 짐꾼이 이미 먼저 부민현 현치로 갔기 때문이다. 나는 앞으로 나아가라는 말을 듣고서, 홀로 당랑천변을 따라 물길을 거슬러 갔다.

1리를 가서 남서쪽의 골짜기에 들어섰다. 3리를 더 가서 골짜기를 따라 남쪽으로 돌아든 뒤, 줄곧 당랑천변의 언덕을 나아갔다. 2리를 더 가자, 곧장 산의 서쪽으로 뻗어오르는 길이 보였다. 미심쩍기는 했지만, 길이 대단히 널찍하기에 잠시 이 길을 따라갔다. 1리를 가서 나무꾼을 만나고서야, 산을 오르는 이 길은 호가산(胡家山)으로 가는 길이며, 호가산은 토박이들의 산채임을 알게 되었다.

이에 다시 내려와 당랑천변을 따라 남쪽으로 나아갔다. 1리를 가자, 길은 다시 남쪽의 산을 뻗어오른다. 온통 풀숲에 덮인 옆길이 보이기에 다시 이 길을 따라갔다. 산을 올라 남쪽으로 나아가니, 오를수록 더욱 가파르다. 1리를 가서 곧바로 고개등성이에 올랐으나, 동굴은 보이지 않았다. 이 등성이는 서쪽 봉우리의 가장 높은 곳에서 가로로 불쑥 솟구쳐 동쪽으로 나아가는데, 동쪽 봉우리의 암벽과는 당랑천의 물길을 사이에 끼고 있다. 그렇기에 당랑천은 한 줄기 선처럼 보일 따름이다.

대체로 서쪽 언덕의 산은 남쪽의 안녕주 성천 서쪽의 용산에서 갈래가 나뉘어 전해져 뻗어오다가, 이곳에 이르러 까마득히 높은 산으로 솟구친 채 병풍인 양 당랑천을 내리누르고 있으며, 다시 북동쪽으로 푹 꺼져내려 이 등성이를 이룬 채 가로로 당랑천을 가로막고 있다. 동쪽 언덕의 산은 동쪽의 우권초의 고개에서 갈래가 나뉘어 전해져 뻗어오다가, 이곳에 이르러 역시 까마득히 높은 산으로 솟구친 채 당랑천을 내리누르고 있으며, 다시 서쪽으로 이 등성이와 마주하여 당랑천을 사이에 끼고 있다.

이 등성이에 올라 등성이 남쪽을 바라보니, 산세는 무너져 푹 꺼져 있고 당랑천은 선처럼 비좁다. 남쪽에서 흘러온 당랑천은 골짜기 바닥을 움패어들다가 자유롭게 흐르지 못하게 되자 그저 부딪쳐 튀어오를 따름이다. 등성이 남쪽의 길이 또 못으로 푹 꺼져내려간다. 이곳 아래에는 틀림없이 통하는 길이 없으리라 여겼다. 그런데도 길이 이처럼 푹 꺼져내리는 것은, 틀림없이 동굴이 열려 있기 때문이리라.

다시 길을 따라 꺾어져 내려갔다. 나무는 뒤덮여 빽빽하고 바위벼랑은 가려진 채, 고요하기 짝이 없어 사람이 없는 지경인 듯하다. 아래로 1리를 내려오자, 길이 남서쪽의 높은 봉우리 아래에 바짝 붙어 있다. 이 봉우리는 무너져 내릴 듯 깎아지른 듯한데, 위태로워 금방이라도 무너져내릴 것만 같다. 길은 그 움푹 꺼진 비좁은 곳을 돌아들었다. 그러나 바위가 가파른지라 발을 딛을 수 없다. 하는 수 없이 뚫려 있는 구멍에 매달려 가노라니, 치달리는 여울에 그림자가 거꾸로 비친다. 아득히 깊은 못에 빠져드는 듯한 느낌이 들었다.

이곳에 이르러, 나는 가는 길이 너무나 먼데다, 이미 하상동만큼 멋진 경관이 아니라는 것을 알아차렸다. 그러나 이곳의 험준함이 마음에 드는지라, 차마 떠나지 못한 채 배회하고 있었다. 홀연 위쪽에서 기침소리가 들려오는데, 마치 하늘에서 들려오는 것만 같았다. 잠시 후 한 사람이 내려오더니 나를 보고서 깜짝 놀라면서, 무슨 일로 혼자서 이곳에 웅크리고 있느냐고 물었다. 내가 그에게 하상동을 찾는다고 말하자, 그는 "하상동은 고개 너머 북쪽에 있는데, 어떻게 이곳으로 넘어왔습니까?"라고 말했다. 내가 "이 길은 어디로 가는 길입니까?"라고 묻자, "시내를 따라 가파른 길을 올라 40리를 가면 나묘(羅墓)에 닿습니다"라고 말했다. 이 길의 그윽하고 조용함은 다른 길이 도저히 흉내낼 수 없을 것이다. 비록 하상동을 찾지는 못했지만, 이렇게 기이하고 가파른 곳을 보았으니, 이 또한 유쾌한 일이었다.

되돌아 1리를 기어올랐다가 북쪽의 등성이에 올랐다. 등성이 동쪽을 바라보니, 동굴이 남쪽을 향해 있는데, 당랑천에서 매우 멀리 떨어져 있었다. 나는 하상동이 아님을 알았다. 그러나 높이 남쪽 산을 바라보고, 기대어 구렁을 굽어보니, 구름 너머로 초연한 생각을 갖게 만드는지라, 가시덤불을 헤치고 벼랑을 기어올라 동굴로 들어섰다. 이 동굴은 비록 그다지 깊지 않다. 그러나 위쪽은 덮여 있고 아래쪽은 평탄한지라, 푸른 하늘에 거꾸로 꽂힌 채 해와 달을 호흡하기에는 이곳이 으뜸이었다.

동굴에 기대어 한참동안 쉬었다가 등성이를 넘어 북쪽으로 내려왔다. 1리를 가서 기슭에 이르자, 방금 전에 보았던, 풀숲에 덮인 길이 나타났다. 당랑천변의 벼랑을 굽어보면서 남쪽으로 나아가 반리를 가니, 곧 가로누운 등성이의 동쪽 자락이 나왔다. 방금 전에 잘못 들어선 남쪽 동굴은 등성이 남쪽의 꼭대기에 있으며, 하상동은 등성이 북쪽 끝의 골짜기에 있다.

하상동의 입구는 동쪽을 향한 채, 동쪽 봉우리와 함께 당랑천을 꽉 조이고 있으며, 골짜기 바닥까지 깊이 움패어 있다. 동굴 앞에는 정오에나 겨우 한 줄기 빛이 드니, 동굴 안이 그윽하고 험하리라는 것은 족히 알 수 있으리라. 동굴 안의 남쪽 절반은 봉긋 솟아 훤히 트여 있고, 북쪽 절반은 넘어진 바위가 밖으로 불쑥 튀어나와 있다. 넘어진 바위 위는 동굴 꼭대기와 이어져 있기도 하고, 떨어져 있기도 하다. 그 앞에는 곧추선 바위 하나가 땅속에서 솟구쳐 올라 동굴 앞에 웅크리고 있다. 마치 탑이 솟아오른 듯하다. 이것은 동굴 왼쪽의 대략적인 모습이다.

봉긋 솟은 곳에서 안으로 들어가니, 훤히 트이고 아늑한데다, 꼭대기의 높이가 대여섯 길인지라, 날개를 활짝 펼친 채 날아오르는 형세이다. 동굴 안으로 다섯 길을 가서 오른쪽으로 돌아들어 남쪽으로 들어갔다. 다시 다섯 길을 들어가자 동굴 안은 아득히 서쪽으로 봉긋 솟아오르는데, 고요하고 어두워 아무 것도 분간할 수 없다. 이것이 동굴 오른쪽의 대략적인 모습이다.

나는 비록 이 동굴의 깊은 곳까지 모두 살펴보지는 못했지만, 이곳보다 그윽하고 기이한 동굴은 없다고 느꼈다. 운남성의 여러 동굴과 비교하여 순서를 매긴다면, 이 하상동은 마땅히 청화동(淸華洞)과 청계동(淸溪洞)의 두 동굴에 결코 뒤지지 않으리라. 아쉽게도 멀리로는 알려져 있지 않고, 가까이로는 황량한 곳인지라, 복숭아꽃이 흐르는 물이 인간 세상에 흘러나가지 않았으니, 구름의 자취와 이끼의 흔적만이 절로 세월을

이룰 따름이로다!

하상동에서 나와 당랑천의 서쪽 언덕을 따라 왔던 길을 되짚어 7리 만에 교두에 이르렀다. 다시 북쪽으로 1리 남짓 만에 부민현 남문으로 들어가서 북문으로 나왔는데, 성벽은 없고 흙담만이 빙 두르고 있을 뿐이었다. 대체로 당랑천은 북쪽을 흐르다가 훤히 트인 채 움푹한 평지를 이루고 있다. 부민현 현치는 서쪽 비탈 아래에 자리하고 있으며, 그 북쪽에는 불끈 솟은 잔 갈래가 동쪽으로 뻗어나가 당랑천의 물길을 가로막고 있다. 무정부로 가는 길은 이 산갈래에서 움푹 꺼진 곳을 넘어 북쪽으로 뻗어있고, 당랑천의 물길은 이 산갈래를 굽이돌아 북동쪽으로 흘러내린다.

이때 하인 고씨와 짐이 어디에서 기다리고 있는지 알지 못한 채, 나는 비틀거리면서 나아갔다. 2리를 더 가서 움푹 꺼진 곳 아래에 이르러, 골짜기 속을 올라 그 움푹 꺼진 곳을 완만하게 넘었다. 3리를 가자, 시내가 남서쪽의 산골짜기에서 흘러오는데, 그 물살이 대단히 멀어보였다. 시내는 하상동 서쪽의 높은 봉우리 뒤쪽에서 산골짜기를 낀 채 흐르다가 동쪽으로 당랑천에 쏟아져든다. 이 시내는 꽤 크며, 시내위에 다리가 남북으로 걸쳐져 있다.

북쪽으로 비탈을 올라가 5리를 가서 석관초(石關哨)에서 식사를 했다. 움푹 꺼진 곳을 넘어 북쪽으로 내려갔다. 햇살이 매우 곱게 숲과 구렁을 비추고 있다. 서쪽에는 백니당(白泥塘)이라는 커다란 산이 남북으로 솟구쳐 있다. 마치 병풍처럼 두른 채 하늘을 꿰뚫고 있는 듯하다. 토박이의 이야기에 따르면, 동쪽으로 내려가면 가파르기 그지없지만, 서쪽으로 가면 꽤 평탄한데다, 그 위에 못물이 있는지라, 밭을 갈 수도, 거처할 수도 있다고 한다. 산 동쪽의 물은 석관초의 북쪽 기슭에서 동쪽으로 흘러간다.

모두 2리를 가서 물을 건너자마자 동쪽 산갈래를 따라 구불구불 북쪽으로 올라갔다. 이 산갈래는 백니당의 북동쪽에서 감돌아 남쪽으로 뻗어내리며, 산갈래의 옆구리 안쪽의 물 역시 산갈래를 따라 남쪽으로 내려왔다가 석관초 북쪽 기슭에서 합쳐진다. 길은 물길을 거슬러 북쪽으로 나아가 8리를 간 뒤, 움푹 꺼진 곳을 넘었다. 움푹 꺼진 곳은 그다지 가파르지 않은 채, 밭두둑이 층층이 그 위를 빙 두르고 있다. 그 양쪽에는 이십리포(二十里鋪)라는 마을이 자리하고 있다.

이곳에서 4리를 더 가자 몰관장(沒官莊)이 나오고, 3리를 더 가자 자방관(者坊關)이 나왔다. 이곳의 움푹한 평지에는 길이 사방으로 트여 있고, 세 줄기의 물길이 모여든다. 남서쪽 골짜기에서 흘러나오는 물길이 가장 큰데, 이것은 백니당의 산 뒤쪽의 물길이다. 이 위에 돌다리가 걸쳐져 있으며, 다리 남쪽에 민가가 모여 있다. 이곳이 바로 자방관이다.

다리를 넘어 북서쪽으로 1리를 올라 다시 마을 한 곳을 지났다. 또 한 줄기의 조그마한 물길이 서쪽 골짜기에서 흘러오고, 또 다른 줄기의 물이 북서쪽 골짜기에서 흘러오더니, 이 두 물길이 마을 북동쪽에서 합쳐진다. 합쳐진 물길은 약간 동쪽으로 흐르다가 돌다리 아래의, 남서쪽 골짜기 물과 합쳐져 북동쪽으로 흘러간다. 이 물길은 틀림없이 부민현 북동쪽의 당랑천 하류로 흘러들 것이다. 마을의 북서쪽을 지나자, 평평한 다리가 서쪽 골짜기에서 흘러나온 시내 위에 걸쳐져 있다.

다리를 건너 북쪽으로 가다가 북서쪽의 고개를 올랐다. 이 고개는 대체로 서쪽과 북쪽의 두 산골물 사이에 매달려 있는데, 곧 부민현과 무정부(武定府)의 경계가 나뉘는 곳이다. 굽이돌아 3리를 올라가자 세 칸짜리 불사가 있다. 길 위에 나무 패방이 세워져 있는데, '전서쇄약(滇西鎖鑰)'이라 적혀 있다. 경내에 들어오는 이를 막아내기 위해 무정부에서 세운 것이다. 다시 서쪽으로 1리 남짓을 오르자, 산꼭대기에 보루가 있고, 민가도 대단히 많다. 이곳은 소전보(小甸堡)이다. 서쪽의 관문 어귀에 쉬어가는 여인숙이 있기에, 여기에서 묵어가기로 했다.

---

1) 전해오는 이야기에 따르면, 하상공(河上公)은 서한(西漢) 시기의 도가이며, 그의 성

명은 알려져 있지 않다.

11월 11일

소전보에서 무정부에 닿았다. 무정부에서 쉬었다.

계회명(季會明)은 이렇게 말했다. "이후 모두 19일간이 빠져 있다. 서하객을 따라 유람했던 하인에게 물어보니 이렇게 말했다. '무정부에 사자산(獅子山)이 있는데, 사찰이 매우 많고, 스님 또한 나그네를 잘 대접했다. 머물러 며칠간 쉬면서 무정부의 여러 명승을 둘러보았다. 후에 원모현(元謀縣)에 이르러 뇌응산(雷應山)에 올랐다가 덕행이 높은 스님을 만나 그를 위해 비문을 짓고, 금사강을 끝까지 둘러보았다. 여기에서 관장(官莊)으로 나와 삼요(三姚, 삼요는 대요현大姚縣, 여안부姚安府, 요주姚州이다)를 거쳐 계족산에 이르렀다.' 이것이 대략의 여정이다. 나는 12월에 이 말을 듣고 잘 기억해두었으니, 서하객이 무정부와 원모현 사이에 있었음은 의심할 여지가 없다. 하객은 세상을 떠났지만, 그의 하인은 아직 살아있다. 글 가운데 빠져 있는 부분은 그의 말에 따라 밝혔다. 이 하인을 서하객이 남긴 글로 간주해도 좋을 것이다."

원문

戊寅十月初一日 凌晨起, 晴爽殊甚. 從三家村啜粥啓行, 即西由峽中, 已乃與溪別. 復西逾嶺, 共三里, 入報恩寺. 仍轉東, 二里, 過松花壩橋. 又循五龍山而南三十里, 循省城東北隅南行. 已乃轉西度大橋, 則大溪之水自橋而南, 經演武場而出火燒鋪橋, 下南壩矣. 從橋西入省城東門, 飯於肆. 出南門, 抵向所居停處, 則吳方生方出遊歸化寺未返, 余坐待之. 抵暮握手, 喜可知也. (見有晉寧歌童王可程, 以就醫隨吳來, 始知方生在唐守處過中秋, 甚洽也.)

初二日 余欲西行, 往期阮仁吾所倩擔夫, 遇其姪阮玉灣、阮穆聲, 詢候甚篤. 下午, 阮仁吾至寓, 以擔夫楊秀雇約至. 余期以五日後再往晉寧, 還卽啓行. 仁吾贐以番蛻香扇.

初三日 余欲往晉寧, 與唐元鶴州守、大來隱君作別. 方生言 : "二君日日念君. 今日按君還省, 二君必至省謁見, 毋中途相左[1]也. 盍少待之?" 乃入叩玉灣, 並叩楊勝寶, 知麗江守相望已久. 既而玉灣來顧寓中, 知按君調兵欲征阿迷, 然兵未發而路人皆知之, 賊黨益猖狂於江川、澂江之境矣. 玉灣謂余 : "海口有石城、妙高, 相近有別墅, 已買山欲營構爲勝地. 請備車馬, 同行一觀." 余辭以晉寧之行不容遲, 因在迤西羈久也. 又云 : "緬甸不可不一遊. 請以騰越莊人爲導." 余頷之.

---

1) 상좌(相左)는 서로 어긋나거나 만나지 못함을 의미한다.

初四日 余束裝欲早往晉寧, 主人言薄暮舟乃發, 不若再飯而行. 已而阮玉灣饋榼酒, 與吳君分餉之. 下午, 由羊市直南六里, 抵南壩, 下渡舟, 既暮乃行. 是晚西南颶風[1] 舟行三十里, 至海夾口泊. 三鼓乃發棹, 昧爽抵湖南涯北圩口, 乃觀音山之東南瀕海處. 其涯有溫泉焉. 舟人有登浴者, 余畏風寒, 不及沐也. 於是掛帆向東南行, 二十里至安江村, 梳櫛於飯肆. 仍南四里, 過一小橋, 卽西村四通橋分注之水, 爲歸化、晉寧分界處. 又南四里, 入晉寧州北門, 皆昔來暗中所行道也, 至是始見田疇廣闊, 城樓雄壯焉. 入門, 門禁過往者不得入城, 蓋防阿迷不靖也. 既見大來, 各道相思甚急. 飯而入叩州尊, 如慰饑渴, 遂留歡晏. 夜寢於下道, 供帳極鮮整.

初五至初七日 日日手談內署, 候張調治. 黃從月、黃沂水禹旬與唐君大來, 更次相陪, 夜宴必盡醉乃已.

初八日 飲後, 與黃沂水出西門, 稍北過陽城堡, 卽所謂古土城也. 其西北 爲明惠夫人廟, 廟祀晉寧州刺史李毅女. 夫人功見『一統志』. 有元碑, 首句 云: '夫人姓楊氏, 名秀娘, 李毅之女也.' 旣曰'李女', 又曰'姓楊', 何謬之甚 耶? 豈夫人之夫乃姓楊耶? 然辭不達甚矣. 人傳其內猶存肉身, 外加髹焉, 故大倍於人, 余不信. 沂水云: "昔年鼠傷其足, 露骨焉. 不妄也." 是日, 州 幕傅良友來拜, 且饋楂醴. (傅, 江西德化人.)

初九日 余病嗽, 欲發汗, 遂臥下道.

初十日 嗽不止, 仍臥下道. 唐君晨夕至榻前, 邀諸友來看, 極殷綣.

十一日 余起, 復入內署. 蓋州治無事, 自淸晨邀以入, 深暮而出, 復如前焉. 是日, 傅幕復送禮. 余受其雞肉, 轉寄大來處. 下午, 傅幕之親姜廷材來拜. (姜, 金溪人.)

十二日 唐州尊饋新制長褶棉被. 余入謝, 並往拜姜於傅署, 遇學師趙, 相 見藹藹.[1] 及往拜趙於學齋, 遇楊學師, 交相拜焉. 詢趙師: "陸涼有何君巢 阿否?" (趙, 陸涼人, 故詢之.) 趙言: "陸涼無之. 當是浪穹人. 然同宦於浙中, 相善." 趙君升任於此, 過池州, 問六安何州君, 已丁艱[2]去矣. 四月初至鎭 遠, 其所主之家, 卽何所先主者, 是其歸已的. 但余前聞一僧言, 貴州水發 時, 城中被難者, 有一浙江鹽官, 損二十餘, 俱遭漂沒, 但不知其姓. 以趙君 先主鎭遠期計之, 似當其時, 心甚惝惝, 無可質問也. (從陳木叔集中, 轉得二知己, 爲吳太史淡人及何六安巢阿, 俱不及面. 豈淡人爲火蔫於長安, 今又有此水阨? 若果爾, 何遇之奇也!)

---

1) 애애(藹藹)는 숫자가 많은 모양 혹은 정겨운 모양을 가리킨다.
2) 정간(丁艱)은 예전에 부모가 돌아가셔서 상을 입음을 의미하며, 정가간(丁家艱)이나 정우(丁憂)라고도 한다.

十三日 州尊赴楊貢生酌. 張調治以騎邀游金沙寺, 以有莊田在其西麓也. 出西門, 見門內有新潤之房頗麗, 問之, 卽調治之兄也. (名□□, 以鄕薦任常州判, 甫自今春抵家. 以讒與調治不睦.) 出西門, 直西行田塍中, 路甚坦. 其塢卽南自河潤鋪直北而出者, 至此乃大開洋, 北極於滇池焉. 西界山東突瀨塢者, 爲牧羊山; 北突而最高者, 爲望鶴山, 其北走之餘脈爲天城; 又西爲金沙, 則散而瀕海者也. 東界山西突而屏城南者, 爲玉案山; 北峙而最高者, 爲盤龍山; 其環北之正脊, 爲羅藏山, 則結頂而中峙者也. 州治倚東界之麓. 大堡、河潤合流於西界之麓, 北出四通橋, 分爲兩流: 一直北下滇海; 一東繞州北入歸化界, 由安江村入滇海. 經塢西行三里, 上溪堤, 有大石梁跨溪上, 是爲四通橋. 由橋西直上坡, 爲昆陽道. 西北由岐一里半, 爲天女城, 上有天城門遺址, 古石兩疊, 如雕刻亭簷狀. 昔李毅之女秀, 代父領鎭時, 築城於此, 故名. 城阜斷而復起, 西北瀕湖者, 其山長繞, 爲黃洞山; 西南並天城而圓聳夾峙者, 爲金沙山. 此皆土山斷續, 南附於大山者也. 金沙之西, 則滇海南漱而入, 直逼大山; 金沙之南, 則望鶴山高擁而北暾, 爲西界大山北隅之最. 其西則將軍山聳崖突立, 與望鶴駢峙而出, 第望鶴則北臨金沙, 天城、將軍則北臨滇海耳. 黃洞山之西, 有洲西橫海中, 居廬環集其上, 是爲河泊所, 乃海子中之蝸居也; 今已無河泊官, 而海子中渡船猶泊焉. 其處正西與昆陽對, 截湖西渡, 止二十里; 陸從將軍山繞湖之南, 其路倍之. 由天女城盤金沙山北夾, 又一里半而入金沙寺. 寺門北向, 盤龍蓮峰師所建也. 寺頗寂寞. 由寺後拾級而上, 爲玉皇閣, 又上爲眞武殿, 俱軒敞, 而北向瞻湖, 得海天空闊之勢. 山之西麓, 則連村倚曲, 民居聚焉. 入調治山樓, 飯而登山, 憑眺寺中. 下步田畦水曲, 觀調治家人築場收谷. 戴月入城, 皎潔如畫, 而寒悄逼人. 還飯下道, 不候唐君而臥.

十四日 在署中.

十五日 在州署. 夜酌而散, 復出訪黃沂水. 其家寂然, 花陰曆亂, 惟聞犬聲. 還步街中, 恰遇黃, 黃乃呼酒踞下道門, 當月而酌. 中夜乃散.

十六日 余欲別而行, 唐君謂 : "連日因歌童就醫未歸, 不能暢飲. 使人往省召之, 爲君逐別, 必少待之." 余不能卻.

十七、十八日 皆在州署.

十九日 在州署. 夜月皎而早陰霾.

二十日、二十一日 在州署. 兩日皆候雨候霽.

二十二日 唐君爲余作「瘞靜聞骨記」, 三易稿而後成. 已乃具酌演優, 並候楊、趙二學師及唐大來、黃沂水昆仲, 爲同宴以餞.

二十三日 唐君又饋棉襖、袂褲, 具厚贐焉. 唐大來爲余作書文甚多, 且寄閃次公書, 亦以青蚨[1]贐. 乃入謝唐君, 爲明日早行計.
晉寧乃滇池南一塢稍開, 其界西至金沙山, 沿將軍山抵三尖村, 與昆陽界, 不過二十里; 東至盤龍山頂, 與澂江界, 不過十里; 北至分水河橋, 與歸化界, 不過五里; 南入山塢, 與澂江界, 不過十里. 總計南北不過十五里, 東西不過三十里, 不及諸蠻酋山徼一曲也.
晉寧之水, 惟四通橋爲大. 其內有二溪, 俱會於牧羊山下石壁村. 一爲大壩河, 卽河潤鋪之流, 出自關索嶺者, 余昔往江川由之; 一爲大甫河, 出自鐵爐關者, 與新興分水之嶺界. 二水合而出四通橋, 又分其半, 東灌州北之田. 至州東北, 又有盤龍山潤之水, 自州城東南隅, 循城北流, 引爲城濠, 而下合於四通東灌之水, 遂北爲歸化縣分界, 而出安江村. 其河乃唐公新濬者.

晉寧二屬邑俱在州東北境, 亦鎭海東南之餘塢也. 歸化在州北二十里, 呈貢又在歸化北四十里. 呈貢北卽昆明縣界, 東北卽板橋路, 東卽宜良界, 東南卽羅藏山, 陽宗界. 歸化北五里有蓮花洞山, 一名龍洞, 有水出其間. 羅藏山在歸化東十里, 盤龍山東北之主峰也, 東南距澂江府四十里. 其山高聳, 總挈衆山, 與邵甸之梁王山對, 亦謂之梁王山, 以元梁王結寨其上也. 西北麓爲滇池, 東南麓爲明湖、撫仙湖. 水之兩分其歸者, 以此山爲界; 水之三匯其墅者, 亦以此山爲環. 然則比邵甸梁王, 此更磅礡[2]矣. 其脈自鐵爐關東度爲關索嶺, 又東爲江川北屈纇巓山, 遂北走爲此山; 又東至宜良縣西境, 又北度楊林西嶺, 又北過冤兒關, 又北結爲邵甸梁王山, 而爲果馬、月狐之脊焉.

晉寧四門, 昔皆傾圮. 唐元鶴蒞任, 卽修城建樓, 極其壯麗.

晉寧東至澂江六十里, 西至昆陽四十里, 南至江川七十里, 北至省會一百里, 東南至路南州一百五十里, 東北至宜良一百六十里, 西南至新興州一百二十里, 西北至安寧州一百二十里.

唐晉寧初授陜西三水令, 以禦流寇功, 卽陞本州知州, 以憂歸, 補任於此乃郎年十五歲, 文學甚優, 落筆有驚人語. 餘三子俱幼.

唐大來(名泰)選貢,[3] 以養母繳引,[4] 詩畫書俱得董玄宰[5]三昧. 余在家時, 陳眉公卽先寄以書云: '良友徐霞客, 足跡遍天下, 今來訪雞足並大來先生. 此無求於平原君者, 幸善視之.' 比至滇, 余囊已罄, 道路不前, 初不知有唐大來可告語也. 忽一日遇張石夫謂余曰: "此間名士唐大來, 不可不一晤." 余游高嶢時, 聞其在傅玄獻別墅, 往覓之, 不值. 還省, 忽有揖余者曰: "君豈徐霞客耶? 唐君待先生久矣!" 其人卽周恭先也. 周與張石夫善, 與張先晤唐, 唐卽以眉公書誦之, 周又爲余誦之. 始知眉公用情周摯, 非世誼所及矣. 大來雖貧, 能不負眉公厚意, 因友及友. 余之窮而獲濟, 出於望外如此.

唐大來, 其先浙之淳安籍, 國初從戎於此. 曾祖金, 嘉靖戊子鄉薦, 任邵武同知,[6] 從祀名宦. 祖堯官, 嘉靖辛酉解元.[7] 父懋德, 辛卯鄉薦, 臨洮同知. 皆有集, 唐君合刻之, 名『紹箕堂集』, 李本寧先生爲作序, 甚佳.

大來言歷數先世, 皆一仕一隱, 數傳不更, 故其祖雖發解, 竟不仕而年甚長. 今大來雖未發解, 而詩翰爲滇南一人, 眞不忝厥祖也. 但其胤嗣未耀, 二女俱寡, 而又旁無昆季, 後之顯者, 將何待乎?

大來之岳爲黃麟趾, 字伯仁, 以鄉薦任山東嘉祥令, 轉四川順慶府某縣令, 卒於任, 卽黃沂水禹甸之父、從月之兄也. 其祖名明良, 嘉靖乙酉鄉薦, 仕至畢節[8]兵憲,[9] 有『牧羊山人集』.

大來昔從廣南出粵西, 抵吾地, 亦以粵西山水之勝也. 爲余言 : "廣南府東半日多程, 有寶月關甚奇. 從廣南東望, 崇山橫障, 翠截遙空, 忽山間一孔高懸, 直透中扃, 光明如滿月綴雲端, 眞是天門中開. 路由其下盤臍而入, 大若三四城門. 其下旁又一竅, 潛通滇粵之水." 予按黃麟趾昭陽關詩注云 : "關口天成一石虎頭, 耽耽可畏." (詩曰 : "何代鑿鴻濛?[10] 巒山峭嶠[11]通. 五丁[12]輸地力, 一竅自天工. 域畛華彝界, 關當虎豹雄. 棄繻[13]愁日暮, 驅策亂流中.") 按昭陽卽此洞也, 唐君謂之寶月者, 又其別名耳. 此路東去卽歸順, 余去冬爲交彝所梗, 不能從此.

盤龍山蓮峰祖師, 名崇照, 元至正間以八月十八日涅槃. 作偈曰 : "三界[14]與三塗, 何佛祖不由. 不破則便有, 能破則便無. 老僧有呑吐不下, 門徒不肯用心修, 切忌切忌." 師素不立文字, 臨去乃爲此, 與遺蛻俱存. 至今以此日爲'盤龍會'云.

邵眞人以正, 初名璇, 晉寧人. 其父名仁, 叔名忠, 俱由蘇州徙遷移. 閣老[15]劉逸挽忠詩有曰 : "三郎足下風雲達, (忠子玘, 領鄉薦.) 小阮[16]壺中日月長. (卽眞人.)" 末句又曰 : "悵望蘇州是故鄉." (見州志.)

晉時, 晉寧之地曰寧州, 南蠻校尉李毅持節鎭此, 討平叛酋五十八部. 惠

帝時, 李雄亂, 毅死之. 女秀有父風, 衆推領州事, 竟破賊保境. 比卒, 群酋
爲之立廟. 是時寧州所轄之境雖廣, 而駐節之地, 實在於此. 至唐武德中,
以其爲晉時寧州統會之地, 置晉寧縣. 此州名之所由始也. 州名宦向有李
毅及王遜、姚岳等. 迨萬曆間吳郡許伯衡修『州志』, 謂今晉寧州地已非昔
時五十八部之廣, 以一隅而僭通部之祀, 非諸侯祭封内山川義, 遂一幷撤
去之, 並志傳亦削去, 祇自我朝始. 遂令千載英靈, 空存粉蠻, 一方故實, 竟
作塵灰, 可歎也! 然毅雖削, 而其女有廟在古城, 岳雖去, 而岳亦有廟在州
西, 有功斯土, 非豎儒所能以意滅者也. 許伯衡謂昔時寧州地廣, 今地狹,
李毅雖嫡祖, 晉寧不得而祀之, 猶支子之不得承祧祀大宗也. 余謂晉寧乃
嫡冢, 非支子比, 毅所轄五十八部雖廣, 皆統於晉寧, 今雖支分五十八部,
皆其支庶, 而晉寧實承祧之主. 若晉寧以地狹不祀, 將委之五十八部乎? 五
十八部復以支分, 非所宜祀, 是猶嫡冢以支庶衆多, 互相推委, 而虛大宗之
祀也. 然則李毅乃一方宗主, 將無若敖之恫乎? 故余謂唐晉寧、唐大來, 首
以復祀李毅爲正.

---

1) 청부(靑蚨)는 전설 속의 벌레 이름으로, 돈을 비유한다.
2) 방박(磅礴)은 끝없이 드넓은 모양, 혹은 기세가 성대한 모양을 가리킨다.
3) 선공(選貢)은 과거제도 가운데 각 지방에서 국자감의 생원으로 추천하는 방식이다.
   명대에는 세공(歲貢) 외에도 학행이 우수한 자를 천거하여 공생으로 선발했기에 선
   공이라 일컫는다.
4) 격인(繳引)은 추천하는 증빙 문서를 되돌려준다는 뜻으로, 여기에서는 공생으로 천
   거받음을 거절한다는 것을 의미한다.
5) 동현재(董玄宰)는 명대의 유명한 서화가인 동기창(董其昌, 1555~1636)을 가리킨다.
   그는 강소성 화정현(華亭縣) 출신으로, 자는 현재이고 호는 사백(思白), 향광(香光) 혹
   은 사옹(思翁)이다. 그는 그림에서는 남종화(南宗畵)를 계승・발전시켰으며, 서예에
   서는 행서와 초서에 뛰어났다.
6) 동지(同知)는 지부(知府)나 지주(知州)의 보좌관으로, 양곡 감독이나 도적 체포, 수리
   관리 등의 업무를 담당한다.
7) 해원(解元)은 과거제도 가운데 각 성에서 거행하는 향시에서 일등을 한 사람을 가
   리킨다.
8) 필절(畢節)은 지금의 귀주성 필절현이며, 명대에는 필절위(畢節衛)였다.
9) 병헌(兵憲)은 병비도(兵備道) 도원(道員)에 대한 존칭이다. 병비도는 명나라 때에 각
   성의 요지에 군비를 감독・관리하도록 설치한 관직이다.

10) 홍몽(鴻濛)은 천지개벽 이전에 혼돈된 상태(chaos)를 가리킨다.
11) 요조(窈窱)는 깊고 먼 모양을 가리킨다.
12) 오정(五丁)은 중국의 신화 속에 나오는, 다섯 명의 힘센 역사(力士)를 가리킨다.
13) 수(繻)는 고대에 통행증으로 사용하던 비단으로서, 두 쪽으로 나누었다가 관문을 통과할 때 맞추어보는 증빙 자료이다. 기수(棄繻)는 『한서·종군전(終軍傳)』에서 비롯되었는 바, "애초에 종군은 제남에서 나와 박사를 찾아뵈오려 하여 관문을 걸어 들어오니, 관문을 지키는 관리가 통행증을 주었다. 종군이 '이것은 무엇에 쓰는가?'라고 묻자, 관리는 '관문으로 되돌아올 때의 증빙이니, 되돌아와 부신과 맞추어보아야 하오'라고 대답했다. 종군은 '대장부가 서쪽으로 길을 나서매, 끝내 돌아오지 않을 터이오'라고 말하더니, 통행증을 버리고서 떠나갔다(初, 軍從濟南 當詣博士, 步入關, 關吏予軍繻. 軍問: '以此何爲?' 吏曰: '爲復傳, 還當以合符.' 軍曰: '大丈夫西游, 終不復傳還,' 棄繻而去.)" 기수는 관중에서 대업을 도모함을 의미하며, 나중에는 젊은 나이에 큰 뜻을 세움을 가리키게 되었다.
14) 삼계(三界)란 불교에서 말하는, 중생이 윤회하는 욕계(欲界)와 색계(色界), 무색계(無色界)를 가리킨다. 삼도(三塗) 혹은 삼도(三途)는 불교에서 말하는, 화도(火塗, 지옥도)와 혈도(血塗, 축생도), 도도(刀塗, 아귀도)를 가리킨다.
15) 각로(閣老)는 당나라 때에 중서사인(中書舍人) 가운데 나이가 많은 자 및 중서성(中書省)과 문하성(門下省)의 속관에 대한 경칭이었다가, 송나라 이후에는 재상에 대한 별칭으로 사용되었다.
16) 소완(小阮)은 육조시대의 진(晉)나라의 완함(阮咸)을 가리킨다. 그는 작은아버지인 완적(阮籍)과 함께 죽림칠현의 한 사람으로서, 완적과 구별하기 위해 소완이라 일컫는데, 나중에는 조카를 의미하게 되었다.

二十四日 街鼓未絶, 唐君令人至, 言早起觀天色, 見陰雲醸雨, 風寒襲人, 乞再遲一日, 候稍霽乃行. 余謝之曰: "行不容遲, 雖雨不爲阻也." 及起, 風雨淒其, 令人有黯然魂消意. 令庖人速作飯, 余出別唐大來. 時余欲從海口、安寧返省, 完省西南隅諸勝, 從西北富民觀螳螂川下流, 而取道武定, 以往雞足, 乃以行李之重者, 托大來令人另齎往省, 而余得輕具西行焉. 方抵大來宅, 報晉寧公已至下道, 亟同大來及黃氏昆玉還道中. 晉寧公復具酌於道, 秣馬於門. 時天色復朗, 遂擧大觥,[1] 登騎就道.

從西門三里, 度四通橋. 從大道直西行, 半里, 上坡, 從其西峽轉而西南上, 一里半, 直躐望鶴嶺西坳. 又西下涉一澗, 稍北, 卽瀕滇池之涯. 共五里, 循南山北麓而西, 有石聳起峰頭, 北向指滇池, 有操戈介胄之狀, 是爲石將軍, 亦石峰之特爲巉峭者. 其西有廟北向, 是爲石魚廟. 其西南又有山西突起, 亞於將軍者, 卽石魚山也. 又西二里, 海水中石突叢叢, 是爲牛戀石. 涯上村與鄉, 俱以'牛戀'名. (謂昔有衆牛飲於海子, 戀而不去, 遂成石云.) 於是又循峽而南, 二里, 逾平坡南下, 有水一塘, 直浸南山之足, 是爲三尖塘. 塘南山巒高列, 塘北度脊平衍, 脊之北, 卽滇池牛戀. 塘水不北泄而東破山腋, 始知望鶴之脈自西來, 不自南來也. 從塘北西向溯塢入, 其塢自西而東, 卽塘水之上流也. 三里, 塢西盡處, 有三峰排列其南 : 最高者卽南山之再起者也; 其中一峰, 則自南峰之西繞峽而北, 峙爲中峰焉; 北峰則瀕滇池, 而東度爲石將軍、望鶴山之脈矣. 中峰之東, 有村落當塢, 是爲三尖村, 晉寧村落止此. 西沿中峰而上, 一里, 與南峰對峽之中, 復阻水爲塘, 不能如東塘之大, 而地則高矣. 又平上而西, 一里, 逾中峰之脊. 從脊上西南直行, 爲新興道; 逾脊西北下, 卽滇池南涯, 是爲昆陽道; 而晉寧、昆陽以是脊爲界焉. 於是昆陽新舊州治, 俱在一望. 直下半里, 沿滇池南山隴半西行, 二里餘, 有村在北崖之下, 滇池之水環其前, 是曰赤嶼里, 亦池濱聚落之大者, 而田則不能成墊焉. 又西由村後逾嶺南上, 卽西下, 三里, 有村倚南山北麓. 盤其嘴而西, 於是西峽中開, 自南而北, 與西界山對夾成塢. 其脊南自新興界分支北下, 西一支直走而爲新舊州治, 而北盡於舊寨村; 東一支卽赤嶼里之後山, 濱池而止. 東界短, 西界長, 中開平塢爲田, 一小水貫其中, 亦自南而北入滇池, 卽『志』所稱渠濫川也. (按隋書 : 史萬歲爲行軍總管, 自蜻蛉川至渠濫川, 破三十餘部, 當卽指此) 由東嘴截塢而西, 正與新城相對, 而大道必折而南, 盤東界之嘴以入, 三里始西涉塢. 徑塢三里, 又隨西界之麓北出, 一里半, 是爲昆陽新城, 又北一里半, 爲昆陽舊城, 於是當滇池西南轉折處矣. 舊城有街衢闤堵而無城郭, 新城有樓櫓雉堞而無民廬, 乃三四年前, 舊治經寇, 故卜築新邑, 而市舍猶仍舊貫也. 舊治街自南而北, 西倚山坡, 東瞰湖淏. 至巳日西昃, 亟飯於市. 此州有天酒泉、普照寺, 以無奇不及停展, 遂北行.

　　四里, 稍上, 逾一東突之坳. 其山自西界橫突而出, 東懸滇海中. 路逾其坳中北下, 其北滇海復嵌塢西入. 其突出之峰, 遠眺若中浮水面, 而其西實連綴於西界者也. 乃西轉涉一塢, 共四里, 又北向循滇池西崖山麓行. 五里,又有小峰傍麓東突, 南北皆湖山環抱之, 數十家倚峰而居, 是爲舊寨村. 由村北過一塢, 其塢始自西而東; 塢北有山一派, 亦自西而東, 直瞰滇海中. 北二里, 抵山下. 直躡山北上, 一里餘, 從崩崖始轉東向山半行. 又里餘, 從東嶺盤而北, 其嶺南北東三面, 俱懸滇海中, 正東與羅藏隔湖相對. 此地杳僻隔絶, 行者爲畏途焉. 嶺北又有山一支, 從水涯之北, 亦自西而東, 直瞰滇海中, 與此嶺南北遙對成峽, 滇海驅納其中, 外若環窩, 中騈束戶, 是爲海口南嶺. 北下之處, 峻削殊甚, 余慮日暮, 驅馬直下. 二里, 復循塢西入, 二里, 西逾一坳. 由坳西下, 山塢環開, 中爲平疇, 滇池之流, 出海就峽, 中貫成河, 是爲螳螂川焉. 二里, 有村傍塢中南山下, 過之. 行平疇間, 西北四里, 直抵川上. 有聚落成衢, 濱川之南, 是曰茶埠墩, 卽所謂海口街也, 有公館在焉, 監察御史案臨, 必躬詣其地, 爲一省水利所係耳. 先是唐晉寧謂余, 海口無宿處, 可往柴廠莫土官鹽肆中宿; 蓋唐以候代巡, 常宿其家也. 余問其處尙相去六七里, 而日色已暮, 且所謂海門龍王廟者, 已反在其東二里, 又聞阮玉灣言, 有‘石城’之勝, 亦在斯地, 將留訪焉, 遂不復前, 覓逆旅投宿.

1) 굉(觥)은 고대에 청동으로 만든 술잔으로, 짐승머리 모양의 뚜껑이 달려 있으며, 술 잔 전체가 짐승의 모양을 한 경우도 있다.

二十五日 令二騎返晉寧. 余飯而躡屩, 北抵川上. 望川北石崖矗空, 川流直齧其下. 問所謂石城者, 土人皆莫之知, 惟東指龍王堂在盈盈一水間. 乃溯川南岸, 東向從之. 二里, 南岸山亦突而臨川, 水反舍北而逼南, 南岸崩嵌盤沓, 而北崖則開繞而受民舍焉, 是爲海門村. 與南崖相隔一水, 不半里, 中有洲浮其吭間, 東向滇海, 極吞吐之勢; 峙其上者, 爲龍王堂. 時渡舟在村北岸, 呼之莫應. 余攀南岸水窟, 與水石相爲容與,1) 忘其身之所如也. 久之, 北崖村人以舟至, 遂渡登龍王堂. 堂當川流之中, 東臨海面, 時有賽神者浮舟而至, 而中無廟祝2); 後有重樓, 則阮祥吾所構也. 廟中碑頗多, 皆化、治3)以後, 撫按相度水利、開濬海口免於泛濫, 以成瀕海諸良田者, 故巡方者以此爲首務云.

　出廟渡北岸, 居廬頗集. 其北向所倚之山有二重. 第一重橫突而西, 多石,
而西垂最高, 卽矗削而瀕於川之北岸者; 第二重橫突而東, 多土, 而東繞最
遠, 卽錯出而盡爲池之北圩者. 二重層疊於村後, 蓋北自觀音山盤礴[4]而盡
於此. 村氓俱阮氏莊佃. 余向詢阮玉灣新置‘石城’之勝, 土人莫解, 謂阮氏
有墳在東岸, 誤指至此, 村人始有言‘石城’在里仁村. 其村乃儸儸寨, 正與
茶埠墩對, 從此有小徑, 向山後峽中西行, 三里可至. 余乃不東向阮墳, 而
西覓里仁焉. 卽由村後北逾第一重石峰之脊, 北向下, 路旁多錯立之石, 北
亦開塢, 而中無細流. 一里, 隨塢西轉, 已在川北岸矗削石峰之後; 蓋峰南
漱逼川流, 故取道於峰北耳. 其內桃樹萬株, 被隴連壑, 想其蒸霞煥彩時,
令人笑武陵、天台爲爝火[5]矣. 西一里, 過桃林, 則西塢大開, 始見田疇交
塍, 溪流霍霍, 村落西懸北山之下, 知其卽爲里仁村矣. 蓋其塢正南矗立石
山, 西盡於此, 塢瀕於川, 亦有一村臨之, 是爲海口村, 與茶埠墩隔川相對,
有渡舟焉. 其塢之東北逾坡, 塢之西北循峽, 皆有路, 凡六十里而抵省會.
而里仁村當塢中北山下, 半里抵村之東, 見流泉交道, 山崖間樹木叢蔭, 上
有神宇, 蓋龍泉出其下也. 東塢以無泉, 故皆成旱地; 西塢以有泉, 故廣闢
良疇. 由村西盤山而北, 西塢甚深, 其塢自北峽而出, 直南而抵海口村焉.
村西所循之山, 其上多蹲突之石, 下多峔峒之崖, 有一竅二門西向而出者.
余覺其異, 詢之土人, ‘石城’尙在塢西嶺上, 其下亦有龍泉, 可遵之而上.

　共北半里, 乃西下截塢而度, 有一溪亦自北而南, 中乾無流. 涉溪西上,
共半里, 聞水聲號號, 則龍泉溢西山樹根下, 瀠爲小潭, 分瀉東南去. 由潭
西上嶺, 半里, 則嶺頭峰石湧起, 有若卓錐者, 有若夾門者, 有若芝擎而爲
臺, 有若雲臥而成郭者. 於是循石之隙, 盤坡而上, 墜壑而下. 其頂中窪, 石
皆環成外郭, 東面者嶙岏森透, 西面者穹覆壁立, 南向則余之逾脊而下者,
北面則有石窟曲折, 若離若合間, 一石墜空當關, 下覆成門, 而出入由之.
圍壑之中, 底平而無水, 可以結廬, 是所謂‘石城’也. 透北門而出, 其石更分
枝簇萼, 石皆青質黑章, 廉利稜削, 與他山迥異. 有牧童二人, 引余循崖東

轉, 復入一石隙中, 又得圍崖一區, 惟東面受客如門, 其中有趺座之龕, 架板之牀, 皆天成者. 出門稍南, 回顧門側, 有洞岈然, 亟轉身披之. 其峒透空而入, 復出於圍崖之內, 始覺由門入, 不若由洞入更奇也. 計圍崖之後, 卽由'石城'中望所謂東面巉屼處矣. 出洞, 仰眺洞上石峰層沓, 高聳無比, 復有一老儸儸披獸皮前來, 引余相與攀躋. 其上如衆臺錯立, 環中窪而峙其東, 東眺海門, 明鏡漾空, 西俯窪底, 翠瓣可數, 而隔崖西峰穹覆之上, 攢擁尤高. 乃下峰, 復度南脊, 轉造西峰, 則穹覆上崖, 復有後層分列, 其中開峽, 東墜危坑而下, 其後則土山高擁, 負戾於上, 聳立之石, 或上覆平板, 或中剖斜櫺. 崖脅有二小穴如鼻孔, 群蜂出入其中, 蜜漬淋漓其下, 乃崖蜂所巢也. 兩牧童言: "三月前土人以火熏蜂而取蜜, 蜂已久去, 今乃復成巢矣." 童子競以草塞孔, 蜂輒嗡嗡然作銅鼓聲. 憑覽久之, 乃循墜坑之北, 東向懸崖而下. 經東石門之外, 猶令人一步一回首也. 先是從里仁村望此山, 峰頂聳石一叢, 不及晉寧將軍峰之偉杰, 及抵其處而闔闢曲折, 層沓玲瓏, 幻化莫測, 鐘秀[6]獨異, 信乎靈境之不可以外象求也. 蓋是峰西倚大山, 此其一支東竄, 峰頂中坳, 石骨內露, 不比他山之以表暴見奇者; 第其上無飛流涵瑩之波, 中鮮剪棘梯崖之道, 不免爲兔狐所窟耳. 老儸儸言: "此石隙土最宜茶, 茶味逈出他處. 今阮氏已買得之, 將造庵結廬, 招淨侶以開勝壤. 豈君卽其人耶?" 余不應去. 信乎買山而居, 無過此者.

下山, 仍過塢東, 一里, 經里仁村. 東南一里, 抵螳螂川之北, 西望海口, 有渡可往茶埠, 而東眺瀨川, 石崖聳削. 先從茶埠隔川北望, 於巉屼嵌突中, 見白垣一方, 若有新茅架其上者; 今雖崖石掩映, 不露其影, 而水石交錯, 高深嵌空, 其中當有奇勝, 遂東向從之. 抵崖下, 崖根挿水, 亂石縈洄, 遂攀躋水石間. 沿崖南再東, 忽見石上有痕, 躡崖直上, 勢甚峻, 掛石懸崖之跡, 俱倒影水中. 方下見爲奇, 又忽聞謦咳聲落頭上, 雖仰望不可見, 知新茅所建不遠矣. 再穿下覆之石, 則白垣正在其上. 一道者方鑿崖塡路, 迎余入坐茅中. 其茅僅逾方丈, 明窗淨壁, 中無供像, 亦無爨具, 蓋初落成而猶未棲息其間者. 道人吳姓, 卽西村海口人, 向以賈游於外, 今歸而結淨於此, 可謂得所托矣. 坐茅中, 上下左右, 皆危崖綴影, 而澄川漾碧於前, 遠峰環翠於外; 隔川茶埠, 村廬繚繞, 煙樹堤花, 若獻影鏡中; 而川中鳧舫賈帆, 魚罾渡艇, 出沒波紋間, 棹影躍浮嵐, 櫓聲搖半壁, 恍然如坐畫屛之上也.

旣下, 仍西半里, 問渡於海口村. 南度茶埠街, 入飯於主家, 已過午矣. 茶埠有舟, 隨流十里, 往榮廠載鹽渡滇池. 余不能待, 遂從村西遵川堤而行. 其堤自茶埠西達平定, 隨川南涯而築之. 蓋川水北依北岸大山而西, 其南岸山勢層疊, 中多小塢, 故築堤障川. 堤之南, 屢有小水自南峽出, 亦隨堤下注. 從堤上西行, 川形漸狹, 川流漸迅. 七里, 有村廬倚堤, 北下臨川, 堤間有亭有碑, 卽所謂柴廠也; 按舊碑謂之漢廠, 莫土官鹽肆在焉. 至此川迅石多, 漸不容舟, 川漸隨山西北轉矣, 堤隨之. 又西北七里, 水北向逼山入峽, 路西向度塢登坡. 又二里, 數家踞坡上, 曰平定哨. 時日色尙高, 以土人言前途無宿店, 遂止.

---

1) 용여(容與)는 여유가 넘치면서 스스로 즐기는 모양을 가리킨다.
2) 묘축(廟祝)은 사묘(寺廟)에서 향불을 관리하는 이를 가리킨다.
3) 화(化)는 명나라 헌종(憲宗)의 연호인 성화(成化)로서 1465년부터 1487년까지이며, 치(治)는 명나라 효종(孝宗)의 연호인 홍치(弘治)로서 1488년부터 1505년까지이다.
4) 반박(盤礴) 혹은 방박(磅礴)은 높고 커다란 모양을 가리킨다.
5) 작화(爝火)는 횃불, 작은 불을 의미한다. 『장자・소요유』에는 "해와 달이 나왔는데, 횃불을 끄지 않는다면, 그 불은 빛을 내기에 어렵지 않겠습니까(日月出矣, 而爝火不息; 其於光也, 不亦難乎!)"라는 구절이 있다.
6) 종수(鍾秀)는 오묘하고 빼어난 기운이 한데 모임을 의미한다.

二十六日 雞再鳴, 飯而出店, 卽北向循西山行. 三里, 曙色漸啓. 見有岐自西南來者, 有岐自東北來者, 而中道則直北逾坳. 蓋西界老山至此度脈而東, 特起一峰, 當關中突, 障扼川流, 東曲而盤之, 流爲所扼, 稍東遜之, 遂破峽北西向, 墜級爭趨, 所謂石龍壩也. 此山名爲九子山, 實海口下流當關之鍵, 平定哨在其南, 大營莊在其東, 石龍壩在其北. 山不甚高大, 圓阜特立, 正當水口, 故自爲雄耳. 山巓有石九枚, 其高逾於人, 駢立峰頭, 土人爲建九子母廟, 以石爲九子, 故以山爲九子母也. 余時心知正道在中, 疑東北之岐爲便道, 且可一瞰川流, 遂從之. 一里抵大營莊, 則川流轟轟在下, 舟不能從水, 陸不能從峽, 必仍還大路, 逾坳乃得; 於是返轍, 從峰西逾嶺北下. 共二里, 有小水自西南峽來, 渡之. 復西上逾坡, 則坡北峽中, 螳川之水, 自九子母山之東破峽北出, 轉而西, 繞山北而墜峽, 峽中石又橫岨而層閣之, 水橫衝直擣, 或跨石之頂, 或竄石之脅, 湧過一層, 復騰躍一層, 半里之間, 連墜五六級, 此石龍壩也. 此水之不能通舟, 皆以此石爲梗. 昔治水者多燔石鑿級, 不能成功, 土人言鑿而輒長, 未必然也.

石級旣盡, 峽亦北轉. 路從峽西山上, 隨之北行. 下瞰級盡處, 峽中有水一方, 獨淸瀯, 土人指爲靑魚塘, 言塘中靑魚大且多. 按『志』, 昆陽平定鄉小山下有三洞, 泉出匯而爲潭, 中有靑魚白魚, 俗呼隨龍魚, 豈卽此耶? 北二里, 峽稍開, 有村在其下, 爲靑魚塘村. 北二里, 西北躡一嶺, 此嶺最高, 始東見觀音山與羅漢寺碧雞山, 兩峰東峙. 又北見遙山一重, 橫亘衆山之北, 西盡處特聳一峰最高, 爲筆架山; 其西又另起一峰, 與之騈立, 則老龍之龍山也; 東盡處分峙雙岫, 亦最高, 爲進耳山; 其南坳稍伏而豁, 則大道之碧雞關也. 兩最高之間, 有尖峰獨銳, 透穎於橫脊之南, 是爲龍馬山, 其下則沙河之水所自來也. 惟西向諸山稍伏而豁, 大道之往迆西者從之, 而老脊反自伏處南度. (老龍之脊, 西北自麗江、鶴慶東, 南下至楚雄府南, 又東北至祿豐、羅次州境, 又東至安寧州西北境, 東突爲龍山; 遂南從安寧州之西, 又南度三泊縣之東, 又南向繞昆陽州之西南, 乃折而東經新興州北, 爲鐵爐關; 又東經江川縣北, 爲關索嶺, 又東峙爲屈頸巓山, 乃折而東北, 爲羅藏山, 則滇池、撫仙湖之界脊也.)

始西一里, 逾其巓. 又西北下一里, 則螳川之水, 自嶺之北麓環而西, 又轉而南. 嶺西有村, 瀕川而居, 置渡川上, 是曰武趣河, 昆陽西界止此, 過渡卽爲安寧州界. 武趣之河, 繞村南曲, 復轉西峽去; 路渡河卽西北上坡. 連越土壟二重, 共五里, 北下, 有水一塘在東塢中. 又北二里, 有水一塘在西塢中. 又北一里半, 有村在路東. 又北一里半, 坡乃北盡, 坡北始開東西大塢. 乃下坡西向行塢中, 二里, 有水東北自北界橫亘中尖峰下來, 是爲沙河. 其流頗大, 石梁東西跨之. 河從梁下南去, 螳川之水, 自武趣西峽轉而北來,二水合於梁南, 半里, 遂西北至安寧州城之南, 於是北向經城東而北下焉.
過沙河橋, 又西北一里, 則省中大道自東北來, 螳大川自城南來, 俱會於城
東, 有巨石梁東西跨川上, 勢甚雄壯.

過梁卽爲安寧城. 入其東門, 闤闠頗集, 乃沽飮於市, 爲溫泉浴計. 飮畢,
忽風雨交至. 始持傘從南街西行, 已而知道祿裱大道, 乃返而至東門內, 從
東街北行. 半里, 過州前, 從其東復轉北半里, 有廟門東向, 額曰'靈泉', 余
以爲三潮聖水也, 入之. 有巨井在門左, 其上累木橫架爲梁, 欄上置轆轤以
汲, 乃鹽井也. 其水鹹苦而渾濁殊甚, 有監者, 一日兩汲而煎焉. (安寧一州,
每日夜煎鹽千五百斤. 城內鹽井四, 城外鹽井二十四. 每井大者煎六十斤, 小者煎四十斤,
皆以桶擔汲而煎於家.)

又西轉過城隍廟而北, 半里, 出北門. 風雨淒淒, 路無行人, 余興不爲止,
冒雨直前. 隨螳川西岸而北, 三里半, 有村在西山麓, 其後廟宇東向臨之,
余不入. 又北二里半, 大路盤山西北轉; 有岐下坡, 隨川直北行. 余乃下從
岐, 一里半, 有舟子艤舟渡, 上川東岸, 雨乃止. 復循東麓而北, 抵北嶺下,
川爲嶺扼, 西向盤鞏去, 路乃北向陟嶺. 嶺頗峻, 一里逾嶺北, 又一里, 下其
北塢, 有小水自東北來, 西注於川, 橫木橋度之. 共一里, 又西北上坡, 有村
當坡之北, 路從其側, 一里, 逾坡而北. 再下再上, 共三里, 西瞰螳川之流,
已在崖下. 崖端有亭, 忽從足底湧起, 俯瞰而異之. 亟舍路西向下, 入亭中,
見亭後石骨片片, 如青芙蓉湧出. 其北復有一亭, 下乃架木而成者. 瞰其下,
則中空如井, 有懸級在井中, 可以宛轉下墜. 余時心知溫泉道尙當從上北
行, 而此奇不可失, 遂從級墜井下. 其級或鑿石, 或嵌木, 或累梯, 共三轉,
每轉約二十級, 共六十級而至井底. 井孔中僅圍四尺, 其深下垂及底約四
五丈. 井底平拓, 旁裂多門, 西向臨螳川者爲正門, 南向者爲旁門. 旁門有
屛斜障, 屛間裂竅四五, 若窗欞戶牖, 交透疊印, 土人因號之曰'七竅通天'.
'七竅'者, 謂其下之多門 : '通天'者, 謂其上之獨貫也. 旁門之南, 崖壁巉削,
屛列川上; 其下洞門, 另闢駢開, 凡三四處, 皆不甚深透, 然川漱於前, 崖屛
於上, 而洞門累累, 益助北洞之勝. 再南, 崖石轉突處, 有一巨石下墜崖側,

迎流界道, 有題其爲'醒石'者, 爲冷然筆. (冷然, 學道楊師孔號. 楊係貴州人.) 石北危崖之上, 有大書'虛明洞'三大字者, 高不能矚其爲何人筆. 其上南崖, 有石橫斜作垂手狀, 其下亦有洞西向, 頗大而中拓, 然無嵌空透漏之妙. '虛明'二字, 非此洞不足以當之. '虛明'大書之下, 又有刻'聽泉'二字者, 字甚古拙, 爲燕泉筆. (燕泉, 都憲何孟春號. 何, 郴州人, 又自叙爲吾邑人.) 又其側, 有'此處不可不飲', 爲升庵筆, (升庵, 楊太史愼號.) 而刻不佳, 不若中洞. 門右有'此處不可不醉', 爲冷然筆, 刻法精妙, 遂覺後來者居上. 又'聽泉'二字上, 刻醒石詩一絶, 標曰'姜思睿', 而醒石上亦刻之, 標曰'譜明'. 譜明不知何人, 一詩二標, 豈譜明卽姜之字耶? 此處泉石幽倩, 洞壑玲瓏, 眞考槃[1]之勝地, 惜無一人棲止. 大洞之左, 穹崖南盡, 復有一洞, 見煙自中出, 亟入之. 其洞狹而深, 洞門一柱中懸, 界爲二竅, 有儽儽囚髮赤身, 織草履於中, 煙卽其所炊也. 洞南崖盡, 卽前南來之塢, 下而再上處也.

時顧僕留待北洞, 余復循崖沿眺而北. 北洞之右, 崖復北盡, 遂躡坡東上, 仍出崖端南來大道. 半里, 有庵當路左, 下瞰西崖下, 廬舍駢集, 卽溫泉在是矣. 庵北又有一亭, 高綴東峰之半, 其額曰'冷然'. 當溫泉之上, 標以'御風'之名, 楊君可謂冷暖自知矣. 由亭前躡石西下, 石骨稜厲. 余愛其石, 攀之下墜, 則溫池在焉. 池匯於石崖下, 東倚崖石, 西去螳川數十步. 池之南, 有室三楹, 北臨池上. 池分內外, 外固淸瑩, 內更澄澈, 而浴者多就外池. 內池中有石, 高下不一, 俱沉水中, 其色如綠玉, 映水光豔燁然. 余所見溫泉, 滇南最多, 此水實爲第一. 池室後, 當東崖之上, 有佛閣三楹, 額曰'暖照', 南坡之上, 有官宇三楹, 額曰'振衣千仞'. 皆爲土人鎖鑰, 不得入.

余浴旣, 散步西街, 見賣漿及柿者, 以浴熱買柿啖之. 因問知虛明之南, 尙有雲濤洞, 川之西岸, 曹溪寺旁, 有聖水, 相去三里, 皆反在其南, 可溯螳川而游也. 蓋溫池之西濱螳川東岸, 夾廬成衢, 隨之面北, 百里而達富民. 川東岸山最高者爲筆架峰, 卽在溫池東北, 『志』所謂岱嵋山也; 川西岸山最高者爲龍山, 曹溪在其東隴之半, 『志』所謂葱山也. 二山夾螳川而北流, 而葱山則老脊之東盤者矣. 余時抵川上, 欲先覓曹溪、聖水, 而渡舟在川西岸, 候之不至, 遂南半里, 過虛明諸洞下. 南抵崖處, 坡曲爲塢, 宜仍循川岸而南, 以無路, 遂上昔來大路隅, 由小岐盤西崖而南. 亦再下再上, 一里半, 有一村在坡南, 是爲沈家莊. 老婦指雲濤洞尙在南坡外. 又南涉塢, 半里登坡, 路絶而不知洞所在. 西望隔川, 有居甚稠, 其上有寺, 當卽曹溪. 有村童拾薪川邊, 遙呼而問所謂雲濤洞者, 其童口傳手指, 以川隔皆不能辨. 望見南坡之下, 有石崖一叢, 漫趨之. 至其下, 仰視石隙, 叢竹娟娟, 上有朱扉不掩. 登之, 則磴道逶迤, 軒亭幽寂, 餘花殘墨, 狼藉蹊間, 雲幅石牀, 離披洞口. 軒後有洞門下嵌, 上有層樓橫跨, 皆西向. 先登其樓, 樓中供大士諸仙像, 香几燈案, 皆以樹根爲之, 多有奇古者. 其南有臥室一楹, 米盎書簏, 猶宛然其內, 而苔衣蘿網, 封埋已久, 寂無徑行, 不辨其何人所構, 何因而廢也. 下樓入洞, 初入若室一楹, 側有一窅, 下陷窈黑. 其北又裂一門, 透裂入, 有小竅斜通於外, 見竹影竄入, 卽墮黑而下. 南下杳不知其所底, 北眺亦有一牖上透, 第透處甚微, 光不能深燭, 以手捫隘, 以足投空, 時時兩無所著, 又時時兩有所礙. 旣至其底, 忽望西南有光燁然, 轉一隘, 始見其光自西北頂隙透入, 其處底亦平, 而上復穹焉高盤. 倏然有影掠隙光而過, 心異之, 呼顧僕, 聞應聲正在透光之隙, 其所過影卽其影也. 復轉入暗底, 隙隘崖懸, 無由著足, 然而機關漸熟, 升躋似易, 覺明處之魂悸, 不若暗中之膽壯也. 再上一層, 則上牖微光, 亦漸定中生朗, 其旁原有細級, 宛轉崖間, 或頹或整, 但初不能見耳. 出洞, 仍由前軒出扉外, 見右崖有石刻一方, 外爲棘刺結成罶網, 遙不能見. 余計不能去, 竟踐而入之, 巾履俱爲鉤卸, 又以布縛頭護網, 始得讀之. 乃知是庵爲天啓丙寅州人朱化孚所構. (朱壬辰進士.) 其樓閣軒亭, 俱有名額區, 住山僧亦有名有詩, 未久而成空谷, 遺構徒存, 只增慨耳!

　旣下至川岸, 若一航渡之, 卽西上曹溪. 時不得舟, 仍北三里至溫泉, 就舟而渡, 登西岸, 溯川南行. 望川東虛明崖洞, 若卽若離, 杳然在落花流水之外. 南一里, 又見川東一崖, 排突亦如虛明, 其下亦有多洞迸裂, 門俱西向, 有大書其上爲‘靑龍洞’、爲‘九曲龍宮’者, 隔川望之, 不覺神往. 土人言此二洞甚深, 篝火以入, 可四五里, 但中黑無透明處. 此洞卽在<u>沈家莊</u>北, 余前從<u>虛明</u>沿川岸來, 卽可得之, 誤從其上, 行崖端而不知, 深爲悵悵; 然南之<u>雲濤</u>, 北之<u>虛明</u>, 旣已兩窮, 此洞已去而復得之對涯, 亦未爲無緣也. 又南一里, 抵川西村聚. 從其後西上山, 轉而南, 又西上, 共一里, 遂入<u>曹溪寺</u>. 寺門東向, 古刹也. 余初欲入寺覓<u>聖泉</u>, 見殿東西各有巨碑, 爲<u>楊太史升庵</u>所著, 乃拂碑讀之, 知寺中有優曇花樹諸勝, 因覓紙錄碑, 遂不及問水. 是晚, 炊於僧寮, 宿於殿右.

---

1) 고반(考槃) 혹은 고반(考盤)은 덕을 이루고 도를 즐김을 의미한다. 『시·위풍(衛風)·고반(考盤)』에 "즐겁도다 산골짜기에, 그대의 마음 너그러워라(考盤在澗, 碩人之寬)"라는 글귀가 있다.

二十七日 晨起, 寒甚. 余先晚止錄一碑, 乃殿左者, 錄未竟. 僧爲具餐, 乃飯而竟之. 有寺中讀書二生, 以此碑不能句, 來相問, 余爲解示. (二生: 一姓<u>孫</u>, 安寧州人; 一姓<u>黨</u>, 三泊縣人.) <u>黨</u>生因引余觀優曇樹. 其樹在殿前東北隅二門外坡間, 今已築之牆版中, 其高三丈餘, 大一人抱, 而葉甚大, 下有嫩枝旁叢. 聞開花當六月伏中, 其色白而淡黃, 大如蓮而瓣長, 其香甚烈而無實. 余摘數葉置囊中. 遂同<u>黨</u>生由<u>香積</u>北下坡, 循坳而北, 一里半, 觀<u>聖泉</u>. 泉從山坡大樹根下南向而出, 前以石環爲月池, 大丈餘, 潴水深五六寸餘, 波淙淙由東南坡間瀉去. 余至當上午, 早潮已過, 午潮未至, 此正當縮時, 而其流亦不絶, 第潮時更湧而大耳. <u>黨</u>生言, 穴中時有二蟾蜍出入, 茲未潮, 故不之見, 卽碑所云‘金䱥’, 號曰‘神泉’者矣. 月池南有亭新構, 扁曰‘問潮亭’, 前巡方使關中<u>張鳳翮</u>爲之記. <u>黨</u>生又引余由泉西上坡, 西北緣嶺上, 半里, <u>登水月庵</u>. 庵東北向, 乃<u>葱山</u>之東北坳中矣. 庵潔而幽, 爲鄉紳<u>王</u>姓者所建. 庭中水一方, 大僅逾尺, 乃建庵後劚地而出者. 庵前有深池, 泉不能蓄也. 旣復下至<u>聖泉</u>, 還至<u>曹溪</u>北坡坳, <u>黨</u>生別余上寺, 余乃從岐下山.

一里, 抵昨村後上山處. 由村後南行半里, 復東望川東回曲中, 石崖半懸, 飛樓臨丹, 卽<u>雲濤洞</u>也. 川水已從東盤曲, 路猶循西山南向下, 因其山塢自南而轉也. 一里餘, 始循南山而東. 二里, 則其川自塢北曲而南, 與路遇, 旣過, 路又循東山溯溪轉而北, 一里, 乃東向陟南山之北, 一里乃轉東南行. 一里, 南陟一西來之峽, 又南上坡. 一里, 與前來溫泉渡西大道合, 始純南行. 六里, 入北城門. 見有二女郎, 辮髮雙垂肩後, (此間幼童女, 辮髮一條垂腦後. 女郎及男之長者, 辮髮兩條垂左右耳旁. 女仍用包髻, 男仍用巾帽冠其上. 若儸㑩則辮髮一條, 週環於腦額, 若箍其首者. 又有男子未冠者, 從後腦下另挽一小鬆若螺, 綴於後焉.) 手執紈扇, 嫣然在前, 後有一老婦隨之, 攜牲盒紙錠, 將掃墓郊外. (此間重十月朝祭掃. 家貧不及者, 至月終亦不免也.) 南中所見婦女, 纖足姣好, 無逾此者. 入城一里半, 飯於東關, 乃出, 逾巨石梁, 遵大道東北行. 半里, 有小溪自東塢來, 溯之行. 從橋南東去, 三里半, 上坡. 又一里, 逾東安哨嶺. 嶺不甚峻, 東北從橫亘大山分隴西南下, 爲安寧東第一護城之砂者也. 過嶺東下, 始見沙河之水, 自東北來. 隨其塢東入, 過站摩村, 共十五里, 爲始甸鋪. 又四里, 過龍馬山, 屼屼北透, 橫亘大山之南. 路繞其前而東, 又四里, 始與沙河上流之溪遇. 有三鞏石梁東跨其上, 是曰大橋. 其水自東北進耳二尖峰西、棋盤山南峽來, 西南至安寧城東, 南入於螳川者也. 又半里, 東上坡, 宿於高槻橋村.

二十八日 平明, 東行一里半, 上坡, 爲安寧東界, 由此卽爲昆明地. 陂陀高下, 以漸升陟而上, 八里, 其塢自雙尖後進耳山來, 路遂由南隴上. 又二里, 山坳間有聚廬當尖, 是爲碧雞關. 蓋進耳之山峙於北, 羅漢之頂峙於南, 此其中間度脊之處, 南北又各起一峰夾峙, 以在碧雞山之北, 故名碧雞關, 東西與金馬遙對者也. 關之東, 向東南下爲高嶢, 乃草海西岸山水交集處, 渡海者從之; 向西北下爲赤家鼻, 官道之由海堤者從之. 余時欲游進耳, 遂西北下坡半里, 循西山北行. 二里, 有村在西山之麓, 是爲赤家鼻. 大道由其前北去, 乃西折而入村, 村倚山而廬. 有池瀦坡側, 大不逾五尺, 村人皆仰汲焉. 中復有魚, 有垂釣其上者, 亦龍潭之淺者也. 由池南上坡, 嶺道甚峻. 半里, 登岡上, 稍北而曲, 有坊當道, 則進耳山門外坊也, 其寺尚隔一坑. 由坊西望, 見寺後大山環於上, 此岡繞於前, 內夾深坑, 旋轉而入, 若耳內之孔, 寺臨孔上盤朵邊, 以'進耳'取名之義, 非身履此岡, 不見其親切也. 進坊, 西向沿坑入, 半里, 有岐西逾大山之坳; 而入寺之路, 則沿坑南轉. 盤崖半里, 西上入寺中. 寺門東向, 登其殿, 頗軒爽, 似額端, 不似耳中也. 方丈在殿北, 有樓三楹在殿南. 其樓下臨環坑, 遙覽滇海, 頗如太華之一碧萬頃, 而此深遠矣. 入方丈, 有辛貢士伯敏者, 迎款慇懃. 僧寶印欲具餐, 辛揮去, 令其徒陳履惇、陳履溫, (二陳乃甲戌進士履忠弟.) 及其弟出見, 且爲供葷食. 復引余登殿南眺海樓, 坐談久之. 余欲趨棋盤山, 問道於寶印. 寶印曰: "由坊東下山, 自赤鼻山寶珠寺上爲正道, 路且三十里. 由此寺北, 西逾大山之坳, 其路半之, 但空山多岐, 路無從覓耳." 乃同辛君導余從殿後出, 遂北至坳下東來岐路, 始別去. 余乃西上, 半里逾坳, 半里西北稍下, 一里涉中窪. 窪西復有大山, 南北橫峙, 與東界進耳後雙尖, 並坳北之巓, 東西夾成中窪. 由窪西復循西山之東北行, 一里, 循嶺北轉而西, 稍下一里, 度峽西上. 其西復有大山, 南北橫峙, 遂西向橫躡之, 一里半, 登其岡. 見西南隨塢有路, 上逾其脊, 將趨之, 有負芻者來, 曰: "棋盤路在北, 不在西也." 乃循西山之東, 又北行, 其路甚微, 若斷若續. 二里半, 從西山北坳透脊西出, 始望見三家村在西塢中, 村西盤峙一峰, 自北而南, 如屛高擁, 卽棋盤山也. 其脈北自妙高寺三華山西南來, 復聳此峰. 分支西度, 爲溫泉之筆架山; 分支南下, 爲始甸後之龍馬山; 南環東亘, 卽爲所逾之脊; 而南度爲進耳、碧雞者也. 脊北山復橫列東北, 至寶珠、赤鼻而止, 爲三家村東界護山. 余昔來自金馬以東, 卽遙望西界山橫如屛, 其頂復有中懸如覆釜, 高出其上者, 卽此棋盤峰也, 而不知尙在重壑之內, 外更有斯峰護之, 洵西峰之領袖矣. 從坳西轉, 循東山北崖半里, 乃西向下. 一里, 行壑中, 有水北流, 西涉之. 又半里抵三家村, 其村倚棋盤東麓. 路當從村北西上, 乃誤由村南度脊處循峽西南上, 竟不得路. 攀躡峽中三里, 登一岡, 有庵三楹踞坪間, 後倚絶頂, 其前東瞰滇中, 乃髮僧玄禪與僧裕庵新建者. 玄禪有內功, 夜坐峰頭, 曉露濕衣, 無所退怖; 庵中四壁未就, 不以爲意也. 日已西昃, 迎余瀹茗煮粥, 抵暮乃別. 西上躋峰, 一里, 陟其巓. 又西向平行頂上一里, 有寺東北向, 則棋盤寺也. 時已昏黑, 遂啜茗而就榻.

二十九日 凌晨起, 僧爲余炊, 余乃獨躋寺後絶頂. 時曉露甚重, 衣履沾透. 頂間無高松巨木, 卽叢草亦不甚深茂, 蓋高寒之故也. 頂頗平迤. 其西南皆石崖矗突, 其性平直而中實, 可劈爲板, 省中取石, 皆於此遙負之, 然其上反不能見, 以坳於內也. 西北塢中, 有大壑迴環, 下有水二方, 村廬踞其上, 卽『志』所載勒甸村龍泉也, 其水分青、白色. 西南峽中水, 則循龍馬山東而去, 當卽沙河之源矣. 東南卽三家之流. 是頂亦三面分水之處, 第一入滇池, 兩入螳川, 皆一派耳. 由頂遠眺, 則東北見堯林山尖聳, 與邵甸梁王山並列; 東南見羅藏山, 環峙海外; 直南見觀音山屼嵲, 爲碧雞絶頂掩映, 半浮半隱; 直西則溫泉筆架山連翩而去; 惟西北崇山稍豁, 則螳川之所向也. 下飯於寺. 乃同寺僧出寺門東行三十步, 觀棋盤石. 石一方橫臥嶺頭, 中界棋盤紋, 縱橫各十九道. 其北臥石上, 楷書'玉案晴嵐'四大字, 乃碧潭陳賢所題. 南有二石平庋, 中夾爲穴, 下墜甚深, 僧指爲仙洞, 昔有牧子墜羊其中, 遂以石塡塞之. 僧言此山之腹皆嶙峒, 但不得其門而入耳. 穴側亦有陳賢詩碑, 已剝不可讀. 乃還寺, 錄昆明令汪從龍詩碑. 仍令幼僧導往峰西南, 觀鑿石之崖. 其崖上下兩層, 鑿成大窟如廈屋. 其石色青綠者, 則膩而實; 黃白者, 則粗而剛. 其崖間中嵌青綠色者兩層, 如帶圍, 各高丈餘, 故鑿者依而穴之. 其板有方有長, 方者大徑五六尺, 長者長徑二三丈, 皆薄一二寸, 其平如鋸, 無纖毫凹凸, 眞良材也.

還從寺前東向下, 一里, 過新庵之左. 直下者一里半, 過三家村左, 渡澗. 又一里半, 東逾石山之坳. 其山乃東界北走之脈, 至此復突一峰, 遂北盡焉. 從坳東墜崖而下, 復漸成一坑, 隨之行三里, 爲寶珠寺. 未至寺, 其西墜峽處, 坑水潰而爲瀑, 懸崖三級下, 深可十五六丈, 但水細如絡絲, 不如疋練也. 寶珠寺東向, 倚山之半, 亦幽亦敞. 由其前墜坡直下, 五里抵山麓, 爲石鼻山, 聚落甚盛, 蓋當草海之西, 碧雞關大道卽出其下也. 由村轉北一里半,東北與大道合, 於是東向湖堤. 二里半, 有村當堤之衝, 曰夏家窯. 過此, 遂遵堤行湖中. 堤南北皆水窪, 堤界其間, 與西子[1]蘇堤無異. 蓋其窪卽草海之餘, 南連於滇池, 北抵於黃土坡, 西瀕赤鼻山之麓, 東抵會城, 其中支條錯繞, 或斷或續, 或出或沒. 其瀕北者, 『志』又謂之西湖, 其實卽草海也. 昔大道迂迴北坡, 從黃土坡入會城, 傅玄獻爲侍御時, 塡窪支條, 連爲大堤, 東自沐府魚塘, 西接夏家窯, 橫貫湖中, 較北坡之迂, 省其半焉. 東行堤上一里半, 復有岡有橋, 有棲舍介水中央. 半里, 復遵堤上東行湖中, 遙顧四圍山色, 掩映重波間, 靑蒲偃水, 高柳漾堤, 天然絶勝; 但堤有柳而無花, 橋有一二而無二六, 不免令人轉憶西陵耳. 又東二里, 湖堤旣盡, 乃隨港堤東北二里, 爲沐府魚池. 又一里半, 抵小西門, 飯於肆. 東過閘橋, 濱濠南而東一里, 入城南舊寓. 問吳方生, 則已隔晚向晉寧矣. 已而見唐大來寄來行李書畫, 俱以隔晚先至, 獨方生則我來彼去, 爲之悵悵. 乃計復爲作書, 令顧僕往晉寧謝唐君, 別方生, 並向大來索陶不退書. (陶諱挺, 有詩翰聲, 向官於浙. 前大來欲爲作書, 聞其已故, 乃止. 适寓中有高土官從姚安來, 知其猶在, 皆虛傳如眉公也, 故復索書往見之.)

1) 서자(西子)는 춘추시대 월(越)나라의 미인 서시(西施)를 가리킨다. 월나라의 구천(句踐)이 오(吳)나라에게 패한 뒤, 서시를 오나라의 부차(夫差)에게 보내자, 부차는 서시에게 반하여 국사를 돌보지 않아 끝내 월나라에게 망하고 말았다. 서시는 왕소군(王昭君), 초선(貂蟬), 양귀비(楊貴妃)와 더불어 중국의 4대 미녀로 일컬어지고 있다. 송나라의 소식(蘇軾)은 「갓 비 갠 후에 서호가에서 술 마시며(飮湖上初晴後雨)」라는 시에서 서호의 아름다움을 서시에 빗대고 있는데, 그 시는 다음과 같다. "물빛 일렁거리니 날 개어도 좋고, 산색 어둑어둑하매 비 내려도 기이하네. 서호를 서시에 비유하고 싶으니, 옅은 화장 짙은 화장 모두 제격이로다(水光瀲灩晴方好, 山色空蒙雨亦奇. 欲把西湖比西子, 淡妝濃抹總相宜)" 이후 서호는 서자 혹은 서자호(西子湖)로 일컬어졌다.

十一月初一日 晨起, 余先作書令顧僕往投阮玉灣, 索其導游緬甸書, 並謝向之酒盒. 余在寓作晉寧諸柬, 須其反命, 卽令往南壩候渡. 下午, 顧僕去, 余欲入城拜阮仁吾, 令其促所定負擔人, 爲西行計. 适阮穆聲來顧, 已而玉灣以書來, 期明日晤其齋中, 遂不及入城.

初二日 晨起, 余欲自仁吾處, 次第拜穆聲, 後至玉灣所, 忽玉灣來邀甚急, 余遂從其使先過玉灣. 則穆聲已先在座, 延於內齋, 款洽殊甚. 既午, 曰: "今日總府宴撫按, 當入內一看卽出, 故特延穆聲奉陪." 並令二幼子出侍客飲. 果去而卽返, 洗盞更酌. 已而報撫按已至, 玉灣復去, 囑穆聲必款余多飲, 須其出而別. 余不能待, 薄暮, 托穆聲代別而返.

初三日 晨往阮仁吾處, 令促負擔人. 卽從其北宅拜穆聲. 留晨餐, 引入內亭, 觀所得奇石. 其亭名竹在, 余詢其故, 曰: "父沒時, 宅爲他人所有, 後復業, 惟竹在耳." 亭前紅梅盛開. 此中梅俱葉而花, 全非吾鄕本色, 惟一株傍亭簷, 摘去其葉, 始露面目, 猶故人之免冑[1]相見也. 石在亭前池中, 高八尺, 闊半之, 玲瓏透漏, 不瘦不肥, 前後俱無斧鑿痕, 太湖之絶品也. 云三年前從螺山絶頂覓得, 以八十餘人昇至. 其石浮臥頂上, 不經摧鑿而下, 眞神物之有待者. 余昔以避雨山頂, 遍臥石隙, 烏睹有此類哉! 下午, 過周恭先, 遇於南門內, 正挽一友來顧. 知金公趾爲余作『送靜聞骨詩』, 相與同往叩之, 則金在其莊, 不相値. (金公趾名初麟, 字頗肖董宗伯, 風流公子也. 善歌, 知音律, 家有歌童聲伎. 其祖乃甲科. 父偉, 鄕薦, 任江西萬安令. 公趾昔好客, 某奏劾錢士晉軍門,[2] 名在疏中, 黜其靑衿[3]焉.) 其友遂留至其家, 割雞爲餉, 餚多烹牛雜脯而出, 甚精潔. 其家乃敎門,[4] 擧家用牛, 不用豕也. 其友姓馬, 字雲客, (名上捷, 號閬仙.) 尋甸府人. 父以鄕科任沅州守, 當安酋困黔省時, 以轉餉功擢常德太守, 軍興旁午,[5] 獨運援黔之餉, 久而無匱, 以勞卒於任. 雲客其長子也, 文雅蘊藉, 有幽人墨士之風. 是晚籌燈論文, 雲客出所著『拾芥軒集』相訂, 遂把盞深夜. 恭先別去, 余遂留宿其齋中. 窗外有紅梅一株盛放, (此間皆紅梅, 白者不植.) 中夜獨起相對, 恍似羅浮[6]魂夢間, 然葉滿枝頭, 轉覺翠羽太多多耳.

---

1) 면주(免冑)는 투구를 벗음을 의미하며, 고대의 장사들이 예를 행하는 방식이다.

2) 명대에는 총독(總督)이나 순무(巡撫)를 군문(軍門)이라 일컬었다.
3) 청금(靑衿)은 원래 주(周)나라의 학생의 복장으로, 이후 학자를 가리키게 되었으며, 명청대에는 수재를 가리키기도 했다.
4) 교문(教門)은 이슬람교를 가리킨다.
5) 방오(旁午) 혹은 방오(旁迕)는 번잡하고 빈번함을 의미한다.
6) 나부(羅浮)는 광동성 동강 북쪽 언덕에 있는 산으로, 풍광이 매우 뛰어나다. 진(晉)나라 갈홍(葛洪)이 이곳에서 수도한 적이 있어서, 도교에서는 '제칠동천(第七洞天)'이라 일컫는다. 전설에 따르면, 수(隋)나라 개황(開皇) 연간에 조사웅(趙師雄)이 나부산에서 아가씨를 만나 이야기를 나누었는데, 향기롭고 청아한 그녀와 술을 마시다 취하여 깨어보니, 커다란 매화나무 아래였다고 한다.

初四日 馬君留晨餐. 恭先復至, 對弈兩局. 以留飯. 過午乃出城, 以爲顧僕將返也. 及抵寓, 顧僕不見, 而方生已儼然在樓. 問: "何以來?" 曰: "昨從晉寧得君書, 卽騎而來送君. 騎尙在, 當遲一日復往晉寧." 問: "昔何以往?" 曰: "往新興, 便道晉寧看君耳." 問: "顧僕何在?" 曰: "尙留晉寧候渡." 始知方生往新興, 以許郡尊考滿, 求雷太史左右之於巡方使君之側也. (雷名躍龍, 以禮侍丁憂於家. 巡方使爲倪于義, 系四川人.)

初五日 方生爲余作永昌潘氏父子書, (父名嗣魁, 号蓮峰, 丙子科第十名. 子名世澄, 号末波, 丙子轎解元.) 騰越潘秀才書, (名一桂); 又爲余求許郡尊轉作書通李永昌, (永昌太守李還素, 昔自雲南別駕升, 與許同僚.) 又爲余求范復蘇(醫士, 江西人.)作書通楊賓川. (賓川守楊大賓, 黔人, 號君山. 原籍宜興人, 以建平教中於南場, 與又生鄉同年也. 前又生有書來, 然但知其家於黔, 而不知其宦於賓. 書爲盜失, 并不知其家之所在, 但憶昔年與其弟宜興總練同會於又生坐. 今不知其弟尙在宜興否.) 憐余無資, 其展轉爲余謀, 勝余自爲謀也. 下午, 顧僕自晉寧返, 并得唐大來與陶不退書. 阮仁吾所促負擔人亦至.

初六日 余晨造別阮玉灣、穆聲, 索其所作『送靜聞骨詩』. 阮欲再留款, 余以行李已出辭. 乃出叩任君. 任君, 大來妹婿. 大來母夫人在其家, 並往起居之. 任固留飯, 余乃趨別馬雲客, 不值, 留詩而還. 過土主廟, 入其中觀菩提樹. 樹在正殿陛庭間甬道之西, 其大四五抱, 乾上聳而枝盤覆, 葉長二三寸, 似枇杷而光. 土人言, 其花亦白而帶淡黃色, 瓣如蓮, 長亦二三寸, 每朵十二瓣, 遇閏歲則添一瓣. 以一花之微, 而按天行之數, 不但泉之能應刻, (州勾漏泉, 刻百沸.) 而物之能測象如此, 亦奇矣. 土人每以社日, 群至樹下, 灼艾代灸, 言灸樹卽同灸身, 病應灸而解. 此固誕妄, 而樹膚爲之瘢瘢無餘焉. 出廟, 飯於任, 返寓. 周恭先以金公趾所書詩並賻至, 又以馬雲客詩扇至. 阮玉灣以詩冊並賻至, 其弟鐏亦使人饋賻焉. 迨暮, 金公趾自莊還, 來晤, 知余欲從筇竹往, 曰: "余輩明晨當以筇竹爲柳亭." 余謝之曰: "君萬萬毋作是念. 明晨君在溫柔夢寐中, 余已飛屐峰頭矣, 不能待也." 是晚, 許郡尊亦以李永昌書至, 惟范復蘇書未至也.

初七日 余晨起索飯欲行, 范君至, 卽爲作楊賓川書. 余遂與吳方生作別. 循城南濠西行二里, 過小西門. 又西北沿城行一里, 轉而半里, 是爲大西門, 外有文昌宮桂香閣峙其右, 頗壯. 又西半里, 出外隘門, 有岐向西北者, 爲富民正道; 向正西者, 爲筇竹寺道. 余乃從正西傍山坡南行, 卽前所行湖堤之北涯也. 五里, 其坡西盡, 村聚駢集, 是爲黃土坡; 坡西則大塢自北而南, 以達滇海者也. 西行塢塍中二里; 有溪自西北注而南, 石梁橫其上, 是卽海源寺側穴湧而出之水, 遂爲省西之第一流云. 又西一里半, 有小山自西山橫突而出, 反自南環北; 路從其北嘴上一里半, 西達山下. 有峽東向, 循之西上, 是爲筇竹; 由峽內越澗西南上, 是爲圓照; 由峽外循山嘴北行, 是爲海源. 先有一婦騎而前, 一男子隨而行者, 云亦欲往筇竹. 隨之, 誤越澗南上圓照, 至而後知其非筇竹也. 圓照寺門東向, 層臺高敞, 殿宇亦宏, 而闃寂無人. 還下峽, 仍逾澗北, 令行李往候於海源, 余從峽內入. 一里半, 澗分兩道來, 一自南峽, 一自北峽, 二流交會處, 有坡中懸其西. 於是渡南峽之澗, 卽躡坡西北上, 漸轉而西, 一里半, 入筇竹寺.

其寺高懸於玉案山之北陲, 寺門東向, 斜倚所踞之坪, 不甚端稱, 而群峰環拱, 林壑瀠沓, 亦幽邃之境也. 入寺, 見殿左庖膾喧雜, 腥羶交陳, 前騎來婦亦在其間. 余卽入其後, 登<u>藏經閣</u>. 望閣後有靜室三楹, 頗幽潔, 四面皆環牆回隔, 不見所入門, 因徘徊閣下. 忽一人迎而問曰:"生豈<u>霞</u>客耶?" 問"何以知之?" 曰:"前從<u>吳方生</u>案徵其所作詩, 詩題中見之, 知與丰標不異也." 問其爲誰, 則<u>嚴</u>姓, 名<u>似祖</u>, 號<u>築居</u>, <u>嚴</u>冢宰[1]<u>淸</u>之孫也. 爲人沉毅有骨, 澹泊明志, 與其姪讀書於此, 所望牆圍中靜室, 卽其棲托之所. 因留余入其中, 懇停一宿. 余感其意, 命<u>顧</u>僕往<u>海源</u>安置行李, 余乃同<u>嚴</u>君入殿左方丈. 問所謂<u>禾木亭</u>者, 主僧不在, 鎖鑰甚固. 復遇一<u>段</u>君, 亦識余, 言在<u>晉寧</u>相會, 亦忘其誰何矣. <u>段</u>言爲<u>金公趾</u>期會於此, <u>金</u>當卽至. 三人因同步殿右. 循階坡而西北, 則寺後上崖, 復有坪一方, 其北崖環抱, 與南環相稱, 此舊<u>笻竹</u>開山之址也, 不知何時徙而下. 其處後爲僧塋, 有三塔皆<u>元</u>時者, 三塔各有碑, 猶可讀. 讀罷還寺, <u>公趾</u>又與友兩三輩至, 相見甚歡. 窺其意, 卽前騎來婦備酒邀衆客, 以<u>笻竹</u>爲<u>金</u>氏護施之所, <u>公趾</u>又以凤與余約, 故期備於此, 而實非<u>公趾</u>作主人也. 時<u>嚴</u>君謂余, 其姪作飯於內已熟, 拉往餐之. 頃之, 住持僧<u>體空</u>至. 其僧敦厚篤摯, 有道行者, 爲余言:"當事者委往<u>東寺</u>監工修造, 久駐於彼, 今適到山, 聞有遠客, 亦一緣也. 必多留寺中, 毋卽去." 余辭以<u>雞山</u>願切:"此一宵爲<u>嚴</u>君强留者, 必不能再也." <u>體空</u>謂:"今日諸酒肉漢混聒寺中. 明晨當齋潔以請." 遂出. 余欲往方丈答<u>體空</u>, <u>嚴</u>君以諸飲者在, 退而不出. 余見<u>公趾</u>輩同前騎婦坐正殿東廂, 始知其婦爲伎而稱觴者. 余乃迂從殿南二門側, 曲向方丈. <u>體空</u>方出迎, 而<u>公趾</u>輩自上望見, 趨而至曰:"薄醴已備, 可不必參禪." 遂拉之去. 抵殿東廂, 則<u>築居</u>亦爲拉出矣. 遂就燕飲. 其婦所備肴饌甚腆. <u>公趾</u>與諸坐客, 各歌而稱觴, 然後此婦歌, 歌不及<u>公趾</u>也. 旣而<u>段</u>君去, 余與<u>築居</u>亦別而入<u>息陰軒</u>. 迨暮, <u>公趾</u>與客復攜酒盒就飲軒中, 此婦亦至, 復飛觥徵歌, 二鼓乃別去. 余就寢. 寢以紙爲帳, 卽<u>嚴</u>君之榻也. 另一榻亦紙帳, 是其姪者, <u>嚴</u>君攜被袱就焉. 旣寢, <u>嚴</u>君猶秉燭獨坐, 觀余『<u>石齋詩帖</u>』, 並諸公手書. 余魂夢間, 聞其哦三詩贈余, 余寢熟不能辨也.

初八日 與嚴君同至方丈叩體空. 由方丈南側門入幽徑, 游禾木亭. 亭當坡間, 林巒環映, 東對峽隙, 滇池一杯, 浮白於前, 境甚疏宕, 有雲林筆意. 亭以茅覆, 窗櫺潔淨. 中有蘭二本, 各大叢合抱, 一爲春蘭, 止透二挺; 一爲冬蘭, 花發十穗, 穗長二尺, 一穗二十餘花. 花大如萱, 乃赭斑之色, 而形則與蘭無異. 葉比建蘭¹⁾闊而柔, 磅礴四垂. 穗長出葉上, 而花大枝重, 亦交垂於旁. 其香盈滿亭中, 開亭而入, 如到衆香國中也. 三人者, 各當窗一隙, 踞窗檻坐. 侍者進茶, 乃太華之精者. 茶洌而蘭幽, 一時清供, 得未曾有. '禾木'者, 山中特産之木, 形不甚大, 而獨此山有之, 故取以爲名, 相仍已久, 而體空新整之, 然目前亦未睹其木也. 體空懇留曰: "此亭幽曠, 可供披覽; 側有小軒, 可以下榻; 閣有藏經, 可以簡閱. 君留此過歲, 亦空山勝事. 雖澹泊, 知君不以羶來, 三人卒歲之供, 貧僧猶不乏也." 余謝: "師意甚善. 但淹留一日, 余心增歉一日. 此清淨界反成罪戾²⁾場矣." 坐久之, 嚴君曰: "所炊當熟, 乞還餐之." 出方丈, 別體空, 公趾輩復來, 拉就殿東廂, 共餐鼎肉湯麵, 復入息陰軒飯. 嚴君書所哦三詩贈余, 余亦作一詩爲別. 出正殿, 別公趾, 則行李前去, 爲體空邀轉不容行. 余往懇之, 執袖不捨. 公趾、築居前爲致辭曰: "唐晉寧日演劇集賓, 欲留名賢, 君不爲止. 若可止, 余輩亦先之矣." 師曰: "君寧澹不羶, 不爲晉寧留, 此老僧所以敢留也." 余曰: "師意旣如此, 余當從雞山回, 爲師停數日." 蓋余初意欲從金沙江往雅州, 參峨嵋. 滇中人皆謂此路久塞, 不可行, 必仍歸省, 假道於黔而出遵義, 余不信. 及瀕行, 與吳方生別, 方生執裾黯然曰: "君去矣, 余歸何日? 後會何日? 何不由黔入蜀, 再圖一良晤?" 余口不答而心不能自已. 至是見體空誠切, 遂翻然有不由金沙之意. 築居、公趾輩交口曰: "善." 師乃聽別. 出山門, 師猶遠送下坡, 指對山小路曰: "逾此可入海源上洞, 較山下行近."

旣別, 一里半, 下至峽中. 令肩行李者逾南澗, 仍來路出峽, 往海源寺; 余同顧僕逾北澗，循澗北入，卽由峽東向躐嶺。一里，逾嶺東。稍東下，半里，折而北，又半里，已遙見上洞在北嶺，與妙高相並，而路則踐危石歷巉磴而下。下險，卽由山半轉而北行。半里，有大道東南自海源上坡，從之。西北上半里，嶺上亂石森立，如雲湧出。再北，遂得上洞。洞門東向，高穹軒逈，其內深六七丈，闊與高亦如之，頂穹成蓋，底平如砥，四壁圍轉，無嵌空透漏之狀；惟洞後有石中突，高丈餘，有隙宛轉。逾之而入，洞壁亦嵌而下墜，深入各二丈餘，底遂窅黑。墜隙而下，見有小水自後壁滴瀝而下，至底而水不見。黑處亦漸明。有樵者見余入，駐外洞待之，候出乃去。洞中野鴿甚多，俱巢於洞頂，見人飛擾不定，而土人設機關以取之。又稍北，共半里而得中洞。洞門亦東向，深闊高俱不及上洞三之一，四壁亦圍轉無他岐，惟門左旁列一柱，又有二孔外透爲異耳。

余從洞前望往妙高大路，自海源由山下村落，盤西山北嘴而西上；洞前有如線之路，從嶺北逾坳而西，卽從嶺頭行，可省陟降之煩。乃令顧僕下山招海源行李，余卽從洞嶺北行，期會於妙高。洞北路若斷若續，緣西山之半，其下皆村聚，倚山之麓，大路隨之。余行嶺半一里，有路自下村直上，西北逾嶺從之。一里，逾嶺西，峰頭有水一塘在窪中。由塘北西下一里，山復環成高塢，自南向北；塢口石峰東峙，嶙峋飛舞，踞衆壑之交。石峰北，又有塢自西而東，西塢重壑層疊，有大山臨之，其下路交而成蹊焉。余望之行，半里，北下至石山之西。又半里，西抵西塢之底。路當從西塢北崖緣峽而上，余誤從西塢南崖躐坡而登。一里，逾嶺脊而西，卽見西北層岡之上，有佛宇重峙，余知卽爲妙高，而下有深峽間隔，路反折而西南，已覺其誤。循之行一里，以爲當截峽北度，便可折而入寺。乃墜峽西北下，半里涉底，復攀峽西北上，以爲寺在岡脊矣，而何以無路？又半里，及登脊，則猶然寺前環峽之岡，與寺尙隔一坑也。岡上有一塔，正與寺門對。復從其東北下坑，半里，由坑底再上北崖，則猶然前塢底緣峽處也。北上半里，岡頭有茶庵當道，是爲富民大路，庵側有坊。沿峽端西循坡半入，半里，是爲妙高寺。寺門東向，前臨重峽，後倚三峰，所謂三華峰也，三尖高擁攢而成塢，寺當其中，高而不覺其冗, 幽而不覺其闃, 亦勝地也. 正殿左右, 俱有官舍, 以當富民、武定之孔道[3]故. 寺中亦幽寂. 土人言, 妙高正殿有辟塵木, 故境不生塵, 無從辨也.

瞻眺久之, 念行李當至, 因出待於茶庵側. 久之, 乃從坡下上. 余因執途人詢沙朗道, 或云仍下坡, 自普擊大道而去, 省中通行之路也, 其路迂而易行; 或云更上坡, 自牛圈哨分岐而入, 此間間達之路也, 其路近而難知. 余曰: "旣上, 豈可復下?" 遂更上坡. 三里, 逶迤逾嶺頭, 卽循嶺北西向盤崖行. 又二里, 有小石峰自嶺北來, 與南峰屬, 有數家當其間, 是曰牛圈哨, 東西之水, 從此分矣. 從哨西直下, 則大道之出永定橋者. 余乃飯而從嶺脊北向行, 一里, 稍下涉塹, 卽從塹北上坡. 緣坡東北上, 回望塹底, 西隆成峽, 北走甚深. 路東北逾坡, 其東猶下滇池之峽也. 又一里半, 從嶺頭逾坳而北. 北行一里, 再逾一西突之坳, 其北逾仍出西峽上, 於是東沿山脊行. 又北一里半, 西瞰有村當峽底, 是爲陡坡. 其峽逼仄而深陡, 此村居之最險者. 從嶺上隨嶺東轉, 半里, 有路自東坳間透而直西, 遂隆西峽下, 此陡坡通省之道, 乃遵之東上. 半里, 逾坳東, 於是南沿山脊行. 又東半里, 稍東北下峽中. 半里, 有水一池瀦路南, 是爲清水塘, 在度脊之北. 塘北逾下墜成坑, 隨之北下, 一里過峽底, 有東來大道度峽西北去, 此卽自省會走富民間道也. 隨之, 復從峽西傍西山北行. 二里, 又轉而西, 遇一負薪者, 指北向從岐下峽中行. 將半里, 至其底, 卽清水塘之下流也. 又從峽西緣坡麓行, 細徑斷續, 亂崖崩隤. 二里半, 逾澗, 緣東麓又北一里, 乃出峽口. 於是北塢大闢, 南北遙望, 而東界老脊與西界巨峰, 夾而成塢. 始從畦塍北行, 一里, 有溪頗巨, 自塢北來, 轉而西去, 余所從南來之水, 亦入之, 同入西南峽中. 路北渡之, 一里, 有村聚倚西山之麓, 高下層疊, 是爲沙朗. 入叩居停, 皆辭不納, 以非大路故, 亦昆明之習俗也. 最後入一老人家, 强主之, 竟不爲覓米而炊.

---

1) 건란(建蘭)의 건(建)은 복건성을 가리킨다.
2) 죄려(罪戾)는 죄악이나 과실을 의미한다.

初九日 令顧僕覓米具炊. 余散步村北, 遙晰此塢. 東北自牧養北梁王山西支分界, 東界雖大脊, 而山不甚高; 西界雖環支, 而西北有石崖山最雄峻. 又南爲沙朗西山, 又南爲天生橋, 而南屬於陡坡東峽之山. 其山東西兩界旣夾成大塢, 而南北亦環轉連屬. 其中水亦發源於龍潭, 合南北峽而成溪, 西注於富民螳螂, 然不能竟達也; 從塢西南入峽, 搗入山洞, 其洞深黑莫測, 穿山西出, 與陡坡之澗合. 洞上之山, 間道從之, 所謂'天生橋'也. 然人從其上行, 不知下有洞, 亦不知洞之西透, 山之中空而爲橋; 惟沙朗人耕牧於此, 故有斯名. 然亦皆謂洞不可入, 有虎狼, 有妖祟, 勸余由村後逾山西上, 不必向水洞迂折. 余不從.

旣飯, 乃南循坡麓行. 一里半, 與溪遇, 遂同入西峽. 其峽南北山壁夾而成, 路由溪北沿北山之麓入, 一里, 仰見北崖之上, 石壁盤突, 其間駢列多門, 而東一門高懸危瞰, 勢獨雄豁, 而磴跡甚微, 棘翳崖崩, 莫可著足. 乃令顧僕并行李俟於下. 余獨攀躍而上. 久之, 躋洞東, 又見一門側進, 余以爲必中通大洞, 遂從其側倒懸入大洞門. 其門南向甚穹, 洞內層累北上, 深十餘丈, 而闊半之, 然內無旁竇, 卽前外見側進之門, 亦不中達也. 出洞, 欲東上側門; 念西洞尙多, 旣下, 欲再探西洞; 望水洞更異, 遂直從洞下, 西趨水洞. 又半里, 西峽旣盡, 山環於上, 洞闢於下, 水從東來逼南崖, 搗西洞入, 路從其北墜岡下. 余令肩夫守行李於岡上, 與顧僕入洞. 洞門東向, 高十餘丈, 而闊半之. 始涉水從其南崖入, 水漱北崖而環之. 入五六丈, 水環北崖, 路環南崖, 俱西轉. 仰見南崖之上, 層覆疊出, 突爲危臺, 結爲虛樓, 皆在數丈之上, 氤氳闔闢, 與雲氣同爲呑吐. 從其下循之西入, 北崖尙明, 水漱之; 南崖漸暗, 路隨之. 西五六丈, 南崖西盡, 水從北崖直搗西崖下, 西崖遂下嵌成潭, 水鳴嗚其中, 作衝激聲, 遂循西崖北折去. 路乃涉水循東崖, 北向隨之. 洞轉而北, 高穹愈甚, 延納餘朗, 若昧若明. 又五六丈, 水漱北崖復西轉, 余亦復涉西涯. 於是水再環北崖, 路再環南崖, 竟昏黑不可辨, 但聞水

운남 유람일기4(滇遊日記四) 473

聲潺潺. 又五六丈, 復西遇水, 其水漸深, 旣上不可見, 而下又不可測, 乃出.

出復四渡水而上岡. 聞岡上有人聲, 則沙朗人之耕隴者. 見余入洞, 與負行李人耦語[1]待之. 爲余言 ; "水之西出, 卽陡坡北峽; 山之上度, 卽天生橋間道所從, 如前之所標記者." 始恨不攜炬, 竟西從洞中出也. 其人又爲余言 ; "富民有老虎洞, 在大溪之上, 不可失." 余謝之. 乃西上躡嶺, 一里半, 登其脊, 是爲天生橋. 脊南石峰嶙峋, 高聳而出, 其脈自陡坡東, 度脊而北, 間道循其東陲, 陡坡之澗, 界其西麓; 至此又跨洞北, 屬於沙朗後西山, 水從其下穿腹西出, 路從其上度脊西行. 脊西瞰, 卽陡坡澗水, 直走而北, 至此西折, 脊上之路, 亦盤崾西隆. 益信出水之洞, 卽在其下, 心懸懸[2]欲一探之.

西行山半者一里, 見有岐直下峽底, 遂令顧奴同負囊者由大道直前, 余乃獨下趨峽中. 半里, 抵峽底, 遂溯水東行. 一里, 折而南, 則後洞龐然西向, 其高闊亦如前洞, 水從其中踴躍而出, 西與南來之澗合而北去. 余溯流入洞, 二丈後, 仰睇洞頂, 上層復裂通於門外, 門之上, 若橋之橫於前, 其上復流光內映, 第高穹之極, 下層石影氤氳, 若浮雲之上承明旭也. 洞中流, 初平散而不深, 隨之深入數丈, 忽有突石中踞, 浮於水面, 其內則淵然深匯, 磅礴崖根, 不能溯入矣. 洞頂亦有石倒騫, 以高甚, 反不覺其夭矯. 其門直而迥, 故深入而猶朗朗, 且以上層倒射之光, 直徹於內也. 出洞, 還顧洞門上, 其左懸崖甚峭, 上復闢成一門, 當卽內透之隙. 乃涉澗之西, 遙審崖間層疊之痕, 孰可著足, 孰可倒攀, 孰可以宛轉達, 孰可以騰躍上. 乃復涉澗抵崖, 一依所審法試之. 半晌, 遂及上層外, 門更廓然高穹也. 入其內, 爲龕爲窩, 爲臺爲榭, 俱浮空內向. 內俯洞底, 波濤破峽, 如玉龍負舟, 與洞頂之垂幄懸岐, 昔仰望之而隱隱者, 茲如纓絡[3]隨身, 幢幡覆影矣, 與蹋雲駕鶴, 又何異乎? 坐久之, 聽洞底波聲, 忽如宏鐘, 忽如細響, 令我神移志易. 及下, 層崖懸級, 一時不得朕理,[4] 攀掛甚久. 忽有男婦十餘人, 自陡坡來, 隔澗停睇, 迨余下, 問何所事. 余告以遊山. 兩男子亦儒者, 問其上何有. 余告以景不可言盡. 恐前行者漸遠, 不復與言, 遂隨水少北轉而西行峽中.

一里, 漸上北坡. 緣坡西行, 三里, 峽塢漸開. 又四里, 塢愈開. 其北崖逾山南下者, 卽沙朗後山所來道; 其南坡有聚落倚南山者, 是爲頭村. 路至此始由塢渡溪. 溪上橫木爲橋, 其水卽陡坡並天生橋洞中所出, 西流而注於螳螂川者也. 從溪南隨流行一里, 過頭村之西. 沿流一里半, 復上坡西行. 二里, 再下塢中. 半里, 路旁有賣漿草舍倚南坡, 則顧僕與行李俱在焉. 遂入飯. 又西盤南山之嘴, 一里餘, 爲二村. 村之西有塢北出, 橫涉而過之. 半里, 復上坡, 隨南山而西, 上倚危崖, 下逼奔湍. 五里, 有村在溪北, 是爲三村. 至是南界山橫突而北, 北界山環三村之西, 又突而南, 塢口始西窒焉. 路由溪南躋北突之坡而上, 一里半, 抵峰頭. 其峰北瞰三村溪而下, 溪由三村西橫嚙北峰之麓, 破峽西出. 峽深嵌逼束, 止容水不容人, 故路逾其巓而過, 是爲羅鬼嶺, 東西分富民、昆明之界焉. 過嶺西下四里, 連過上下羅鬼兩村, 則三村之流, 已破峽西出. 界兩村之中而西, 又有一溪自北塢來, 與三村溪合併西去. 路隨之, 行溪南二里, 抵西崖下, 其水稍曲而南, 橫木梁渡之. 有村倚北山而聚, 是爲阿夷衝. 又從其西一里半, 逾一坡. 又一里半, 昏黑中得一村, 亦倚北山, 是爲大哨. 覓宿肆不得, 心甚急. 又半里, 乃從西村得之, 遂宿其家.

---

1) 우어(耦語)는 마주보면서 이런저런 이야기를 나눔을 의미한다.
2) 현현(懸懸)은 걱정하거나 마음이 불안한 모습을 가리킨다.
3) 영락(纓絡)은 구슬을 꿰어 목에 거는 장신구를 의미한다.
4) 주리(腠理)는 피부나 고기살의 결을 의미하며, 여기에서 산길의 가닥을 가리킨다.

初十日 雞鳴起飯, 出門猶不辨色. 西南行塍中, 一里半, 南過一石橋, 卽阿夷衝溪所出也. 溪向西北流, 路度橋南去. 半里, 又一水自東南峽中來, 較小於阿夷衝溪, 卽『志』所云洞溪之流也. 二流各西入螳螂川. 度木橋一里餘, 得大溪湯湯, 卽螳螂川也; 自南峽中出, 東北直抵大哨西, 乃轉北去而入金沙江. 有巨石梁跨川上, 其下分五竇, 上有亭. 其東西兩崖, 各有聚落成衢, 是爲橋頭. 過橋, 西北一里, 卽富民縣治. 由橋西溯川南行七里, 爲河上洞. 先是有老僧居此洞中, 人以老和尙洞呼之, 故沙朗村人誤呼爲老虎

洞. 余至此, 土人猶以爲老和尙也. 及抵洞, 見有刻爲<u>河上洞</u>者, 蓋前任縣
君以洞臨溪流, 取'河上公'之義而易之. 甫過橋, 余問得其道, 而<u>顧僕</u>與負
囊者已先向縣治. 余聽其前, 獨沿川岸溯流去.

一里, 西南入峽. 又三里, 隨峽轉而南, 皆瀨川岸行. 又二里, 見路直躡山
西上, 余疑之, 而路甚大, 姑從之. 一里, 遇樵者, 始知上山爲<u>胡家山</u>道, 乃
土寨也. 乃復下, 瀨川而南. 一里, 其路又南上山, 余覘其旁路皆翳, 復隨之.
躡山南上, 愈上愈峻, 一里, 直登嶺脊, 而不見洞. 其脊自西峰最高處橫突
而東, 與東峰壁夾川流, 只通一線者也. 蓋西岸之山, 南自<u>安寧聖泉</u>西<u>龍山</u>
分支傳送而來, 至此聳爲危嶂, 屏壓川流, 又東北隆爲此脊, 以橫扼之; 東
岸之山, 東自<u>牛圈哨嶺</u>分支傳送而來, 至此亦聳爲危嶂, 屏壓川流, 又西與
此脊對而挾持之. 登此脊而見脊南山勢崩隆, 夾川如線, 川自南來, 下嵌其
底, 不得自由, 惟有衝躍. 脊南之路, 復隆淵而下, 以爲此下必無通衢, 而隆
路若此, 必因洞而闢. 復經折隨之下, 則樹影偃密, 石崖虧蔽, 悄非人境. 下
隆一里, 路直逼西南高峰下, 其峰崩削如壓, 危影兀兀欲隆. 路轉其夾坳間,
石削不容趾, 鑿孔懸之, 影倒奔湍間, 猶眢然九淵也. 至是余知去路甚遠,
已非洞之所麗, 而愛其險峭, 徘徊不忍去. 忽聞上有咳聲, 如落自九天. 已
而一人下, 見余愕然, 問何以獨踞此. 余告以尋洞, 曰:"洞在隔嶺之北, 何
以逾此?" 余問:"此路何往?" 曰:"沿溪躡峭, 四十里而抵<u>羅墓</u>." 則此路之
幽闃, 更非他徑所擬矣. 雖不得洞, 而覘此奇峭, 亦一快也.

返躋一里, 復北上脊. 見脊之東有洞南向, 然去川甚遠, 余知非<u>河上洞</u>,
而高攬南山, 憑臨絶壑, 亦超然有雲外想, 遂披棘攀崖入之. 其洞雖不甚深,
而上覆下平, 倒挿青冥, 呼吸日月, 此爲最矣. 憑憩久之, 仍逾脊北下. 一里
抵麓, 得前所見翳路, 瞰川崖而南, 半里, 卽橫脊之東垂也. 前誤入南洞, 在
脊南絶頂, 此洞在脊北窮峽. 洞門東向, 與東峰夾束螳川, 深嵌峽底, 洞前
惟當午一露日光, 洞內之幽阻可知也. 洞內南半穹然內空, 北半偃石外突;
偃石之上, 與洞頂或綴或離; 其前又豎石一枝, 從地內湧起, 踞洞之前, 若
湧塔然. 此洞左之槪也. 穹入之內, 岈峒窈窕, 頂高五六丈, 多翶翔卷舒之

勢. 五丈之內, 右轉南入, 又五丈而窅然西穹, 闃黑莫辨矣. 此洞右之概也. 余雖未窮其奧, 已覺幽奇莫過, 次第滇中諸洞, 當與淸華、淸溪二洞相爲伯仲. 而惜乎遠旣莫聞, 近復荒翳, 桃花流水, 不出人間, 雲影苔痕, 自成歲月而已!

出洞, 遂隨川西岸遵故道七里, 至橋頭. 又北一里餘, 入富民縣南門, 出北門; 無城堞, 惟土牆環堵而已. 蓋川流北向, 闢爲大塢, 縣治當西坡之下, 其北有餘支掉臂而東, 以障下流. 武定之路, 則從此臂逾坳北去, 川流則灣此臂而東北下焉.

時顧僕及行李不知待何所, 余踉蹌而前, 又二里, 及之坳臂之下, 遂同上峽中, 平逾其坳. 三里, 有溪自西南山峽出, 其勢甚遙, 乃河上洞西高峰之後, 夾持而至, 東注螳川者. 其流頗大, 有梁南北跨之. 北上坡, 又五里, 飯於石關哨. 逾坳北下, 日色甚麗, 照耀林壑. 西有大山曰白泥塘, 其山南北橫聳, 如屛挿天. 土人言, 東下極削而西頗夷, 其上水池一泓, 可耕可廬也. 山東之水, 卽由石關哨北麓而東去. 共二里, 涉之, 卽緣東支迤邐北上. 其支從白泥東北環而南下者, 其腋內水亦隨之南下, 合於石關北麓. 路泝之北, 八里, 又逾其坳. 坳不甚峻, 田塍疊疊環其上, 村居亦夾峙, 是爲二十里鋪. 又四里爲沒官莊, 又三里爲者坊關. 其處塢徑旁達, 聚三流焉. 一出自西南峽中者, 最大, 卽白泥塘山後之流也, 有石梁跨其上, 梁南居廬, 卽者坊關也. 越梁西北上一里, 復過一村廬, 又一小水自西峽來, 又一水自西北峽來, 二水合於村廬東北, 稍東, 復與石梁下西南峽水合而東北去, 當亦入富民東北螳川下流者. 過村廬之西北, 有平橋跨西峽所出溪上, 度其北, 遂西北上嶺. 其嶺蓋中懸於西北兩澗之中, 乃富民、武定之界也. 盤曲而上者三里, 有佛宇三楹, 木坊跨道, 曰'滇西鎖鑰', 乃武定所建, 以爲入境之防者. 又西上一里餘, 當山之頂有堡焉, 其居廬亦盛, 是爲小甸堡. 有歇肆在西隘門外, 遂投之而宿.

十一日 自小甸堡至武定府歇.

季會明曰："此後共缺十九日. 詢其從遊之僕, 云武定府有獅子山, 叢林甚盛, 僧亦敬客. 留憩數日, 遍閱武定諸名勝. 後至元謀縣, 登雷應山, 見活佛, 爲作碑記, 窮金沙江. 由是出官莊, 經三姚, (三姚; 大姚縣、姚安府、姚州.) 而達雞足. 此其大略也. 余由十二月記憶之, 其在武定、元謀間無疑矣. 夫霞客雖往, 而其僕猶在, 文之所缺者, 從而考之. 是僕足當霞客之遺獻云."